知兔者 著

上 册

青岛出版集团 | 青岛出版社

图书在版编目（CIP）数据

又一季/知兔者著.—青岛：青岛出版社，2024.6
ISBN 978-7-5736-2244-0

Ⅰ.①又… Ⅱ.①知… Ⅲ.①长篇小说－中国－当代 Ⅳ.①I247.5

中国国家版本馆CIP数据核字（2024）第089601号

书　　名	又一季 YOU YI JI	
作　　者	知兔者	
出版发行	青岛出版社（青岛市崂山区海尔路182号）	
本社网址	http://www.qdpub.com	
邮购电话	18613853563	
责任编辑	郭红霞	
特约编辑	常春红	
校　　对	郭金乔	
装帧设计	梁　霞	
照　　排	梁　霞	
印　　刷	三河市良远印务有限公司	
出版日期	2024年6月第1版　2024年6月第1次印刷	
开　　本	32开（880mm×1230mm）	
印　　张	17	
字　　数	426千	
书　　号	ISBN 978-7-5736-2244-0	
定　　价	65.00元（全2册）	

编校印装质量、盗版监督服务电话 4006532017　0532-68068050

目录

上册

第 一 章	尘封的印记	1
第 二 章	心动复苏	26
第 三 章	蠢蠢欲动	49
第 四 章	新季破茧疯长	76
第 五 章	暴雪不挡缱绻	101
第 六 章	爱意难藏	127
第 七 章	贪心且知足	153
第 八 章	迷迭花的花语	178
第 九 章	少年赤忱如日	210
第 十 章	对峙后的俯首	236
第十一章	下一秒永远会在	263

目录
下册

第十二章	护短的"含羞草"	285
第十三章	在不见光里燃烧	320
第十四章	你本就向自由	354
第十五章	交响梦与现实	379
第十六章	热吻及冷泪	404
第十七章	是心脏习惯的负重	425
番 外 一	四季热恋不休	437
番 外 二	两小无猜弄堂时	450
番 外 三	公主与骑士	490
番 外 四	求　婚	520
独家番外	要赴又一季的山海	527

第一章
尘封的印记

"那年盛夏烦闷得令人窒息,蝉儿嘶吼,耳膜嗡鸣。反季的玫瑰蜷缩、凋谢。你听见了吗?风说,我们将于又一季再见。"

又清市八月份暑气正盛,返乡的大巴上零星地坐着几个人。宋衿坐在靠窗的位子上,手里握着手机,界面停留在对又清市的介绍上。

她的旁边坐着一位热情的妇人,应该是看见她一副学生模样,一上车就跟她闲聊。妇人在瞄见宋衿的手机屏幕上的内容后,更是好心地、事无巨细地给宋衿提了很多建议,包括坐出租车的合理打表价。

宋衿弯起双眼不让她觉得尴尬,偶尔还会妥当地提出几个问题,完全满足了大婶助人为乐的心理。但最后是大婶先没话说的,她把又清市的犄角旮旯都翻出来形容了一遍,小姑娘眼里的期待还没有半分消散。大婶愣了半晌,索性装睡了,闭上眼睛之前,瞟见宋衿依然在浏览着又清市的资料。

这会儿离发车还有不到一个小时的时间。一大早就起来的宋袊丝毫没有补觉的心思，盯着又清市的风景照出神。

车身一阵晃动，又把她的思绪拉回来了一点儿。宋袊戳了几下屏幕，打开相册，里面的照片是她近几年看到后就存下来的，与网页上那些经过处理的照片相比，这些照片明显地更贴合实际。

可她对又清市还是不熟悉。

宋袊抿着唇，想找到置身其中的感觉。但哪怕她将大婶的介绍套上去，一遍又一遍地在脑子里建构，照片也没办法"活"过来。

不应该的。

宋袊将手机的界面切换到浏览器后台，点开一个问答网站。个人主页显示着她七年前提出的问题——"失忆了该怎么恢复记忆？"。

网站人流量大，但回答大同小异，高赞的有两个——去医院、故地重游。

宋袊照做，可惜医生不让她故地重游。

她想到惹人烦闷的经历，脸上的笑容变得淡了一点儿。她没心思再为难自己，干脆关了手机望向窗外歇歇眼。

群山连绵不绝，在她看来是断断续续的波浪线。托之前的心理医生的福，宋袊现在不管看什么东西，只要看的时间一长，就有一种被催眠的不适感。于是，她放空自己，思绪飞得有点儿远。

七年前，她在医院里醒来，脑袋钝痛，脑子里一片空白。但她没什么反应，现在想想，估计失忆的人连慌乱都会忘了吧？

紧接着，柳青青扑了上来，不停地哭喊着"吓死妈妈了"。宋袊这才后知后觉地害怕起来，她好像什么都不记得了。

后来宋袊住了一年院，医生说她的情况有所好转，她却不那么认为。她清楚地知道，自己的记忆一点儿也没恢复，但她不能再干耗着了，于是选择出院。

柳青青日夜不歇地讲述宋衿从小到大发生的事。宋衿听得耳朵都快起茧子了，总算能强制性地记住并拼凑出乖巧的自己了。

她那会儿正是上初中的年纪，她想回到柳青青口中的"故乡"，回到她从小生长的地方。但柳青青听了一个心理庸医的话，硬生生地拖了将近七年，才同意她回去。

在这将近七年里，柳青青用同样的理由——"熟悉的景物会产生刺激，要为未来着想"反复劝着宋衿。宋衿觉得可笑，她连过去都没有了，还哪儿来的未来？

第一年是最不好过的，宋衿跟自己较着劲儿，极度敏感，不懂遮掩。只要有人来跟她说话，她就报复性地问对方认不认识她。她这么问了一年，便出了名。

宋衿就读的初中里，学生们都知道了初二那个好看的同学，可能脑子有点儿问题。她被学生们心照不宣地孤立了，处境变得十分艰难。

后来柳青青知道了，抱着她哭了一晚上，声音颤抖地劝她："不要再这样了。衿衿，和妈妈好好生活在一起好不好？不要再想过去的事了。"

那一瞬间，宋衿清晰地意识到，她唯一的亲人，正在因为她而变得崩溃。

然后她就跨入了另一个阶段，把执念藏在心底，任由它在心里发酵。宋衿没日没夜地学习，妄图用学习麻痹自己。但稍一得空，她还是会忍不住去逼问自己为什么会失忆。

宋衿得到的答案很直白，很让人无所适从，她觉得，是她抛弃了自己。

负面情绪与日俱增，换谁都撑不住。于是，在宋衿失忆后的第七年的年初，她晕倒了。

令她没想到的是，她因祸得福。

柳青青和庸医谈完话后，摸着她的头做了让她回又清市的决定。

"但是衿衿，妈妈并不希望你为了恢复记忆而消耗精力。你要看向未来，可以吗？"

妈妈希望她追逐璀璨、崭新的未来，而不是腐朽，陈旧的过去。

宋衿当时点头了。

但她比谁都清楚，她不能再没有真实感地活下去了。

她要追逐的，是对她来说璀璨、崭新的过去。

大巴驶入又清市的地界时，宋衿从压抑感中挣扎出来，入眼的是蓝天、白云，像蓝莓汁拥抱着蓬松的棉花糖，风挤入缝隙，都带着一种甜蜜，浸到人的心尖。

宋衿没耽搁时间，下车后直奔站外的又清大学的校车。秋老虎不知道躲在了哪朵云后，风总是一阵一阵的，热得人恨不得随手拿着小电风扇，好敞开了吹。

车里很空，只有零零星星的几个人。宋衿在签到表上签下名字，看了一眼车内，选择在靠窗的位子上坐下。

司机回过头数了数人数，确认无误后，拉下手刹，车动了起来。

阳光穿过层层叠叠的树叶，地上满是斑驳的光影。风吹叶动，光也摇曳，树荫下的蝉儿向她热烈地打着招呼。宋衿恍了一瞬间的神，她是被风吹掉的叶子，在车里，也在窗外。

宋衿搭在书包上的手轻轻地按了一下，夹层里的报到通知书被触压后下陷，像在回应似的。她回过神，打开手机跟柳青青报平安，思索片刻后找到又清大学的论坛。

又清大学的论坛页面简约，红色加粗的标题五花八门，正儿八经的通知很少。宋衿随意地翻了几下页面，出现频率最高的话题与"方劣"二字有关。

说实话，第一眼看见这两个字时，宋衿还以为是绰号。直到看见论坛里的某张截图——国内某权威奖项的获奖名单上出现了"方劣"二字，宋衿才明白这是一个人名。

父母在给孩子起名字时，向来是带着期望的。有人叫"劣"？宋衿不觉得这个名字有什么好的意思，恶意倒是简单明了。

宋衿没想过多关注，架不住"方劣"二字的出现频率太高，每十条帖子里有三条与这个名字有关。碰巧此时司机秀车技，来了个急转弯，宋衿向后一靠，手指撞在屏幕上，点开了一篇带图的帖子。

照片上，男生戴着黑色的鸭舌帽，碎发不听话地从帽子的边角翘出几缕，侧着脸，下颌线清晰，整个人帅得很。他应该是发现了有人在偷拍自己，黑眸斜着看镜头，半分感情都没有。

这张照片的背景是模糊的人群，他身在其中显得很冷淡，有着强烈的孤独感。

宋衿翻了几条评论，大家都在夸发帖人胆子大。她对此没什么兴趣，退出去翻看起了别的帖子，男生的模样也被置之脑后。

她对于和记忆无关的事，总是漠不关心的。毕竟与其看帅哥，不如多熟悉一下未来几年要待的环境。更何况，又清大学对于宋衿来说，是最有希望让她恢复记忆，以及碰见故人的地方。

目的地很快就到了，车子晃晃悠悠地停下。宋衿背起书包下车，走到学校门口的栏杆外时，止住了脚步。

她想激起一点儿归属感和熟悉感，看久了眼睛有些涩，脑子却无动于衷。

又清大学有一大片树木与草地，微风又轻又柔，空气里掺杂着草木的清香。在宋衿发愣的工夫里，车上的其他人已经走进校门了。他们都带着行李，应该是新学期回学校的老生。

周围静悄悄的，只剩下宋衿一个人了，树叶"簌簌"作响的声音都有些模糊。

通知书在邮寄过程中出了问题，昨天才到她的手里，宋衿只能赶在报到的最后一天来。不过，正午是她刻意挑的时间，趁没人可以好好看看又清大学。

能回来太不容易，宋衿握上护栏，紧紧地攥了攥。她这才相信自己是真的回来了，而不是在做梦。

她正想着，身后传来一阵突兀的脚步声。这脚步声略显凌乱，随之而来的是冷冷的男声。

"别回头！"

男生喊得晚了，宋衿下意识地回头，转身的一瞬间瞳孔放大——一个人扑了过来。

她下意识地偏了一下头，才没有与对方嘴对嘴地撞上。但他们的脸还是贴在了一起，宋衿避无可避，侧脸传来绵软的触感。

宋衿脸颊发烫，脑子"嗡"的一声炸开。她抬起手，毫不客气地用力推对方，男生被推得趔趄了一下，她也看清了他的长相。

二人的眼神撞上的那一瞬间，宋衿有一种喘不上气的感觉。

男生的碎发很黑，没规则地翘起几根，看起来扎手得很，不知道他乱薅过多少次才有这样的效果。他表情冷淡地看着她，五官精致，偏偏混了一股横冲直撞的野劲儿，让人不太敢跟他对视。

宋衿越看越觉得他眼熟。她想了好半晌，才想起他就是刚才在车上时，她看到过的照片里的男生。

其实宋衿的记性挺好的，再加上失去过会更珍惜，她有着几分过目不忘的本事。但这人与照片上的差距太大，照片上的他好像游离世外，现在却横插在她的安全距离内，一副不罢休的模样。

在她打量方劣的这会儿，他也看了她好几眼，最后又把视线落在了她的眼睛上。宋衿被他看得浑身不舒服，却忽视不了他身上那股好闻的，让她放松的淡淡的香味。

矛盾感太强烈，宋衿心烦意乱。她想走，但男生就干站着看她，跟个大爷似的，一点儿张口的意思都没有。

"……"

宋衿忍了又忍，好声好气地询问："同学，你还好吗？"

方劣垂下眼帘，表情放松，却嗤笑了一声。他不挪地儿，单瞧他是没将这件事放在心上的。但宋衿被他面对面地堵着，走也走不了。

宋衿觉得挺无语的，又不是她的错。可惜这些年她温顺惯了，于是深吸一口气，唇角挤出一抹笑容，又说道："同学，下次走路时注意看路。"

"啧。"方劣挑眉，看着很不好惹。就事论事，他的长相是很吸引人的。怪不得，论坛里他的照片底下建起了万丈高楼。

宋衿的五官十分出挑，所以她对他并不感兴趣。想着他与土匪一样的做事风格，她便不想再和他僵持了，沉默地把眼神跟脚一起往旁边转。

方劣却开口了，语气不冷不热地道："叛逆期？"

宋衿觉得自己出师不利，唇角艰难地弯了弯。她想赶紧摆脱他，脚下动作不停，结果被一只手拦住了。

宋衿蓦地停住脚步，看着近在咫尺的白皙的手指，心跳漏了一拍，僵硬地向后退了两步，后腰撞上栏杆。不怪她反应大，方劣的身上有一股野蛮劲儿，让她在看见他的第一眼就觉得，他是一只蛰伏的野兽。

若他们真打起来，她绝对吃亏。宋衿可不想好不容易回到故乡了，再折在开头，那就太冤了。

但方劣最终没碰到她，见她停下就收回了手，懒懒地哼笑一声，眼睛一眨不眨地盯着她。宋衿只比他矮半个头，又高又瘦，眉形偏细，鼻尖微微往上翘，发丝垂在锁骨的位置，被浅浅地窝出了一个旋儿。

她漂亮得让人挑不出缺点，谁见了都会夸一声"温柔的美女"。方劣看得还要再深一点儿，比如她浮着雾的眼珠，让所有的情绪不达眼底。

他太长时间不说话，宋衿已经不耐烦了。她纳闷儿的眼神还没来得及投过去，就听到了他意味不明的笑声。

"你长这样……是不是连自己都能骗过去？"他突然问她。

莫名其妙。

宋衿忍不住皱起眉，搞不懂他的意思。她想：按字面上的意思来理解，他就是在说我的长相有欺诈性，但他能比我好到哪儿？说真的，她失忆后虽然没和谁真的来往过吧，但也没讨厌过什么人。这个方劣估计是第一个看见她露出反感的表情的人了。

"以后听点儿话。"方劣说什么话估计全看心情，没一句是接着上一句的。他边转身边接着说，声音拔高了不少，却哑得厉害，"让你别回头就别回头。"

他太奇怪了，还挺气人。宋衿愣了半响，回过神后方劣已经没影儿了。又清市的太阳很毒，她垂下头转身，避着阳光的脸上有着漠然的表情。

又清大学的相关负责人办事效率很高，没费多长时间就帮宋衿办完了入学手续。

唯一的变数出在她面前的男生的身上，办公室里的空调开着，宋衿感觉冰碴儿已经砸到她的心里了。

唐老师的脸上挂着和善的笑容。他介绍道："这是方劣同学，是你们这一届中的佼佼者。你们之后会是同班同学，好好相处。"

他是学校里的风云人物，宋衿不是没想过可能会与他成为同班同学。但听见老师也说他是他们这一届中的佼佼者时，她还是接受不了。她张了张嘴，头一次没做先开口的人。

方劣没在意，吊儿郎当的模样收敛了一点儿。他配合地挑起唇，笑起来带着一股痞气，怎么看也不像一个好学生。

他说道："刚才见过一面。"

宋衿抿了抿唇，避开他的视线，还是顾着礼貌，对方劣说道："我叫宋衿。"

"见过面了？"唐老师对于他们见面时的情景有多惨毫不知情，惊喜地道，"你们的班主任在来的路上不小心崴了脚。他拜托方劣带你熟悉一下校园，没想到你们这么有缘。"

宋衿心道：这缘还不如没有。她敛着眉不答话，方劣又勾了一下嘴角。

唐老师乐呵呵地对宋衿说道："我姓唐，叫我'唐老师'就行。"接着，唐老师又对方劣说道："宋衿在之前的学校里成绩优异。她之前的学校，学习资源什么的也都和咱们这里的差不多，但一些细节还是有区别的，你们熟悉校园时，你跟她说说。"

宋衿没有装聋作哑的天赋，即使再想忽视这段话也做不到。唐主任笑得太过开心，眼睛都眯成了一条缝，就好像宋衿和方劣已经变成学校未来的金字招牌一样。

"行。"方劣应了一声，略微侧身，示意宋衿先走。两个人的声音重合在一起："你先走。"

只不过女声带着不情愿，男声爽快得多。

走出办公室后，宋衿率先停住脚步。她抬眸朝着方劣笑，那笑容很好看，让人难以拒绝。

"我自己转转吧，不麻烦你了。"她说。

她话说得周全，给足了他面子，闭口不提两个人在校门口发生的不愉快事件。若是换一个人，估计就照做了。方劣却不识趣，看了她一眼，扔下一个"走"字就抬脚向前走去。他还刻意控制步速，摆出领路的架势。

宋衿想着至少要跟他相处几年，若撕破脸少不了麻烦。于是，她一声不吭地向反方向走去，结果没过一分钟，他便大摇大摆地跟在了她的身后。

存心的是吧？宋衿生了一会儿气，回过头笑着问他："同学，你没听到我说的话吗？"

这话像把方劣问住了，他当真思考起来。但很快，他就走到她身边，低下头，学着她的笑，问她："我说'走'，你听到了吗？"

他挤对人有一手，宋衿警惕地拉开与他之间的距离。她不甘落下风，又迅速地露出微笑伪装，心想：过了今天，我再不可能跟他多说一句话。

又清大学不算小，两个人走出楼，方劣站定，抬手点了点，指向二楼最右侧的班级，说道："1班。"宋衿跟着看去。他的手指向下移，他又说道："班主任叫谷崇，他的办公室在那儿。"

宋衿一直没说话。他收回手，看着她，问："看见了吗？"

"看不见。"宋衿觉得他是故意的，暗讽道，"同学，你知道视线偏差是什么吗？"

方劣倒是不恼，恍然大悟似的点了一下头。随后，他便退到她的身后，又伸出青筋分明的手，指了指，问她："那这样看呢？"

宋衿躲得快，在被他半包围前往旁边走了几步，表情变淡了一些，警告道："保持安全距离。"

又清大学里树种得很多，光影染进她的眼里，二人视线相撞，方劣似乎把矛头对准了宋衿。他从不掩饰自己的攻击性，但宋衿更多的是不想理他，而不是怕他。

方劣挪开目光，将双手插进衣兜里，像感到乏味了一般，淡淡地道:"二楼右一,一楼右三。"

"知道了。"宋衿点头。

他可能是真的听进去她说的那句话了,后来除了走路时开口,就再没什么多余的动作。两个人算是相安无事地逛到了学校的最后一个地方——耐尔湖。

宋衿记得,大巴上的大婶说过又清市的景点中,是有一个叫耐尔河的。她看着用竹子制作的牌匾上的三个大字,决定挑时间去耐尔湖转一转。

看出她来了兴趣,方劣慢悠悠地道:"据说这湖里的水都是学生们每年进行社会实践时,一瓢一瓢地舀回来的。"

宋衿不会放过了解又清市的机会,难得地顺着话茬儿问道:"是从耐尔河里舀来的吗?"

方劣却笑了,说道:"逗你的,河挺深的。在这个小地方,更像海。"

听到了想听的话,宋衿便不着急走了,耐着性子听他接着说。

但方劣换了话题,背靠着树干,意味深长地道:"我刚才瞟了一眼,你的资料上写你是又清市人。你怎么连这个都不知道?造假啊?"

宋衿忍了一下午,差点儿被这句话弄得跟他拼命。

她就没见过像他这样没眼力见儿的人,资料是真的,她问的也是真的,两者一冲突,有点儿脑子的人都知道这是有原因的。不该问的他非要问,非得揭开她的伤疤。

是,什么都是真的,就她是假的。

宋衿连一句"明天见"也没有说,转身转得干脆。她的情绪很少像今天一样激动,方劣戳人痛处的本事太厉害,也太让她心生厌恶了。

宋衿顺着柳青青发来的地址回家，一路上气堵在胸口顺不下去，希望明天方劣就退学。

她很久没有这么不切实际地祈祷过了，一连默念了三遍。

柳青青因为要收拾家里，所以比宋衿早回来几天。据柳青青说，她今天刚将家里收拾好。宋衿由于通知书出了问题，寄件慢还不能改地址，就和柳青青兵分两路了。

又清大学附近的房子并不便宜。柳青青说她们家本来就属于小康家庭，当时买这里的房子，也是为了宋衿以后上学方便。

宋衿她爸是军人，柳青青作为军人的遗孀，政府会给补贴。

小桥流水，亭台水榭，小区里的景致算是好到了极点。宋衿按照柳青青发来的单元号拐过弯的时候，正好看见柳青青拿着两个大大的黑色塑料袋下来。

宋衿赶紧跑过去，接过她手里的东西。

柳青青怔了一下，看清是宋衿后反应过来了，笑道："我还以为现在劫匪都抢垃圾了。"

"妈，"宋衿抿起嘴，觉得胳膊突然被坠得酸痛，不解地道，"这都是什么东西？太重了吧。"

柳青青赶紧从宋衿的手里拿过来一袋，说道："都是以前的东西，这就算收拾好了。我从昨天开始扔，扔了不少。"

"可是……"宋衿提着塑料袋的手紧了紧，她说，"要是放在家里，我多看看是不是可能会想起一点儿以前的事？"

柳青青板起脸，说道："你忘了回来之前答应妈妈什么了？"她把手里的塑料袋放在小区的垃圾车上，用指关节轻轻地敲了一下宋衿的脑门儿，"而且这些都是没用的东西，大多是你出生前的，要不就是坏的。"

宋衿微微蹙起眉，柳青青不想让她刻意地去恢复记忆。她拗不过，将塑料袋提到垃圾车上方，松开手，发出一声沉闷的声音。

反正已经回来了,宋衿在心里安慰自己。随后,她挽住柳青青的胳膊,温言软语地哄了柳青青几声,又说"没忘"。

坐电梯的时候,柳青青问宋衿去学校后感觉怎么样,她隐去方劣的事讲了一遍。要是如实说出来,估计她妈会立即考虑给她办理休学手续的事。毕竟柳青青只希望宋衿安稳地度过大学时光,而方劣绝对算是一个危险分子。

柳青青没发现不对劲儿,欣慰地道"习惯就好"。说着,她便摸出钥匙开门。

宋衿笑而不语,心情却变得沉重了一些。其实,她还有一件事没有跟柳青青说。

一年前,她的状态时好时坏,她快撑不住的时候,做了一个和过去有关的梦。那个梦拉了她一把,帮她把晕倒的期限向后挪了一年。

但她妈不会这么想,只会觉得她睡眠质量欠佳,再找医生给她开一堆安神的药。她妈是为她好,可她舍不得那个梦,那是她和过去唯一的连接。

她要无限地靠近曾经的自己,让故人一眼认出她来。

门一开,扰乱了宋衿的思绪,穿堂风跑出来,挟起她的几缕发丝。风很柔,像棉花糖蹭在她的脸颊上,蓬松、绵软。

翌日清晨,闹钟响起,宋衿却紧闭着双眼不愿醒来。

"喜欢春夏秋冬的人太多了。"

"怎么还不来?宋衿!"

"别再回来了,也别记得我。"

红色的高墙前,小男孩儿的手正拍着胸脯,远处跑来一个小女孩儿,小女孩儿喊着"哥哥",而她笑盈盈地点着头。

宋衿搭在被子上的手突然攥紧,绸缎的布料只起了一个缓冲的作用。她忽视从手心传来的刺痛感，期待着梦还能延续。可惜，一切就像电影落幕一样。她逐渐被黑暗笼罩，耳边传来楼下的早餐店的老板的叫卖声。

宋衿轻轻地叹了一口气，睁开眼慢慢地坐起身。窗外的光早已偷偷地爬上她的床，她把被子铺好，打开窗。蓄谋已久的秋风抚上她的脸庞。

又清大学附近的早餐店里人满为患，老板边接待刚进门的客人边炸着油条，看起来有点儿手忙脚乱。学校门前的路上也大多是学生，像是万里无云的天空的倒影。

微风让宋衿清醒了一些，回过头看她的房间。其实她已经观察过了，这是一个干净、整洁的房间。

除了床头柜上摆放着宋衿幼时的照片外，以前的她再没给自己留下什么线索。甚至不止自己的房间，宋衿昨晚把整个屋子转了一遍，家里所有的东西让她感到陌生。要不是最后她对房型产生了一种强烈的熟悉感，她都要怀疑她妈带她搬了新家了。

宋衿站在卫生间里的镜子前，垂眸看向一只手掌心上未消的指甲印，另一只手用力地按上去。痛感又起，宋衿没什么表情。

房间里安静得吓人，仿佛一瞬间将所有的喧闹隔绝在外。镜子里照出她的脸，是一张极为柔和、乖巧的脸，只是与她现在淡漠的神情格外违和。

梦中的声音又出现在了宋衿的耳边，越来越清晰。

"喜欢春夏秋冬的人太多了。"

她甚至听见自己在尾音处拐了一下，但还是想不明白，自己为什么要说这么一句话。

她闭上眼，带着探究意味接着回想。

说剩下的两句话的人是个男孩儿。梦里，男孩儿那带着电流的声音，像极了被损坏的旧磁带里的声音。

真难耐啊，给了希望，却永远解不开悬念。

这个梦在她进入又清大学的当晚，毫无征兆地出现了。自此，这个前言不搭后语的梦，就和音画不同步的肥皂剧一样，准时地夜夜来报到。

闹钟再次响起，将宋衿拉回现实。她松开手，忽视深红色的指甲印，开始洗漱。一切收拾妥当后，她从书包的夹层里摸出一小盒遮瑕膏，细心地涂抹在右手掌心的下方。

宋衿拥有不易留疤的体质，但第一次做那个梦时太过惊喜，指甲实实在在地嵌进了肉里。后来伤处结痂，又被她掐破，就这么来来回回，彻底留下了一块月牙儿形状的疤。

那块疤颜色深红，像是血月。其实她平时不会刻意去遮它，因为它的位置很巧妙，除非她主动地摊开手，否则是没有人能看到的。

而且宋衿在买衣服的时候，都会刻意买大一码的，袖口自然垂落，就能正好遮住那块疤。

今天天气不差，柳青青给她准备的衣服是短袖上衣。今天还是新学期的第一天，她少不了要对同班同学做自我介绍，与别人挥手打招呼。

宋衿叹了一口气，习惯了心事重重。她跟没事人似的吃过早饭，走路去学校。

开学季总是热闹非凡的，阳光照射在学生们的身上，仿佛为他们的青春镶上了一层金边。宋衿感受到了前所未有的明媚。

小区离又清大学不远，在宋衿刻意放慢步伐的情况下，10分钟后就走到学校了。

她刚靠近校门口，人声就变得嘈杂起来。

"哥！你喝粥吗？"

一道清脆的女声吸引了宋衿的注意。

更精确一点儿,是女生对对方的称呼吸引了宋衿的注意。梦境使然,宋衿对兄妹格外敏感。她朝着声音的来源望去,女生正弯腰下车,脸上有些婴儿肥,她喊的那人身形修长,气质温和,像是从韩剧里走出来的优等生。

这个男生很有钱。

这是宋衿对他的第一印象。

她回想自己的梦,好像……那个小女孩儿穿得也很讲究。

这个想法有点儿偏激,宋衿自嘲地弯了一下唇,向一旁的瓷砖墙走去,好让自己不挡路。她背靠着墙站住,却始终无法静下心来。

她独自撑了许多年,回到有可能帮助她恢复记忆的地方,见到有可能认识她的人,看着这一切,心里乱糟糟的。梦里,除她以外的两个人,脸上一直蒙着一层雾。有时候宋衿也会怀疑,是不是潜意识为了安慰她,故意编织梦境。

许是她的视线太过热烈,男生回过头向她看来。

二人的目光交织在一起,宋衿在愣了两三秒钟后,有礼貌地弯起唇角,算作与对方打招呼。

男生同样笑着点头,朝他的妹妹挥了挥手,就朝宋衿走了过来。

"你好。"男生彬彬有礼地道,"宋衿?"

宋衿:"啊?"

她发出一个音节,心里波涛汹涌。她引以为傲的定力险些被击溃,他连她的名字都叫出来了,她梦里的人就是他吧?

宋衿想问,张了张嘴,却没发出声音。她描述不出自己的心情,难以置信、欣喜若狂。但她是期待,而不是没脑子。

校门口依然拥挤,宋衿的眼前闪过自己在读初中时,被人指指点点的画面。话卡在喉咙里又尽数被她咽回去,只是眼睛微红,声音颤抖，怎么也抑制不住。

"嗯。"宋衿慢慢地说出一个字。

"我叫周舒秦。"许是因为风突然刮起，替宋衿藏住了眼中强烈的情感。男生没发现她的不对劲儿，指了指车边的女生，又说道，"她叫周舒嘉，我们都是心研1班的。"

宋衿鼻间泛酸，说不出完整的话，只继续点着头。

"昨天本来应该是我带你熟悉学校的，可家里突然有事。"周舒秦叹了一口气，说道，"抱歉。"

宋衿摇了摇头，刚想开口，耳边就传来了一道煞风景的声音。

"惺惺作态。"

说话者是方劣。

这声音宋衿昨天才听过，且印象极其深刻，自然忘不了。

她转头望去。方劣和昨天又有些不同，可能是刚睡醒的缘故，看起来很懒散，嘲讽人的时候还不忘扯起一边的嘴角。

周舒秦知道那四个字是在形容自己，面色不变地对方劣道："方同学还是先消一消起床气吧。"

方劣掀起眼皮，斜着眼看了他一眼，说道："以后有事的话就别揽活儿，我还得赶过来给你收拾烂摊子。"方劣说这话时，语气一点儿都不友好。

宋衿在被形容成"烂摊子"后垂下了眸。她不想跟他争执，已经有人在指着这边窃窃私语了。

她怕，但方劣不怕。他瞥到宋衿眼周的红晕时，表情变得僵硬起来。

就这么静了一会儿，宋衿以为他走了。她抬起头，没想到他还戳在她面前。

方劣看她的脸上仿佛写着"你怎么还不走"这几个字，不由得失笑。

他在周舒秦和宋衿的身上看了一圈,最后对周舒秦道:"叙旧轻点儿叙,还把人家欺负哭了?"

这话一说出口,宋衿彻底愣住了。

叙……旧?抛开对方劣差劲的观感,单论当局者迷旁观者清,他这么想,是不是他们之间的氛围,真的很像旧友重逢?

她又怕又兴奋,脑子里想法不断。

一旁的周舒秦皱起眉,刚想问什么意思,课前准备铃就响了,打断了他未说出口的话。

"行了。"方劣斜背着书包,下巴对着宋衿一点,说道,"唐主任让你去他的办公室一趟。"看宋衿没有行动的意思,他补充道,"立刻去。"

宋衿做不出表情,只回了一声"哦"。

在她仅有的记忆中,这是她第一次给一个人摆这么多次脸色。宋衿觉得方劣人如其名,不再看他,跟周舒秦说:"那……待会儿见?"

"好。"周舒秦自然地应下,"帮你占座。"

不知道是他在刻意拉近他们的关系,还是宋衿被突如其来的恢复记忆的可能性冲昏了头脑,两个人还真像多年未见的旧友。

宋衿用微笑来回应他,随后率先向教学楼走去。

周舒秦收回追着她的背影的目光,想问问周舒嘉收拾好了没,肩膀上突然横过来了一条手臂。他惊讶地回头。

"别着急,"方劣笑道,"咱们一起走。"

已经走远的宋衿不知道他们之间发生的事,只想赶紧去找唐主任,再赶紧回教室。令她没想到的是,唐主任的办公室的门紧闭着,门口还站着一个有着小麦色肤色的男生。

他见宋衿过来,长叹了一声,说道:"没人性啊,竟然对美女爽约。"

"你好。"宋衿调整状态，有礼貌地笑起来。她先与对方打招呼，又问，"你也来找唐主任吗？"

"是的，是的。"男生飞快地回答道，"我不到7点就在这儿等着了，他说早自习前肯定到。结果刚才他又给我打来电话，说什么堵车，让我等等。"他自来熟地控诉完，才想起做自我介绍，"我叫陈锋然，心研1班的新生。"

偶然遇到的人正好是自己的同班同学，宋衿觉得回到家乡后自己的运气变好了。于是，她笑道："我叫宋衿，也是心研1班的。"

陈锋然："你就是宋衿？！"

他的反应太过夸张，宋衿不解，问他："怎么了？"

"我爸天天在我的耳边说，我要是像你一样，能让他少操好多心。"陈锋然哀怨地说道。

宋衿就是不久前出现在他的生活里的别人家的孩子。又清大学招收转校生的先例很少，今年被破格接收的就是他和宋衿两个人。他是靠特长，宋衿是靠学习成绩，人与人的差别就是这么大。

陈锋然接受能力良好，"嘿嘿"一笑，说道："衿姐，相逢即是缘。一定要带带我，不然我爸会抽死我。"

宋衿很喜欢他这种性格直率的人，于是弯着唇应道："好。"

此刻，心研1班的教室里热火朝天。

"你们知道吗？周舒秦和方劣即将一起回教室。我刚才在校园里看见他们俩一起走了！"一位坐在前排的女生一脸兴奋地道。

她的同桌斩钉截铁地道："不可能！他们关系不好。"

"李婕，这是我亲眼看见的。接下来的三年里，我们将看见两大男神加学霸和睦相处！你不激动吗？"女生微微嘟嘴，问同桌。

李婕敷衍地说了两声"激动"，随后拿出英语书翻看起来。

女生不管她，接着说："不枉我关注他们俩这么久。你说，我这大学生涯该有多幸福啊!"

她说最后一句话时声音不低。教室里安静了两秒钟,然后又变得吵吵闹闹的。

女生的这句话,成功地让同学们找到了共同话题。

"徐希图,你这话说得不对。"有一个男生接茬儿,"你应该说,这大学生涯剩下的几年该有多煎熬。"

众人七嘴八舌地说了起来。

"是啊!是啊!听说那俩人从读初中开始关系就不太好。"

"可不是?"

谁也没想到,他们讨论的两位主角此时就在门外。他们的旁边,还站着紧张不已的周舒嘉。

她身为周舒秦的亲妹妹,当然知道她哥和方劣关系不好。但他们关系不好的原因,她也说不出来。她记得在读初一时,一次月考结束后,她哥对方劣这个人就十分看不顺眼了。可方劣一向不怎么理会她哥啊。

或者说,方劣这人就没理会过谁。他一向独来独往,是出了名的不合群。

周舒嘉独自分心,听到教室里的讨论声后下意识地点头。她反应过来后看去时,沉默了一路的方劣终于开口了。

"你怎么知道她叫宋衿?"他斜靠着墙,眼皮半掀着,瞧起来慵懒,却把盘问的意味表现得格外浓。

周舒秦回道:"老谷让我接待她的时候跟我说的。"

方劣抬起眼,扯了一下嘴角,嘲笑道:"若真是这样就最好不过了。我昨天到的时候,你就在校门口吧?"

他一向不把任何人放在眼里,这会儿与周舒秦对视上逼迫感很足。周舒秦哑了一阵,还想辩解,又被他打断了。

"你在我面前找了七年存在感,我给你一个好法子。"方劣设的闹钟响了。他知道宋衿快回来了，便没再多问，直接说道，"宋衿以为你是她以前的好朋友。你只要顺着坡演下去，她就会信。"

他头也不抬，手指在手机上飞快地戳着，不知道在给谁发消息。

"周舒秦，你要是想用宋衿刺激我，最好可劲儿让她高兴。她越因为你而高兴，我就越不痛快。"说完，他不管周舒秦是什么反应，朝周舒嘉点了点头，说道："帮你哥，别露馅儿。"

两个人还没完全理解这番话，方劣就打开前门示意他们进去。与此同时，从后门走出一个人，周舒秦只听见那人喊了一声"方哥"，就见那人被方劣推进了教室里。

另一边，宋衿正从唐主任的办公室里出来。因为陈锋然和唐主任还有事要说，所以路上只有她。

她走到楼道里时，每个教室里都吵吵嚷嚷的。

"没什么意思，别乱说就行。"楼梯的拐角处传来一道漫不经心的男声，因为故意压低还有点儿沙哑。

宋衿的脚步顿了一下。

"知……知道了，方哥。"她又听见了一道声音，也是一道男声，可能因为害怕有点儿结巴。

方劣。

宋衿都不用猜，他们俩估计犯冲，短短两天，几次碰面都没好事。宋衿越来越烦躁，昨天就觉得方劣不像照片里那般孤僻。今天赶巧了，她还撞上了他欺负同学。

宋衿记挂着早上遇见的兄妹，不想等。她迅速地想出对策，加重脚步走上楼梯，脚步声传到了那俩人的耳朵里。

方劣没当一回事，懒洋洋地说："行了，你回去吧。"

另一个男生反倒像很担心被人看见似的，立即飞奔上楼。宋衿走上去时,连那个男生的背影都没看见。

她将目光转到靠着墙的那个人的身上,方劣的身上套着松松垮垮的衣服。他直起身,慢悠悠地问她:"鞋很重?"

头顶上的喇叭响了,新学期的欢迎语伴着婉转的乐曲播出。

一大片阳光透过窗户洒在方劣的身上,为他减少了一些戾气。他的五官很立体,因为侧影的烘托,显得有些率性,眼角、眉梢流转着暖意。

宋衿否认不了,他的骨相是无可挑剔的。这会儿他收起了一点儿尖锐,活脱脱一个端正、肆意的少年。可惜他人品不行,她想起刚才那个男生小心翼翼的说话声,不回话,眼里难掩厌恶。

方劣愣了一下,接着嗤笑一声,说道:"别胡乱猜测。"

"猜什么?"宋衿不想为他浪费时间,装出一副不解的样子,说道,"我不闲。"

方劣笑了一下,不当一回事似的,没再解释,走到她的旁边,背景音只剩下校园广播了。"绚丽的人生从清大起步,精彩的未来在这里打造……"

方劣停了片刻,像觉得好笑似的,又没头没脑地说了一句祝福语:"宋衿,祝你未来可期。"说完,他就绕过她径直上楼了。

未来可期,不偏不倚。

宋衿在带有凉意的瓷砖墙上靠了一会儿,觉得他就是为气她而生的。要不是那对兄妹在心研1班,她现在就去办转班手续。

等她进教室里的时候,教室里安静得异常,见有人走进来,才响起几声低语。

"她是谁?原来是哪个班的?我怎么没见过?"一位比较活跃的男生发出三连问。

有人回答道:"会不会是转校生?今年我们班有一男一女两个转校生。"

男生惊喜地道："不会吧？这么好看？！"

眼见越来越多的人看向自己，宋衿适应能力良好，这些目光里没掺杂恶意，她不怕，也不反感。最后的位置上突然发出一阵响动，刚才还七嘴八舌地说着话的人又纷纷噤声了。

宋衿不明所以，投去视线，发现方劣在后门旁的桌子上趴着，像在补觉。就冲他这恶霸似的作风，她也决定不和方劣来往。

"宋衿，"周舒秦唤道，见她看自己，指了指前面，笑道，"这儿。"

他找的位置是偏中间的第二排和第三排，周舒嘉坐在他的前面。宋衿觉得这个位置刚好，方便看黑板，离方劣也远。

周舒嘉笑吟吟地瞅着宋衿，说道："我叫周舒嘉。"

"你好。"宋衿牵起唇角，将书包放在她旁边的桌子上，坐下后道，"我叫宋衿。"

周舒嘉："我知道。"

"……"

她怎么会知道呢？

宋衿稳住心神，还是决定问一问。可是，如果她再次被当成异类……她有些犹豫，最终斟酌着小声问周舒嘉："你们小时候……"

"开开门啊，兄弟！"后门外传出"咚咚"的敲击声。那敲击声正好压住了宋衿的声音，也击散了她好不容易鼓起的勇气。

宋衿靠在椅背上，明明还没问出口，却好像出了一身冷汗。

慢慢来吧，会知道的，她安慰完自己，又叹了一口气，垂下头。

敲门声还没停，后门外的人坚持不懈，方劣被吵得烦，坐起来一把拉开门。没等门外的人站稳，方劣就说："以后如果敲不开，就从前门进来。"

刚扑进来的人装模作样地拍了拍身上的灰，嘟囔道："太远了。"

宋衿这才反应过来这声音有些耳熟，转过头向后看去。果然，刚进教室里的男生正是不久前跟她一起找唐主任的陈锋然。

宋衿的目光不由自主地往旁边偏了偏，方劣此时用胳膊撑着头，下颌线十分明显。他明显地不喜欢被打扰，狭长的眼眸里满是不耐烦。

刚抬起头的陈锋然显然也注意到了面前的这尊煞神。他干笑两声，在方劣的注视下，憋出了一句话。

"哥们儿，你这头发得剪了吧？"

教室里的人本来在安静地旁观，听见这话后没忍住笑了起来。他们笑完时，才想起被开玩笑的人是谁。

众人都有些慌，没想到想象中该发火的人没什么反应，理都不理陈锋然就趴了回去。他们又有些蒙，一个比一个表情复杂。

方劣这个人说来也奇怪，学习成绩好，还不好惹，但又独来独往。

他去哪儿都是一个人，若有人和他搭话，他一概忽视。学校里的好学生们和他不熟，装腔作势的小混混儿们，也跟他扯不上什么关系。

总而言之，他没朋友。

但偏偏没人敢找他的麻烦，久而久之，就被传成了他这个人很危险。经陈锋然那么一闹，心研1班的同学发现，这个传言好像也不是很准。

他们想着他们的事，陈锋然本人虚惊一场。陈锋然在看见宋衿后，一点儿也不见外，拎起书包直奔周舒秦旁边。

"吓死我了。"他坐下，拍着胸口道。

宋衿收回目光，笑着宽慰了他两句，接着向周舒秦和周舒嘉介绍道："他是陈锋然，另一个转校生。我们刚才在唐主任的办公室里见过。"

"对对对。"陈锋然说道。他心大,很快将刚才的事抛到脑后,笑道,"我和衿姐已经是朋友了。"

"这是什么话?"周舒嘉失笑,逗他,"我们和衿衿也是朋友。"

她的声音很好听,一声"衿衿"她叫得很自然。

宋衿微笑起来,心里却再次开始纠结。

陈锋然"嘿嘿"笑着,一点儿也不见外地道:"按照某种定律,我们四个就是朋友了。"

周舒嘉:"……"

她倒是没见过这么热情的人。

沉默许久的周舒秦担起介绍的责任。他用温和的语气对陈锋然道:"我叫周舒秦,她是我妹妹,周舒嘉。"

"哇,"陈锋然张大嘴,说道,"兄妹在同一个班,太幸福了吧。"

他的表情颇为夸张,逗得周舒嘉又笑了起来。

宋衿带着自己的小心思,挑起话题,问周舒秦:"你们从小就生活在一起吗?"

"当然,"周舒嘉笑道,"我比我哥晚出生一年,我们从来没分开过。"

宋衿的心跳得很快,她想再问些什么,话题却被周舒秦岔开了。他貌似无意地问陈锋然与宋衿:"你们是从哪儿转来的?"

"花江市。"陈锋然率先回答道。

话题已经变了,宋衿藏起眼底的失落,笑着回答道:"我和他一样。"

"我和衿姐果然有缘。"陈锋然得意地道,"你们不知道……"

他这个人简直就是一个话痨,一直到早自习结束,宋衿都没找到把话题绕回去的机会。她悄悄观察,跟着他们闲聊起来。

窗外蝉鸣依旧,不知停歇。

第二章
心动复苏

一整节早自习，陈锋然除了口渴时喝水，就没闭过嘴。下课铃声都没能打断他。

宋衿终于找到了打断他的机会，对他说道："我去洗一下手。"话音刚落，她就走出了教室。

这种热闹对于宋衿来说恍若隔世。骄阳似火，夏暑不退。她打开走廊里的窗户，连风都没有，热浪扑面而来。

宋衿又转头看向教室里，陈锋然还在和周舒嘉说话。她被蒸得发晕，目光定在了周舒秦的身上。

她想：是你们吗？如果是，你们为什么不明说？

感性与理性永远冲突。走廊里，人渐渐多起来，宋衿藏起眼底的渴望。

"周舒秦好像和宋衿认识。果然，好看的人只和好看的人玩。"徐希图挽着同桌的胳膊，一边向外走一边说道。

"我不知道。"李婕闷声回答道，"她长得也就还行吧。"

"哎呀！"徐希图挤眉弄眼地道，"哪儿来的柠檬味……？"

徐希图的声音戛然而止。李婕疑惑地抬起头后才看见，她们讨论的女生就站在教室门对面的窗台前。

宋衿恰好也抬起眼，她的睫毛很长，还翘，似乎听见了她们说的话，露出一个善意的微笑，极漂亮的眼睛弯出一个浅浅的弧度。她很瘦，但当棱角被笼罩在柔软下时，就只剩温婉的气质了。

李婕不可避免地产生了一种惊艳感。等她回过神时，已经被徐希图拽着走远了。

看着两个女孩儿慌里慌张的模样，宋衿微笑着摇头。那个被挽着的女生，该是有些喜欢周舒秦的。

就算他真是自己梦里的人，宋衿也只是想弄清楚自己的过去。谈恋爱这种事，她没想过，也不配。

宋衿看了周舒秦一眼，向洗手间走去。等她洗完手再出来时，没走几步，便听见了"砰"的一声。心研1班的后门不知道被什么东西猛烈地撞击了一下。

紧接着，陈锋然的声音响起。

"方劣！你干什么？！"

宋衿的心脏猛地跳动了一下，她快走几步，顺着敞开的前门向里看。

她第一眼看见的是周舒嘉，周舒嘉表情呆愣，面色苍白地看向后门的位置。周舒嘉的身后是正往后面走的陈锋然，然后是周舒秦和方劣，两个人身形相似，只是气质不同。

宋衿眨了一下因为干涩而变得有点儿模糊的眼睛，终于看清了。

周舒秦背靠着后门，方劣的胳膊压在他的咽喉处。联想到刚才那"砰"的一声，如果宋衿没猜错的话，周舒秦是被方劣抢过去的。

又清大学是在全国排名前十的知名大学，因此，校内的学生都是老实读书的好学生。

教室里,有一半的人在听到声响后,飞快地转过头看了一眼后就收回了目光,生怕引火烧身,还有一半的人可能是从未直面这么有冲击力的画面,脸上的表情和周舒嘉的差不多,直接被吓呆了。

除了陈锋然。

早自习时他刚说完,他爸是矿主,没什么文化。他爸就把希望寄托在了他的身上,希望他能在知识的海洋里畅游一番。

于是,他爸硬生生地走上了"鸡娃"(网络流行词,指的是父母为了孩子能读好书,考出好成绩,不断地给孩子安排学习和活动,不停地让孩子去拼搏的行为)这条路,使劲儿往他的学习之路上砸钱。最终,他没有辜负他爸的期望,考上了非常好的大学。只是所学的专业他不喜欢,故而他在读了一年大学之后转学来了又清大学。

现在,陈锋然要在这里开始第一场斗殴。

宋衿在他冲方劣挥拳时喊"停",走进教室里,将门关好。于是,全班同学的视线又集中在了她的身上,她慢慢地向后挪动。

"同学,"她露出一个假得不能再假的笑容,握住方劣的手腕,劝道,"别太冲动。"

她的手很凉,应该是刚用冷水冲过的缘故,湿意仿佛浸入了方劣的腕骨。他挪开盯着周舒秦的目光,看向宋衿的手,问她:"昨天刚推开我,今天就不害羞了?"

他这个人不会好好说话,宋衿没少领教。昨天发生的事像走马灯一样,在她的脑海里过了一遍。她脸颊发烫,是被气的,但还是维持着笑,慢慢说道:"不一样,现在是在制止同学的不当行为。"

"不当行为。"方劣玩味地重复了一遍,松开了胳膊。

宋衿也松开手,还拍了两下,像碰到了什么脏东西似的。

陈锋然赶紧上前,扶住呼吸急促的周舒秦,恶狠狠地看了方劣一眼。

方劣没有丝毫反应，将身体向后一倾，坐在自己的课桌上，问宋衿："你不问问前因后果？"

"是不是你先动的手？"陈锋然愤愤不平地道。

方劣垂下眼帘，轻轻皱起眉，刚消下去的火气又起来了一点儿，冷冷地道："我为什么动手，他心里有数。"

周舒秦此时终于缓过来一些了，扶着陈锋然站直，说道："我想从后门出去一下，让方同学让一下位置。"他咳嗽几声后道，"或许是有误会吧。"

方劣侧过头睨他，平静地道："周舒秦，你真虚伪。"

宋衿语气平静地问："重要吗？"

教室里此时安静得即使只是掉下一根针都能听见声音，与楼道里的喧哗形成了鲜明的对比。

"原因有那么重要吗？"宋衿眼含笑意，冷静地反问方劣，"你说呢，同学？"

"嘶"，教室里不知道谁倒吸了一口凉气，像是预见了这个温柔的女生被打的景象。没人敢离开座位，众人皆是胆战心惊的。

他们没一个人了解方劣，他凶名在外，谁也不敢笃定他离经叛道的程度。陈锋然放开周舒秦，想冲上去。半晌没说话的方劣却有动作了。

他与宋衿四目相对，突然笑了一声，踢向紧闭着的后门，恶劣地看着她被吓得后退的样子，说道："如果没那么大的胆子，就不要替人出头。"

宋衿稳住心神，又听见他咄咄逼人地问："同学？你不知道我的名字吗？"

她怔住，随即反应过来，讽刺地道："方劣，人如其名。我当然知道。"

心研1班谁敢拿方劣的名字说事？

围观的众人你看看我，我看看你，最后还是把目光转向了宋衿。只不过，那些目光中带上了钦佩的意味。

方劣的眸色渐渐变深，在宋衿不着痕迹地向远处挪去的时候，他蓦地笑了起来。

"嗯……"他似乎乐得合不拢嘴，手半搭在下巴上，好一会儿才说出完整的话，"你说得对。"

他越这样，宋衿的脸就绷得越紧。最后，她张嘴，朝方劣用嘴型说道：神经病。

上课铃声已经响了一会儿了，心研1班的班主任还没来。

宋衿机械地翻着书，刚才方劣的样子在脑海里挥之不去，手一用力，书被撕破了。她垂眸，将头微微前倾到风口，努力地让自己冷静下来。

陈锋然憋不住自己的碎嘴子，悄悄开口："我刚听说咱们班主任也是从清大毕业的。是吗？"

"是。"周舒嘉应道，"听谁说的啊？"

"同学呗，刚才他们闲聊时我都听着呢。"陈锋然说得更起劲儿了，"而且咱们是他带的最后一批学生，咱们一毕业他就要退休了。"

"你自从进了教室里就没有闲下来过，还听人家说话呢？"周舒嘉捂着嘴笑道。

陈锋然一脸自豪地道："那是。你然哥眼观六路耳听八方。"

"不过……"陈锋然压低声音，和周舒嘉说起了悄悄话，"你哥和方劣到底有什么深仇大恨啊？开学第一天就这么刺激。"

周舒嘉摇头，想起方才发生的事，表情变得忧心忡忡。

她并不了解方劣，只觉得他向来把自己的情绪藏得很深。像今天这样，他又动手又笑得疯的情况，之前从来没有过。

如果以后方劣还这样,那她哥和他作对,不是自讨苦吃吗?周舒嘉小声喊了周舒秦一声:"哥……"

随着她的这一声呼喊,回座位后一直没说话的宋衿和周舒秦都有了动静。

宋衿回头。

周舒秦搁下书,无奈地道:"议论别人的时候声音小一点儿,更何况我就坐在旁边。"

宋衿因为他的这句话不自觉地勾起了嘴角,心情变得好了一点儿。

"那……你们之间到底发生过什么事?"她问,她的声音很轻,让人听着很舒服。在她有意控制语速的情况下,不会让人觉得唐突。

周舒秦笑着琢磨了一会儿,给出了一个体面的答案:"男性的好胜心。"

"这么简单?"陈锋然不信。

"是的。"周舒秦叹了一口气,说道,"七年前,我们打过一次架,我输了。"

宋衿讶异,旁边的周舒嘉更是无比震惊。

"就这么简单,后来……"说到这里,周舒秦无奈地看了宋衿一眼,又说道,"他的性格,你们应该也看出来了。"

"……"这话可信,宋衿察觉出他不愿多说,制止住陈锋然想提问的意图,"行了,班主任应该快来了。"

见其他三个人不再讨论,周舒秦伸出一根手指叩在桌上。他有一下没一下地敲着桌面,貌似不经意地回头看了方劣一眼。

他撑着下巴朝宋衿看,接触到周舒秦的目光时扬起眉,用嘴型威胁周舒秦:你够胆。

周舒秦像没看见似的,回过头若有所思。他刚才没说真话,但也不全是假话。七年前，他因为排练表彰大会的事，晚上独自抄近路回家，刚转过巷子口，就看见里面横七竖八地躺了几个人。唯一站着的人是一个男生，那个男生和他年纪差不多大，穿着和他一样的校服。

周舒秦想都没想扭头就跑，直接摔在了地上。男生慢慢走过来，可能是光线太暗，他没看清周舒秦身上的校服，一把拽住周舒秦的头发，逼着周舒秦转过脸来。

周舒秦直到现在都不知道，方劣那会儿把他当成了谁。周舒秦只记得方劣穷凶极恶的模样。他不停地向后挪，而方劣在看清他身上的校服后就松开了手。然后，方劣晕了过去。

周舒秦偷偷睁开眼观察，方劣受的伤比在地上躺着的那几个人的还严重，不知道他靠着什么撑到了现在。周舒秦没有丝毫犹豫，赶紧站起身跑回了家。

那天的事并没有被周舒秦放在心上。不久之后，发生了一件事——期中考试后，他看见了贴在他的照片前面的那张照片，这件事极大地打击了他的自尊心。

方劣被周舒秦定义成见不得光的小无赖，却抢了他的风头。他站在红榜前，快要忘记的事无比清晰地浮现出来。他甚至在想到自己被揪住头发时，头皮还隐隐作痛，屈辱感完全包裹住了他。

方劣太傲了，至少在周舒秦看来是这样的，后来两个人碰见过无数回，方劣都没拿正眼看过他。自打周舒嘉出生后，他就常被家里人忽视。他最受不了自己不被别人当一回事，所以方劣成了他最不喜欢的人。

昨天在校门口看见方劣后，他就觉得不对劲儿。他索性将计就计，给班主任发了消息，推掉了带宋衿逛校园的任务。

等了一会儿，宋衿出现了。她是一个被阳光笼罩的女孩儿，像是来治愈万物的神明。比这更吸引周舒秦的，是方劣的不对劲儿。

他带着从未有过的犹豫，驻足许久，然后动了起来。周舒秦猜他很专注，因为他甚至没注意到有一部分地砖翘起来了。

虔诚的信徒扑向了他追慕的信仰。

周舒秦当时笑了一声。

他猜不出方劣对宋衿的感情，但这不重要，能让方劣不舒服就够了，更何况方劣今天还提要求了。

于是，他刚才路过方劣的座位时，稍微弯腰，问方劣："方同学，宋衿不会是把我当成她的男朋友了吧？"

这是方劣第一次对他的挑衅有反应，他被压着咽喉抵在后门上的时候，心中甚至有些愉悦。他想：看啊，你没办法视而不见了。

"我叫谷崇，是你们的班主任。"谷崇在黑板上写下了自己的名字和电话号码。刚才，他一瘸一拐地走进教室里，却没人发笑，所有人的眼中写满了惊喜。

谷崇是一位远近闻名的教授，多次获得权威奖项。外地的大学多次派人来请他前去任教，都被他以年纪大了，腿脚不便打发走了。

"不出意外的话，你们会陪伴我结束教师生涯。"谷崇看起来和学校里的年轻老师没什么区别。要不是他两鬓微白，谁也想不到他已经任教数十年。

自他进教室里，同学们就变得平静下来。谷崇叹道："校领导可能是觉得我年纪大了，情绪不宜波动，就给我安排了这么好的一个班。"

底下的同学捧场似的发出笑声。

"这才对，年轻人就应该有年轻人的样子。"谷崇一敲黑板，说道，"可能你们从小到大已经听过很多老师这么说了，任教多年，我也不免落俗。大家叫我'老谷'就好，咱们课上是师生，课下是朋友，有事就给我打电话，没事也能和我谈谈心。"

气氛变得活跃，教室里爆发出一阵掌声，陈锋然起哄似的欢呼。

"咱们班这学期有新同学，让他们做一下自我介绍吧！"谷崇笑呵呵地看着宋衿，做了个抬手的动作。

他的眼神很温和，宋衿被这样的眼神注视着觉得很温暖。她和老师接触得甚少，只觉得谷崇确实是一位不可多得的好老师。

宋衿笑着站起身，落落大方地对大家说道："大家好，我叫宋衿。"

她一句话刚说完，掌声就响了起来，还伴随着几声叫好声。课间发生的事，让同学们目前达成了共识——这个女生绝对不一般。

宋衿一头雾水，不知道该不该接着说。她最终笑了一下，坐了下去。

谷崇扶了一下眼镜，笑意依然，示意陈锋然向大家做自我介绍。

陈锋然从座位上弹起来，兴致勃勃地道："我叫陈锋然，家住花江市。爱好是骑摩托、打篮球、玩电玩……"

他说了一长串，谷崇耐心地等了一会儿，才找到机会打断他。

"好，陈锋然同学，老师已经忘不掉你了。"

众人哄笑，等他们重新安静下来后，谷崇说道："现在应该选班委了。谁想参与竞争？请举手。"

班里成绩排在前三名的同学一动不动，众人面面相觑。

"要不投票吧，老师？"一个坐在前排的男生举起手提议道，"我们的心中有人选。"

很快有人附和。

"对对对，投票吧。"

"投票好，匿名投票。"

· 34 ·

谷崇不解，但也没有追问，采纳了他们的意见。

"宋衿，你想当班长吗？你想当的话，我们仨就都投你。"陈锋然拍了拍宋衿和周舒嘉的背，说道："快转过来讨论一下。"

宋衿若有所思地摇了摇头，说道："投周舒秦吧，他适合。"

周舒秦抬起头，刚要开口就被陈锋然打断了。

"说得对，等我们周班长上任了，非要方劣好看。"

到唱票的时候，除了几个相熟的人写了对方的名字，其余的人投的不是方劣就是周舒秦或者宋衿。他们三个人在"班长"那一栏里的票数几乎持平。

就在谷崇纠结的时候，后门处传来了一道冷淡的声音。

"我不当班长，麻烦。"

说话者是方劣。

宋衿紧接着举起手，说道："老师，我投了周舒秦。"

宋衿的话音刚落，方劣就发出了一声不大不小的冷笑声，还挺应景。

要来了，要来了。

心研1班的学生屏住呼吸，心里浮现出这么一个想法。

教室里瞬间变得格外安静，然而什么事都没发生。谷崇轻轻地咳嗽了一声，引回了大家的注意力。

"那班长就是周舒秦，大家没意见吧？"

谷崇见他们动作整齐地摇了摇头，不由得失笑，接着安排。

"方劣同学，嫌麻烦可不行，要有甘于奉献的精神，纪律委员就是你了。宋衿同学担任学习委员吧。至于别的职务，我看看票啊……"

等他都安排好后切入正题，说道："这节课我不准备讲东西。大家写一份新学期规划书，明天交给学习委员。"

下课后，宋衿想问问应该在多久以后将规划书送到谷崇的办公室里，追出教室后却发现方劣正站在楼梯的扶手旁，拐角的前半部分露出了谷崇的身影。

更重要的是，方劣脸上的表情不算好，他垂下眼帘看着地面。她是第一次见他情绪如此低落。她欣赏了一会儿，等他注意过来后也没躲。她仗着谷崇背对着她，勾起一抹嘲弄的笑容，张开嘴，用嘴型对方劣说：恶人自有天收。

等到上午的最后一节课下课后，宋衿给柳青青打了一个电话，说她中午不回家了。

陈锋然央求了他们三个人一上午，要和他们三个人一起吃午饭，他们三个人谁也没法儿拒绝。

宋衿耐心地应着电话另一头柳青青的嘱托，看向教室里正在商量吃什么的几个人。

正午的阳光是最烈的，窗外的树叶都被晒得蜷缩起来了，却丝毫影响不了陈锋然的兴奋之情。

他正手舞足蹈地说着什么，他的嘴好像一刻都停不下来。经过一个上午，宋衿觉得自己都能背出他家的族谱了。

但在他对面的周舒嘉就没有听倦的时候。周舒嘉不是眨眨眼，就是捂着嘴笑，偶尔还插几句话，从来不让陈锋然冷场。

一旁的周舒秦，快要挂不住脸上万年不变的笑了，眼神四处瞟。对上宋衿看来的目光时，他无奈地笑了一下，向她发射求救的信号。

柳青青此时正在问宋衿学校怎么样。

她向周舒秦用嘴型说了句"爱莫能助"，随后对柳青青说道："挺顺利的。"

对家乡与生俱来的亲切感、合得来的朋友、没架子的班主任……最关键的是，可能要迎来答案的梦境，都让宋衿无比期待。

宋衿的脸上挂着习惯性的微笑，走廊里传来脚步声，她抬眼看去。

方劣按着手机，从楼梯上走来。他像是察觉了什么，往前看了一眼，随后又漠不关心地收回视线，接着往前走。

他步子迈得大，很快停在了后门旁。他慢悠悠地收起手机，抱起双臂，看着宋衿，也不说话，就这么和她对峙着。

太阳炙烤着大地，蝉儿的叫声仍旧高昂。

宋衿挪开视线。

没过几秒钟，方劣轻笑一声，没进教室里，又下楼了。

宋衿捏紧手机的手松了松，她揉了揉耳根，想要驱散突然出现的轰鸣感。

方劣极其蛮横，行事作风就像土匪。莫名其妙，他是她这顺境里唯一的逆流。

宋衿往前走了几步，站在教室里看不到的死角，放下显示着通话结束的手机。她的表情无端地变得冷漠，男生低哑的声音再次在她的耳边响起。

"未来可期。"

宋衿按上窗台棱角的尖，越来越用力，痛感清晰，却没有松手的意思。她这么忍着习惯了，每当负面情绪翻腾时，就强逼着自己压下去。这虽然是错误的选择，却也是最有效的方法。时间长了，她似乎也不认为这么做有问题了。

其实，方劣说的那句话称得上真诚的祝愿，但是对她说就到处不对。对于没有过去的宋衿来说，未来是她最不想触碰的。

归根结底，他们之间只能用"八字不合"来解释。手心满是红痕，宋衿清醒过来，折磨她的声音终于淡去，卸了劲儿，她脱力似的扶着窗台。

等宋衿进了教室里，陈锋然的话题已经转移到他们的班主任了，他一拍桌子，说道："我感觉他很靠谱儿。"

周舒嘉也跟着一拍桌子，对他说道："说出你的理由。"

"有问题，找谷歌。"陈锋然玩儿了个谐音哏（网络流行语，指利用字词同音或近音的条件，用同音或近音字来代替本字），又把周舒嘉逗得一直笑。

宋衿弯了弯嘴角，问道："想好吃什么了吗？"

"除了一开始，就没想过。"周舒秦揉了揉太阳穴。

"这就开始想！"

在陈锋然拍着胸脯保证不会再说别的之后，他们开始挑选学校附近的饭店。没过几分钟，不知道他又搭错了哪根筋，非要给他们展示一把相声水平，摇头晃脑地报了半个小时菜名。

宋衿索性关了手机，饶有兴致地听着。她笑着对周舒秦道："算了，等会儿去食堂里吃吧。听说咱们学校食堂里的菜种类很多，刚好尝尝。"

晚上，宋衿帮着柳青青洗碗。她将厨具摆放好后，柳青青又给她热了一杯牛奶。

"累不累？"柳青青满脸心疼地道，"时间太赶了。昨天才下车，今天就开始上课，成连轴转了。"

宋衿接过牛奶，回答道："没事，课程也跟得上。"

"遇到有趣的同学了吗？"

宋衿一怔，心底产生一种希冀。

她是不是可以旁敲侧击地问一问？

宋衿先挑出几件与陈锋然有关的事说。见柳青青的脸上露出了笑容，宋衿便瞒下梦中的内容，试探道："还有一对兄妹，他们好像……认识我。"

柳青青脸上的表情登时僵住了，宋衿没注意到她扶着门框的手突然收紧,接着问:"妈,我小时候有这样的玩伴吗?"

宋衿做不到和盘托出。她知道一旦说了,那个梦就有消散的可能性,所以不敢赌。

果然,柳青青轻轻地抚摸着她的头发,反问她:"妈妈要是记得,早和你说了不是吗?"

即使早就想过会是这样的回答,宋衿还是控制不住地轻轻皱起眉。

"衿衿,你和妈妈说好了不是吗?"柳青青一边拉着她走向沙发,一边说道,"更何况,这个世界上一见如故的人也很多。你不要太敏感。"

柳青青等了半晌,没等到宋衿的回话,叹了一口气,又说道:"妈妈真的希望你能有好的人生,而不是陷在过去的泥潭里。既然已经过去了,就说明它是可有可无的,对不对?所以我们先专注现在,过好大学生活好吗?"

怎么会是可有可无的呢?

宋衿张了张口,最终还是没有辩驳。因为她看见了柳青青的眼神——一种她非常熟悉,让她不得不妥协的眼神。

她轻轻地抱住柳青青,没有再开口。

宋衿直到现在都忘不掉刚醒来的那天,柳青青伏在她的床边流着泪,压抑自己的哭声。她动了动手指,柳青青瞬间感觉到了。

四十多岁的女人,哭得像个孩子一般。她不停地跟宋衿哭诉,宋衿的父亲不幸殉职了。

刚苏醒的宋衿什么记忆都没有,就听到了一个让她差点儿再次晕过去的消息。但她什么都没说,哪怕她因为柳青青崩溃的情绪而感到呼吸困难。

因为宋衿看见了柳青青的眼神,她在透过宋衿思念别人,应该是在思念她的丈夫。

后来,柳青青终于发现了宋衿的不对劲儿。于是,她跟跟跄跄地跑去找医生。

宋衿透过病房的窗户,看见得知她失忆的女人跌坐在走廊里的椅子上。女人那悲悯的情绪透过门缝,压得她几近窒息。

后来,柳青青偶尔还会露出那种眼神:在她给宋衿讲述过去时,在她得知宋衿被孤立时,在宋衿表现优异时。

每到这个时候,宋衿就拼命地回忆母亲讲述中的父亲是怎么样的人。

她学着父亲可能做的动作,无声地安慰母亲。

真自私啊,宋衿不止一次想过,母亲自己陷在过去,却阻挠她触及过去。

可这或许也是一个理由。母亲知道走不出去的孤单,所以希望她可以避开。

这个理由让宋衿无可奈何。

又清市的秋天终于到来,红叶欲燃,蝉声渐歇。

下午的第一节课是体育课。心研1班的体育老师叫袁段,挺年轻的一个男老师,人也随和得很。同学们集合完就解散了。

"罪过罪过。"陈锋然靠着树坐下,看着面前不知道是哪个班的倒霉蛋,被老师收拾,在跑道上艰难地做着蛙跳。

秋风吹响他头顶上的风铃,带过一阵桂花香。

宋衿用手挡着太阳,无奈地道:"休息都堵不住你的嘴。"

她本打算趁着休息时间,给谷崇送新学期规划书。结果办公室里没人,她又原路返回。

陈锋然拿出一瓶橘子味的汽水递给宋衿,一副讨好的模样。

"就你自己?"宋衿接过汽水,问。

"我刚买水回来。"陈锋然朝边上努努嘴,说道,"一回来就看见他们被团团围住了。"

宋衿顺着他的视线看去,周舒秦拿着几张纸,站在人群中央,嘴张张合合,看起来像是在回答问题。

"衿衿,"周舒嘉好不容易挤出来,挽住宋衿的胳膊,问她,"你回来了?"

这几天相处下来,他们的关系越来越近。只是宋衿还是得不到答案,难免心烦,一遍遍地劝自己急不得。

可能人一旦看见光,就顾不得想太多了。

"这是怎么了?"宋衿笑起来,问道。

周舒嘉:"最近学校要办活动,各种竞赛。还有一场文艺晚会,在秋季运动会后举办。不过,他们好像对竞赛更感兴趣。"

"让我来。"陈锋然说道,"哥上去给他们翻跟头。"

"算了吧。"周舒嘉故作惋惜地道,"舞台撑不住你。"

"说什么呢,嘉嘉?"陈锋然佯装生气地道。

周舒嘉眯着眼笑了一会儿,又问宋衿:"你不去吗,衿衿?我还挺想看你站在舞台上的样子的。"

宋衿轻笑着摇头,说道:"竞赛还可以考虑。"

其实她对这两样都没什么兴趣。毕竟,她回来只是想给自己的执念寻找一个答案。

秋天的风轻轻地吹着,挂在树上的风铃发出"叮叮当当"的声音。近处的周舒嘉和陈锋然在拌嘴,远处的周舒秦依然在不急不缓地回答众人提出的问题。周舒秦在与宋衿对视时,嘴角的笑意会加深几分。

方劣最近好像挺忙,没来招惹宋衿。这会儿他还倚在树上打电话,表情极其冷淡。宋衿能看见他薄唇微张,觉得他说不出好话。

操场上坐着少年少女,宋衿听着身边的人聊天儿,一阵恍惚。

这就是青春吗？

平淡，没有起伏。

"你们的社会心理学老师请假了，我帮忙代一节课。"在讲台上站着的人是3班的班主任范梅。她看着底下的学生萎靡不振的样子，心中不满，重重地拍了两下黑板，说道，"干什么呢？上着课呢，就睡觉？"

罪魁祸首陈锋然拿课本挡住自己的脸。上一节课太多人想报名参加竞赛，报名表不够分。他索性抢过报名表就跑，谁追上算谁的。

"看看我干的好事。"陈锋然戳了戳同桌的胳膊，说道，"他们太弱了。"

周舒秦轻轻咳嗽了一声。

"才跑了几圈啊……"陈锋然没懂他的暗示，接着低语。后果是，头被一根从天而降的粉笔砸中。

紧接着，范梅的吼声传了过来。

"那个同学！你上来讲！"

陈锋然连连道歉，没敢再吱声。饶是这样，范梅走的时候脸上依然乌云密布。

"更年期到了吧。"她刚走出教室门，陈锋然就道。

这回换成宋衿轻声咳嗽了。

陈锋然懂了，回头去看。果然，范梅又出现在了教室门口，剜了他一眼后，喊道："班长、学习委员，跟我出来！"

陈锋然眼睁睁地看着周舒秦和宋衿离开教室，双手合十，对周舒嘉道："嘉嘉，为你哥和衿姐祈祷吧。"

一楼没有教室，是老师办公室的集中区域。三个人下楼后，人就很少了，范梅停在走廊里，语气不算好地问二人："你们班怎么回事？"

"老师，"宋衿含蓄地道，"我们上节课是体育课。"

"体育课怎么了？"范梅说道，"我们班的学生下了体育课怎么不是这样的状态？"

周舒秦："今天的运动量比较大……"

"别找理由了！"范梅直接打断周舒秦，"你们两个，带头作用也做不好。真不知道那流动红旗放在你们班干吗？！"

宋衿递给周舒秦一个"乖乖地听训吧"的眼神，没再辩解。

范梅说道："没话说了？真不知道谷老师是怎么想的，班委还要一男一女，又不是种地。"没人理她，她就越发过分了，"要我说，你们这些小姑娘，天天打扮得花枝招展地来上学干什么？周舒秦上学期是我的学生，上课时从没走过神。这学期倒好，一节课的时间，他那眼睛不知道在看谁！"

听完范梅的话，宋衿很是震惊，脑子还没转过弯儿。她下意识地张开嘴，还没想好该怎么反驳。

"老师，我没有。"周舒秦清楚自己除了看黑板时会偶尔看看宋衿，就再没看过别的地方。

"瞧瞧！都会顶撞老师了！"范梅瞪大眼睛，又说道，"若再有下次，我就告诉唐主任！"

宋衿看明白范梅是故意找碴儿了，却想不明白她这么干的理由。身后传来有人下楼的声音，宋衿怕别人再传风言风语，索性敛眉不答。

令她没想到的是，不远处传来了熟悉的声音。

"去说呗。"方劣的声音离她越来越近，"您回头看看监控，您一开始讲课，大家就都在认真地听了。"

他停在范梅的身边，冲宋衿眨了眨眼。与之前每一次他们目光碰撞时的针锋相对不同，现在的他看起来有点儿无辜。

范梅大声道:"方劣!你不要以为你学习成绩好就可以目无师长了!"

"老师,我没有。"方劣个子很高,站直身子,居高临下地望着范梅,说道,"您看,我的眼睛里都是您。"

他的眉目间藏着戾气,不知这戾气是因谁而生。

他开口:"我刚才正和别人发语音,把您说的那些话都录下来了。"他扯了扯嘴角,继续说道,"正好我有证据,您将这个证据一起交给唐主任怎么样?"

范梅气极,说了好几遍"好",摔门进入办公室。

楼道里很空旷,回声响了好几遍。方劣侧身靠在墙上,看向宋衿,不用她问,就说出了原因。

"她以为自己可以带我们班,结果老谷没退休,你说她气不气?"

就因为这个?宋衿没看他,反而望向周舒秦。

"嗯,"周舒秦笑道,"清大优秀班级的老师会有补贴。"

宋衿的偏袒太明显,方劣看了一会儿,觉得自己在讨没趣,打开隔壁谷崇的办公室的门,说道:"我等老谷回来了和他说一声。"

宋衿不管他,转身要走。结果方劣突然叫了一声她的名字。

她下意识地顿了顿,听见背后传来他的声音,语气里还带着熟悉的嘲讽。

"厌不厌?"

明天放假,下午的最后一节课是谷崇的课。宋衿有几道题想问,下课时跟陈锋然他们说了一句"你们先走",就匆匆地去追谷崇了。等她回到教室里时,教室里已经空无一人。

余晖洒满教室,宋衿不紧不慢地收拾着书本。门外突然传来熟悉的脚步声,紧接着后门"嘎吱"作响。

她没回头，想起谷崇刚才和她说的事，胸口好像哽了一口气下不去。

方劣："还没回啊？"

宋衿对这声音无比熟悉。她不想理他，继续无视他。

脚步声又响起，离她越来越近，教室里太安静了，她仿佛能听见来人的呼吸声。

"你……"

"啪！"

方劣刚站定说了一个字，就被她用力地将书拍在桌子上的声音打断。有几本书还因为用力过猛，飞出桌面落在了地上。

宋衿忍不了了，一个字一个字地道："你干吗和老谷说我要演节目？我答应过你？"

天知道谷崇说希望她和方劣在文艺晚会上跳一支舞的时候，她有多难以置信。宋衿深吸一口气，说道："别瞎搞了，行吗？"

"你的档案上写着，你会跳古典舞。"方劣耸耸肩，说道，"刚好我也会，老谷盛情邀请，难以拒绝。"

他的语气没有任何问题，仿佛真的只是凑巧。

"……"看在下午他算是帮忙解围的分儿上，宋衿控制着情绪，尽量给彼此台阶。

"我拒绝了，我不会跳，我造假。"她到底没将情绪控制住，激动地道。

但宋衿是会跳古典舞的，柳青青总会讲宋衿小时候练舞时的趣事。宋衿当然愿意再去学。

可没想到，她根本不用学，音乐响起的一刹那，她的身体什么都没忘，只有她忘了。但是宋衿从没有跳给别人看过，甚至是柳青青。她只会将自己跳舞的过程录下来，自己反复观看，更不要说在晚会上表演了。

方劣总是踩中宋衿的雷点,她的脸色变了又变,最终定格在不快。

方劣觉得有趣,蹲下捡书,问道:"不是脾气很好吗?"

他这几天没少听同学议论,"宋衿长得好看""宋衿脾气很好""宋衿的学习成绩很好"……他偶尔去办公室里时,也会听见各位老师对她赞不绝口。

"那是对正常人。"宋衿瞟见他的嘴角噙着的笑意后,只觉得太过讽刺。带着凉意的风扑到她的脸上,她心中的烦躁消退。她好声好气地道,"到此为止,好吗?我就当你是一时兴起,今天过后你别再惹我,咱们既往不咎。"

"既往不咎?"方劣扯了一下嘴角,似乎觉得有趣,若有所思地反问,"不能当朋友?"

"当朋友需要运气。"宋衿好久没这么诚恳过了。她的那些雷点,七年下来,方劣是第一个踩遍的,"你和我,真没这个运气。"

方劣听见这话后,无所谓地捏住书脊摇了摇,一张纸飘了出来。他在纸飘落到地面上之前伸手接住。

宋衿表情一变,骤然起身,冷冷地道:"给我。"

纸上画着她的梦中的一切。

宋衿的手越攥越紧,她说什么来着?方劣是真没运气,她越不想被触及的东西,他越稳稳当当地撞上去。

方劣捏着纸的一角,看了好几眼。随后,他慢慢站起身,将纸重新夹到书里,放到宋衿的桌上。

"反应这么大?"他拉过宋衿的手,没让她挣开。

但宋衿的五根手指合拢得很紧,方劣想要掰开也很费劲儿。他慢慢靠近她,带着诱哄,对她说道:"听点儿话,让我看看。"

不对劲儿。

宋衿的思绪被拉回到在校门口第一次见到他的那一天,他也是说了一句"以后听点儿话"。可这回他的语气太好了，像少年在爱慕对象的耳边呢喃，欺骗性极强。

宋衿有一瞬间的失神。

方劣趁机将她的手撑开。

她的掌心上很深的指甲印，和那一轮小小的"红月"落入方劣的眼底。

宋衿猛地回过神，想收手，却被钳得很紧，动都动不了。她瞪向方劣，眼中对他的反感再也藏不住。

"你要是敢乱说，就试试吧。"她说。

她的脑子里都是自己的自残行为被传遍学校，她被人盯着，窃窃私语的画面。一下好像回到了读初二的那一年，她整个人慌乱无比，却不肯低头，嘴不饶人。

"不说。你劲儿这么大？"方劣答完又问，琢磨了一会儿，却乐了。他懒懒地抬眼，黑眸里情绪复杂，"这就是你最厉害的模样了？"

她不该把他当正常人看，他大概比她病得还重。宋衿怔了片刻，问他："你什么意思？"

方劣摊开手，撑着宋衿的桌角，斜了斜身子，和她平视，也把她拢在了阴影之下，说道："光是这样可没办法让我害怕。"

他的语气很温和，带着刻意的意味。宋衿如果再避就要跌回座位上了，她不甘示弱，却也止不住眼神闪躲。

方劣抬了一下手，他的手骨节分明，对上她掌心有疤的那只手，说道："你把你自己藏起来有什么用？那点儿厉害全往自己的身上使，这可不是聪明人的做法。"

二人离得太近了。

宋衿像是处在慢镜头下，处在夕阳铺满时唯一的黑暗中。他们融合，却又界限分明。

她后知后觉地发烫起来,先是手心,再是全身。

宋衿抵挡不住,坐了下去。方劣跟着弯腰,却停在离她稍远的位置,看着她,说道:"你要比我疯才能让我看见你。"

让你看见干什么?

宋衿却没力气问出这句话,心尖颤着,分不清是悸动还是慌。

"离我远点儿。"缓了好久,她扔下一句话,拿起书包就走。教室也不大,宋衿从座位走到门口,却好像翻了几重山。

宋衿的手握在门把手上,她有一种解脱的感觉。和方劣独处,越来越让她喘不过气了。

"画上的人是周舒秦吗?"

方劣的话制止了她转动门把手的动作。

"你们还真是旧识?"

他连问两句,宋衿抿了抿唇,什么都没说,开门走了。

她若是回头,就能看见方劣兀自挺立在教室里。

第三章

蠢蠢欲动

中秋节放假的第一天,宋衿还没从学校的环境中脱离出来。闹钟一响她就睁开了眼,穿戴整齐要出门的时候,被柳青青打趣了一句才反应过来。

"妈,为什么要等我收拾好了才告诉我?"宋衿无奈地抱怨道。

"我们衿衿难得犯迷糊。"柳青青慢慢走到宋衿的面前,将刚从阳台上收进来的裙子递给她,说道,"妈妈昨天逛街时给你买的,换上后帮妈妈跑个腿去。"

宋衿看着柳青青手中的裙子,长袖、纯白色、丝绸面料,适合初秋穿,上面缀着星星点点的小钻石。

柳青青感觉到了宋衿的犹豫,直接把裙子挂在她的胳膊上,又将她往卧室的方向推了推,说道:"快去换上,妈妈好久没看见你穿裙子了。"

其实宋衿不抗拒穿裙子,只是柳青青在打扮她这件事上乐此不疲。柳青青只要一开始打扮她,就很难停下。

果然,等宋衿换好衣服出来时,柳青青已经拿着自己的化妆工具，坐在客厅里的地毯上，笑着朝她招手了。

宋衿轻轻一叹，说道："妈，我应该就出去一会儿。"

柳青青佯怒道："女孩子应该时刻精致，妈妈看你们学校的有些小姑娘，每天都收拾得很好看去上课。衿衿，要懂得享受青春。"

宋衿自知说不过她，便主动地坐到她面前，闭眼颔首，示意她开始。

太阳慢悠悠地走到了天空的正中央，秋风吹不散阳光，便与其共同飘向更远的地方。

宋衿双手撑在地毯上，已经有点儿困了。宋衿迷迷糊糊中终于听到柳青青一拍手，满意地结束了她的精雕细琢。

下一秒，家里挂着的钟响了起来，代表着正午12点来临。柳青青整理化妆工具的手僵住，她说："抱歉衿衿，妈妈有点儿磨蹭了。"

宋衿摇了摇头，和她一起收拾，笑道："没事，我正好下午要出去。"

"那吃过饭妈妈再帮你弄一下头发，就这么说定了。"柳青青说完，扔下有点儿蒙的宋衿，起身去了厨房。

宋衿瞥了一眼墙上的钟，已经快下午2点了。她的发丝都透着蔫蔫的气息，柳青青不停地摆弄着，做好一个发型又拆开。

看着柳青青完全没察觉的样子，宋衿知道如果自己再不开口，出门可能就是明天的事了。

"妈，"宋衿打断柳青青想把刚给她盘好的丸子头拆开的动作，说道，"真的可以了，我都觉得我是要去走红毯了。"

柳青青这才作罢，看了好一会儿宋衿此时的模样，脸上露出怀念的神情，说道："真好看，我的女儿……"

宋衿想：她又在想爸爸了。

宋衿看着这熟悉的表情，伸手抱住柳青青，说道："妈妈年轻的时候一定更好看。"

"妈妈没事。"柳青青挤出笑容，闭着眼，拍了拍宋衿的背，说道,"好了,快去吧。买点儿月饼回来,还有你自己想吃的东西。"

又清大学矗立在老城区和新城区中间,它的东边是高楼大厦,西边是低墙矮屋。

宋衿在校门口茫然地站了一会儿,最后选择往西走。商场里的月饼包装精美,外观喜人。只是她吃了很多年,也想尝一尝不一样的月饼。

幽径柴门,市井喧嚣。几乎每户的门前都有台阶,上面爬满青苔。院子里的梧桐树伸出枝来,风吹叶落,窄街被金叶铺满,更像是通向城堡的路。

宋衿听着脚下"嘎吱"作响的声音,感受到了前所未有的舒畅。现在是下午,大家都睡过午觉出来遛弯儿。她漫无目地跟随着人群,寻找卖月饼的地方。

一个坐着轮椅的老奶奶闯入了宋衿的视野。

老奶奶正在自家的院子前,戴着眼镜看书,叶子飘落到纸上也不恼,只是轻轻地将其拂开。

画面一派祥和,宋衿却没心思欣赏下去。老奶奶的后方走来一个边打电话边翻公文包的中年男人,他完全没注意到前面有人,快撞上去了。

宋衿不顾自己穿着裙子,飞快地跑了起来,在男人走到之前拉过轮椅。

男人诧异地看了一眼,随即脸上浮现出歉意,连声说道:"对不起,对不起。"

宋衿没理男人不停的道歉声,蹲下身问老奶奶:"您被吓到了吗?抱歉,我有点儿着急。"

老奶奶缓了缓神,看清宋衿的脸以及她眼里的担忧后,又愣了一下,随后笑呵呵地说了句"没事"。

宋衿这才抬头看向男人，语气不好地道："您就算再忙也应该看路。要是真的撞了上去，您也担待不起。"

男人被宋衿说教似的语气弄了个大红脸，但也没有心生不满，一个劲儿地说"是"。

宋衿看他还是一直瞅着手机，一副心神不定的样子，知道他是真急，也就没再说什么就让他走了。

"奶奶，您的家人呢？"宋衿站起身将轮椅推到墙边，才又蹲下嘱咐，"您坐的地方有点儿危险，以后身边没人的话就背靠着墙坐。"

奶奶看起来很慈祥。估计是看书看得太久眼睛酸涩，她摘下眼镜揉揉眼周，应声道："好，好。"

连着应了两声"好"后，她又和蔼地道："在等孙子回家呢，没想到等来了孙女。"

宋衿听到她的话后一怔，随即被温暖的感觉包裹。老人这和善的模样，让她没来由地感到安心。

宋衿私心想多待一会儿，斟酌着措辞道："奶奶，我陪您等等您的孙子吧。"

老人家欣然同意，放下手想摸摸宋衿的头发，不知道为何又在半空中停下了动作。宋衿发现后，主动地将头凑上去，在老人的手心上蹭了蹭。

她趴在奶奶的膝盖上，讲述发生在学校里的趣事，逗得老人家就没合拢过嘴。宋衿还说了方劣的事，不过隐去了他的姓名。她总觉得老人家懂得更多，比如，方劣这种莫名其妙的人到底是什么心理。

奶奶当真琢磨了一会儿，但最终笑而不语。奶奶摸出手机像是想发消息或打电话，不过最终收了起来。

在舒服的氛围里，时间似乎模糊起来。不知道过了多久，宋衿仍觉得意犹未尽，想起身缓缓腿，结果听见远处有人喊自己。

"衿姐！"

宋衿看过去，喊她的人是陈锋然，但他的身边——要是她没看错的话，就是方劣。

方劣现在非常烦，被周舒秦挑衅的时候都没这么烦过。

他想着明天就是中秋节了，得买点儿月饼去。他绕到又清市的另一边，听见经常有人打架的那个巷子里面闹哄哄的。他本想着跟以往一样无视，路过时却鬼使神差地看了一眼。

他们班跟宋衿关系挺好的那个傻子，被几个人围起来要钱。这小子还看不懂局势，在那儿放着狠话，说什么他的兄弟一会儿就来，方劣听得心里发笑。

那些人还真信了，下手时动作变得迟疑起来。方劣低声说了一句"佩服"，收回视线准备走，没兴趣看他们在这儿大傻斗二傻。

结果陈锋然正好看见他，手一指，大喊："看见了吗？我哥们儿来了。"

那群傻子全转过来瞅方劣，还挺瘆人。陈锋然看没人注意他，准备溜走，被一个人堵住了。

那人跟壮胆似的，比陈锋然的声音还大，说道："怕什么？他们就俩人。"

方劣听着响彻云霄的声音，刚准备解释一句，没想到眼前的这群傻子的士气还真被鼓舞了起来。又有一个人高声喊了一句："大哥说得对，揍他！"

方劣被回声震得脑神经跳动，抬手拦住一根迎面而来的棍子，问那些人："能听进去话吗？"

"大哥，他说我们听不懂人话！"

"跟我汇报什么？打到他服！"

方劣无语，同时听见正在跟对方头子单挑的陈锋然向他喊："哥们儿，我没想害你。我就是想用你吸引一下他们的注意。我去报警！"

"什么？还敢报警？"方劣面前的人想抽回棍子没抽动，怒道，"多来几个！这是硬茬儿！"

方劣被激出了火气，一脚把他踹倒，把棍子拿到手上，说道："上赶着挨打是吧？来！"

"大哥，他好狂啊！"

"都说了别跟老子汇报！打就完了！"

方劣拿着棍子胡乱地挥了几下，吓得旁边的人连连后退。他嗤笑一声，从面前揪过来一个人，在对方还没反应过来的时候，突然用膝盖狠狠地顶对方的肚子。

这时，又有一个人从方劣的身后挥来棍子。方劣一侧身，抓住棍子的中央部位，一用力将人拉到自己的面前。看见那人惊恐的眼神后，方劣说道："不用棍子不会打？我教你。"说完，他就制住那人的双手，弓身，直接将那人摔回了原位。

方劣回头，问那人："学会了吗？"

没人再吱声了，方劣拾起棍子，往那个大哥那儿走去。

棍子跟水泥地接触时发出了刺耳的声音，大哥一点儿也没注意。他正忙着逮眼前滑溜的小子，终于将那小子逼到墙角，准备大展拳脚的时候，"砰"的一声，他的后颈一疼，直愣愣地倒了下去。

陈锋然正在挑皮厚的地方准备挨打，突然感觉眼前亮了。

他抬头一看，往日被他频繁针对的男生，正如神祇一般挡在他的面前，巷子里刚才还耀武扬威的人，现在不是互相搀扶，就是站不起来。

"神祇"口吐人言了："听不懂人话是吧？还敢报警是吧？"

陈锋然怔怔地道："太厉害了。"

巷子里的人相互对视一眼，然后都拔腿就跑。

大哥悠悠转醒，只能看见小弟们的背影。大哥心里一凉，还没

· 54 ·

说话，方劣就踩上了他的肚子。

"废物。"方劣的脚逐渐用力。

大哥痛苦地点头，方劣把脚挪开后，大哥手脚并用地爬起来狂奔。

方劣把棍子一扔，斜着眼看了陈锋然一眼。看着他那副被征服了的样儿，方劣气笑了，说道："没说你？废物。"

方劣如果知道陈锋然是个什么样的人，就绝对不会说这么一句话。

陈锋然的眼睛"噌"的一下亮了，他一爬起来就抱住方劣，说道："方劣……劣神！我是废物。你教教我吧，之前是我不对，以后你就是我哥。"

方劣把陈锋然拽开，表情复杂地道："有病。"

然后，陈锋然就跟了他一路，他买月饼时还抢着付钱。他也不拦，在旁边冷眼看着。

这一路方劣的耳根就没清静下来。他说他要回家了，陈锋然傻呵呵地应了两句"咱家"，就又开始絮叨。

就在方劣想着要是把这个傻子打一顿，宋衿会不会来找他算账时，这个傻子停止了念经，雀跃地叫了一声"衿姐"。

方劣抬眼看去，他家门前出现了一个不该出现在这儿的人。

宋衿化着淡妆，她的五官是柔和的，化妆后却变得明媚。盘起的丸子头使她修长的脖子裸露在外，脖颈间的肌肤雪白、细腻。身上的裙子还在折射星星点点的光泽，将她簇拥成了这个绚烂的世界中唯一的主角。

没有人能看够这样的画面。方劣只觉得身边所有的声音都消失了，因烦躁而蹙起的眉心也舒展开来，一切黯然失色，只有宋衿在绽放青涩的风情。

陈锋然也在此刻安静下来，连呼吸都放得格外轻，就怕弹指间惊扰到他衿姐。他瞅瞅身边的方劣，又瞅瞅前方的宋衿，在心里嘟囔了一句"一个比一个奇怪"。

气氛安静得诡异，只有老人家露出一副怡然自得的模样，拍了拍宋衿，说道："奶奶的孙子回来了。"

宋衿错愕，脸上的表情变得古怪，冲方劣微微挑眉，问他："你奶奶？"

美好的场景终究被破坏了，方劣感觉到惋惜。方劣学着宋衿的语气，问宋衿："你奶奶？"

陈锋然感受到气氛变得尴尬，干笑两声，说道："要不……我奶奶？"

他刚过来的时候没想到他衿姐也在，现在三方对峙，他只感觉夹在中间很为难。天将降大任于斯人也，陈锋然接受使命，迅速地冲到方奶奶旁边，向方奶奶介绍自己。

宋衿一想到自己刚才还兴致勃勃地跟方奶奶说她孙子的坏话，脸颊上便染上了红晕。往日淡然的少女，褪去与年龄不符的成熟，更显清丽，就是和平时不太像了。

方劣大步走开，在宋衿的旁边站定。

宋衿像触电了一般，"唰"的一下站起身。却因为她蹲的时间太长，大脑供血不足，就要往前栽倒。

方劣伸出手臂横挡在她的身前，皱着眉问道："急什么？"

宋衿头一回在背后说别人的坏话，就被当场抓包。方劣的胳膊很坚硬，她像撞在了铁栏杆上，接触的地方还有些痛。她稳住身形，往后退了一步。

宋衿："你——"

方劣："你——"

两个人同时一怔。

"你——"

"你——"

两个人又同时一怔。

宋衿彻底闭嘴,索性不再理他,转过身看向方奶奶。老人家耐心足,不管听没听懂,都会回答陈锋然的话。

宋衿正想插话的时候,背后突然传来一阵笑声。她忍无可忍,偏过头去,说道:"你……"

这一次,她也没能将话说完。

方劣的身上被阳光笼罩上了金辉,他抬起头,拿手挡在眼前。他的笑声越来越大,浑身紧绷的线条毫无顾忌地变得柔和,像是凶悍的野狼开始撒欢儿。

宋衿搞不懂他在乐什么,也忘了自己想说什么。她看着眼前和她印象里完全不同的少年。他不再狠戾,不再嚣张,像是独属于他的孤僻的角落被俗世所接洽,耀眼夺目,意气风发,也让宋衿觉得更加真实。

然后,她就听见方劣对她说了一句"化得真丑"。

他是挺真实的,但照样讨厌。宋衿没控制住自己,瞪了他一眼。她收拾完就出来了,没好好照过镜子,不知道她现在的模样有多吸引人。

柳青青的化妆技术,确实有慢工出细活儿的意思。宋衿的脸部轮廓没什么改变,就是气质变了,少女的表情说是瞪,不如说是撒娇。

方劣登时止住笑,又补了一句:"以后别这么化了。"

宋衿的注意力早被陈锋然吸引,她眼神复杂地上下打量了方劣一遍,说道:"你还挺乐于助人。"

方劣面色一变。

陈锋然刚跟方奶奶讲完发生在巷子里的事,就感觉一道充满杀意的目光朝自己看来。他抬头一看,故事的主角正看着自己。

方劣问他:"嘴不把门是吧?"

"没，没，您误会了。"陈锋然生怕落得和那些人一样的下场。他连忙把手里的几盒月饼递给方奶奶，并对方奶奶说道："奶奶，中秋节快乐。"

"奶奶可吃不完这么多。"

宋衿看看还在和陈锋然说话的方奶奶，又看看被自然而然地递到自己面前的月饼，一时有些无措。

"拿着。"方劣倚着墙，胳膊交叉在胸前，说道，"就是给你的。"

像是为了配合他的话，方奶奶拿着月饼的手还轻轻地晃了晃。

宋衿有点儿拘谨地说了一句"谢谢"，双手接过月饼抱在怀里。好像那不是一盒普通的月饼，而是什么稀世珍宝。

"不许跟奶奶说'谢谢'，奶奶听不得。"老人家回头，拍了拍宋衿的手，又用一种骄傲的语气和陈锋然说："好……小劣很厉害的。你看，他一点儿事都没有，那些人肯定都没有碰到他。"

"对对对，劣哥超级帅。"陈锋然兴冲冲地附和。

"从很久之前，小劣就不用我操心了。他啊，带伤不回家，回家不带伤。"方奶奶说罢，无奈地叹了一口气。

那他不回家的时候呢？宋衿看了方劣一眼，他垂着头，不知道在想什么。

好像是察觉了宋衿的目光，方劣动了动。他转过头的一瞬间，宋衿捕捉到了他的脸上一闪而过的苦涩的表情。

方劣没注意到，用嘴型问她：怎么了？

宋衿摇摇头，挪开目光。

他们又不熟，甚至交恶，她没必要关心他。

晚风起，霞光落。

宋衿一直陪方奶奶待到天色暗下来。本来方奶奶要留她吃晚饭的，她也考虑答应。她在准备给柳青青发消息时，不经意间瞥见了方劣脸上抗拒的表情，心想：他的领地意识还挺强。于是，她识趣地婉拒了。

其间，陈锋然接了一个电话就跑了，说他的父母来陪他过中秋节了。临走前他还用恋恋不舍的目光看看方劣，把方劣看得心中一阵恶寒。

小巷子里的灯并不亮，只能照到一小块地方。灯与灯之间的距离还不短，这就导致灯和灯中间的一块是没有光的。

方奶奶不放心宋衿自己走，嘱托方劣把她安全地送回家。两个人都无法拒绝奶奶的要求，于是造成了现在这个尴尬的局面。

先不说他们俩开始就起过冲突，就凭宋衿在开学第一天上楼时听到的那两句话，她就先入为主地认为方劣不是什么好人，更何况还有周舒秦的关系在。

宋衿觉得现在比让她独自走夜路还难熬，只想赶紧逃离。

"把我送到清大就行。"宋衿顿了顿，又道了一声"谢"。

"祖孙连心听过吗？"方劣今天格外喜欢说问句。没等宋衿给出答案，他就接着说，"我奶奶听不得'谢谢'二字，我也听不得。"

方劣本来领先宋衿半步，跟她说话时又与她同步了。他伸手拽了宋衿一把，问她："看不见路还要闷头往前冲？"

"你看得见？"宋衿甩开他的手，没管他。往前迈步时她踩到了一个浅坑，重心不稳就要摔倒。

方劣又掐住她的后颈把她提回来，靠近她，像是在和她说悄悄话。

"我铭记于心。"

他们之间的距离太近了，她那被他控制住的后颈像在被灼烧。宋衿匆忙地躲开，但不敢再瞎走，于是只能尽力地挪动上身。

很滑稽的画面，方劣也捧场似的鼓了鼓掌。

无名火起，宋衿启唇讥讽："你也就能记住点儿路了。"

"我是年级第一名。"方劣懒洋洋地回敬道。

宋衿被他的话噎住,语气生硬地道:"以后可不一定了。"

方劣闷声笑了一下,接着逗她:"你知道吗?你对谁都好,就对我不好。说不准哪天就会因为这种特殊待遇,对我由恨生爱了。"

他是真的没脸没皮,宋衿肯定地道:"没这个可能。"

这会儿他们正好走到灯下,方劣回头睨了她一眼,脸上毫无情绪起伏,特别像她在论坛里看到的那一幕。宋衿没见过这样的眼神,这会儿的方劣,像是不会在意谁的死活的冷血动物。

宋衿站在原地,浑身的血液瞬间变得冰冷。

"这就被吓到了?"方劣故意把语速放得很慢,压迫感满满。

宋衿眼睁睁地看着方劣走近,把手放在她的头上,她的思维变得迟钝。

然后,方劣笑了起来。方劣的手从宋衿的头上滑到她的肩上,方劣就这么扶着她,笑得比下午时还要夸张,甚至弯下了腰。

宋衿反应过来,"啪"的一声拍开方劣的手,一个字一个字地问道:"你无不无聊?"她说完就走,也不管能不能看清路。

方劣跟了上去,他步子大,没走几步就追上了宋衿。他没再往前走,就那么不紧不慢地跟着她。

宋衿本来就被吓得厉害,走路时也不是很稳,后面还有甩不掉的脚步声,心里烦得要命。她开口想骂方劣,又怕让他产生什么别的想法。

她深呼吸了一下,语气变得礼貌而疏远,说道:"麻烦你了,方同学。送我到这里就可以了。"

方劣听出了她没能掩饰住的哭腔,叹了一口气后道:"你不也凶过我吗?"

"你活该。"宋衿脱口而出。

方劣勾了一下嘴角,走到她面前,说道:"行了,我以后不吓你了。这段路不好走，你跟好我。"

不料，宋衿摇了摇头，往后退了一步。

"怎么？不要命了？"他问。

宋衿不为所动，仿佛只要方劣不走她就也不走。

还是这么犟，方劣在心底叹气，定了定神，先服软，说道："是我不对，抱歉。"

宋衿看着眼前这人罕见地给别人道歉，心里舒服了一些。但她依旧没应声。

方劣察觉了她表情的松动，又态度强硬地道："但如果没把你安全地送回家。我违背了奶奶的意思，于心不安也不敢回家。到时候奶奶也会担心。"

"……"宋衿实在没想到这人能这么强词夺理，她没被这样吓过，既害怕又委屈。她想不通方劣在执着什么，接着待下去相看两厌吗？她明知道他说的话没一个字是可信的，偏偏没办法拒绝。

她越想越难过，强忍着眼泪，一声不吭地往前走。

方劣知道她这是答应了，跟上去消停了没一会儿，又说道："我……"

宋衿实在是维持不住客气的假面了，冷冷地道："闭嘴。"

方劣依言闭嘴，往她的面前递了一样东西，是一根草。

"我不要。"一根草有什么好的？宋衿想推开他的手，没推动，草的叶子却闭合了。

"含羞草？"她问。

她还真没见过含羞草。

宋衿从方劣的手里把含羞草抽出来，觉得方劣有点儿在哄她的意思。她把方劣吓她时候的眼神还回去，问他："装什么听话？不是很凶吗？"

方劣被看得一愣，下意识地问："我什么时候不听话了？"

他疯了？

宋衿充满疑惑地看了方劣一眼。

他又问："你想让我听话吗？"

他疯了。

宋衿居然有点儿动心。

她恍惚想到前七年里，她像一只没头苍蝇般打转的画面，然后厌弃自己。

宋衿很讨厌那些阴暗的想法，讨厌那样的自己。她想灿烂、盛开，而不是腐坏、凋谢。但方劣不仅看到了她掌心上的伤痕，还用一句极具诱惑力的话，勾得长年累月被深埋起的恶念冒出尖儿，她好像无法再忽视了。

"不是这样的。"宋衿"喃喃"自语。

方劣没听清，问她："什么？"

分明轻风席卷，是一个凉爽的夜晚。宋衿却感觉周围又冰又烫，不舒服得很。她装作很平静的样子，对方劣道："奶奶这辈子最大的败笔估计就是你了。"

方劣不置可否，反问宋衿："那对你来说，我败在哪儿？"

巷子里夜色朦胧，月光洒到他的头发上。

宋衿本想随便应付一句，却被晃得晕乎乎的。

她轻声回答道："威胁别人，边界感弱。"她顿了顿，又说道，"还有，最重要的，周舒秦。"

"是吗？"方劣漫不经心地顺着她的话问，"周舒秦……你画上的人，对你来说很重要？"

宋衿看着他，夜风撩起他的发梢。她任由黑暗笼罩住自己，轻声说道："是钥匙。"

方劣或许听清了，也或许没听清，不再说话。傍晚的倾诉得不到回应，才是最让人放心的。

中秋节一过,又清市的天气就彻底变凉了,秋风萧瑟,枯枝萎靡。树叶在一夜之间归于尘土。

"劣哥,你刚才说得先学会挨打是吗?这个我在行,要不我教你挨打,你教我打别人……"

宋衿在大教室的后门外都能想到,陈锋然那停不下来的嘴是怎么张开又合上的。她在家里缓了两天,不断地告诫自己方劣有多危险,才将就着把那天晚上被激起的疯狂按回到角落里。

她把陈锋然这个没心眼儿的人落下了。宋衿提着早餐袋的手一紧,她加快脚步进了教室里。

她一推开门就看见周舒秦紧紧地皱着眉,像在执行指令似的翻书。周舒嘉坐立不安,偶尔飞快地往陈锋然那边看一眼,又偷偷收回视线,脸上写满不解。

宋衿把早餐分别放在四个人的桌上,周舒嘉看见她后就像看见了救星,叫道:"衿衿!"

"我知道怎么回事。"宋衿三言两语概括了那天陈锋然讲述的事情。

周舒嘉恍然大悟,又很快变得忧心忡忡,犹豫着道:"可我哥和方劣……"

她没说完,但宋衿知道她要说啥。

周舒秦对方劣不满不是一天两天的事了。陈锋然这么做,无异于在打周舒秦的脸。

"陈锋然这人直。"宋衿微微叹气,露出一抹温柔的笑容,说道,"不过他也知道孰轻孰重。"

周舒秦失神片刻,将面前的书合起搁在一旁。秋风透过没关严的窗缝吹向宋衿,沁着丝丝凉意。

周舒秦起身去把窗户压实,确保它处于紧闭的状态。

宋衿今天穿的衣服确实比较单薄，她对天气的认知还停留在中秋节假期的第一天。

"披上。"周舒秦把自己的外套脱下递给宋衿，见宋衿要拒绝，悠悠地叹了一口气。他问，"连你也不愿意和我接触了？"

宋衿失笑，无奈地接过外套，说道："陈锋然肯定不是这个意思。"

"我能理解。"

教室里闹哄哄的，宋衿在嘈杂声中听出周舒秦说的不是真心话。她摇了摇头，也没再问。

她披上外套，冲着陈锋然的方向轻轻地唤了一声。陈锋然听到后条件反射地回了一声"到"。

随后，陈锋然浑身一僵，心想：完了，忘了时间了。

宋衿没管他是什么反应，说完"回来吃早点"就坐下了。

陈锋然心想：衿姐不会生气了吧？班长肯定生气了，我怎么忘了？

陈锋然一顿唉声叹气，临走时还不忘跟方劣说："劣神，我先走了，你别怪衿姐。她……"他想不出什么好理由，义正词严地补了四个字，"怕我饿着。"

方劣想：老子今天晚上就潜入宋衿家的祠堂，跪拜她的列祖列宗以表感谢。

方劣本来是打算早点儿来补觉的，没想到陈锋然来得更早。陈锋然一看见他眼睛都亮了，并对他说了一句"劣哥，我想死你了"。

方劣头一次怀疑自己的记忆力。莫非当初为了帮周舒秦，拳头差点儿挥在他身上的人不是陈锋然？

周舒秦进教室里后，陈锋然还在那儿说个不停。方劣明白了，陈锋然是真傻。

听见这个比他奶奶还絮叨的傻子可算说要走了的时候，方劣正眯起眼看宋衿身上的外套。

"算了。"

方劣呓语似的开口，收回视线，趴在了桌子上。

他想：一件外套而已，披就披吧。

今天本来就冷，看宋衿那股不遮不掩的冷漠劲儿，方劣也知道她不可能披他的外套。

上了两节课，大家都有点儿精神不济，在"呼呼"的风声中埋头睡去。

周舒秦被谷崇叫去办公室了，宋衿轻轻地叩了陈锋然的桌面两下，示意他跟她出去。

陈锋然怀着一种壮烈的心情起身。

周舒嘉也试探地往外迈了两步，见宋衿没反对，便赶紧跟上。

走廊里人太多，宋衿在楼梯间里停下脚步。

"衿姐……"陈锋然向来天不怕地不怕，此时也有点儿紧张了。

宋衿将双臂放在楼梯的栏杆上，瞧见他的神情后露出淡淡的笑容，说道："慌什么？我又不是要骂你。"

陈锋然如释重负，靠在墙上，说道："吓死我了。"

"你又没做错，方劣确实帮了你。"宋衿望着楼梯拐角处的窗户，飘落的树叶脉络分明。

"是吧！"陈锋然骄傲地一仰头，说道，"知恩图报只是我众多的优点中的一个。"

"但你也知道周舒秦和方劣有嫌隙。"宋衿颇为头痛，无奈地笑道，"你早上那样做，周舒秦的心里会不舒坦。尤其他还不知道发生了什么事。"

"我不是故意的。"陈锋然泄气地说，"我当时太激动了，没注意他和嘉嘉进来。"

周舒嘉听到这儿，张了张口，话到嘴边又咽了回去，攥紧衣角。

宋衿察觉了，向她露出一个具有安抚意味的笑容。宋衿接着对陈锋然说："如果两个人你都想结交，就调配开来。"

"那我不成渣男了吗？"陈锋然出言极快，不假思索，察觉用错词后，轻轻咳嗽了一声掩饰尴尬，继续道，"我是说，好的，我懂了，衿姐。"

周舒嘉没忍住弯起了嘴角，揪了一个早晨的心终于放松下来。

"衿姐，如果你遇到这种情况也会这么处理吗？"陈锋然觉得宋衿干不出左右摇摆的事。

宋衿摇摇头，说道："只是给你提意见罢了，我还没遇见过这种事。"

走廊里追逐声四起，狂风拍打着窗户，窗台上堆积的落叶被尽数扫开。她想了想，弯了弯眼睛，说道："但如果我的首选是周舒秦，就不会有第二个选择。"

她永远偏向她的记忆。哪怕只有一丝可能，对她来说也是至宝。

周舒嘉在回教室的路上落后于宋衿半步。她总觉得刚才宋衿说的最后一句话哪儿不对劲儿。

灵光一闪，周舒嘉从后面戳了戳陈锋然，却没叫住他。

宋衿已经进教室里了，陈锋然跟着就抬腿，周舒嘉一着急拉住了他的手。

陈锋然惊讶地回过头，刚张开嘴，还没发出声音，就见周舒嘉脸一红，飞快地松开他的手，做了个噤声的动作。

两个人往后门处走了走，周舒嘉弓着腰，将脚步放得很轻。

"嘉嘉，"陈锋然面色复杂地道，"先说好，偷鸡摸狗的事然哥可不做。"

周舒嘉意识到自己的动作不妥后，连忙直起身，刻意压低声音，问他："不是……你觉不觉得刚才衿衿说的话不太对？"

"我听不清啊。"陈锋然茫然地瞅着她，问，"你在说什么，嘉嘉？"

"……"

周舒嘉不懂，为什么话痨的耳朵会不好使。

"我逗你呢，嘉嘉。"陈锋然笑了一下，慢悠悠地说，"你就正常说吧，没人会偷听的，衿姐怎么了？"

周舒嘉深吸一口气，怕宋衿出来找他们，所以没敢浪费时间，正色道："我觉得衿衿喜欢我哥。"

陈锋然一秒钟都没犹豫，直接笑出了声，说道："不可能的，嘉嘉，衿姐那叫重情重义。我阅偶像剧无数，可以向你保证，衿姐看向你哥的眼神里只有友情。"

周舒嘉有理有据地道："那衿衿为什么说我哥是首选？"

陈锋然挠了挠下巴，装作认真思考的样子，说道："这个嘛……"

周舒嘉的眼睛越来越亮，他没忍住，上手摸了摸她的头，说道："说不定换个人衿姐也会这么说。别这么敏感，更何况她又不是一个草率的人，这才哪儿到哪儿？"

是这样吗？周舒嘉正想着，后门就被人从里面敲了几下。

"这间教室的门不隔音。"说话者是方劣。

他顿了顿，又说道："本来不想打扰，但显得像我在偷听。"他沉默几秒钟后，又说了一句，"我觉得陈锋然说得对。"

周舒嘉的脸以肉眼可见的速度红了，她觉得自己要被蒸熟了。她瞪了陈锋然一眼就跑了，进了常去的教室里才想到，方劣又不是她讨论的话题中的主人公，没有什么可尴尬的。

陈锋然没走，得到认可后还挺高兴。他把耳朵贴在后门上，对方劣道："劣哥，咱们以后就这么说话怎么样？这里真是一个说话的好地方。"

方劣没反应，陈锋然锲而不舍地唤道："劣哥？"

方劣依旧没反应。

这么下去不是个办法，陈锋然提议道："这样，你如果同意就敲两下门，不同意就敲一下门。"

后门突然被打开了，陈锋然向教室里摔去。

方劣坐在椅子上垂着眼看他，指间夹着一支笔。陈锋然能看出方劣心情很差，方劣说话时声音逐字加重。

"别烦我。"

陈锋然瞬间联想到开学第一天的场景，手忙脚乱地站起来。他有点儿心悸，同手同脚地往座位处走去。

还是看不见好，他不用直面来自他劣神的压迫感。陈锋然在心里决定，以后除非隔着门，否则不轻易跟方劣说话。

周舒秦刚好也在这间教室里，朝陈锋然笑了笑。

陈锋然听完宋衿的话后就有一种愧疚感，好像他抛弃了周舒秦一样。他心虚地喊了一声"班长"。

周舒秦点了点头，笑道："没事，是我的问题。按宋衿说的那样做就可以。"

陈锋然更加感动了，用力地点头，说道："班长，你放心。我绝不负你。"

周舒秦想：倒也不必如此。

整整一天，周舒秦什么都没学进去。宋衿的一句他是首选，占据了他全部的思想。

当时他刚要上楼，发现忘拿资料了，准备回办公室的时候，宋衿的话闯入了他的耳中。

他像一个毛头小子一样，取了资料就向教室里冲。等真见到宋衿了，他又不知道该说什么了。

说他听见了？他觉得太直白。

假装不知道？他绷不住。

最后，周舒秦含蓄地对宋衿说了一句刚才他在楼下。

宋衿抬起头，眉眼弯弯，说道："你没听错，是我说的。"

晚自习时，宋衿被谷崇叫到了办公室里。

"小宋，进度跟得上吗？"谷崇问。

还没到供暖的时候，谷崇的办公室里却莫名其妙地暖和。

宋衿答道："跟得上。"

她的眼睛在不由自主地寻找热源。谷崇弯下腰，搬了个东西出来，乐呵呵地道："年纪大了，怕冷，自主供暖要做到位。"

一个取暖器对准宋衿，她的身上很快变得暖暖的。

"马上要参加期中考试了，别给自己太大压力。"谷崇接着说，"那些竞赛都不感兴趣吗？"

宋衿抿了抿唇，说道："我……先跟进度吧。"

"期中考试前会举行秋季运动会，期中考试后会举行文艺晚会。偶尔放松放松。"谷崇说这话时，像一位不愿小辈一心扑在学习上的长辈。

"我会参加运动会，但是文艺晚会……"宋衿犹豫着，不知道该怎么说。

说来也怪，自从上次谷崇和她提过让她跳舞的事，就再没有提过。难道是方劣对他说了什么吗？

"想参加就参加，不想就不去了。"谷崇摆摆手，打断了宋衿的思绪。

他真是一位纵容小辈的长辈。宋衿浅笑，应了一下。

谷崇又和她聊了一会儿别的就让她走了，但在她走之前托她回去后把方劣叫来。

宋衿边上楼边思考对策，步子几乎是一下一下地挪。即便如此，她走到自习室的时候，依然没想出什么好办法。

算起来，她已经忽视方劣半个月了。

开始时还好，方劣挺识趣，不提那晚的事，也不像刚开学时那样，有事没事说她一句。后来，二人相安无事的状况截止到三天前。

因为期中考试快开始了，所以宋衿起得早。她在家里背完单词，就会来学校里做数学题。

那天她按开常去的教室里的灯，以为里面没人。她打开题册后，后门处轻轻响了两声。她控制不住地回头去看。

方劣穿着一件黑色的冲锋衣，懒洋洋地看了她一眼，头发还有几根立着，整个人攻击力十足。

"早啊。"

他的声音有些哑，两个字像是在舌间被揉碎了才被放出来。他的声音里带着那种很容易让人脸红的缱绻之意。

宋衿差点儿应出声。

窗外的月亮还没完全消失，太阳就已经迫不及待地爬上了山坡。

被宋衿虚握在手里的笔，好像能感觉到她的不专心，晃了一下，掉在了桌上。

"啪"的一声，宋衿回过神，迅速地回头。

方劣笑了一声，没再说话。

在只有两个人的空间里，大家总会格外在意另一个人的动作。

方劣拉开椅子时椅子与地面摩擦发出的声音，脱外套时面料的摩擦声，甚至他将双腿交叠在桌下时，嫌空间太小，那声不耐烦的"啧"，都传到了宋衿的耳朵里。

或许是前些日子方劣表现得太无害，宋衿只是耳朵烫了一阵，很快就进入了学习状态。

他看起来很像有恃无恐。

所以她没能发现,方劣落在她身上的目光从发顶滑落到了后颈,在马尾辫没能遮掩住的白皙的肌肤上打转。然后,他喝了一口水,向她走近。

"这儿错了。"

方劣指骨突出的手突然出现在题册上,宋衿着实被吓了一跳。

"没错。"她强迫自己冷静,翻开答案,说道,"是对的。"

方劣:"对了啊——"

他将尾音拖得很长,有点儿可惜似的。

"题的答案你都给出了。"方劣倚在她前方的桌子边上,低下头说道,"什么时候给我答案呢?"

他在说后面几个字时声音很轻,像是在和宋衿说悄悄话,语气是单纯的疑惑。

"什么答案?"宋衿尽力让自己像对待普通同学一样对待他,说道,"你的成绩比我的好,不需要问我。"

"什么答案?"方劣弯起嘴角,说道,"那天晚上我问你……"

你想让我听话吗?

宋衿浑身一僵,不用他说完,这句话就自觉地浮现在了她的脑中。

她起身回过头,与身后的男生对视。

"方劣,"她的语气格外认真,"你别再惹我了。"

方劣两只手撑着桌面,视线正好与她的视线平齐。

"我不知道你到底是什么想法,但我想那天我已经说得很清楚了,咱们做不成朋友。我不是你小时候揪揪辫子就能追着你跑的小女孩儿,更何况你做得比那过分多了……"

宋衿还没说完,方劣的脚落了下去。他面无表情,她形容不出来,反正看着是挺冷漠的。

"小时候的小女孩儿?"方劣直起身,像自言自语似的。宋衿什么都没听见，没等到他继续说，就见他收起所有的表情转身走了，还落下了一股凉意。

什么毛病？

宋衿皱起眉，坐了回去。

她是真心在劝方劣。

但她发现她是真的摸不透方劣。

就像……她摸不透自己一样。

回忆到这儿，宋衿盯着没动静的后门处，方劣此前说过的那句"厌不厌"又出现在了她的耳边。

半晌后，她往前走，头也不回。

她想：我就是厌。

又清大学的秋季运动会一向办得很隆重。因为跟国庆节连着，所以连布置场景、选购奖品都做足了功课。等一切准备得差不多了，又开始给家长发放邀请帖。

陈锋然因为是体育委员，所以一个人报了好几个项目。

这几天一直在下雨，大家很容易感冒。周舒秦不幸感冒了，只能象征性地报了一个项目——跳远。

宋衿报了女子800米赛跑这个项目。

周舒嘉本来也跃跃欲试，可是还没开口就被她哥的眼神吓回去了。

宋衿没劝，一个月接触下来，发现周舒嘉的身体确实偏弱，慢慢也差不多摸清了周舒嘉的底线在哪儿。这次的运动会，周舒嘉绝对不适合参赛。

陈锋然安慰似的拍了拍周舒嘉的肩，让她等到最后把他扛回教室就行。

方劣被陈锋然追着劝了几天。方劣实在被烦得没办法了，甩给陈锋然一句"随便报"。

  陈锋然也不敢给方劣多报,寻思着自己把小头都拿了,让方劣拿个大头。

  陈锋然大手一挥,给方劣报了一个项目——男子 1500 米赛跑。

  然后他又为班里的同学们忙前忙后地服务了一周。还是剩下了女子 1000 米赛跑这个项目没人报,宋衿受不了陈锋然整天愁眉苦脸的样子,拿过报名表就要在上面签字。

  陈锋然紧抢慢抢给拦下了,后怕得一直念叨"衿姐要是出事了可怎么办啊""衿姐糊涂啊"。

  到报名截止日了,陈锋然还是没找到合适的报名人选。他已经决定改名"陈粉冉",买个假发套戴上,然后自己报名了。

  周舒嘉正在纠正他前后鼻音不分的时候,一个鼻梁上架着黑框眼镜,脸上有些许雀斑的女生来报名了。

  "李婕是吗?"陈锋然兴冲冲地拿出报名表,下笔的那一刻却迟疑了。

  他打量了一下眼前的女生。她看起来是天天坐在书桌前奋笔疾书的那种人。

  做人要有良知,陈锋然唾弃了自己一会儿,开始苦口婆心地劝这位女同学:"这个项目不适合你。跑完真的会喘不上气,你要是出了点儿什么事可不是闹着玩的。"

  这时,周舒秦正好回来。他在看见那个女生后愣了一下,不确定地道:"李婕要报名?"

  "你快劝劝她,她要跑 1000 米。"

  周舒秦坐回座位上,轻飘飘地道:"她读高中时获得了长跑比赛的第一名,我给她颁的奖。"

  陈锋然赶紧把李婕的名字填上,并对她说道:"同学,你可是全班的希望。"

陈锋然目送李婕走远，转过头盯着周舒秦，幽怨地道："有这种人才你不早说。班长，你不地道啊。哥们儿差点儿变性。"

周舒秦失笑道："刚才看见她，我才突然想起来。"

宋衿看着女生坐回座位后，她旁边的女生一边兴高采烈地和她说话，一边眼神止不住地往他们这边瞟。

原来是那两个女生！想到她们当时的对话，宋衿含笑冲着她们点了点头。

在宋衿的认知中，恋爱其实是美好的，有暗暗的雀跃，有总会实现的期待，还有像未成熟的果子那样的酸涩。

但她没觉得自己会谈恋爱，毕竟她连"完整"都算不上。

宋衿收回目光，看到后门旁的空位时，不由得想：要是方劣那种人谈恋爱，不得让对方受足气？也不知道哪个女孩儿受得了他。

天气变得快，昨天还万里无云，今天就乌云遮天昏暗不堪了。窗玻璃上被不停地画上斜斜的细水痕，阴雨连绵的天气是最容易把人的情绪拉到谷底的。

宋衿在楼梯的拐角处站定，靠着阻挡住狂风暴雨的窗。出门时柳青青斟酌了好一会儿才说出口的话，在她的耳边重新响起。

"衿衿，妈妈明天白天有事，晚上去看你好不好？"

可是宋衿是在下午参加比赛，她没办法不感到失落。她过去几年都以身体不适为由，没参加过任何体育活动。这是她第一次参加体育比赛，虽然只是普普通通的 800 米赛跑。

但看着柳青青给自己收拾东西的身影，宋衿始终说不出任性的话。

她沉默地站着，沉默地消化着情绪。

片刻后，她被一道好像在哪儿听过的声音打扰了。

"宋……宋衿同……同学。"

宋衿抬头，人已经站在她面前了。来人是一个很难形容的男生，垂着头，身材瘦小，浑身散发着懦弱和畏惧的气息。

宋衿惯会掩藏，弯了弯唇，温声细语地问他："别紧张，怎么了？"

她的话没起到任何效果，男生依旧是那副模样，继续说道："我想……想和你……你说……一件事。"

"是有什么我可以帮你的吗？"宋衿不由得眯起了眼，开学的第一天被方劣威胁的那个男生，好像就是这个声音。于是，她温柔地对他道，"你慢慢说，我不着急。"

男生深呼吸了一下，鼓足勇气，一下子说完了一长段话。

"宋衿同学，你可能对方哥有什么误解。开学的第一天，方哥只是安排我做一些事情。他是一个好人，你别误会。"

这段话他说得流利且中气十足。要不是话的内容不太中听，宋衿都想对他竖起大拇指了。她脸上的笑意淡了一点儿，她问："他逼你来的？"

男生瞬间又慌了，连忙说道："不……不是。"

宋衿没接话，不知道该再说些什么。

男生自顾自地往下说："我……我找过方哥，他不让我来。"

他偷偷地瞟了宋衿一眼，发现她还在耐心地听着，安心了一些，又说道："宋衿……衿……同学也是很好的人，我不希望你们因……因为我而产生误……误会。"

男生的言行不似作伪，可惜凑巧撞上了宋衿被郁气缠绕。她听见"方劣"二字后觉得更烦了，却因为在陌生人的面前还得强忍着，只好笑着对他说道："我知道了，谢谢你。"

第四章

新季破茧疯长

男生刚走,方劣就上楼了。他面色冷漠,垂着眸,自始至终没看宋衿一眼。

宋衿也没看他,直到他转身就要进走廊里。

"有人来找我,为你洗刷冤屈。"她淡淡地道。

方劣慢慢转过身,和她四目相对,问她:"不躲了?"

宋衿心里不爽,在脑海中一遍遍地复盘方劣从头至尾的所作所为。她静静地看着他,也不知道哪儿的枷锁松了,笑了起来,却不是平日的假意温柔,讽刺地道:"躲你?你误会了,我只是嫌你,一看见你就烦,懂了吗?"

方劣神色不明,一边走一边意味深长地重复道:"一看见我就烦?"

他走到宋衿的面前时也没停,还在往前靠。宋衿推不开他,只能把脸往旁边转,重现他们第一次在校门口见面时的场景。

"我也看见了。"他语气平静地道,"宋衿,既然要拿我撒气,就再大胆一点儿。"

现在她才后知后觉地反应过来自己干了什么，再用力也推不开面前的男生。她声音发颤，怕被人看见，又怕方劣更加过分，咬着牙说："放开我。"

"惯的你。"方劣扯了扯嘴角，握住她的手放在暖气片上，"等价交换，明天给我加油。"

他这话说得没有商量的余地，宋衿慌忙地点头。

又清大学举办运动会的时候碰到了好天气，久违的阳光洒满跑道，秋风也变得清爽。宋衿没心情感受，绷着脸，将让陈锋然帮忙写的加油词递上主席台。

"请参加男子1000米赛跑的选手去看台右侧等待。"

音响里的声音震得宋衿的鼓膜都在动。她往右侧一瞥，方劣的身边站着陈锋然，还围了四五个男生。阴凉处站着一群女生，她们手里捧着水，你推推我，我推推你。结果几分钟过去后，她们还是站在原地。

这么一看，方劣好像受欢迎得很，完全看不出传言中孤僻的模样，也不需要她给他加油。

宋衿往下走，方劣正好抬头，眼神锁定在她的身上。

"衿姐！你也来给劣哥加油啊？"

陈锋然问完才想起两个人关系不好。他刚要改口，就见宋衿点了点头，不情不愿地"嗯"了一声。

她又抿住了嘴，挤出"加油"二字。陈锋然惊讶不已，还得是他劣哥。

"等等我吧。"方劣笑道，"拿个第一名给你看看。"

他话里的重心落在前半句，后半句仿佛只是抛出唾手可得的诱饵。阳光照在他的身上，使他看起来很是耀眼。

宋衿又一次看到了方劣未曾展露的一面，鬼使神差地点了点头。

她跟陈锋然走到终点时,枪声正好响起。跑道上的人觉得格外漫长的时间,在宋衿看来也不过几分钟。

方劣今天身上的香味格外明显,他每次从她的身边路过时,她都能清晰地闻到。和其他人的欢呼雀跃不同,宋衿只是面带微笑,安安静静地站着。

在方劣跑到最后一圈的时候,那份被压在最底下的加油稿,终于被主席台上的人念了出来。

"劣哥,我只有一句话要嘱咐你:'赢得别太轻松,给别人留点儿面子。'"

宋衿转向旁边,那眼神让陈锋然心里发毛。他干笑两声,说道:"衿……衿姐,你让我随意发挥的。"

"我错了。"宋衿按住眉心,说道,"我应该让你正常点儿。"

正不正常先不说,这句话散发的张扬感直接点燃全场。尤其心研1班的学生,一个个吼得脸都红了。方劣冲过红线,被一堆人迎着围了上去。他个子高,视线越过面前的众人,直接缠住了宋衿。

宋衿现在心里全是对那段加油词的无语。接收到他的目光后,她敷衍地拍了两下手,就没其他反应了。

方劣挑了挑眉,用嘴型问她:这么乖?

谁乖?

宋衿愣住了,只见方劣的眼神瞟向她手里拿着的水——陈锋然怕她渴,拿给她的水。

"你误会了。"人声嘈杂,宋衿都没听清自己说了点儿什么。于是,她很干脆地拧开瓶盖,在方劣热切的注视下,喝了一口,说道,"再见。"

这两个字倒是传到方劣的耳中了。他看着她毫不留情地转身,马尾辫一甩一甩的,气笑了。

天色渐渐变暗，宋衿收到了柳青青在教室里等她的消息，正在上楼梯。

"下午跑得挺快。"方劣不知道什么时候出现在了宋衿的身后，她脚步一顿，接着往前走。

方劣被无视也没什么反应，不紧不慢地跟在她身后，像一道影子。

柳青青挂了电话，听出宋衿的脚步声后转过身笑着唤她："衿衿。"

宋衿还未开口，身后的"影子"就先说话了。方劣稍一侧倚，露出半张脸，懒散地拖着音，说道："阿姨长得真好看，适合当演员。"他像是把自己说乐了，又说道，"我也适合。要不，阿姨和我组个组合？"

"方劣！"宋衿瞪他，斥道。

其实这两句稍显冒昧的话，被方劣这样的人说出后反倒显得客气，更像是怪声怪气的恭维。

方劣似笑非笑，留下一句"再见"，就后退两步下楼了。

宋衿微微蹙起眉，难道方劣跟她一路就为了把这两个字还给她？

柳青青的表情有些难看，宋衿注意到了，解释道："他这人……比较无聊。"

柳青青："妈妈不知道你还有这样的同学。"

宋衿一惊，生怕柳青青明天就要给她办休学手续，昧着良心乱夸起来："妈，他是年级第一名，人长得也还行，性格……是怪了点儿。"

许是看出了她是在绞尽脑汁地夸方劣，柳青青挤出一抹笑容，说道："没事，衿衿，妈妈知道。你还是少跟他接触为好。"

"好。"宋衿挽上柳青青的胳膊撒娇，笑吟吟地转移话题，"妈，我带你转转。"

期中考试距运动会不过三天。宋衿早出晚归一直持续到期中考试后,脑中绷着的弦才算松下来。

一考完,陈锋然就找到宋衿,兴奋地道:"你给我出的题好多中了!神了,衿姐!"

"小陈同学,"谷崇出现在宋衿的身后,问陈锋然,"那这次考试我能看到你进步10分吗?"

"这……这可能有点儿难。"陈锋然擦了擦不存在的虚汗。

谷崇笑了起来,说道:"逗你呢,下次加油。"

"老师再见。"宋衿弯起嘴角,目送谷崇远去。然后,她回答陈锋然的话:"考得不错。"

周舒秦跟上来,说道:"比一比?输的人请吃饭。"

"我赌宋衿赢!"陈锋然说道。

宋衿没拒绝,笑道:"好。"

"那我赌我哥赢。"周舒嘉冒出头来,说道。

陈锋然:"嘉嘉,然哥除了学习,可就没输过。"

宋衿笑着往外走,听着他们孩子气的话语笑了。路过后门时,她为了躲避人流便往里靠了靠。考场里的人还没走完,有人安慰愁眉苦脸的同伴,有人藏不住笑意,眼里闪着光芒。

宋衿扫视了一圈,没看见那道向来扎眼的身影。

"衿衿,快走快走,再不走就又得等好久。"周舒嘉催促道。

"来了。"宋衿应道。她被周舒嘉牵着手下楼,回过头时还是胡乱想着。

估计方劣早就走了,考试的时候她就坐在方劣的后面。她想题出神,一抬眼就看见他不停地动笔。宋衿几乎没怎么看过方劣学习、做题,但他在考试时偏偏没停过笔。

说起来,最近他安分得有点儿不可思议。

后背被撞了一下,宋衿骤然反应过来自己在想谁。她赶紧摇了摇头,转而与身旁的几个人聊起了天儿。

今年冬天的第一场雪来得格外早。

不知道谁低声跟同伴说了一句"下雪了",随后,那间教室里所有的人向窗外看。雪花纷纷扬扬地飘洒,朔风并未跟随,再往远处是浓厚的白雾,很柔和,也很无情。

事情发生得很突然,大家都在感叹银霜爬窗的时候,一道带着惊愕的声音响了起来。

"有人晕倒了!"

周舒秦迅速地起身,发现晕倒的人是周舒嘉之后,反应极快地抱起周舒嘉向医务室跑去。

宋衿一直到坐在病床边还没缓过来。她像是参与了一场悲情剧的大结局,有一种恍然如梦的感觉。

周舒秦和他的父母在走廊里争吵,语气和内容都让人窒息。

"为什么不照顾好妹妹?现在怎么办?"

"为什么不问问自己?为什么照顾不好自己的女儿?为什么不想想,儿子也只比女儿大1岁?"周舒秦连续抛出三个问题,语气很冷漠。

"你这说的是什么话?从小我就告诉你,妹妹身体不好,你要好好保护她!"

"从小?从小我不小吗?"

"你怎么就是不明白?你是哥哥,她是你妹妹。"

宋衿打开门,看向站着的三个人,说道:"叔叔、阿姨。"她保持着礼貌唤了一声,然后语气变得强硬,又说道,"嘉嘉还没醒过来,请你们去别的地方吵。"

周舒秦的脸上写满不耐烦,他率先抬腿。周父、周母的神情变了一番,接着,他们便跟着儿子出去了。

"我们想让你知道照顾妹妹的重要性,也希望你能让我们知道,你为什么不太喜欢妹妹……"

还能为什么?宋衿听着逐渐变得模糊的声音,关上了门。刚才在教室里时,她看见周舒秦的表情不是着急,而是绝望。当时她也想问同样的问题。

现在她终于理解,生活在这样的家庭中,连呼吸都会变得困难。怪不得每次体育活动,周舒秦都尽力阻止周舒嘉参加。

"衿衿。"

宋衿回头去看,周舒嘉唇色极淡,苍白的脸上挂着泪水。

她都听见了。

宋衿呼出一口气,勾起唇角,柔声细语地道:"嘉嘉,感觉怎么样?"

"衿衿,我哥……一定会又开始讨厌我。"周舒嘉答非所问,喉咙里溢出几声呜咽。

宋衿怕她口渴,走到饮水机前给她接水,安慰她:"不会的。"

"我小时候都是在家里学习的,爸妈给我请家教。那会儿哥哥一放学我就会迎上去,每次他都只瞥我一眼就走。当时我看不懂哥哥的眼神,后来慢慢长大,我终于感觉到哥哥对我的厌恶。我难过了很久,然后逐渐习惯了。我知道哥哥是有理由嫌弃我的,可我不知道该怎么说。"

周舒嘉的泪打湿了枕头,可能是因为生病不好受,她看起来比平时娇弱。

"爸妈都在为我着想,我没资格说爸妈。区别对待太严重,我更没资格说哥哥。我拼命地想办法缓和我和哥哥的关系。后来来到这里,我终于可以和哥哥一起上学了。加上我很长时间没有发病,和哥哥的关系才找到了一个平衡点。这次……"

"嘉嘉……"宋衿打断周舒嘉的话，捏紧纸杯，热水溢出，流到她的手上。她问，"你们什么时候来这儿的？"

"读初一时。医生说这里的环境适合我养病，我们全家就搬来这边了。"周舒嘉有点儿疑惑，有些哽咽地问，"怎么了？"

"没事。"宋衿垂眸，将纸杯搁在床头柜上，对周舒嘉道，"嘉嘉，别多想，好好休息。"

她走出门，靠着瓷砖墙滑坐在地上。真相突然就大白了，她在读初中前失忆，而周舒嘉兄妹在读初一时才搬来又清市。他们怎么可能是她梦里的那对兄妹？

宋衿还是高估了自己，她根本没有做好准备，只是无知者无畏。空旷的走廊里，她攥紧手，许久没被指甲嵌入的掌心再一次产生痛感。

宋衿站起身，走进一个堆积着杂物的教室里，蜷缩在角落里。她那白皙的手，因为用力而青筋绷出、指骨突出，显得格外狰狞。

方劣已经坐在谷崇的办公室里，听了一个小时的家庭伦理剧了。

周舒秦和他的父母在门外争执，谷崇调和。本来方劣是因为陈锋然太烦而来躲清静的，没想到这里更折磨人。

陈锋然好歹句句不重复。周舒秦的爸妈无限重播，说到最后就只会问，"那你要怎么样才能和妹妹好好的"。

谷崇至今未娶妻生子，哪里会处理家庭矛盾？他比周舒秦还没话说，门外陷入僵局好久了。

方劣心中叹服。他掏出手机，调到一个对话框，拉开门，斜倚在门边上。

一道充满活力的女声响起："哥！我过几天就找你去！最近他们都忙……"

没等语音播放完，方劣就收起了手机。他看向除谷崇外神色各异的三个人，说道："我爸我妈对我和我妹一视同仁，所以我们的关系非常好。"

说着，他朝周舒秦挑了挑眉，不解地问道："你爸妈不会连这点都想不到吧？"

周父周母愣住了。方劣瞥了他们一眼，没再多言，跟谷崇打了一声招呼就走了。

周舒秦一阵恍惚，自己说不出口的原因，居然是方劣替他说的。眼看方劣即将走远，他回过神，撂下一句"我去收拾东西"后就加快脚步跟了上去。

周舒秦追上了方劣，还没想好要说什么，半晌后才问道："你也有妹妹？"

方劣理都不理他。

周舒秦看着这个让他恨了好几年的人，深呼吸一下，从牙缝中挤出两个字："谢谢。"

方劣这回有反应了，嗤笑一声，问："你不是很敢说吗？"

拿宋衿刺激他的时候，周舒秦可没刚才那沉默的样子。

"不一样。"周舒秦听出了他的潜台词，难得地感觉羞愧，解释道，"我跟宋衿是朋友。我们家……我没法儿说。"

他说出来，就好像在乞求父母的爱一样。他不说，父母又永远认识不到。想不到，最后帮他说出来的人居然是方劣。

"朋友？"方劣把这两个字重复了一遍，带着一股讽刺的意味，问，"你们家的人你都没法儿说，朋友就有法儿说了？周舒秦，我没工夫管你的家事。但今天一见我算是明白了，敢情你就因为被家人看轻，就上赶着在我这儿移情呢？"

方劣冷冷地道："去精神科看看病吧。"

周舒秦被他说得哑口无言，沉默半晌后换了个话题，问他：

"你和宋衿到底是什么关系?"

方劣突然将视线投过来,周舒秦的声音戛然而止。现在的方劣和七年前比起来,显然更让他心生畏惧。

"别总说一些不该说的话。"方劣停下脚步。随后,他将食指在嘴边挨了挨,说道,"我不管你为什么认为我和宋衿有关系,看见了什么或者听到了什么。你只要管住嘴,就能皆大欢喜。"

方劣也没想等周舒秦回答,威胁完就走了。

在原地呆站着的周舒秦很快想明白了。他是个聪明人,知道今天这事若是放在过去,方劣都不会多看一眼,越细究越会发现宋衿对方劣来说其实很重要。

自从宋衿出现后,方劣变得彻底。他之前对整个世界很冷淡,现在却殷殷切切地往这个世界里融。说得再简单一点儿,就是他活过来了,还是满血复活的那种。

方劣去了顶楼靠窗站着,雪融在玻璃上,仿佛在玻璃上画了一幅山河图。他倒是没注意过这儿的风景。

行尸走肉般活了七年,方劣研究透了一个道理,那就是人得有念想才能生龙活虎地活着。这念想可以是钱,是地位,也可以是人,而且越近越起作用。

他的念想就是宋衿。

像是救赎文的开头,方劣的原生家庭很糟糕。他被扔回又清市时6岁,初来乍到,被小学里的孩子王追着欺负,然后,宋衿出现了。她一把拉过正在拼命逃跑的他,躲进了水泥管里。她做着噤声的动作,小心翼翼地听外面的动静。

等到小孩儿们的脚步声彻底消失了,宋衿率先钻出水泥管。她拍了拍身上的土,看见方劣还愣着,眼睛眯成月牙儿,冲他笑着安慰道:"你别怕,他们都走了。"

后来，他们一起长大、相互陪伴，理所当然地成为好朋友。在宋衿的陪伴下，方劣越来越直率、坦诚、阳光。

方劣一度以为他们会像治愈小说里的主角一样，陪着对方从始到终。却料不到灾难发生了，他直面噩耗与分离，只希望宋衿能忘记那件事。最后，宋衿真的失忆了，也走了。

"让你别回来，你非要回来。"方劣无奈地叹了一口气，窗外白茫茫的一片刺得他的眼睛很酸痛，"让你别记得我，你倒好，直接认错了人。"

他在校门口看见宋衿的第一眼，就清晰地感觉她把自己框住了。

毕竟方劣太熟悉宋衿了。她从小就是乖巧、善良的女孩儿，重逢后的温柔知礼却像被套了一层壳，被下了指令似的讲规矩。

宋衿看起来不会颓废，不会崩溃，不会有负面情绪。方劣不知道她把这些情绪藏到哪儿了，只能一步步探究、一步步逼她，直到看见她眼底的偏执、埋在心底的压抑。

宋衿把枯萎的自己丢在看不见的地方彻底遗忘，认识不到严重性。方劣却太清楚了，再这样下去，她迟早会崩溃。

于是他狠下心来，逼着她直视那些疯狂，怕被认出来就换一种性格。反正宋衿肯定想不到，他成了一个浑小子。

方劣同样知道，宋衿是接受不了自己失忆的。可换一个人失忆七年还一无所获，精神早就崩溃了。

宋衿一直很坚韧。

宋衿不满意的自己，方劣视为珍宝。宋衿不愿意接受的情绪，方劣愿意全盘接收。只要给他一个机会，一个能让宋衿宣泄的机会。

方劣不愿意宋衿再拿小时候的性格来做伪装，不愿意她再为难自己。他只想让她随性、自由，别再厌恶自己，别再掩埋自己，哪怕只是对他。

树枝拍在玻璃上发出玻璃碎裂的声音,方劣从思绪里抽离。他苦中作乐般低声自语道:"从发小儿变成欢喜冤家,体验还挺多的。"

期中考试结束后的第一个晚自习,有同学在自习室里打开投影仪放了一部电影。

宋衿进自习室里的时候,前排的灯都已经灭了。大部分人在聚精会神地看电影,只有陈锋然在黑暗中一脸焦急。

"衿姐!"宋衿还没坐下,陈锋然就双眼放光地看着她,问道,"你终于回来了,嘉嘉怎么样?"

宋衿习惯性地笑了一下,说道:"嘉嘉已经醒了,是旧疾。她今天晚上请假了,可能明天就回来。"

灯光昏暗,陈锋然没看出宋衿的不对劲儿,松了一口气,说道:"那就好,那就好。"

陈锋然憋了一肚子话,张嘴想说,看见宋衿坐下背对着他的时候又咽了回去。

衿姐心情不好吗?陈锋然不明所以,小心翼翼地揪了揪宋衿的衣服,问她:"衿姐,你怎么了?"

"没事,有点儿累。"宋衿没回头,声音很小。

陈锋然愣了一下就被内疚感淹没,他把衿姐忙了一天这件事忘了。他张了张嘴,感觉说什么都不对,最后没精打采地趴在了桌子上。

现在还未通暖气,夜晚越来越低的气温让宋衿有点儿发抖。她环顾一圈,发现好像只有她觉得冷。

她想:别是感冒了。

宋衿轻轻地叹了一口气,拿起水杯准备去接点儿热水。电影正播放到精彩的地方，同学们都在目不转睛地看，她不方便从前面走，只能从后门出去。

"起来。"宋衿轻轻地踹了一下方劣的椅子。他这人真是霸道得很，明明可以往前坐，非要横在后门口，惹人厌。

方劣没反应，拿起一本书装模作样地看了起来。

宋衿心里烦闷，深吸一口气，尽力保持平静，开口道："方劣，我今天心情不好，你别招惹我。"

"招惹你？"方劣低笑一声，向后一仰，胳膊放在两边，说道，"无论我有没有招惹你，你不都拿我撒气吗？还不如逗逗你，我也不吃亏。"

他这话说得太暧昧了，宋衿觉得自己就是被逆着毛蹭的兔子，浑身不自在。

后排只有他们两个人，其他人都搬着椅子坐到前面看电影去了，没人注意他们。窗帘都拉着，只有电影画面的光偶尔映到宋衿的侧脸上，明明暗暗。她莫名其妙地有一种混淆感，随便一呼吸就是极冷的空气。她咳嗽了几声，咬了咬牙，说道："你……"

她刚发出一个音，方劣就从她的手里抽出水杯放到自己的桌上了。

"有完没完？"

"你自己拿走，就有完。"

方劣刻意往后仰了仰，在他和桌子间空出距离。

宋衿知道现在最理智的做法是转身就走。可一天下来，她身心俱疲、思想迟钝。她在看见方劣的嘴角扯出的弧度时，幼稚地认为自己不把水杯拿回来就是因为怕他。

她怎么可能怕方劣？

宋衿走近伸手去拿水杯，看见方劣眼里的惊讶时还有点儿骄傲。然而，很快传来"啪"的一声，她看不见了。

方劣把后排仅仅能照亮一小块地方的灯关了。

宋衿还没反应过来,又被拽着衣服往下摔。情急之下,她反手揪住方劣的衣服,好给自己一个缓冲的力,不至于摔得太惨。

方劣顺水推舟,跟着蹲下,拿他那天穿的黑色冲锋衣罩在两个人的头上。一套动作行云流水,有同学听到声音后回头,发现什么都没有,就又看电影去了。

格外浓的香味,仿佛在熏制什么。宋衿的心跳疯狂地加速,她都能听到自己的心跳声。

太烫了。宋衿已经感觉不到冷了。她热得头昏脑涨。

她挣扎着要站起身,方劣捏住她的手腕,问她:"刺激吗?"

刺激得人快喘不过气了,宋衿看不到方劣在哪儿,只觉得四面八方都是灼热的气息。她不敢乱动,就怕碰到他。

莫名其妙的隐晦意味笼罩着宋衿的感官,使她心烦意乱。

"宋衿,教教我什么是边界感?"方劣声音沙哑地道,还刻意放缓了语速,搅得宋衿更加晕了。

她想:不能这样下去,我会拦不住自己。

"方劣,够了,别犯浑。"她说。

下一秒,宋衿被握住的手腕感到一阵振动,方劣无声地笑了起来。

"你怕什么呢?宋衿……"似乎笑得缓不过来,他说着,还停了一下,"我浑,你比我更浑不就行了?"

宋衿僵住了。

方劣总是能轻而易举地让她看见自己的黑暗面。她不喜欢这种感觉,已经很多次了,他好像看不到后果不罢休一样。

宋衿慢慢镇定下来,没管方劣能不能看见,勾起一抹笑容,轻声说道:"我的手腕很疼。"

她好像在示弱,方劣不由自主地松开了手。

89

宋衿直起身，冲锋衣飘落在地，她径直走出后门。

"水杯落下了。"方劣低声喊她。没得到回应。他便把外套捡起来，披在身上，仔细地想着对策。

后门突然又被打开，紧接着，方劣的衣领被拉开。突然，雪顺着他的后颈慢慢滑落，刺骨的凉意让他打了个寒战。他却有一种得偿所愿的兴奋感。

雪在他的衣服里慢慢融化，宋衿把手伸到他的眼前，嘴靠近他的耳边，装作苦恼的样子，说道："方同学，你看，为了给你灭火，我的手都被冻红了。"

没等他回话，宋衿就又笑了起来，脸上写满开心。她一个字一个字地道："方劣，你自找的。"

是爽的，还有如释重负的轻松感，她怎么会是个正常人呢？她连记忆都不配有，那些让她溃逃的事她受不了、看不得。方劣勾起的，那就让方劣解决好了。

方劣的神色晦暗不明，宋衿听到他说"我很满意"。她被逗得笑了起来，回敬道："我也是。"

隔天一早，宋衿在上课铃响的那一刻来到教室里。昨天那么一闹，她心情是恢复了一点儿，就是头还昏昏沉沉的，说话时都带着鼻音了。

她醒来时很晚，来不及喝药。柳青青只能给她把药拿上，忧心忡忡地嘱咐她，一定要记得喝。

宋衿一进教室里就看见陈锋然一脸凝重地说着什么。周舒嘉支着脑袋，与他面对面地坐着，在听他说话，过一会儿点一下头。

"圈套！"

宋衿被陈锋然突然提高的音量吓了一跳，没忍住咳嗽了几声。

"衿姐来了？衿姐快坐。"陈锋然一边说一边做了个"请"的手势。

"嘉嘉怎么样了？"宋衿将背包放在周舒嘉旁边的空座位上，问周舒嘉。

"我好很多了，衿衿不用担心。这次与以往相比，简直不值一提。"

陈锋然有点儿坐不住，一个劲儿地示意宋衿看后面。

宋衿抬眼望去，周舒秦正提着一个早餐袋递给方劣。

"嘉嘉说劣哥帮班长处理了一件很难处理的事，所以班长决定忘却前尘，主动地向劣哥求和。"陈锋然先交代了原因，又开始认真地分析，"我觉得不可靠，班长肯定是想测试我是不是向着他的。"

宋衿无奈地笑了笑，说道："虽然我也刚知道原因，但是我觉得周舒秦没有那么无聊。"

"衿姐，你怎么也这么说？"陈锋然靠在椅背上，看着周舒嘉的眼睛滴溜溜地转，又打起精神来，说道，"衿姐，我问你一个很严肃的问题。"

接收到宋衿疑惑的眼神后，陈锋然故作神秘地道："就那天，你说首选是班长……"

宋衿愣了一下，明白他想问什么，于是笑了一下，说道："你们两个也是。"

陈锋然给了周舒嘉一个"我就说吧"的眼神。

宋衿摇头，如果没有那段记忆，所有人在她的眼里都差不多。她在对上方劣的目光后，又打了一个喷嚏。她像小学生一样，挑了挑眉，用嘴型问他：你骂我？

她看见方劣的脸色逐渐变得复杂，心情是前所未有的好。

"班长！"周舒秦回来了，陈锋然期待地道，"你真和劣哥的关系缓和了吗？那我们这个小团队是不是要加新人了？"

"……"周舒秦拉开椅子坐下，不知道该怎么回答这个问题，含糊地点了两下头。

宋衿敲了两下桌子,突然想到昨天在走廊里听到的争吵声。她看向已经趴在桌子上的方岁,怔了怔,想到一个离谱儿的可能性:他不会是帮周舒秦解决了家庭纠纷吧?但他能有什么好法子呢?

"衿衿,昨天……"周舒嘉欲言又止,打断了宋衿的思考。

宋衿对上周舒嘉关心的眼神,笑了笑,说道:"没事,昨天我突然有些不舒服。"

周舒秦的目光在两个人间转了一圈,他张开嘴,又被陈锋然抢先了。

"没想到一个学期快结束了,我这小团伙之首的位置终究要让出去。"陈锋然道。

只有周舒嘉赏脸地笑了笑。

陈锋然愣了一下,哀号道:"你们怎么这样啊?!"

薄雾渐消,阳光初现。

第一节课是谷崇的课,他的课很有意思,他能把单调乏味的课讲得生动有趣。本来昏昏欲睡的学生,上完他的课都精神起来了。上课铃响的时候,同学们都半眯着眼,下课铃一响又都瞪圆了眼。

谷崇收拾完教案,抬起头说道:"下一节体育课照常上,操场上的雪都被铲走了。"

同学们安静了半响,随后发出了前所未有的惨叫声。

底下有个大胆的男生抗议道:"老谷,我们身娇体弱。外面天寒地冻,你舍得让我们受冻吗?"

谷崇"哈哈"一笑,逗他:"我昨天连夜铲的雪,你说呢?"

这句话一说出口,同学们都笑了起来。

"谁有事就请假,你们年轻,最应该注意的就是身体素质。病来如山倒,都好好地去提高免疫力。"谷崇看他们的脸色变得好看了一些,又喊了一声"退朝"就走了。

宋衿皱着眉,本以为体育课会被取消。她把窗户打开了一条缝,想感受一下现在的气温。还没等她准备好,冷气就"嗖"的一下冲向了她。

宋衿打了个哆嗦,赶紧把窗户关严实。她立即决定请假,结果刚走出教室,就被方劣拦住了去路。

"让开。"宋衿的语气比昨天的不客气太多了。

方劣:"我跟老谷说了。"

宋衿讥笑道:"说什么?说我欺负你?"

方劣还没开口,宋衿就又说道:"跟我说干什么?夸你真棒会告状?"

班里已经有人收拾好要去操场了,宋衿不想让别人看见她这副模样。她知道这样有多不好,既然方劣非要知道,那就让方劣知道吧,其他人没有必要知道。

她希望别人看向她的眼神是仰慕,而不是厌恶。于是,她绕过方劣就走,他准备拉她的衣袖也被她躲过去了。宋衿头也不回地直奔谷崇的办公室。

"老师。"谷崇的办公室很少关门,宋衿到的时候,他正拿着一张照片看。

见宋衿来了,他将照片随手一掖,笑着问:"怎么了?是不是饮水机里的水的温度有点儿低?"

宋衿没听明白,走到谷崇的办公桌前,说道:"老师,我有点儿感冒,体育课得请假。"

"方劣不是替你请了假吗?"谷崇不解地道,"他没和你说吗?这小子……"

"……"

宋衿有点儿哽住。

"来都来了，就把药吃了吧。"谷崇站起来，拿出一个杯子。

宋衿摸了摸兜，什么都没有，说道："我把药放在教室里了。老师，不麻烦您，我回去喝吧。"

谷崇拉开一个抽屉，拿出感冒药，在她的面前晃了晃，说道："老师这儿也有，最近天冷，饮水机里的水温度不会太高，喝了回去睡一会儿。"

宋衿犹豫了一会儿，还是没拒绝这份好意，说道："谢谢老师。"

谷崇笑着摆摆手，说道："睡过头了也没事。老师们都很喜欢你，要是真说你，我就给你做主。"

宋衿也笑了笑，又说了一句"谢谢老师"。

上课铃已经响了一会儿了，走廊里，讲课的声音和翻书的声音交织着。宋衿的脚步声很轻，她走得还很慢。她要去的教室的前后门都被风关住了，她在前门外站定。

大家应该去上体育课了，教室里没什么动静。宋衿有些犹豫地推开门，第一眼就看向后面。

后面没人，她莫名其妙地松了一口气。

"回来了？"

宋衿倏地转头，方劣坐在教室正中间的空座位上，指间还把玩着药。平时像个土匪的男生蜷着两条腿收在桌底下，还有点儿可怜呢。

委屈他了？

宋衿赶紧打消这个念头，边走边说："你怎么知道⋯⋯？"

她将话说了一半，不想问了。没什么原因，就是看见水杯上冒着的热气后，她觉得真有意思。

方劣垂着眼，没看她，回答道："我不瞎。"

他站起身，把药递到她面前，对她说道："趁热喝。"

宋衿听着他这"三字经",静静地看了药两秒钟,突然笑了。她推着方劣让他坐下,接过他手上的药,撕开。随后,她将药尽数撒在他的身上,刻薄地道:"我嫌脏。"

"你在干吗?以德报怨?"宋衿拍拍手,说道,"那你真伟大啊。"

方劣看着她,眼睛里逐渐染上湿意,在心里叹了一口气,没说话。

"你假惺惺的做什么烂好人呢?"宋衿知道自己,根儿都烂透了。她实在搞不明白,方劣也不像悲天悯人的人,已经知道她的本性了,还上赶着往前凑,甚至更来劲儿了。

她都唾弃的自己,被人关心,她只会觉得恶心。宋衿后退一步,脸上没什么表情,眼前被泪水挡得模糊。她控制住自己不眨眼,说了四个字:"我不需要。"

她太狼狈了,太矫情了,太难堪了。

宋衿只想逃离。她转过身的一瞬间,紧闭双眼,泪水顺着脸颊滑落。

方劣没让她走成,冷冷地问她:"宋衿,你就这么不识好歹?"

"你装什么呢,方劣?"宋衿背对着方劣,声音很轻。

方劣连一个音节都没来得及发出,宋衿就紧跟着拔高音量重复了一遍。

空荡荡的教室里,每一处都回荡着宋衿的声音。方劣感觉心脏被一双手毫不留情地捏紧,疼得他面色发白。

宋衿又走向方劣。

他什么都不知道,不知道她的遭遇,更不会知道她落空的期望和挣扎。他只会装出感同身受的样子,自以为是地指责她。

宋衿拿出水杯喝了一口水,将它转过来,贴近方劣的嘴。

"那你也试试吧,不好受的感觉。"宋衿又笑了,和她还在流的泪水形成对比，格外刺眼，"试试得到什么地步，才会变得像我一样无可救药。"

一切好像在这一刻慢了下来。

窗外，细碎的雪又开始落下。

女生的脸上带着未干的泪痕，女生和垂眸看水杯的男生呈现对峙的姿态。

隔壁的教室里突然传来很大的欢呼声，宋衿抿了一下唇，率先回过神。

干这么无聊的事，她真是疯了。宋衿想把水杯放下，却被方劣的手突然覆上。

她听见他像个流氓似的说道："你哭起来还挺招人疼。"

杯子里的水凉了一会儿，现在应该凉了。然而，方劣就着宋衿抿过的地方，还是觉得烫得要命。

他觉得自己的每一块肌肤都被滚烫的岩浆滚过。

方劣觉得自己必须说些什么抒发一下，于是笑了。他在宋衿复杂的眼神的注视下，带着只有他自己知道的情绪，说道："甘之如饴。"

"衿姐！"

下课后，陈锋然他们第一时间跑来找她，手里提着水果和粥。

"你怎么感冒了也不说……？不对，是我们没注意。"三个人围着宋衿，一脸担忧地看着她，周舒秦把粥摆到她的面前，对她说道，"趁着下课，先喝。"

周舒嘉将勺子擦干净之后递给她，陈锋然在旁边给水果插上牙签。

这才对，在他们面前接近完美的她才值得被关心。宋衿边想边摆了摆手，弯起唇角，说道："小病……"

在三个人严厉的目光的注视下，宋衿没说完，乖巧地吃起东西来。

"要不是劣哥告诉我们，我们还不知道。"陈锋然在一旁碎碎念。

周舒秦往左右各看了一眼，问："方劣去哪儿了？他刚才也没上体育课。"

宋衿听见这话后，猛烈地咳嗽起来。周舒嘉连忙拍她的背给她顺气。

"我也没……不知道。"宋衿及时止住欲盖弥彰的解释。

没人在意她说的话，方劣此时推开后门进教室里了。

"劣哥！"

陈锋然最近总是咋咋呼呼的，宋衿冷漠地喝着粥。

方劣本来要坐下，停顿了一秒钟，朝他们走来。

陈锋然看见方劣滴着水的头发后，有点儿疑惑地道："劣哥，你没上体育课洗了个头？这大冬天的，湿头发不会结冰吗？"

宋衿在心里回答他：因为他的头上沾着药粉，我撒的。然后，她抬起头，装作关心的样子，问方劣："是啊，和我一样感冒了，该怎么办呢？"

方劣扯了扯嘴角，说道："我下火。"

陈锋然拿起给宋衿准备好的水果，一脸讨好地递到方劣的面前："来，劣哥，吃点儿。"

"不了吧。"方劣似笑非笑地瞥了宋衿一眼，"宋衿不一定乐意。"

宋衿捏紧勺柄，咬了咬牙，刚想开口，又被陈锋然打断了。

"怎么会？衿姐人很好的。"陈锋然说道。

方劣还是拒绝了："留给病人吃吧。"然后他就回自己的座位了。

陈锋然看着方劣的背影，讷讷地道："我怎么感觉劣哥不太想

97

和咱们玩呢?"

"也不是。"周舒嘉摇了摇头,"他就是那种比较孤僻的人。"

她看陈锋然一脸怅然若失的模样,又拍了拍他的背,说道:"任重而道远,然哥。"

"说得对!"陈锋然激动起来,"烈女怕缠郎,我就不信打不动劣哥。"

宋衿这时正好喝完粥,收着垃圾,说道:"先不说这个……"

"那是什么?"她指了指被陈锋然夹在腋下的棍子,问。

"啊?"陈锋然茫然地低下头,震惊地道,"咱班的班旗丢了!"

宋衿早就想问了,怎么也没想到是这么一回事,扶着额头没忍住笑了起来。

快上课了,陈锋然就绕着四个人的座位走来走去,并一边走一边说道:"咋整啊?我太着急了,都没发现跑着跑着旗丢了。"

周舒秦被他绕得头晕,拉住他:"我回头让老谷重新申请一面。"

"不行不行,这样老谷会觉得我不靠谱儿。"

周舒秦跟他讲道理:"偶尔不小心罢了,老谷能理解。"

宋衿点头附和,周舒嘉还没憋住笑,说不出话。

陈锋然感觉自己的心都碎了,眼前突然出现了一只手,手里拿着写有"心研1班"的旗子。他直接被突然出现在自己眼前的惊喜砸得愣在了原地。

周舒秦叹了一口气,伸出手接过旗子,看着面前气喘吁吁的女生,笑了一声,说道:"麻烦你了,李婕。"

女生可能没想到会是他接,脸一下变得通红,结结巴巴地回了一声"没事"。

周舒嘉扯了陈锋然一下,让他回神。

没想到陈锋然直接给李婕鞠了一个躬,字正腔圆地说:"太谢谢你了。"

这一下整得其他四个人都蒙了，李婕还不自觉地后退了一步。

太丢人了，宋衿都不愿意再看了。

周舒嘉直接转过身，权当陈锋然是陌生人。

周舒秦把旗子塞到陈锋然的怀里，对李婕露出一个略带歉意的微笑，说道："抱歉，他有点儿激动。总之，谢谢你。"

李婕脸上的红晕又开始蔓延，她垂下头小声地应道："没事的。"

上课的时候，周舒嘉悄悄地朝李婕看了几眼。她发现李婕低着头，脖子上的红晕还未消退。

李婕这个表现真的很像喜欢她哥呢。周舒嘉又往旁边看了一眼，发现宋衿也没在听课。

难道宋衿也在想她哥的事？

周舒嘉刚想悄悄地问一下宋衿，就听见英语老师咳嗽了几声，带有明确的指向性。

周舒嘉迎着老师的目光，尴尬地笑了一下，不敢再开小差。

宋衿没注意，正支着下巴想方劣。她刚才回头时正好看见他，他的脸上有着少见的迷茫的神色。他没发现她的目光，拧开瓶盖灌了几口水就把外套披在身上趴下了。

宋衿心想：他不会是真的感冒了吧？

宋衿皱起眉，现在她确实不太难受了，但是也没有什么科学依据证明感冒能转移啊。

等到放学时，方劣仍旧趴在那儿一动不动。

宋衿又想：跟我有什么关系？宋衿边收拾东西边走出教室。

过了一会儿，教室里又响起了脚步声。

宋衿都不知道自己为什么要回来。走出教学楼了，她又跟周舒秦他们说自己忘拿东西了,让他们先走。

她踹了踹方劣的凳子,问他:"活着没?"

他没反应。

宋袊想:他晕了?他这么弱?

宋袊屈起膝盖,凑近方劣。

方劣猛地回头,宋袊迅速地往后撤,冷笑两声,问他:"你以为我看不出你的那点儿心思?"

方劣实实在在地愣了半晌,又趴回去,瓮声瓮气地说:"你真聪明。"

他这是什么语气?

宋袊听着觉得新鲜,又踹了一下他的凳子,对他说道:"回家,要不然你奶奶会担心的。"

"打电话了,没劲儿,中午不回了。"方劣把头转过来,露出一只眼睛,说道,"你回吧,好不容易传给我,别再染上。"

宋袊听得不爽,生气地说道:"我是不是说过不用你假惺惺的?"接着她又说道,"是你非要大冬天洗头。"

方劣认真地回答她:"对。"

宋袊站了一会儿,什么都没说,摔门就走。

教室里还都是回声,震耳欲聋。方劣昏昏沉沉的,好像睡着了,又好像没睡着。

他一会儿看到小时候的宋袊挡在他的前面,一会儿又看见长大后的宋袊止不住地流泪。

不知道过了多久,教室的门又被人打开了。一碗粥还有一些别的菜,被搁在了方劣的桌上。

女生冰冷的声音响起:"我有责任。我只是不想欠你的。"

方劣没看她,悄悄地勾起了嘴角。

第五章

暴雪不挡缱绻

雪连续下了好几天,难得天晴。夜间被冻上的薄薄的冰慢慢融化,久违的阳光照射在身上,叫人觉得暖暖的。

"真是天书啊。"陈锋然把语文书盖在自己的脸上,向后瘫倒。

宋衿听了觉得好笑,手里拿了几张纸在他的面前一晃,说道:"天书要是难懂,不如看看……"

"情书!"陈锋然迅速地接话。他立刻坐直,脸上还带着得意的表情,说道,"没想到一个学期还没结束,哥就因美貌被惦记上了。"

周舒嘉好奇地回头瞥了一眼,顿时了然,装出严肃的样子,对他说道:"然哥,对待恋爱要认真。"

"哥知道。"陈锋然边说边迫不及待地伸手拿宋衿手里的纸,并对宋衿说道:"衿姐,快,给我看看。"

下一秒,他伤心地道:"怎么是计划书啊?!"

听见陈锋然愤然的语气后,周舒嘉再也憋不住了,捂着嘴乐了起来。

"老谷一直没收。"宋衿微笑着慢慢解释道,"这不是快学期末了吗?又让我发下去。"

陈锋然趴在桌子上,看了看四周眼睛又亮了,对宋衿道:"衿姐,咱们看看劣哥和班长的呗。"

宋衿一怔,有点儿好奇,又有点儿犹豫。

周舒嘉倒是无所谓地道:"我哥写的肯定就是那些官话。"

"那着重看劣哥的。"陈锋然一脸期待地道,"他们俩都在老谷的办公室里,一时半会儿回不来。"见宋衿还在迟疑,他又撒娇道,"衿姐。"

宋衿没忍住抖了一下,无奈地看了陈锋然一眼,开始翻找计划书。

"快快快。"陈锋然立马围了上去,周舒嘉跟着往宋衿那边靠。

宋衿被两个人围住,难免产生了紧张的感觉,有点儿手忙脚乱的。好在教室里人少,总共也就那么多张纸,没过一会儿就找到了。

周舒秦果然如周舒嘉所说,写了一堆官话。

方劣的是空白的。

宋衿说不上来自己是什么感觉,好像有点儿失望,更像是因为不公平而觉得烦躁。方劣已经见过她不为人知的一面,她知道的方劣却和别人眼里的没两样。

"你们——干什么呢?"

周舒秦的声音从旁边传来,三个人同时一僵。随后,周舒嘉和陈锋然装作什么都没发生的样子挪开了身子。

两个叛徒。

宋衿不紧不慢地拢着纸,偏头看去,失神了片刻。两个身形相仿、气质不同的少年待在一起,格外……

"养眼。"陈锋然咂舌,说出了宋衿的心声。

周舒秦失笑道:"先别说这个了,刚才老谷安排的事可是和你有关系的。"

方劣的目光落在宋衿的身上,他挑了挑眉,示意还有她。

"我和衿姐?"陈锋然不解地道,"难不成老谷对我们的友谊产生了误解?"

周舒秦摇摇头:"简单来说,老谷希望我们三带一。"

陈锋然懂了。期中考试他的成绩不负众望地垫底了,谷崇当时虽然看着他唉声叹气了一阵子,但什么都没说,原来在这儿等着呢。

"铁打的前三名。"陈锋然指指他们,又指指自己,说道,"流水的陈锋然。"

宋衿微微皱眉,方劣不知道什么时候靠到了她的桌子旁边。

她趁没人注意,瞪了他一眼,又转过去扬唇轻笑道:"可能老谷是怕考研时你被丢下。"

"衿姐说得对!"陈锋然略一思索,说道,"正好明天是周末,为了避免老谷痛失所爱,咱们明天下午就开始执行计划。"

周舒嘉眨了眨眼睛,显得有些狡黠,说道:"我猜然哥是想去玩。"

"别戳穿我啊,嘉嘉。"

宋衿眼带笑意地看着他们打闹,余光注意着方劣的动作。感觉到他走了之后,她松了一口气。从知道方劣和周舒秦和好了的那一刻起,陈锋然就天天黏着方劣。

后来几天她和方劣也没单独相处过,经常是陈锋然把方劣拉过来,她保持着表面的平和。

现在,方劣已经被动地融入了这个小团体里。周舒秦对此持随意的态度,周舒嘉看她哥没反对,就跟着陈锋然表示欢迎。

宋衿想:苦了我了。

宋衿叹了一口气,转过身后却愣住了。

刚才还是一片空白的纸上,出现了她的名字。

"宋衿"两个字写得随意至极,格外大。上方已经变淡的"方劣计划书"几个字被挤得可怜巴巴。

周舒嘉这时也动了动身子,宋衿做贼心虚一样赶紧拿书盖住那张纸。不知道为什么,她的心跳声越来越大,她跟方劣吵过那么多次架,最近她的情绪应该稳定下来了才对。

宋衿把目光投向后面的罪魁祸首。

方劣正拿着一支笔，百无聊赖地转来转去。他一直看着她，好像在故意等她回头一样，见她看过来，脸上还露出了揶揄的笑容。

宋衿想：轻浮！登徒子！还把我的笔拿走了！不能忍！

宋衿一笑，用嘴型对方劣道：你猜我写了什么？

隔天，在约定的时间，方劣站在褪了色还掉皮的红砖墙前，掏出手机给陈锋然回了一条语音消息。

"走错了，马上到。"

他出门的时候还想的是陈锋然发来的定位，中途看见宋衿在临时创建的微信群里发了一句她出门了，不知不觉就拐到这儿了。

自从宋衿转来，他也很久没来这儿了。方劣伸手轻轻往前摸，沾了满手的灰。

时过境迁，就连这堵墙也被遗忘了。没人会再来给它补漆、拔草，也不会再有小孩儿把它当成许愿墙。

方劣用指尖做笔，把他幼时刻的字描了一遍，指尖在沙石上摩擦得生疼。

他用手指摩擦着上面的字：先是"春夏"，再是"秋冬"，然后是"宋衿"，最后是"方劣"。

"喜欢春夏秋冬的人太多了。"

小女孩儿的声音响起。

方劣张开嘴，和过去的他的声音重合："那我们就开启又一季。"

他幼时不知天高地厚，梦想却解风情。而今他野心贫瘠，句句难言。

方劣垂眸遮住眼底黯然的情绪，火车呼啸着路过，尖锐的声音传到他的耳朵里。墙角的荒草疯长了多年，过去的足迹早就不见了。

宋衿正在图书馆门前的喷泉边上坐着，来了后没看见陈锋然他们。她掏出手机看了看消息,发现他们几分钟前买奶茶去了。

她不想自己进去,就决定在外面等一会儿。

冬日阳光难遇,水流折射出彩虹。宋衿拍了一张照片,还没来得及细看,旁边就伸出了一双沾染着灰尘还有血痕的手,但那双手骨节分明,也很修长。

宋衿头都没抬,冷笑一声,问手的主人:"遭报应了?"

方劣没说话。

宋衿偏头,男生的脸并没受伤。她用惋惜的语气感叹道:"没毁容啊!"

方劣用一声嗤笑回应她的冷嘲热讽,说道:"幸灾乐祸没好下场。"

"不用你操心,老天爷总是放过我。"

那可真是太好了,方劣在心里回答,目光一转,突然想到了什么,说道:"今天结束后……"

宋衿看方劣难得地表现出含糊的一面,不由得好奇起来。她哼了一声,示意方劣接着说。

"你能不能陪我去一趟花店?"

宋衿诧异地打量着他,问:"你的脑子被摔坏了?"

男生还是之前那副样子,五官精致,面无表情。他就是穿得有点儿少,今天虽然有太阳,但寒意不减,他身上就套了一件卫衣,宋衿看着都觉得冷。

她改口,问他:"被冻坏了?"

方劣扯了一下嘴角,回答道:"我耐寒。"

"哦,"宋衿肯定不会去的,但是很好奇,于是问他,"买花干吗?"

"祭奠。"

宋衿听见这两个字后蒙了一会儿,反应过来后想把他推到水池里。她想到过一会儿那几个人就来了,于是忍了。

105

方劣见她没回，自顾自地往下说："有两个对我来说很重要的人，我希望他们在别的世界里过得好。"

"怎么？我是彼岸花，能替你转达？"宋衿讥笑道，"你都多大了？还信这个？"

方劣没理，把手从水流中拿出，自然地朝她伸过来。

宋衿条件反射般拿出纸巾，很快反应过来，死死地掐他手上的血痕。

方劣低头去看，没什么表情，语气不善地问她："这么狠？"

"不是你咎由自取的吗？"宋衿松开手，问，"现在又想要平等待遇了？"

她想：晚了，不可能了。

宋衿拿起那张纸仔细地擦拭自己的手。

她想：是你作茧自缚。

她本来将自己哄得好好的，把那些负面情绪抛到了脑后。是他横插一脚，非让她脱离轨道，开始渴望七零八落的自由，没有界限的感觉太爽了。

方劣轻声笑了一声，靠近她说："你怎么知道特殊不是我所求的呢？"

犟。

"你所求？"宋衿重复。她又将用过的纸再次按在方劣的手心上，笑道，"那如你所愿。"

说完，她不再理方劣。她将刚才拍的照片放大了看，突然发现了一道熟悉的身影。

妈？

宋衿茫然地抬起头环顾左右，并没有看见照片里的人，她妈应该早就走了。柳青青今天一早就出门了，也没和宋衿说去干吗。宋衿还挺高兴，不用再被妈妈"粉刷"。

她来这里是有什么事要处理吗？

宋衿正思考着,手机屏幕的顶部传来消息通知。她摇了摇头,决定还是先操心自己的事。

"衿姐、劣哥,我们在往回走了。"

方劣先点开了语音消息。

宋衿顿了顿,调出对话框,随之弹出方劣发来的好友申请,验证消息是"你的计划书里写了什么"。

宋衿没怎么犹豫就点了"通过",慢悠悠地站起身。

方劣比她高点儿。她踮起脚,像是电视剧里的少女诉说爱意一般,在他的耳边说道:"好好学习,天天向上。"

"等会儿去哪儿玩啊……?"陈锋然边翻周边的地图边嘟囔着。

"我记得然哥是来学习的。"周舒嘉摸了摸下巴,凑过去看他的手机。

"嘉嘉,事非一日能成。咱们应该劳逸结合。"

"然哥这么会说……"

周舒秦没再听了,喷泉边站着的两个人闯进了他的视野里。

宋衿在方劣身边笑得很开心。她从未这么毫无顾忌地笑过,至少他没见过。现在的宋衿更像随风摇曳的野玫瑰,与她向来平静的气质截然不同。

周舒秦说不清自己的感觉,惊艳?或许更多的是忌妒,他对方劣从未消散的忌妒。

陈锋然感觉到周舒秦的步伐变慢了,把放在手机上的目光分给前方一缕。随后,他迅速地抛弃手机,感叹道:"衿姐好像每次和劣哥在一起时都不一样!"

周舒秦蹙起眉,下意识地反驳道:"在学校里都一样。"

陈锋然没听见,扔下一句话就往前跑去了。

"确实。"周舒嘉敏锐地察觉出不对,笑了笑,说道,"毕竟出来玩嘛。"

她的回答已经不重要了，宋衿在发现他们的那一刻又换上了往常的浅笑，只有因情绪激动而染上胭脂色的脸还剩下方才的痕迹。

周舒秦压下心底的不舒服，向前走去。

"衿姐，刚才你们在说什么？"陈锋然一脸坏笑地问宋衿。

"这个不能告诉你，"宋衿收起手机，将难题抛给方劣，"让他说。"

"劣哥……"

方劣斜着眼瞥了一眼宋衿。他没安好心地答了四个字："谈情说爱。"

"……"周舒秦刚靠近，就听见了这么刺激的四个字，再次放慢了脚步。

"方劣，"宋衿微微皱眉，警告道，"注意分寸。"

方劣摆出一副没当一回事的样子，摊了摊手。

他真敢说。

宋衿不想理他，接过周舒秦手中的奶茶。她用手拥住杯身取暖，笑着问周舒秦："这么贴心？"

周舒秦怔了怔，勾起嘴角。

"大胆发言。"陈锋然对着方劣竖起了大拇指，转头看向另外三个人，问大家："咱们怎么安排？"

"图书馆。"周舒秦面无表情地道，"学习。"

陈锋然怎么也没想到，他借题发挥的美好的团建，会真的变成题海地狱。

图书馆里人不少，一楼来此取暖的人偏多，三五成群地坐在一起低声聊着天儿。二楼大部分人面前摆着笔记本电脑，少部分人翻着书专心地解题。

陈锋然的社交能力还是可以的。偶尔碰见几个又清大学的学生后，他就兴奋地对人家挥挥手，上去跟人家攀谈。

宋衿无奈地摇摇头，跟其他几个人对视一眼，都明白他是有心拖延时间。他们也不催他，选定了桌子就各干各的去了。

陈锋然最终还是认命了，坐在桌子前不断地叹气，并问周舒嘉："嘉嘉，我是惹到你哥了吗？"

周舒嘉虽然也这样认为，但还是宽慰他道："然哥，我哥也是为你好。"

看陈锋然没有找书的意思，周舒嘉从自己背着的包里，掏出了几门课程的试题，摆在了他的面前。

陈锋然："……"

不是说她的包里都是零食吗？

他不愿意面对，一脸悲伤地道："嘉嘉，连你都骗我。"

周舒嘉偷着乐了一会儿，解释道："本来我也准备学的。"

毕竟她的成绩在班里处于中下游，她也想进步一点儿。

陈锋然摸了摸下巴，一咬牙，说道："行，哥学！"

宋衿不知不觉地转到了心理学区。这儿其实有点儿偏了，很安静，她摸着书脊，却没有拿出一本书。两三年前，她就不自量力地翻看了许多著名心理学家的著作。

她什么都看得懂，什么都消化不了。这种感觉不太好受，宋衿转了个身，准备换一个地方。

"拿上后赶紧出来。"

一道男声响起。

宋衿循声看去，愣住了。

那个有点儿结巴的男生，垂着头看着手机站在原地。宋衿没想管，抬脚要走。男生正好抬起头看见了她。

他的眼神无措、绝望。

宋衿被这眼神看得愣了一下，朝他走去。

他们挺有缘的,第一次见面是她因为误会帮了他,第二次她是真有事所以想走。

"怎么了?"宋衿站定,问他。

男生结结巴巴地讲完了整件事,简而言之,3班的一个男生找他要钱。他没钱,那个男生就让他来图书馆里偷书。

"……"

宋衿无语,3班的那个男生敢勒索,胆子挺大,又是真没长脑子。在图书馆里偷书能卖几个钱?

"他……他说,图书馆里人多眼……眼杂。"

宋衿叹了一口气,都被看见了,不帮不行。她跟着男生走向后门的户外楼梯处。

"等等。"宋衿停住脚步,指了指底下蹲在角落里的男生,问,"他?"

男生点点头,没敢说话。

宋衿见过他,在老谷的办公室里,叫什么李三亿。范梅因为他频繁地挂科,叫来了他的家长,闹到了谷崇那儿。

宋衿正送作业去,一个满脸横肉的男人冲进来,扇了李三亿两巴掌,撂下一句"再有下次等着瞧"就走了。

谷崇动作很快地把她挡在身后。但她还是从缝隙里看见了,李三亿结结实实地挨了两巴掌,两边脸上的巴掌印非常明显。

宋衿记得他的变化也挺快,他爹来之前不可一世,他爹来之后畏畏缩缩。现在是互联网时代,她略一思索,掏出手机建了个群。随后,她将手机塞到男生的手里,说道:"等会儿我一下楼,你就拨通视频电话。"

她看见男生点头后就没再管了,随手拿起一个塑料花盆,瞄了一眼后扔出去。那花盆正砸在李三亿的头顶上。

这花盆没什么杀伤力,但能激怒人。

李三亿抬起头，把叼在嘴里的烟吐出，狠狠地踹了几脚，问她："什么意思？"

宋衿轻飘飘地说道："罪有应得。"

李三亿眼里的怒火越发旺了，宋衿笑道："同学，我是在帮你走上正路。"

"我当是谁。"他认出宋衿了，笑道，"好学生，这儿可没有老师。"

"老师教书育人，管不了你。"宋衿轻飘飘的一句话彻底激怒了他。

李三亿硬挤着笑容，想着这女的也逃不了，于是慢悠悠地走到楼梯口。

宋衿也不怕，径直走下楼，到离李三亿还有两三级台阶的时候，被李三亿一把攥紧手腕往后掰。

看她疼得面色发白，李三亿用猥琐的语气说："瞧这细皮嫩肉的，你求求哥哥，哥哥就不跟你计较了。"

宋衿的胃里一阵翻滚，她狠狠地踩上他的脚背。

李三亿还没来得及有动作，就听楼上传来了一道尖细的声音。

"李三亿！你赶紧放手！明天叫你爸来学校！"

这是李三亿的班主任范梅的声音。

李三亿的脸也白了，他颤巍巍地往上看。

被他欺负的懦弱男举着一部手机，手机屏幕里有两个老师。

李三亿眼前一黑。

宋衿忍不住笑出声，估计他会受处分。她仗着离得远，手机录不到她的声音，饱含恶意地道："谁让你没脑子？蠢货。"

看起来柔弱、文雅的女孩儿说出这么一句话，李三亿甚至来不及震惊，他爸就打电话来了。他没敢接他爸的电话，不顾班主任的怒吼，跌跌撞撞地跑了，大冬天出了一身汗，像极了落水狗。

宋衿收起愉悦的表情，接过男生拿着的手机，范梅已经将视频电话挂了。宋衿看着谷崇少见的严肃的表情，觉得自己还是失策了。

宋衿详细地解释了一遍原因,耐心地听老谷批评她"逞英雄"。她装着幡然悔悟的样子应了几句,又保证假期一结束就去办公室里报到才挂了视频电话。

她呼出一口气,瞥到男生还在,于是问他:"你还不走吗?"

"衿姐!"

男生没回答,她听见了一道更加熟悉的声音。宋衿一回头,发现除了周舒嘉,其他三个人都在。

宋衿无奈,给男生一个眼神示意他别乱说话。令她没想到的是,陈锋然着急的表情瞬间变了,他惊讶地问男生:"越恒?"

宋衿惊讶地问陈锋然:"你们认识?"

"咱们是一个班的啊,衿姐。"

宋衿:"……"

她对这个男生一点儿印象都没有。

"他的存在感比较低。我也是听人说,他以前被别人欺负得挺狠,然后……就这样的性格,我多注意了几眼才记住。"趁着周舒秦正在对越恒表示关心,陈锋然放低声音解释了一遍。

宋衿若有所思,想起越恒找她说过的话,不太明白方劣能安排他做什么事。

但方劣显然给不了她答案,他拧着眉峰,戾气溢在周身。他睨了宋衿半晌,确认她没受什么大伤后,三两步跨到越恒的面前,打断周舒秦的问话。

"谁让你找她的?你没我的电话号码?"方劣问越恒。

越恒被吓得一哆嗦,结结巴巴的又说不出什么了。宋衿决定去充当一次好人,于是说道:"没事……"

方劣扯了扯嘴角,把手机对着她,上面正放着谷崇发来的录屏。宋衿未说出口的话,卡在喉咙里说不出来。

偏偏这时候，陈锋然还为了缓解气氛讷讷地道："老谷还挺潮。"

宋衿不知道该不该接话，最终叹道："真没事！"然后她转移话题，问："嘉嘉呢？"

"嘉嘉在看东西呢……"陈锋然在方劣的注视下声音越来越低。

周围只剩下周舒秦给周舒嘉发语音的动静，他让周舒嘉等一等，他把越恒送回家后再来。他说完也不出声了。

气氛就这么安静了下来。过了一两分钟，方劣"呵"了一声，似是自嘲。他看了宋衿一眼，捉住她的手腕就走。

宋衿跟不上他的步伐，走得跌跌撞撞的，很快离开其他几个人的视野。周舒秦紧紧地皱着眉，冲越恒说了一声"跟着"就也走了。

陈锋然指指自己，问："那我呢？"眼见没人管他，他一撇嘴，嘟囔道，"行行行，我回去找嘉嘉。"

"你发什么疯？"宋衿甩不开方劣的手，已经走出很远了，也没必要装了。她一抬脚就往前面乱踹。

她没收劲儿，还加重了。方劣闷哼一声，清瘦的手松开。他转过身，微微垂下头，问她："究竟是我疯，还是你不要命？"

宋衿听到这话后想笑，说道："他们不清楚，你还这么天真？我不会白被人欺负的。"

方劣不买账，半眯起眼。后怕的感觉还在他的胸腔里晃荡，他很认真地说道："你考虑过吗？越恒没将电话打出去怎么办？那傻子不管不顾怎么办？范梅不将这件事当一回事怎么办？"

宋衿被问蒙了，半天没反应过来。

"你急什么？这么关心我？斯德哥尔摩效应？"

方劣还没想好说辞，宋衿就直接给出了结论。他今儿乱了阵脚，只想着宋衿被欺负了，顾不上考虑太多，没反驳。

好在宋衿也没当真，不过是难得地和他开了一个玩笑。她想了一会儿，想起了刚才那男生的名字，问他："你之前也帮过越恒？"

"嗯，"方劣顿了顿，回答道，"我和别人一起帮的他。"

宋衿笑了："行不行啊？帮人还得俩人一起。"

方劣又不说话了。

宋衿觉得他今天怪安静的，也不说话了。她踢着路边的石头子儿向前走，心里挺乱。方劣对她的关心明目张胆，她不能不认。

"等会儿。"方劣嘱咐她一句，跑进路边的药店里。

等什么等？

宋衿权当没听见，接着往前走，也没刻意加快步伐，偶尔碰见薄冰滑一下。冬天白天短，此时落日已经在往路上打光了，她感受到了一些可贵的惬意。

方劣没过几分钟就追了上来，估计是猜到她不会等他。他什么也没说，蹙着就没舒展过的眉，递给她一个塑料袋。

"护腕……冰袋？"宋衿眨了眨眼，问他，"太夸张了吧？"

"你先把护腕戴上，冰袋回家后再说。"方劣皱眉，不容拒绝地道。

"这冰天雪地的，倒也化不了。"宋衿没扭捏，收下了，还说了一声"谢了"。

路边的松树上盖了一层雪，稍微摇晃一下，就会掉落下来。宋衿抬手，捏了一把雪，又将它放到方劣的头顶上。

方劣被她这好态度弄得不太适应。

宋衿看出来了，没解释。她也说不出原因，就当是精神病人也有病情稍微缓解的时候吧。

宋衿没准备太早回家，柳青青刚给宋衿发了一条消息，让宋衿晚饭自己对付一口，她今天比较忙。回又清市之后，她就以闲不住为由找了一份兼职工作，隔三岔五出去一天。但宋衿记得之前放学，柳青青路过学校来接她的时候，是从和图书馆相反的方向来的。

"想撞墙？"方劣的发问打断了宋衿的思绪。

他们已经漫无目的地在大街上走了快一个小时了。他们见个弯儿就拐，走得还挺顺。他们这次运气不好，走到死胡同里了。

宋衿抬眼，问他："路都带不好？"

方劣挺无语，踩了踩墙前面的草垛，说道："我是跟着你走的，还有……"他借了个力，攀上墙翻到对面，问她，"行不行啊？墙都不会翻？"

熟悉的句式，不久前是她对他说的。宋衿走了几步，把草垛踢离了原本的位置，说道："我不会，你教教我。"

她难得服软，方劣控制不住地勾起嘴角，又翻了回去，跟猴似的。宋衿看着他出现在墙头上，不由自主地联想到美猴王在花果山上的那一幕。

"咚"的一声，在小巷里回荡，随之而来的还有宋衿越来越大的笑声。

"你傻不傻啊，方劣？"她问。

方劣整个人摔在了草垛里，杂草乱飞。他的头发上还插了几根杂草，他倒是没摔着，就是有点儿丢人。

方劣站起来拍了拍身上的草，趁宋衿没设防，把她推进了草堆里。本来要落地的草飞得更欢了，宋衿被呛得打了个喷嚏，双目有点儿红。

方劣有点儿舍不得了，想把她拉起来，又被带倒了。

"行了……"他话没能说完，被宋衿往脸上扔了一把草。

他还没来得及将脸上的草抖落，就又有一把草被扔在了他的脸上，他干脆不反抗了。

宋衿还嫌不够解气,根本不停,要把方劣整个人埋起来。等到没动静了,她犹豫了一下,拨了拨方劣脸上的草。

"你……呸!"

方劣突然起身,跟她撞上了。

宋衿捂住脑门儿,这回眼睛里是真的含着泪了。生理反应,她控制不住,鼻间一酸,眼前被笼罩上了一层雾。

雾外是停滞在空中的凌乱的枯草,还有野人似的方劣。宋衿又有点儿想笑。

她想:我有病。

她说:"你有病。"

方劣有心骂她一句"恶人先告状",但看到她那副可怜巴巴的样子后,将话咽了回去。他扯了一下嘴角,站了起来。

没想到宋衿自己接上了,说道:"我也是。"

方劣配合地看了她一眼,说道:"知道就好。"

宋衿不吭声了,开始整理衣服。草屑怎么拍都拍不掉,她开始弄头发。草尖儿不是扎她的手就是扎她的头皮。

宋衿烦了,直接乱揉一通,顶着鸡窝似的头发跟方劣怄气。

她失忆后再没这么疯过,做的最出格的事情就是失忆的第二年见谁问谁。自从她遇见方劣以后,一切就乱套了。

事情还越来越荒唐,她幼稚到大冬天跟别人打草仗。太奇怪了,她跟方劣的关系,除了一开始明确的厌恶,到现在越来越模糊。他把她激到忍无可忍,又开始扮演忍者无双的角色。

宋衿不理解。

她的嗓子有点儿哑,她咳嗽几声后问:"你到底在想什么呢?"

方劣反问她:"管得那么宽?"

宋衿:"……"

看在他身上粘的草屑比她的还多一倍的分儿上,她不打算跟他计较。

她靠在墙上缓了一会儿,抱着胳膊看他收拾。半晌后,她没什么情绪地道:"一开始我脾气好,你脾气差,现在直接反过来了。方劣,你跟我说说,你在玩什么呢?"

"如果你一开始就是这副模样,我不会这么对你,"她跟方劣四目相对,说道,"给我一个理由。"

方劣正儿八经地胡扯:"斯德哥尔……"

"少说废话。"宋衿翻了个白眼。

方劣失笑,走到她身边,把自己头发里的草拿下来插在了她的头发上。他好像还顺手摸了两把她的头发,才心满意足地掀起眼皮,睨着她,笑道:"我不是说过吗?我太想看见你了。"

宋衿被带跑偏,问他:"看见之后呢?"

这下方劣好久没说话,退开一点儿距离,诚恳地瞎说了几个理由。

"觉得有意思?忍不住靠近你?想跟紧你?"

宋衿:"你说点儿自己信的。"

"行。"方劣痛快地应了一声,说道,"你说交朋友看运气,我觉得我运气挺好。你在我面前和在别人面前不一样我就高兴,哪儿能说出来啊?像冬天开桃花,就是奇迹。"

宋衿第一次见他这样捧人,确实飘飘然。她突然笑道:"我总会知道的。"

方劣也笑了,话里有话地道:"你知道的。"

宋衿一愣,不等她再说,方劣率先朝外走了。她顿了顿,把头上的草抽出来,要扔的时候,突然想起了中秋节前夜的含羞草。她愣了愣,草被风吹走了。

太阳还未落山,月亮已经爬上地平线。窗外的天很蓝,还有点儿暗。宋衿换好衣服,往下瞥了一眼。

方劣正往上抬头,宋衿家所在的楼层处于中间,七楼。按理说怎么也容易混淆一下,方劣却很精准地捕捉到了她。

他的眼真尖,宋衿冲他招了招手,示意他自己马上下楼。然后,她给家里的盆景浇了点儿水,又欣赏了一会儿窗外的霞光,随后慢悠悠地出门了。

刚才俩人都跟稻草人似的,宋衿就想直接回家了。方劣不知道哪根筋没搭对,非要让她换一身衣服再出来。

她铁定不愿意,直接否决了。

方劣又拿他奶奶说事,说在外面吃完饭再回去,弄得一身脏奶奶得担心。

宋衿想到好久没见过的老人家后点头了。但是方劣也得换衣服,她嫌丢人。

两个人分道扬镳,宋衿回家后先接了一杯水,然后把手机往沙发上一扔,响了也不管。她盘算着时间差不多了,往楼下一望,看方劣进了小区里,才开始换衣服。

他用奶奶威胁她,就得受点儿教训。宋衿推开单元门,看见方劣被寒风吹得面色泛青,满意地笑了。

方劣本准备给她点儿颜色瞧瞧,说她几句的,一抬眼却什么话都说不出口了。

她的唇角扬得很高,带着一种洒脱。她微微歪着头,纯白色的卫衣松松垮垮地套在身上。她一只手拿着手机,另一只手拢在兜内,碎发盖住鬓角,又被寒风扶起。

她不像一束完整的花,而像被风叼在云处的,那片最高、最艳的花瓣。

"……"方劣收回视线,强迫自己压下悸动,问她,"爱吃什么?"

其实他记得,宋衿喜欢吃清淡的食物。汤汤水水,她喝几口后便不愿再吃饭。

宋衿:"火锅,清油麻辣。"

"我不吃辣的。"方劣下意识地道。

宋衿纳闷儿地瞅了他一眼,说道:"我吃。"

她醒来后在医院里待了一年,也喝了一年白粥,吃了一年水煮青菜。后来她出院了,柳青青给她做饭,那些菜也是清淡得离谱儿。

宋衿从柳青青的只言片语中不难得知,自己之前不爱吃什么重口味的菜。所以,她没提过意见。

但是她既然决定做自己,就彻底一些。更何况,就算没失忆,人的口味也会变。她这么想着,心情更好了。她瞥向方劣,说道:"鸳鸯锅,请你吃。"

方劣愣住了。

宋衿不想与他浪费时间争论,伸高双臂朝他的背后扑了一下。惯性带动他往前跟跄了几步。

方劣下意识地向后扶,宋衿的胳膊却已搭在他的肩上,人也走到了他身边。

"别磨蹭了,饿死了。"

明明是抱怨的语气,被她说出来时更像是在撒娇。她说这话时,尾音比平时上翘很多,每个字都带着放肆的意味,像是冲破束缚,钻到了方劣的耳朵里。

"嗯。"方劣应道,似乎怕声音太轻,她听不到。他沉默了一会儿,偏过头,说道,"辣锅就行。"

这会儿方劣又和之前不一样了。宋衿用余光都能看到他脸上的纵容的表情。

她侧过头去看,脸还是那张脸,很帅气,表情依旧恣意。只是，他的嘴角含着些许醉人的笑意，与携着凉意的风碰撞，激出一种炽热。

这种炽热的感觉让宋衿放松。

这是她愿意在他面前不遮不掩的真正原因。

抛开一切挑衅不说，方劣总能让她体会到难言的生存，她作为她在生存的感觉。

愤怒、烦躁、惊异、好的、坏的，尽数创造起伏。

宋衿憧憬过自己的青春。

但她现在已经记不清，她当时期待的青春是怎样的。

"你的睫毛还挺长。"宋衿收回手，和方劣拉开距离，随便说了一句话转移话题。

就一直这样吧。

她迎着轻云重霞许愿。

一直带着暴风缠绕在我周围。

夜市能将一切渲染成热烈的模样，灯光照着的半边天是五彩斑斓的。说好要去吃火锅的两个人莫名其妙地混迹其中。

方劣的心情很差，是他欠考虑了。

方劣的脸色很阴沉，他把沿路向他们投来不怀好意的目光的人瞪了个遍。最后，他紧紧地盯着宋衿的背影。

宋衿长得很漂亮，平日很内敛，拒人千里。可她今天晚上不同，不知哪儿来的底气，就像荆棘丛中带血的尖刺，张扬地散发着危险的气息。她偶尔心情好，步子迈得大时，还会隐约地显露细腰的线条。

方劣一顿，挪开目光。他冥思苦想，想不出宋衿有什么缺点。

"走得那么慢干吗？"宋衿拿着小兔子样式的糖人，回过头，有些不耐烦地道。

她的脖子上还坠着方劣刚才掏钱买的项链，十几块钱，穿了一块透明的塑料。摊主敢吹它是水晶,宋衿还真敢信。她眼睛一转,对方劣说道:"送我。"

方劣看她兴致勃勃的样子,知道她也就图一乐,认命地付款。

但廉价的饰品垂在宋衿的锁骨处,看起来又有玉一般的光泽。那光泽亮到了方劣的心尖。

他迈开腿,跟她四目相对。他伸出手抵住那块塑料,对她说道:"下次……送你好的。"

她的锁骨间传来被按压的感觉,不疼,就是不容易被忽视。宋衿不自觉地轻轻颤了一下。

在拥挤的人流中,他们停不了多久。所以宋衿只是感觉到方劣的手指朝一旁偏去,温度还未传至那块皮肤,他就收手了。

他这会儿倒像一个正人君子了。

宋衿笑道:"我不要好的。"

方劣看了她一眼,没应。

半晌后,嘈杂的人声中混进来一句话:"我要最好的,独一无二的。"

很俗的一句话,偏偏宋衿把语调拿捏得很好,让人觉得本该如此。

方劣痛快地道:"行。"

他像是早有准备。

没为难住他,宋衿有些不满。她慢悠悠地往前走,瞥见头顶上挂着的灯笼后,不经意地问他:"方劣,你觉得你是最好的吗?"

最好的才配得上她。

方劣多了解宋衿啊?他怎么可能听不懂?

但他还是喉咙发干,没想到宋衿这么敢问。最终,方劣的喉结滚动了一下,他反问她:"你怎么不问我是不是独一无二的?"

地上光影摇曳,宋衿笑吟吟地望向他,说道:"因为我在你身

121

边是最差的啊。你这样的人，打着灯笼都找不到第二个。"

受尽她的坏脾气，还好像得了什么甜头似的傻子，也就方劣一个了。

方劣没仔细地思考她的言外之意，嗓子涩得发疼，脑子里都是那句蛊惑人心的话。

原来，电影里面那种在人潮中，只能看见一个人的情况是真实存在的。

宋衿看见他那副模样就爽了，不再去问。

她将身子摆正，锁骨间的吊坠抛起又落下。她又想到刚才方劣的手指在边上靠了一会儿，于是指了一下，问道："你刚才在想什么？"

方劣依然垂着眼帘看她，瞳孔里神色不明，他的视线过于直白。

宋衿："玩不起？"

方劣摇摇头，弯起唇，说道："你的锁骨……"

他的视线在她露出的肌肤上一寸寸地刮过，掺着隐晦的意味。他仿佛要说什么露骨的话。

眼见她的脸上出现红晕，方劣看向前方，吐出三个字："挺硌人。"

夜晚是最容易让人伤春悲秋的时候。

火锅店里人满为患，一推开门，热气扑面而来。宋衿绷着脸入座，方劣一路好话说尽也没效果。

招待他们的服务员忙里偷闲，看见紧蹙着眉的帅哥和冷着脸的美女后，偷偷瞟了好几眼。

这位帅哥……不太像是会哄人的人啊。

他摆着一副随时摔桌子走人的模样，跟她的对象简直是一个模子刻出来的。服务员的脑海里闪过自家男朋友的样子，她一咂舌，觉得这位至少脸好看，赏心悦目。

见方劣皱着眉，宋衿又有些慌。

宋衿觉得自己太没分寸了。

她高兴得过了头，忘了方劣没义务包容她。

她心里越卷越高的浪不再猛烈，只轻轻地扑腾了几下，就要平息了。

宋衿抿唇，想挤出轻松的笑容，再放柔语气说些什么，改变现在这紧绷的、随时可能只剩下她自己的氛围。

可往日的笑容，她此刻无论如何也挤不出来。她轻轻地闭上眼，不知道从什么时候开始，她怕方劣撂挑子不干了。

宋衿不自觉地攥紧手，许久没感受过痛感的掌心变得娇气，疼得比任何一次都明显。她没再用力，一抬眼却发现对面已经没人。菜单被推到她的面前，上面只有"辣锅"二字后跟着一个孤零零的对号。

字迹刺在她的眼中，泛起尖锐的疼痛感。但她很快稳住心绪，想着无论怎样都得把这顿火锅吃完。于是，她开始埋头点菜。

方劣回来的时候，看见的就是她懒洋洋地支着下巴的画面。

他心里一疼，将手里的东西放到桌上。他还没说话，她就抬起眼，表情先是惊讶，后又归于平静，问他："你回来了啊？"

她声音很轻，语气也很平淡。

她就这样，把方劣要说的话尽数堵在了口中。

半晌后，方劣把他之前放到桌上的东西向前推。

"凉茶。"他解释道，"我怕你吃辣的食物后肠胃不舒服，来之前点好的。骑手给我打电话说他找不到路，我出去拿了一下。我走之前让你先点菜，你没理我。我以为你听到了，只是还在生闷气。"

宋衿的表情有所松动，到方劣说完"对不起"时，她垂下头，只觉得眼睛比刚才还要疼。她吸了吸鼻子，说道："一会儿再说。"

方劣静了一会儿，把吸管插进塑料杯中，递到宋衿的面前，没再干别的事。偏偏就这一个普通的举动，让宋衿的全身"腾"的一下缠上了热气。

毕竟他那样的人，按理说应该借机干些什么。比如，他非要让她用他的吸管喝；比如，他喝第一口；再比如，他说两句不正经的话。

随便哪种，都能打消她的坏情绪。可他难得地很守规矩，好像更让人心动了。

即便如此，宋衿也说到做到。就算吃饭期间她的嘴唇被辣得略微红肿，她喝着凉茶解腻，都没再开口说一句话。

等到两个人吃完火锅出门时，晚风拂过。宋衿拢了一把头发，深吸一口气，问他："你是不是觉得我很矫情？"

方劣："没有。"

短暂的对话停止，宋衿抬脚往前走，绕进一个公园里，停在景观院墙外。

她又问："你是不是觉得我很矫情？"

这次比刚才说得不客气多了，语气也不好，还带着让人心碎的颤抖。昏暗的灯光下，方劣能看清她眼里的泪光。

他顿时明白了，刚才宋衿在忍。她怕自己失控，怕饭店里的人用不善的眼光看她。

方劣从没像现在这样恨过自己。

他怎么就忘了她有多么脆弱？

"没有。"他答得笃定。

"得了吧！"宋衿拼命地将眼睛瞪圆，就怕泪水滑落，泄了气，问，"那你刚才皱什么眉？"

她委屈得要命，又可爱得紧。

124

方劣止不住地悸动，眼尖地瞥见有人影靠近，没敢贸然动手。他向前走，把眼前的人挤到角落里。

"皱眉是因为在想怎么哄你。"他低下头，叫她，"衿衿。"

一声"衿衿"，他叫得过于含糊。他仿佛把这两个字在蜂蜜里裹了一圈，黏腻、很甜。

后来许久，宋衿都会不可避免地产生一种想法——他的温柔，生来就是为了让她沉沦。

可当时，她只是抬起头，和他目光相撞，不甘示弱地道："你有多奇怪，你心里清楚得很。我就是这样的，我警告过你，别再惹我……"

宋衿没能将话说完，方劣竖起右手的食指靠在她的嘴边，发出嘘声，气音不间断地侵袭她的耳郭。

宋衿的脸红透了，但天色很黑看不出来。她挣扎着，拼凑出最后一句话："你若受不了，就赶紧滚。"

方劣反握住她推搡自己的手，摸到她掌心陷下的几道痕迹。他的动作顿了顿，他嗓子哑，刮得宋衿心窝痒。

"我受得住，我贱，我就想捧着你。"

宋衿撑不住了，轻轻地闭上眼，泪珠大颗大颗地滴落，砸在方劣的手背上。

方劣再没做什么出格的事，轻轻地扶着她，一遍又一遍地说着"对不起"。

到最后，他也说不清自己为什么要说"对不起"了，只记得宋衿的呜咽声惊动了路人。

"别打扰年轻人了。"

一位老奶奶拍了拍老伴儿的肩，往远处走去。

十几岁的年轻人，吵架是找不到由头的，借题发挥，无理取闹都有可能。他们总有压在心底的情绪需要发泄，只要另一个人愿意担着，就会成为一件美好的事。

"还买花？"宋衿站在巷尾的小店门口，面色复杂地问方劣。

方劣还挺固执。

她脸上的泪痕早被自己揉花。

方劣拔出几枝花，在宋衿的身边比画两下，乐了，说道："跟你挺像。"

他拿的是玫瑰花，花瓣艳丽，层层叠叠。

"那两位……喜欢这花吗？"宋衿斟酌着措辞，问道。

见方劣果断地摇了摇头，她将花抢过来塞回去，又问："他们喜欢什么花？"

方劣接着摇头，并回答道："瞎选。"

宋衿："……"

行吧。

她让开路，摊手的动作很明显。

方劣："这次你选。"

宋衿皱起眉，说道："我不能选。"

她又不是那两位亡者的什么人。

"你能。"方劣说道，"帮我选。"

宋衿抿了抿唇，还是跟着他走了进去。

他们再出来的时候，方劣的手里多了两束白桔梗，宋衿拿了一枝玫瑰花。

她瞅着花，停不下地乐："你真俗啊。"

方劣瞥了她一眼："这只是第一枝。"

方劣在心里补充道：以后还会有各种各样的千千万万枝。

· 126 ·

第六章

爱意难藏

长期吃清淡的食物，胃是受不了突然的刺激的。周一一早，宋衿趴在桌子上，脸色惨白，从昨天开始胃里就一直绞痛，吃药、喝水，一点儿用都没有。

"衿姐，你等会儿不要去办公室了，我们和老谷说。"陈锋然忧心忡忡地道。

"去。"宋衿轻声说道，"不去好了也得去。现在去老谷还能心疼一下我。"

她猜得很对，情况甚至更加夸张。

宋衿坐在办公室里的沙发上，面前的茶几上只摆着一杯冒着热气的水，是谷崇刚给她倒的。

她一抬眼，周舒秦、陈锋然、越恒老老实实地站在谷崇的面前，只有方劣吊儿郎当的。

他看起来很累，眼皮掀了掀，没睁开，衣领立起来靠在脸侧。他一边听谷崇说话一边时不时地点头。

"方劣！"谷崇怒道，"你这是什么态度？！"

不拿他开刀拿谁开刀？宋衿喟叹，最调皮的陈锋然都不敢在这时候嬉皮笑脸。

周舒秦应该是第一次因为这种事出现在教师办公室里。他低头，对谷崇说道："对不起，老师……"

还没等他自我反省完，谷崇就摆了摆手，说道："跟你有什么关系？是这小子看不好人……"

他说了一半，反应过来哪儿不对，打住了。

"这小子"指方劣？方劣什么时候需要看好宋衿了？

宋衿用双手握住水杯，没懂。

周舒秦也呆了一瞬间，按理说他是班长，无论怎么轮，也轮不到方劣看着宋衿啊。

谷崇却没解释，话锋一转，对越恒说："以后有什么事先找老师，老师即使不在附近也一定有办法帮忙。宋衿毕竟是个女生。"

越恒的头更低了，他几乎要将头缩起来了，声音像蚊子的叫声一样，说道："知道了。"

"行了，你回去吧。"

越恒离开后，谷崇又开始教训周舒秦和陈锋然。

"你们也是，有事先告诉老师。出去玩最好不要独自行动，要彼此照顾。"他顿住，掏出手机看了一眼，松了一口气，往旁边看去。

宋衿正摩挲着杯子上的花纹，见谷崇投来目光，露出一抹乖巧的笑容。可能因为身上笼了一股病气，她现在看起来像是由玉制成的薄片，一掰就断。

谷崇莫名其妙地剜了方劣一眼，接着尽力放缓语气，说道："3班的那个孩子被开除了。"

宋衿微微张嘴，有些惊讶。

又清大学这么严格吗？

办公室里陷入寂静，在场的几个人均没从这个结果中回过神。

先有动作的人是方劣。他抬起手,敷衍地拍了两下。他听得出,谷崇刚才那话里有可惜的意思,但绝对没有后悔的意思。这件事的结果为什么会这样,他、谷崇和校领导知道,可惜没人会往外说。

"回去喝药吧。"谷崇叹气,从柜子里取出治胃病的药递给宋衿。

这就没事了吗?

宋衿抿了抿唇,放下水杯起身,对谷崇道:"谢谢老师。"

"你啊,"谷崇还是没忍住,说道,"少逞强。"

他像是不舍得狠心批评她,语气里带着明显的劝慰。

他没等宋衿回答,摇了摇头,又对其他人道:"你们也去吧。"

"谷哥,"陈锋然一咬牙,说道,"我们肯定不会再让你操心了。"

谷崇失笑道:"立军令状呢?你的成绩不让我操心就好。"

陈锋然:"……"

他讪笑了一声,又说道:"走了啊,谷哥。"

他率先走出门,接着是周舒秦。直到最后,方劣也没动作,谷崇还没赶方劣。

宋衿是在陈锋然和周舒秦走了之后走出去的。关门时,她看见方劣懒洋洋地抬眼看了一圈,最后将视线定格在了她的身上。

谷崇站在阳台边,身上有一种少见的疲惫感。

不知道是不是她的错觉,刚才在办公室里时,她觉得自己就像家里最受宠的小孩儿,被长辈毫不讲理地偏爱。

她轻轻地关上门,挡住方劣的目光,仿佛听见他说:"是我的错。"

她想:真奇怪,好像从前天开始他就一直在道歉。

玻璃上结着霜,薄冰层层覆上,不知道什么时候,缀了星星点点的粉色。

"梅花开了!梅花开了!"

"让开！让开！我拍一张照片！"

那天，四个人从老谷的办公室里出来后，好像一切又回归正轨了。

宋衿在学校里时依旧是温顺的模样，与方劣的关系时好时坏。那个她完全舒展翅膀的周六，像极了黄粱美梦。

但她的心里到底多出了一些别的期许，例如……和方劣独处。

"咔嚓。"

这声音好像是冲着她来的。

宋衿偏过头。

方劣举着手机，露出半边脸。见她看过来了，他依旧盯着她，手指一点。

"咔嚓。"

又是一声。

他应该是被别人的声音吵醒了，刚从课桌上爬起来。他的脸上有一道红印，那红印从鼻翼延伸到嘴角，不显得呆，倒让他莫名其妙地有了一股痞气。

宋衿有心嘲笑他几句，但又顾忌着班里的人都聚在了这边，便像前几天一样忍了下去。

"看。"方劣将手机递到她的眼前，对她说道。

照片上的女生睫毛微垂，扎着高高的马尾辫，一只手悬在半空中。那只手纤长，又透着光。

宋衿："……"

她对自己的长相有认知。

可方劣拍出来的这张照片里，她看起来格外乖。她重新看向面前的题册，没有说话。

方劣收起手机，往前走了两步。他跟宋衿靠得很近，和挤在窗边的众人一样，赏起了梅花。

他的这一举动就有些明目张胆了。

宋衿："好看吗？"

方劣的手臂越过她，撑在窗台上。隔了几秒钟，他慢悠悠地道："挺没劲儿的。"

宋衿往后一仰就能挨住他。于是，她往前挪了挪椅子，又问他："没劲儿还看？"

方劣没回答这个问题，挤进她刚空出的缝隙里，拿起被搁在窗台上的抹布，胡乱地蹭了几下。过了一会儿，他说出几个字："这不就有劲儿了吗？"

玻璃变得透明，窗外的梅花簇在一起，红得惹眼。

她总觉得他这话意有所指。

宋衿还没来得及想，就看见他不知道从哪儿摘了一朵花，插在她的指间。

"别松。"

男生的声音从她的头顶上传来。他伸出手，将花从下面抽出来。

枝叶擦过她的手指的内侧，有些烫。可能是心理作用，宋衿看见花瓣经过一瞬间的闭合后，反而开得更盛了。

她烦了，声音很低地问他："你演示什么呢？"

方劣毫不避讳，坐在旁边的椅子上，说道："演示它开了后就不会再合上。"

他话里有话，宋衿懒得猜，直接道："枯萎了就合上了。"

"不会枯萎。"

他说的这句话里没有主语。

方劣用漆黑的眼睛直直地看着她。

她想：怎么不会呢？

她虽这么想，却不敢和他对视。

她避开他的视线，说道："你识趣点儿。"

现在不是和他抬杠的好时候。班里的人都聚在了这边，动静若再大一点儿，她就会当场变成外面的梅花。

方劣闷声笑了几声，将手里的梅花抵上她的唇。那片嫣红似乎蔓延在其上了。

宋衿的脑中警铃大作，她将题册竖起来，把自己挡严实。她问："你又犯什么病了？"

方劣靠近，轻声说道："没犯病。我只是想让你知道，老子要是不识趣，就不用花代替了。"

他又开始说这些浑话。

宋衿的耳根烧得厉害。明明他还与她保持着距离，她却已经感觉有柔软的东西蹭了上去。

"别疯。"她警告道。

"没疯。"方劣将语速放得很慢，一个字一个字地道。

"这是第二枝。永远有花开，永远有花谢，但我送给你的花谢不了。"

我快疯了，宋衿想。

宋衿紧紧地皱起眉。

人还是贪心，体会过随性的感觉之后，若再被拘起来，难受的感觉就会加倍。

快要上课，方劣退开，起身走了。花被他留下了。

宋衿想着眼不见心不烦，毫不留情地将题册盖上去。过了半晌，她拾起花，将它夹在书中。

她安慰自己：万物有灵，不能伤害花花草草。

下课铃响起，谷崇整理完教案，没有要走的意思。

"谷哥没拖过堂啊。"陈锋然嘟囔道。

周舒秦思索几秒钟后，说道："估计有事要宣布。"

还真被他猜中了，谷崇清了清嗓子，笑道："之前文艺晚会不是被推迟了吗？现在时间定下来了，期末的前一周。"

教室里大部分人兴趣不大，少部分人鼓起了掌。

"劳逸结合很重要。"谷崇还是眯着眼笑，"所以，咱们班的同学必须出节目。"

教室里哀号声一片，谷崇不管，大手一挥，让文艺委员在下周一之前将报名表交给他。他刚走，教室里就响起了讨论声。

"老谷的这颗心是焐不热的。"有人装作西子抹泪，委屈地道。

"哥们儿，你挺有演戏天分啊。"陈锋然不怀好意地道。

"我不上台！"那人惊恐地道，顿时闭嘴。

陈锋然咧开嘴笑，回过头发现前排的座位上就剩下一个人了。他纳闷儿地道："衿姐什么时候学会闪现了？"

周舒秦目光沉沉，盯着前门。

谷崇的办公室里。

"真的吗？"谷崇惊喜地问宋衿，"真要跳？"

宋衿点点头，回答道："但是舞种暂时别定，我可能……跳不了。"

谷崇乐呵呵地道："看来，推迟还真推对了。"

宋衿笑了一下。

她只是想放松一些。

"那你们自己安排排练，还有时间，不用着急。"谷崇说道。

"好。"宋衿应道，"老师，也先别告诉班里的同学。我怕最后出现意外，班里没节目。"

主要是，她不想在人前表现得与方劣太友好。

人与人的相处模式很难改变，她自己装出来很简单。但在对待方劣这方面，她做不到。

133

谷崇没多想，直接点头同意了。

平淡的日子结束在周六。凌晨，宋衿裹着被子，抱住自己，缩在床上。她刚从梦里醒来，被求而不得的谜题折磨，难免倦怠。

宋衿瞄了一眼时间——凌晨4点17分，睡是肯定睡不着了。她叹了一口气，下床，打开台灯，开始解她能解的题。

天蒙蒙亮，宋衿靠在椅背上伸了个懒腰。桌上的草稿纸堆了厚厚一沓，练习册上的习题后跟着密密麻麻的答案。

宋衿闭了一会儿眼，在困意加重前睁开眼睛，掏出手机。她今天和方劣约好了练舞，说起来挺草率的，他们什么都没定，没商量，就约到了今天。

她想：给他打个电话不过分吧？

宋衿点开对话框，犹豫了一会儿。

怕什么？她又想。

她抿唇，手指按下。

"喂？"

"……"

拨号铃声刚响，电话就被接通了，宋衿愣住了。

见她不说话，方劣轻声笑了，问她："想我？"

随随便便的两个字，使宋衿发慌。她果断地挂断电话，缓了一会儿，又觉得不行，打了几个字点击"发送"。

"怕你想我。"

"多谢体恤。"方劣迅速地回复道。

宋衿把手机扔到床上，不看了。她起身去卫生间里拧开水龙头，等水变温时开始洗漱。

阳光偶尔会通过镜子反射到她的脸上，她从上至下地看了一遍自己的脸，眼前的女生从含羞变成娇艳。她看得新奇，脑海中突然出现了梅花抵在她的唇上的画面。

人在回忆的时候,总以第三者的视角旁观这段回忆。宋衿弯了弯唇,打开旁边的柜门,拿出一支全新的口红。这是柳青青之前给她买的,她没用过。

塑料膜发出"嘎吱"几声,最后被她毫不留情地扔进了垃圾桶里。宋衿随意地涂上口红,再用指腹将口红晕开。

她将挂在一旁的白色羽绒服穿在身上,头发垂在颈侧,这样就够了。宋衿扬起眉梢,回到卧室里,给方劣发了一条语音消息。

她说:"出发。"

宋衿对那个地方不熟,出门后拦了一辆出租车,把方劣发来的定位给司机看。顺利地到达目的地后,她发现此地很冷清,像是原先繁华的商场被荒废了,大清早一个人都没有,灯亮得也不均匀。

宋衿左右望了一圈,远远地瞧见一道黑影走来。于是,她动作极快地躲到了广告牌后。

下一秒,她的手机振动了一下。

"我到了。"方劣给她发来了消息。

"堵车,等着。"

宋衿慢悠悠地回复了几个字后抬起头。

方劣又穿着一身黑色的衣裤,内搭是一件衬衫,扣子扣得整整齐齐,半掩住脖颈,总是乱翘的发丝难得地服帖着,显得还蛮乖。他的脸上没什么表情,浑身散发着冷漠的气息,比今天的风还要冷,好像谁若靠近他,就会被衡量出安全的距离。

宋衿哈出一口气,觉得新鲜,方劣身上的少年气少见,她是知道的。但他站在那儿,像是来收购烂尾楼的,她还是会惊叹于他的早熟。

之前她听周舒秦说过,方劣读初中时晚了一年入学,不然该是他们的学长。宋衿先是庆幸，后来才反应过来，她也休学过一年，与方劣还真算是同病相怜。

"嗡——"

她的手机突然振动起来，她先将手机调成静音模式后又挂断电话。

给她打电话的人是方劣。

"急什么？"宋衿回完消息后，对话框的上方变成"对方正在输入中"，过了好一阵，她蹙起眉，又发给方劣一条消息，"少催我。"

"我舍得催你？"

宋衿抬头的动作僵住了。

方劣不知道什么时候走到了她的面前，扯了扯嘴角，玩味地道："毕竟你好不容易才拿正眼看我。"

他盯着宋衿的发旋，话锋一转，说道："但不公平，我都看不到你。"

"收起你文质彬彬的假面具。"她抬头，有点儿凶地道，"你平时没看够吗？"

方劣在学校里时，看得最多的不是书而是她。

他当她不知道？

宋衿冷笑，问他："装什么？"

她总爱穿白色的衣服，皮肤也白，没什么生气，很少有别的颜色的衣服出现在她的身上。方劣的眼里突然闯入一抹红色。他靠近，将宋衿困在广告牌前，前些日子未融化的雪散了下来。

她只涂了口红，却一点儿也不突兀，是很吸睛的漂亮，比她平时高调太多。

方劣垂眸，全然没了宋衿窥探时的那副模样。撕下那层人皮，他又变成了横冲直撞的凶兽。

"没装。"他说。

他仍保持着双手插兜的动作，头微微向前倾。宋衿能清晰地看见，雪落到他的衣领内融化成水，顺着他外套里面的衣服滑了下去。

她抬手一按，感觉到了湿意。同时，她的头顶上传来了略显急促的呼吸声。她愣了愣，又笑起来，缓缓问道："急什么？"

他不知道她是在重复方才发送的消息，还是在说些别的什么。

"我愿意看。"方劣哑着嗓子回答道。

他感觉宋衿按在他心口上的手在往上移，利索地解开两粒扣子。方劣紧紧地闭上眼，睁开，想往后退。

"你别动。"宋衿一旦娇气起来，是很惹人疼爱的。

方劣不动了。

"宋衿，你想干什么？"他挤出几个字，语气里仿佛藏着火。但这火不是因为生气而产生的，可火就是火，永远有着烧身的危险。

宋衿无视笼罩她的威慑感，扯着方劣的衣领向下拉他。女生劲儿小，方劣随时能挣开，但他还是顺着劲儿，停在了几厘米远的地方。即便如此，他浑身的肌肉线条也变得清晰了。

他又问："你想干什么？"

宋衿迎着他透露着危险气息的眼睛，扬起唇，拉了个长音。

"我想——"

方劣觉得，时间过得慢了下来。他看见女生纤细的手拢着光，朝上抚去，然后停在了他的头顶上。

紧接着，她在他的头顶上乱揉起来。

"这样才适合你。"

宋衿揉完，推了方劣一把。她一高兴，眼里就会染上别的情绪。比如现在，她的眼里就含着狡黠的光。

方劣顶着乱糟糟的头发，听见她假装正经地道："规规矩矩的像什么样子？"

"……"他眯起眼，问她，"好玩吗？"

"当然。"宋衿说道。

方劣冷笑道："好玩就行，我有大把的时间陪你玩。"

宋衿见好就收，翻脸道："谁想和你玩？"她往外走了几步，淡淡地道，"办正事。"

楼里灰尘很少，应该天天都有人在打扫，但依旧有一种荒凉、破败的感觉。方劣猜出宋衿的想法后，说道："金玉其中，败絮其外。"

宋衿嗤道："我有时候真怀疑你这年级第一名的成绩，是暗箱操作得来的。"

她腿长，爱一步跨两级台阶，到三楼后呼吸还很均匀。她挑了一处干净的地方靠着，说道："环境不好，也会影响我跳舞时的心情。"

"人好不够吗？"方劣从她身边走过时说道。

他开门时几乎连声音都没发出，门就开了。然后，他握着门把手，微微侧身，对宋衿道："请。"

屋子在阳面，光洒在里面又反射，亮堂堂的。宋衿无法形容那种感觉，很奇怪，但又憧憬。似乎他打开了什么宝箱，让她觉得欢喜。

宋衿往里走，说不惊喜是假的。

门口是换鞋的地方，露出实木地板。再往前，地板便隐入黑色的塑胶软垫下，三面墙安装着落地镜，一侧有把杆，音响的位置靠里，窗帘也是黑色的。屋里没有多余的装饰，很显然，这是一间简洁却标准的舞蹈室。

确实出乎她的意料，她看看房间又看看方劣，问："你挺喜欢黑色?"

方劣摇头。

宋衿:"说话。"

"啧,"方劣盯住她,说道,"不喜欢。"

宋衿对他的态度很不满,接着问:"那你喜欢什么?"

她顿了顿,补充道:"颜色。"

"我喜欢,你的颜色。"后面几个字,方劣说得很慢,是盯着她说出来的。

她想:吓唬谁呢?

宋衿往里走,拉上窗帘,然后回头,笑着说:"你看,我也黑了。"

屋内方才还明亮呢,此刻变得昏暗起来,看什么都模模糊糊。方劣眉毛一挑,问她:"你想干什么?"

这是他今天第三次问这个问题,但没一次得到答案。

"不知道。"

宋衿搞不懂,屋子也挺好,装饰也不错,她就是不舒服。可能是空气中的那股女士香水味格外刺鼻。

"你从哪儿搞来的房子?"她问。

方劣明了,回答道:"我一个……姐姐的。"

他停顿什么?

宋衿敏锐地察觉出不对劲儿,狐疑地问:"你姐姐多大了?"

"我姐姐……"方劣有意吊她的胃口。他走到她面前,一笑,回答道,"30多岁了。"

宋衿看了他好一会儿,看出他不像在说谎,才有空品出一些别的东西来。

两个人都陷在黑暗里,却又都能看清彼此的脸。

他们挨得太近了。

在宋衿不知道的时候，火就烧了起来。

她应该躲的，这儿是室内，门也锁了。方劣不可控，她清楚得很。

但她的腰窝抵在窗台的棱角上，她退不了。

她也不想退。

千千万万秒内，他们可以做出许多改变故事的走向的动作，但谁都没有动。热气翻涌在空中，交织，缠绕，让人产生一种不好受的窒息感。他们好像都想逼退对方。

方劣还是先动了，移开视线，说道："我开窗。"

宋衿让开位置，默许。

良久，她又开口："方劣，别和别人玩，不然我就不和你玩了。"

这威胁太幼稚。宋衿晃了一下脑袋，觉得说都说了，奏不奏效随便吧。

"我有大把的时间陪你玩。"方劣拉开窗帘，光照进来，刺得宋衿闭了一下眼。

她听见他说："这句话里，重要的是两个字，'我'和'你'。"

光束散在室内，宋衿面朝着光，只能半眯着眼。

方劣惯会花言巧语，她不知道他是不是真如传言里一样没交过女友。但她认为，就凭这酸倒牙的情话，他更像个浪子，还是在情海里畅游的那种浪子。

但无所谓，她拎得清，听着舒坦就够了。宋衿打开音响，问："跳什么？"

她没继续说那个话题，方劣也不在意，只说道："你选。"

"我选？"宋衿打量着他，一副不怀好意的样子，说道，"那得看你有多软。"

方劣："……"

这话他没法儿接。

他耸耸肩，问："你觉得呢？"

问题被抛回来，宋衿收起笑容，说道："我觉得你……不太行。"

方劣："是吗？"

他漫不经心地走过去，一边调试音响，一边说道："跳这个。"

前调响起来，宋衿微微皱眉，调整状态，沉浸进去。很快，她分辨了出来。

"不行。"宋衿直接否决，"第一，我同意跳，但没同意舞种。"

"第二，"她看向方劣，说道，"《梁祝》我真的不会跳。"

音乐还在播放，方劣跟着哼调子，没应声。

宋衿瞪他，按下暂停键，说道："我没跟你开玩笑。"

方劣背靠在镜子上，说道："我的那两位……故人。"

已故之人，也可以被称为"故人"。

宋衿听得懂，说："我不想听你讲故事。"

方劣自顾自地往下说："他们的故事倒没有梁祝的那么曲折。

"父母早逝，独自打拼，一个外向一个内向，相识，相爱，然后共赴黄泉，仅此而已。"

他用短短几句话，就说完了两位故人的一生。

宋衿不喜欢方劣这样。他好像封闭着自己，陷在悲哀里，谁都插不进去。

她觉得方劣挑错了倾听者，但凡换个倾听者，说不定都会装模作样地安慰他两句。但她不擅长拯救，她自己都没得救。

所以她没再说话，也没想方设法地撕开裂缝救方劣。她选择了最简单的方法——转身就走。等她将手放在门把手上的时候，身后响起了方劣的声音。

"衿衿。"方劣好像很累。

宋衿接收到了他在这句话里想要传达的信息。

他在示弱。

宋衿深呼吸，手向下按。锁芯里的齿轮马上就能接触到，不知为何，突然弹回了原位。

室内静得可怕，她的耳鸣好像又犯了。《梁祝》那首曲子，在她的四周溢满。

"你应该知道。"宋衿转过身，和方劣四目相对。

他正抬着头，和镜中的她相依。

宋衿有些眼花，用力地按着耳垂下方，接着说："我只图个开心。"

"是吗？"方劣轻声问，"那我图什么？"

过了一会儿，他自问自答："图你开心。"

气氛因为这句不着调的话而变得轻松，至少不再紧绷得让人感觉难以呼吸。

宋衿走到他身边，盘腿坐下，说道："就这一次。"

她还是心软。

方劣扯着嘴角笑了一会儿。

宋衿烦了，问他："你说不说？"

"说……完了。"方劣笑道，"刚才不都大结局了吗？"

宋衿："……"

"平白无故说这个干吗？"她问。

"当然是因为他们共赴黄泉那段跟梁祝差不多，让人揪心。"方劣的情绪来得快走得也快。他这会儿又没个正形了，双臂撑在把杆上，微微斜下身子，说道，"所以衿衿，跳吧。"

"……"宋衿面无表情地道，"你耍我呢？"

他就拿这个说服她？

"不是。"方劣一边伸出手，在她的头上比画，一边道，"我想看。"

宋衿扬起手想拍开他的手，又听他问："我编舞，行吗？"

这句话比较诱人，成功地让她陷入思考中，手上的劲儿也松了不少，软绵绵地推开他的手。不知道过了多长时间，墙上的钟"嘀嗒嘀嗒"地响着，方劣也不催，就那么干等着。

终于，女生有了动作。

"可以。"宋衿点头，说道，"试试吧。"

舞蹈室里有地暖，挺暖和，所以宋衿进去时没感受到温度的明显变化。结果一出屋，冷气劈头盖脸地冲她袭来。

"穿好。"方劣锁好门，扯了扯她的羽绒服。

刚才宋衿为了方便练舞，把羽绒服脱了。现在，羽绒服正半搭在她的身上，露着肩。她拉上拉链，说道："管好你自己吧。"

方劣："我不怕冷。"

宋衿不理他，往楼下走，方劣一伸手，把她拽了回来。他又从她后面伸出手，将她身上那没被拉到头的拉链往上拉，挡住她雪白的脖颈，问她："露着给谁看？"

"谁爱看就给谁看。"宋衿没好气地道。

"我爱看，"方劣将胳膊搭在她的肩上，手悬在空中虚握着，对准她的喉间，"但我不爱听。"

他突然发难，宋衿迟钝地眨了眨眼，下意识地往后退。她反应过来后视线向下飘，男生的虎口冲着她，他不像要掐她，倒像要捂她的嘴。

她想躲，可肩上的胳膊明显不想遂她的心愿。看起来随意的一搭，其实他彻底地压着她。她较了会儿劲儿，鬓角出汗，几缕头发粘在了一起。

楼里本来就没人，呼吸声重起来，只能是因为他们俩。宋衿察觉身后胸腔震动，弯起唇角，无声地乐了起来。

· 143 ·

下一秒，她对准他骨节突出的手狠狠地咬了上去。

"嗞。"方劣因这猝不及防的痛感而倒吸一口凉气。

宋衿松口，还笑着，问他："被咬了心还跳得那么快？"

她说完，撞开圈着她的胳膊。她一边慢悠悠地往下走，一边似笑非笑地说："我们劣哥就是和别人不一样。"

宋衿一点儿也没留情，方劣被咬的那处神经还在轻轻地跳动。他甩甩手，问她："不能让我讨到点儿好吗？"

"让你还有什么意思？"宋衿懒洋洋地站在楼梯的平台上看他。

方劣皮肤很白，手扬在半空中。他的手上那嫣红的唇印格外显眼，渗着血一样，既恐怖又刺激。

"给你盖了个章。"宋衿收回目光，接着下楼。

方劣抬腿跟上，语调里掺了些嘲弄，问她："便宜我了？"

宋衿想：明知故问。

宋衿将头往衣服里缩了缩，掩住发烫的耳朵。她虽看不见，但知道自己的耳朵现在一定很红，比她留在方劣的手上的唇印更红。她怕被看出端倪，便走得更快了。等出了楼道口，她才敢放出耳尖，让它们被寒风冷却。

"吃什么？"方劣走得比她慢几步，声音先传了过来，"还是火锅？"

宋衿应了一下。

"烤肉想吃吗？"方劣又问。

宋衿想了一会儿，说道："吃烧烤吧。"

"烧烤适合人多时吃。"方劣走出来，说道，"今天先吃烤肉吧。"

都是烤，宋衿都没吃过，对她来说差别不大。于是，她点了点头："可以。"

宋衿嘴上的口红已经被按在方劣的手上，脸变回那副素净的样子。方劣叹道："你再咬一口，印回去。"

宋衿不干，朝他翻了个白眼："神经病。"

市中心好像不管什么时候都很热闹。遛弯儿、拍照、吃饭、购物，总能找到适合自己的地方。方劣照例去买凉茶，宋衿找了一把空着的藤椅坐下，目光四处飘荡。在她看来，什么都很新奇。

她头一次后悔自己前几年的与世隔绝。她转念一想，又怨起方劣没早点儿出现。

远处的耐尔河和天汇聚。现在冷，赏景的人不多，没有阻挡物，宋衿可以清晰地看见帆船零碎的剪影，迁徙的鸟儿划过云朵。她在脑中幻想水面上的波纹，织出线条勾勒自己，晕乎乎的。

她的脚边传来"哎哟"一声，宋衿回神，低头看去，一位老爷爷抱着腿躺在地上。她一怔，想到的是方劣还没回来。

她晃了晃头，驱散无端想到的人。她的脸上挂起微笑，她蹲下身搀扶起老人，对老人道："您……"

宋衿刚说出一个字，就被老人的指责声打断。

"瞧你长得挺漂亮，怎么这么不厚道？！"

宋衿蒙了，保持着微笑，问老人："您在说什么？"

"大家都来看看！我本来就有腿疾，被她绊了一脚不说，她还在这儿装糊涂。"

老人说话时中气十足，声音很大。四周立马来了很多人。

现在这个世道，多数人抱着看热闹不嫌事大的心理，不停地煽风点火。

"看起来还在念书。小小年纪干这种事，啧啧，不知道哪所学校敢收。"

"小小年纪心这么黑，长大了可不得了。"

当然也有为她开脱、辩解的人。

"我看这小姑娘不像坏孩子，是不是有什么误会？"

但很快就有人来反击他了。

"你是她的家长？来来来，你处理。"

"你看着也不像什么好人，你们莫非真是一家人？"

一众谴责声中，人人标榜自己是道德标兵，不允许任何反对的声音出现。

但凡对立面不止一个人，他们就会认为自己所坚持的真理被侮辱，他们的人格在被批判。所以，那句本来充满善意的话，使宋衿以更快的速度被推倒。

宋衿面临着潮水一般的讨伐，浑身冰凉，甚至当方劣帮她拉好的拉链滑落，衣服内灌入冷风时，她都觉得是烫的。

她有多久没面对这样的目光了？

七年。

宋衿不断地回想着什么，妄图麻痹自己。但她根本无法忽视那些目光，浑身产生被车轧过一样的剧痛。

她怎么可能不怕呢？

当时她被恶意淹没，如今再一次感受到被凌迟。

刀若不剐在自己的身上，是不会觉得疼的。就连宋衿也是在此刻才想起来，当年的自己有多么难过。

其实碰瓷这种事每天都有媒体在报道，但斩钉截铁地把人钉在耻辱柱上很爽。围观的人越来越多，早来的几个人心里充满优越感，越说越起劲儿，一声更比一声高。

没人会注意到人群中央，宋衿摇摇晃晃的身体，和她惨白如纸的脸。

方劣拨开人群挤进去的时候，宋衿眼里的泪珠刚好顺着侧脸滑落。云朵晃晃悠悠地飘到暖阳上，天色暗了下来。

他看见宋衿毫无血色的嘴张张合合了几下。她的声音被周遭嘈杂的声音盖过，她不再有动作。

"不是我。"宋衿说道。

没人会听，即使听到了也不会在意。

方劣的脸色瞬间变得阴沉，他把提着的凉茶掷出。"啪"的一声，塑料杯炸开，泛着青色的茶水溅在老人的腿上、鞋上。茶水再往远处溅去，溅到了他身旁的人的身上。

地上的那些水，水面被风吹起波纹，却独独没波及一旁的宋衿。她的身上仍然干干净净的，惊扰不动，风吹不动，却又让人觉得她可以被任意摆弄。

老人脸上嗫嚅的神情滞住，旁观的人也纷纷噤声。过了一会儿，旁观的人又开始窃窃私语。

"这个小伙子是谁啊？这么大的火气！"

"怕不是男朋友出来当护花使者了吧！"

有人啐了一口，下定论："小瘪三，蛇鼠一窝。"

世上永远不乏自诩正义的人，他们总能想出莫须有的罪名，安在无辜者的头上。就像现在，他们开始用不怀好意的目光流转于宋衿的一寸寸肌肤。

宋衿能感觉到的，就是刺骨的凉和从天而降的漆黑。

方劣用自己的外套裹住了她。

"别管，别想。"方劣说，"不会有事的，衿衿。"

方劣不知道宋衿听见没有，她安安静静的，没一点儿反应。但他知道该先解决什么。

方才吐唾沫的那个男人的腹部突然剧烈地疼痛起来。他眼前黑得什么都看不清。

事态升级，四周的人掏出手机。他们刚想录视频，就被那个踹人的男生用恶狠狠的眼神看了个遍。

"那头有监控。"方劣抬头，瞥了一眼摄像头，又将目光收回来，说道，"到底是怎么回事，谁也说不准。别给自己找麻烦。"

他的语气太狠，当真吓退了不少人。还有些不甘心的人，恍若未闻般拿出手机。

"不想要的话可以拍。"方劣笑道。

他的眼睛里布满血丝,他笑的时候带着一股不要命的疯劲儿。

这下没人敢动了。

"哎呀,我得接孩子去了。"

"走了走了,我姐还等着我呢。"

等众人的声音消失,看热闹的人早就作鸟兽散。现场只剩下躺在地上的男人、两腿打战的老头儿、宋衿和方劣。

男人的身上有很浓的酒味,他躺在地上骂骂咧咧,脏词挨个儿往外蹦。他的眼前还是模糊的,他挣扎着站起来,颤巍巍地往外走。

方劣冷漠地看着男人,当男人靠近他时,他将手一翻,不知道翻出了一个什么东西,那东西把老头儿吓得跌坐在了地上。男人看不清,眼前白光一闪,酒精促使男人夺过那把蝴蝶刀。他要捡回自己丢掉的脸面。

混乱中,他看清了顺着方劣的胳膊慢慢地向下滴的血,还看清了将刀递给自己的人正是方劣。

"疯子……"他"喃喃",发抖地抽出刀扔在地上,惊恐地大喊,"疯子!我要报警!"

方劣脸白了,手上的青筋突出。他挥拳,男人被打得再次倒在了地上,脸上也沾了血,只不过是男人自己的血。

方劣蹲下,捡起刀,威胁道:"好好算算伤势,你占理吗?"

男人喘着粗气,不知道是说不出话,还是无话可说。在刀光冲着他的嘴来的时候,他的求生欲爆发,他一把推开方劣,跟跄着跑了。

方劣不追,转而看向老头儿。

老头儿碰了大半辈子瓷,看人很准。像宋衿这种不仅脸皮薄,而且还柔弱的小姑娘,是他的首选目标。

但他怎么也没想到会出现这种场景。他心里的惊恐已经蔓延至全身,他想站也站不起来,挤出两滴泪,对方劣道:"小伙子,我这把老骨头禁不住啊!我给你们道歉行不行?"

他哆哆嗦嗦,看起来可怜至极。要是刚才那伙人还在,他肯定又会是另一副面孔。可惜人都走了,又是吃午饭的时间,不会再有人来看他表演了。

方劣更不吃他这一套,抬起腿狠狠地踢他抵住凳脚的腿。

老头儿的面色霎时间变得灰白,他止不住地哀号起来。他知道,自己的腿疾成了事实。

方劣并未放过他,俯身攥紧他的脖子,就这么拎起了他。老头儿发不出声音了,人也动弹不得。老头儿只能眼睁睁地看着,那只青筋暴起的手砸向自己。

老头儿用尽力气,向左一歪头,刚挨着拳风就晕过去了。他没想到,自己真的躲过去了。

"方劣。"

从刚才开始,方劣哪怕是胳膊被刀刺进时,气息都稳得很。但当宋衿这比草动都轻的声音响起时,他整个人就乱了。

"好吵。"宋衿的脸贴着他的外套的夹棉层,泪水早把那块面料打湿,她说,"不舒服。"

老头儿被狠狠地摔在地上,没人再管他。

方劣慢慢拿下外套,那一身莽气还没被收起,宋衿颤抖了一下。

"……"方劣呼出一口气,想后退,又被人揪住了袖口。

宋衿:"我们走吧。"

她眼里噙着泪,掌心上血腥味弥漫,鼻音很重。

"……"

"好。"方劣应道。

烤肉是不可能吃了,从太阳消失的那一刻起,全乱套了。雪下得突然,没一会儿地上就铺起了薄薄的一层雪。

彼时,宋衿正坐在烧烤店的包间里,看方劣一罐接一罐地喝酒。说是喝,其实更像灌,他的喉结每滚动两三下,他就捏扁一个铝罐。

他学习成绩那么好,坏习惯看起来也都具备。

宋衿问:"你会抽烟吗?"

方劣吞咽的速度终于慢了下来,几秒钟后,他点了点头。

他为什么不说话?

宋衿垂下眼帘,安静了好一会儿,说道:"你别对我这么好。"

她的心脏没死在七年前,仍然会跳动。常人有的情感她一样也不缺,她害怕有说不清道不明的牵扯,害怕斩不断、撕不裂的心悸。

"宋衿,"方劣拿起一罐新的啤酒,没着急开,反倒是隔着桌子抵在宋衿的额头上,说道,"老子等了你这么久,少说点儿不中听的话。"

宋衿感受到脑门儿正中间一片冰凉,有些蒙。

"我怕你冷,把外套给你穿。你哭丧着脸说不想回家,我就带你来这儿。我不让你喝酒是因为医生不让。你还哪儿不满意?"

他的语速不快不慢,把宋衿的心说得酸酸的。

他非要说这些不起眼儿的事。

方劣的手臂上缠着刺目的白纱布。

宋衿不敢看了。

她移开视线,慢腾腾地道:"你想听什么?"

方劣想:想听你这七年到底经历了什么,想让你事无巨细地说给我听。

方劣望着对面的女生,收回手,拉开拨片,又想:可你连失忆了都不愿意告诉我。他喝了一口酒,烦燥的情绪在心底横冲直撞,问她:"你怕什么?"

这个问题难倒宋衿了。她挣扎半晌后,决定诚实一些,于是说道:"很多。"

方劣:"是吗?"

他希望自己现在就醉倒,和宋衿坦白他是谁,好让她信任他,让他保护她。但他酒量好,喝到现在都很清醒,让他顾忌的东西仍然数不胜数。

方劣放下空荡荡的铝罐,随意一瞥,宋衿死活不肯包扎的手撞进了他的眼底。

算了。

很多事他一个人死守就够了。

他若无其事地问道:"市中心……你怎么了?"

"……"

宋衿眼前的场景变得混乱,她仿佛回到了七年前。她缓了好一会儿,说:"我不想说。"

"是吗?"方劣没当一回事,不经意地晃着受了伤的胳膊。

行。

她说。

宋衿咬咬牙,开口:"七年前我被孤立,走到哪儿都被指指点点。一开始,他们说的是事实,后来……就随便了,传言越来越离谱儿,有人诬陷我偷题、作弊。我反驳了,然后……"

然后她的课桌上沾满粉笔灰,桌柜里被塞满垃圾,头发被脏水淋过……甚至闹到老师那里时,老师也不信任她。

她记得老师骂她不知悔改,要给柳青青打电话。她不想她妈再操心,便把一切认下了,给那些同学分别鞠躬认错。说她的人太多,到最后,她已经直不起腰了。

她的头快低到地上的时候,有些人仍不甘心,喋喋不休地道:"我就说嘛!她脑子有病,怎么可能考得那么好呢?!"

这句话自然有无数人附和。

宋衿隐去一部分,将这些事尽量轻描淡写地讲出来。

"这种事每发生一次,当年的情景就在我的脑子里重演一次,所以我厌,厌到不敢动。"

话说出来一贯是轻巧的,方劣控制不住地发抖,又拼命忍耐。纱布下,他的伤口崩开,是解脱的剧痛。

"以后不敢找家长的话就找我。"方劣说道。

"为什么?"宋衿脱口而出。

方劣勾起嘴角,说道:"老子愿意。"

"你……"宋衿刚想说话,就见他的胳膊渗出血来,震惊地道,"你的伤口裂开了!"

话音刚落,她意识到自己说了一句废话。她匆忙地站起身要拉方劣,忘了自己手上未干的双氧水,一把撑在桌子上,激起一阵痛感,倒吸一口凉气。

"多操心操心你自己。"方劣拧着眉,说道。

到了这个地步,酒肯定喝不下去了。他带宋衿重返诊所,在医生唠叨"年轻人火气别太大,君子动口不动手"时,重新处理好伤口。他们再出诊所的门时天已经黑了。

诊所在巷尾,他们往巷口走,没走几步,看见了一个拖着腿走路的人。

"真巧。"方劣眯起眼,中午没消的火又燃烧起来了。

第七章

贪心且知足

　　老头儿眼神不好使,再加上天黑,当认出眼前的两个人时,已经来不及跑了。"扑通"一声,他略显滑稽地跪趴在地上,冲着宋衿的方向磕起头来,看也不敢看方劣。

　　宋衿没动,巷子里充满回声。"砰!砰!"回声越来越重。他含混不清地说着求饶的话,只能在抬头的间隙向宋衿投去求助的目光。

　　不知道过了多久,他瞥见方劣朝他走来,眼神格外阴狠。

　　"别过来!别过来!"老头儿被吓得向后倒。慌乱中,他看见他认为心善的那个小姑娘伸出了手。

　　"方劣。"宋衿清晰地感知到被她握住的胳膊滚烫,跟被烧红了的烙铁一样。方劣的手上骨节突出,青筋跳动。

　　风吹过,带起一片雪花。雪花刚接触到宋衿的皮肤就融化成水了,她抖了一下。

　　方劣收起情绪,反攥住她的手,问她:"冷吗?"

　　"不是。"宋衿抿抿唇,说道,"你的伤……"

她往外抽手，碰在他绷紧的肌肉上，顿了顿，安抚性地轻轻拍了两下。然后，她越过他，朝跪在地上的老头儿走去。

"小姑娘！小姑娘！救救我！"老头儿向前爬，拼了命地想抓住这根救命稻草。

但他什么都没碰到，宋衿的脚却不知怎地落在他中午刚断的腿上。

老头儿张开嘴惨叫，手抠在地上，指甲断进肉里，一寸都没能挪了。宋衿在身上摸索一番，无果，抬起头眼巴巴地看向在原地不动的男生。

"……"方劣挑起一边的眉毛，从口袋里拿出一块钱，饶有兴致地递给她。

宋衿接过钱，扔到老头儿的脸上。随后，她冷冷地道："您不就是讨这碗饭的吗？这一脚，您挨得值了。"

说完，她站起身，谁也没再看，直接向外走去。

刚由白雪铺成的地毯被一串脚印破坏，没等白雪再次覆盖上去，破坏面就更大了。白雪不再管了，任由脚印留下。

雪停了。

"你刚欠了我一块钱，"方劣追上来，对宋衿道，"就对我实施冷暴力？"

他这人真的很奇怪，就计较些鸡毛蒜皮的小事，别的一概不提。

"不要再管我的事了。"宋衿答非所问。她指指后面又指指自己，说道："恶人自有恶人磨。"

方劣揪住她的帽檐将她拉回，说道："别磨他。"

他身体前倾，下巴搭在她的肩上。宋衿的头发很凉，他贴得更近了。

"磨我。我替你磨恶人。"

还隔着头发，宋衿却感觉冷空气都被他驱散了，脸侧的热源蒸得她的耳朵泛起红晕。她张了张嘴，还没来得及发出声音就被打断了。

方劣："脏。"

她回过头，眼睛里是显而易见的疑惑。

方劣绕到她身前，握住她的手，熟悉的动作，但又和之前需要强硬地掰开不同。宋衿的手自然地舒展着，掌心上经过处理的伤口变成细小的痕迹，更像有些宽的血丝。

方劣垂下头，脸凑得越来越近。随后，宋衿感觉到她之前被掐破的伤口传来一阵湿热和轻微的刺痛。

"别……"她不由自主地轻颤，身子变软，还有些痒。

方劣没听，仍保持着那个姿势。酒精带着麻痹性，渗进血液里，传到大脑，宋衿明明没喝酒，却醉了。

恍惚中，她抬起另一只手，按上方劣的头发。不是想象中的手感，宋衿有些愣。

她以为方劣的头发会是那种扎手的硬质。实际上，他的头发很软。

方劣微微抬头，像在她的手中蹭了蹭。宋衿瞬间清醒过来，立即收回手，往后退。她像刚从汗蒸房里出来一样，身上沁出汗，脸也红扑扑的，与她之前死气沉沉的模样相比，差别太大了。

"灵魂归位了？"方劣挤出一抹笑容，漫不经心地问。

宋衿面无表情地反问他："你能不能正常点儿？"

他总是闹得她的脑子里乱哄哄的。

"很烦。"宋衿下意识地说道，回过神看见方劣的眼中压着一丝丝郁气后，移开了视线。

"自己说的话自己还怕？"方劣问。

她嘴硬，反问道："我有什么可怕的？"

"尽管说。"方劣笑了,说道,"气不走我,我一直缠着你。"

她想:又来了。

宋衿尽力忽视自己混乱的心跳。她抬眼瞪他,却正好与他对视。

他的衬衣的扣子,还维持着清早被她解开了两粒的样子。他这个人有一种说不出的狂劲儿,垂着眼睛看她,里面是说不清的复杂情绪。他这副模样,把宋衿努力拨回的心弦搅得偏离正轨。

"估计你气不走我。"方劣和她对视,说道,"无论你什么性子,我都由着你。"

周六短暂地停下的雪在周日卷土重来,且来势汹汹。

宋衿在家里窝了一天,养伤,渗着血的状态是没法儿用遮瑕膏的。她回家后查了一个晚上怎么加快血凝结痂,最后发现有一个回答是用人的唾液。她的脸变烫,她猛地合上笔记本电脑,声音大到柳青青来敲门。

她打发走她妈后放弃挣扎,拿起书,题是做不了了。她不是左撇子,左手没什么力气,只破了一两道口子,右手就比较严重了。第二天一早她醒来时,伤口四周泛红,密密麻麻的,看得她头皮发麻。

还好天气冷。

周一,宋衿站在校门口,手上戴着手套。她边往校园里走边有些发愁地想:总不能上课时也戴着手套吧?没等她思考出解决方案,就看见陈锋然在摇教学楼前的那棵树,晃得雪花纷飞。

"衿衿!"一旁的周舒嘉看见她后,眼睛亮晶晶的。

宋衿走过去,问她:"怎么在外面?"

"老谷让打扫,班长去拿东西了。"陈锋然拍了拍手,说道,"我想先玩一会儿。"

"那摇树干什么?"

"模拟下雪。"陈锋然一脸严肃地道。

宋衿想:他这是什么脑回路?

周舒嘉看出了她的想法,装模作样地叹了一口气,说道:"衿衿,说来也怪你。"

陈锋然哀怨地接话:"一到周末就失联。下次下雪时一起出去玩,说好了,不能玩失踪。"

宋衿没想到这一点,无奈地笑了笑,问他:"这又是哪儿来的执念?"

"不是有句话吗?'他朝若是同淋雪,也算……'也算什么来着?"陈锋然说不出来了。

宋衿在心里替他补充道:也算此生共白头。

宋衿莫名其妙地联想到她跟方劣不知道一起淋了几次雪了,没吭声。

"也算此生共白头。"最后还是周舒嘉把话说全了。

"对对对!"陈锋然又幽怨地看向宋衿,问:"衿姐,你说实话,你是不是有别的好朋友了?"

宋衿飞速地回答道:"没有。"

方劣又不是她的朋友,顶多算她的玩伴。

她这样想着,心里舒坦多了。

宋衿答得果断,陈锋然打消怀疑。他故意做出威胁的样子,说道:"衿姐,你要是背着我们藏人,我就……"

"就怎样?"

一道冷冷淡淡的男声传来,宋衿先看过去。

"她藏不藏人,跟你有关系吗?"方劣神情懒散,早上好像一贯没什么精神。他没背包,手里提着一个小袋子,那个小袋子是白色的,中间是粉色的蝴蝶结,是精品店里最常用的那种小袋子。

识时务者为俊杰。

"劣哥!"陈锋然谄媚地道,"你误会了,我说的'我们'里面也有你。"

方劣勾起嘴角,说道:"那是应该有关系。"

"对吧?"陈锋然"嘿嘿"笑了两声,问道,"劣哥,你提着的东西是给谁的?"

"给谁的?"方劣的视线落在宋衿的身上,他往她的身边走。

他一步一步地走着,时间变得慢了下来。宋衿僵在原地,看着方劣在她的面前站定,又伸出手。

"给你。"方劣说道。

他瞎送什么?

宋衿用余光看见,陈锋然和周舒嘉对视了一眼,都感到有些不可思议。

她可不能收。

宋衿想了想,给方劣一个暗示的眼神,随后问他:"给我干吗?让我帮你转送?"

方劣笑了两声,拖了个长音,说道:"就是给你的,因为——"

他意味深长地看着她,看起来心情好极了。

"你确定?"宋衿威胁他道。

"在门口碰见了阿姨,她让我带给你的。"方劣说道,"你想到哪儿去了?"

她想到哪儿去了?

他还好意思问!

宋衿暗自生气,但不得不说,这个理由他找得挺好。

她接过手提袋,打开一看,是一双露指手套,面料很薄,纯黑色的,款式不夸张。天刚变冷那会儿,学校里就有女生戴过。

她怎么没想到?

宋衿心情复杂地对他道谢。

方劣摇摇头,又恢复成懒洋洋的样子,好像刚才不过是一时兴起的恶作剧。除了他和宋衿,没人觉得不对劲儿。

"劣哥,下次一起出去玩。"陈锋然再次活跃起来,"衿姐已经答应了。"

周舒秦从大厅里走出来了,正好听见这话。他拿着扫帚走过去,先冲宋衿笑了笑,又问陈锋然:"说什么呢?"

"组织团建。"陈锋然的语气很骄傲。他接过扫帚,转了两圈,不知道碰到了什么,木柄弹回来了一点儿。

随之响起的,还有方劣的闷哼声。

宋衿的手停在了半空中。

她想拦来着。

方劣的脸色有点儿白,陈锋然蒙了,问方劣:"我的力气这么大吗?"

方劣没应,朝楼里走。

"怎么回事?那么疼吗?"陈锋然难以相信。

周舒嘉虽然也不明所以,但叹了一口气,说:"我觉得你还是赶紧道歉为好。"

陈锋然被点醒,拔腿就追。随即,他随手将扫帚塞到了宋衿的手里。

几个人里面,最淡定的是周舒秦。

"他的起床气还没好?"他问。

宋衿垂眸,反问道:"谁知道呢?"

她的声音轻飘飘的,很快就被风吹散在空中。

宋衿整个上午都心不在焉,是特别明显的那种。被老师叫起来后,她也不似往日一般对答如流,会先带着歉意地笑笑,然后拜托老师重复提问,才能答出来。

她一逮住机会就往后转头,都被周舒秦看在眼里,他不明说,心里压着一块石头,与他相反,陈锋然受宠若惊地对他说道:"感觉衿姐好频繁地关注我,难道是我早上说的话让她产生愧疚感了吗?"

怎么可能?

周舒秦是个很傲的人,但这一刻,想把自己聪明的脑子和陈锋然的换换,他不想承认,宋衿的视线总是刻意向侧偏,还要更往后,正好落在靠着后门的方劣的身上。

下课铃声响起,上午的最后一节课结束了,宋衿没收拾东西,转过头,对周舒秦他们道:"你们走吧,我想一个人待一会儿。"

她抿着唇,眼底藏了一上午的着急呼之欲出,称得她的这个借口很是蹩脚。

"一起吃点儿东西去吧?"虽然是问句,但周舒秦是以陈述的语气说的,"新街那儿开了一家甜品店,好多人去吃了,说那家的甜品有初恋的味道。"

"初恋的味道!"陈锋然眼睛一亮,说道,"看不出来啊,班长,你还有一颗少女心!衿姐,走,新街离得近,吃完再回来休息也不迟。"

话都被他说完了,宋衿不好再推拒。她跟着站起身往外走,越走心里越不好受。

快出门的时候,陈锋然突然想起了什么,对方劣道:"劣哥,一起啊!"

宋衿停住脚步,偏过头用自己都没发觉的期待的眼神去看。

然而,方劣只是懒懒地抬起眼皮,用冷淡的目光看了看他们便道:"不了。"

他维持着一动不动的姿势,双腿交叠。他表情冷漠,像一只蛰伏着的冷血动物,看起来完全没有受过伤。

陈锋然跟方劣说话时不敢像和宋衿说话时一样自作主张。他见方劣拒绝就作罢，摆了摆手，跟周舒嘉往外走去。

他平时没这么容易放弃。

宋衿犹豫了好一会儿，还是没开口。结果周舒秦帮她问了："真不走？"

方劣盯着他半晌，勾了勾嘴角，说："赶紧走。"

待会儿就走不了了。

方劣的声音里掺着火药味，宋衿在心里给他补上下半句。

"他不走。"周舒秦没当一回事，低下头看宋衿，说道，"我们走吧。"

周舒秦和方劣是两个极端，周舒秦对谁都很温和。

当他用温和的语调说出那句"他不走"时，宋衿却有一种被看穿的感觉。她变得慌乱，快步走出教室。

宋衿走得始终很慢，远远地落在陈锋然和周舒嘉的身后。

她瞥见白茫茫的雪，上面映出大片的阳光，让她不敢直视。

方劣的脸是不是也这么白？

宋衿的瞳孔轻轻地缩了两下，她向上看去，红梅横亘在蓝天之上，极具美感。

他的脸上会不会留疤？

他的脸上若留了疤，是不是也这么突兀？

不合时宜的想法一连串地冒出，宋衿猛地停住脚步。

周舒秦跟着停下，一言不发，等她开口。

"我得回去。"宋衿的嗓音有些颤抖，她说，"我有事，帮我跟他们说一声。"

她甚至连个蹩脚的谎言都想不出。她转头就走，却是冲着医务室的方向走去。

周舒秦在原地停了好一会儿，说道："好。"

他以为他不催，不打扰她，就能让她忘记她心里那些复杂的想法，但他还是没能拦住嫩苗破土而出。

医务室的老师在周舒嘉晕倒那回就见过宋衿，也听不少老师说过宋衿有多好。

所以当宋衿红着脸，手点在胸口处，说自己不小心被划伤了时，她没要求验伤，而是爽快地开好双氧水和纱布。

宋衿接过东西，向老师道了谢，匆忙地赶回教室。

刚才那间教室里没人。

宋衿忘了一件事。在她踌躇不前时，方劣并不知道她的想法。他们不可能每次都不会错过，他们没那么有缘。

宋衿走到方劣经常坐的位子旁，把东西轻轻放下。她的情绪变得低落，她大口地呼吸。嘴里灌入冷空气，激得她咳嗽起来，身子浸透到凉意中。

"算了……"宋衿"喃喃"地道，随后向自己经常坐的座位走去。

她没心情去吃去玩，还是睡一会儿吧。除了睡觉，做什么事都需要心情。还没走近座位，宋衿就看见了一张白纸摊开在她的桌上，是她之前发下去的计划书。

"……"

一瞬间的茫然过后，她欣喜得连头发都要翘起来了。

宋衿看见了自己的名字，想也能想到纸的主人是谁，上面还有一行小字。

"回来了就去天台上，没回来就扔了。"

宋衿没经历过这么跌宕起伏的中午，目的地换了又换，最后还是找到方劣了。

方劣听见天台上的防盗门发出轻微的声响，看见门把手在向下转，又看了一眼天空，然后等着。

宋衿的身上汗淋淋的，她在参加800米赛跑的时候都没这么累。看见方劣的时候，她的眼睛睁圆了点儿，她问："你干吗呢？"

他的袖子卡在肩头，左胳膊上的纱布早被揉作一团扔在了旁边。他那裸露在外的伤口是暗红色的，沁着血珠，顺着胳膊向下蜿蜒。

人还是一副很慵懒的样子，冲着她勾唇微笑。

"有事找我？"方劣不答反问。

"对。"宋衿走过去，把顺手拿来的白纸拍在他的胸口上，说道，"发作业。"

方劣："宋学委中午还不休息？"

宋衿不想和他逗闷子了，把双氧水拧开，用棉签蘸了点儿。离伤口很近的时候，她又停住，说道："可能有点儿疼……方劣！"

他按着她的手撞了上去。

"嗞"的一声，方劣哑着嗓子道："还真挺疼。"

他放下手，任由宋衿小心翼翼地为他处理，并道："比我撕纱布时还疼。"

宋衿动作一顿，说道："刚才叫你你不走，现在又来卖惨。"

话虽这么说，她的动作却变轻了。

方劣伤口的痒意大过痛感，尤其她脸上的表情还特凝重。方劣的心也痒得不好受，他觉得自己是在给自己找罪受，于是不说话了。

等包扎完，宋衿松了一口气。

方劣把袖子弄下去，继续刚才的话题，说道："能叫动我的人没开口，我怎么走？"

宋衿："……"

她把东西收到塑料袋里,冷笑两声,说道:"你要是真这么听话……"

她向下看了一眼,楼下的空地一览无余,接着说道:"就不会遛我。"

估计她做思想斗争那会儿,他就在这儿趴着看了。

方劣扯扯嘴角,问她:"你是不是误会什么了?"

宋衿没懂。

"很高兴在你的心里我有个'神算子'的形象。"他又把胳膊撑上栏杆,说道,"但我不是做什么事都能游刃有余。"

他说这些话时心中满是无奈,对于宋衿会不会一走了之、回头的时候是要找他还是有别的事一概不知。他留下一张字条,也只是因为那一丝可能,怕她跑空。他的愿望太简单,她怎么开心怎么来。

"你怎么这么多愁善感?"宋衿把塑料袋挂在他的手腕上,问他。

她对上方劣的视线,又说道:"我可是放弃'初恋的味道'来找你的。"

她的语气淡淡的,却让方劣的腕骨突出了一点儿,卡住正要滑落的塑料袋。

"怎么了?"宋衿笑起来,用重复的句式嘲笑他,"你怎么心理承受能力这么弱?"

她给他点儿甜头他就没事了,他太好哄了。

"宋衿,"方劣问,"你钓我呢?"

宋衿摇头,认真地道:"没有。"

方劣说完"游刃有余"后,情绪迅速地变得低落。这让她的心里有些酸涩,像咬了一口刚结出的青色的果子,难以下咽。

都跑回来了,再克己就没意思了,于是她顺着心意开了口。

方劣手一勾,把塑料袋勒在手指上,转了几圈,又转回去。他没表情、不说话的时候帅得极具辨识度,气质高冷。没人能猜到他下一秒钟要干什么,在想什么。

方劣:"我痛。"

宋衿:"……"

要不是一直看着方劣,她怕是以为自己幻听了。

方劣从上至下地看了她一遍,复述道:"很痛。"

他不是胳膊痛,而是头痛。

他的脑袋里好像有两个人在打架。

一个劝他别太贪心,安分地守好人就行了。另一个又疯狂地质问他忍得了吗?疯狂地质问他的人挑唆他把人困在身边。

吵死了。

方劣拧起眉,不想听脑袋里的两个人说的话。

"那这样。"宋衿用受了伤的右手握住他的左手,坦坦荡荡地道,"负负得正,这就不痛了吧?"

方劣脑子里的两个人安静下来。

两个人不再吵吵嚷嚷,最后各自吐出一句话就消失了。

"怎么可能不贪心啊?"

"怎么舍得困住她啊?"

他们说的话都挺对,方劣的嘴边溢出一抹笑容,他想:我的内心戏什么时候这么足过?

宋衿的手上还戴着他送的手套,她其实是搭了他的手一下。她那纤细的手指垂落在他的手旁,挨到的掌心上全被他身上的衣服隔着。

方劣没犹豫,朝上转手,蹭进她的指间。骨节拥挤下,他们已经形成十指相扣的姿势。

"我贪。"他的食指刮在宋衿的虎口处,他说道。

温度从双手相握的地方开始升高，朦朦胧胧地产生火苗，又像蓄谋已久般，在宋衿的脑子里炸出烟花。

烟花能燃烧几秒钟呢？没等宋衿思考出答案，方劣就松手了。他轻笑一声，又说："且知足。"

"……"宋衿无意识地虚握几下手，手指伸了又伸。她只能感觉到凉飕飕的风钻过，刮走留存在上面的热度。

方劣手肘撑着栏杆，手搭上侧脸，有意无意地敲着鼻翼。

宋衿一抬头，和他漆黑的眼睛撞个正着。

他又在想坏主意了，她可不想在冬天被烫死。于是，她别开眼，开口："你……"

"初恋……"他的话还没说完，就被大声打断了。

"你还吃不吃饭？！"宋衿羞恼，音量拔高，想斩断那些让她心烦意乱的东西。

方劣乐不可支，眼见宋衿的心疼快要被耗完，盯上他的伤口。他收起笑，长臂一伸，揽着她的肩往前走了几步。

"吃。"方劣的手指缠上宋衿的发尾，他说，"不能掐了，你亲自包扎的。"

心研1班的同学也是在这个周一后清晰地感受到了变化——方劣不再独来独往。有几次下课后，宋衿别别扭扭地朝他的方向投去目光，他就跟着她走了。但他依然话少，大多数时候，是在旁边站着看陈锋然犯傻。

周舒秦的区别对待也很明显，他和方劣陷入对峙的次数已经数不过来了。一开始，同学们全在惊愕，班长居然放弃好好先生的人设了。后来，他们见怪不怪，偶尔还会打趣几句。

总之，从那天起，同学之间的距离感已经消失了。

对于本班的人来说，这些事都经过了将近一个学期的铺垫，但外班的人不是很能理解,两大学神怎么就突然从死对头变成好同学了?

于是,学校论坛前所未有地火爆起来,平日不在论坛里说话的同学,也忍不住加入讨论。在宋衿被称为"女神学霸"后,处于讨论点中心的三个人的关系被传得越来越乱。就在这时,一篇帖子横空出世。

"心研1班陈锋然!驱散冬天的严寒!"

醒目的红色标题,不知道他用了什么法子,刚发帖就被加精。

当天,宋衿和方劣在练舞,对于论坛上的腥风血雨一概不知。

刚开始,舞蹈室里已经堆了不少东西。墙角处摞着几箱矿泉水,没镜子的那面支起书柜和桌子,两个人有时会把作业带来写。

宋衿一进门就奔向书柜,皱起眉翻找,一边找一边说:"没有。"

方劣:"真忘拿了?"

他走到宋衿身边,翻着桌上的书本,问她:"老谷晚上就要?"

"嗯,"宋衿应了一声,"得预订服装。"

班里的同学不知道他们亲爱的学委和纪委会跳舞,天天为文艺晚会的事情愁得头发满地掉。眼看文艺晚会就要开始了,文艺委员徐希图拍板决定——演舞台剧。她还把班里一半的同学拉进去了。

同学们排练几周后也算有成效。谷崇观看后觉得没什么问题,让徐希图把名单汇总好,他负责采购服装和道具。

"在班级群里问一声?"方劣问。

"早问过了。"宋衿拿出手机给他看,并说,"没人回。"

往日在班级群里说个不停的同学们,今天连一句话也没说。她发的那条消息,孤零零地挂在对话界面里。

方劣盯着它半天,没忍住,乐了。

宋衿:"笑什么?"

"你不觉得……"方劣将手撑在桌子上，问她，"咱们被孤立了？"

宋衿："你这么高兴？"

方劣一点儿也没迟疑，说道："当然。"

当然什么当然？宋衿叹了一口气，把手搭上太阳穴轻轻地揉了两下，劝自己别冲动。

"练完我跟你回学校找。"方劣站直身，见她不理他，轻笑着道，"好不好？"

他就像在哄小孩儿。

宋衿深呼吸，点点头："再找找，说不定夹在哪本书里了。"

"行。"方劣拿起书瞎晃，真有一张纸飘了出来。他想接，但瞥见纸上的内容后，又任由纸飘落到桌面上，正面朝上。

宋衿把书摆放好，突然听到方劣喊她。她转过头，呼吸一顿。纸上的内容已经不是单纯的线稿了，而是红色的砖墙、湛蓝的天空、黑色的柏油马路。

她在逐步完善它，方劣意识到这一点后心沉了沉。

宋衿的反应没有第一次时激动，但她还是不愿让他看见它。她怕他会问她这儿是哪儿、画中的人是谁，而她什么都答不上来。

宋衿伸出手，想拿回纸。她刚碰到纸面，还没将纸拿起来，纸就被一只更宽大的手压回去了。

"吃着碗里的看着锅里的？"他隔着宋衿的手在纸上敲了几下，质问道。

"你先放开我。"宋衿不自在地挪了挪手。方劣很久没这么强势了，以至于她都快忘了这人有多坏。

"放开你？"方劣扯扯嘴角，说道，"行。"

他这么好说话？

宋衿将信将疑，把纸夹回书里。她刚将纸放好，肩膀上便传来了一股力,扯得她一阵头晕目眩。

"方劣!"

宋衿知道他力气大,也知道自己体重轻,但她根本没想过,有一天她会被人从腋下抱起。

"你干什么?!"

方劣的影子彻底压了上来,他和她对视,问她:"我干什么?你看不出来吗?"

他问得理所当然,眼眸里藏着深渊,宋衿微微垂下头,躲开他的视线,不说话。

方劣微微眯起眼,手移到她的后颈处箍紧,强逼她抬起头,说道:"我忌妒。"

宋衿向后仰,靠在墙上,与他的距离是拉开了一点儿,可怎么也逃不出从对面扑来的滚烫的气息。宋衿心悸得太厉害,耳郭红到极致。方劣还在不管不顾地往前靠,她用双手推搡他的胸膛,喊他:"方劣。"

"嗯。"方劣的声音有些沙哑,宋衿的手跟着震了一下。

"你先起开。"宋衿的睫毛轻轻地颤动着。她嗓子还有点儿发干,浑身又有些发热,身后的手却凉得出奇。

方劣身体向前倾,喉结慢慢地动。他用另一只手掐住她的下颌,说:"我说我忌妒。"

他忌妒两个不一定存在的人?

宋衿有点儿想笑,现在心里乱得厉害,方劣的心跳声和她的交织在一起。

"你忌妒什么?"她晃了晃头,撤开手,转而伸出一根手指抵上他的脑门儿。

方劣不动了,宋衿用最温柔的表情,说出了最狠的话。

"跟你有什么关系。"

她是用陈述语气说出这句话的，简简单单的一句话，激起了方劣心里的火。

"你真厉害，宋衿。"方劣用手覆上她的双眼，说道。

宋衿的眼前顿时变得一片漆黑。她的感知力变得格外强，她感觉到自己的发梢被方劣按在后颈上，背上的汗死活消不下去。

她抿了抿唇，眼睛眨了又眨。

就在这时，方劣问她："现在把关系落实一下？"

他的声音很冷，她满不在乎。宋衿抵在他的额头上的手往旁边挪，也想遮住他的眼睛。

"你敢……"宋衿终于找对位置时却怔住了，感觉手指上湿漉漉的。她沉默了半天，问，"你哭什么？"

宋衿拨开方劣的手，很轻松地解开了束缚。她没动，其实方劣哭得不明显，她刚才蹭了他一下，除了湿意并没有别的。

但她感觉到了，有一滴泪顺着他的鼻梁滑落，落到她的锁骨上。那滴泪瞬间结成冰，空气也被冻住了。

半响后，宋衿迟疑着跳下桌子，重新拿出那张纸，指着上面粗略地勾勒出来的人形，轻声道："他们是我很重要的朋友。时间太长……我记不清了。"

很多话，说出来的那一刻大家会觉得不过如此。

谁都容易忘记幼时相识却又分离得太久的人，但她的记性很好，除非失忆，她不会不记得对她来说很重要的朋友。但宋衿不会明说，至少到这一刻，她依然认为自己不可能跟别人坦白。

对于方劣来说足够了，哭得太值了。

他抽出椅子，靠着坐下。

"扔了吧。"方劣仰起头，说道，"我才是现在式。"

宋衿觉得他是哭傻了，就当没听到，把纸夹好。

方劣："将来，你的脑子里只会有我，你再也想不起他们。"

宋衿冷冷地道:"做梦。"

"别想他们了,说不定他们早忘了你了。"方劣不依不饶地道。

宋衿忍了一会儿,没忍住,问他:"你还想吵架?"

他们肯定不会再吵架了。方劣清楚他和宋衿想要的东西不同,继续争执他很容易功亏一篑。

他急吗?他急,但有些事急不得。

他们练完舞出来时天都快黑了。走廊里的灯光很暗,宋衿打开手机的手电筒,瞪了方劣一眼,说道:"你再磨蹭!"

方劣"啧"了一声,说道:"要不,我再受一次刀伤?"

他说这句话的时候用的是商量的语气,宋衿觉得他能干出这种事。

"你一天天在想什么呢?"她问。

方劣笑道:"想怎么让你心疼。"

他们来到二楼时,灯出乎意料地亮着。宋衿关了手电筒,说道:"别想了,不可能。"

可能,方劣追着她的背影,在心中辩驳,其实是想让你绽放,用泪水浇灌也不亏。

门一开,里面的人全部紧张地看着他们。突然成为众人的焦点的宋衿,一时不知该进教室还是该退出去。

方劣觉得不对劲儿,边走边问:"有人在?"

他走到宋衿身边,看清里面的场景时怔了怔——除了他们俩,心研 1 班的同学围成圈坐着。教室里,灯也没开,同学们都抱着手机,光映在他们的脸上煞白,乍一看很瘆人。

陈锋然没其他人警觉。他埋着头,手指飞快地戳着屏幕,不知道在干什么。

"马上就成功了,战士们!"

"将军，"周舒嘉揪揪他的袖子，说道，"要不您抬头看一眼？"

"什么东西还得本将军亲自看？"陈锋然嘚瑟地道，一抬头，傻了。

方劣往前迈了半步，斜倚在门框上，问："都在啊？"

宋衿失言片刻，走进去打开灯，神色复杂地问："你们……干吗呢？"

没人说话，方劣扯扯嘴角，说道："挺热闹。"

他扫视一圈，朝周舒秦看去，问周舒秦："干吗呢？"

周舒秦看起来非常头痛，回答道："误入狼窝。"

周舒秦的语气很好，方劣更惊讶了。他走到陈锋然身边，伸手按在陈锋然的肩膀上，对陈锋然说道："你来说。"

"……"陈锋然被按得一抖，拼命地给身边的人使眼色，被身边的人无情地避开了。

陈锋然想：我记住你们了。

陈锋然暗自咬牙，哭丧着脸道："事情是这样的……"

学校的论坛里出现了匿名帖，匿名帖里有很多污言秽语，绝大多数污言秽语与宋衿有关。于是，陈锋然开帖征战，结果回帖里有很多人骂他。就在他回不过来的时候，周舒秦给他打电话，叫他来教室里。他一来发现同学们都在，顿时兴奋不已，激情输出，最后更胜一筹。他威胁那些发污言秽语的人，若再乱说就让老师推行论坛实名制。

听完，方劣又看向周舒秦，但这次没有说话。

他的意思太明显，周舒秦深吸一口气，说道："是嘉嘉叫我的，说有大事，使命召唤。"

"……"饶是方劣，也觉得有些无言以对。

方劣回过头，向还僵在门外的宋衿拍了拍手，说道："回神。"

宋衿瞥他一眼，问道："你们……做这些干什么？"

陈锋然被问蒙了,过了好一会儿才迟疑着回答道:"因为衿姐好像比较排斥别人的目光。"

他好几次看见其他系的人在走廊里盯着宋衿,面对他们的目光,宋衿直皱眉。

"大家想做什么?"宋衿问的问题大同小异。她看起来是真不解,也是真的没有高兴的样子。

陈锋然语塞,瞬间泄了气。

方劣挑了挑眉,掏出手机开始发消息。

"怎么了?"她问大家。

宋衿离他不远,不用看自己的手机也知道他在给谁发消息。她没想理方劣,只是觉得很奇怪,更不理解同学们为什么要为了她这个普通的同学浪费休息时间。

"什么啊……"有人不满地嘟囔起来。方劣的眸色瞬间变深,他想拉着宋衿走。

没等他拉住她,其中一个同学说道:"想做就做了,哪儿有为什么?"

不少人跟着说了起来。

"就是,反正我都没看够系花,才不给别人看呢。"

"而且宋衿平时也帮了我们很多啊。我抄过她的作业,第二天老谷对我赞不绝口。"

"我借过她的复习笔记,考试时考了很高的分数,真的很爽。"

"我……"徐希图半天没"我"出个所以然,见大家的目光要转走,一咬牙,说道,"和她对视过!"

空气凝固了一瞬间,不知道是谁先开始笑的,氛围立刻变得轻松起来。

"你得了吧。"李婕就坐在徐希图旁边。见状,她反而先红了脸,讷讷地道。

173

徐希图来劲儿了，满不在乎地道："怎么了？谁不爱看美女？我和宋衿哪怕只对视过一眼，都愿意为她上刀山、下火海。"

画风越来越奇怪，宋衿的表情有些茫然。方劣悄悄走到她身边，说道："你知道吗？这就是社交礼仪。"

"……"宋衿下意识地道，"你知道？"

方劣："我知道什么叫'社交暴行'。"

他把刚拿来的陈锋然的手机递给宋衿，问她："看看？"

"鄙人陈锋然：如题，各位肯定都知道，心理系有两位互不对付的学霸。他们的关系是如何变得和谐的呢？有人说关键是学习好、脾气好的女神学霸从中调和。并非如此！在下是中心人物，前来辟谣！请跟我一起念，'心研1班陈锋然，驱散冬天的严寒'！"

"1楼：通篇废话，劝退。"

宋衿的想法和1楼的想法一样，但帖子中写的事情与她有关，所以，她继续一目十行地往下阅读。

"鄙人陈锋然：前面拉黑了。咱们接着说，话题的中心人物均用其姓名的开头字母代替，随缘理解。

"鄙人陈锋然：首先，最重要的最先说，S是特别好的人，心理系的同学都喜欢她。她乐于助人、善解人意、积极向上、貌美如花、学习成绩一级棒。心研1班的所有人能做证。"

宋衿想：太尴尬了。

宋衿滑到这一楼，看了个大概赶紧滑走。方劣注意到了她的反应，笑出了声。

宋衿没空管他，接着看起来。

"鄙人陈锋然：其次，F和Z和好的功劳我占主要部分！我和Z是朋友，但是某一天我被F所救，英雄救英雄你们懂吧？我就不多说了，然后我就成了坚固的桥梁，见证一段美好友情的诞生！"

"66楼：算命吗？你算个什么东西？"

"127 楼：周舒秦会交朋友？"

"133 楼：方劣会帮人？"

"鄙人陈锋然：好吧，还有一个小因素，F 帮了 Z 一个忙。"

"140 楼：更扯了，撤吧，楼主估计活在梦里。"

"141 楼：能不能编得真一点儿？"

从这儿开始，陈锋然消失了一段时间。之后就是心研 1 班的人疯狂地涌入，发出证件自证。估计也就是这会儿他们聚在了一起。

宋衿本来表情变化不大，看了几条之后有点儿疑惑。她将手机往方劣面前移，并问："礼仪？"

"越你大爷：真的不信？一群傻子。

"越你大爷：说了是真的，你们真是一群傻子。"

从这些文字中，方劣不难看出这位"大爷"有多激动。

方劣不想念那个昵称，将手机屏幕朝向正在讨论战果的同学们，问："这是谁？"

众人停止交谈，互相看了看，纷纷摇头。

"做好事不留名？"方劣问。

"这位'大爷'到底是哪位壮士？"陈锋然纳闷儿地道。

"不知道啊，我的昵称很含蓄的。"

"我的昵称是乱码。"

众人七嘴八舌地讨论，宋衿无意间瞥见角落里有人慢慢地举起手，嘴张合了两下。

"是我。"说话者的声音太低，除了宋衿没人听到。

"越……"宋衿忘了他的名字，正好卡在众人闭嘴的空隙开口。

陈锋然顺势接道："你大爷！"

方劣抬脚狠狠地踹他的椅子，没说话。

"不是，劣哥。"陈锋然差点儿掉下椅子，哭丧着脸道，"我没骂衿姐，我条件反射。"

方劣看了他一眼，却是冲另一个人问道："是你？"

"嗯……是。是我，我……"

越恒还没来得及将话说完，就被徐希图猛然拔高的音量打断了。

徐希图掐了自己一把，高声道："我不是在做梦啊……越恒，你这么厉害？！"

所有人的目光登时转向越恒，他显然没有临危不乱的本事，头越来越低。过了一会儿，他点了点头。

"越恒，知人知面不知心啊！"陈锋然感叹，随后很自然地将手搭在了越恒的肩膀上。

越恒显然很不自在，可半晌没吐出一个字。周舒嘉看不下去了，一把将陈锋然的手拉下，问陈锋然："夸人能不能用一句好话？"

班里的人收工后浩浩荡荡地往校门口走，徐希图见人难得聚齐，提议聚餐，但大部分人觉得太晚了不想去，所以还是搁置了。

方劣少见地没和宋衿并排走，反而和周舒秦走在了一起。

"谢了。"方劣说道。

"帮的不是你。"周舒秦淡淡地道。

"我知道。"

周舒秦："我和宋衿是朋友。"

"嗯。"方劣的手插在兜里，他看着前面被拥在中间的宋衿，说道，"不是因为这件事而谢你。你的召集能力还挺强！"

"……"周舒秦觉得方劣在暗讽他，于是说道，"不是我召集的。"

是宋衿自己。

最近论坛上的事大家都关注了，怕单独出头难为情，所以才放任谣言发酵。归根结底，只是因为话题的中心人物是宋衿。

街上很快又只剩下宋衿和方劣两个人了。

"换成你，你会怎么办？"宋衿突然问道。

方劣知道她的意思，觉得自己在他们面前假装温柔，所以什么好的东西都是骗来的。他弯了弯嘴角，说道："我不怎么逛论坛，所以才知道这件事。"

"所以呢？"宋衿追问。

"你回去点开论坛，就能看见一个人在四处约架。"方劣说道。

她沉默了一会儿，问他："为什么？"

在方劣出声前，宋衿又说道："算了，估计又是你愿意、你想之类的原因。"

"这么懂？"方劣假装惊讶地问，"你问问我，万一不是呢？"

宋衿瞪了他一眼，风将她的头发吹得有些乱。她戴上帽子，故意不遂他的愿，换了个问题。

"为什么跟着我？"

第八章
迷迭花的花语

　　方劣没立即回答，轻笑两声，走向路边卖炒栗子的摊位。大锅里冒着腾腾的热气，宋衿在原地站着，看摊主用铲子翻炒几下，利索地装满一纸袋递到前方。

　　方劣接过后又在摊前站了一会儿，从宋衿的角度只能看见他的背影。很快，不知道他给摊主看了什么，摊主竖着大拇指跟他说话。

　　宋衿难免有些好奇，往前走了几步，方劣正好转身。

　　他拎着纸袋的手指白皙、修长，他回头的那一刻光影随他偏移。

　　黑白交界处，宋衿不可避免地产生了一种割裂感。她和方劣都不是正常人，但一次次近距离接触后，她知道方劣是炙热的，而她是冷的。

　　"发什么呆？"方劣抱着手臂看她，问。

　　宋衿跟他对视了一会儿，视线往下，落在装着栗子的袋子上。她问："这是要干什么？"

"报酬。"方劣一伸手,"还有第三枝花。"

宋衿怔了怔,目光聚焦在最上面的栗子上。四分五裂的栗子壳在栗仁底上,焦糖色的栗仁被雕刻成花瓣的形状,中间撒了些椰蓉,像是花卉。

宋衿没急着接过,问道:"什么报酬?"

"画画。"

"……"宋衿听不懂,"说就说明白。"

"好吧。"方劣装模作样地叹了一口气,把栗子递到她眼前,说道,"我还是忌妒,所以你也画画我,好不好?"

宋衿沉默半晌后弯起唇角,问他:"你这么小心眼儿啊?"

"嗯。"方劣应得痛快。

"但是我最近没时间。"宋衿接过他手里的栗子花,捏在指间打量。与众不同的花在她的眼里染上色彩,亮起来,灵动起来。那栗子花好像在层层绽放,中间的椰蓉散在雪里,又被揉碎在女生的黑眸里,成为点点星光。

"……"

方劣张开嘴,话还未说出去,就被宋衿推过来的栗子花堵住。甜味散开,时间静止。

"我答应了。"宋衿见方劣咬住了栗子花就收了手。

"你的刀工挺好。"她拍拍手,接过纸袋,迅速地咬开一个栗子。

方劣在吞咽东西,说不了话,于是哼了一声。

"既然你自己吃了。"宋衿笑吟吟地道,"那就再给我雕几个,要木头的。还有……那么忌妒的话,去跟他们打一架啊。"

这话给没给方劣造成影响宋衿不知道,反正她是遭报应了。她的无限循环的梦里,出现了一个新角色——小时候的方劣。

小时候的方劣把那个小男孩儿揍了一顿,宋衿想动却动不了。

179

她眼睁睁地看他揍那个小男孩儿，小男孩儿脸上的马赛克变得青一块紫一块。

宋袊头一回面无表情地醒来，终于明白"祸从口出"的意思了。

文艺晚会当天下午最后一节课下课时，楼道里人挤人。老谷早早地放走自己班里的学生，让他们成功地躲过了这堵塞的场景。

宋袊正坐在学校大礼堂的后台，任由周舒嘉在她的脸上涂抹。

"报！"门被推开，徐希图冲进来，说道，"敌军陆续来袭。"

周舒嘉手一抖，唇釉偏到了宋袊的唇的右下方，落下一个小点。

宋袊回消息的手一顿，她抬头看向镜子。

"……"

她想：好妖娆。

宋袊笑了笑，说道："不用卸了，就这样吧。"

她的手机振动了一下，她低头去看。

方劣："项链让周舒秦给你拿去了。"

他估计挺烦，没能亲手将项链给她。

清大男女生的化妆间和更衣室是分开的，他们只有在上台前才能碰面。周舒秦因为是主持人，所以能自由地穿梭在各个化妆间里。

宋袊弯了弯唇，将手机放到桌上。

徐希图看清宋袊的脸后，不禁感叹道："这也太好看了吧？！"

"谢谢。"宋袊笑道，"你们还不准备换衣服吗？"

台前传来老师的声音，大意是让大家尽快入座。

"对对对！"徐希图如梦初醒，说道，"嘉嘉走，第二个就是咱的节目。"

他们要表演的节目是话剧，小白兔过关斩将救大灰狼。周舒嘉演狼，陈锋然演兔，光凭这个配置，宋衿也能猜到喜剧效果绝对非常棒。

但当披着狼皮的周舒嘉、套着王八壳子的徐希图站在她面前时，她还是正经不起来。

宋衿左手一个右手一个，把两个人牵出屋。继徐希图说出一句"美女与野兽"后，周舒嘉又开始作揖。

宋衿失笑道："你们一定会成功。"

宋衿送走她们后，周舒秦来了。他穿着西装，整个人看起来英俊不凡。

"谢谢。"宋衿露出微笑，要接他手里的礼盒。

周舒秦看见她后一顿，赞美道："你今天真好看！"

他夸得直接，宋衿也没有不好意思，点点头。其实，好看只是一方面，她今天和平时不像才是真的。

宋衿的五官很柔和，今日的妆容又和柳青青给她化的不一样。柳青青擅长将她打扮得更像少女，但今天周舒嘉按她的轮廓给她化妆。化完妆反而更像真实的她，除了方劣无人见过的她。

"你方便吗？"周舒秦微不可察地藏了藏拿礼盒的手，斟酌着道，"要不……我帮你戴？"

"……"

方劣要是知道了这件事，估计得气炸。宋衿眉心一跳，果断地拒绝道："不用。"

周舒秦想说什么却最终没说，只把礼盒递了过去。

宋衿接过礼盒，莫名其妙地变得烦躁。能气到方劣应该正如她意才对，刚才不知道怎么回事，话脱口而出。她绞尽脑汁才想出合适的借口，毕竟方劣疯起来不管不顾，她只是为了演出能顺利地完成罢了。

宋衿的心里舒服多了，她朝周舒秦笑了笑，说道："主持人，今天很帅。"

周舒秦道了声"谢"，显得有些心不在焉。他刚想说什么，就被找过来的老师打断，老师通知他去候场。

"加油。"周舒秦缓缓地道，"我先走了。"

"好。"在他转身后，宋衿也进屋了。

如宋衿所料，周舒嘉他们表演的话剧让观众们笑声不断。

1班的人很容易满足，在娱乐方面不求名次。开场前陈锋然就在班级群里说了，只要有一个观众有反应，他们就算赢了。

想到这儿，宋衿点开手机，在班级群里发了个红包，算是庆祝。没人领红包，宋衿猜他们此刻正紧张兮兮地等着谢幕，她想跑去观众席看看。

她的手机熄屏的前一秒，有人给她打来了电话。她在看清来电显示后，跷起了二郎腿。

"喂？"

"项链戴了吗？"方劣直奔主题。他那边很安静，不说话的时候宋衿能听清他的呼吸声。

"戴了。"宋衿瞥了一眼还没打开过的礼盒，毫不心虚地回答道。

方劣："骗我？"

宋衿轻轻地呼出一口气，慢慢说道："周舒秦给我戴的。"

方劣不再说话，宋衿高兴了，问："还有事吗？"

"有。"方劣话音刚落，宋衿就听到了敲门声。

这个房间是老谷给他们争取来的。他们班几乎全员出动，也应该拥有独立的休息室。可惜休息室只有一间，老谷便将它分给了女生。

现在屋里只有宋衿一个人。

电话里的声音和门外的声音同时传来,方劣说:"开门,我给你戴。"

项链的款式很新颖,13条极细的银链合在暗扣处,延续分散,又被吊坠固定在一起。

吊坠像是戒指,通体暗金色,上下两端布满刻痕,再往中间是一圈碎钻,略靠下处嵌了一圈圆形的碎钻,位于中间的用两个半圆棱分开。

宋衿愣了好一会儿,问:"你做的?"

"不全是。"方劣淡淡地道,"戒指是买的。"

项链在发光,亮闪闪的。仅是白炽灯打上去效果就这么好,宋衿不敢想,等会儿在舞台上它会是怎么样的。

她光知道方劣学的第二专业是设计,但没见过他误心理系的课。她没想到,他做的东西这么精致。

纠结半晌后,宋衿说道:"还给你吧。"

"说笑话呢?"方劣说道。

"……"

方劣拿起项链,问她:"符合你的预期吗?"

她在心里回答道:都超出了。

方劣却好像能猜到她的想法:"那剩下的就当画画的报酬。"他示意宋衿拨开头发,"我不想给你同样的东西。"

暗扣发出轻轻的响声,项链戴好了。镜子里,宋衿的锁骨和脖颈白得发光,银链与吊坠成为陪衬。

她美得不可方物。

方劣和镜中的宋衿四目相对。他看她轻轻扬起下巴,微微垂着睫毛,视线又一次挪到了项链上。

"想酸死我?"方劣语气不善地问。

宋衿微微回神，问他："你什么醋都吃？等表演完你不得原地爆炸？"

方劣懂，她今天这么光彩照人，一定会被很多人记在心里。

"没事。"方劣的胳膊撑在桌子上，他困着宋衿，说道，"我巴不得他们都看见。"

然后她就会知道，不管什么样的宋衿，都光芒万丈。

方劣没待多长时间，鼓掌声一响就走了。

宋衿扔在礼盒旁的手机响个不停。她看了一眼，刚才发在群里的红包在被大家领取，班里的同学应该在回来的路上了。

她敛起眸，走进更衣室里换衣服。她刚将拉链拉好，周舒嘉的声音就传了进来。

"衿衿，需要我帮你吗？"

"没事，我穿好了。"宋衿应道，接着整理一下项链，将它摆正，掀开帘子走出去。

休息室里逐渐安静下来，众人本就因为激动而泛红的脸再次迅速地升温。

"我的天哪……"徐希图讷讷地道，"衿衿也太美了吧！"

宋衿在众人的夸赞声中走向后台，灯光很亮，她很容易就找到了方劣。他眼眶泛红，安安静静地坐在椅子上。

"你怎么了？"宋衿皱起眉，问他。

方劣没看她，回答道："没事。"

他这哪儿是没事的样子？

宋衿："那你摆出这么一副半死不活的样子干吗？"

"……"方劣懒洋洋地道，"摔了。"

"摔哭了？"宋衿脸一白，说道，"你还待着干吗？赶紧去医院。"

"没哭，困的。"方劣说道。

"你再瞎说？！"

"没瞎说，真是困的。"

宋衿深呼吸，说道："你不去医院是吧？我不跳了。"

她转身就走，方劣伸出手拉住她的手，说："行啊，别跳了。"

宋衿回过头，他正面无表情地看着她。

"你非要现在犯病？"宋衿咬牙，鼻间变酸，说道，"你别后悔，方劣。"

宋衿说完，就要摘项链。只用一只手她摘不了，就将被方劣攥紧的手往外抽。她使足了劲儿，手却纹丝不动。

方劣挑眉，拽她。

"你！"宋衿反应快，踉跄几步，手撑在扶手上。

"你看，我受一点儿伤你就心疼我。"方劣抬起另一只手，不知道动了吊坠上的哪个机关，机关发出声响。

"我绝对不后悔。"他松开手，说道，"衿衿，放开跳。"

宋衿心里憋着火，很不舒服。她索性站直身子，坐到离他最远的地方。她再沉默，舞还是要跳，台还是要上的。

"下面请欣赏舞蹈《与离》，表演者：心研1班宋衿、方劣。"

周舒秦报完幕，舞台上陷入黑暗中，雾森机运作，前奏响起。

宋衿缓缓上台，灯亮起的那一刻，场内倒吸一口凉气的声音格外清晰。她穿着用绸缎制成的红色裙子，裙摆是纱，窈窕的身形被细致地勾勒出来。

音乐声响起，宋衿迎着光轻轻跃起。她落下时脚尖向后折，膝盖接触地面，悄无声息。

宋衿慢慢仰起头，乌发倾泄，眉毛往上挑，红影晕开，裸色的唇上有一颗痣若隐若现。她握着竹简站起身，从后颈划到胸前，马上要转身的时候又在腿下绕回去了。

宋衿对身体的把控力很强,长笛一进,她掷起竹筒,自己也宛若被抛出一样,跌落在半空中,停了三拍,左手的手指合拢又分开,不停地转动、变化。她合眸一笑,右手探出,取回与自己擦肩而过的竹筒。

间奏变了,越来越急促,迷雾四起,台下的人只能窥见细影摇曳,舞台屏燃起熊熊的烈火。下一秒,他们听见轻轻的雨声,火灭雾散,台上的场景终于显现。

宋衿踮起脚,推地跳起,雷雨轰鸣。她在舞台中央扬唇,颇具风情又有些偏执,似乎是废墟上盛开的野玫瑰,携有极具张力的剧毒。

背景声音渐渐消失的时候,宋衿的神情变为厌恶。她用力地扔出竹筒,方劣在此时上台,一把接住飞来的竹筒。他穿着黑色的衣衫与黑色的裤子,既不像书生也不像纨绔子弟。

小提琴声音悠扬,灯光明明暗暗,竹筒又回到了宋衿的手里。她用它抵住方劣的喉结,方劣只是双手举起,展眉含笑。他收起戾气,再露出温柔的表情。

不得不说,他这副模样很吸引人。

宋衿与他对视,他的目光变得炙热。

她将手一横,向前扫去,竹筒是真竹筒,打上去会疼。宋衿用的是假动作,方劣的腰腹处微微发热,单是蹭过便让她发烫。

方劣将身体往前倾,宋衿向后弓腰。

"用点儿劲儿,别舍不得。"两个人跳舞的间隙,方劣的嘴也不闲着。他一说话,那股肆意劲儿就又冒出来了。

宋衿的睫毛颤了几下,她用脚背勾住方劣的膝窝,轻轻一拉,他便磕在了台上。

怎么回事?

宋衿蒙了，这是最后一幕，跪倒在地上的人应该是她。

"……"方劣叹气道，"别停。"

宋衿反应过来，照排练时他的动作来跳。女生纤细、白皙的手，悬在男生的头顶上。

宋衿："你能哭出来吗？"

她问这话没别的意思，只是这一幕她得哭。

方劣回答道："你来。"

女生眼里聚起水光，泪珠落下。

方劣见不得她这副模样，挪开点儿视线，眼里映出一截小蛮腰。

她要折磨死他了。

音乐声要停，节奏变得舒缓，台下的人仿佛亲自走了一遍撕心裂肺的人生路。台上的男女明明连影子都贴在一起了，手却始终不交握。

眼见结局来了，有人大喊："绝配！"

一语惊醒众人，台下的人哄闹起来。

"今天敢虐这份情，明天心研就除名！"

"哥们儿！学生的行为别上升到班级。"

台下的人吵成一片，台上的人听得并不清楚。

宋衿问："你站得起来吗？"

"你踢得太准。"方劣耸肩，说道，"我站不起来了。"

"我没踢。"宋衿皱眉，反驳道。

方劣："嗯，没踢没心没肺。"

"……"

有那么一瞬间，宋衿真的想把他扔在台上。

"怎……"

宋衿开口刚说出一个字，就被方劣大胆的动作打断。他随意地抬起手，先攥住她的指尖，再顺着她的手往后移动。

宋衿难以置信，靠直觉躲，却没躲过。

方劣说："就当给他们一个好的结局，也给我一个。"

方劣最终还是借她的力站起来了。

宋衿本来想松开，但是……他好像很疼。她的手心沁出薄薄的汗，她也就任他握着，鞠躬、谢幕。

低头的那一刻，宋衿感觉到自己裙子上的项链散开了，但项链没落到地上。她有些茫然。

"别担心。"方劣垂眸，问，"看见了吗？"

宋衿抬眼去看，方劣的眼神总是很复杂，她没想过要看清，那双眼里现在正映着她的模样。

13根银链不再被禁锢在吊坠中，尽数散开。

"砰。"方劣的唇微微翘起，他悄声道，"封印解除。"

他说这话的时候，用食指敲了敲她的手背，带有明显的暗示。

宋衿："……"

"怎么这么幼稚？"她终于又笑了起来。

"那满足你好了。"宋衿浅笑盈盈，与他十指相扣，"小狗。"

前排眼尖的同学看见了，尖叫到破音。坐在后排的同学虽然不明所以，但也跟着嘶吼。鼓掌声久久不停。

台上的人起跳、扫腿、挥手动个不停，热得很。宋衿以为自己的心理承受能力提高了，等下台吹到风时，才知道自己的身体有多烫。

方劣的手还和她的握着。从她念出那个让人羞耻的称呼时起，他就露出了一副若有所思的样子。宋衿的第六感告诉她，再等下去没好事。于是，她松开手，细汗湿湿的，被凉风一吹倒是舒服多了。

188

方劣没动，说道："原来，在你眼里我是……"

宋衿知道他要说什么，于是赶紧打断："别乱说。"

下一个节目的表演者已经来候场了。宋衿往人少的地方走，方劣拉起椅子，跟在后面。

宋衿躲在一个巨型色子后，松了一口气，心跳快得要命。方劣放下凳子，坐上去。

宋衿没理他，朝四周看了看，确定没人注意才放下心来。

"怕什么？"方劣问，"反正都知道了。"

宋衿瞪他，说道："这叫表演效果。"

"本色出演。"方劣鼓掌。

"……"

她累了，懒得跟他争，背靠在色子上，项链动了动。

宋衿眨眨眼，想起刚才方劣的说辞，问他："你怎么这么会来事？"

"不然怎么让你释放？"方劣无所谓地道。

宋衿看不见，要是不知道发生了什么的时候察觉项链散开了，说不定会无措、慌乱，所以必须有他在。

跳舞的时候他又拿不准她是否愿意，所以得卡在最后，顺利地完成舞蹈的激动和短暂的释放叠在一起，宋衿很难不动心。

方劣觉得自己心机挺重。

台上又有人开始表演了，后台没人了。

"你多卖会儿乖。"宋衿弯起眼，说道，"我给你买骨头吃。"

方劣懒懒地道："我不吃骨头。"

音响的声音太大，宋衿没听清方劣说了什么。方劣朝她招手，她不动，居高临下地看着他。

红色是最显白的颜色，宋衿露在外面的皮肤一片瓷白。方劣眸色很暗，视线在上面转了又转。好一会儿后，他撑着站起身，边走边脱衣服,并用脱下来的衣服裹住宋衿。

"我不卖乖,"方劣开玩笑道,"只卖身。"

他现在上身只穿着一件黑色的半袖。

"是吗?"宋衿耳朵很烫,嘴不软,"可你好像只会卖惨。"

她的膝盖往前顶,方劣直接跌在了她的身上。

"……"宋衿服了。

她推不动方劣,也不安分,不停地动。

"别动。"方劣说,"我难过。"

上次是他痛,这次是他难过。简短的几个字,出奇地管用。

"你事好多。"宋衿嫌弃地道。

但她松懈下来,由着方劣支着她站着。时间一分一秒地过去,方劣始终不动。就在宋衿想着安慰人应该先问问起因的时候,谷崇来了。

是宋衿先瞥见谷崇的,她虽慌,却没动,方劣今天好像真的很脆弱。她想:希望老谷可以理解,大不了就让方劣写检讨。

脚步声越来越近,宋衿不敢往前看,全身的感知力汇聚到颈侧那片湿润的面料上。

方劣给她衣服是为了给自己擦泪吗?宋衿胡思乱想着,尽量忽视谷崇,等会儿好装出才发现谷崇的样子。

脚步声停止,方劣却率先向后退,踉跄几步,跌回椅子上。

宋衿抿了抿嘴,对谷崇道:"老师。"

"不用怕,我知道方同学的事。"谷崇的表情一如既往地和蔼、平静,他对宋衿说,"柳女士来接你了。"

宋衿反应了一会儿,问谷崇:"我妈来了?"

谷崇点头:"她在门口等你。"

宋衿瞥了方劣好几眼,发现他冷着脸。

"那……我先走了。"她不再看他,对谷崇说,"老师再见。"

她走出不远,身后传来谷崇让方劣去医院的声音。

"阿劣,你不能犟。"

宋衿带着复杂的心情卸妆、换衣服,一走出礼堂就看见柳青青坐在车里等她。柳青青不喜欢开车,只在宋衿出院和宋衿以前看心理医生时开过。

宋衿加快步伐上车,匆忙地问道:"妈,出什么事了?"

柳青青对她笑了笑,说道:"妈妈才知道自己的女儿要表演,急着赶过来的。能有什么事?"

宋衿怔住,解释道:"不是的,你最近太忙,我就没说。"

这话是真的,柳青青最近经常早出晚归,宋衿只想让她好好休息。

柳青青叹了一口气,说道:"但是衿衿也得说呀,不然妈妈都不知道。"

"对不起,妈。"宋衿系上安全带,撒娇,"我下次一定先跟妈妈说。"

柳青青又笑了笑,问:"和你搭档的那个男生叫什么来着?"

"方劣。"

"那孩子……不太好。"

柳青青说完这句话后就发动了车子。

宋衿张了张口,最终什么也没说。

妈妈不喜欢他是因为第一印象吗?可她和方劣第一次见面时也不愉快。

"他人不错的。"宋衿斟酌着开口,"妈妈可以多和他接触接触。"

"妈妈为什么要和他多接触?"柳青青不解地道,"他看起来没家教,不懂得尊重人。"

柳青青很少说话这么直白。在宋衿眼里,柳青青一直是温温柔柔的,和过去的自己一样。

"妈,别这么说。"宋衿忍不住说道。

车内的二人沉默了半晌。宋衿败下阵来,转移话题道:"那妈妈看我跳舞了吗?"

"没有。"柳青青轻轻摇头,"女儿没叫我,我去看什么?"

宋衿一愣,愧疚感不断袭来。

她攥紧手,再次道歉:"对不起,妈。"

清大论坛的服务器崩得有预兆。从宋衿上台的那一刻起,几天前堪堪按捺住的讨论再次不断增多。

宋衿洗完澡出来,听着不断响起的消息提示音,停住了擦头发的动作。她坐到床上,开了台灯,顺手拿过手机,一眼看去都是她和方劣的照片。群里还充斥着大家对他们的夸赞,其中陈锋然最为活跃。

陈锋然:"美人有千面,我衿姐有一千零一面。"

陈锋然:"求求了,今晚就让我梦到我衿姐的这副扮相吧。"

徐希图:"笑死,凭什么你梦到?我也要梦到!"

宋衿垂着头看了一会儿,脖子有些酸。她把手机搁在一边,用毛巾胡乱地揉起头发来。她将头发擦到半干时,柳青青叩响房门走了进来。柳青青端着一杯牛奶,进来后将牛奶放到了桌子上。

"妈……"

回到家后,柳青青没再提及今晚的事,像什么都没发生一样,关心宋衿今天的状态怎么样,吃完晚饭开始看电视剧。

宋衿不知道该说什么,心里压着事,洗了澡也不舒服。

"晚上妈妈也失言了。"柳青青摸摸她的头发,说道,"以后记得跟妈妈说就好,妈妈也可以给你化妆,提建议。"

宋衿用力地点了两下头,抱住柳青青,说道:"我知道了,妈。"

"好，别多想。"柳青青一边轻声和她说着话，一边拍了两下她的背，"把头发擦干，早点儿睡觉。"

等柳青青走了，宋衿重新摸出手机，论坛的主页已经显示网络错误了。班级群里，消息不停地滚动，她点进去，但没参与讨论。她安安静静地等了一会儿，没看到心里想着的那个人发言。

宋衿退出去，手指悬在对话框上迟迟没落下去。发梢突然有水滴滑落到她的衣领里，很凉。她一颤，手指还是挨到手机屏幕了。

方劣好像不怎么爱用手机聊天儿，他们的对话界面滑几下就能到顶。他们上一次聊天儿的内容，还是在选表演时要穿的服装。

宋衿想起了她离开后台时听到的话。

他去医院了吗？

宋衿犹豫地打出几个字，又删掉。来来回回地重复几遍后，她自己也烦了。

什么毛病？宋衿皱起眉，在心里骂自己。

她的手机振动了一下，她以为班级群里又有人发消息了，想将班级群设置成免打扰模式。

她往下一滑，却发现方劣给她发来了消息。

方劣："你把对话框当备忘录使呢？"

宋衿很佩服他，他不在她跟前，也能让她感受到他那算不上好的脾气。

宋衿这回不矫情了，直接打了语音电话过去。语音电话被接通后，她将手机往旁边一撂，一边接着擦头发一边问："你今天怎么了？"

手机那端先是传来"窸窸窣窣"的响声，几秒钟后，男生低哑的声音响起。

"大晚上打电话来……就跟我谈这个？"

"……"

方劣是真有本事，总能让气氛瞬间升温。

宋衿的心情在此刻变得不再压抑。

她往后仰，身子陷进床里，声音扬起，说道："对劣哥是不该谈这些。"

"该谈什么呢？"没等方劣说话，宋衿自问自答道，"谈云雨之欢，共赴巫山？"

方劣沉默很久后道："宋衿，你若够胆，就明天当着我的面重复一遍。"

"不行。"宋衿笑道，"这是今夜的限定款。"

"是吗？"方劣发出意味不明的笑声，随后说道，"我在医院里，刚缝完针。垃圾桶里都是沾着血的纱布。"

宋衿："伤得这么重？"

这句话说出口后她才反应过来，自己在关心方劣。

这不是一个好现象，宋衿不自觉地皱起眉，想把电话挂掉，手伸了几下没摸到手机。她想：手机被我放得太远了。

宋衿瘦，躺在双人床上占不了多少地方，头发散开铺在被子上，稍微转头就能感觉到湿意。她微微仰起头，把毛巾垫在下面。

她懒得动，敷衍两句再挂好了。宋衿刚做出这个决定，腿边的手机就响了。

"看着吓人。"他顿了顿，又说道，"但是，我还有劲儿，还能顺着通风管道爬到七楼赴约。"

方劣的声音很低沉，末了他还短促地笑了笑，像说了一句玩笑话。

但宋衿知道，他是认真的。光是想想那个场面，宋衿就发怵。她的身子止不住地颤抖，她却是笑着的。

"你到这个时候还威胁我？"她说，"方劣，你不是狗，狗至少通人性。"

方劣无所谓地哼了一声。

宋衿:"和我对着干有意思吗?"

方劣:"讲点儿理,我要是事事顺着你,你能这样?"

"……"宋衿思索片刻,诚实地回答道,"不能。"

"嗯。"方劣漫不经心地道,"刺激吗?"

"刺激。"

"别藏了。"

"什么?"宋衿没懂,于是问他。

"即使你不是温温柔柔的,也有那么多人喜欢你。"方劣这直白的夸奖,让她面红耳赤。紧接着,他问,"藏着干吗?"

起风了,卧室里的窗户没关,寒意向宋衿袭来。她把窗户关了,还是凉,呼出的气好像都是冷的。宋衿把手机拿起,放到枕头边,自己也缩进被窝里。

这个过程中,方劣一直没说话。他明明挺懂她,怎么非要死磕这点?

她说:"你不懂。"

方劣像是料到了这个回答,嗤笑一声,问道:"不难受?"

她当然难受。

但是她接受不了,别人也接受不了。

宋衿不说话了。

手机时不时还会亮一下,提示她,她正在和别人通话。

很久之后,电话没被挂断,宋衿莫名其妙地睡着了。第二天一早起来,她发现方劣也没挂电话。她发了好一会儿呆,最后还是柳青青来敲门,她才做贼似的按了好几下挂断键。

去学校的路上,宋衿回想起来,昨晚困意浓郁时方劣还说了一句话。

"算了,只给我看也挺好。"

清大的学生明天参加期末考试。

一场考试结束后，心研 1 班的同学聚在了一起。

陈锋然坐在窗台上，眼睛四处瞎转，瞥见宋衿后眼睛一亮，问她："衿姐，现在离下一场考试还有一会儿呢，要不你给大家跳一支舞吧？"

宋衿无奈地道："瞎说什么呢？"

陈锋然"嘿嘿"一笑，说道："主要是衿姐昨天太美了，还有一种……狠劲儿！"

徐希图听见这话后附和道："对！宋衿真的什么风格都能驾驭！如果平时也那样，肯定特吸引人。"

"衿姐现在不吸引人吗？"陈锋然挤眉弄眼地道。

"不是。"周舒嘉反驳道，"昨天衿衿给人的感觉不同寻常，很容易激起别人的征服欲。"

周舒秦叹气道："别乱聊天儿，少看点儿小说。"

他冲宋衿笑笑，又说道："别往心里去。"

宋衿摇摇头，不甚在意。她在心里接话：真正的我比演出来的过分多了，吓死你们。

"劣哥上午请假了，照这架势，估计下午也不来了。"陈锋然百无聊赖地道，"要不，玩会儿真心话大冒险吧？"

周围有人听见了，连忙朝这边走来，并说道："来来来，正好打发时间。"

宋衿本来不想玩，结果徐希图直接拉起她向前走，陈锋然也朝她招手。她象征性地迈了几步，刚想找个借口离开，意外发生了。

不知道谁把洗漱间里用来接水的铁桶放在了门口的桌子上。走廊虽然宽，但是十来个人在一起，还是有些挤。

一个人背对着桌子，早忘了后面放的是什么。大家就感觉还有地方，铆着劲儿地往后靠，铁桶掉下，水在空中洒了点儿，但砸在宋衿的脚上的时候，还是有重量的。

徐希图在宋衿身边，裤腿被水溅湿了，条件反射地闭上眼。等她再睁开眼时，宋衿已经摔在地上了。

尖叫声四起，宋衿的脚背疼得厉害，她说不出一个字，只觉得吵。

周舒秦快步走到她身边，问她："怎么样？"

宋衿额头上沁了一层细汗，脸白得一点儿血色都没有。她知道不对，但还是克制不住烦躁，心想：还用问？赶紧把我弄去医院啊。

"疼。"宋衿声音颤抖地道。

方劣应该不会这么磨蹭，她被同学围着，头一回念起方劣的好。

下一刻，周舒秦把宋衿打横抱起。宋衿眼皮直跳，不好的预感加重。

果然，祸不单行。

方劣来了，他上楼时他们下楼，撞个正着。

双方对峙，谁也没先开口。倒是方劣往旁边挪了挪，让出下楼的地方。

陈锋然火急火燎地追上，看见方劣后莫名其妙地有些心虚，问："劣哥，你来了啊？"

宋衿疼得眼睛里都是泪。

她想：还不如我自己走。

"周舒秦，"宋衿撑不住了，说道，"你要么放我下去，要么赶紧走。"

抱她的人显然是第一次听到她用这么冷淡的语气说话。

周舒秦愣住了，手微微放松。惯性使然，宋衿的脚晃了一下，撞上了楼梯的扶手。

"咝",宋衿倒吸一口凉气。她狠命地掐自己,才把泪憋回去。

周舒秦回过神,赶忙向她道歉,手臂紧了紧,再次看向方劣。

方劣的脸色阴沉得吓人,他说道:"别找死。"

他赶在周舒秦出声前打断。

方劣紧闭双眼,努力地克制住上去打周舒秦一拳的冲动,说道:"走。"

周舒秦可算动起来了。宋衿经过方劣身边的时候,刻意垂着眼睫不看他。

"……"陈锋然的身后是一些探头探脑的同学。

他们看不出太多的暗流涌动,只觉得方劣与周舒秦果然是死对头。

所以在方劣转身要跟着周舒秦的时候,不少人出言阻止。

"劣哥,算了算了,先送宋衿去医院比较重要。"

"是是是,别打架,都是同学。"

陈锋然被推搡出去,跟跟跄跄地下了几级台阶。对上方劣漆黑的眼眸后,他直愣愣地道:"周舒秦和衿姐关系好,你别担心。"

说他没脑子吧,他还能看出方劣怕宋衿出事;说他聪明吧,他又提了周舒秦。

方劣:"那我呢?"

陈锋然愣住了。

不怪他,宋衿和方劣的相处模式大家都知道。直至现在大家都还记得,开学第一天他们之间的冲突。

方劣不等了,再等宋衿与周舒秦就真没影儿了。他一抬腿,迅速地往下走。

陈锋然看着方劣的背影,忽然想到了昨天论坛没崩时的帖子。他脑子一热,大喊:"你是官配(官方配对)!"

方劣赶到的时候,周舒秦叫的出租车刚到。宋衿背靠着校门,车停在眼前。她一咬牙,没等周舒秦扶,自己就上去了。

方劣一伸手,止住周舒秦的胳膊后往后甩,接着绕过他坐上车。

"开车。"方劣关上车门,说了一家医院的名字后道。

司机瞥了一眼后视镜,另一个小伙子稳住身形,就在原地站着,没上来的意思。司机点点头,挂挡。

车内的人沉默着,司机想找个话题与两个人聊天儿。司机透过倒车镜,看见后座上的两个人的表情一个比一个差,于是什么话也没敢说。

他按开电台键,搜索到音乐频道,里面正放着一首节奏舒缓的英文歌,车内的气氛显得更忧伤了。司机一个激灵,赶紧换歌,调到一首节奏感极强的歌曲,把自己和后座上的二人分隔开来。

车内暖气很足,宋衿觉得有些闷。她往边上挪,想悄悄开点儿车窗。

方劣直接将手按在她的肩膀上,不说话,还不让她动。宋衿也不说话,手覆上去,指甲嵌进他的手背里。

方劣能忍,脸上的表情连一点儿起伏也没有。

宋衿忍不了了,压低声音问他:"你烦我干什么?不知道我疼?"

她越说越委屈,眼里噙着泪。明明刚才她还能忍住,现在却怎么也收不住眼泪,泪滴肆无忌惮地往下流。

"你什么意思?"她问,"你气周舒秦抱我,还是怕我跟他走?"

方劣:"不是。"

宋衿:"谁让你不来?"

"哦,你来了,就在那儿戳着。"她继续道,"平时没见你那么沉默寡言啊。抢人不会？怎么？昨天摔废了？"

宋衿的嗓子很酸，她压不住哽咽的感觉，自觉语气不够凶，闭嘴了。

方劣问："说完了？"

宋衿不理他。

"谁教你的？骂个人娇里娇气的。"方劣淡淡地道，好像挨骂的人不是他一样。

"……"宋衿收回手，偏着头看窗外。

"出够气了？"方劣的手背上泛出青紫色的痕迹，他不在意，甩了甩手，说道，"周舒秦动作慢，还得我承担后果。"

"我气？"方劣将手从她的后颈伸过，说道，"我气他不赶紧送你去医院。"

他在宋衿的脸侧轻轻一推，成功地让她转过脸来："我吃醋，但不怕。"方劣看着她，又说道，"除了我，谁招架得住你？"

宋衿自从上次在舞台上在他的眼里看见自己后，一与他对视就会下意识地寻找自己，现在也不例外。

她脸颊上粘着几缕头发，眼睛还有些肿，双眼皮也没了，看起来狼狈极了。

宋衿更想哭了，说道："丑死了。"

方劣挑眉，饶有兴致地打量她。

宋衿飞快地转头，说道："别看我。"

"就怪你。"她没好气地道，"要不是你和周舒秦的那点儿破事，他至于跟你对着干？"

方劣没懂，问她："我跟他有什么事？"

"你不知道？"宋衿怔了一下，反问道。

也是，他这种人，看起来就不像会把一件事放在心里好久的人。

她想通了，记起周舒秦的解释，原原本本地复述了一遍。

"……"方劣面色复杂地道，"是他啊。"

"你跟别人打架，连对方是谁都不知道？"宋衿不信。

"严谨点儿算打群架。"方劣说道，"他是路人。"

宋衿愣了片刻，随即乐起来，又说道："怪不得你被记恨呢。"

"高兴了？"方劣的手还搭在她的肩膀上，轻轻点了两下。

宋衿收起笑，说道："现在你知道是怎么回事了？记得跟他说清楚，我可不想再卡在一个地方不动了。"

"没有下次。"方劣眯起眼，强调道，"就这一次。"

"那也去说。"车正好停下，宋衿扫码付钱，"不清不楚算什么事？"

她瞥见方劣蹙起眉，狭长的眸里写满不情愿。于是，她用没受伤的脚轻轻踹他一下："下车，抱我。"

宋衿一路上和方劣瞎扯，痛感被麻痹了一些。等检查、拍片、局部制动一套流程走完，她的眼泪也流干了，额头上汗淋淋的。

到病房里的时候才5点多，方劣在屋外打电话，宋衿坐在病床上，有些不安。

这几天医院里人很少，病房里很空，她被安排住在一间没人的病房里。病房很大，有五个床位，就她一个人住。

她上次住院，是七年前，住了整整一年，从急诊科转到神经科。

后半年，病房里的人换了又换。柳青青不说宋衿也知道，他们被转去精神病院了。

神经科不允许病人家属留下过夜。

所以，13岁的宋衿常常半夜在被子里缩成一团，听着平时精神很正常的阿姨们说些疯言疯语。

这可能就是她精神不正常的诱因吧。她想不起来是内在因素，耳濡目染是外在因素。

宋衿讨厌医院，讨厌充斥着白色的地方，像她的过去一样，什么都没有。她的过去就像是被重新印刷，结果印刷机中途出错，只留下一张白纸，字写不上去，也看不见曾经的痕迹。

方劣推门走进来，看见的就是宋衿颓丧的模样，心蓦地痛起来。于是，他放缓语速对她说道："医生说是轻微骨折，你要是想，明天就能出院。"

宋衿缓慢地点了两下头。

"饿吗？"方劣问，"我去给你买点儿吃的。"

人一到特定的场景，就会变得格外脆弱。宋衿以为自己哭了一下午，体内的水分已经耗干了，没想到又有眼泪流了出来。

"你躲什么？！"宋衿凶巴巴地道。

"没躲。"方劣叹气，拿来一把椅子坐到床边，"别哭了。"

"哭得我想干点儿别的。"他说这话时表情怪怪的，还有意无意地看她被固定住的脚。

宋衿瞪着他，说道："你就是一个浑蛋。"

"我是浑蛋。"方劣笑了一声，说道，"你不是早就知道吗？"

"……"

她是知道。

但身处洁白的世界里，还能想到不正经的事的人，估计也就只有他了。

天色渐渐变暗，屋里没开灯，方劣盯着她，喉结缓慢地滚动着。

宋衿忽然想起，下载清大的论坛后鬼使神差地搜他的名字时，看到的回答大多是"孤狼"。她想：他哪儿是什么孤狼？他分明是疯犬，从一开始就咬上了我，不松口。

宋衿太久不说话，方劣再次说道："昨天我在病房里，今天你在病房里。那个什么'今夜限定',往后延一晚呗。"

宋衿想骂他,瞥到他搭在床边的手时愣住了,瘀青太明显。她的手上没出现过这种颜色。

宋衿心软了,抿住唇,说道:"你……别贫嘴。"

方劣时时刻刻关注着她,自然能猜到她在想什么。

"没事。"方劣一抬手指,往脖子上靠,说道,"下次用别的方式,往这儿留。"

不识好歹。

宋衿羞涩极了,嘴上却不饶人:"我怕你受不了。"

"呵。"

方劣这不屑的意味太明显。宋衿一拽他,鼻尖几乎要蹭到他高挺的鼻梁。她手一停,撞在他的胸膛上。

方劣的心跳太容易感知,每次他们靠近到这种程度时,就骤然加快。相反的是,他的呼吸会变轻,他像怕惊动眼前的人。

"你看,"宋衿笑道,"怕的人是你。"

方劣想:真可惜,她看不到她现在的模样。

她的笑容很灿烂,她唇角弯起的模样很美。

次日,清大进行期末考试,心研1班少了一名考生。方劣刚踏进考场里,就被同学们用一种复杂的眼神盯着。

可惜,方劣不会理会他们。

考试正常进行,方劣每次都提早交卷,谷崇对此睁一只眼闭一只眼。陈锋然逮不到他,便一个劲儿地给宋衿发微信,却没有得到宋衿的回应。

最后一天上午考思修,方劣做完检查的时候,盯着一道选择题出了一会儿神。题目的考点是唯物辩证法的矛盾,答案很明显,对立又统一。吸引他的是题干,里面有这样一句话,"我害怕你对我也是如此，因为你说你爱我"。

莎士比亚的话是浪漫的，在哲学范畴内的解析却理性又冷漠。方劣无声地笑了，嘲笑自己的狂妄自大、伤春悲秋。

他起身，走到讲台旁交卷。对上谷崇充满关心的眼神后，他轻轻摇头，稳健的步伐在手机开机的那一刻被打乱。

宋衿："我妈去给我办出院手续了。"

刚拧开保温杯的谷崇听见骤然加快的脚步声后，手微微颤抖，水溅在空中，打出一道光，不偏不倚地沾湿了"我害怕"三个字。

宋衿住的病房位置好，在靠窗那边。天一亮，她就能看见日出，再往后是满屋的阳光。

可宋衿不喜欢，到南见市的第一年，天天看这样的风景。太阳在哪儿看都是太阳，会腻，会厌烦。

宋衿将头缩在被子里，闷得很，出了一身汗。她明明两天前就能出院了，可柳青青非要让她做脑部检查，多住几天。

宋衿不抗拒，也想康复。直到柳青青把她的手机收走，寸步不离地守着她，让她产生了抑制不住的烦躁感。

她觉得自己可能是叛逆期到了，明明之前柳青青这样干的时候她没什么感觉。

检查结果今天出来了。医生一脸惋惜地将它递给柳青青，并对柳青青说道："没太大影响，至于别的……顺其自然。"

别的什么？宋衿想都不用想就知道。

恢复记忆，是她梦寐以求的事情。

柳青青接过检查结果翻看完，松了一口气，对医生道："麻烦您了。"

她跟着医生往外走，准备为宋衿办理出院手续。临出门前，她又回到宋衿的床边，把手机还给宋衿，说道："妈妈下午就带你回家。"

宋衿笑着点头。关门声传来后,她拿起手机,点开微信,看见了"99+"的消息提示。

宋衿怔住,不知道该先回哪一条。她还在思考,潜意识就已经替她做出选择。

等宋衿回过神时,方劣已经发来消息了。

"好。"

宋衿想:好什么好?只会打一个字吗?

宋衿蹙眉,心情坏到了极点。她又回了几条别人的消息,但都没再收到回复。宋衿这才想起来,同学们今天在参加考试。

前两天柳青青与谷崇商量过后,决定让她出院后在家里做期末考试卷。宋衿只能选择接受。

她将手机锁屏,只觉得这个学期的结尾糟糕透顶。

门发出"咯吱"的声响,宋衿以为柳青青回来了。她匆忙地抬头,头发乱飞,因为静电还立起了几根,方劣直面这副模样的她,嘴角弯起。

宋衿瞪着方劣,问他:"你笑什么?"

方劣在床边坐下,说道:"没。"

宋衿想踹他,在他看过来的那一刻没了动作。男生眸色很深,眼神也很复杂,仿佛心里压着数不清的事。宋衿对此感到不解,因为她的心里只压着失忆这一件事。

方劣能藏事,但与他接触得越多,对他的了解就越深,宋衿不敢问,因为怕难抽身。很多次,方劣展露出脆弱的一面,她一直视而不见。

她想:进不想,退不舍。我真自私啊。

宋衿有些喘不上气。

"你那是什么眼神?"她开口,"跟我妈似的。"

这话不假。

四天前，宋衿没等到说去买饭的方劣，反而等到了破门而入的柳青青。柳青青对她没有责怪，没有嗔怒，只是看了她好久，浑身笼罩着一股要失去她的绝望。

可能是因为她太久没受过伤了吧？宋衿微笑着，任由柳青青看。

然后，柳青青紧紧地抱住她，连声说着"别离开妈妈"。

"是吗？"方劣冷冷地道，"我觉得不像。"

"……"宋衿回过神，说道，"也对，我妈是看女儿，你可不是在看女儿。"

她又想起那天方劣没回来，隔天的凌晨给她发了一条消息，内容是他走了。

宋衿问："你那晚迷路了？"

"没。"方劣答。

宋衿现在一听见他说单字就冒火。

"你声带坏了？"她问。

方劣沉默片刻后反问她："你真想知道？"

他今天的状态不对。

宋衿现在才真正注意到这一点。平时，方劣无论怎么样都会反驳她一两句，今天却一反常态，每句话都给出答案。

他难得地很听话，却让宋衿慌乱。

她撑在床上想坐直一点儿，落手点的位置选错了，压住了方劣的手指。

他的手指很凉。

方劣的手指不该这么凉。

宋衿的心中响起警铃，她飞速地移开手。她语速极快地道："算了，你别说了。"

她还是说晚了。

方劣和她同时出声:"我几点给你发的消息,就几点走的。"

宋衿僵住,抱着最后一丝希望,问道:"你在哪儿待着?"

方劣默不作声,眼睛却向门外看去。

"……"

宋衿觉得病房的隔音效果一般,毕竟她现在还能听到走廊里的脚步声。

那就说明,那天晚上柳青青和医生的谈话方劣都听到了,她的病情他也都知道了。宋衿垂眸,说道:"你赶紧走。"

方劣想:她没说"滚",还行。

方劣不动,说道:"我……"

"为什么要说出来?"宋衿打断他,"想看笑话?"

"不是。"方劣摇头,回答道,"这没什么大不了。"

"没什么大不了?"宋衿重复一句后,嗤道,"没落到你的头上,你当然觉得无所谓。"

"如果我觉得严重,我为什么告诉你?故意刺激你?"方劣温柔地道,"衿衿,我不傻。"

宋衿抬眼,又问:"你刺激我的次数还少吗?"

"你现在知道了吗?你一开始说的那句'未来可期'有多讽刺!我没过去,连个正常人的样子都没有。"

"笑啊,"宋衿的眼里含着泪,她说道,"现在你知道理由了,放开了笑。"

"记忆缺失怎么了?你还是你。"方劣说道,"人都会变,不是只有失忆才会变。"

他的语气越平淡,宋衿就越觉得不堪。

"你在这儿讲大道理,"宋衿似乎乐不可支地说道,"有必要吗?别装。"

"我的记忆不要我,这不是摆在明面上的吗?"她晃了晃脑袋,泪借势落下。

宋衿不在意,接着说:"我得多差啊,才能被自己抛弃。我本来还不知道,直到遇见了你。"

"说起来还得谢谢你。"她又对方劣勾起唇,说道,"让我看清,我有多失败。"

"那我为什么来找你?找虐?"方劣无奈地叹气,诱哄的意味更足了,"别批判自己了。衿衿,你只是生了一场病,该过去了。"

"该过去的是我和你。"宋衿说道,"你以为我看不出你不爽?不知道的人以为我为难你了。方劣,你好歹是个男的,能不能坦荡点儿啊?"

她哭得悄无声息,半点儿也影响不了说话,说的话专往方劣的心尖上戳。

半晌后,方劣轻笑一声,问她:"你也知道我不爽啊?你失联了三天,知道吗?"

宋衿闻言愣了愣。

方劣:"你妈不待见我。我没办法找你,你知道吗?"

又一个"知道吗"。

宋衿失言片刻后问他:"你教训谁呢?"

宋衿话音刚落,方劣的眼底燃起了火。他看着她,问:"冷笑话?屋子里有第三个人?"

"还是你真藏人了?"他说道,"那我就没这么好说话了。"

宋衿:"别胡扯。"

她又被方劣带着走了。

她头痛地道:"你装聋?我刚才说该过去的……"

话突然中断,方劣压了过来,热气缠上她的耳朵。宋衿知道推不开他,一秒钟都没耽搁,往他的肩膀上咬。

方劣:"咬得好。"

宋衿无语，想松开，却被他按着后脑勺儿撤不了。

"宋衿，你要珍惜自己的生命。"方劣微微垂下头，头发蹭在她的脸颊上，"三天不见，没一句人话。"

"想听人话找正常人去啊。"宋衿闷闷地道，"我有病，你到底懂不懂？"

"病不会好，还是你不想好？"方劣说话时带着狠劲儿，从喉咙里生生挤出一句话来。

宋衿紧紧地闭着嘴，一个字也不说。

"你想让我怎么办？"方劣的腕骨抵着她的肩胛，有点儿硬。宋衿因为不舒服所以动了动。

方劣停了一会儿，收回手，往后退。他退到宋衿能看清他的距离，他额前乌黑的碎发可能沾上了她的泪，也湿了。

两个人的视线撞在一起，方劣瞥见了宋衿脸上的红晕。那红晕布满她的耳根、脖颈，像自由地跃上云端的红霞，遮满天际。

"宋衿，"方劣认真地道，"不管什么样，你照样盛开，照样绽放。"

他伸出手，手里放着一枚胸针，正面是花的图案，没上色。

"迷迭花。"方劣说道，"从现在开始，留存我们的记忆。"

宋衿的瞳孔轻轻地缩了两下，她重新看向他。方劣微微扬起眉梢，模样让人心动。

第九章

少年赤忱如日

宋衿现在心情很复杂，目光乱瞟，定在了窗外，问方劣："你考得怎么样？"

很明显，她在转移话题。

方劣笑了一声，说道："你愿意戴就戴，不愿意戴就收着。"

他把胸针放在宋衿的手边，站起身，说道："走了。"

柳青青回到病房时，宋衿已经把床铺好。

"没落下东西吧？"柳青青看了一眼病床，问宋衿。

宋衿摇摇头，掌心里握着东西，硌得生疼。她却不松开，不想放手。

跛着脚走路很不方便，宋衿回家后瘫在床上，只觉得比跑了800米还要累。她那纤细的手指自然摊开，银色的小花滚落，她侧过头，用手碰了又碰。她的心也好像在跟着那小花一起动。

方劣是随性生长的，做他愿意做的事。他不拘泥于任何一方，野蛮又强横地占据宋衿的思绪。

他好吗？宋衿问自己。

良久,她蹙眉,觉得自己不能昧着良心夸他,毕竟他有的时候有些行为真的很恶劣,酸涩的心事最终也没能得出结果。柳青青叩响门,对宋衿道:"衿衿,来吃饭了。"

"来了。"宋衿高声回应,捞起胸针,和项链放在一起。

宋衿吃饭后,没再胡思乱想。她躺在床上睡了一会儿,这几天住院让她很累,身心疲惫。宋衿以为一觉醒来天就该黑了,再睁开眼,她就读大三了。

事实上她没能睡多长时间,手机在枕边一直振动。宋衿没有起床气,还没看清来电显示就接起了电话。

她的声音很柔,方劣听得心都要化了。

"还困吗?"他不由自主地放轻声音问她。

宋衿一个激灵,先看一眼时间,下午5点多,考试刚结束。她把枕头竖起来一些,背靠上去。

宋衿张开了嘴也没想好要说什么,拍了两下脸,试图让自己清醒过来。

"有事吗?"她问。

方劣"啧"了一声,有些惋惜地说道:"早知道就录音了。"

"……"宋衿深吸一口气,说道,"若没事就挂了。"

方劣:"你听。"

她想:听什么?

宋衿把音量调高。

方劣应该还在学校里,电话那端时不时地传来嬉笑声,同学们商讨着假期去哪儿玩。细听还有歌声,旋律穿过手机,比较模糊,宋衿听得并不真切。

她眨眨眼,说道:"听不清。"

"广播站的人今天放的歌,还不错。"方劣弯起唇角,说道,"我唱给你听。"

不等宋衿反应过来,他就跟着下一句唱了起来。他唱得有些漫不经心,每个尾音都微微扬起,带着电流声缠上她的耳郭。这声音有一种老式CD的效果,却又有他的个人特点。

但愿你的眼睛只看得到笑容,
但愿你流下每一滴泪都让人感动,
但愿你以后每一个梦不会一场空。
天上人间,
如果真值得歌颂,
也是因为有你才会变得闹哄哄。
天大地大,
世界比你想象中朦胧,
我不忍心再欺哄但愿你听得懂。

唱到最后一句,方劣的语速慢下来,他不再跟着原调唱。
"但愿你会懂该何去何从。"
他的声音很好听。
宋衿缓了很久,到最后,脑子里只剩下一个想法:他说得对,该录音。
她问:"为什么唱这首歌?"
方劣诚恳地道:"因为广播站的人放了。"
他说完,宋衿也反应过来自己问了一句废话。她抿了抿唇,半天没接话。
就在她想换个话题,比如关心一下方劣怎么还不回家的时候,他突然又开口了:"还想让你懂。"
他这句话说得轻飘飘的,要不是宋衿的耳朵贴在手机屏幕上,她真不一定听得见。

"懂什么?"她问。

"懂……"方劣似笑非笑地道,"你的何去何从。"

"哪儿?"

"我身边。"

宋衿一怔,头痛地道:"你能不能多正经一会儿?"

方劣不置可否,说起了别的。

"我刚才和周舒秦聊了一会儿。"

宋衿"啊"了一声,问:"怎么样?"

"能怎么样?"方劣的声音变冷,他说,"伪君子,我还没跟他算账。"

"……"就他这种语气,宋衿也懂了,他们俩没动手算是万幸。

她倒是不指望他们一说开就能握手言和。主要两人总因为一点儿误会对峙,横在中间的是全班同学,宋衿早受不了了。

"说清楚了?"她问重点。

方劣哂笑道:"他听没听我就不知道了。"

那方劣就是说了,宋衿松了一口气,说道:"得了,他不是不分是非的人。"

方劣:"你不夸夸我?"

宋衿正在喝水,猝不及防地听见这句委屈意味十足的话后,呛得咳嗽了几声。

"你消停点儿吧。"她说,"就当为了天天夹在中间左右为难的人了。"

"跟我有什么关系?"方劣不满地道,"你让我说我才说的。"

宋衿抽出纸擦杯子,不想搭理他。

方劣无所谓,自顾自地往下说:"跟我有关系的只有你。"

宋衿擦杯子的动作一顿,她轻笑起来,说道:"说这个干吗?我又不是只有你。"

213

"我知道。"方劣不恼,接着说,"我今天没早走,陈锋然吵得我头痛死了。还有徐希图他们,没一个好打发的。"

"挺好的。"他笑道,"更能显出我和他们不一样。"

方劣说得对。

宋衿找不到错处反驳。

他本来就比别人更了解她,甚至知道她失忆了。中午的争吵仿佛没发生过,方劣不提,宋衿更不愿意自揭伤疤。

他这人,有时候什么都要问,都要逼着她说。事情一过,他又跟没事人一样。

宋衿忍不住问他:"你是不是人格分裂了?"

"暂时没有,"方劣淡淡地道,"不过快了。"

宋衿语塞,停了一会儿才道:"那你努努力。"

"呵。"方劣扯唇,吐出一个字,不再说话了。

二人就这么沉默了一会儿,宋衿举着手机的手麻了。她不知道该说什么,和方劣接触时好像永远有熄不灭的火可以发。

可他唱了一首歌,温温柔柔的,把气氛烘托得无比温馨。

宋衿将惹她烦的东西抛到脑后,听见电话那头的呼吸声后,突然有了一种少女怀春的感觉。可惜她还没来得及多感受一秒钟,就被方劣不正经的语气破坏了。

"除夕那晚出来,我带你找乐子。"

找乐子?!宋衿不明白他为什么总能把话说得不正经。

"不去。"她语气坚决地道,随后挂断了电话。

假期的第一天,宋衿把期末试卷做了,难度不小。

清大的老师会给学生留作业,为了让学生能够顺利地获得证书,但作业量不多,少而精。元旦那晚,宋衿才将作业写到一半。她十来天没出家门了。

柳青青早早地买好了红灯笼并挂在了阳台上,平时略显冷清的家里变得喜庆起来。柳青青拉着宋衿拍了好几张照片。

班级微信群里闹哄哄的。彼时,宋衿正在收拾客厅,接到陈锋然打来的电话时有点儿蒙。

"衿姐!出来吃饭!地址发给你了!"估计是怕宋衿拒绝,他一说完这几句话,就将电话挂了。

他说这些话时火急火燎的,声音还大,替宋衿省了报备的麻烦。

柳青青笑道:"他就是你和妈妈提过的同学吧?他性格活泼,妈妈还挺喜欢。"

柳青青不喜欢哪种人,宋衿心知肚明。从宋衿和方劣一起在文艺晚会上跳舞那天起,柳青青就开始有意无意地暗示她,少和方劣来往。短短几天,宋衿就拥有了"打太极"的技能。

"去吧,都在家里窝了多少天了,晚点儿回来也没事,跟妈妈说一声就好。"柳青青说完,目送宋衿出门。

看她笑吟吟的模样,宋衿没说出自己的猜测。果然,等到了地方,还没下车,宋衿就透过窗户看见了方劣。

方劣少见地穿了一件红色的毛衣,衬得他肤色白皙。他的两条腿又长又直,他双臂抱胸地站着,身材比例特别好,路过的女生频频回头看他。

宋衿打开车门,看了一眼落脚的位置有没有积雪。她再一抬眼,发现有一个女生拿着手机朝方劣走近,每靠近方劣一步,脸便更红一分。

那个女生走到方劣的跟前时,方劣垂着眼,等她开口。女生或许是太紧张了,结结巴巴地讲完一句话,大意就是想要方劣的微信号。

"抱歉。"方劣懒洋洋地道。

女生顺着他的目光看去，看到了宋衿。女生这次不结巴了，飞速地说了一声"再见，打扰了"，转身就走。

宋衿跟方劣对视几秒钟后，率先迈开腿。方劣除了眼睛跟着她动，没别的动作。

"行啊你。"宋衿停在与他并肩的地方，扬起唇，说道，"想挡桃花，就别穿得这么显眼。"

"奶奶让穿的，说穿上会有好运气。"他从上至下地看了宋衿一眼，又说道，"现在看来，还真不假。"

宋衿想问他这话是什么意思，眼睛瞥见玻璃上的倒影后，又将话收了回来。

镜子里，女生穿着的毛衣的衣领、袖口和下摆处，都有红色的不规则的装饰物。单看她没问题，但跟方劣站在一起时，他们就像穿着情侣装。

包间的门被人从外面推开，陈锋然闭上嘴，朝门口看去。

宋衿和方劣相继走进包间里，两个人表情淡定，一个比一个生得好看。陈锋然说话不过脑子，一拍手，感叹道："般配！"

两个字，让宋衿的耳垂变得滚烫。

方劣憋不住，笑了起来，肩膀都在抖。

宋衿深呼吸，告诉自己现在人多，别跟他计较。一入座，她自觉咽不下这口气，脚抬起，狠狠地踩了下去。

方劣："怎么了？"

他的声音不大不小，在场的人全被这句突兀的话吸引了，目光集中过来。

"劣哥怎么了？"陈锋然摸摸脑袋，纳闷儿地道。

宋衿虽然露出了笑容，语气却算不上好，问方劣："是不是不习惯？"

其实，她想对方劣说的话是"你厉害"。

方劣哑然失笑，摇头，摆出一副无辜的模样，说道："刚被人踩了一脚，我以为是你踩的。"

他这个人欺骗性很强，所有人觉得他不屑说谎。

"肯定不是衿姐。"陈锋然犹豫着道。

周舒秦："是我，刚才不小心，抱歉。"

他跟方劣中间隔了周舒嘉和宋衿两个人，这话假得离谱儿，但他说都说了，也不算什么大事。方劣轻嗤一声，没想理他，但宋衿瞪了方劣，方劣才又勉强地应了一声。

众人没发现不对劲儿，打个哈哈，揭过这件事。

菜被陆续端上桌，陈锋然精挑细选的这家烧烤店，倒是圆了宋衿的梦。她看看散发着阵阵香气的羊肉串，又看看锡纸宽粉，思考怎么能不着痕迹地多吃点儿。

方劣没给她自己解决的机会，动作熟练地往她的盘子里夹食物。众人说话的声音又变小了，宋衿感觉自己的头上已经在冒汗了，不是因为热而冒的汗，而是因为紧张。

她用筷子挡住方劣，貌似不经意地往对面瞟了两眼，问徐希图："希图，你的衣服好好看，在哪儿买的？"

女孩子之间的共同话题，大部分与衣服、首饰、化妆品有关。

徐希图高兴起来，问女同学们："新街上的那家'悦动衣界'你们知道吗？他家刚开业，便宜不说，质量还好。"

"真的吗？！让我摸摸。"

"过几天一起去！"

见她们的注意力被转移，宋衿看也不看方劣，压低声音对他道："你收敛点儿。"

方劣无所谓地收回筷子，自己吃起东西来。

宋衿可算安心了。

周舒秦："你的脚怎么样了？"

宋衿突然听到他问,迅速地咽下口中的东西,笑道:"已经好了,谢谢。"

周舒嘉感受到了周舒秦回转的气压,松了一口气,说道:"那就好,我们担心死了。"

宋衿的嘴角沾上了油。周舒嘉刚想提醒她,就见周舒秦拿着餐巾纸要递给她。

周舒嘉拦也不是,不拦也不是,只能眼睁睁地看着。结果,那只手还没靠近宋衿,就被另一只骨节分明的手拦下了。

方劣说道:"她多大了?让她自己擦。"

方劣拿走餐巾纸塞到宋衿的手里,然后回过头,没一个多余的动作。

周舒秦的脸色变得很阴沉,宋衿反应过来,对他说道:"我自己来就好,谢谢班长。"

气氛有点儿别扭,周舒嘉羡慕地看着对面相谈甚欢的同学们,只觉得自己坐错地方了。

她转了转眼珠,给宋衿夹了一筷子菜,并说道:"衿衿,尝尝这个,可好吃了。"

眼见宋衿重新投入食物中,周舒嘉揪揪她哥的袖子,示意他也吃。周舒秦气归气,但没办法,还是顺着她给的台阶下了。

饭局进行到一半时,陈锋然怀着心里的江湖梦开口:"兄弟们!"

他几乎是吼出来的,宋衿抬头,想看看他要干什么。陈锋然一脸羞涩,扭扭捏捏的不接着说。

有几个男生身上起了鸡皮疙瘩,看不下去,说道:"说话啊。"

陈锋然站了起来,悄声说:"我点了酒。"

"……"

一瞬间的安静过后,响起了能将屋顶掀翻的哄闹声。

"你怎么现在才说啊,哥们儿?!"

"快!咱们走起。"

宋衿能理解,毕竟不是人人都像方劣,好坏兼有。这么一琢磨,她转过头。

方劣适合这种场子。他慵懒地坐在那儿,仿佛光是在那儿听,就给人一种特别有面子的感觉。

包间里开着空调,很热。方劣将袖子撸到胳膊中间,站起身接别人递过来的酒,下摆兜起来点儿。她看见了他身上若隐若现的腹肌,他挺瘦,但劲儿足得很。

方劣坐下,侧过一点儿头,和她对视上。他会错了意,一扬眉毛,问她:"想喝?"

方劣单手拎着一罐啤酒,往后仰了仰,手指一搭,向内弯,拨片立即掉落。

冒着气的铝罐端端正正地摆在宋衿的面前,她的眼睛却随着方劣的手动了起来。

"怎么?"方劣又开了一罐,放到嘴边时没急着喝,语气有点儿狂,问宋衿,"还小?要我喂吗?"

宋衿给他贴上了新标签——记仇。她抛起餐巾纸,正好扔进垃圾篓里。她笑起来,眼尾微微上挑,拿起啤酒刻意在唇角上蹭,无声地问方劣:怎么喂?

方劣的眼底凝聚着一些呼之欲出的东西。陈锋然吃喝着大家举杯,椅子摩擦地面时发出了刺耳的声音,穿透方劣和宋衿之间涌动着的暗流。

宋衿可能是吃到想吃的东西了,也可能是头一回参加这种聚会,既感到新奇又觉得开心。

方劣清楚地看见了她有恃无恐的表情,她以为此刻人多他便不敢动她。

"班长、嘉嘉、劣哥、衿姐，"陈锋然一连念出四个称呼，随后喘了一口气，高呼，"来啊！"

周围的人跟着起哄，热闹得不行，周舒秦和周舒嘉一前一后地站起来。宋衿笑了笑，也想起身，却被方劣先一步按在了椅子上。她张了张口，有点儿茫然。

方劣漫不经心地开口："东西掉了。"

众人表示理解，宋衿暗自咬牙，维持着笑容，说道："我帮你捡。"

说罢，她弯下腰，看了一圈，什么都没见着。

"你把什么东西扔……掉了？"宋衿话说到一半突然改了口，差点儿暴露。

"耳机。"方劣垂着眸道。

"在那儿。"他开口，手悬在半空中。

"哪儿？"宋衿不自觉地微微直起身子，恰好碰到他。

他身上的气息一下子靠过来，宋衿心里发颤，声音也有些颤抖，问他："到底有没有东西掉下？"

方劣贴在她的颈侧，桌布挡住一半，旁人只会认为他在指方向。

"不是很敢招惹我吗？"方劣似笑非笑，但是那充满危险的笑意让宋衿汗毛竖起。他到底还是放不下心，怕她以后没了顾忌跟谁都露出这副样子，想让她长点儿记性。

宋衿体会不到他的良苦用心，想：服了，方劣今儿没吃药。

"你够大胆。"她嗓子干，声音听起来跟哭了似的。方劣眉心皱起，没再说话。

他一松开挟制，宋衿的手就掐在他的腰侧了。她用了狠劲儿，方劣猜自己得被她掐紫。他倒不觉得自己被骗，本身就不坚定，宋衿一有个风吹草动他就爱往夸张处想。

方劣自嘲道："该。"

他声音低，除了宋衿没人听见。

宋衿以为他在说她，回敬道："彼此彼此。"

陈锋然在某些时候异常敏锐。他察觉出两个人之间的气氛不对劲儿，问他们："没找到吗？"

"找到了。"方劣拍拍被宋衿拽皱的衣服，举起面前的易拉罐，问陈锋然，"喝吗？"

往日高冷的方劣主动地举杯，太让人意外了。

所有人在空中碰杯。

气氛到了，陈锋然酝酿片刻后开口："欢聚一堂，此时此刻我有许多话想说……"

他还没开始絮叨，徐希图便道："情比金坚！"

这句话是俗套的，但能避免耳朵被折磨，就是金玉良言。

周舒嘉接收到她的暗示，急忙道："长青不败！"

李婕："春风得意！"

周舒秦无奈地道："书读百遍。"

宋衿笑了一声，说道："其义自见。"

越恒紧张地道："都……都在酒里！"

他的这一句话直接引燃了大家的热血。四字真言声声高昂，老板迫不得已来敲门，拜托他们声音低一点儿。老板一看大声喧哗的是一群涨红脸的大学生，可能也追忆起了过往，大手一挥，把他们的酒钱抹了。

"头开好了。"陈锋然满足地笑起来，"真不错，真不错。"

"劣哥，你刚才没喊吧？"他嚷道。

陈锋然喝了点儿酒，胆子也大了。

方劣斜着眼看了他一眼，决定不破坏他的兴致，又打开了一罐，说道："未来可期。"

说完，他没停，把酒喝完了。他莽撞、恣意，是全场的焦点。

宋衿在此时偏过头。高朋满座，他们四目相对，心照不宣。

"好！"

捧场声四起，陈锋然挑话头。

"其实我有一个梦想。"他不好意思地道，"我想当主持人，考研时估计会跨专业考播音主持。"

"得了吧，你的口音那么重。"

一个男生说了这么一句，陈锋然装出一副伤心的样子。

周舒嘉瞥了那个说话的男生一眼，说道："说不准好吧。"

"对对对。"那个男生顺着这话安慰陈锋然，"反正我的梦想也不太可能实现，我想当心理分析师。"

徐希图笑了起来："你们俩直接一条龙服务。"

班里人跟着开玩笑。

"再加上我，我想开婚纱店。"

"我想开酒店，以后班里的同学都免费住我开的酒店。"

宋衿的那罐酒见了底，她有点儿晕，听见他们聊天儿，止不住地乐。她的手搭在桌上，方劣总能不经意地碰到她的手。

宋衿烦，但没将手挪开。脖子撑得酸，她索性靠在椅背上，好让自己舒服点儿。她借势偏了偏，眼睛正好对上方劣的后脑勺儿。

今晚好多人来和他讲话。那些人滔滔不绝地讲，恨不得把浪费的一年全补回来。

周舒嘉去找陈锋然玩了，宋衿的耳边是徐希图的打趣声、周舒秦温和的回应声，徐希图把李婕推过来坐下。

宋衿捞起酒罐又抿了一口酒，放下时不小心压住了方劣探向桌子的手。

他回过头。

宋衿觉得自己醉了，要不怎么会没头没脑地冒出这样一句话？

"方劣,你要未来可期。"

少男少女们从不害怕分离。他们互相许诺,互相畅想,无所不言。

他们可以只思少年事,仅借赤忱已如日。

散场时,大家都有点儿晕,除了个别没贪杯的,多数人东倒西歪。

宋衿去卫生间里往脸上扑了几把水,感觉好受了一点儿。

周舒嘉跟她前后脚进来,抽出纸递给她,问:"衿衿,你怎么回家?"

"不知道。"宋衿胡乱地擦了擦脸,应道。

周舒嘉:"要不等会儿坐我家的车走吧?司机马上就到。"

宋衿嘴微张,还未说出话,就被一阵电话铃声打断了。她歉意地看了周舒嘉一眼,摸出手机,屏幕上显示着两个大字——方劣。

宋衿接起电话,说道:"咱俩之间的直线距离不超过30米,你就等不得吗?"

宋衿说这话时语气讥讽,周舒嘉蒙了。

宋衿透过镜子注意到了周舒嘉的反应,没想演。

宋衿第一次喝酒,有些不适应。她也不是醉了,就是有一种蓬松的感觉裹着她,让她想再放纵一点儿。

"嗯,"方劣顿了顿,关心地问她,"你身边没人?"

宋衿:"嘉嘉在。"

"……"

她倒是坦诚,方劣担心她酒醒以后不想见人,再次提议:"注意形象。"

"怎么?"宋衿冷笑,问他,"给你丢脸了?"

周舒嘉露出震惊的表情,宋衿对上她的目光,缓缓地道:"真诚是最重要的。"

方劣听不下去了,说道:"我在门口等你,赶紧出来。"

宋衿一秒钟也没耽搁,一挂断电话就向外走。

方劣斜靠在包间的门框上,见她出来后抬眼看过去。他身材好,站在哪儿都是一道风景,更别提背景是一众左瘫右歪的人了。

有这么一个人等着自己,宋衿觉得挺有面子。但她没有将这种想法表现出来,而是说道:"你好黏人。"

方劣扯扯嘴角,笑不出来。他直起身,朝着露出难以置信的表情的周舒嘉点点头:"我们先走了。"

"我们"包含谁,显而易见。周舒嘉愣愣地应了一声,觉得她哥的赢面已经消失殆尽了。

"我不想回家。"宋衿停在路边,不肯走。

大冬天晚上八九点,天凉。尤其她喝了点儿酒,身上泛热,禁不住风吹。

方劣不知道她从哪儿来的倔劲儿,好说歹说地劝了一阵没用,都快被气笑了。最后他还是就近找了一家服装店,买了一件棉服让她套上。

"你想去哪儿?"方劣问。

宋衿思考无果,说道:"你故意的吧?我失忆了能知道啊?"

"厉害。"方劣竖起大拇指。

宋衿是晕了,不是傻,笑道:"你再嘲讽我一下试试。"

方劣一边给她拢衣领,一边往下靠了靠:"我说……衿衿真棒。"

他这副拿腔拿调的模样,令宋衿感到一阵难受。

相顾无言片刻,方劣率先挪开视线,并说道:"那就走到哪儿算哪儿。"

月亮藏在云层后面,街上的光全靠路灯撑着。宋衿和方劣并排走着,她仰了一会儿头,说道:"真不浪漫。"

方劣看了一眼，抬起双手分别覆上宋衿的左右耳，转动她的脑袋，问她："这回呢？"

宋衿的感官定格在这一刻。

方劣的声音悄悄钻进她的耳朵里，她的眼前绽放着绚丽的光影，梅花在风中摇曳。耐尔河上的孔明灯撑起一片天空。

宋衿回过神，问："你瞎走的？"

方劣摇头："我早就想带你来了。"

陈锋然定的吃饭的地方离耐尔河很近。方劣本就准备带宋衿放孔明灯，结果看宋衿状态不好便作罢了，没想到到头来还是实现了。

"以前怎么没发现你的心思这么细腻？"宋衿弯弯唇，问。

方劣收回手，挑眉，反问："以前你在想什么？"

"光想你有多坏了。"

"……"方劣说道，"想了就行。"

他带宋衿买了一盏孔明灯，又挤到河边。

"你不放吗？"宋衿问。

方劣："我不信这个。"

宋衿估计不会知道，她不在的这些年，他年年都在替她放，愿望许多了就没得许了。方劣觉得，快乐、平安、健康都应该是宋衿的必需品。

可她一样都没得到，所以他不信了。

宋衿蹲下摆弄灯身，一切就绪后，眼巴巴地看方劣，等他点火。她的头发被风吹起几缕，她的眼里映着千家万户的梦，独独没有自己的。

方劣垂眸，掏出打火机点火。

"让我拿！你别挡我！"宋衿的声音有些大。防火纸鼓起，她托着孔明灯的底座，用手肘戳方劣，并问，"快，怎么放？！"

"推它。"方劣圈住她，伸手按在她的手上，说道，"我来推，你许愿。"

"在它飞起来前许完。"他补充道。

宋衿一听这话，匆忙地闭上眼。

她眼前一片漆黑，五感变得十分灵敏，四周闹哄哄的，还有滚烫的触感。

方劣几乎是叩着宋衿的手往上的，她觉得她也飞起来了。她的手心空了，她睁开眼，追着刚升起的灯看。

方劣跟着望去，问："你许了什么愿？"

宋衿明显不愿意说，看都不看他。

"又不是生日愿望，说出来了也灵。"方劣说道。

"好吧。"宋衿的眼睛很亮，她用余光看着他，"希望我别忘了你。"

风乍起，方劣搭在宋衿肩上的手增加了力道。

"衿衿。"他突然喊宋衿，她下意识地回过头，因为他的靠近而被吓了一跳。

"干什……？"

方劣的鼻尖已经蹭上来，制止住她的埋怨。

宋衿不知道他接下来要干什么。

一般来说，此时该有个吻，可方劣只是极其克制地和她鼻尖相蹭。过了许久，他说道："我很开心。"

原来，不管在什么时候，愿望说出来了都会不灵验。

宋衿背对着灯火，看不见。方劣看得清清楚楚，他们刚放走的那盏孔明灯被风吹倒在了水面上，然后消失了。它约莫沉到水下了。

宋衿的心跳得特别快，心跳声震耳欲聋。她慢半拍地后退，偏过头，看少了一大半的灯群，像落队的萤火虫一样，零零散散的。

宋衿茫然地问:"我的呢?"

方劣的手越过她的头顶,他指向夜幕下最亮的那盏孔明灯:"那儿,我一直盯着呢。"

他语气平淡,宋衿信了。

方劣松了一口气,还好今晚放孔明灯的人多。

他望向随手一指的灯,想:希望你的主人心想事成。

灯升得越高,看起来就越小。

宋衿一直仰着头,直到看不见那盏孔明灯了才收回目光。

冬天的风很冷,人渐渐地少了起来。宋衿打了个寒战,耐尔河边的护栏很低,刚好卡在她的膝盖处。

宋衿向前仰了仰,酒好不好喝先不提,能壮胆是真的。

方劣皱眉,不赞同地道:"别靠得那么近。"

宋衿:"你很紧张我啊?"

方劣眉心一跳,往后退了两步,半晌后反问她:"不明显吗?"

宋衿用余光看了他一眼,缓慢地道:"一般般。"

她接着问:"你玩过信任游戏吗?"

"什么?"方劣是真不懂,他连电视剧都很少看,更别提玩游戏了。

"就像这样……"宋衿扬唇,肆无忌惮地向前倒,头发由于重力荡在空中。

方劣骤然睁大双眼,心脏发紧,浑身冰凉,揪着她的后领将她往自己身边拽。他忘了呼吸,疯狂地翻涌而上的气血让他头晕目眩。

宋衿灌了几口冷风,脖颈又突然被勒,止不住地咳嗽起来。

"不好玩吗?"她还在笑。

"别这么吓我。"方劣的唇角微微往下压,他松了手,看着她,"衿衿,别这么玩。"

宋衿又问:"不好玩吗?"

方劣表情僵硬地摇了摇头。

"可玩这个游戏的前提是我信任你。"宋衿奇怪地瞥他一眼,说道,"我以为你会喜欢。"

在她眼里,方劣和她一样喜欢追求刺激。

方劣紧闭着唇,不说话了。

"我都没和别人玩过这个游戏。"宋衿再次看向眼前,似乎感觉出来方劣的情绪不对劲儿。她往后退了退,站在安全线内,"你很紧张我。"

宋衿无所谓地笑笑,继续说道:"放心,我是练过舞的,身体的控制力很强。即使你拉不住我,我也不会掉下去。"

"我说真的。我的心理评估里从没出现过自杀倾向。"宋衿补充道。

方劣依然不吭声。

宋衿觉得该说的都说了,便闭嘴了。

沉默许久之后,她再次强调道:"你不是知道吗?我失忆了,让对过去一无所知的我去死,不可能。"

死,死,死。

她不如不说。

方劣的头被这个字扎得快炸开了。

他问她:"那么重要吗?"

"废话。"宋衿说。

方劣又不说话了。

宋衿不在意,聊起了别的:"我前几天捋了捋和你的关系,很乱。"

"你这个人真的挺奇怪的,戳我的伤口的人是你,护着、让着我的人还是你。"她用手比画了一个夸张的动作,回过头和方劣对视。她张开嘴,声音很轻地问,"为什么?"

他们四目相对,方劣先有动作。他扯起宋衿悬在空中的手,按在了他的心口上,动作有些粗暴,宋衿被拽得身子晃了晃。

等她站稳,手下是方劣怎么也平复不了的心跳。

方劣:"真想听吗?"

宋衿定定地看了他一会儿,手指不自觉地蜷缩起来,说道:"算了。"

她猜不到方劣会说什么,但能肯定她不敢听。一罐酒,后劲儿能有多大?宋衿闹了一场,酒劲儿都快散没了,还好醉得不彻底,她呼出一口气。

她向来不敢深究方劣的意图。她怕会被打动,会放弃一直拼命追求的过去,怕被方劣留住。

当时宋衿并不知道,在那一刻,她和方劣的想法难得地重合了——劫后余生。

她不敢听,方劣同样不敢说。

春节当天,陈锋然含泪回家。他一大早不安分,给班里的人都发了红包,备注"兄弟,今天哥就要远航了"。

宋衿被他吵醒,头痛得厉害,敷衍地回了句"走好"就接着睡了。她一觉睡到天黑,只记得这期间柳青青来看了她几回。她起来后脑子发蒙地吃了点儿饭。

宋衿走到客厅里的时候,柳青青刚将电视机调到可以看春晚的频道。见她出来,柳青青打趣道:"妈妈还以为你要睡到明年呢。"

宋衿:"……"

她笑笑,坐在沙发上。她的手机在茶几上搁着,时不时地响一声,倒计时开始的时候极为统一。

"新年快乐!"柳青青拿出早压在靠枕下的红包,对宋衿道,

"衿衿，妈妈的小棉袄，新年快乐。"

宋衿接过，笑道："妈，再过生日我就21岁了，你怎么还给我发红包啊？"

"生日……"柳青青神情一僵，很快恢复正常，"生日想怎么过？"

宋衿知道，柳青青对于她过生日的态度向来平淡，有时甚至会有意忽略。可能是因为她的生日是柳青青的受难日吧，她同样没把生日看得很重。

宋衿摇摇头："都可以。"

柳青青点头，岔开话题："这歌唱得真好。"

宋衿将注意力分出一丝到电视机上。画面里是一位老牌歌手，正飙着高音，她听了一会儿，耳边却响起了不同的声音。

"我不忍心再欺哄，但愿你听得懂。"

方夯要是学习成绩不好，倒是可以试试当歌手。

宋衿出了一会儿神，窗外燃放烟花的声音一声比一声高。烟花燃放时产生的光影映得屋里色彩斑斓。

柳青青的手机在卧室里，铃声响起。宋衿下意识地看向自己那很久没动静的手机。

手机没电了？

宋衿戳了一下屏幕，手机亮都不亮。她这才记起昨天晚上回家后洗漱完就睡觉了，根本没想到给手机充电。

"妈，我回屋了。"宋衿朝正在接电话的柳青青说。

她回到床上，找出充电线，成功地打开手机，消息太多，有点儿卡。陈锋然见她没收早晨他发给她的红包，说完祝福语后还委屈地问："衿姐，你为什么不收红包？"

陈锋然还说了一些别的话，宋衿虽然没听完，但也知道他想表达什么。

其他人没有陈锋然话多。比如周舒秦给她发了个八个字的祝福语,周舒嘉应该跟他在一起,两个人给她发的祝福语句式差不多。还有徐希图,给她挑选的拜年表情包很可爱。

今年的年味真的很浓,宋衿笑着给大家回复完。手机又振动了两下,她点开,是方劣发来了消息。

宋衿往上滑。

00:00

方劣:"衿衿,新年快乐。"

00:06

方劣:"收红包,第一年。"

00:21

方劣:"……"

00:27

方劣:"今年才开头就不理人吗?"

宋衿没着急听最后的语音,选择先回复。

宋衿:"刚开机,你发来的消息被顶到了最下面,我没看到。"

方劣随之发出一张截图——她给别人发红包的截图。

宋衿抿唇,难得地有一种心虚的感觉,点开他发来的语音消息。

方劣咬牙切齿地道:"回别人不回我是吧?"

宋衿当机立断,决定发个红包安抚他。

结果方劣就像感应到了似的,发来语音问她:"给别人的还想再给我?"

"……"宋衿被堵得没话说,思绪发散开来。她想起前些天画完的画,犹豫片刻,取出画拍了一张照片。

宋衿:"先说好,你不喜欢我也不可能重画了。"

接着,她戳了几下屏幕,发送成功。

宋衿画的是正在跳舞的方劣。

方劣眉眼含笑，眼中有光，骨节分明的手正面朝她伸出。

宋衿不给他看的原因，就是觉得画得不像他。方劣哪儿是这副没棱没角的模样？

过了很久，方劣终于有了动静。

方劣："喜欢这样的？"

宋衿拿出做阅读理解的本事，多方面解读他说的这句话。两个人身边性情温柔的男生只有周舒秦，再加上她和周舒秦关系不差，方劣这么一问，误会就太大了。

宋衿不想新年第一天就发生血案，于是飞快地打字。一着急就容易出错，她干脆发语音过去。

"画的就是你……"她想了想，更正道，"至少以你为原型。我不喜欢这种男生。"

宋衿好声好气地说完，又觉得自己有点儿小题大做，补充道："你别多想，我画这个只是因为你那天比其他时候看起来顺眼。"

宋衿的声音与烟花燃放的声音一起传到了方劣的耳中，远比烟花燃放的声音动听。

方劣笑了一声，回复道："我没多想，你喜欢就好。"

方劣等了一会儿，宋衿没回复。

方劣在院子里的矮凳上坐着，旁边有个女孩儿。女孩儿正探头探脑地看他的手机，差不多看懂了，笑道："衿衿姐果然还是希望你的脾气好一点儿。"

方劣将手机屏幕锁起来，冷着脸看着她。

"别这么看我，哥。"女孩儿竖起食指摇了摇，说道，"小时候衿衿姐不是一直跟你说，做人要积极向上吗？你不听话啊？"

方劣说道："她是让我自信，我现在已经很自信了。"

女孩儿被逗笑，想到小时候，鼻子又发酸。她托着下巴，说

232

道:"我好想见到衿衿姐啊。"

为期一个多月的寒假很快就过去了。

陈锋然回南见市后频繁地在朋友圈里更新照片,开学前两天才回来。回来后他立刻在微信群里约众人出去玩。

徐希图早就看不惯他整日逍遥快活了,号召大家都不听他的,让他自己出去玩。最终陈锋然郁闷地过了两天。

宋衿猜到不能和同班同学一起出去玩,会让陈锋然伤心欲绝。果然,返校当天她还没上楼梯,就听见陈锋然委屈地对方劣说:"劣哥,只有你能救我了,他们都不和我玩。"

"报应。"方劣懒洋洋地道。

陈锋然苦着脸道:"我就展现了一下美好生活而已。"

宋衿走上楼,笑着说道:"你的美好生活可是引起众怒了。"

"衿姐!"陈锋然像看到了救星,两眼放光,急忙对宋衿道,"包重不重?小的给你拿。"

"喏,"她一边将书包往前递,一边说道,"我刚才说服大家了,大家同意周末跟你出去玩了。"

陈锋然:"谢谢衿姐!衿姐的大恩大德小的没齿难忘。"

他飞速地说完,接过宋衿的包冲进最近的教室里。

宋衿失笑,避开方劣灼热的眼神,若无其事地向前走。走到快要与方劣擦肩而过时,她整了整衣摆,手垂下的那一刻差点儿与他搭在腿边的手相握。

宋衿收手,别开眼。

方劣眼眸漆黑,没放人。方劣的手握上宋衿的胳膊,他将她拽到他的眼前。

"钓我?"他问。

宋衿一脸无辜地反问:"你说什么呢?"

她瞟了一眼自己被握住的胳膊，暗示道："这种事讲究你情我愿。"

宋衿眼睛微弯，恃宠而骄的姿态摆得很足。

方劣轻笑出声，说道："是我想牵。"

他的手向下滑，叩在宋衿纤细的手腕上，他说："好久不见。"

两个人的手搭成祈福时合十的姿势，肌肤的触感很明显。

宋衿弯了一下手指，一触即分。她甩了甩手腕，看着他，问："也不算久吧？"

方劣："久。"

方劣在心里补充道：八年，很久。

宋衿不懂他的言外之意，笑意加深，说道："你怎么……离不了人啊？"

新学期的第一天，上午10点全校师生在操场上开早会。周舒秦作为优秀学生代表发言，先走了。

陈锋然伸了个懒腰，拍拍胸脯，说道："嘉嘉、衿姐，你们俩的椅子交给我。"

周舒嘉："那你的椅子呢？"

"……"陈锋然明显没想到这一点，思考片刻后道，"顶在头上。"

宋衿失笑道："得了吧。我有事要先去找一下老谷，你们先去操场吧。"

陈锋然点头："那我们等你。"

宋衿："不用，你们先走。"

周舒嘉下意识地问："那你的椅子怎么办？"

话刚说出口，她便瞥见方劣不动如山地坐在原位上。周舒嘉顿时反应过来，拉起陈锋然，对宋衿道："那我们走了。衿衿，操场上见。"

她机灵，但自那次聚会后对宋衿还是照旧。她不多问，这种态度让宋衿很舒服。

"操场上见。"宋衿轻声回应，接着悄悄地道，"谢谢。"

周舒嘉听见了，回了宋衿一个很大的笑容。她好像在说"这有什么呢"。

她和她哥之间的关系不再僵持，她也感受了融入集体的快乐。自从认识宋衿之后，发生的很多事让她觉得温暖，大家都在往好的方向发展。至于她哥……周舒嘉叹气，希望他能早点儿认清自己的心意吧。

宋衿没有在办公室里找到谷崇，随后推开门走了出去。

方劣懒洋洋地倚着墙站着，椅子一左一右，跟护法似的。门里的阳光倾洒出来，他一点儿一点儿地被照亮。

方劣抬起眼。

宋衿背对着阳光，发梢都闪耀着。她一如当年，出现在他灰暗的世界中，然后渐渐地让太阳照了进来。

宋衿假客气地道："我拿吧。"

"你坐上来。"方劣拎起椅子，说道，"我抬你走。"

他有的时候真挺会惹人生气的，宋衿无语，关上门安安静静地跟在他身边。

走廊里的窗户外是树，光影斑驳。

他们总是从亮处走到暗处，又从暗处走到亮处。

但好在是他们。

也只有他们。

第十章
对峙后的俯首

大二下学期,所有人铆足了劲儿向前冲。大家生怕没考到哪个证,落后别人半步。

心研1班的同学们的状态很紧绷。他们的桌子上堆满了厚厚的试题册,各类卷子杂乱无章,没人愿意浪费时间收拾。

能证明时间在流逝的,只有回暖的风和悄然绽放的桃花。

不知不觉,春来了。

谷崇是一位很优秀的老师,这种优秀不单单体现在他的教学水平上。开学两周后,他为了让同学们放松一些,把心理测验与分析学当成开解课来上。

谷崇会讲一些带有催眠效果的段子。

宋衿之前的心理医生曾用过各种方法对她进行催眠治疗。久而久之,她像有了抗体似的,时不时还会轻轻点两下头作为回应。

谷崇见大部分同学的桌子上依旧铺着资料,拾起黑板擦敲了两下讲台,问大家:"同学们,青春是什么?"

陈锋然困得哈欠连天,又不愿意放弃这唯一不枯燥的课,强撑着没闭眼。听见谷崇问觉得专业对口,他自信地回答道:"睡不醒的觉!"

谷崇笑道:"其他人觉得呢?"

宋衿瞥见桌角,那儿摆放着方劣上午给她折的纸花。她当时说不吉利,结果还是收起来放好了。

她搁下手中的笔,说道:"青春……大概不止题海。"

"很棒。"谷崇鼓掌,又问:"还有吗?"

同学们可算活过来一点儿了,没做完的题暂且被搁置。谷崇一遍又一遍地询问,就连越恒也小声地应了一句。

只剩方劣没回答了,他在班里是除了陈锋然另一个不学习的人。

宋衿觉得他整天除了跟她逗闷子就是补觉,睡眠质量还忽高忽低:低的时候她一有动作他就醒,不是盯着她就是跟着她;高的时候就比如现在,大家讨论着青春是什么,声音"嗡嗡"的,他还没反应。

陈锋然跟方劣认识将近一年了,对方劣的性子还是有一点儿了解的。用他的话来说就是"我劣哥多有人情味啊"。

宋衿对这句评价保持沉默。但陈锋然不想那么多,自从发现方劣没那么难接触后,就越发大大咧咧了。

"劣哥!"陈锋然回头吆喝,"谷哥问青春是什么!"

方劣胡乱地揉了揉头发,慢悠悠地抬起头,看着还有些迷糊。

宋衿却觉得他一定正看着她。

她环顾四周,发现挺多人朝方劣这边看,这才回过头。

"别说我。"宋衿赶在方劣出声前比口型。

她不知道方劣看没看见,只见他耸了耸肩。

"杜康后。"

杜康是什么?酒,酒后,多么清新脱俗、与众不同的回答啊!不愧是方劣,同学们安静片刻后齐刷刷地拍起手来。

宋衿总觉得他有更深层的意思。在古诗里，杜康后是"青青子衿，悠悠我心"，这不还是在说她吗？

方劣懒懒地勾了勾唇，莫名其妙地有一种得意的感觉。

她猜对了！宋衿在心底冷笑，转身悄悄摸出手机，给他发消息。

宋衿："你好好说话。"

方劣看见她的动作后也拿出手机，蓦地一笑。

方劣："别这么敏感。"

宋衿："姐无所不知。"

谷崇开始讲话了，宋衿回完消息后就没再看手机。

"睡不醒的是青春，糊里糊涂的是青春。"谷崇总结道，"酒后的醉意堪比青春的恣意，它不止题海，更不是题海。"

谷崇很少讲大道理，向来是行动派。宋衿听他说这些，总觉得他在铺垫什么。

下一秒，她就知道答案了。

"下周春游！"

同学们都愣了愣，紧接着欢呼起来。压力太大，谁都想找机会释放，又都担心脱离队伍。这下好了，大家一起。

谷崇满意地点头，说道："大家互相监督，春游那天谁若不好好玩，我私下跟他算账。"

下课铃声响起，谷崇离开教室。

徐希图抱怨道："我觉得老谷说得对，咱们还有好久才考研，不能太紧张。"

"太对了！"有人附和道，"真的熬不住2点睡5点起的日子了。"

"兄弟们，放过自己，也放过彼此吧。"

"支持支持。"那人一拍脑门儿，说道，"忘了问老谷去哪儿春游了。"

话题变了，教室里的氛围也变了。

·238·

陈锋然:"老谷为了咱们真是煞费苦心。"

"清大之前组织的春游活动,好像都是参观博物馆。"周舒秦分析。

周舒嘉用手托着下巴,说道:"虽然不知道老谷是怎么想的,但真的太棒啦。"

宋衿笑笑,边跟他们说着话边摸出手机。

方劣:"那衿姐教教我,除了题海还有什么?"

方劣:"我?"

宋衿刚将手机打开,就收到了两条这样的信息,顿时觉得有些无语。

宋衿:"自恋狂?"

她将消息发出去,提示音在近处响起。方劣的手撑在她的桌上,他意味深长地看着她。

宋衿张了张嘴。她刚想说什么,便被门口传来的呼唤声打断。

"宋衿!有人找。"

方劣脚步一顿,和她同时看去。

教室门口站着一个男生,眉清目秀的,宋衿对他有些印象。那个男生是心研2班的学委齐远,偶尔会来通知她辅导员交代的一些事。

宋衿起身朝外走。齐远见她出来了,眼睛亮了一些,说道:"宋衿,辅导员说六级考试的座位表按期末考试的成绩来定,要各班的学委通知一下。"

宋衿点头:"好。"

"还有……"齐远眼神乱瞟,扭捏了好半天,问,"你考研时准备考哪所大学?"

宋衿眨了眨眼,问:"这也是辅导员问的?"

齐远:"不是,是我想问的。"

他的声音突然变大，吸引了不少人的目光。齐远涨红了脸。

齐远的意思再明显不过。宋衿保持着一贯的微笑，装不懂。

"我想和你考同一所学校。"齐远讷讷地道。

宋衿："什么？抱歉，我没听清。"

齐远明显没有重复一遍的勇气。他退了两步，嘴里连声说着"没事"，便钻回了自己常去的教室。

宋衿善于不动声色地拒绝别人，很容易让人亲近，却有着清晰的临界点。没有人敢像方劣一样，胆子大到不计后果地撕开她身上的屏障。

宋衿转身，方劣正坐在她的位子上。他看起来是在和陈锋然他们说话，其实一直注意着她这边。

她微笑着走到他身边，问他："你知道你的这种行为叫什么吗？"

周舒秦冷冷地道："鹊巢鸠占。"

宋衿哑然失笑，方劣斜着眼看了周舒秦一眼，说道："她问的不是你。"

"好啦，好啦。"周舒嘉早已习惯他们俩之间的火药味，急忙打圆场："衿衿，春游的时候要不要穿裙子？"

宋衿自然地将手肘压在方劣的肩膀上，笑着点了点头。

后排的一个同学举起手机，本想拍拍桃花，无意间将这一幕拍了下来。

陈锋然手舞足蹈，周舒秦堪堪躲避，周舒嘉捂着嘴笑，宋衿扬起的唇角和方劣隐晦的余光注视，还有徐希图、李婕、越恒……许多人出现在了这张照片中。

或许，他们一起度过的每一分每一秒，都足以诠释青春。

春游前一晚，又清市下了一场雨，隔天空气中弥漫着湿意。

240

宋衿来得早，清大租的大巴车就停在门口。她拿出学生证给司机看，随后顺利地上车。

宋衿挑了个位子坐下，靠着椅背打盹儿。不一会儿，人多了起来。

"衿衿！"徐希图上车寻找她，说道，"齐远叫你。"

宋衿睁开眼，说道："好。"

她下车，齐远有些紧张地问她："可以去那边吗？"

宋衿一边向车尾走，一边问他："怎么了？"

"签到表，麻烦你等会儿交给周舒秦。"齐远说话时手在抖。

宋衿垂眸，A4纸上还有一个很漂亮的信封。

齐远："这个……希望你可以看完！"

"我不一定会看，"宋衿说，"而且我不会给你答案。"

齐远的手缩了缩，接着依旧伸在空中，他说："给你！"

话说到这个地步了，宋衿伸手接过信封。他们的身后突然传来方劣喊她的声音。

宋衿下意识地回头，方劣站在车门边，手里拿着伞，包斜挎在肩上，眉峰挑起。他语气平淡地问她："走不走？"

宋衿向后看了一眼，齐远已经没影儿了。她捏着手里的信封，用A4纸对折将其夹起，怎么看都有一种欲盖弥彰的意思。

方劣睨她一眼，什么话也没说，跟在她后面上车。

"衿姐！"陈锋然不知道什么时候来的，问宋衿，"怎么样？"

"什么？"宋衿问。

陈锋然挤眉弄眼，一个劲儿地往她的手里瞅。

宋衿没回话，坐下。方劣将书包扔在她边上，眼尾压下一点儿，看陈锋然。

"不问了。"陈锋然用手比画拉拉链的动作，和别人说起话来。

"周舒秦来了。"他还站着，向宋衿伸手，说道，"我给他。"

241

这种情况下，什么动作都太刻意。宋衿索性没藏，大大方方地把 A4 纸给他，剩下的信封露出全貌。

方劣："很好。"

他坐下，手拦在周舒秦的身前，对周舒秦道："表。"

周舒秦皱眉，问方劣："你和她坐在一起？"

"嗯。"方劣惜字如金。

"……"周舒秦接过纸，说道，"我晕车，换换。"

方劣露出一抹嘲弄的笑，一点儿也不客气地道："晕车爬到车顶上去，空调外机更适合你坐。"

周舒秦："……"

周舒嘉见势不妙，挽起周舒秦的胳膊向后走，边走边说："哥，你陪我坐吧。"

人齐了，车动起来，谷崇坐在副驾驶座位上，说道："同学们！目的地是耐尔河，但是会绕路走。大家可以补补觉，或者欣赏沿路的风景。"谷崇想了想，补充道，"不用写游记。"

"谷哥！我们爱你！"

"太好了！"

宋衿顶着能把车顶掀翻的叫好声闭上眼睛装睡。她等了一会儿，身边的人没动静，手里的信封安然无恙。

司机打方向盘拐弯，车身晃动，方劣朝她这边歪了点儿，但只是一点儿。宋衿感觉到了他们俩衣服之间的接触，衣服上的褶子抵到皮肤上，又很快分开。

反倒是信封向下倒，摇摇欲坠，好像再来一个弯，它就会掉到地上。

她想：要不，我松手吧？

她正思索着，便察觉方劣有动作了。

他终于忍不住了，宋衿的呼吸轻了几分。她还配合着卸下了拿着信封的劲儿。

下一秒,宋衿感觉到方劣把信封扶正了,卡在她的指间,再拐几个弯都掉不下去。

宋衿没忍住,睁开眼,瞪向他。

方劣的表情很平淡,他问:"你不看?"

宋衿:"我看你比我想看。"

"绕口令?"方劣装模作样地道,"我看你你看它,挺好。"

两个人的手机同时振动起来,方劣没管。

宋衿点开手机,发现有人在小群里发消息。

周舒秦:"@宋衿,吃东西吗?"

陈锋然:"班长,我想吃。"

周舒秦:"你等会儿。"

方劣将宋衿手机里的消息看了个一清二楚,意有所指地点评:"很受欢迎。"

宋衿被他这阴阳怪气的语气惹烦了,将手机扣在扶手上,问他:"要我请你过目吗?"

方劣自顾自地道:"我都没有过这种待遇。"

宋衿眯起眼,须臾,笑了起来,说道:"是啊。我们劣哥连恋爱的入场券都没收到过,太可怜了。"

方劣无所谓地摊开手,说道:"所以我学习成绩好。"

"说得对。"宋衿翻动着手里的信封,"我学习成绩也不差,但不是最好,干脆入场?"

方劣的眸色忽然变得很深。

宋衿不怕,手上动作不停。她将信封拆开,露出信纸上的第一行字。

"宋衿同学,我是心研2班的齐远。这封信在很久之前我便写好了,但总望而却步,思来想去,还是不愿留下遗憾……"

宋衿没往下看,一是因为这种情感会让她觉得沉重,产生负担;二是因为她不可能在过去无果的状态下给未来添上新人;三是因为方劣。

路上出现急转弯,司机猛打方向盘。方劣的动作幅度很大,在他的有意为之之下,等车身平稳时,他的手已经握在靠窗那侧的扶手上。

宋衿垂下眼睫,男生手背上青筋明显,肤色白皙,与扶手的棕色形成鲜明的对比。

"衿衿,"他用另一只手将信纸推回信封内,说道,"别看它,看我。"

"你没收到过吗?"宋衿问。

她不信他没收到过。

虽然方劣身上的攻击性很强,但配上他的长相,他属于特招女生喜欢的那种男生。

"没有。"方劣哑着嗓子,似乎怕被别人听到,凑得更近了些。

"因为知道你会来,"他的下巴似乎搭在了宋衿的肩上,他说,"所以我把她们都吓走了,没人敢靠近我。"

"我想让你是唯一。"方劣说道。

"说的跟真的似的。"宋衿的耳尖有点儿烫,她说道,"那你怎么不吓吓我?"

"我不想让你害怕,"方劣一字一顿地道,"只想让你心动。"

这跟表白没差别了。

宋衿有些慌。

她无法像对其他人那样对方劣。她的脑子里很乱,头顶上的空调对着她直吹。

方劣:"怕了?"

他抬手按空调的风口,落下的时候不偏不倚,按在宋衿的头顶上。方劣不轻不重地揉了揉宋衿的头,她乌黑的头发变得蓬松。

"我不是在给你递入场券。"他抽出宋衿手里的信封,拿起宋衿放在身侧的书包,打开书包的夹层,将信封放进去,说道,"我没那么急不可耐。"

他一语双关,既讽刺了情敌,又安抚了宋衿。

宋衿都想夸他一句"懂事"。

方劣把她的书包放回原位,自己也安分地坐好了。

"你给我装起来干吗?"宋衿岔开话题,问。

"让你自我怀疑的时候看。"方劣挑了挑眉,说道,"毕竟我不会写那玩意儿。"

"……"宋衿无语。

"宋衿同学,你不会觉得我要撕了它吧?"方劣笑出声,问她。

"如果我还不够让你认为自己招人喜欢,那就多来几个吧。"他说,"我大度吧?"

宋衿无话可说,眼不见心不烦,接着装睡,装着装着就真困了。等她再次睁开眼时,方劣正沉着脸看手机。

"能盯出窟窿?"宋衿打了个哈欠,问他。

方劣一怔,关掉手机,反问道:"醒了?"

宋衿点点头,车已经停了,车上就剩下他们两个人了。

"他们呢?"宋衿问。

方劣:"都下去了,老谷看你睡得香就没叫你。"

宋衿:"那你呢?"

"废话。不明显?"方劣说道。

宋衿笑了笑,跟他一起下车。白天,耐尔河里的水更清,一眼便能望到底。

"水挺浅嘛。"宋衿迎着光,心情很好,"上次某人还被吓个半死。"

她穿着高领衫，白皙的脖颈露出一截吸引他人的目光。她的发梢被阳光染上金色，她整个人发着光。

"真的深。"方劣抑制住牵她的冲动，向前走，说道，"等会儿给你打个样。"

宋衿："谢谢，但没必要。"

陈锋然眼尖，瞄见两个人走来，疯狂地向两个人招手。

周舒嘉离他很远，身上沾了点儿水，宋衿走近后才看清。宋衿顿感不妙，方向一转，走向方劣的背后。

"劣哥，得罪了！"陈锋然弯腰舀起河水，朝他泼来。

水在空中折射出一道彩虹，落在方劣的腰腹处，湿了一片。

宋衿探出头，憋不住笑。

周舒秦交完表走回来，什么话都没说，就被乐得像傻子似的陈锋然泼了一身水。

天气好，水浇在身上是温的，主要是玩。

宋衿笑得开心，还不忘说："你也有今天？"

方劣扯唇，掏出手机递给宋衿，说道："看好了。"

周舒秦见他有动作，也动了起来，两个人合作把陈锋然浇得湿透了。

徐希图在一边看了一会儿，跃跃欲试，对身边的李婕道："走，小婕，随朕出征。"

宋衿最后也没能幸免，将手机搁在众人划分出的区域后参加混战。

谷崇在藤椅上坐着看他们闹。别的班的班主任看见这一幕后，瞠目结舌地问谷崇："不用管管吗？"

谷崇笑着摇头："我的目的就是让他们放开了玩。"

闹到最后，大家都有些累，1班的人的衣服上很难找到一块干的地方。他们都不嫌脏，一排排地躺在地上晒太阳。

方劣脱了外套,他里面穿的是黑色的衣服,被水浸湿后贴在身上,腹肌的轮廓若隐若现。他坐在宋衿身边,一只手支着地,另一只手搭在自己的膝盖上。他待了一会儿,可能觉得不舒服,微微扯起衣服。

起风了。

方劣身上那薄薄的布料鼓起来,方劣捉得不牢,衣摆落下去,摔在靠上些的位置。

这下好了,宋衿看得更清楚了。方劣宽肩窄腰、瘦,肌肉线条却清晰可见。

"能入你的眼吗?"方劣懒洋洋地问。

宋衿的眼神朝他的脸上挪。他的眼里噙着笑意,他帅得不像话。

"是挺中看。"她伸出白皙、纤细的手指,戳在他的腰间。

方劣镇定自若,只不过眸色深了几分。

宋衿试探性地要摸上去,方劣盯着她。她觉得自己身上的衣服都快被自己烘干了,身体烫得厉害,又不甘示弱。

她的手要覆上去的那一瞬间,方劣轻笑一声,胸腔震动。宋衿的手颤了颤。

他伸手抵在她的手下,问她:"确定?"

宋衿:"这有什么?"

方劣将手一翻,直截了当地叩住她:"还是别了吧,受不了的人不是我。"

她最受不了激将法,于是微笑着问他:"是吗?"

她甩开方劣的手,不带一点儿犹豫地挠他。大多数人会有痒痒肉,她赌方劣有。

方劣和她对视一眼,笑了起来。那笑不像是痒造成的,倒像他配合她似的。

"太惯着我了吧，"宋衿轻声道，"劣哥？"

方劣呼吸一窒，这回不是装的了。

宋衿若有所思地问："你喜欢这种啊？"

"那……哥哥？"她弯起眼睛，手变得安分了。

方劣的喉结轻轻滚动。半响后，他投降似的道："别这么叫我。"

宋衿小时候跟在他身旁时，总是一脸认真地喊他"哥哥"。其实两个人也就有几个月的年龄差。

她是怎么说的？

她说既然她好，那她的哥哥就一定比她好。他那会儿年纪小，没什么歪心思，就是听见后心里挺暖。现在他长大了，心思歪上了天，不止心，浑身炙热。

宋衿可没有读心术，不知道他垂着眼在想什么。

她越发得意，说道："不禁……"

"撩"字她怎么也说不出了。

方劣一只手的虎口卡在她的手腕上，他骤然一拽。宋衿的脸被迫挨近方劣，中间还有一段距离，他向前凑。

他们和其他人离得比较远，还有一棵高大的桃树挡着。宋衿定了定神，滚烫的呼吸缠上来。她不敢眨眼，生怕他做出什么不可控的举动。

"你知道我在想什么吗？"方劣和她对视，问她。

宋衿："不知道。"

"不知道还招惹我？"方劣半眯起黑眸，说道，"宋衿，我可不规矩。"

她看得出来，脑中的弦绷紧，面上却看不出不安。她的睫毛轻轻地颤动了一下，她亲昵地勾勾他的小指。

"舍得吗？"宋衿眼尾微挑，轻声问他。

248

方劣自嘲地笑了笑,想:不舍得。

他没说话,但往后退了几步。

宋衿的手腕上出现了一圈淡淡的红痕。她揉了揉手腕,说道:"你下手太重了。"

方劣:"我还能更重。"

但他不舍得,不舍得宋衿挣扎在他和回忆之间。所以他只能等,等她彻彻底底地释怀。

天气变得出人预料,车停在学校门口时突然下起雨了。方劣的伞还靠在他的腿边,宋衿婉拒柳青青来接她的提议,等他开口。

"我送……"方劣没说完,电话铃声先响了起来。

他看了一眼,下意识地挪动手机。但宋衿本来就在看他,甚至比他还要先看见他手机上的来电显示。

婷婷,是女生的名字。

按往常来看,宋衿该无视的。

可她今天不知道哪根筋搭错了,问他:"不方便?"

没等方劣出声,她就又说道:"不方便就算了。"

说完,她就要站起身。

方劣怕她磕在扶手上,伸手垫上去,说道:"没。"

"等我一会儿。"他开口。

宋衿摇头:"我先回去了。"

"等我一会儿。"方劣央求道,"我很快。"

他说这话时看起来有点儿可怜。

宋衿深吸一口气,重新坐好。

他像怕她走似的,脚踩上前面的座椅的背部。他没用多大的力度,前面的人估计也没感觉到,头也没回。

宋衿看不顺眼,说道:"别踩。"

方劣听话地弯起腿,手指在屏幕上飞快地打字。一分钟后,他将手机屏幕锁起来，说道："走吧。"

宋衿心里堵着气，闷得很。一下车，土腥味就扑了上来，这让她更烦躁了。

走的时候，宋衿故意和方劣离得很远。伞全偏向她这边，方劣身上的衣服刚干就又湿了。

他不恼，宋衿看不惯了。

"没长脑子？"宋衿冷漠地道，"不如不打伞，耽搁时间。"

方劣听后，迅速地紧挨过去。他还没蹭到她，就又被说了。

"你的身上是湿的，想让我的身上也变湿？"宋衿问。

"我冷。"方劣缓缓地道，"别气了。"

"我气什么？"宋衿反驳道，"入场券我也有。"

她心脏发紧，心里酸涩得厉害。雨水打在伞面上"噼啪"作响，她越听越烦，抬手打在伞杆上。伞剧烈地晃动了一下，宋衿手疼，身上也沾了雨。

"你举的伞。"她找碴儿般说道。

方劣蹙起眉，还不敢碰她，握着伞的手更紧了些，解释道："那个女孩儿……"

"是你妹对吧？"宋衿冷笑，直接打断他，"这不是'渣男之歌'吗？"

"……"方劣被堵得语塞，但又不能承认。

雨点越来越密，宋衿一边向前迈步一边说道："算了。"

她现在太不对劲儿了，谁身边没有几个异性呢？尤其方劣，有才正常，这才是她一贯的思路。但如果……他愿意解释，她也会听。

宋衿望着远处席卷而来的雾，在心里倒计时。如果在倒计时结束前他说了，她就不计较。

三、二、一……

250

方劣开口了。

他说:"回家吧。"

他说这话时语气跟平时的差不多,但宋衿多注意了一些,听出了其中的无奈。传到她的耳朵里时,这三个字已经变成"别闹了"。

"行。"宋衿笑了。

方劣沉默着,薄唇张张合合,连一个音节都没发出来。他太怕解释的话会成为宋衿恢复记忆的诱因了。最后,方劣说:"衿衿,别瞎想。"

宋衿招手拦下拐过弯的出租车,前照灯灯光穿透水幕打在她的身上。

"你记好了,"她握住方劣拿着伞的手,往他那边偏,"我心小,没空给你挪地方。"

车停在宋衿身前,她打开车门,头也不回地坐了上去。她坐上去之后,车窗上挂着的雨水慢慢滑落,悄无声息地割断她心中如野草般疯长的情感。

春雨过后,天气彻底回暖。

期中考试被安排在春游后,比较随意。

宋衿推开考场的门,方劣坐在首位上。她目不斜视,拉开他后面的椅子坐下。靠窗的位置透光,有些晃眼。宋衿垂下睫毛,觉得可以忍。

方劣转了下身子,似乎看见了她的反应,把窗帘拉上了。

"唰"的一声之后,他问她:"还气?"

宋衿:"别瞎想。"

她低着头,看也不看方劣,甚至手里转着的笔都不停。自那天之后,方劣不管说什么,她都只回答这句话。而且,她不再主动与他说话了。

方劣深吸一口气，手撑在她的桌子上，说道："谈谈。"

"别瞎想。"

"她12岁。"

宋衿抬起头，眼睛里明明白白地写着"终于找好借口了"，说："别瞎想。"

方劣快疯了，抽出宋衿指间的笔："别这样，衿衿。"

"别瞎想。"宋衿不抢笔，只说道，"我不在乎。"

方劣："她真12岁。"

"哦。"

方劣还想说什么，宋衿竖起食指搁在嘴边，轻笑着道："方劣，你是不是误会了？当时你说不出我想听的话，我们的关系就已经回到最初了。"

方劣："我那会儿……"

他想说的话突然卡在了喉咙里。

他怎么说？

他说当时发现她看见"婷婷"二字后他特不安，让他忘了宋衿不记得年龄差这回事？

就在这时，宋衿已经拿回自己的笔。她又转了一会儿笔，似乎想起了什么，用笔杆戳方劣的手背。她戳得很使劲儿，几乎要把他的手钉在桌子上。

"我忘了说了，"宋衿和他对视，笑容里藏着极深的恶意，"你这样真的很烦。"

笔盖从方劣的掌骨压下去，塑料刺出一道细小的血痕。方劣没动，宋衿也不动。她的脸上挂着笑，旁人看了只会认为他们正在谈笑风生。

"衿衿！"

僵局被周舒嘉打破，她跟着周舒秦进了教室。

宋衿从容地收回笔，方劣随之将手背朝下。

配合得不错，方劣苦涩地想。

宋衿笑吟吟地和周舒嘉打招呼。周舒嘉没急着寻找自己的座位，走到她跟前，说道："我好怕考不好又被扣平时分。"

"不会的。"宋衿笑道，"加油。"

周舒秦刚从书包里摸出笔袋，要往桌子上放时，宋衿伸手拦住他。

"班长，借一支笔给我。"她轻轻地皱起眉，为难地道，"我的脏了。"

说罢，她将夹在手里的笔毫不留情地掷向垃圾桶。

她掷得很准。

方劣那被忍住的痛感忽然被放大了数千倍。他深呼吸，对宋衿道："用我的。"

宋衿挑眉，看向周舒秦，问："班长，他这种行为叫什么？"

周舒秦配合地道："强人所难。"

铃声响起，谷崇出现在了门口。宋衿坐正，收起笑，表情冷漠得很。

他们配合得更好了。

方劣向来挺直的脊梁骨微微弯起，他看起来无比颓丧。

窗外阳光正盛，却都被深蓝色的窗帘挡在了门外。空调的出风口正对着方劣，又阴又冷。

期中考试的成绩出来了，着实惊到了不少人。向来稳居第一名的方劣，这次堪堪排在第九名。

"劣哥怎么了？"陈锋然来回翻看成绩单，百思不得其解，郁闷地道，"他是不是有心事？"

周舒嘉："你还是操心操心你自己吧。"

253

"我可提高了 30 分。"陈锋然得意地道,"我爸说要给我涨生活费。"

宋衿无奈地摇了摇头,说道:"继续努力。"

"知道了,衿姐。"陈锋然笑嘻嘻地说,"等我收到钱了请你们吃饭。"

有他天天招呼着,方劣和宋衿在人前的变化并不明显,依旧是五人行,依旧是方劣明目张胆地注视着宋衿。

只是没人看得出,宋衿每次看向方劣的眼神极其冷淡,仿佛他不值得她多看一眼。

最先发现不对劲儿的人是周舒嘉。她见过宋衿喝醉后的样子,虽然不知道那到底是宋衿真实的模样,还是酒品使然,但多少了解点儿宋衿与方劣私下相处时的状态。

现在这种状态被宋衿单方面斩断,周舒嘉能明显地感受到方劣的无力和宋衿的置之不理。

她不知道该不该提,提的话又向谁提。于是在大家眼里,她反而成了忧心忡忡的那个人。

下一周的周五不用上晚自习。陈锋然决定在上次聚餐的烧烤店里请大家吃饭,在小群里发送定位。

"离得这么近,你说话不就行了?"周舒嘉回过头,问陈锋然。

陈锋然努起嘴,反问道:"不是还有劣哥吗?"

宋衿很快收拾好书包,单肩挎着,说道:"我去叫。"

周舒嘉一怔,想:难道我猜错了?

斜阳西倾,教室的地砖上晃着光,像一簇簇跳动着的火苗。方劣倚着墙坐着,两腿交叠。

"别去了吧。"宋衿露出嘲讽的笑,"别给我找不痛快。"

方劣笑了一声,就知道她要说类似的话。

他站起身,神色平静地看着她。

"我理亏。"方劣垂下眼,说道,"你少说点儿狠话,我什么都听你的。"

"别。"宋衿笑道,"我之前是拿你当消遣,现在腻了很正常。你这样,容易闹笑话。"

她的表情看起来很温柔,说的话却不留情面。

半晌后,方劣应了一声,声音很哑。然后,他拉开门走了。

宋衿狠狠地压着尖锐的痛感,松开紧紧地攥着书包背带的手,褶子扯都扯不平。她的心里藏了太多事,那女孩儿顶多是由头。从她在意方劣开始,她就已经无数次想过要抽身了。

去烧烤店的路上,宋衿竟然碰到了方劣的奶奶。方奶奶自己转着轮椅,停在菜市场的入口处。

宋衿没犹豫,对其他人撂下一句"等我一会儿"之后,便朝方奶奶跑了过去。

方奶奶听见脚步声后回过头,笑着问宋衿:"小衿,你怎么在这里?"

"我和同学去吃饭。"宋衿握住轮椅的把手,将轮椅推向人流量较少的地方。

"好……小劣没去吗?"方奶奶拍拍她的手,又问。

老人家的手上皱纹很多,她在拍宋衿的手时力度很轻,宋衿能感觉到她的慈爱。

"……"

宋衿的眼睛莫名其妙地酸涩起来,她胡乱地摇了摇头。

"你们是不是闹别扭了?"方奶奶看不见她的表情,一下又一下地顺着摸她的手,"都怪小劣是个'闷葫芦',惹我们小衿不高兴。"

方奶奶的这种偏向让宋衿更难受了。

她悄悄地却很认真地说："不是的。"

是她想逃。

"好好好，不是。"方奶奶乐呵呵地叹气，又说道，"小衿，如果太累就来奶奶家，奶奶想你。"

宋衿刚想说话，陈锋然就打电话来了。

"衿姐！老板说再不去的话就连外面都没位置了！"

"……"宋衿抿唇，应了一声，"好"

她挂断电话，对方奶奶道："奶奶，我先送您回家。"

"小婷等会儿就来喽。"方奶奶眯起眼笑道，"小衿去玩吧。"

"小婷？"宋衿有些茫然地道。

方奶奶点头，说道："她今年12岁了。"

宋衿："……"

要不是方奶奶刚问完她和方劣怎么了，她都要以为方奶奶是被方劣请来当说客的了。

"那我先走了。"宋衿说道，"奶奶再见。"

烧烤店外面烟雾缭绕，白雾在略暗的天色中尤为显眼。

老板给他们留下一个离烧烤架最远的位置。隔桌坐着几个年轻人，正一只手拿着烟另一只手拿着扑克牌，唾沫飞溅到了被搁置在一边的餐盘中。

宋衿让陈锋然不着痕迹地往远处挪了挪桌子。

"劣哥居然先走了！"陈锋然坐下点菜，叹道。

一句话不经意间得到了在座的两个人的关注。

宋衿脸上的笑容变得僵硬，但只是一刹那，她很快调整好表情。这一幕尽数落在了第一时间看向宋衿的周舒嘉的眼里。

"衿衿，"周舒嘉斟酌着开口，"方劣怎么说不来的？"

众人沉默了好一会儿，宋衿若无其事地抽出纸巾擦拭餐具，并说道:"他有事。"

周舒嘉自知失言,干笑道:"啊……好。"

周舒秦:"大晚上提他干吗?"

陈锋然埋头点菜,被店内吵吵嚷嚷的声音弄得什么都没听清。他点好后将菜单递给老板,拍了两下耳朵,问大家:"聊啥呢?"

周舒嘉对他这副憨样心生羡慕,愤愤地道:"啥也没。"

"……"陈锋然一脸蒙,"怎么了?"

宋衿笑了笑,说道:"没事,你点了什么?"

"羊肉串、牛板筋……"

"没说这个。"宋衿摇头,又问,"点酒了吗?"

"喝酒吗?"陈锋然接收到暗示,激动地道,"我这就去拿。"

他火速起身走到冰柜旁,思索片刻后抱了一整提啤酒。

周舒秦怔了怔,问:"要喝酒吗?"

"嗯,"宋衿笑道,"就当是我想喝了。"

"衿姐,你喝几罐?"陈锋然一边将啤酒往桌上摆,一边问宋衿。

宋衿拿走一罐,说道:"喝着看吧。"

"班长,你呢?"陈锋然问。

周舒秦:"我……陪宋衿喝点儿吧。"

"我也要,我也要。"周舒嘉伸手,握住的却是汽水。

陈锋然板起脸道:"嘉嘉,哥劝你不要挑战权威,小心小命不保。"

晚上的春风很清爽,宋衿穿了一件薄卫衣。她把外套脱了挂在椅背上,学着方劣的动作拉开易拉罐。

宋衿用纤细、白皙的手指缓缓拉起拉环,"刺",铝质拨片应声而落。

她抿了一口,和之前喝过的啤酒的味道没什么不同,有些苦。

老板搬出电风扇,正对着他们这边。电风扇风力一般,声音倒是挺大。陈锋然的嘴张张合合,他永远有说不完的话。

宋衿莫名其妙地露出一抹开心的笑容,高高举起易拉罐。周舒嘉率先与她碰上,连续三声"砰"后,她独自喝起酒来。陈锋然还未抛出话头,她就捏扁了手里的罐子。

她的动作有一种力量感,和她向来温温柔柔的样子形成了强烈的反差。

宋衿看着另外三个人一副惊掉下巴的样子,失笑道:"看着我干什么?我酒量还行。"

去年除夕聚餐时,她第一次喝酒,并没醉。只是因为身边有一个人,让她想要放开点儿,想发酒疯,看他无意间流露出的纵容,看他惊慌失措的表情。

"厉害!"陈锋然一拍桌,气势很足地说道,"再给我衿姐满上。"

宋衿垂下眼帘,又开了一罐啤酒。

周舒秦语气温和地劝宋衿:"要不然等吃的上来了再喝。"

"班长,没关系的。"宋衿轻轻地磕了一下他手里的易拉罐,说道,"玩就玩得尽兴点儿。"

她眼里的笑意只浮现于表层,她的语气有些强势。周舒秦此时也感受到她与往常不同。

他皱起眉,衣摆被周舒嘉拽了几下,微微回过神。

见周舒秦开始喝酒,宋衿向后仰靠在了椅背上。头顶上悬着的老旧灯泡,慢慢发散成很大的光圈。

她伸手挡了一下。

看啊,没有方劣,也不无聊,没有方劣,她依旧高兴。

美食慢慢上齐,宋衿没吃几口。她百无聊赖地转着扦子,往口里送酒的动作就没停下过。

宋衿往后拢了拢头发，叼着皮筋将头发扎高，脸上表情平淡。

"衿衿，你尝尝这个。"周舒嘉小心翼翼地给她夹了一筷子菜。

宋衿朝她笑了笑，却没有要吃的意思。

"你怎么了，"周舒秦忍不住了，问，"衿衿？"

他叫"衿衿"时语气温和。可落在宋衿的耳朵里，就是远不如方劣的语气。

不能比，比就容易出错。宋衿摇摇头："没事。"

周舒秦停顿了一会儿，说道："我去一趟洗手间。"

"我也去。"陈锋然抬起头，眼尖地瞥见宋衿的嘴巴动了动。

他按口型来推测，她说的是"没劲透了"。

衿姐不可能这么说话。陈锋然觉得自己不能再喝了，都出现幻觉了。

宋衿现在很烦，醉不了。她找不到那种肆无忌惮的感觉，脑子里还被"糟糕"两个字填满了。

"然哥，"她唤道，"回来时再要点儿酒。"

陈锋然被她喊得飘飘然，起身时椅子不小心撞上了身后的人的胳膊。他没注意，加快脚步追上周舒秦。

被撞的人骂骂咧咧地回过头，和宋衿对视一眼后瞬间消了音。

"轮到你出牌了，老二……"

靠里一个手臂上文着文身的人顺着同伴的目光看去，顿时来了兴趣，对宋衿道："小姑娘，来陪哥哥们玩会儿牌。哥哥们请你吃饭。"

角落里有个举着打火机四处献殷勤的人，听见这话后也抬起了头。宋衿瞥见他的脸后心一沉。

李三亿，那个在图书馆里要挟她未遂反而被制裁的男生。

李三亿显然也认出她了。他眼里的恨意很足，指着她，对那个文着文身的男人说道："大哥，就是她害得我退学，没办法收钱孝

259

敬你们的。"

"斤斤计较像什么话？！"那个男人朝他的后脑勺儿扇了一下，又对宋衿说："但我这个小兄弟确实挺冤。这样，你过来陪我们喝会儿酒，再带上旁边那个妹妹，就当赔罪了。"

周舒嘉害怕到了极点，浑身打着战。手机摆在桌上，她不敢动。宋衿站起身，将她拦在身后。

这姐妹情深的场景显然取悦了那个男人。他撑着桌子晃晃悠悠地站起来，咧开嘴，说道："不愿意过来？那哥哥过去。"

他们显然是惯犯，烧烤店里的其他人都见怪不怪。老板一咬牙，摸出手机哆哆嗦嗦地想报警。那群人中的一个人摔了一个酒瓶，对老板道："别管闲事！"

宋衿鬓角的发丝随风而动，须臾之间能发生很多事。比如，她用扦子的尖端直指文着文身的男人的眼球时，有人在她的身后给她扣上了卫衣的帽子，又将她向后带。

"衿衿，这不算正当防卫。"

说话者是方劣。

帽檐垂在宋衿的眼睛还要再往下的位置，她什么都看不见了。方劣的手臂横在她的肩上，是她熟悉的紧绷感。他转了转身，把手按在她的帽子的边缘上："我来了，好好待着。"

心脏的悸动，以及松懈下来的神经，都是宋衿不想承认却又无法否认的。她的思绪太混乱，仿佛晚上喝的酒都在一秒钟内来了后劲儿。

她的耳边有辱骂声、打斗声，还有着急的脚步声，可都是不真切的。宋衿好像只能听到方劣的声音。

等她的帽子被摘下时，那几个人连影子都没了。宋衿看见塑料桌椅的惨状后，多少能猜出他们遭受了什么。

她的目光再往旁边挪，周舒秦在和老板核对该赔的钱。陈锋然时不时地拍一下周舒嘉的背,用崇拜的表情看着方劣。

陈锋然说道:"劣哥哪儿是孤狼?是七匹狼啊!"

宋衿收回视线,却不愿看方劣。

方劣甩了甩手腕,撑在桌子上,对宋衿道:"衿衿,看我。"

宋衿终于肯抬起眼。月亮正圆,光打在他的身上有了形状。

宋衿清晰地认识到,方劣成了她黑暗的世界里的一束光。他强硬,又不容抗拒地撬开口,挤进她的自我封闭的世界中。

"衿姐!"陈锋然问道,"一起走吗?"

宋衿觉得自己回应了,实际上她动都没动。

"你们先去。"方劣答道。

他穿着领口很大的黑色 T 恤衫,短发有点儿湿,撇在两边,露出额头和眉骨。

"衿衿,你害怕吗?"他问。

宋衿说不出话。

方劣没在意,点燃一根烟。

他咬着烟蒂,在烟雾缭绕中挑了一下眉,一字一顿地说:"我很怕。"

他回家换了衣服洗了头,还是放心不下。他从陈锋然那儿问到地址,怕被宋衿看见,绕到街对面,那会儿宋衿在喝酒,一罐接一罐地喝。哪怕她的唇角总带着笑,但落到方劣的眼里,那就是颓丧的模样。

后来车流太急,尾气散去时,宋衿被文着文身的男人强行揪拽衣袖,肩头晃了一瞬间。她的肩头很白,白得让方劣心慌。

宋衿用抒子的举动,在方劣的意料当中,所以他拦得顺利。他劝她的那句话也不过是推辞。那个男人及其同伙,违法的事干得多,根本没胆子报警。

他只是怕宋衿被报复。

他无所谓,他打得狠,他不要命。

宋衿得要命。

想到这儿,方劣慵懒地勾了勾唇,骤然靠近宋衿,问:"不怕死啊?"

他早扔了烟,但烟味没全散。

方劣头一回在她面前抽烟。他将烟扔到地上后也不踩,烟头明明灭灭。

宋衿垂着眼盯了好一会儿,烟头熄了。她一言不发,想走。

方劣站直,也不碰她,就是她往哪面转,他就也往哪面转,缠得她心烦。来回几圈后,宋衿有点儿头晕,再一回头,堪堪蹭在方劣挺起的鼻梁上。这下,她彻底无法忽视自己的心跳声了。

宋衿闭上眼,再睁开,和他对视。二人挨得近,心跳声混在一起,她觉得方劣在和她比,比谁的心跳得更快。

他的头发还没干透,垂下几根,使他看起来很随性。

"有病?"宋衿不客气地道,"非要碍眼是吗?"

方劣闷声笑了一下,手抬起来,落在她的后颈上,烫得她的额角沁出细汗。

宋衿看得出,他这会儿窝着火,或者说,这火已经烧了好多天了。她不去浇,还躲不掉。

反正他也说不出什么好话,她早听晚听都得听。想通后宋衿不挣扎了,等他说。

现在店里挺安静的,老板收完钱也不管烂摊子,拉下卷帘门就走了。陈锋然估计坐周舒秦家的车回去了。

宋衿的思绪乱飞着,方劣轻轻地碰了碰她的额头,吸引她的注意力。

"衿衿,"方劣说,"给个台阶下吧。"

第十一章

下一秒永远会在

宋衿曾无数次想过方劣究竟是个什么样的人。他带着戾气闯进她的世界里,然后又低下头。

他说的话,永远是她想不到的。在他退让的那一秒钟里,宋衿的脑子里是空白的,她也是不管不顾的。她只为方劣感到不值,毕竟她会走。

"至于吗,"宋衿轻声问,"方劣?"

方劣的裤腰处有一个显眼的脚印,显然是刚才打架时弄出来的。他那还湿着的碎发贴着鬓角,配上他示弱似的眼神,使他看起来跟被扔在路边的脏兮兮的小狗没区别。

宋衿不得不承认,她不好受,她心疼。

宋衿的嗓子很酸涩,她说:"你想要台阶下,还用问我吗?"

她的眼睛特漂亮,她带着情绪看人的时候,眼睛像是会说话。方劣看着她,什么都听得懂。

"我撒了谎。"方劣更正道,"不管你说多少狠话,我都听你的。"

周舒嘉回去后彻夜未眠。她翻来覆去到天亮,觉得不能眼睁睁地看宋衿与方劣一拍两散。她的使命感产生得很突然。隔天,她挂着大大的黑眼圈早早地到了学校,进了经常待着的教室里。

没想到方劣比她来得早,看见她后还跟她打了个招呼。他的心情似乎不错,周舒嘉感觉这就是天赐良机。

她正想措辞时,方劣却先开口了:"我有一件事想跟你说。"

周舒嘉往左右各看了一眼,指指自己,问:"我?"

他要坦白?

周舒嘉更惊喜了。

"嗯,"方劣靠着后门,说道,"衿衿要过生日了。"

"都是朋友,哪儿能说绝交就绝交……?你说什么?!"周舒嘉的声音戛然而止。

在方劣的沉默中,周舒嘉的使命感消失了。紧接着,另一种使命感在她的心里油然而生。

宋衿发现最近方劣变得外向了许多。她只要是离开教室再回来,就能看见他和同学们相谈甚欢。

他们一看见她就和他分开了。

宋衿挺纳闷儿,按说她的风评不知道比方劣的好多少。

虽然没人避着她,但她听到的总是类似于"方劣同学,你的学习成绩真好"之类的夸奖词,语调也怪怪的。

她听了都觉得肉麻,方劣还能做到面不改色,就更怪了。她怕方劣是被她刺激出了问题,周五放学后他约她转转再回家的时候,她同意了。

他约她在清大的校园里转,时间是下午6点27分。

宋衿忍了忍,问他:"在学校里转?"

方劣估计也觉得离谱儿,沉默半晌后道:"我一直觉得,清大拥有最美的风景。"

"……"宋衿深呼吸,说道,"别这么正常,不适合你。"

方劣:"你不觉得?"

宋衿不轻不重地"呵"了一声,指向校门口:"是啊,就在那儿,一个疯子扑到了我身上。"

方劣:"……"

他不说话了,宋衿控制住回家的念头,跟着他走。

方劣停在写着"耐尔湖"三个字的竹匾下,说道:"最美的风景。"

宋衿被他的行为弄得头痛,尽量保持委婉,问他:"你最近活得还好吗?"

方劣点头,回答道:"生活在最美的风景里,有什么不好的?"

"……"宋衿忍不了了,"你人格分裂成功了?"

方劣又不吭声了。

她是真怕一不小心让他精神崩溃。

"我没别的意思。"宋衿斟酌了一会儿,拿出手机,说道,"我这儿有心理医生的联系方式,你要不咨询一下?"

"他见过最美的风景吗?"

"……"

方劣接着说:"我没病,他们都夸我。"

宋衿无奈,诚恳地建议道:"你还是走之前的路子吧,我夸你。"

"那你夸吧。"方劣说道。

宋衿这才反应过来,抬起眼,看见了他不知道什么时候带起了笑意的嘴角。

"耍我是吧?"宋衿咬牙,问他。

方劣摇摇头,向前望去,太阳已经落山,水面上闪着耀眼的光。

"浮光跃金……"

宋衿生怕他再说一句"最美的风景",于是赶紧接道:"静影沉璧。"

方劣克制地弯了弯唇,没成功,笑意越来越明显了。

宋衿被气笑了,说道:"行。"

她扯着方劣坐到草坪上:"看吧,最美的风景。"

"好好看。"宋衿一个字一个字地道。

方劣似笑非笑地盯着她,说道:"在看了。"

"……"宋衿一时语塞,隔了一会儿才道,"你能不能别这么土?"

方劣不置可否。

或许是文言文中的场景确实具有吸引力,也或许是酸倒牙的话起了效果,宋衿没着急走。等到两个人要回白天待着的教室里取课本的时候,教学楼里的灯都灭了,人也早就走完了。

宋衿冷笑道:"托你的福。"

方劣耸耸肩,说道:"反正有的住宿生会请假,校门关得晚。"

宋衿:"哦。"

她回应得很敷衍。

方劣的脚步声重了一点儿,将走廊里的声控灯点亮了。

"要不……"他睨着宋衿,问,"我跟老谷说一声,咱们住在学校里?"

"是吗?"宋衿弯起眼,暗示道,"我怕某人落荒而逃。"

方劣安分了,却在要开门的时候率先握上门把手,说道:"我来。"

宋衿不争这个,但第六感在预警。她说不清这是什么感觉。

方劣微微垂下头,眼神很温柔。二人目光交汇间,只剩下他的声音。

"衿衿,其实我刚才是想说……

"浮光跃金，你是我的首领。"

方劣拥有很好听的声音，语气稍微温柔些，就能让人心动。

"生日快乐。"

门随之而开，方劣的声音先钻进宋衿的耳朵里，之后是其他人的声音。

他们的声音让满楼的灯亮了。

教室里依然暗着。手电筒的星星点点的光、接连不断的礼炮花的声音，让宋衿觉得特不真实。

桌椅上的东西被清空，好多张桌子被拼成了一张大桌子。大家都在，就连平时不怎么与宋衿说话的同学也在。

宋衿对生日并不重视，没体会过生日被重视的感觉。一瞬间，她的眼眶红了，她也不知道该说什么。

陈锋然："衿姐！快乐就行了！"

他捧着蛋糕来到宋衿面前，方劣沉默着给蛋糕点上蜡烛，又沉默着示意她。

宋衿以前只奢望着想起过去，就算不想忘掉方劣，也从未觉得自己贪心。而现在，她的愿望里出现了这么多人。

她吹灭蜡烛的那一刻，方劣把教室里的灯打开了。他"嘘"了一声，说道："生日快乐，衿衿。"

宋衿的泪是这时候流下来的，她觉得这一切太意外了。

她被推到主位上坐下，听陈锋然不停地说："劣哥和班长不知道用了什么法子，让谷哥同意咱们这么做。"

有人解释道："老谷单纯地对自己班里的孩子好。"

所以这才是方劣反常的原因。

周舒嘉递来刀、叉。宋衿有些无从下手，不知道蛋糕是谁选的款式，巧克力上写着"宋衿"两个字，然后就是各种各样的花。

这蛋糕俗气得要命。

那块巧克力，最后落到了方劣的盘子里。

在教室里，就算谷崇同意，他们也不敢喝酒，所以桌子上摆满了零食、饮料。

宋衿却觉得比喝了酒都晕。众人谈天说地，她时不时插一句，都会被强调"寿星"名头。她很高兴。

方劣一直在看她。

宋衿偏过头，对他说道："很有想法。"

方劣："对你一直有很多想法。"

他拿勺子不停地摆弄着巧克力。宋衿失言片刻，见没人注意这里，悄悄靠近他，又说道："你如果不这么直白，会讨喜很多。"

方劣意味不明地笑了笑。宋衿还没反应过来他这笑是什么意思，脸上就多了一道奶油印记。

"生日快乐。"他又一次说道。

宋衿愣了一瞬间，反应过来后挑了挑眉，弄了一把奶油朝他的脸上擦去。

方劣任她抹，有人看见后也跃跃欲试。陈锋然贼，熟知这种活动似的，只吃蛋糕坯，存了一碟奶油，场面变得越来越混乱。到最后，宋衿被赶出来在水房里洗脸。他们说什么也不让她这个寿星收拾教室。

奶油容易洗，水扑上去，更像将它融化在了脸上。宋衿的手机振动了一下，谷崇发来了消息。她的手湿着，她没法儿看手机，戳了一下方劣，说道："拿一下。"

方劣看了一眼宋衿的手机，对她道："老谷的。"

宋衿："说了什么？"

"生日快乐。"

按理来说这种祝福只有在特定的日期才有特定的意义，且听多了没什么感觉。

方劣一次接一次地说，宋衿却认为他每次说得都很认真。她抽了几张纸巾，边擦手边问："怎么想到的？"

"用想吗？"方劣摊摊手，说道，"他们自愿参与，都想和你说'生日快乐'。"

"为什么？"

宋衿不知道自己在针对什么提问。

方劣也没回答。

"生日快乐。"他再一次重复，随后，将手机递到她面前，"衿衿，生日快乐。"

"知道了。"宋衿笑道，"我会的。"

他们没敢待太久，月亮爬上天空的时候，教室里的灯又灭了。宋衿走到校门口的时候，还是不由自主地回头看了。声控灯没全暗，窗户边偶尔有学生的身影闪过。

宋衿可能被方劣影响了，心想：这就是最美的风景。

路上人挺多，方劣拎着宋衿的书包，送她回家。

宋衿："你的生日是什么时候？"

"咱俩遇见的那天。"方劣漫不经心地回答道。

宋衿瞪了他一眼，说道："我认真地问你的。"

"真的。"

"九月十日？"

方劣摇头，到宋衿家小区门口了。他的手腕上挂着宋衿的书包，他极轻地摸了摸她的头发，又说道："宋衿，生日快乐。"

宋衿说不感动是假的，接过书包，脸上绽开笑容。她话还没得及出口，就发现方劣的脸色蓦地一变。

她怔住，顺着方劣的目光看去。

她看见了一个女孩儿。

十一二岁的小姑娘，梳着双麻花辫，脸很小，大眼睛忽闪忽闪的。她见被发现了，干脆走了过来。

方劣的脸色很难看。

如果这个小女孩儿只是他亲戚家的小孩儿，他应该不至于露出一副怕宋衿知道的样子。

宋衿做好表情管理，提着书包，朝小女孩儿微笑着点头。

"你先回吧。"方劣紧皱着眉，对宋衿道，"明天见。"

他的语气有点儿急，像是在命令她。

宋衿心情好，没和他计较，却也不听他的。她问："奶奶怕你砸在手里？"

方劣："……"

他愣了一瞬间，说道："不是那回事。"

小姑娘越走越近，方劣撂下一句话后就迈开腿拦在了她的身前。

"回去。"他冷冷地警告小姑娘。

他还挺凶。

小姑娘不听，说道："我要打招呼。"

方劣："想挨揍？"

小姑娘低下头不吭声了。

宋衿旁观了一会儿，清了清嗓子，想走过去。

方劣回头，对宋衿道："衿衿，你先回。"

宋衿不怕他，说道："我现在不想回。"

风声变大了，路上有车鸣笛。小区门口的灯前天刚报修，并不明亮。

方劣的下颌线绷紧，他眸色深深地看着宋衿。

很快，他败下阵来，说道："衿衿……"

宋衿直接打断了他的话，饶有兴致地道："我现在更想知道她是谁。"

她刚说完，小姑娘微微抬起头，小心翼翼地瞥了方劣一眼。

宋衿:"怕他干吗? 想说什么就说。"

宋衿弯了弯唇,又说道:"姐姐在这儿,别怕。"

那一刻,宋衿有充足的自信。她觉得不管听到多离谱儿的回答,她都能神色自若。

但她忘了,很多东西足以在一瞬间坍塌。

"衿衿姐!"小姑娘瞅准时机跑到她的身边,说道,"我叫'蒋方婷',他是我哥。我之前叫'方婷',后来改了姓……"

宋衿怔住,耳边不停地重复着那句"他是我哥"。

她记得方劣填过家庭信息表。

他是家中的独子,无父无母,和奶奶相依为命。

"妹妹……"她不敢信,"你怎么会有妹妹?"

方劣张了张嘴,手还悬在半空中。他收回手,什么话都没说。

"说话!"

宋衿突然拔高音量,随即岔了一口气,咳嗽起来。

方劣知道她失忆了,看见过她画的梦中的情景。

"兄妹"对她来说有着什么意义,他心里一清二楚。

可他从没说过,像有意隐瞒一样。

为什么?

他在耍她?

还是……宋衿眼前一黑,不久前方劣慌乱的样子又出现在了她的脑海里。

她站不太稳了。

方劣三步并作两步地走过来,用胳膊支住她。他对蒋方婷道:"蒋方婷,明天你就回南见市。"

"我不……"蒋方婷在方劣的注视下逐渐消音。

方劣挪开视线,再次对蒋方婷道:"回去收拾东西吧。"

说完,他不再管蒋方婷,带着宋衿往天桥那边走,在台阶上坐下。

宋衿缓了很久,脑子里还是很乱。突然出现的可能性对她来说简直就是天方夜谭。

她睁开眼,蒋方婷已经走了。

"你没有什么要说的吗?"宋衿勉强地挤出笑容,问方劣。

"……"方劣摇头,沉默。

宋衿绷不住了。

她扯住方劣的衣领,问他:"你怕什么?"

方劣还是摇头:"没。"

"你有!你刚才……"宋衿的争辩戛然而止。

她像是意识到了什么,攥他的衣领的手松了又紧,并问道:"一直以来你都在怕?"

"怕我知道?"宋衿目不转睛地看着他。她怕错过他的任何一个细微的表情,问,"为什么怕我知道?你瞒了我多少事?"

"我没有。"方劣深呼吸,回答道,"别乱想,衿衿。"

宋衿追问:"我想什么了?"

"……"方劣的喉结上下滚动,他吐出一口气,一个字也没说。

"我问你,蒋方婷是不是你的亲妹妹?"宋衿哽咽着道,"你别骗我了,方劣。"

天桥上的灯照进她的眼里,水光泛起,太亮了,刺得方劣狼狈不堪。什么该说,什么不该说,他全忘了。

他点头了。

宋衿白皙、细腻的手顺着他的胸膛滑落,落在石板上,她问:"为什么?"

"怎么会是你……?"她有些愣,泪在脸颊上留下一道道痕迹,显得杂乱。

从他们初见到现在发生的所有事,化成光点连成线。所有她觉得奇怪的事，得到了合理的解释。

他怕被她发现她梦里的人是他，所以对她时好时坏。

"那为什么……不让我想起来？"

宋衿紧闭双眼，泪流得更凶了。

方劣伸手把衣领拽得更凌乱，头发向脑后梳，说道："怎么会是我？"

"我也希望是我，但看你这样，不忍心了。"他将手抬到宋衿的下巴处，用手上突起的骨节抵着她的下巴。

"衿衿，你聪明过头了。如果真是我，我能不认？"方劣挤出一抹笑，反问道，"我能便宜周舒秦？"

宋衿一言不发，和他对视。

"别这么看我。"方劣说道，"你开始对周舒秦，是拿他当你画上的人看的吧？"

宋衿抿唇，眼睛还是红的。

方劣："不告诉你我有个妹妹，就是怕你把我当替身。"

"……"宋衿有些茫然。

"刚才不解释，是想将计就计，干脆让你别想着过去了。"方劣接着说，"你一问我，我就觉得不行。我哪儿知道你小时候发生过什么事？哪天露馅儿了，你不得跟我闹？"

他说的这堆话信息量适中，但宋衿这会儿蒙到极点，还得消化一阵。

方劣的指关节微微动了一下，他蹭了一下挂在她的下巴上的泪珠，问她："还不信？"

他摸出手机，点开图库，说道："不知道你记得多少。但婷婷从小被带去了南见市，只是偶尔回来。"

宋衿清清楚楚地看见了那张照片——六七岁的蒋方婷和南见市的标志性建筑的合影。

"方劣,你拿这种事逗我?"她的睫毛颤了一下,她将手扬起,没收劲儿。

方劣:"我有病,对不起。"

他道歉时很痛快,人动也不动,甚至想把脸迎上来给她出气。

宋衿的心里涌上一股无力感。

最后,她的手轻飘飘地落在了他的颈侧。

她仰起头,凝视着灯。

方劣看着她,说道:"衿衿,别陷在以前了。"

宋衿置之不理。

过了好一阵,她的拇指搭上方劣的喉结,按了按。

"方劣,你要是骗我,我就跟你拼命。"

一晚上,宋衿的心情起起落落,她心力交瘁。她回到家后没和柳青青提她过生日的事,她就只说同学聚会,给柳青青看了看照片,就回屋睡觉去了。

另一边,方劣推开院门,蒋方婷蹲在奶奶身边,看起来可怜兮兮的。

他的情绪没什么起伏,他问:"东西收拾好了吗?"

"我不想走。"蒋方婷小声道。

"你闯了多大的祸?"方劣问她。

"我想衿衿姐啊。"蒋方婷吸了吸鼻子,说道,"而且我又没有说之前就认识她。"

"你还想说多少?"方劣说道,"你想没想过,我圆不回来怎么办?"

院内的气氛压抑、死寂。

奶奶扇扇子的动作变得慢了下来。

她是看着这两个孩子长大的。

她记起方劣被扔到她面前的时候,浑身是伤。她扇了儿子一巴掌,骂他是畜生,告诉他以后她来养方劣。

她总觉得小孩儿不记事。

可方劣不是。

他自闭、怯弱、性情阴沉。

还有一句话，她活了大半辈子，听过的最可怕的话。

"奶奶，别理我，我晦气。"方劣隔着门和她说话，"什么时候轮到我死了，再叫我。"

一开始她不知道宋衿的存在，只觉得小方劣挺喜欢去学校的。

后来蒋方婷出生了，刚挣脱羊水，瘦小的一团，又被抱来她面前。

她抬手的力气都没了，啐了一口，让儿子把孩子留下，然后滚。

她才知道，血缘绑不住的东西，宋衿能。

宋衿家庭条件好，被养得白白净净，善良开朗。她跟在方劣身边，怎么也不愿意走。

方劣的眼底渐渐有光照进来。

在他13岁那年，黑暗卷土重来。

宋衿出事了。

蒋方婷被她妈抢走，不让她和方劣一起。隔了一年，方劣好不容易想办法联系上了蒋方婷，两个人的矛盾却多到不计其数。

因为方劣的光灭了。

想着想着，奶奶眼眶发热，叹了一口气，拍拍蒋方婷的肩。

这一下却好像给了蒋方婷勇气，她吼道："那就告诉她啊！"

方劣本来都抬起脚要回屋了，听见她的这句话后又站定。

"有什么不对吗？"蒋方婷迎着他的视线，说道，"衿衿姐想知道，你为什么不让她自己选？你自以为是地对她好有什么用啊？"

"当年发生了什么事，你谁也不告诉，死守着有用吗？"她的声音越来越高，"衿衿姐看你像看陌生人，你就满意了吗？"

"我满意?"方劣冷冷地道,"你不小了,蒋方婷。"

"宋衿护着你,你天真,别真活成傻子。"他没给蒋方婷回答的机会,又说道,"宋衿需不需要知道,我说了算。"

蒋方婷哭得说不出话,气喘得很急。

俩兄妹互戳心窝子,奶奶也不好受。奶奶握住蒋方婷的手,说道:"别说了,别说了。"

蒋方婷:"明明就是他不对!"

"是,"方劣收了所有的表情,朝屋里走,并说道,"只有我是错的。"

他路过她们身边时停了一下,说道:"我向来都是错的。"

关门声很轻,蒋方婷不受控制地抖了一下。

奶奶心疼地道:"你哥比谁都难受。你还不懂他,太任性了。"

"可我也想知道原因。"蒋方婷一边胡乱地抹着脸,一边说道,"奶奶,你知不知道衿衿姐到底为什么失忆?"

奶奶摸了摸她的头发。半晌后,奶奶看着屋里亮起的灯,说道:"奶奶只知道,你哥在完全为小衿考虑。他在为小衿活着。"

方劣的房间隔音效果很好,他进了房间后几乎听不到院内的任何动静。

他坐在书桌前的椅子上,桌上放了一个笔记本,上面贴着照片,旁边是他做的记录,纸边微微往上翘,他的手抚摸着笔记本的封面。笔记本的封面上贴满了小红花。

笔记本是宋衿送给他的。

他再往后翻笔记本,里面贴着他们的一张张合照。

这些合照是宋衿非要拍的。

笔记本里还贴着一张他自己的照片,是他刚回来时奶奶偷拍的。

他不想将它贴在笔记本里,觉得会将笔记本弄脏。

结果宋衿把那张照片贴在自己的脑门儿上,学僵尸跳,很可爱。然后她闹着让他快救她,把照片封印到笔记本里。

现在再看那张照片,方劣觉得很陌生。他遇到宋衿之前的事,都太像是另一个人的经历了。

他的父母并不相爱,父亲性情暴戾,母亲性格阴险。他出生了,父母都未结婚,母亲生下他是因为怕伤身体,也怕自己嫁不了人。

他出生后听得最多的话就是咒骂,学会说的第一个字是"死"。就连他的名字,也被定了最具负面意义的"劣"字。

婴儿是一张白纸,他信他们说的都对。他们对他拳打脚踢时他不躲,他们说他不该活、不配呼吸时,他也就真的听话,憋气憋到脸变紫,却又换来一顿毒打,说他还想让他们背上人命。

他没死,也是命大。

他给他爸妈当了四年出气筒,他妈攀上了高枝儿,让他爸赶紧处理掉他。他被扔回又清市时奶奶还在工作,把他带在身边两年,也只能送他去上小学。

他没什么感觉,哪怕在学校里被欺负,也觉得比之前好太多了。

小孩儿能有什么力气?小孩儿顶多是朝他浇一桶水,把他推倒在泥坑里……他根本没有躲的念头,觉得都是自己该受的。

他忘了哪天,他的桌上出现了一张字条,上面的字迹歪歪扭扭的——笨蛋,跑!

巧了,他别的不会,就会听话。

宋衿在拐角处拉住他的那一刻,他是蒙的。

他们躲在水泥管里,逼仄的空间里满是小女孩儿身上的清香味,好闻,又让方劣浑身产生强烈的灼烧感。

等宋衿钻出去,笑着对他说话时,他更不适应了。他扔下她就接着跑。

他不知道宋衿是从哪儿来的,他没在学校里见过她,也没听邻居谈起过她。好像她是凭空出现的小太阳,照耀着他。

那天之后，宋衿经常出现在他去学校的路上，一看见他就笑着朝他挥手。

可他哪儿会与人接触？他只懂得躲，避开让他觉得无所适从的一切。

但宋衿跟他跟得越来越紧。在他又一次被人追着跑的时候，她挡在他面前，恶狠狠地告诉追他的那些人，自己要向家长告状。

小女孩儿粉雕玉琢，像温室里养出来的，没什么威慑力，倒是挺招人喜欢。

那群欺负方劣的孩子的首领——一位小胖子，开始苦口婆心地劝她别跟方劣玩，看方劣那副鬼样子，别害得她沾上臭味。

宋衿听没听进去方劣不知道，反正他是听进去了。

在宋衿变魔术逗他，拿出酒精棉球帮他擦拭伤口的时候，他爆发了。

"烦，烦，烦。"他把宋衿推倒在地上，大声说道，"你能不能滚啊？"

其实他只是不想让她靠近他，只是不想让她变得不好。

但他没家教，不会跟人相处，行为粗鲁，说话难听且伤人。

宋衿实实在在地愣了好一会儿才站起身。她拍拍裙子上的土，嘴抿得很紧。

方劣又产生了一种前所未有的感觉——心慌。

宋衿的眼睛好像不是很亮了，她闷不吭声地收拾好棉球，丢到垃圾桶里。

就在方劣以为她要走的时候，她踮起脚摸了摸他的头。

"好棒，说了这么长的话。"

头顶上传来的触感让方劣睁大了眼。

宋衿为他灰暗的世界带来了一抹亮色。

他的世界清晰起来。

他的习惯一时半会儿改不过来，宋衿的温柔让他特别扭。他几乎把从父母那里听来的话向她转述了个遍。

宋衿只捧着下巴弯起眼，毫不在意他言语间的恶意。她夸完他，再跟他说"这样的话不对"。

他一听胸口就闷得不行，哪儿还想着改？直到有一天，小胖子为了见宋衿，偷偷跟在他的身后。

方劣远远地看见宋衿捧着一盒点心，那点心是她爸爸做的。她前一天说点心很好吃，要拿来给方劣吃。

她越走近，他的心就跳得越快。

他的情绪平复不了，他想让宋衿别过来，说出口时又变成了"滚"。

他的声音很高，路过的人纷纷向他投来厌恶的眼神，余光还扫过了宋衿。

小女孩儿依旧笑得灿烂，方劣却越来越难受。

她不该被人用那种目光看。

在宋衿停在方劣面前时，他抢过她手里的点心，狠狠地摔在地上。他还骂了什么，只是现在记不清了。

他只记得他被小胖子揪住衣领时，宋衿挡在他的面前，挨了一拳后呼痛的声音。

方劣呆住了。

他的心痛极了，比他妈用针扎他时更痛。

宋衿嘴角破了，脸也肿了起来。小胖子难以置信地问她怎么回事，方劣都说那种话了她为什么还护着方劣。

方劣永远忘不了，宋衿眼里的泪。宋衿先是跟小胖子说他若再打人，她就真跟他的家长说了，然后缓了缓，才慢慢地接着说："他说的不是他要说的，是他听到过的。"宋衿疼得止不住地吸气，断断续续地说，"我想让他听听别的声音。"

当时方劣根本不懂得去想她怎么知道他听到过,只是看见她为了缓解疼痛而用舌尖顶腮,手动了动,手背不受控制地挨上去。

女孩儿的脸和他想的一样软,还很烫。她惊讶地看向他,眼睛很漂亮,眼里像缀着星星。

那天以后,宋衿再来找方劣时会带绘本来。她说与在家里自己学相比,她更想和方劣一起学。

她慢慢地改变了方劣的认知。

他觉得,任何东西只要由她说出来,就会变得万分美好。

她从不吝啬对方劣的夸奖,在方劣看见自己的名字的释义时,她会故意将其拆分,说劣是"少年有力量"的意思。

在方劣指着老鼠说是他自己的时候,她会摇摇手指,问他:"你不是觉得我是天使吗?"他承认后,她又喊他"哥哥"。

方劣这张一出生就被染黑的纸,被她染上了五彩缤纷的色彩。

她是他的救星。

隔天,宋衿醒来的时候头还隐隐作痛,瞥了一眼枕边的手机,上午9点多了。她上学要迟到了。

她瞬间清醒,匆忙地下床收拾。

柳青青听见她的动静后来敲门,对她说道:"妈妈帮你请假了。"

宋衿刷着牙,含混不清地应了两声。

"衿衿,下午去就可以。"柳青青又说。

"不了妈。"宋衿用毛巾拭干脸上的水后道,"我现在走还能赶上两节课。"

更重要的是,她要去见方劣。

她本来认为昨晚的事过去了就是过去了。

他有胆子用她失忆开玩笑,她气过头,吵完,也就那样了。

他们的关系向来如此，相互撕咬又依偎。他们好像谁都不想让谁好，又好像谁都不想让谁难过。

但等她发现方劣在凌晨给她发了消息又撤回后，还是觉得得去看看他。

谷雨刚过，空气是湿热的。

枯掉的树枝长出新叶，风吹过时"哗啦啦"地响，摇摇欲坠，却不肯再落地了。

宋衿到学校的时候，同学们刚上完上午的第二节课。

心研1班上午的后两节课是大课——体育课。宋衿来到一间没人的教室，把书包搁下，没着急去操场。

她刚才路过操场时多留意了一下，方劣不在操场上。

他去哪儿了？

宋衿走出教室，两个女生挽着手朝她迎面走来。与她们擦肩而过的时候，她听清了她们兴奋的话语。

"刚才那个人是不是心理系的方劣？好帅！他看我的那一眼足以让我沦陷！"

"别想了，他的性格可不像脸一样好。"

"俗话说，长相能当饭吃！不过，我看他们班的人都下楼了，他怎么上去了……？"

女生的声音越来越小，宋衿停在楼梯口。接着，她向上走。

天台的门开着，拐角处被照得发亮。

宋衿脚步不停，上楼、关门，一气呵成。

方劣的脚边散落着两三根烟头。她将目光往上挪，看见了方劣青筋明显的手和被风吹得凌乱的碎发。

她开口："麻烦精。"

方劣的手肘撑在栏杆上，他怔了怔。

他背对着阳光，神情慵懒，听见她说话后才微微抬起头。

宋衿开门见山地问他:"你昨天晚上给我发什么消息了?"

"我想问问你……"方劣慢慢地说道,"许的什么愿。"

"是吗?"宋衿的唇角翘起来,她走到他身边,说道,"某人不是对深夜话题有独特的见解吗?"

她个子高,方劣要是站直,她的额头刚好能碰到他的鼻尖。现在方劣没站直,几乎和她处在同一水平线上。

他们视线碰撞,好像只有风在动。

方劣的眸色不着痕迹地加深了一些,他再出声时,嗓音也变得沙哑了一些。

"你记性好。"

"你是不是成心的?"宋衿挑了挑眉,说道,"知道我有什么毛病,还专门挑出来说。"

她迎着阳光站在他面前,眼睛特别亮,眼里什么情绪都藏不住。

"……"

方劣好像又回到了不会表达的小时候。

"算了。"宋衿往旁边挪了几步,手握在栏杆上,紧贴着方劣的胳膊,说道,"你真的藏了很多心思。"

方劣的瞳孔蓦地一缩,宋衿不会无缘无故地这么说。

为什么?

他没瞒过去?她起疑了?

"衿衿……"

宋衿开口打断他:"你不想说,我也不想知道。还是那句话,你要是骗我,我就跟你拼命。"她顿了顿,补充道,"还有,早点儿睡。"

宋衿不经意地偏过头,和早就转过来看她的方劣四目相对。

她笑了起来,说道:"我、你、我们,不是一直时好时坏吗?"

上课铃声响了,天台上的喇叭发出的声音肆无忌惮地打破了沉寂的氛围。

方劣点点头，似乎同意宋衿的看法。

下一秒，他转身，双臂搭在她身边，和她面对面地站着。

宋衿没设防，被他困住了，问他："发什么疯？"

"衿衿，"方劣用手指缠绕她的发尾，淡淡地道，"我不想时好时坏了。"

宋衿的头不由自主地歪了一点儿，她忍了忍，没忍住，咬牙切齿地道："你是不是欠收拾？"

方劣轻笑了一声，手一松，几缕被卷成圈的头发又从他的指间溜走了。

宋衿瞪他，问："你觉得你不坏？"

"……"方劣像是被问住了，好一会儿没说话。

宋衿没好气地道："起开点儿。"

她推了推方劣的肩，没推动，他反而凑得更近了。

宋衿看着方劣，莫名其妙地想到了刚才听见的话，那个女生说他的性格可不像脸一样好。

但她第一次见到他的时候，就觉得他应该是这样的脾气——恣意、嚣张，没有什么能困住他，也没有什么能让他畏缩。

方劣在堪堪蹭住她的鼻尖的地方侧过头，一斜，手臂搭在了她的肩上。

他的表情很认真，他用和她商量的语气对她说道："衿衿，你好起来，我就好起来。"

宋衿感觉到一阵滚烫的气息，脖颈间像是要被灼伤。

她没躲，平静地说："少说疯话。"

"没说疯话。你别记起他们了，我可以比他们还好。你想，万一你失去的记忆只有那一小部分是好事，其他的都是坏事，想起来能痛快吗？"

他说到这儿时动了动,黑发扎得宋衿很痒。

宋衿的睫毛微微颤动,嘴微微张开,她却没有说话。

"我能一刻不停地哄着你,能在所有的地方给你创造新的记忆,能让你随性绽放。给个机会?让我打开窗,你去窗外肆意生长。"

少年的热忱能把一切化成灰烬,是漫山遍野乱刮的风,唯独吹不散承诺。

她却与爱相斥。

宋衿:"嘘。"

她的脸颊逐渐贴上方劣的头发,轻轻地蹭了一下。

"你别为我改变什么。"宋衿闭着眼,说道,"我好不了。我在救我。"

"……"

方劣站直身体,黑眸微微眯起。

宋衿察觉了他的动作,睁开眼,笑了笑,问他:"又要说我不识好?"

她的心里堵得慌,她硬是弯起眼睛说了一句玩笑话才转身看楼下。

她的身上穿着的短袖面料薄,背上的蝴蝶骨隐约可见。落在方劣的眼里,他只希望她能真的拥有翅膀,张开翅膀。

方劣抬起手,摸向宋衿的头顶。

"你许了什么愿?"

"说出来就不灵了。"

宋衿说完,鬓角的细碎发丝被风吹散。她伸手挡在额头处,接着说:"你应该能猜到。"

她对过去的执念,方劣清楚。她的动摇与挣扎,他也能捕捉到。

骄阳高高地悬在天空中,日光热烈,总让人恍惚。

方劣:"会实现的。"

知兔者 著

飞香

下 册

青岛出版集团 | 青岛出版社

第十二章
护短的"含羞草"

大家总说读高中时时间过得快,其实读大学时时间过得也不慢。从定下考研院校的那天起,心研1班的同学的情绪就有些低迷。

即将毕业的学长学姐们在楼下拍合照,他们趴在窗户边看。

他们看学长学姐们笑了又哭,泪流得太汹涌,甚至来不及擦,就着急地去找下一个人。

毕业意味着未来,还有分离。

答案太残酷,残酷得让人想躲。他们光是坐在教室里想着,就有些难过了。

"放暑假的时间定下来了,要考研的同学可以提前返校。"

最后一节课是谷崇的课。见大部分人的心思不在书本上,他便没再讲课,而是开了一个短会。

"明天考完试就放暑假了,你们收拾一下东西,把考试时要用的东西都拿好,其他东西想放在学校里就放在学校里。注意看好发在群里的课表,想跨专业考研的同学千万要打起十二分精神。"谷崇又叮嘱了几项注意事项,就让他们自己整理了。

隔天考试时宋衿来得早。考场的门还没开,她背靠着窗,默默地背单词。

不一会儿,她听到了熟悉的脚步声,偏过头,问脚步声的主人:"复习了吗?"

方劣:"……"

他看起来没休息好,宋衿把他的沉默当成了否认,没再说话,只是一直盯着他。

方劣:"复习了。"

彻夜难眠的晚上他得想办法转移注意力,灌输知识像是目前最好的选择。

他得跟上宋衿,不管她去哪儿,他都能追到。

"第九名。"宋衿念出他上次的名次,又指指自己,笑道,"第一名。你只能看我的背影了。"

方劣挑了挑眉,漫不经心地问:"你不回头吗?"

"会回,"宋衿答得很快,像早有预料,"但回头的次数多了,脖子会酸的。"

她的后腰被窗台硌得有点儿疼,她抻了抻腰,抬眼看方劣,说道:"别为我改变,也别被我影响,我会不好受的。"

方劣笑着问她:"你觉得可能吗?"

"我不管。"宋衿的口吻更像随口抱怨,她说,"你走好你自己的路,别总让我心软了。"

就算到现在,她也依然认为一开始方劣靠近她,就是因为一时兴起。

他的出现很突然,一点儿逻辑都没有。

宋衿专门上网查过,只得到了两个答案:要么他是个颜狗(对于一切颜值高的事物毫无抵抗力的一类人),要么就是新鲜感。

不管答案是哪种,她都觉得他上不了太久的心。

直到方劣的成绩出现问题。

宋衿说不清自己心中的感觉,但她敢肯定,她很不喜欢方劣因为她而变差。

方劣看着她,冷不防地勾了勾唇,像没忍住似的,乐了,问:"不是说心小吗?"

宋衿一怔,微微仰头,发现方劣正坏笑着看着她。

她深呼吸了一下,还是气得不行,要走。

方劣伸手攥住她的手腕,可能是因为刚才扶了一会儿窗台,他的手透着凉意。

"你就记些不该记的吧。"宋衿甩开他的手,气恼地道。

"嗯,"方劣无所谓地说,"所以,跟你没关系的事你少考虑。"

走廊里,脚步声变得杂乱起来,考试快开始了,来的人变多了。

宋衿在一众嘈杂声里无比清晰地捕捉到了方劣微哑的嗓音。

"我心大,装得下。"

假期转瞬即逝,盛夏夜里的蝉声还未变得热烈,清大的那些准备考研的学子就进入了昼夜学习的状态。

成绩还未被录入,老师们不约而同地挑了考研高频考点加以讲解。第一天,大家都没怎么回过神,听得云里雾里。

陈锋然不嫌累似的,在教室里前后左右地溜达了好几圈。

"别转悠了,然哥,晃得兄弟头晕。"有人按压太阳穴,有气无力地说。

陈锋然:"对不住了,哥们儿,我焦虑。"

"那你还不赶紧做题?"周舒嘉无奈地道。

"不是那个焦虑,怎么说呢……"陈锋然稍加思索后道,"就咱们这栋楼里亮着灯有点儿活气,你们不觉得寂寞吗?"

"……"

周舒嘉彻底无语了。

陈锋然一拍手,拿起已经没有奶茶的奶茶杯,说道:"我前一分钟喝完它,它就没了。"

周舒嘉:"废话。"

"钟表转一点儿是一点儿,咱们见一面是一面。"陈锋然高声道,"同学们,马上就要分道扬镳了,放下冷冰的书本,让娱乐焐热你们的心吧!"

宋衿搞不懂,他们明明还有将近两年才毕业,到他嘴里怎么好像马上就要毕业了。

她同样搞不懂,为什么听到他那番极具哲学意味的话后,她会回头看方劣。

当这个话题被提起,心研1班的人都有点儿恍神。

等他们反应过来时,已经被陈锋然指挥着坐成了一圈,听他一声令下:"真心话大冒险!"

他随手拿了一个矿泉水瓶子,摆在正中间的位置上转。气氛有些紧张,他假装擦汗,说道:"我转了。"

"转。"

"快来,快来。"

圈围得小,宋衿坐在外圈,不担心自己被捉。

陈锋然转到了自己,哀号一声,说道:"大冒险吧。"

"我来。"周舒嘉举手,说道,"先说好,不能玩赖。"

"哥最讲诚信。"

"行。"周舒嘉若有所思地道,"从下次考试开始,总分每次进步20分。"

"还能这么玩?"陈锋然傻眼了,"10分都不一定行,何况20分?嘉嘉,你这是要我的命。"

周舒嘉:"刚才谁说自己最讲诚信来着?"

周围的人跟着起哄,宋衿失笑,椅子骤然向后倒。

椅子腿和地板砖摩擦产生的声音被淹没在众人的哄笑声中,宋衿呼吸一窒,拉她的人问她:"刚才看我做什么?"

"方劣,"宋衿压低声音,恶狠狠地道,"你再吓我试试!"

"我叫你了,你没听见。"方劣解释完,又问,"刚才看我干什么?"

宋衿抿起唇,半晌不答。

前面又开始新一轮游戏了,周舒嘉转到了李婕,李婕选了真心话。

方劣不依不饶地道:"刚才……"

宋衿服了。

她比了个"停"的手势,说道:"看你一眼少一眼。"

方劣满意了,将胳膊搭在宋衿的椅背上,意味深长地问:"怕啊?怕就直说……"

他没能说完话,就被陈锋然的一声"劣哥"打断了。

矿泉水瓶穿过缝隙,直指他。

宋衿没忍住,唇角的笑意越来越明显,悄声说:"报应。"

她清了清嗓子,问方劣:"真心话还是大冒险?"

方劣斜着眼看她,说道:"真心话。"

宋衿点头,伸手,示意谁想问就谁问。

"没人问?"陈锋然朝左右各看了一眼,说道,"我问!劣哥,你刚才在想什么?"

在众人的注视下,宋衿实在做不到叮嘱方劣别乱说话。

在她的暗自祈祷中,方劣开口了:"我永远无法留在你的上一秒。"

宋衿心一空,下意识地看他。

方劣笑道:"但我会一直出现在你的下一秒。"

教室里陷入短暂的静谧中,随之而来的是高高的口哨声和起哄声。

"厉害啊,劣哥!你居然能说出这种话!"

"劣哥'冷漠无情'的人设,在我心里一去不复返了。"

"开班吧!兄弟跪着听!"

同学们的声音大到几乎要把屋顶掀翻,周舒秦提示道:"老谷给我发消息了,说咱们要注意分贝。"

众人这才收敛了些。

陈锋然竖起的大拇指还没来得及收回,他又晃了晃大拇指,挤眉弄眼地问方劣:"劣哥,我能问问那个'你'是谁吗?"

宋衿倏地收回视线,生怕跟方劣对视上。她微微垂下头,耳郭发红,被垂落的发丝堪堪遮住。

"我回答完了。"方劣似笑非笑地盯着陈锋然,盯得陈锋然连连摆手说"不问了"。

宋衿一口气没下去,就听见方劣说:"是含羞草。"

他在说这四个字的时候声音很轻,带点儿气声,像回荡在她的耳边似的,偏偏还没人听见。

宋衿的唇角牵起一抹笑,她没理他,起身走出教室。

卫生间里的灯很亮,她将水温调到最低冲洗着脸,却无济于事。

她的脸还是很烫。

她关了水龙头,像有感应似的回头。

方劣手里拿着矿泉水瓶,他将矿泉水瓶抛起又接住,悠闲地走向她。

他把外套脱了,腰肩比显而易见,好看,还利落。

宋衿偏头抽出一张纸,再回头时,他已经走到她的面前,瓶口正对着她。

"怎么？"她问。

方劣瞎转两下瓶子，说道："想问你。"

宋衿："要这么麻烦？"

她把擦完手的纸扔到垃圾桶里，笑吟吟地道："想问就问，我又不一定会回答。"

"行。"方劣把瓶子也扔了，手撑在洗手台上，问，"含羞草为什么会闭合？"

"……"

宋衿在短短几秒钟内想过他可能问的无数个问题，唯独没想到，他居然问了个学术方面的问题。

她沉默片刻后回答道："我之所以学文科，就是因为理科成绩不好。"

方劣："它喜欢我，太害羞了。"

宋衿反应了几秒钟，权当他讲了个冷笑话。她耐心地勾了勾唇，说道："我回教室了。"

她走了没几步，又退回来，腰窝靠在洗手台上。

她伸手揪住方劣的衣领，让他的身体往下压了一点儿，松手，搭上他白色的脖颈。

"你今天说话这么肉麻，我还以为你多有出息呢。"

方劣的呼吸都慢下来了。

他们离得近，宋衿感受到了一阵一阵的灼热。

她扬起眉，说道："刚才那么好的机会，你选大冒险，让我亲你一口多好。"

宋衿的手指下是方劣的喉结，那喉结正轻轻地滚动着。

她满意地笑了笑，收回手，擦着他的肩向外走。

她的手腕突然被人一把攥住，他们皮肤相接，宋衿像被火裹住了。

方劣嗓音喑哑,像渴到了极点似的,问她:"你会做吗?"

"说不准。"宋衿抽出手,越过他拧开水龙头,表情无辜地道,"降降火吧。"

要命。

方劣看着她的背影,心里只剩下这两个字。

宋衿回教室的时候,气氛正热闹得不行。她听了一会儿,才弄清楚是怎么回事。

周舒嘉被捉到后选了真心话,陈锋然提议兄妹问答。周舒秦随口问了句"有喜欢的人吗",结果,周舒嘉点头了。

"谁啊?谁啊?"陈锋然兴奋地道,"必须我把关。"

有人笑他,说道:"人家的亲哥在那儿坐着,轮得到你?"

"你不懂,嘉嘉是我异父异母的亲妹妹!"

他这话一说出口,宋衿敏锐地注意到周舒嘉的脸色变了变。也只是一瞬间的事,周舒嘉很快调整好表情,说道:"接着玩,等我再被捉到你们再问吧。"

那天,周舒嘉再也没被捉到过。

读大三这一年大家太忙了,忙得没工夫理会杂乱的情绪。

陈锋然的成绩真的在慢慢进步。

他天天将这件事挂在嘴边,得意极了,问周舒嘉:"嘉嘉,哥讲诚信吧?"

周舒嘉的耳朵快被他磨出茧了,她赶紧说道:"是是是。"

宋衿曾私下问过周舒秦,周舒嘉喜欢谁。周舒秦只是摇摇头,说周舒嘉不肯说。

夏天的太阳晒得人燥热,树叶微微蜷缩躲避着。

宋衿刚送完作业,推开谷崇办公室的门,方劣正等着。

她记得她那天已经把他的提议否决了，结果他还是严格执行寸步不离她。

宋衿扯了扯唇，笑不出来，说道："老谷让你下次进去，里面有空调。"

方劣哂笑道："我稀罕的不是空调。"

走廊里热气翻涌，宋衿瞪了他一眼，没想理他。

上楼的时候，平台窗大开着，偶尔有几缕风吹过。宋衿贪凉，脚步停在了窗边。枝叶探过窗棂，花艳，她触手可及。

方劣站到她身边，说道："你最近和周舒秦走得挺近。"

"装什么？"宋衿抬手碰了碰花，问，"我跟他说话时你不都贴在旁边吗？"

"嗯。"方劣问道，"那你怎么不问我？"

宋衿："……"

先不提她跟周舒秦顶多算有交集的同学，就说让她和他谈恋爱，她总感觉很别扭。

她选择问回去。

"你懂什么？"

"我看得清。"方劣说，"但我劝你先操心自己的事。"

她有什么事？

宋衿愣了愣，侧过头看他。

方劣面无表情地道："不是我，我不急。"

这话说得妙。他还挺委屈，不知道的人还以为宋衿同时脚踏多少条船呢。

宋衿冷笑道："你大度呗。"

"不过，我还挺想知道你的那位假想敌是谁的。"她故意一字一顿地道。

方劣不置可否。

清大把建校 118 周年的庆典安排在了宋衿他们大四开学那天。

校方给同学们发了白衬衫，女生的下装是黑色百褶裙，百褶裙分长款和短款，男生的下装是黑色西裤。

此次校庆没有进行彩排，同学们临场发挥，谁想讲什么就讲什么。

宋衿照样扎着高马尾辫，穿着统一的服装，一截细腰十分吸睛。

她本来想选长款百褶裙的，被周舒嘉制止了。

周舒嘉说宋衿的腿又长又直，该露就露。周舒嘉直接替宋衿做主，选了短款的裙子。

宋衿走进教室的时候，徐希图开玩笑道："衿衿，现在只有交换身体，才能挽回我们的友谊了。"

宋衿笑道："我愿意。"

周围的人见缝插针地调侃，宋衿和大家聊了一会儿。她正想着法子要回座位呢，门又被人推开了。

宋衿微微侧头，来人是方劣。

他今天帅得不得了。

方劣身形高还瘦，平时都穿着宽松的衣服。宋衿知道他的身材比例很好，不知道能好到这种地步。

他的头发长了点儿，遮在眉峰处，面部轮廓显得柔和了一些。

他身上的衬衫的扣子全扣着，他的手里握着黑色的手机。他皮肤白皙，手与手机合起来有一种视觉冲击感。别人看他不说话，他也就真当衣架子展示似的，侧着身子靠着门框。

此刻他的身上没有平时那股野蛮劲儿了，看起来安静又淡漠。

徐希图看得愣愣的，说道："天哪，衬衫塞进裤腰里，这不是帅哥的医美项目吗？"

宋衿是在听到一连串快门声后回过神的。

她顺着声音看去，陈锋然正摆弄着新买的照相机，同学们听他说了几天，都知道他是专门为今天准备的，照相机很贵，胶卷更贵。

周舒嘉打趣道："不心疼啊？"

"这有什么？"陈锋然一脸兴奋地招呼宋衿："快来，衿姐，都能当微电影的海报了。"

宋衿觉得刚好不用接着和方劣瞎聊，于是只犹豫了一秒钟便走了过去。

照片确实很好看，宋衿和方劣向来一个穿黑衣服另一个穿白衣服。

方劣不敛嚣张，而她在人前温柔沉静，他们以为他嫌她矫情，她烦他张扬。

但这张照片不同，任谁看了都会浮想联翩，再冒出一句"天作之合"。

这张照片得删。

宋衿在心里做出决定，看向照相机，寻找删除键。

方劣笑着走来，边走边说道："我看看。"

陈锋然将屏幕转向他，说道："绝了，劣哥。"

陈锋然的声音很大，不少人要围过来一起看。

宋衿心一紧，没等想出办法，就见方劣伸手盖住了照相机。

"不外传。"方劣说道。

话一说出口，没人反驳他。

宋衿松了一口气，又听到他说："传给我后删掉。"

陈锋然装作为难地皱起眉，想坐地起价。被方劣斜了一眼后，他蔫儿了，连声应"是"。

他的态度很明显，宋衿彻底放了心。宋衿的手机响了，谷崇发来消息，让她去拿座位表。

"我去一趟办公室。"宋衿说道。

回教室的路上,方劣不出意料地等在楼梯处,修长的手指在手机屏幕上不停地滑动。他一定是在欣赏刚得到的照片。

宋衿:"你挺注重仪式感。"

方劣收起手机,笑道:"怎么了?"

宋衿打量他,给出评价:"好端端的土匪头子不做,要做白面书生。"

方劣:"不管我做什么,你不都想和我撇清关系吗?"

"……"宋衿语塞。

不对劲儿,他以前不爱拿这说事。宋衿问:"你怎么了?"

方劣似乎也意识到了,半晌没说话。

"我以为你知道。"宋衿解释了一句,"我不想被人开玩笑。"

方劣:"我知道。"

宋衿:"知道你还……"

方劣插话:"别人不知道。"

宋衿没懂这句话的意思,暂且将它当成方劣又开始莫名其妙了,懒得理他。等她回到教室,看见周舒秦拿着精致的礼盒对她笑的时候,才回过点儿味。

周舒秦起身,说道:"宋衿,我有话想和你说。"

他话音刚落,教室里的人便都好奇地看向他们俩。

周舒秦在门口站定,问宋衿:"去外面说吗?"

真谢谢他,给她留余地了。

宋衿不由自主地蹙眉,忍了忍,淡淡地道:"嗯。"

方劣背靠着墙,看着他们俩一前一后地走远。直到他们俩的背影消失,他才转身走进教室里。

教室里,同学们都在交头接耳。

"班长要表白?"

"我同意了！郎才女貌，性格还合得来！绝配！"

这些话落到了方劣的耳朵里，他觉得句句刺耳。他冷着脸向后走，掠过第一排的时候，听见了一道低低的女声。

"不一定是表白吧……"

说话者明显没什么底气，因为方劣听力好才听见了，主要还是话里的反对意味他挺满意。

他看了一眼，对说话者有点儿印象，除夕聚餐那回她在场。

她叫什么……李婕？

宋衿随意地找了个没人的地方，靠着墙站着，等周舒秦开口。

周舒秦捏紧礼盒，准备好的说辞被堵在了嘴里，结结巴巴地问："你……不高兴吗？"

宋衿："还好。"

他从她的声音中听不出恼意，她的脸上也是一贯的温和表情。周舒秦敛眸，说道："我和嘉嘉估计会去国外读研。"

"什么？"突然听到这个消息，宋衿难免惊讶，问他，"他们知道吗？"

周舒秦摇头，说道："没准备说。"

"是出什么事了吗？"

"国外有一家医院的医生在研究嘉嘉的病，最近取得了突破。"周舒秦说，"我父母前几天和那位医生沟通了，转去国外后面诊。"

宋衿："挺好的。"

"……"

过了一会儿，周舒秦又问："你会去哪里读研？"

宋衿没犹豫，说道："国内。"

这两个字，挡住了周舒秦的试探。

周舒秦苦笑，但还是不甘心，想把话说完。

"我……"

"等等。"宋衿抬眼,打断他,"确定要说吗?"

周舒秦属于校园男神的模板,可能有些虚伪,却也能说是人无完人。

一开始宋衿误以为他是她梦里的小男孩儿,时时刻刻关注着他,当然了解他骨子里的优越感,甚至还有不易察觉的缺爱。

她本来挺心疼他,后来知道自己认错人了,也就不了了之了。但看样子,周舒秦误会更深了。

宋衿:"班长,别说了。"

周舒秦垂下眼看她。她在他面前,不对,是在除方劣以外的人面前时,总是这副模样——眼睛微弯,瞳孔像盛着圆月的湖,清透。

只有方劣能使她的眼里起波澜。

凭什么?

他不服。

"我不想有遗憾。"周舒秦深吸一口气,缓缓说道,"我喜欢你,不管答案是什么,我都想说。"

宋衿:"人们常有的会错意罢了。"

"我没开玩笑,你不用敷衍我。"周舒秦执着地道。

"班长,别较真儿。"宋衿叹气道,"你不了解我。"

她见周舒秦还想开口,于是双手交叉,急忙说道:"打住。"

"你应该了解你自己。"宋衿笑了笑,说道,"你临走还想拿我硌硬方劣,不觉得自己过分吗?"

她这话说得直接,周舒秦不敢相信是从她的嘴里说出来的,愣住了。

宋衿:"你把我当从草船上借来的箭,没发现吗?"

周舒秦回不过神,她就接着说:"你跟方劣争惯了,我理解。他不在意那些,你就真醒不来吗?"

"你说完跟他是误会,大家就应该是朋友了。"宋衿冷下脸来,说道,"周舒秦,真诚点儿,收起你的表里不一吧。"

说完,她迈开腿,越过被凶蒙的周舒秦。

她走过去时带起的风终于让周舒秦有了反应,他问:"你发火,是因为我利用你吗?"

宋衿头也不回地道:"不明显?我给方劣出头呢。"

她没再管周舒秦,直接走了。

她脚步不停,走在他们的青春之路上。

宋衿回想起她来这儿的第一天。

学校空旷,她和方劣初见。

宋衿走进教学楼里,没看到一贯守着楼梯等她的方劣,倒是见到了在原地打转的周舒嘉。

"嘉嘉?"

周舒嘉猛地停下,叫她:"衿衿!"

她可比刚才的周舒秦紧张多了,斟酌半天后才开口:"你生气了吗?"

宋衿没回答她,而是拉起她的手,说道:"一起回教室。"

周舒嘉的掌心有汗,她泄了气般地说道:"我劝过我哥的,他不听。"

"没事。"宋衿摇头,"他可能是当局者迷吧。"

周舒嘉整日跟着周舒秦,他有什么心思,她太了解了。她多次明确地告诉他,他根本不喜欢宋衿,一点儿用都没有。

周舒秦拿礼盒那会儿,她的脑子里面就有警铃响了。她千拦万拦,拦不住。

"衿衿,你别气。"周舒嘉温柔地道,"我哥就是太缺少关注了,还傲。普通人的关注他看不上,正好方劣倒霉撞上了。"

她说话时故意唉声叹气,逗得宋衿弯起眼睛笑。

宋衿说道:"方劣是挺倒霉的。"

周舒嘉松了一口气,说道:"衿衿,我可以问问你和方劣……"

"对!"宋衿盖过周舒嘉的音量,先发制人,问她,"你还没说,你喜欢的人是谁。"

周舒嘉果然被问住了,耳根发红,却不想多说,只说道:"没有谁……"

"怎么就没有谁?"宋衿打趣道,"我们嘉嘉可是情窦初开了呢。"

可惜我喜欢错了人。

周舒嘉在心里回答道,刚想说些什么搪塞过这个话题时,就感觉宋衿攥她的手紧了紧。

周舒嘉顺着宋衿的目光看去,方劣站在楼梯的最上面。宋衿与他视线撞上,他沉默地转身走了。

宋衿记得周舒嘉见过一回她的真面目,于是没装,冷冷地道:"他什么毛病?"

周舒嘉只思考了一秒钟,便说道:"衿衿,你觉不觉得咱俩在他眼里,很像是……姑嫂亲热?"

"……"

宋衿:"嘉嘉,你先回教室。"

她失了打趣的心思,快步上楼。方劣正朝水房走,听见动静后也没回头。

他在生气?

他指望她哄?

她还欠他的了?

他做梦!

宋衿蹙起眉,很快又松开。她站在水房门口,前面就是方劣,还有一个人正在打水。

300

那人很快打完，说道："让一下，让一下。"

方劣向旁边走，宋衿向前走，挤进他和门的空隙里。

估计是怕挤着她，方劣转过了身。

他将一双手插在兜里，眼睛直视前方，看不出一点儿情绪。等那个人走出门后，他立马朝后退。

宋衿的唇角带着笑意。她把门虚掩上，走到他身边踮起脚，轻声开口："你看见我的小姑子后为什么要走？"

她的尾音上扬，像藏着钩子似的，很撩人，方劣听后动作一僵。

"……"

他睨着宋衿，眼里的火不知道是被气的，还是被耳边的气息点起来的。

宋衿见他没反应，又说道："你的直觉挺准，给我打了预防针，要不我没那么痛快……"

她还没说完话，就被按到墙上了。

方劣单手将她的手腕掐在一起，一边往上抬，一边从齿间挤出话："你就这么想吃苦头？"

他的腿也在逼近，溢满危险的气息。

宋衿眨眼，有点儿不知死活的意味，语气温和地道："劣哥，你不是只吃醋不害怕吗？"

方劣的眸色变得很深，他说话时表情却很平静。

"想好吗？"他问。

宋衿笑着反问："那你想什么呢？"

他们挨得近，四目相对。宋衿的心跳快得像是节奏感最强的狂想曲，她快要招架不住了，轻轻地呼吸着，等方劣回答。

"想……"方劣的喉结上下滚动，他说道，"保持距离。"

宋衿蒙了。

她看了一眼两个人近乎交叠的影子，重新看向他，问："心口不一？"

方劣松手，与她拉开一点儿距离，点头，淡淡地说："你要开心。"

宋衿快被气笑了。

她都这样了，他还猜她能和周舒秦在一起。

她闹了一遭，没成效不说，嗓子还干得厉害。

宋衿从消毒柜里取出一个纸杯，气得不行。她决定不管了，先喝水。

学校里的纸杯薄，热水器又好使，水温出奇地烫。别人用纸杯时，都是两个或者多个叠在一起用。

宋衿第一次用学校里的纸杯，不知道。

她摸着不太对劲儿，懒得换，直接按下打水按钮。

下一秒，方劣伸一只手握在她拿杯子的手上向边上推，另一只手关水。热水器有延迟，他的手上被浇上了一点儿热水。

他本来走了，听见声音后又回来了。

热水淋上去的那一刻是极其凉的，然后才是忍不了的热。

他要是不拉宋衿，她肯定会被烫到。

方劣的手背迅速地变红，他甩了甩手。

"……"

宋衿一点儿也没挨着热水，但看着流水口上冒着的热气，也能想到温度有多高。

她拽过方劣的手，打开冷水。

他的手还是烫的。

宋衿抿了抿唇，问他："你怎么知道？"

方劣："我天天给你打水，能不知道吗？"

宋衿不解地道："我用的不是保温杯吗？"

"是。"方劣顿了顿，哂笑一声，说道，"我拿纸杯给你配温水。"

"……"

方劣也觉得多此一举,于是问她:"挺没必要对吧?"

宋衿垂下眼帘,问他:"不是要保持距离吗?"

"嗯。"方劣语气平淡地道,"不受控制。"

他总是不受控制地想对她再好一点儿。

但如果周舒秦成功了,宋衿出国,跟这里、他,还有小时候的他隔绝开,就不会有恢复记忆的可能性了。

他也挺知足了。

宋衿:"我……"

"行了。"方劣收回手,水从指尖滴落。他弹了弹手指,说道,"挺好的。"

说罢,他往外走。

宋衿服了。

她不想再逗他了,想跟他说清楚。

"你要走是吧?"她咬牙,"你知道的,我不哄人。"

方劣只是脚步放缓了一瞬间,就又接着走。

宋衿深呼吸,擦干自己的手,也回教室了。

陈锋然百无聊赖地转椅子坐着,见宋衿走进来后,异常兴奋地道:"衿姐!"

她坐回位子上,陈锋然向前一倾,椅子落地,夸张地说:"你可算回来了,我快被知识的海洋淹没了。"

宋衿看了一眼他桌上反放着的书,问:"是吗?"

"我怕溺水。"陈锋然将书摆正,随便翻开一页,接着问,"衿姐,你跟班长的关系有没有变化?"

他不傻,问这话时刻意压低了声音。

但偏偏此时教室里极其安静。

所以他问的那个问题，成功地得到了众人的关注。

教室里的人只有方劣没动，手垂在桌边，背靠着门补觉。

他的手背上那片突兀的红色印记，跟地图有一拼。

宋衿原本什么都不想说。

但最终她指着书上的一道题，反问道："答案是什么？"

陈锋然虽然纳闷儿，但还是老实地回答道："忘了，好像是个无限循环的小数。"

"嗯，"宋衿淡淡地道，"就是无限循环，再怎么往后，我们的关系也都一样。"

教室里的人喧闹起来，陈锋然张大嘴，憋出一个词："厉害！"

她不愧是他衿姐，真有水准。

宋衿不想再听他们的议论声，对上方劣骤然睁开的眼，用嘴型问：爽了？

方劣阴沉的脸色可算有了好转。

她扬眉，说道："德行。"

方劣笑了笑，认了她的评价。

他懒洋洋地站起身，穿过纷杂的声音，无比自然地拉出周舒嘉的椅子坐下。

宋衿启唇讥讽他："过来做什么？"

方劣："听不清你的声音。"

宋衿轻哼一声，说道："聋子。"

陈锋然一直不太懂他们的相处模式，有时候两个人自成结界，有时候又像是能随时动起手来。

好在他心大，见他们嘴上不对付，赶紧打圆场转移话题。

"老谷今天穿西装，肯定巨帅。"

宋衿有一搭没一搭地应着。偶尔有别人喊她，她转身，磕到的不是坚硬的桌边，而是方劣搭在那儿的温热的手。

· 304 ·

趁陈锋然回头和别人说话,她斜了方劣一眼,问他:"你把我当什么了?"

"你说呢?"方劣扯唇,说道,"瓷娃娃。"

宋衿:"那你呢?守护神?"

"嗯,"方劣坦然地道,"我的荣幸。"

"……"

宋衿心想:没脸没皮。

宋衿歇了和他打嘴仗的心思。

今天停课一天,全校师生在为校庆做准备。女生拼凑出一整套化妆品,挨个儿在脸上涂涂抹抹,有的男生闲着无聊,也过去凑热闹。

周舒嘉推开教室门走进来的时候,陈锋然刚化了一半眉毛。

他看过去,嘚瑟的话在看见她明显地哭过的样子时拐了个弯儿。

"嘉嘉,谁欺负你了?"

陈锋然把眉笔扔到桌上,挽起衣袖,一拍桌子站了起来。

周舒嘉一言不发,在他旁边坐下。

"嘉嘉,你到底怎么了?笑一个,心疼死哥了。"陈锋然将手按在左胸处,摆了个心碎的姿势。

周舒嘉想笑,可耳边又出现了周舒秦的声音。

"是,我是假喜欢,你是真喜欢。

"就因为他逗你笑?班里哪个女生他没逗过?"

她更想哭了。

见自己好像起了反作用,陈锋然慌了。他急忙说道:"嘉嘉,你说出来是谁,哥这就去教他做人。"

他说着就要起身,却被一只手按着肩膀坐了下来。他在看清手的主人时,惊讶地道:"劣哥?"

"不用你去，"方劣似笑非笑地道，"我去。"

周舒嘉睁大眼，看着宋衿，眼里涌上担忧。

"别担心。"宋衿安慰她，摇摇头，接着用嘴型说道，他有分寸。

周舒嘉信宋衿，没拦方劣。

方劣左拐右拐，在草坪的藤椅上找到了周舒秦。

他绕到藤椅的另一边坐下。

周舒秦也没看他，沉默良久后问他："有烟吗？"

估计这是他现在唯一能笃定的事了。

方劣嗤笑一声，摸出烟盒，还贴心地拿出了打火机。

周舒秦接过烟，问方劣："陈锋然来能逗我开心，宋衿来能让我安心。你来干什么？"

方劣："让你封心。"

"……"周舒秦抽出一根烟夹在指间，模样生疏得很，问方劣，"你跟你妹妹吵过架吗？"

"吵过。"方劣将身子往后仰，说道，"天天往对方的心上捅刀子。"

"……"周舒秦点着烟，猛吸了一口，剧烈地咳嗽起来。

方劣往边上挪。

"我管不住嘴，拿最亲的人撒气。嘉嘉打小黏我，我就越来越过分。"周舒秦后悔地道。

"哦，"方劣挑起半边眉，说道，"我妹不爱黏着我。"

周舒秦沉默半响后问："你到底是来干什么的？"

方劣更痛快了，回答道："让你闹心。"

"……"

周舒秦明白他说不出好话了，自顾自地道："我还因为要出国而怪她，真……"

306

"真不是个东西。"方劣接话。

周舒秦深呼吸，彻底不想说话了。

方劣："算算账吧。几年前那事，我跟你道过歉了。"

周舒秦冷眼看他："你指的是刚考完试把我扯走，让我打回来别胆小。还是警告我一码归一码，别拿宋衿当筹码？"

"你说的不挺押韵吗？"方劣扯唇，"可惜你一个字也没听进去。"

"我能跟你面上过得去，就算是忍者了。"周舒秦答。

"账有人给你算了。"周舒秦任烟燃着，不抽了，"宋衿跟我说，她给你出头。"

方劣怔了怔，眼里浮上笑意，说道："行吧，清账了。"

周舒秦晃了晃手，烟灰掉落，又问："一开始让我顺坡演的人是你吧？"

方劣："少问。"

周舒秦："别防了，宋衿见到我后的反应，再加上你的那番话，答案显而易见，更何况……挺容易猜出来的。"

方劣不理他留白的话，更正道："是见到你和周舒嘉后的反应。"

周舒秦语塞，停顿了一下，问他："我能问问为什么吗？"

方劣很久没说话，就在周舒秦不指望得到回答的时候，他开口了。

"为了什么？"

周舒秦哪儿听过他发出这种声音？这声音又轻又缓，像是向死而生的绝境里唯一可逢的生机。

"我希望我的太阳永悬不落，哪怕阳光照向他人。"

周舒秦："图什么？"

"我想。"方劣想都没想，答出两个字，风掠过他的额角，带走一瞬间的茫然，"我想替她受苦，替她担责任，替她惜她的命。"

话都说到这个地步了,周舒秦即使再不想问,也抑制不住好奇。于是,他问:"宋衿出过什么事?"

方劣斜着眼看了他一眼,说道:"少问。"

周舒秦见惯了方劣这个样子,咽下一口气,又问:"你就没打算告诉她?"

方劣说:"得说。她觉得另一个她被困在了八年前,她想自救。我不说,她会一直被困着。"

这番话,方劣更像是说给自己听的。

他看起来有些难过。

周舒秦脑子里冒出这么一个想法,胳膊上起满了鸡皮疙瘩。

"你不懂,周舒秦。要是宋衿的面前是一片沼泽,我都甘愿躺上去,给她铺出一条路,让她稳稳当当地走过去。"方劣的声音低得微不可闻,"可惜,有的事是深不见底的崖渊,我填不满就不敢让她知道。"

小草疯长的季节过去,叶尖微微下垂泛黄。季节到了,新旧更替,该枯萎的一个都逃不掉。

"真难选择啊。"方劣低声说,"我一闭上眼就做噩梦,距离出事过去九年了,连我都忘不掉,她怎么受得了?"

"我想她好,但我不知道哪种她会更好。

"我想和她说'春天快乐''夏天快乐''秋天快乐''冬天快乐',想跟她一起徘徊在四季。

"我想让她日日夜夜灿烂地盛开。"

他今天说的话太多了。

听到这儿,周舒秦只剩下震惊。

他揣摩过方劣和宋衿之前的交集,发小儿就算到头了。

他没想到,他们的交情那么深。

方劣对宋衿的爱意很直白,却不能透露半分。

周舒秦越发觉得自己不是人。

他劝道:"该说说,怕些有的没的干吗?孤注一掷,你应该懂。"

"掷什么掷?"方劣说道,"能被掷出去的只有我,宋衿得拥有肆意无畏的青春,这才符合她的年纪。至于稳,我替她稳。"

周舒秦愣住了。

他不懂爱,更不懂付出。

方劣这个人,"离经叛道"就是形容他的。要是面前有两条路,一条循规蹈矩,另一条剑走偏锋,他肯定选第二条。

可他在宋衿的事上,一步都不敢错似的,恪尽职守,生怕出现半点儿纰漏。

方劣压下情绪,淡淡地道:"我也是实在没有倾听者,就挑你了。这事只有你知道,要是让我发现有第三个人知道,你就别活了。"

周舒秦:"……"

周舒秦信他说到做到。

"开始我不也没说吗?"周舒秦反问。

"你当我是傻子呢?你开始算个人?"方劣说道。

"嗯。"周舒秦起身,"那现在……"

他突然想到宋衿说的那句"大家就应该是朋友了",于是什么都没问。他把烟和打火机还给方劣,并说道:"算了,没事。"

下午得提前半个小时进场,于是大部分人选择在食堂里吃午饭。宋衿昨天凌晨4点才睡着,没什么胃口,手托着下巴打盹儿。

陈锋然:"衿姐,多少吃点儿。班长请客,使劲儿吃。"

食堂今日的特色菜是油焖大虾,他端了一大盘。他一戴上一次性手套就开始剥虾,嘴还不闲着。

周舒嘉嫌弃地瞥了他一眼，说道："你小心衬衫沾上油。"

"放心，哥扔着吃。"陈锋然拿起一块虾肉，对周舒嘉比要扔的姿势。

周舒嘉愣了愣，微微张嘴，结果陈锋然直接伸手将虾肉喂给了她。

"……"

牙齿和一次性手套接触时发出的声音像在她的脑子里响起。

陈锋然看她发呆，干着急："嚼啊，嘉嘉。"

他们在对面瞎闹，传到宋衿的耳朵里时，只剩下"嗡嗡"的声音。

她太困了，昨晚整理心理学手册，闭上眼过了一遍知识点，顷刻间就被闹钟吵醒了。

她整个人迷迷糊糊的，好像又做梦了。

她的视角无限贴近小男孩儿。他像被绷带层层缠绕的大头像一样，只能看见两个黑洞似的瞳孔，嘴张张合合，一直重复"别再回来了，别再记得我"。

毫无疑问，她的梦跟徐希图最近热衷于在上晚自习时看恐怖片脱不掉干系。

宋衿半梦半醒着，脚边传来一阵滚动声。她微微睁开眼，是一瓶饮料在地上滚，再往上看，是方劣。

他蹲下去捡饮料，解释道："没拿稳。"

宋衿没动，他的脸在她的眼前放大了一瞬间。等他坐下后，她没头没脑地问他："你是唯物主义者还是唯心主义者？"

方劣拧开瓶盖，将饮料递给她，说道："唯你。"

"……"宋衿没接饮料，直起身。

今天在食堂里吃饭的人很多，食堂里几乎没有空桌。好在周围闹哄哄的，离远一点儿就听不太清他说的话了。

她说:"你别总猝不及防的。"

方劣笑了笑,说道:"没骗你,我的世界的本源就是你。"

宋衿瞪了他一眼,接过饮料喝了起来。

方劣:"你问这个干吗?"

"我怀疑……"宋衿从他的手里拿过瓶盖拧紧,说道,"我撞鬼了。"

"……"

这次轮到方劣语塞了。

宋衿:"不是这两天,是我小时候做的那个梦。"

方劣想:挺好的,我还没想出一个坦白的方式,你倒好,直接变成人鬼恋了。

他心中那最后一句话有些往自己的脸上贴金的意思,他轻轻咳嗽一声,没接话。

宋衿笑了,问他:"你还当真呢?"

"不过也是。"她想起了什么,说道,"你之前不是还让我陪你买花祭奠吗?"

她没注意到方劣僵了一瞬间的表情,接着说:"我不知道日子,但记得是下了雪之后。你今年还要去吗?"

方劣:"去。"

"好,"宋衿笑道,"我陪你去。"

吃完饭,周舒秦要负责整队,方劣收到了谷崇发来的求助信息,说是领带被打成了死结。他准备跟宋衿先去,陈锋然看了一眼照片,拍了拍胸脯,说道:"这我熟,我爸经常干这事。"

等三个人冲到谷崇的办公室里时,那领带已经被剪开了,皱巴巴地堆在桌子上。谷崇正拿出一条新的领带,还是从盒子里取出来的,陈锋然识货,大喊:"谷哥!不可!"

但陈锋然也不会打领带,方劣更不会,他的还是奶奶给他打的。

最后，出现在宋衿眼前的画面，就是陈锋然跟谷崇对着一条领带唉声叹气，方劣冷眼旁观。

她看不下去了，摸出手机搜索视频现学。

"我来。"

宋衿认为自己没这方面的天赋，结果打出来后效果出乎意料地好。她打的领带和桌上那条被剪开的领带一对比，简直在发光。

大家都挺自在的，倒是谷崇有些别扭。他像是第一次感受到来自小辈的关心，头不自在地向上抬，眼睛对着窗外，连呼吸都屏住了。等宋衿打好领带推开他时，他才舒了一口气，笑着和陈锋然同时对她竖起大拇指。

方劣若有所思地看向自己的领带，说道："好像有点儿紧。"

宋衿走到他身边，笑吟吟地悄声说："别给我勒死你的机会。"

清大的校庆办得很盛大，彩烟绕着七道音符样式的门，底座是高低不平的透明色，操场上的人工草坪上被软包椅占满，是校领导安排的。

陈锋然吹了一声口哨，说道："终于等到不用搬椅子这天了。"

各年级的同学陆续在看台上就坐。宋衿、方劣、陈锋然找到心研1班的位置往那里走，周舒秦正发着什么东西。

周舒秦："请帖。"

宋衿接过一份请帖，坐下，却没立即翻开它。

她旁边的椅子被陈锋然借走挂气球去了。方劣的手臂撑在她的椅背上，他微微低头，问她："不看吗？"

宋衿抬头看他，问："你的18岁生日是怎么过的？"

她问得认真，方劣想了想，回答道："记不太清了。"

他只知道那年是宋衿出事的第五年，奶奶也不会给他买蛋糕，怕他受刺激。所有带着庆祝意味的节日里，他只过她的生日。

"我的18岁生日是怎么过的，我记得很清楚。"宋衿脸上的茫然的表情转瞬即逝。

18岁是重要的，她期待过，但是当天与往常并没有不同。第二天、第三天……直到宋衿自己都快忘了，柳青青像才反应过来似的，给她买礼物，让她吹蜡烛。

柳青青陪她过的生日很隆重，就是太迟了。

方劣："那你陪陪我。"

他的双臂搭着宋衿肩后的椅架，他明明没挨到她，却好像圈住了她。

"过一个纯粹的18岁生日。"

宋衿低下头，方劣将请帖悬在半空中翻开。

艳阳天，浓云捧起烈日，白色的牛皮纸上掺杂着晶莹的碎片，像是朦胧的星河落在她的眼里，但发光的是她身后的人。

方劣说："看看你的。"

宋衿："有区别吗？"

话虽这么说，但她还是翻开了请帖。

方劣收请帖的时候，用骨节分明的手遮了一下她的眼睛，像准备什么惊喜似的。

她的直觉是准的。

宋衿看清楚请帖的那一刻，周遭的纷乱仿佛被定格。

她手里的请帖明显与他的不一样，黑金配色，像被人精挑细选后才出现在她的眼里的。

方劣的字很好认，像是野蛮生长着的，落笔点总是收着劲儿，让人觉得他还没写完。这是老师口中"得不到分数"的字。

他写她的名字时意外地规矩，字体更偏向于行楷，却又连笔。

她的名字都是他写的了，请帖的内容自然也不会是老师的批语。

宋衿看了一眼,请帖没多大,刚好遮住她的手,方劣几乎写满了。她不太敢细看,匆匆地合上了。

那一瞬间,宋衿是说不清什么在蔓延,什么在疯长的。

陈锋然把椅子还回来了,校庆马上开始。

方劣坐在她身边,问她:"你看清了吗?"

宋衿顿住,点头。

"我写什么了?"

"……"宋衿拿着请帖,说道,"待会儿看。"

方劣轻笑一声,没拆穿她:"成。"

校庆安排得随性,先是校长、院领导发言,再就是各系的主任及骨干教师发言。各系的主任及骨干教师按姓氏首字母的顺序进行发言,谷崇被排在第七位。

有的教师可能准备了稿子,声情并茂地念着。徐希图听得犯困,说道:"我猜老谷不会这么说。"

谷崇确实没那么说。他拿到麦克风后,沉默了很久。

心研1班的同学叫喊起来。

"谷哥!就一个字!帅!"

"老谷!出道吧!"

光看谷崇的外貌,大家就能肯定他年轻时是学校里的风云人物。今天他穿着西装,精气神比平时强了不少。

别的班的同学探头看,也参与进来,最后越喊越没边儿。不知道谁嚷了一句"老谷!做兄弟在心中",谷崇无奈地笑了笑,咳嗽一声,底下的人安静了下来。

"其实,站上来之前我有很多话想和班里的孩子们说,但看着你们时,我突然反应过来,在未来到来前,嘱咐太多反而会套住你们。

"你们才 20 岁出头,有自己的想法,有自己的烦恼,有忧有虑,但你们勇往直前。

"你们拥有独一无二的自由,往后的日子还有无穷无尽的关卡。"

谷崇看向心研 1 班的同学们,说道:"跑起来,去通关吧。"

心研 1 班的同学们安静了很长一段时间后,宋袊听见同班同学嘟囔着。

"老谷不愧是教心理学的。"

"怎么办?我想到离别了。"

"你想得美,我们还有好久好久才毕业。"

说话的人鼻音都挺重,宋袊突然想问问方劣关于毕业的事。也不是问,她就是想听听,他有什么样的想法。

唐主任最后又发了一次言。

"用你们自己的方式,去走你们的路吧。"

他说完,彩烟被燃放起来,主席台上拉起巨大的横幅——贺喜又清大学 118 岁,也祝各位学子永远充满朝气。

宋袊跟周舒嘉他们并排走上拱形门,前后都有人,走得很慢。所有人想停在五彩斑斓的烟雾里,停在躁动的旋律里。

宋袊还捏着请帖,人太多避免不了拥挤。她被人磕了一下手腕,请帖差点儿掉在地上。她将请帖向上抛了一下,它落在她的手里的时候,请帖翻开页卡在了她的指间。

宋袊的眼里色彩缤纷,红毯的两边是落叶与反季节鲜花。方劣跟在她身后,与她离得不近,但中间也插不了人,给她腾出一点儿空间。

他还能说出什么话呢?

看看吧。

宋袊想着,再一次翻开了请帖。

方劣下笔很重，宋衿觉得他若再用力一点儿，就能刻出外面的硬壳。

"衿衿，我无数次想，要是能在18岁的时候见你一面就好了。

"我应该会冲动又唐突地跑到你面前，但你怕是只会勾起一抹假模假样的笑糊弄我。毕竟，你总在否定自我。

"说实话，你把自己藏起来，挺让人来气，也挺让人想不通的。

"毕竟沙漠里的玫瑰花与温室里的木槿于同一时令绽放。

"如果它们不是你，地球照常转。

"但如果它们是你，不管哪朵是你，我的世界都将于顷刻间静止。

"衿衿，别当勇者了。

"我一步一步地靠近你，不是为了让你自碎自拼的。

"你再不可一世点儿吧。

"你要是真的不愿意向前走，那就往后退，你有靠山。

"你的靠山还是会为你挂满聚光灯的靠山。"

宋衿不知道什么时候停在了原地。她抬起头时，隐约能看见远处周舒嘉他们的身影。

她身边的人流还是未断的，停在原地的却不止她。

宋衿倒着走了半步，方劣身上的烟尘香慢慢将她包围。她回头，方劣敛下眸看她。

他太适合穿白衬衫了。

宋衿早看见看台上有不少人举起手机拍他了，身边总有女孩子牵起另一个女孩子跟他快速地擦肩而过，留下淡淡的香味，还有说笑声。

方劣个子高，看起来瘦，但白衬衫被风一吹贴在身上，就勾勒出了漂亮的线条，乌发掩不住他的眉目。

他的双手插在兜里，他冷漠地站着。

但对于宋衿来说,他是最难躲的烈火。他们之间发生在校门口的冲突延续,再延续,变了什么,数不胜数。

宋衿突然停下,方劣想问她什么。瞥见她没合上的请帖后,他什么都没说,目光停在她的脸上。

她迎着光,脸都是亮的。她那纤长的睫毛被染成了淡棕色,发梢被风吹起几缕。

方劣要出声的那一刻,宋衿动了。

她的手动了一下,她让请帖滑到掌心上。"啪"的一声,请帖被合上了,她说话时带了一股狠劲儿。

"走。"她说。

宋衿转过头,眼尾有些湿,泪悄无声息地滑落,又悄无声息地停止。

他一直在动摇她。

她让他好好走,他偏不,还要拉上她。

谷崇在拱形门的尽头等着,手里拿着东西。每过去一个自己班里的学生,他就给对方发一个。宋衿跟方劣到的时候,谷崇手里的东西只剩下两个了。

"校庆日快乐。"谷崇伸出手。

他手里的东西是两枚印章。

"谢谢老师。"

宋衿接过来,打开看,怔了怔。

她没猜错的话,谷崇给他们准备的是心研1班所有同学的姓名章。但她手里的这个是方劣的。

方劣:"拿错了。"他晃了晃手,问她,"要换吗?"

宋衿闭上眼,深呼吸,睁开,对方劣道:"就这样吧。"

该换的,宋衿在心里跟自己说。

她边走边想,身体里像有一只兔子在横冲直撞。

宋衿站定，又对方劣道："给我。"

方劣停了片刻，将印章递给她。

"……"宋衿摇摇头，指他的另一只手，说道，"这个。"

她接过方劣的请帖，从上衣的口袋里摸出笔。一双手里都拿着东西，她懒得倒腾，索性用嘴咬开笔盖。

笔挨到纸的那一刻，宋衿后知后觉地反应过来，她不知道该写什么。

今天，她的脑子发热的次数太多了。她想了一会儿，把笔尖挪到方劣的名字旁，签上了自己的名字。

她的字张扬起来跟方劣的有一拼。两个人的字挨在一起时，还是她的占了上风。

方劣将请帖接过来看，"宋"字的撇不偏不倚地压在"劣"字的勾上。宋衿用手垫着写，本身就不好收力，他写的勾又浅，两个字算是连在一起了。

他将请帖拿远一点儿看，感觉像是两个名字挨在一起了。

宋衿体内的兔子估计撞在树上了，不动弹了。

她笑笑，说道："方大设计师，是不是你要讨的好？"

方劣笑道："我讨了吗？"

宋衿轻哼一声，拨开手里的印章，又翻开请帖，盖在自己的名字上，说道："那就当是我讨的吧。"

她拿起请帖在方劣的眼前晃了一下。

宋衿的嘴角弯了弯。她笑得灿烂，一边倒着走一边说道："你比我会说话，我不管你了。"

彩烟燃尽，主席台上的横幅被风吹得不停地翻动，像燎原的火，越吹越猛烈。

清大校庆，落幕。

开学典礼还要再等一会儿才开始，谷崇告诉他们不想待就离开。陈锋然乐呵呵地组局。教室里，玩狼人杀的、打扑克的、玩手机的都有。

宋衿跟着玩了一会儿牌，她手气好，一把也没输。坐在她旁边的方劣就不一样了，不一会儿脸上就被贴了好几张纸条。

最后他可能也输烦了，不让人贴了。

他不让人贴，就没人敢给他贴。众人都想着张罗下一把了，宋衿开口了。

"别耍赖。"宋衿拾起纸条，沾了一点儿水，就拍到方劣的脑门儿上了。

陈锋然看见后道："衿姐，厉害！将劣哥治得服服帖帖的。"

他坐得远什么都敢说，苦了跟方劣一起玩牌的人替他打哆嗦。他们生怕方劣掀桌而起，结果方劣没动静。

倒是宋衿的脸色变得很冷，也挺吓人。

有人看见后，用眼神示意自己的同伴：我就说他们不对付吧。

另一个人拼命眨眼，用嘴型说道：就是！就是！

第十三章
在不见光里燃烧

奇怪的是,方劣再没输过了。

之前赢了他好几把的那个人,到头来贴了满脸纸条欲哭无泪。陈锋然走过去拍拍那个人的肩,说道:"收拾收拾,咱们转场!"

"衿姐呢?"陈锋然看看周围,嘟囔,"劣哥也不在。"

周舒嘉对他说道:"你先发消息告诉他们行程。"

陈锋然恍然大悟,掏出手机。

陈锋然:"衿姐,待会儿去唱歌。"

陈锋然:"劣哥,待会儿去唱歌。"

微信提示音一前一后地响起。宋衿的胳膊此刻搭在天台的栏杆上,她懒得拿出手机来看。

方劣看了一眼微信消息,将手机递到她眼前,说道:"估计一样。"

"嗯。"宋衿应道。

方劣:"叫我出来干什么?"

宋衿答道:"放风,教室里闷。"

方劣意味深长地"啊"了一声,说道:"是挺闷的。"

宋衿瞪他一眼,很巧地,撞上了他带着笑的目光。

火烧云挂在天际,他们像是被揉碎在了深橘色里。他们对视久了,却感觉离得很远,都在不停地往后退。

"我能做的、想做的,我都会做。"她声音轻轻的,眼睛还是看着方劣,"我不提的,你也先别提,好不好?我们先确保当下尽兴吧。"

方劣沉默着,眼里的笑意却消失了。

今年的"秋老虎"消极怠工,风柔和得要命。天台被拥在落日里,总让人有一种难以言喻的落空感。

方劣嗤笑一声,问宋衿:"你怎么这么狠心啊?"

宋衿:"谢谢。"

方劣怔住了。

宋衿取出请帖,翻开,又仔细地看了一遍请帖上的字。随后,她抬起头,认认真真地道:"谢谢。"

"……"

方劣笑了,说道:"好。"

"自私的小朋友。"他抬手,握在宋衿的后颈上,轻轻地捏了两下,说道,"都听你的。"

等他们回到教室里时,心研1班的其他人已经分批打车走了。宋衿收拾了一下自己的随身物品,就准备走了。

方劣用指关节叩她的桌子,漫不经心地问:"我能看看吗?"

宋衿一怔,反问道:"看什么?"

方劣却没回答,好像只是通知她一声似的。他伸出手,从她桌上的书脊上慢慢划过,抽出靠下的一本书。

他抽出的是她夹着画的那本书。

宋衿没拦,拉上书包的拉链,专注地看向他。

方劣翻了几遍没有找到那幅画,挑眉,问:"哪儿去了?"

"你存心的?"宋衿说道,"有也问,没有也问,烦不烦?"

方劣把书放回去,又问:"扔了?"

宋衿笑了一声,说道:"说什么梦话?我把它放在家里了。"

方劣装没听懂,点点头:"扔了也好。"

宋衿瞥了他一眼,不想再废话。她拎起书包,扔到他的身上便往外走。

方劣微不可察地笑了笑,跟在她旁边。

出租车赶上晚高峰,几乎是晃晃悠悠地向前挪的。宋衿不晕车,就是困了一天,眼皮止不住地打架。

她仰靠着,脖颈处没有支撑的东西,酸得厉害。她往车窗外一望,有个小孩儿骑着脚踏车向前冲,没过几秒钟就消失在她的视野里了。

"……"

宋衿坐起来点儿,说道:"方劣,我给你两个选择。一,下车,走着去。"

这话刚被她说出口,方劣还没明白她的意思,司机先懂了,说:"别啊,姑娘,再过俩红绿灯,再拐个弯儿路就通畅了。"

宋衿按着太阳穴,想说话,方劣开口了:"别下车了。"

他对路通不通畅没什么意见,只不过看出来宋衿在犯困。他想让她留在车上睡一会儿,万一车一颠,她靠上他,也是说不准的。

"行。"宋衿的手撑在他的腿边,她说道,"那你选第二种是吧?"

方劣"嗯"了一声,问:"第二种是……?"

在他问出口前,宋衿就已经给出答案了。

她拆了高马尾辫,拢了几下头发。然后,她靠在了他的肩上。

方劣的手下意识地抬起来,宋衿以为他不愿意,伸手拦了回去。她慢腾腾地解释道:"我太困了,靠在后面不舒服。"

"没事。"方劣答完,莫名其妙地笑了一声,补充道,"你睡吧,到了叫你。"

宋衿安心了,含混地应了一下。

方劣的肩也硬,她找不到舒服的位置,还不想睁开眼。于是,她胡乱地动了两下。

片刻后,她感觉到自己的头往下坠了一点儿,又被什么东西稳稳地接住了,好像比刚才的触感软。

司机换了一首轻音乐播放着,悦耳的音调充斥在车里。宋衿闭着眼,在黑暗中,身边的人的存在感格外强。

她却渐渐地习惯了。

迷迷糊糊间,她听见方劣压低声音说了话。

"叔,不用拐弯儿。"

车停下的时候,宋衿是有感觉的。车开得七拐八拐,像走S线似的,她睡不着。

但她又好像比睡着了还要舒服。

没有让她困扰的梦,没有纷乱的顾虑。

她只是闭着眼休息,鼻间萦绕着方劣身上好闻的烟尘气,就感觉一身轻。

宋衿不动,方劣也不喊她,前座传来轻轻的声响。应该是司机转过头想说话,却被方劣制止了。

宋衿睁开眼,坐直,视线聚焦。她看见方劣活动着腕骨,反应了一会儿,怔住了。

她有点儿茫然,问他:"你……我枕着你的手睡了一路?"

方劣漫不经心地道:"确切地说,是枕着我的掌心。"

"……"

方劣轻笑一声,说道:"别盯着了,要不你给我揉揉?"

"……"

最后还是司机催促他们下车才打破了僵局。方劣付的钱比计价表上的多出 10 元,算作导致司机耽误时间的补偿。

宋衿下车,方劣从另一边绕过来。

她问:"你让我踏实地靠在你的肩上不就得了吗?"

方劣极其敷衍地"嗯"了一声,说道:"下次。"

宋衿:"……"

她的视线不受控制地落在他的手腕上,她抿抿唇,问:"还酸吗?"

方劣快速地回答道:"酸,你给我揉揉吧。"

他大大方方地将手伸到她身前,晃了一下就放到兜里了,说道:"别寻思了,我乐意。"

宋衿:"乐意什么?"

方劣睨她一眼,哼了句不成调的歌。

"把你捧在手心里。"

他们朝陈锋然发来的定位走着。这条街上,沿路都是些吃喝玩乐的地方。霓虹灯不断,墙壁五颜六色的。

宋衿很久没说话,方劣看她,她也像没发现似的,垂着眼帘朝前走。

方劣怕她再磕碰着,跟得紧。他见她真要撞上人,拉了她一把,说道:"你靠在我的肩上我还得担心你摔着,枕着我的手方便我看,别……"

他没能将话说完。

宋衿握住他的手腕,朝他笑了笑。

她说:"方劣,要是我们能别想太多就好了。"

要是她没有失忆,应该就不会害怕心动了。要是她恢复了记忆,也就没什么停在原地回头看的理由了。可是哪儿有那么多"要是"呢？

偏偏她的思绪不是一片空白，永远运作着，警告着她该干什么，不该干什么，让她变成一个胆小鬼。

宋衿，你明明往前迈一步就好了。

周舒秦定了最大的包间，宋衿和方劣进去的时候，同学们已经开始唱歌了。

陈锋然看见他们后伸手跟他们打招呼，但背景音太大，他们根本听不清他在说什么。宋衿指着耳朵示意，他懂了，把脚边的酒往外搬了搬。

宋衿点头，看方劣，说道："你过去玩吧。"

"你去哪儿？"方劣蹙起眉，问她。

宋衿说道："我去找嘉嘉坐会儿。"

方劣："我跟你……"

"不用。"宋衿摇头，一个字一个字地说，"你去玩你的。"

方劣半眯起黑眸，说道："我说我跟一起。"

宋衿："方劣，你信不信我现在就走？"

"……"

"你先过去。"宋衿犹豫了一下，补充道，"结束后一起回家。"

周舒嘉正摆弄着手机选歌，见宋衿过来，往旁边挪了挪让开位置。等空出够两个人坐的地方后，她抬起头，不解地道："方劣呢？"

"找他干吗？"宋衿笑了笑，颔首，说道，"那儿呢。"

"我不找他，就是觉得他应该找你。"

周舒嘉边说边顺着宋衿的视线看去，方劣坐在了一帮男生中间。

他冷着脸，黑发被他随意地拨弄了几下，露出眉骨。他那漆黑的眼睛里掺杂着戾气，他看起来很不高兴。

周舒嘉吞咽口水，问宋衿："衿衿，他是不是等你给他加冕呢？"

宋衿被逗得笑了笑，倒了点儿果汁喝。

她今晚没喝酒，一晚上都喝着果汁。

方劣就不同了。本来他那模样挺让人害怕的，结果不知道陈锋然说了什么，气氛变得活跃了。

他们又开始以灌醉方劣为目的喝酒了。

方劣来者不拒，喝得越来越凶。整个过程，宋衿和他几乎没有眼神交流。

"衿衿！"周舒嘉兴奋地给宋衿看手机，并问，"我唱这首歌好不好？"

宋衿看了一眼，有点儿惊讶地道："情歌？"

宋衿装模作样地看了看四周，对上方劣的视线时怔了怔。她低下头，打趣地说："看来有你喜欢的人在。"

周舒嘉的脸慢慢红了，她急忙说道："没有没有，我就是想唱。"

"好，"宋衿温柔地道，"我帮你点。"

麦克风很快被递到周舒嘉的手里。她看起来很紧张，唱出来却意外地好听，是受过专业训练的水准，再加上她的声音很甜美，包间里很快安静下来，还有人拍着手打拍子。

一曲终了，热烈的掌声响起，陈锋然叫唤的声音最大。

"嘉嘉厉害！嘉嘉真棒！"

方劣睨了他一眼，又瞟了周舒嘉一眼，心道：傻子。

陈锋然喝酒不上头，方劣意识到陈锋然醉了，还是因为陈锋然戳在他旁边，自言自语道："嘉嘉好像喜欢我。"

方劣高看了他一眼。

陈锋然接着说："但是我只把嘉嘉当妹妹啊。"

方劣再次低看他。

陈锋然："希望嘉嘉别说出来，不然我不知道该答应还是该拒绝。影响她出国就不好了。"

方劣想：你考虑得还挺周到。

方劣愣了愣，揪过来一个人，让对方把陈锋然送回家。

他怕陈锋然再待下去，好不容易长出来的脑子会因为酒精而消失。

方劣推门往外走的时候没看任何人，但宋衿看他了。

他喝了一晚上酒，人也恹恹的。

宋衿踟蹰片刻后摸出手机给他发消息。

宋衿："你要回家了？"

方劣没反应，宋衿皱眉，接着戳屏幕。

宋衿："生气了？"

宋衿："你在哪儿呢？我去找你。"

她将第二条消息发出去的时候，正好赶上切歌的空隙。她听见了方劣的手机的提示音，走过去一看，松了一口气。

宋衿怕他的手机丢了，将它交给周舒嘉后才出包间，却不知道该去哪儿找他。她思考半晌后决定走着看，实在不行再回来。

她没走几步，有一间包间的门被人从里面敲响了。

门被敲了三下，敲门者的指向性很明确。

宋衿犹豫了一会儿，推开门，里面没开灯，一片漆黑。门开后带了一点儿光进入房间，方劣估计敲完门后就靠着沙发的靠背躺下了。

"进来。"他懒洋洋地道，停顿了一下后补充道，"关门。"

宋衿沉默了一会儿，轻轻地关上门，什么都看不见了，摸着沙发角坐下。

"你喝醉了吗？"她问。

方劣嗤笑一声，慢悠悠地坐起来，跟她肩靠着肩，面料摩擦的地方泛起灼烧感。

他没回答，宋衿也觉得自己问了个显而易见的问题。

门关着，空气不流通。房间里的酒味太重了，她明明没喝酒，却有些晕了。

他们就这么坐了一会儿，宋衿想说"回家吧"的时候，方劣出声了。

他问她："你讨厌我吗？"

宋衿还没答，他又自顾自地道："不对，是你讨厌过我吗？"

宋衿："没有。"

"骗子。"方劣哂笑道，"我一开始那样儿，你不讨厌我才怪呢。"

宋衿眨眨眼，明明什么都看不见，却还是转过头看着他，说道："那不是讨厌你，是讨厌我自己。"

方劣像是不信，拖长尾音"哦"了一声。

宋衿叹了一口气，说道："真的。"

"讨厌我也没办法。"方劣嘲弄地道，"我如果不那么干，就走不进你的心里。

"我要是跟周舒秦一样，你能认真地对我吗？你只会一直瞒着我，装没事人，笑一笑就能把我拒之于千里外了。"

他的声音微微颤抖，仿佛在控诉很过分的事情。

"别说了，方劣。"宋衿说道，"你喝得太多了。"

方劣不以为然地道："你觉得，我如果喝多了，咱们俩还能好端端地坐在这儿吗？"

宋衿轻声问："那你说这些，是想让谁难受呢？"

方劣一顿，说道："我说这些，你会难受？"

他说这话的时候，身子动了动，宋衿感觉他转到了面朝她的方向。

宋衿沉默了一会儿，也侧过脸，微笑着道："嗯，我不难受。"

"第一次见你那会儿，没想过我会这么疯。所以，你要怎么样？怪我，还是吵架？"

她的语气很平淡，像在处理一件跟她完全没关系的事一样。

她的这种态度，让方劣瞬间偃旗息鼓。

"没怪你。"他嗓音沙哑地道，"我只是不知道该怎么对你。"

宋衿哑然。

"我该怎么对你，你才会好过？"

方劣的呼吸是炙热的，宋衿的脑子里不停地滚动着的齿轮，被烤得慢了下来。

她的眼睛一热，滑在脸颊上的泪却变凉了。

"你非要问是吗？"

宋衿的喉咙里很酸涩，她尽量保持平静，放缓语速说："我的梦在无休止地警告我，睁开眼面对的现实还让我抗拒。"

"只有在你身边，我是好过的。"她说，"懂了吗，方劣？我想活在你身边。"

一句话的重音落在不同的字上，意义也会不同。

比如宋衿，她说她想，"想"的声音更重。

这代表她想，却不能。

方劣："我等不到你，我知道的。"

他的声音过于沙哑。宋衿抬眸，看不见他，但他的轮廓好像出现了。

周围彻底安静下来，只剩下翻滚的酒气和杂乱的呼吸声。

光能照亮一切，而黑暗吞噬着世界。

想这样，想那样，想多想少，在作祟的，永远是"想"。

方劣说完"你等等我"后，宋衿的耳朵剧烈地嗡鸣了一下。

宋衿想：不想了。

她抬起头撞上去，先屏住了呼吸。

接吻的滋味，宋衿也是第一次尝，咸涩又滚烫。

还有少年骤然窒住的呼吸。

泪水交织，宋衿的唇挨在方劣的嘴唇上，很轻，风都吹得走似的。

她的血液却好像沸腾了。

她怕撑不住倒下去，攥紧方劣的衣领，说道："等不到我的话，就离开我吧。"

方劣堪堪回过神。

他克制地、慌乱地蹭了一下。

女孩子的唇太软了。

时间一分一秒地过去，谁都舍不得动。谁都不想再思考明天、下个月，或者再往后的事情了。

如果尽头就在这儿，他们甘之如饴。

可惜就算在童话故事里，12点的钟声也会响起。

周舒嘉给宋衿打来电话，说他们准备走了，又问要将方劣的手机放在哪儿。宋衿回了几句话后挂断电话，站起身，手不受控制地揉了揉方劣的头发。

良久，宋衿拉开门。

"你喝多了。"

忘了吧。

方劣懂她的言外之意，勾了勾唇，懒洋洋地应："嗯，我喝多了。"

这天之后，一切照旧。

没人知道他们曾在不见光的地方卸下伪装，却又在光照进来的那一刻全副武装，徒留下未完全熄灭的火，悄悄伪装燃烧。

十二月初，又清市下了第一场雪。

冬天又来了。

宋衿去谷崇的办公室里取回计算机二级证书。她将它们放到讲台上时犹豫了一会儿，抽出一本往后面走。

方劣一下课就被陈锋然拽走了，到现在还没回来。宋衿把证书放到他的桌上，想了想，打开门走向窗台。

雪花覆在地面上很薄，有人踩过去，颜色就深几分，是不纯粹的黑色。

宋衿没站多久，陈锋然的声音就传了过来。

"劣哥，有什么办法能让它不化吗？"

方劣："量子力学。"

"什么？"陈锋然纳闷儿地道，"我好像没学过。"

宋衿偏头看去，他的手里捧了一个很小的雪人，挺可爱的。

陈锋然："衿姐！别看它小，其实可厚实了，我捏得特费劲儿。"

宋衿点头，抬眼问方劣："那你干吗去了？"

方劣冷笑一声，说道："保驾护航。"

陈锋然"嘿嘿"笑了一下，说道："我怕有人跟我抢，就叫劣哥也去了。"

"……"宋衿无奈地道，"安全意识很强。"

陈锋然护着雪人，咧开嘴笑。

方劣："到处显摆去。"

方劣把陈锋然打发走后肩一垮，朝宋衿走去。

"到底去干吗了？"宋衿转过身，靠在冰凉的石料上。

方劣："听他讲心路十八弯。"

估计那天陈锋然也没彻底醉，自己还记得自己说了什么。陈锋然今天来找他复盘，絮叨了半晌，问他怎么办。

宋衿若有所思地问他："那你怎么说的？"

"我说……"方劣懒洋洋地回答道，"什么也别问，什么也别做。"

宋衿怔了怔，说道："也是。"

"看周舒嘉的样子，她也不打算说。"方劣蓦地笑了笑，说道，"陈锋然想得挺全，考研、毕业，一样没落下。"

但他们从没提过这两件事。

宋衿恍了下神。良久，她抬眸，看着他，笑道："提建议的人要以身作则。"

别问，别说。

方劣漫不经心地点了两下头，说起别的："你刚才在等我？"

"嗯。"宋衿瞥了一眼窗外，说道，"下雪了。"

方劣跟着看了看，正琢磨她这话是什么意思，突然想到校庆那天，她说陪他去。

走廊两头的窗户开着，风直往里钻。走在楼道里的人都会把手缩到袖子里。

方劣却忽地觉得，似乎也没多冷。

他想摸宋衿的头发，顾忌着人多，没动，只说道："那周末一起去买花吧。"

今年的天气似乎比去年的好点儿，雪只飘了一个晚上。

出门那天，宋衿没穿太厚，里面是很薄的无帽卫衣，外面套了一件宽松的羊绒褂。

方劣看见她时眼里有了明显的笑意。他本来在石凳上坐着，看见她后慢悠悠地站了起来，看起来有点儿吊儿郎当的："好乖啊，袷袷。"

宋袷把头发拨弄到耳后，说道："正经点儿。"

她回来两年多了，对又清市的大体布局了解了一点儿。她察觉不对，问他："不去上次那家店？"

"去。"方劣扬眉，说道，"先带你玩。"

宋袷没问他去哪儿玩、玩什么，他的眼角、眉梢是带着笑意的。在要真正思考让人难过的问题前，她也只是想履行"当下尽兴"的承诺。

那是她能给他的唯一的承诺。

又清市的东面有一家很大的室内滑冰场，宋袷听徐希图说过不少次。陈锋然早就说过要来玩，可惜他忙着兑现提高成绩20分的承诺，抽不出来空。

方劣付完钱挑了袜套和冰鞋给宋袷，她抱着，沉默了一会儿，问他："你想过我不会吗？"

"我知道，"方劣一边换鞋一边说道，"所以是我带你来。"

宋袷学东西很快，从小就这样。

宋袷："行。"

她安安静静地换完袜套和冰鞋，把外套脱了放在储物柜里，眼睛弯成漂亮的弧度。她居高临下地望着方劣："那你就教我吧。教会我，然后我们比一场。"

可能大家都爱玩夜场，所以这个时间段滑冰场里人很少，倒是方便了宋袷这个初学者。

方劣只扶了她几下，她就嫌不自在，撒开手了。

冰面上有凌乱的划痕，宋袷从缓慢地留下自己的痕迹，到肆无忌惮，掀起风。

她也摔过，她穿得薄，蝴蝶骨磕了几次，方劣先不乐意了。

宋袷撑着栏杆，吸了一口气，问方劣："学这个不就得摔吗？"

333

方劣蹙起眉,说道:"不是这个摔法儿。"

"我不怕。"宋衿眉毛上挑,看他一眼,说道,"你也别怕。"

最后像专门腾出场地似的,人走得只剩下他们俩了。他们定了起点又定了终点,方劣问:"赌什么?"

宋衿:"没有赌注。"

甚至连"三二一"都没喊,她就先滑走了。

方劣乐了,不紧不慢地追她,准备快到终点时再滑到她前面。

他想得挺好,可惜还没来得及实施,就看见她乌发侧倾,露出一截雪白的脖颈,身子坠了坠,控制不住地向旁边摔去。

方劣心里一紧,追上她后伸出手。

他拉是拉到她了,可惜没刹住,两个人一起撞在了墙上。

他撑起来点儿,问她:"哪儿疼?"

宋衿却眨了眨眼,手从空隙处探出去,刚好摸到墙上的终点线。她笑道:"我赢了。"

方劣明白了,垂下头,问她:"故意的?"

"嗯,"宋衿说,"我知道赢不了你,也知道怎么赢你。"

方劣也笑了:"你说得对。"

没有赌注的赌局,她当然可以作弊。

花店是最反季的地方,在冬天也拦不住春花盛开。

宋衿捧着两束花瓣被落日染红的白桔梗,莫名其妙地觉得要是下雪就好了。

方劣付完钱推开门,看见她蹙着眉,便问她:"想什么呢?"

宋衿如实回答了。

方劣没懂,又问:"为什么?"

"它们跟雪一个颜色。"宋衿晃了晃手里的花,说道,"能带着你的念想融进去。"

方劣失笑，手痒，弹了一下她的脑门儿。

宋衿深吸一口气，忍了，问他："你就这么爱招惹我？"

"对。"

他倒是挺坦荡，宋衿被气乐了，问他："图什么？"

方劣看她一眼，语气平淡地道："让你生动点儿。"

"……"

宋衿不说话了。

人间俗常太热烈了，是方劣生拉硬拽着她，她才有幸体会。

宋衿垂下眸看花，过了很长时间，开口："我可以问问那两位是你的什么人吗？"

她的表情很温柔。方劣看过去的那一刻，仿佛回到了小时候，他们初见的那天。

他缓了缓，郑重地回答道："救命恩人。"

宋衿微微睁大眼，怕戳到他的伤口，问起别的。

"我要怎么称呼他们？"

方劣骤然停住脚步，不答反问："你要跟我去？"

宋衿怔住，偏过头，问他："现在不是正在去吗？"

方劣咬了咬牙，一边往前走一边说道："你不用去。"

他的态度很奇怪，宋衿蒙了一会儿，说道："莫名其妙。"

方劣紧绷着脸，解释道："明天才到日子，那地方很偏僻，你别被吹着。"

"我那么娇弱？"宋衿淡淡地道，看他还想说，直接堵了回去，"行了，这条路先到你家，你把花放回去得了。"

他要是连着拒绝她两回就有鬼了。

方劣"嗯"了一声。

接下来，谁都没有再开口。他们俩的影子交织着，可惜一前一后，分得很清楚。

335

他们停在方劣家门口的时候,气氛还是很容易让人窒息。风停下打了个转就赶忙溜走了,冬天该有的冷清,好像在一瞬间爆发了。

方劣张了张嘴,却什么也没说出来。

他不能让宋衿进去。

她留下的痕迹太多了。

宋衿瞥了他一眼,轻轻弯起唇角,把花递给他。

方劣指骨收紧,不接。

"干什么?哑了?"宋衿又将花往前拿了点儿,说道,"赶紧放进去,然后送我回家。"

方劣倏地抬眼看她。

宋衿还是笑着的,说道:"快点儿。"

她没生气,也不介意。

箍在方劣心上的弦松开了。

他接过花,有点儿急,指尖蹭在了宋衿的手背上,停顿了一下,说道:"等我,我马上。"

方劣的动作确实很快,宋衿只感觉门刚关严实就又被人从里面推开了。

"……"

"你放好没?"她表情复杂地道,"明天我可不跟你买了。"

"放好了。"

方劣一进院里就差起飞了,生怕出来后看不见她。

宋衿看懂他的表情后扬起眉,说道:"在你眼里我那么难伺候呢?"

"没,"方劣反省道,"难伺候的人是我。"

宋衿不跟他抢,说道:"知道就好。"

路灯亮了,方劣看清了她眸底的笑意。

柳青青最近很忙。宋衿意识到这一点,还是因为腊八节当天柳青青给宋衿转了一笔钱,让宋衿同学出去吃点儿好吃的。

宋衿问柳青青,她只说做兼职的地方缺人手,她得帮忙。

腊八节一过,新年就快到了。

学校树枝上的雪积了厚厚的一层,一碰就会往下落,带着让人指尖缩起的凉意。

即将进行期末考试,陈锋然趴在桌上,停止了一年多的填鸭式补习,有气无力地喊道:"嘉嘉,我是真后悔开学那天跟你玩真心话大冒险啊。"

周舒嘉一边给他鼓掌,一边说道:"然哥不愧是最讲诚信的人。"

"全靠哥脑子好使,不值一提。"陈锋然摆手,故作潇洒地道。

陈锋然突然转移话题道:"我今年过年不回家了。"

周舒嘉闻言顿住,没反应过来该接什么话。

人就是这样,一旦喜欢上了一个人,要做的、要说的,就要经过无数次的思考,小心翼翼,不敢露出马脚。

宋衿看了一眼,问道:"你自己待在这儿?"

"差不多吧,我爸妈要来,我给拦住了。"陈锋然说,"但是,我决定邀请大家一起过年,毕竟……"

全国硕士研究生招生考试在春节前就会结束。

都不用他说全,大家光是听见就能自动补齐他要说的话。

再开学后大家就要准备研究生入学考试复试、本科毕业答辩,这些大事像一块块石头,压在每个人的心上。他们再朝前走走,就能把这些石头卸下去了。

但真到了那个时候,他们似乎并不想卸下那些石头。

上午的最后一节课是系团委书记的课，阳光照在黑板上，同学们看不清板书。老师让靠窗坐着的同学把窗帘都拉上。

尽管如此，教室里也没有很暗，反而有一种让人昏昏欲睡的光线。宋衿凭借空气中刺鼻的风油精味强忍着困意。

还有10分钟下课，老师合上教案，说道："今天就先讲到这儿。"

教室里响起长短不一的吸气声。宋衿垂下头看习题册，过了一会儿，放下笔，改为单手托着下巴，眼前的一切越来越模糊。

她太困了。

她最近睡眠质量差，梦做得既频繁又混乱，像在警告她什么一样。

隐隐约约的，好像出现了别的场景，黑压压的一片，让宋衿喘不过气来。

还有小男孩儿的声音，连续不断，她怎么听也听不清。

你说什么呢？

她"喃喃"着。

下课铃声响了，陈锋然拎起书包，见宋衿没动静，想喊她。

"衿——"

他刚叫了一声，就被方劣往后一拽。

"她今天中午不回家。"方劣松手，对他说道，"你们先走就行。"

"是吗？"陈锋然挠头，说道，"行，那我们走了，劣哥。"

周舒秦和周舒嘉没有异议，拿好东西就往外走。快出教室门的时候，周舒秦回头看了一眼。

有人把窗帘拉开了，教室里瞬间亮得反光。

宋衿的座位的左边是过道，右边是周舒嘉的座位。方劣站在过道那边，胳膊斜斜地倚着他的书，把宋衿挡了个严严实实。

大家下课后都着急吃饭，但看见他站着，多少会慢下脚步与他打一声招呼。

他们撞不到他,也就不会打扰到宋衿。

方劣那隐秘的、周到的保护欲,在阳光里悄悄生长。

人一走完,方劣就又把窗帘拉上了,坐到宋衿的前面。

她睡得不安稳,手撑在下巴上,嘴唇没什么血色。她的鬓角有一缕乌发垂落在鼻尖上,脸上只剩下黑与白。

她这模样像是上个世纪流传下来的老照片里的人。

有那么一瞬间,方劣是想把她弄醒的。

但他最后只是朝她凑近了一点儿,抬手要把那缕碍眼的头发拨弄下去。

宋衿可不知道他有什么想法。

她沉浸在梦里,鼻子莫名其妙地痒了一下,体感倏忽间恢复了。

她那当了近半个小时支撑物的手腕,酸得没知觉。宋衿松开手,后知后觉地想起来,自己是在教室里,这么一磕,下巴得疼死。

结果,她被一只有劲儿的手稳稳地接住了。

但人在将醒未醒的时候,总会特别害怕未知的东西,尤其宋衿还没从古怪的梦里抽离。

几乎在顷刻间,她抬起头。

下一秒,她的额头上传来温热的触感。

宋衿一愣,慢慢地睁开眼。

方劣没想到她会突然抬头,就往后撤。

结果惊喜来得太突然,他不想动了。

宋衿整个人还是迷迷糊糊的,看清眼前的人后,懒洋洋地道:"你怎么乘人之危啊?"

方劣:"……"

他舍不得说话。

宋衿笑他:"没出息。"

方劣向后退,垂下眸看她。

窗外的太阳不知道被哪朵云遮住了,教室里陷入昏暗中,宋衿好像又回到了梦里。

方劣的手还托着她的下巴。

"没亲够?"宋衿的语气变得有些冷,她问。

"嗯。"

宋衿皱眉,问:"什么……?"

她没问完,方劣又凑了过来,喉结缓慢地滚动了一下,说道:"没亲够。"

他的话虽这么说,但动作还是很克制的,就连托着她的下巴的力度都是她随时能挣脱的。

宋衿抬起眼看他。

方劣看起来攻击性很强,她第一次见他的时候,他迎着光撞向她。那会儿她想:这么桀骜不驯的人,谁能入他的眼呢?

后来,他承受她的劣根性,劝哄她,捧起她,甚至不跟她的怯弱较劲儿。

他不动声色地让她觉得她还有救。

"方劣,"宋衿轻声道,"在你眼里,我到底是什么呢?"

方劣没立刻回答。

他们四目相对,他倾了倾身,和她鼻尖相蹭。

云飘走了。

方劣的眼神变得清澈无比。

他抬起头,薄唇在宋衿的额头上触碰了一下,模样虔诚。

"神灵。"方劣笃定地道。

他用两个字轻轻松松地带她走出梦境。

宋衿突然意识到，除了她自己，他也能救她。

"是吗？"宋衿嗤笑道，"夸张。"

方劣笑了笑，收回手支着侧脸，什么也没说。

宋衿靠上椅背，她的头发有点儿散了，索性抬手拆了重扎。

她每次扎头发时都爱用嘴咬着发绳，用一只手拢住头发后又去取发绳。方劣盯着，只剩下"帮她扎"这一个想法。

他在这种小事上，眼神直白得过分，就差开口了。

宋衿轻轻弯起唇角，松开手，头发散到肩的位置，把发绳放在桌子上，说道："按理说，有妹妹的男生都会给女生梳头。"

她朝后转身，接着说："你来。"

片刻后，她听见方劣起身的动静，头上随之传来轻微的拉扯感。

宋衿："这么生疏？"

"有点儿。"方劣低声回应道，有些失神。

他没给蒋方婷梳过头，在宋衿身边的时候，他跟蒋方婷一直在争宠。

但他给宋衿梳过头，就一次。

宋衿来他家玩，散着头发。当时是夏天，热，她掏出发绳要扎头发。

方劣鬼使神差地拦了下来，让她坐在板凳上。

宋衿自然不介意，笑眯眯地道："那你帮我扎。"

可惜方劣并没什么扎头发的天赋，最后发绳也不紧，还跑出了几缕发丝，头顶有缝隙。

方奶奶看见后笑了好一会儿。她叫宋衿过来，要给宋衿重扎。

宋衿当时笑着摇摇头拒绝了，摸了摸方劣的头，说道："已经很好啦。"

然后，她顶着鸡窝似的头发一直到回家。

最主要的是，宋衿一下午动作幅度都很小，生怕头发散了。

后来方劣一看到教扎头发的视频就会收藏起来，想着说不定什么时候还能用上。

理论他积累得多，却再没有实践过。

方劣颇为小心地缠上发绳，手一松，高马尾瓣塌了。

"……"

宋衿也没想到自己信错了人。

她叹了一口气："原来你也有不会做的事。"

说着，她自己解了头发，三两下就扎好了。

整个过程她完成得很轻松。

方劣有些挫败感，绷着脸坐下，说道："得学。"

宋衿："我不当你的教材。"

方劣面不改色地道："但是我能当你的免费发型师。"

"……"

宋衿轻叩两下桌面，笑吟吟地道："你想当的估计不只是发型师吧。"

方劣轻轻地挑了一下眉，问："那你觉得我还想当什么？"

宋衿不答，垂眸收拾铺开的题册，唇角还是弯着的。

"那我换个问法。"方劣说，"在你眼里，我是什么？"

这题宋衿熟，刚才她问他，现在反过来了。

"问的人该有自知之明。"她不紧不慢地整理好书，抬眼看他，说道，"你一会儿像个浑蛋，一会儿又乖得不像话。你自己说，你是什么？"

方劣看起来认真地想了想，说："显而易见，我凭你的需要而改变。"

"行吧。"她站起身，喊他，"吃饭去吧，百变小劣。"

宋衿晚上回到家时，柳青青正坐在沙发上看电视，看的是柳青青常看的一部卡通片。宋衿曾经会感叹她妈童心未泯，后来也就习惯了。

她跟着看了一会儿，莫名其妙地想到中午调侃方劣的那句"百变小劣"，没忍住笑了一下。

柳青青注意到了她的笑，说道："你小时候就爱看这些。"

宋衿虽然不记得小时候的事了，但就目前来看，电视里播放的小猪佩奇滚泥坑，她扪心自问是欣赏不来的。

可见，失忆对一个人来说影响有多大。

宋衿顺着柳青青说了几句，没扫她的兴。

吃过饭，宋衿准备睡觉时，柳青青端进来一杯牛奶。

柳青青将牛奶递给她，说道："衿衿，妈妈跟你说一件事。"

"怎么了，妈？"宋衿接过杯子，放到床头柜上。

柳青青有些为难，张了几次口，都只是发出了一声叹息。

"妈，没事的。"宋衿朝她笑了笑，"有什么就说出来。"

柳青青点点头："我准备过年时回一趟南见市，去看看你爸。"

"……"

宋衿有点儿蒙。

自她醒来以后，她爸的遗体就一直在外地。说是遗体，是因为需要跨地区转运，手续难办。

"爸……回来了吗？"宋衿小心地发问。

柳青青："嗯，所以妈妈过年时要去看看他，你自己在家里要小心。"

"我跟你一起去，妈。"宋衿着急地说，"我也想见见爸。"

柳青青摇头："那时候你要准备复试了，参加完复试再去也不迟，好好加油。"

宋衿:"妈!"

柳青青:"听话,衿衿。"

她的语气难得严厉,但通过床头的灯光,宋衿还是能看出她的眼中泛着泪光的。

宋衿败下阵来。

她也难受,鼻间酸涩,说道:"我知道了,妈。"

母女俩沉默了很长时间。

宋衿挤出一抹笑容,说道:"妈,你放心,我会好好的。"

柳青青流下泪,像控制不住似的抱住她,一遍又一遍地抚摸她的头发,连声道:"我的女儿,我的女儿。"

最后,宋衿要跟着走的事不了了之,柳青青嘱咐她早点儿睡后就回屋了。

宋衿眼里的湿意无法消失,她将牛奶端起来喝完。

牛奶放的时间太长,已经凉了。

宋衿怔怔地躺回去。

唯一值得安慰的就是她今晚做的梦很平淡,连声音都几近于无。

她和小男孩儿沉默地对视着。哪怕看不清他的脸,宋衿依旧能感受到压抑、悲伤。

时间过得飞快,已经放寒假了,宋衿还没回过神。

再过几个月宋衿就要参加复试了。

她这段时间消沉得挺明显,谷崇也找她谈过一次话。他没问她是不是压力大,而是倒了两杯茶,边喝边跟她讲他年轻时候的事。

谷崇年轻时估计没做过什么惊天动地的事,就讲一件事,讲到末尾又返回去。他像说不够似的,宋衿听得几乎能倒背如流了。

谷崇年轻时有个好兄弟,他们俩喜欢上了同一个女生。最后,他没比过好兄弟，老老实实地给好兄弟当伴郎去了。

谷崇讲这件事的时候，还拉开了抽屉，里面放着一张照片。他盯着好一会儿，宋衿猜那张照片要么就是他兄弟的，要么就是他兄弟的老婆的。

谷崇像知道她的想法似的，解释道："婚纱照。"

"……"宋衿总觉得他的这种行为别有企图，没好意思问，打岔道，"那你们还有联系吗？"

"一年见一次面。"谷崇竖起一根手指，说道，"他们求了我一件事，我回回都是带着任务去汇报的。"

宋衿配合地笑了一下，心道：他们这关系得多差呀，365天才见一次面。

谷崇："我这辈子有三次熬不下去的时候，一次是知道跟他喜欢上同一个女生的时候，一次是给他当伴郎的时候，一次是他们求我办事的时候。但都过去了，没什么事是过不去的。"

宋衿的嘴动了动，她还是没敢冒昧地发问。

谷崇注意到了，问她："你是想问我为什么不结婚吧？"

他又看了照片好一会儿，叹了一口气，说道："跟他们求我的事有关。"

"……"

宋衿觉得现在笑不太合适，索性也叹了一口气。

她在心里为谷崇抱不平，想：这是个什么兄弟？自己抱得美人归，却不让别人结婚！

最后谷崇也没把那张照片拿出来。他关上抽屉，告诉宋衿往前走。

"往前走，所有的事会迎刃而解。"

寒假期间，没离开又清市的几个人又组了饭局，在宋衿和方劣去过的烤肉店里吃烤肉。

这家店除了桌子挪不动，他们得分开坐，哪儿都不错，装修得也好看。宋衿上次来时没注意，他们对面的墙上贴满了便利贴。

宋衿和方劣选了一张单桌坐下。

她这几天心情不好，笑容也少。那种距离感一下子就明显了，她看着比方劣都冷漠。

陈锋然看看她，再看看方劣，怀疑自己的眼睛出问题了。

他低声说："我怎么感觉劣哥要亲切许多。"

周舒嘉不理他，他接着说："难道这就是近朱者赤近墨者黑吗？"

"你别管了。"周舒嘉拆开餐具的塑料膜，说道，"管也没用。"

她觉得，现在能把话说到宋衿心里的人，只有方劣了。

陈锋然一寻思，觉得她说得挺对，朝方劣比了个加油的手势，开始张罗吃饭了。

方劣压根儿没注意他。

方劣连着单手开了两罐啤酒，放到宋衿面前。他又跟她碰了一下易拉罐，把易拉罐放到了桌边。

宋衿稍稍回过神，没好气地道："我跟你做兄弟呢？"她顿了一下，莫名其妙地乐了，补充道，"不让人结婚的兄弟？"

方劣："我这条件，当你的什么不行？"

宋衿刚喝了一口啤酒，猛地听见他这句话，差点儿将酒喷出来。

"你什么条件？你插科打诨的条件不错。"

方劣像模像样地分析起来："我长得行，还聪明，没什么家庭负担。对了，最重要的是……"

他抛钩子，宋衿给面子地抬眼看他。

方劣笑了一下，说道："我不重欲。"

宋衿："……"

不怪她想偏，方劣那笑分明别有深意。他眼睛一眨不眨地带着一股疯劲儿看宋衿，她没落荒而逃就算是招架住了。

她的耳根发烫，她撩下几缕发丝遮了遮耳根，说道："那你适合柏拉图式爱情。"

"哪儿跟哪儿啊？我说的是不重物质上的欲，意思是我好养活。"他得寸进尺似的，临了还要逼问一句，"你想到哪儿去了？"

宋衿在心底唾弃他，面无表情地"哦"了一声，装傻，反问他："你觉得我能想到哪儿？"

"不知道。"方劣拿起夹子，夹了两片玉米片放到烤盘上，又给不断冒油的肉翻了一下面。他叹了一口气，说道，"反正不可能是想我。"

方劣放下夹子，边擦手边隔着热气问她："你最近在想谁呢？"

宋衿靠在椅背上，垂下眼不回答。宋衿的手机刚好振动了一下，柳青青给宋衿转账了。接着，柳青青又给宋衿发来了一条语音消息，告诉宋衿她今晚走，去办遗体转接手续。

宋衿在语音播放到一半时才反应过来熄屏。她垂下眼帘，把手机放起来，握上易拉罐，手指摩挲着带着冰雾的外壁。

方劣见她这样，不追问，夹了一块肉放到她的盘子里，说道："不想说就吃。"

宋衿烦得很，一言不发，把肉倒回烤盘里。

陈锋然坐在他们后面一桌，方劣听见他们闹哄哄的，喝了一口酒，说道："我现在能和你好好说话吗？"

宋衿的脾气上来了，她冷冷地道："你最好别和我说话。"

"那你捂住耳朵。"方劣把易拉罐放在桌上，发出挺重的一声，说道，"我真搞不懂，你都不记得了，还瞎难受什么？！"

宋衿蒙了。

她看着方劣,问:"你说什么?"

方劣:"你不是不听好话吗?"

"你说的是人话吗?"

宋衿简直想泼他一身酒让他醒醒,怒道:"方劣,你真的一点儿人情味都没有。"

方劣笑道:"我耐着性子哄你,换来你这么一句话?"

"我求你了?"宋衿一个字一个字地反问道。

店里人一多,老板就把空调打开了。宋衿浑身冷,还静不下来。

她想跟别人换一下座位,不跟方劣坐在一起。但后面那桌太热闹了,她现在过去格格不入。

方劣看了她好一会儿,吐出四个字:"我在生气。"

"你有病?"宋衿深呼吸一次,问,"你有什么可气的?"

"气你不争气。"方劣语气平淡地道,"你知道身体的自我保护机制吗?"

宋衿一听他说这个,就能猜出他接下来要说什么了,于是迅速地说道:"我警告你,别往下说。"

方劣抬了抬下巴,被逗乐了似的,问她:"你怕了?"

宋衿不想看他,握在易拉罐上的手收紧,酒都快溢出来了。

"你就觉得你那点儿记忆那么好?"方劣自顾自地往下说,"好还能让你忘?"

"我用不着你跟我讲这个。"

"你能理清楚?"

"你以为你是个专业的心理医生?"宋衿冷笑道,"省省吧,我读南大的心理学自己悟。"

她说完的那一瞬间,两个人同时愣住了。

方劣先反应过来,似笑非笑地道:"南大啊。"

348

宋衿倏地明白，她抬眸，气卡在胸口顺不下去，连连发问："你有意思吗？为了套话跟我吵一架？"

一年前，同学们在一起讨论考研的意向院校，她没说，方劣也不说。她以为这事就过去了。

"你在这儿等我呢？"宋衿冷冷地道。

"这是意外之喜。"方劣笑道，"主要你心里头堵着气，我想让你出气。"

宋衿停顿了一下，他说的好像也在理。

在她心里待了七天的郁结确实散了点儿，全换成了"方劣真烦"。

她想了想，目光有些复杂地说道："你是真不给自己讨好。"

方劣轻轻地"嗯"了一声，把已被烤焦的肉撤到一边，铺上新的。接着，他把玉米夹到宋衿的盘里，说道："现在吃吧。"

宋衿瞥他一眼，叹了一口气，低下头吃饭。

方劣："你不问问我？"

宋衿嚼着东西，听见这话后瞪了他一眼，好像在说：还用问？

方劣笑了一声，不置可否。

他除了偶尔给宋衿夹菜，手就搭在椅子的扶手上，整个人慵懒得不行。宋衿瞥了一眼，说道："你要是实在没事干，就自己跟自己吵一架。"

"那不行。"方劣当真了似的，慢悠悠地道，"打起来后你都拦不住。"

宋衿无语地扯了扯唇角。

方劣估计是琢磨出她话里的重点了，给自己找了点儿事做。

他向老板要了一沓便利贴，打量了她一会儿，又垂下眼看纸。随后，他从包里摸出一支笔，"唰唰"地写下几个字，撕下来拍到了墙上。

这些动作快得跟没走心似的。但看见他写的是什么时，宋衿愣住了。

"往四季交替的地方走。"

宋衿的心跳骤然快了起来，跟击鼓传花似的，一看见方劣就慢下来，一看见那张纸就又变快了。

她努力地让自己气顺了，问他："这是什么意思？"

"没什么意思。"方劣用笔头顶着桌子转，抬眼看她。他的表情坦坦荡荡，他的眼神肆无忌惮，让宋衿看不出他的破绽。

宋衿的脑子里绷得很紧的两根弦，一根是兄妹，另一根是季节。

他全占了。

但他看起来又像不懂似的，不懂这些的意义，宋衿问都找不到该问的地方。

方劣收起笔，调侃道："要不，我再加上一句'跟我走'？"

"……"

宋衿冷冰冰地道："谢谢，没必要。"

按他之前说的，他这种人，要是真的是他，他早说了。

宋衿不是好糊弄的人，但她不管翻来覆去地把那晚发生的事剖析几次，得出来的结论都是"他说得对"。

方劣那种人，他的脾性，再加上他对她的态度，能有什么理由让他憋着，把她当陌生人呢？

宋衿胡乱地想着，没注意到方劣已经起身走到她的旁边。

他的指间夹着便利贴，他拿着它在她的眼前晃了两下，问她："你写吗？"

宋衿回过神，摇头。

她不想把摸不着头脑的愿望公之于众。

方劣又撕下一张便利贴，让她往里坐点儿。

宋衿不解,但还是往里挪了挪。

"贴在这儿,什么时候想写了,就什么时候再来。"方劣的胳膊横着越过她,他在满墙写满字的便利贴中,贴下一张空白的。

宋衿张了张口,莫名其妙地想问他"会有那天吗",话到嘴边又咽了回去。

方劣应该是没注意到,收回手冲她挑了挑眉,说道:"到时候我陪你来。"

说完,他去还了便利贴,又坐回宋衿的对面。

街道上月光正盛,透过玻璃能看见明晃晃的月亮,以及少年偶尔喝酒的倒影。

谁会不爱海里的月亮和月光下的蓝玫瑰呢?

一群人聚在一起,饭是吃完了,就是不愿意走。宋衿撂下筷子好一阵了,后面还是闹哄哄的。

她冲方劣眨眨眼。

"走吗?"她问。

方劣轻笑一声,拿起外套用行动回答。

走。

最后,两个人跟陈锋然他们打了个招呼便逃离了现场,还被迫录下了春节见面的语音。宋衿走在路上回想刚才的场景,总感觉再晚点儿,就不是录音的事了,怎么也得听两句哭喊声。

方劣见她走得不专心,伸手把搭在她背上的帽子向前套,戴在她的脑袋上了,问她:"想什么呢?"

宋衿的头发被推到了前面,蹭得她的脸颊发痒。她将头发往左右拢了拢,看了他一眼。

方劣的表情一贯慵懒,宋衿也是才发现他这人与大众格格不入。就说最近几次他们和同学一起吃饭吧,不管一开始多热闹,最后七拐八拐,总有人能将话题拐到毕业上,然后就一发不可收拾。

每到那时候，方劣就用手托着脸，随意地伸展着长腿，看着百无聊赖。

宋衿看了几次，觉得他不是拿乔，而是不懂，不上心。

她犹豫了一会儿，问："你看过心理医生吗？"

方劣："……"

他上次听到类似的话，还是因为给她过生日说了几句"最美的风景"。

晚上太冷，宋衿呼出来的气都是一团团白雾，她见方劣不说话，自顾自地给出分析结果。

"我感觉你有点儿……情感缺失。"

方劣怔了怔，笑着问她："这会儿又不是人格分裂了？"

宋衿试图说服他，于是说道："一种病能带出许多种病，我就是活生生的例子。"

"你什么你？"方劣不乐意听这话，"我这属于情感集中。我将感情全搭在了一只非要撞树的兔子的身上。"

他意有所指得太明显，宋衿想装听不懂都做不到，瞥了他一眼，没接话。

她朝方劣这边侧着头，没看见前面横出来的树枝。方劣微微低头，伸手给她拦了一下，说道："我不是说过吗？兔子什么时候好，我就什么时候好。"

"……"

他这种似是而非的比喻，宋衿很少追问。可有那么一瞬间，她的眼前好像被分成了上千块小屏幕，上半部分是方劣和她，下半部分是她的梦。

宋衿停下，转身，问他："你能给我一个理由吗？"

她的口吻挺奇怪的，非要形容的话，就是她认真地开了一个玩笑。

宋衿记得她问过方劣一次图什么,他那会儿瞎扯的话她都懒得记。后来她就没有和他摊牌的勇气了。

风突然刮得凶,仅剩的树叶被吹到地上,不合时宜的东西总是无法久留。

宋衿以为方劣又会胡乱回答。结果,她等了很久,直到这阵突如其来的狂风停下,方劣都没动静。

大晚上两个人站在街上大眼瞪小眼,还是冬天,又傻又没情调。

其实宋衿一问出口就后悔了。

但是看见方劣的眼睛黑沉沉的,不知道里面翻腾着什么情绪,她就不想往回收了。

那天的事在宋衿的脑子里待了很久。

方劣最后吐出一口气,嗓音有些颤,让她再等等,她痛快地点了头。

一段感情里,总是不怎么需要强词夺理和黑白分明的。

宋衿一直认为,等吧,还有三个月呢。三个月能发生太多事了。

后来她才知道,任何事的发生都是不受控制的。一个人但凡想在一天、一分钟,或者一秒钟内推翻对另一个人的看法,谁也拦不住。

第十四章
你本就向自由

可能是因为全国硕士研究生招生考试刚结束，柳青青走了宋衿才没多大感觉。宋衿照常早上起来准备复试，下午准备毕业论文，就是总忘了吃饭，但是这件事也有人给她解决了。

某天中午，门被敲响的时候宋衿还挺蒙。从门镜里望见穿着一身黄衣的外卖小哥后，她犹豫了一会儿打开门，刚想说"送错了"，就听对方叫她"宋女士"。她一怔，把东西接过来，回屋一看单子上熟悉的电话号码，明白了。

宋衿回过神，给方劣打了个视频电话。

方劣接得挺快，头上搭着一块毛巾，黑色的 T 恤衫上有一小片水渍。他跟她说了声"等等"后，便自顾自地吹起了头发。他的手一动，紧贴着皮肤的衣服也跟着动，等他吹得差不多了，宋衿觉得自己将他的完美身材从上到下地看了一遍。

她一想到方劣现在估计正把手机摆在洗手台的置物架上，就没来由地抖了一下，问他："你开屏呢？"

方劣正缠吹风机的线，听见她这话后乐了。但他什么也没说，给了她一个"你说是就是吧"的眼神。他放好吹风机，拿着手机到院子里去了。

宋衿觉得他肯定知道她为什么找他，但是他就特自然，导致她打通了电话，又忘了为什么要打电话。

方劣取出一片酒精棉片擦手机屏幕。宋衿几乎是贴着脸拿的手机，皮肤又白又细腻，瞳孔被垂下的睫毛半掩着。

方劣擦完手机屏幕，把酒精棉片往垃圾桶里一扔，慢悠悠地道："我这饭买得也不晚吧？你怎么就立地成佛了？"

宋衿没想到他盯着她半响，得出了这么一个结论。她想问他为什么给她买饭，又太别扭，最后话说出口时，意思直接变了。

"你吃了没？没吃就一起吃。"她说道。

"……"方劣忍不住笑了一下，见她面无表情，便将笑容收了回去。他轻轻地挑了挑眉，说道，"算了吧，怕你下毒。"

"……"

宋衿挂了电话后，才把装外卖的保温袋拆开。里面的饭菜还是热的，她也不知道自己的味觉是不是出问题了，尝不出什么滋味，就觉得烫。

但这事还不能投诉，过了这么长时间饭菜都没凉，说明店家将火候掌握得好。无所适从的人是她，不关别人的事。

一直到春节那天，方劣一直给宋衿点外卖。陈锋然在班级微信群里吼了几天，说春节那天下午出去玩，宋衿回了个"1"。

她看着时间，差不多到饭点儿的时候，门响了。她没通过门镜往外望，直接开门，伸手的动作在看见门外的人的那一刻顿住了。

方劣穿着一件白色的毛衣，倚着楼梯的栏杆看她，黑眸里含着一丝笑意。他单肩背着一个包，手上提了两个装着菜和肉的塑料袋，他将塑料袋扬起来一点儿，问她："让进吗？"

355

宋衿还没反应过来。

方劣装作为难地道:"不让进你就得自己做了。"

"……"

宋衿稍稍回过神,往后退了两步,拿出一双新拖鞋,放在门口。

但她不说话,方劣就不动。

两个人对视着僵持了一阵,宋衿问:"要我请你?"

方劣弯了一下唇,一进屋里就直奔主题,把菜放到厨房里准备洗。宋衿看着两个塑料袋,在心里盘算着价钱。

"别琢磨了。"方劣拧开水龙头,把袖子挽到手肘的位置,说道,"我收了钱才买的,就当是新年礼物,再计较就没劲了。"

宋衿从第一次收外卖开始就给他转钱,他不收。到后来她叠加着转,加起来给他转了快 1000 元钱,锲而不舍,方劣收了。

宋衿怔了一下,语气平淡地道:"你有劲。"

他天天变着花样地给她点外卖,话也不说,钱也不收。除去第一天的视频,他们俩的聊天儿记录里清一色的转账、退还。

他们俩跟较劲儿似的。方劣铁骨铮铮,她不为五斗米折腰,非要在早就模糊的界限上画上一条新线。

"不明显?"方劣似笑非笑地瞥了她一眼,说道,"我这不是有洗手做羹汤的劲儿?"

宋衿懒得理他,将他从上到下看了一遍,觉出不对劲儿了,问:"你穿白衣服做饭?"

方劣正好洗完菜,在擦手,"嗯"了一声,说道:"顺便开屏。"

宋衿:"……"

她笑了笑,用手指戳了一下其中一个塑料袋,说道:"行,冲它们开吧。看你能不能凭魅力征服它们。"

说完,宋衿一转身,毫不留情地回卧室收拾书本去了。

闻见香味的时候,她没多惊讶,方劣要是做不好就怪了。他那么注重仪式感,要是没把握,肯定要带她出去吃的。

宋衿走出去看见方劣戴着耐高温手套将菜往餐桌上摆的时候,心里冒出一个念头——这人还是个居家型的。

但"居家"这个词跟嚣张的方劣可不能画上等号。她晃了晃脑袋,把不着边际的想法赶出去,准备跟方劣一起端菜。

"别。"方劣说,"你要是碰一下,我的心里都堵得慌。"

宋衿瞥了他一眼,没和他争论,安安静静地坐下了。

两个人吃,他做的菜种类多,清淡的有,辣的也有,确实好吃。宋衿觉得他做什么都能赚钱,开个饭店,出个道,再不济摆个地摊儿,卖点儿他自己设计、制作的东西也行。

吃饭时,他们把"食不言"发挥到了极致。除了筷子碰撞和汤勺撞到碗壁时发出了声音,餐厅里安静得让人有点儿不知所措。

宋衿用手支着下巴等方劣吃完,杂七杂八的念头层出不穷。只要眼前这个人在,那些念头就没办法消停。

方劣一抬眼,就和她对视上了。

宋衿的脸很小,上次在出租车上他托了她的脑门儿一路就有感悟了。她行动迟缓地眨着眼睛,浑然不觉面前的人正打量着她。她的脸又白,没动作的时候既素净又了无生气。

病人都是这样吗?依方劣来看不见得,宋衿恹恹的,专往他的心上捅刀子,他疼得连喘气的机会都没有。

他起身收拾盘子,宋衿也站了起来,说道:"我来。"

方劣垂下眼,慢慢地说:"非要给我添堵?"

他这话说得刻薄,归根结底还是不让宋衿动。她停了一会儿,问:"我要是真洗了你怎么办?"

方劣:"能怎么办?自责呗。坐在你家门口哭。"

这就有点儿演戏的成分了,宋衿无语地撇了一下嘴,做了个请

357

的姿势,说道:"您来。"

"你过意不去?"方劣端着盘子,说道,"我是想让咱们俩都过个好年。"

宋衿寻思,他嘴里的"过个好年",就是她舒舒服服的什么也不干,他把活儿都揽了,伺候她。

宋衿皮笑肉不笑,手在嘴上拉拉链似的比画了一下,说道:"你不如不说。"

"我的包在那儿。"方劣朝着沙发的方向抬了抬下巴,"没事干的话就去把胶条贴了。"

什么东西需要贴胶条?

宋衿打开方劣的书包,看见春联的时候是惊讶的。

但这好像也在情理之中。

宋衿叹了一口气,该想些什么也不知道了。她把注意力都放在贴春联上,方劣洗完手出来时,她刚好贴完。

方劣随手拿起一样东西,对宋衿道:"这回干活儿吧。"

家里的门被里里外外地贴了个遍。贴门口的横批的时候,宋衿得踮起脚,方劣就在旁边站着看。她知道他在想什么,没管,自顾自地往上贴。

方劣轻笑了一声,一只手插兜,走到她身后抬起另一只手。两只手挨住了,横批也贴好了,谁也没动。

方劣的心跳得很快,他紧贴着宋衿的后背站着。她的心跳得也快,快得让她发慌。

暧昧吗?

暧昧。

可这暧昧就像暴雨天里的雨刷器,哪怕运作得再快,也无法将透明的玻璃弄干净,最后都是湿漉漉的。

屋里的手机响了。

方劣率先退开，宋衿沉默地进屋里接电话。是陈锋然打来的，他说地址发到群里了，订了一栋别墅，东西都有了，直接去就行。

宋衿："嗯。"

她挂了电话后，方劣的手机也响了起来。他接听起来，赶在陈锋然开口前说："知道了。"然后他就将电话挂了。

方劣坐在沙发上，双腿交叠，向后仰，催促宋衿："换衣服去，那地方远。"

宋衿点了点头，想说什么，嘴张开后又合上了。她不磨蹭，一般出门都是随手拿一件衣服，今天拉开衣柜的门，才发现她有挺多白色的衣服。

宋衿的眼前闪过此前和同学们除夕聚餐的场景，她和方劣好像就穿成了情侣装。物是人非，她穿不穿都刻意，索性还是选了白色的衣服。

宋衿深吸一口气，推开门出去，方劣还在那儿坐着，连姿势都没变。

她问："你对我就没什么要求？"

方劣一怔，站起来，挺坦荡地点了一下头，回答道："有啊。"

"……"宋衿没料到他会这么回答，沉默了一瞬才道，"说。"

"要你大步往前走，要你心气比天高，要你行平地，要你渡难江，要你眉间清澈，要你做火烧不灭的玫瑰。"方劣边说边走到她面前，停顿了一下，揉了揉她的头发，接着说道，"后来我想了想，要你自由就好，你得先是你自己，才能去赋予其他的意义。"

他想：我神往的玫瑰，你一定要竖起尖锐的刺，去抵抗所有颓靡的事。

出租车停在一条步行街的路口，这里离目的地还有一段距离。宋衿远远地就望见了路两边的地摊儿，于是让司机停车。

太阳挂得高，街上支着一排排鞭炮样式的灯。那些灯灭着，但由于反光，地上也有一块一块的影子。

宋衿就是单纯地想逛逛，漫无目的地走着。方劣跟在她身后，看她左瞧右瞧，走得越来越慢。

宋衿站在了挂着围巾的折叠架前。

摊主是个和她差不多大的小姑娘，坐在塑料椅上打盹儿。感觉到有人来了她才睁开眼，看见宋衿和方劣的一瞬间清醒了，站起来笑嘻嘻地介绍："我这里最多的就是情侣款了。美女、帅哥，我这里的围巾都是纯手工编织的，戴着既舒服又好看。"

宋衿咳嗽了一声，想说他们不是情侣，又怕越解释越让她误会。宋衿索性直接选款，拿出手机边扫码边说："要红格白线和白格红线的。"

小姑娘："好嘞。"

小姑娘摸出礼品袋时顿住了，想了想还是多问了一句。

"包起来还是你们直接戴？"

宋衿正犹豫着，方劣从她身边伸出手，接过两条围巾，对小姑娘道："直接戴。"

他三两下就把其中一条缠在了自己的脖颈间，又给宋衿慢慢地绕上去，并问宋衿："要不咱们俩系在一起吧？"

宋衿懒得理他。

方劣的胳膊悬在她的眼前，他意有所指地摩挲了一下围巾，问她："这算不算红线？"

宋衿："……"

方劣怕她不懂似的，又说道："就是月老的那个。"

"……"

宋衿真没他想得多，她只是出来看见街上红彤彤一片，他们俩白得突兀，想添点儿喜气罢了。听他这么一说，她倒是考虑到了一点儿别的。

她收回迈出去的腿,算了算参加聚会的人数,又扫了一次收款码。随后,她对小姑娘道:"其他颜色的各拿两条。"

等小姑娘都弄完,宋衿"呵"了一声,斜着眼看了方劣一眼,说道:"谢谢。你提醒我了,就咱们俩戴确实不合适。"

方劣怔了怔,反应过来后无奈地笑了笑,任劳任怨地拿上东西跟着。

宋衿很久没出门了,感觉外面的天地换了个样儿。碎雪细细地飘着,画面很唯美,但她的心情是伤感的。

陈锋然选的别墅完全是电视剧里常出现的那种,米白色的墙体配深蓝色的屋顶,经典又简约。敲门前,宋衿回头看了一眼。

方劣的脸上是早有预料的表情,他挑了挑眉,黑眸里噙着笑。

"……"宋衿彻底转过身,有点儿无奈地道,"你不知道人一旦被猜出要干什么就不想干了吗?"

"我的心思就摆在那儿。"方劣憋着笑意,似乎不经意地补充道,"你干吗我看不见?"

宋衿心说:你这人真挺烦,一点儿也不给别人留余地,谁能招架得住?

她静静地盯着方劣,片刻后,伸出手,掌心里是她握了一路的钟表造型的胸针。放假的第三天她下的单,到得挺快。她当时就想着今天给他。

方劣垂下眼去看它。

宋衿接着说:"我没你那手艺,做不出来,随便挑的。"

"是吗?"方劣的声音轻得很,宋衿听得不太清楚。她刚想问,就见他抬起头,将手往上提了提,说道,"腾不开,帮我别上。"

宋衿:"我帮你拿。"

"你拿不动。"方劣反应快,立即说道。

宋衿懂了,他说什么就是什么。

她撩起垂在他胸前的围巾,垂眸,把扣针从卡槽里按出来,穿过针织孔,轻轻地按了一下,戴好了。她抬起眼,与方劣对视上,问他:"不怕我扎你?"

方劣轻笑着摇头,问她:"真随便买的?"

"得寸进尺。"宋衿蓦地凑近他,低下头碰了一下他的下巴才往后退。她背对着门,手朝后叩了两下,唇角微微扬起。

听见门里面传出有人说"来了"的声音和脚步声,宋衿收回手,抓起方劣的围巾上别好的胸针,在半空中放手。胸针跌在方劣的胸膛上,"砰",轻微的声响混入他的心跳声中。

"是否随便,要看你怎么想。"风吹雪落,宋衿笑吟吟地道,"在我看来,表不动了,就代表我们留在这一秒钟了。"

一个动心却不清醒的愿望。

门开的那一刻,方劣哂笑一声,擦着宋衿的肩先过去了。他还留下了一句话。

"衿姐好会啊。"

给他们开门的陈锋然没听清楚,追问道:"劣哥,你说什么?"

方劣:"没。"

"我听错了?"陈锋然自我怀疑,又问宋衿:"衿姐,你听见没?"

宋衿走进去,说道:"听见了。"

"什么?"陈锋然关上门,问宋衿,"他说什么了?"

"他说……"宋衿拖着尾音,指了指茶几上正被众人挑选的围巾,说道,"你再不去就没礼物了。"

陈锋然一脸疑惑地朝茶几上看去,在看清茶几上的东西时来精神了,高声道:"让我先选!"

有人回他:"谁理你啊。"

"这个给我,这个给我。这个颜色暗,给陈锋然,显白。"

陈锋然怒道:"别瞎说!"

节日的氛围很浓,餐厅里的大桌子上摆满了酒水、饮料,还有烟花和用来烧烤的东西。沙发上的一群人为了抢围巾都站了起来,场面既混乱又热闹。

年轻人总是热热闹闹的。

别墅里配置齐全,房主应该是专为开派对置办的这栋别墅。二楼是卧室区,走廊的尽头有一个阳台,从阳台往外看景色很好,能把耐尔河的一角收入眼底。一楼有棋牌室、客厅、餐厅,长餐桌靠着落地窗,外面的草坪中央是露天凉亭,还有一大片空地。

他们分好房间后又把烟花搬了出去。将近下午3点时,陈锋然招呼众人进入棋牌室。

"打麻将来不来?"他问大家。

可惜没人会。

陈锋然讲了一堆,但很明显,好学生没开这一窍。最后,他拉来跃跃欲试的徐希图,又逮到方劣懂行的眼神,构成了三缺一的局面。

宋衿在沙发上坐着。她刚给柳青青报完平安,还没等收到回信,一抬眼便猝不及防地对上了方劣的目光。他用嘴型对她说:陪陪我。

宋衿的睫毛颤了一下,她想:他是懂如何让人心软的。

"先说好,我不会。"宋衿告诉方劣。

方劣语气平静地重复了一遍陈锋然刚才做的玩法介绍。

"我刚才听了一遍。"宋衿拉开椅子,荣升方劣的下家,笑着说,"开始吧。"

陈锋然本以为自己胜券在握,结果……

方劣打五筒，宋衿碰；方劣打二万，宋衿吃；方劣打一条，宋衿杠。

好不容易宋衿开始摸牌了，她自摸了。

好在番数不高。

陈锋然愿赌服输，安慰自己瞬息间就能翻身，发了条朋友圈。

陈锋然："风水轮流转，在线等时机。"

又过了一会儿，底下有人问他等到时机没，他只想哭。

宋衿的手气太好了，她连庄都没下过。

陈锋然："新手大礼包不能这么给吧？"

徐希图有气无力地搭腔："我也是新手，为什么我一点儿体验感都没有？"

有人被吸引，围过来看。周舒嘉开始时还看看陈锋然，到最后就站在方劣和宋衿中间。她最先瞧出门道，于心不忍，敲了敲桌子。

方劣的指间正夹着一张牌，他也不看摸起来的牌，直接打。

陈锋然灵光一闪，顿悟了。

宋衿又自摸后，陈锋然幽怨地开口了："劣哥，你是不是喂牌啊？"

方劣往后撤了撤椅子，双腿交叠，勾起笑，漫不经心地点头。

"……"见方劣就这么坦荡地承认了，陈锋然的目光又挪向宋衿，他问她，"衿姐，你一定不知道对不对？"

"啊……"宋衿露出无辜的表情，慢腾腾地道，"我只知道他一打我就快赢了。"

陈锋然哀号："换个位置吧，我也想被劣哥喂牌。"

方劣打了个哈欠，说道："听得我都想做梦了。"

"……"陈锋然无言以对。

方劣懒洋洋地站起身，朝宋衿说："咱们让个位置？"

旁边围着的人确实有的来了兴趣。宋衿笑笑，应声退了下去。

周舒嘉坐了下来，陈锋然抱怨道："怎么喂牌的啊？"

"你不知道的多了去了。"周舒嘉叹了一口气，压低声音告诉他，"你劣哥还控分呢。"

宋衿正拿手机，离周舒嘉近，听见这话后顿了一下，接着往外走。

方劣在棋牌室外面等她，环住双臂倚着墙，见她出来，问她："开心吗？"

"不开心是不是辜负你了？"

宋衿问道："真故意的？那要是接着玩你怎么办？"

"故意的。接着玩……"方劣稍微俯身，拖了个长音。他见宋衿表情认真，突然笑了，说道，"就不打算让你赢了呗。"

他直起身，笑道："本来接下来打算让他们赢的，结果正好换下来，省得善后了。"

宋衿："……"

陈锋然要是知道，自己和胜利就差一点点得哭死。

不过，她挺爽。

方劣："而且我只想让你赢。"

他直起身，眼神温柔，揉了揉宋衿的头发，接着说："不管在哪儿。"

"你说的和做的可不一样。"宋衿怔了怔，微微弯起双眼，戳着方劣的肩，说道，"还没犯够规呢？"

方劣也笑了，没再说这个话题，抬起脚，说道："去转转？"

他坦坦荡荡的，也不否认。

其实宋衿清楚得很，犯规的不是他说什么或者做什么了，而是他这个人。

方劣举着火把放任火势越燃越烈。他不怕烧到自己，就怕烧不化困住她的冰。

云层褪了色半隐在月亮上,晚风领着月光徘徊在角落里,落地窗前的野草昂首挺胸。无时无刻不流淌的光也看不够世间百态,谁都怕被遗留在旧年。

夜市终于亮起了灯笼,新年是最热闹的时刻。人群熙熙攘攘,有个饰品摊儿上的饰品全是搞怪的样式。宋衿看着觉得有趣,停了一会儿。结果摊主着急上厕所,拜托她帮忙看一下摊位。宋衿答应了,一转眼发现方劣没影了。

她向远处望,见他被几个女生围着,冷着一张脸。但是跟他面对面站着的那个女生不怵,可能是因为身边有朋友在起哄,胆子大得很。看方劣要走,她直接拉住了他的手腕。

女孩子穿着"光腿神器",身材、相貌都不错。见方劣停住,她就收回手了,大方又勇敢。

宋衿说不清自己的感受。

方劣将手斜着伸进兜里,抬眼看了一圈,与宋衿目光相撞。宋衿又感觉自己的心静得不得了。

他们对视的时间有点儿长,女孩儿也发现了不对劲儿的地方,瞟见宋衿后顿了一下。他们与宋衿离得远,宋衿听不到他们在说什么。她只看见方劣回头点了两下头,径直朝她走来。

方劣:"看中什么了?"

他站在宋衿身边后自然地转身,在手背要挨上的那一秒,她下意识地朝旁边躲了一下。

"……"

方劣察觉了,反而拢起手捂在嘴边。他遮掩了一下笑意,又似不经意地点点头,说道:"那个不错。"

宋衿一愣,顺着他的目光看去——一个袋装陈醋模样的发卡。

"……"

他这是在说她爱吃醋呢。

宋衿瞪他一眼,不太想理他。碰巧摊主回来了,她向摊主点了点头就朝前面走了。

这条街上人流太密集了,宋衿带着被戳穿心思的羞恼走得急了点儿。她后知后觉地反应过来,这种场合容易走散,斟酌过后,还是决定回头等等他。

方劣正好在花摊儿前起身。宋衿想不通,为什么有的人的眼睛会含着魔力,一会儿像安定剂,一会儿又像竖起耳朵的兔子,撞得她心跳如擂鼓。

方劣的骨相很优越,他扯着唇角笑的时候有一股痞坏的劲儿,怎么看都不像正经人。偏偏宋衿不知道从什么时候开始,觉得他越来越柔和。

他走到她身边,跟她擦着肩向前走,不再给别人钻空子的机会。

"刚才有一盆兰花品相还行,老板以为我想买,跟我说了一堆养兰花的方法。"

见方劣两手空空,宋衿问道:"怎么没买?"

"我跟他说,我早就有一朵既难养又娇贵的花了。"方劣说到这儿时笑了一声。风吹动头顶上的灯笼,红光四散,他抬起手遮在宋衿的脑门儿上。

灯笼的光不晃眼了,还有点儿暗,她想拨开方劣的手,却被他抢先了一步。他们已经走出夜市,可没人停下脚步,身后的喧闹声被抛得很远。

方劣忽然叫了宋衿的名字,她下意识地抬头看他。

他张口,认真地说道:"我在等花绽放。"

宋衿反应了一会儿后问他:"等不到不死心?"

"等到了也不死心。"方劣又野起来了，黑眸像围巾一样层层缠绕着她，"我认准了。"

此刻，宋袊清清楚楚地感受到了他的固执与傲气。

"哦，"宋袊跟没听懂似的，问起别的，"老板怎么回的？"

方劣："说我浪费他的时间。"

宋袊给面子地弯起眉眼，又问："那女孩儿说什么了？"

"骂了我一顿。"方劣答完，才反应过来她在套话。于是，他忍不住笑了，问她，"跟我玩心理战呢？"

"我随便问问。"宋袊垂着眸，仿佛这样就能藏住眼里的情绪，但听见他的回答后还是不信，接着问，"真骂你了？怎么骂的？"

方劣停下，走到宋袊身前，跟她面对面地站着，意味深长地告诉她："你有女朋友你不说？她还在那儿看着我拉了你的手！赶紧哄去！长得这么帅，却一点儿男德都不守！"

宋袊愣了好几秒钟，因为他在模仿那女孩儿。随即，她控制不住地笑出了声。

"我也没想到……"方劣轻轻地叹了一口气，说道，"没名没分的还得守男德。"

宋袊的笑声戛然而止，宋袊搞不明白方劣说这话的意思。他聪明，还懂她，也说过再等等，怎么今天突然就越线了？

宋袊的嘴动了动，她想说"夜里凉，我们先回去"，可惜没什么出声的力气，气氛沉默得可怕。她想：往前走回别墅也好，往后走回夜市也行，别在这儿站着了。

"……"方劣怔了怔，在心里骂了自己一句"犯什么浑"，随后说道，"我开玩笑呢，袊袊。"

他放缓语调，哄她："我瞎扯的，你忘了就行，别现在做决定，别逼自己。"

方劣看起来比她还怕。宋袊知道他怕她现在要走，天平偏向她的记忆。但后面呢?后面一定会变吗?宋衿觉得自己没有预判的能力。

她觉得自己自私、脾气差且没担当,一直耽误着他。

宋衿吐出一口气,笑道:"不怪你,怪我。"

方劣看得出她在想什么,故意拿话噎她:"是怪你,你要是不出现,我也没什么活劲儿。"

宋衿不想和他争,笑了笑,朝别墅的方向走去。她走了没几步,披散在肩上的头发被人撩起,头发上被卡了个东西。她伸手摸了一下,那东西的形状挺熟悉。

是刚才那个醋袋造型的发卡?

宋衿瞥了方劣一眼。

他向来不将心思显露在脸上。好在她挺敏感,偶尔能从他那双黑沉沉的眼睛里看出点儿东西来。

方劣:"我了解你吗?"

宋衿恍了片刻神,轻轻地点了两下头。

"所以我理解你。"方劣的声音很轻,他像是怕吓到她似的,"你别急。"

"……"宋衿不知道该接什么话,沉默片刻后才道,"我知道了,回头再说吧。"

方劣一向认为有事不能拖,拖了要出事。他伸手握住宋衿的手腕处,说:"那你现在回一下头。"

宋衿本来是真的挺抑郁的,听他这么一说,无奈地道:"我……"

"你要是想不明白,就记住福祸相依。"方劣怕她说完情绪更低落,给堵回去了。他想了想,勾起唇笑了笑,继续说道,"反正我对你来说是福祸。"

他说得小心翼翼,怕她误解。宋衿在心里叹了一口气,开了句玩笑。

"无论是福还是祸，我都躲不过？"

方劣："都听你的。"

他不可能没听过这句流行语，但还是用心地给出了答案。方劣最打动她的一点，就是该硬的时候硬，该软的时候软。

她以前总说他不识趣，现在看来，他是太识趣了。

"你听过物极必反没？"宋衿边说边拆了发卡，方劣僵了一下。她没管，伸出手指缠绕起耳侧的头发，弄出个小辫子的形状，把发卡别了回去，说道，"真应了你说的那句话。"

她是一朵娇贵又难养的花，可总有人拾起她掉落的花瓣，仔细地存放。

"吓我呢？"方劣被气笑了，但他的脑子里紧绷着的筋好像松了下来，整个人没骨头似的迈着长腿，说道，"我都给你记着，等哪天也让你知道什么是物极必反。"

他又坏起来了，宋衿听了想笑。她其实有心劝他一句"迷途知返"，可仔细地想了想，他们俩谁也没资格说谁在迷途，便作罢了。

陈锋然赢了好几把，一看时间快晚上 9 点了，心满意足地招呼人往外挪烧烤架子，宋衿和方劣推门进来的时候，刚好听见他得意地显摆。

"打麻将对于哥来说，就是小菜一碟。"

周舒嘉朝他翻了个白眼，没想理他。

"嘉嘉，你不懂。你知道麻将在哥面前是什么吗？是……"陈锋然正想炫耀一番自己的见解，一转身瞥见了方劣，硬生生地将话咽了回去，改口道，"一种四人骨牌博戏。"

室内响起了一阵嘲笑声，有人问他："尿了？"

陈锋然："哥这是在实力不凡的人面前适当地屈服。"

方劣似笑非笑地看了陈锋然一眼,走过去跟他一起搬桌子,慢悠悠地说:"有实力的人不是我。"

能让方劣那么干的人才是真有实力。

可惜陈锋然正铆着劲儿抬起桌子,没细思方劣那句话的言外之意,笑嘻嘻地应:"谦虚了,劣哥。"

宋衿去帮周舒嘉拿东西。她接过袋子,周舒嘉朝她眨了眨眼,打趣道:"衿衿,你刚才干吗去了?从实招来。"

"……"宋衿反应快,怔了一下后笑了起来,回答道,"转了转。"

周舒嘉敏锐,自然捕捉到了她的异样。周舒嘉摆出一副心领神会的模样,变化语调地"哦"了一声,又重复了一遍宋衿的回答。

宋衿笑着摇头,醋袋发卡正好露出来。周舒嘉抓住把柄,在自己头上同样的位置点了两下,问宋衿:"转出来的?"

宋衿无奈地道:"嘉嘉,你要这样可别怪我。"

下午打麻将时陈锋然和徐希图是上下家。徐希图还不会玩,陈锋然上手指点了徐希图不少回。周舒嘉的那点儿小心思差点儿没藏住,就这样宋衿还是看在眼里了。

"别,衿衿,我错了。"周舒嘉讨饶。

陈锋然放下桌子迎面走来,顺手将她们俩提着的东西全接过去了,说道:"里面没多少东西了,你们快坐着去吧。"

周舒嘉点了点头,等他走过去后,冲宋衿笑了笑,轻声说道:"衿衿,我蛮羡慕你们的。"

宋衿明白周舒嘉说的是什么,知道她和方劣有纠葛的人不多。他们俩光看相处模式合拍得很,再往深就不行了。各人有各人的秘密,她是,方劣也是。他们迈不过去的路障硬生生地竖在了中间,是千斤顶都弄不开的心事。

周舒嘉呢?

371

她也有她自己的顾虑。

人间之事向来繁杂,爱或错过,说不清的。世界太小了,容得下他们,容不下晦涩难言的事。

宋衿摸了摸周舒嘉的头发,想说的话太多了,但这些话里又有99%是不能说的。所以,她只是尽力地让自己暖起来。

"马上就是下一年了。"宋衿跟她说,也跟自己说,"至少明年大家还会再见。"

周舒嘉怔住,许久之后用力地点头。

宋衿看着方劣点火的身影。他身形挺拔,手一下一下地按着打火机。风一吹,他身上那宽松的裤腿向后勒,他藏起的劲儿也迸发了。

宋衿想:遍地山野,大家身边的每个人都可能随时随地跑起来,有计划的再见太珍贵了。

等陈锋然拎着大包小包的东西出来时,方劣也将火点好了。他们围着桌子坐下,开始规定的是烧烤架那儿时不时过去一个人看着,后来发现看烧烤架的人能偷吃,就没人坐得住了。约法三章也没用,大家索性都拿着酒聚到了烧烤架旁。

有抖机灵的,刻意远离了烟吹的方向,结果没料到风挺邪门儿,东南西北乱刮了一通。大家边咳嗽边抢烤串,拿了两三根烤串就退到一旁。大家看看身边有谁,碰个杯,随后大快朵颐起来。

大家,聚在一起气氛热烈无比。

有人咬下一口烤串,赶忙吐了出来,吵吵嚷嚷地道:"这串是生的!快再给我烤烤!"

陈锋然因为没人接班,翻了好一会儿串。他听见这么一句话后怨气很足地说道:"让你拿得那么急!来,轮到你烤了!"

那人揪下一块塞到他的嘴里,说道:"师傅先吃,师傅先吃。"

"你要这样干是吧?"陈锋然直接卸任,忙着追人去了。

"等会儿烤焦了！"

"焦的也得吃！"

众人聚着看乐子，身后传来焦味也不管。等他们俩跑累了，坐到草坪上，徐希图随手拿了一根烤肠，一咬，跟吃了一口炭似的，但她忍住了，煽动旁边的宋衿，说道："嘎嘣脆，好吃得不得了。"

"……"宋衿看她一眼，挺无奈地笑了笑，说道，"换个人唬去。"

徐希图："衿衿，你也太不好糊弄了！"

她也听话，转头跟别人说起来，像极了商场里那些努力地推销的售货员。

成功地骗到一个人后，徐希图又回头想炫耀，正好看见宋衿慢悠悠地拿起一串鸡翅递到了方劣的嘴边。被她喂的男生显然没什么防备心，低头坐着，认真地看着手机。鸡翅被递到嘴边了，他反而先抬起头看宋衿，眉毛扬了扬，那眼神说不清是放肆还是受宠若惊。

方劣张开嘴咬的那一刻就发现不对了，想想是宋衿给的，便没舍得吐，硬是咽下去了。就是有点儿呛，他低下头止不住地咳嗽起来。

宋衿故意逗他，挑了一串最黑的，没想到他会真吃。她赶紧把鸡翅扔到了垃圾桶里，拿来一瓶水递给他。方劣咳得上身晃，没接。宋衿本来想拍拍他的背，手抬起来后却又换了个方向。

方劣后颈直，还白，衣服随着他的动作鼓起，露出点儿优越的脊背线条。宋衿掐在方劣后颈突起的骨头上轻轻地捏了几下，有些上瘾，他不咳了她都没发现。

方劣的手搭在膝盖上，他的脖子酸了，宋衿还只捏那里，别的地方不管，他的脖子更酸了。他倏地笑了一下，问她："你还捏乐了？"

宋衿："……"

她猛地收回手，问他："没事了，你怎么不说一声？"

方劣接过她手里的水，懒洋洋地向后仰，反问道："没事了，说什么？好不容易你看上我点儿，我不得让你满足？"

宋衿被堵得一句话也说不出，想了想，点评他刚才咳嗽的行为："娇弱。"

方劣："谁让你使坏？"

"谁让你吃？"

"你给的我能不吃？"

"……"

他们俩在那儿唇枪舌剑，徐希图维持着回头的动作一动不动，将这一切看在眼里。见宋衿有看过来的意思，徐希图骤然来了个180度转身，确定自己背对着宋衿的时候，人还是僵着的。

李婕从前面走过来，对徐希图道："我叫了你好几声，你都没听见，怎么了？"

徐希图呆呆地道："我好像磕到了（不需要自己谈恋爱，而被影视作品或者其他情侣之间的甜腻感触动了）……"

李婕听徐希图这么说，朝她的身后探头看了一眼，周舒秦刚拿酒找方劣聊天儿，她以为周舒秦一直在那儿。李婕不知道他和方劣他们聊了点儿什么，宋衿弯起眼笑，李婕的心里酸酸的。她收回视线，觉得好朋友背叛了自己，委屈地道："你也觉得宋衿和班长配？"

"哪儿跟哪儿啊？"徐希图一下子回过神，眼睛朝后看。她看得急匆匆的，生怕被人发现似的，她也搞不懂她心虚个什么劲儿。

徐希图看见周舒秦后明白了，拉起李婕往远处走。随后，她松了一口气，在李婕的耳边悄悄地说："我指的是宋衿和方劣。"

"他们俩怎么了……？"李婕疑惑，想起了徐希图刚才说的，声音拔高,"你磕(网络用语,指喜欢并关注的事物)他们俩……"

徐希图一把捂住李婕的嘴:"嘘嘘嘘,别喊。"

李婕点头,大口喘气,问徐希图:"你怎么想的?"

"我也不想想的。"徐希图欲哭无泪,把看见的事情原原本本地给李婕讲了一遍,说完,灵光一闪,又说道,"那你不就可以追班长了?"

李婕愣住了,过了一会儿问徐希图:"你说什么呢?"

徐希图:"你想想,咱们看不出来正常。班长和宋衿他们玩得好,能看不出来吗?假如宋衿真和方劣是一对,班长目前就没喜欢的人啊。"

有理有据,李婕的心一蹦一蹦的,但她还是摇了摇头。

"你是不是自己没看见就不信?"徐希图说,"看我的!"

烤串被吃得差不多了,桌子周围又坐满了人。大家一边喝酒一边闲聊,明明是天最冷的时候,他们却没进屋的意思,好像只要待在一起,就能热火朝天。

徐希图把手里的易拉罐捏得"嘎嘎"作响,闷头喝酒。有人发现不对劲儿,问她:"你怎么了?"

徐希图:"烦啊。"

"烦什么?"

她等的就是这句话,于是坐直,唉声叹气地道:"偶像剧里天天演校园爱情,我这大学都快读完了,恋爱的尾气都没闻着。"

她将话题抛出去了,很快有人顺着说起来。

"谁不是呢?"

"唉,一心只读圣贤书。我其实喜欢隔壁班的一个女生,她的身上有着浓浓的书卷气。结果就前几天,她跟他们班的体育委员牵手了。"

"现在的恋爱都是不成熟的。"周舒秦随口说道,听见方劣嗤笑,又把话拐了个弯儿,"但话又说回来,这东西因人而异。"

宋衿没忍住翘了下唇角,压低声音,跟方劣说:"人家说话你也要管?"

方劣扯唇,说道:"我怕他说到你的心坎儿上。"

宋衿挺无奈地道:"得了吧,只有你能。但你说的大部分的话是戳我的伤口的,扎得特准的那种。"

方劣稍微举高双手,好像在投降,说道:"你随便戳回来。"

"谁稀罕?"宋衿不理他了。

徐希图顺着杆子往上爬,问周舒秦:"班长,你有没有喜欢的人啊?"

周舒秦怔了怔,摇头:"学业为重。"

挨着他坐的陈锋然一听这话,不知道哪根神经被触动了,铿锵有力地重复道:"学业为重!"

"……"

突然的沉默挺让人尴尬的。周舒嘉给了陈锋然一个白眼,说道:"有话没?没话就别说。"

陈锋然干笑两声,喝了一口酒,说道:"我就是有感而发,我前段时间这么努力,说不定考研成绩相当好。"

徐希图正和李婕小声说话,被他吓了一跳,没好气地道:"能有多好?"

陈锋然:"莫欺少年穷!"

有人乐了,开始天马行空地幻想。

"然哥必行!哥们儿要读最好的心理医学研究生,成为最好的心理医生,以后你找我我给你打对折。"

"别!"陈锋然赶紧拒绝道,"我肯定不会有需要看心理医生的一天。"

一群人的笑声传到云朵上又弹回来,他们所拥有的,是无穷无尽的快乐。

第一朵烟花在夜空中炸开的时候，大家都有点儿蒙，下意识地抬起头。"噼里啪啦"的声响传来，每个人的脸上都有不同的颜色。

"别看了，放咱们的。"方劣搁下酒，下巴一抬，难得地有点儿温柔。

他起的头，把烟花按大小顺序排好，挨个儿点火，不断有人说话。

"这个我点，你点那个。"

"我来点这个，我来点这个，这个肯定特别响，别吓着你。"

"你小看谁呢？！"

神奇的是，在他们的烟花冲上云霄的那一刻，头顶上的那片天好像真的只剩下了他们的烟花。一个人叉着腰大笑道："看！不愧是我们，都在给我们让道。"

宋衿跟方劣守在一个大烟花前，他扒拉出引线将烟花点燃，站起身伸手捂住了她的耳朵。宋衿不受控制地抬起自己的手，轻轻地护在他的耳朵上。

"嘭"的一声，宋衿的身侧绚烂非凡。她抬头看了一眼，又和方劣四目相对了。

她在他的眼里看烟花。

风都变得柔和了，宋衿额前的头发乱飞着。方劣的衣角晃到她的腰间，她往前靠了两步，脚尖抵住他的脚尖。

"方劣，祝你前路璀璨，风光无限。"

周围的声音震耳欲聋，宋衿想：方劣应该是听见了的，我喊得那么大声！但她又有点儿怀疑，因为方劣看起来没什么反应。

下一秒，她看见他笑了。先是眉梢，再是眼眸、嘴角，最后他的整张脸上绽放出了灿烂的笑容。宋衿觉得他有点儿夸张，好像她平时对他多坏似的，一句话就能让他开心成这样！

方劣开口了,声音不大,几乎被烟花绽放的声音掩盖,但宋衿看得见他的口型,他问:"能抱抱吗?"

他或许是晚上酒喝多了,又或者是烟花迷眼了……算了,宋衿不愿意再找借口了,想抱就抱了,趁现在清白又无畏,能扑满怀的人,为什么放过?

方劣的呆滞只维持了一瞬间,宋衿枕在他的肩窝里,嘟囔了一句什么,好像是他的外衣好冷。他回过神,手放在她的后颈上,把她彻底拥在自己的身前。

他们相依相偎,他们灵魂共振。

第十五章
交响梦与现实

那天晚上，陈锋然明明给参加聚会的人安排了房间，大家却不约而同地选择在客厅里东倒西歪地躺着。大家一起聊毕业，聊未来，聊一切未知数。或许他们就是要在所有事里插上一脚，高谈阔论个尽兴才满意。

宋衿迷迷糊糊地睡着了，将近凌晨4点的时候醒了。她窝在单人沙发里，方劣的胳膊肘子撑着沙发的扶手，他坐在椅子上。茶几上堆满空了的啤酒罐，乱得很。

宋衿尽量不发出声响，慢腾腾地拿过手机，起身朝楼上走。二楼走廊尽头的阳台被月辉笼罩着。她一只手搭在栏杆上，看渐渐变少的烟花。她低下头打开手机，微信里只有两条未读消息。

"柳青青：新年快乐。"这句话之后紧跟着一个红包。

"柳青青：妈妈要在这边多待一段时间，你照顾好自己。"

宋衿连一条语音都没有收到，叹了一口气。她不知道是不是只有她觉得文字传达不了情绪，读起来也没有起伏，会显得很冷漠。

她戳了几下屏幕，在对话框中打出"妈妈过年好，你也要好好照顾自己"，点击"发送"。她想了想，又选了一个看起来比较乖巧的表情包。宋衿等了一会儿，没收到回信。柳青青估计早睡了，宋衿便将手机锁屏。

她刚才把外套放在楼下了，这会儿身上的余温渐渐被风吹散，有点儿冷。她正犹豫着要不要回屋，手机猛地响了起来。宋衿还以为是柳青青看见消息后给她打电话了，结果一看，是方劣打来了电话。

他应该才醒，声音哑，语气挺急的。

"你去哪儿了？"

宋衿："在楼上。"

手机里传来他松了一口气的声音。宋衿有些想笑，问："我能丢？"

"说不准。"

方劣的声音是从她的手机里和她的背后一起传来的。她挂断电话后回过头，方劣拎着一件大衣，脸被月光照亮，眉毛微微向里蹙着。他没走几步就走到了她面前，把衣服给她披上了。

宋衿顺从地穿好大衣，双臂交叠着压在栏杆上，问他："飞上来的？"

方劣轻哼一声，回答道："通过任意门穿越来的。"

宋衿给面子地弯起眼睛，往远处望。天上没几颗星星，耐尔河的水面上倒映着月亮。她叹了一口气，说道："方劣，我分不清天空和海了。"

她可能真的太矫情了，不过是柳青青走了一段时间，有必要难受吗？宋衿摇摇头："算了，当我没说。"

方劣懒洋洋地倚在栏杆上，微微垂下头看她："那就上天下海地去看看，在你眼里它们什么样。"

"天空和海的定义是你给的，你没必要怀疑自己。分得清还是分不清，只看你想分还是不想分。"他说完，不知道想起了什么，笑着补充道，"所以，如果你看不清我，那就来我身边。"

"……"宋衿知道他正经不了多久，瞥了他一眼，说道，"你去应聘首席情话家吧。"

方劣挑起眉，认真地道："有这职业？"

"没有。"宋衿看不惯他那股嘚瑟劲儿，明知故问道，"你刚才好像很着急。怎么？这么怕我走？"

方劣叹了一口气，诚恳地回答道："我不怕你走，怕的是你一声不吭地走。"

宋衿怔了怔，觉得这人太会戳她的心了。

半晌后，宋衿轻声道："我不会的。"

方劣穿得薄，此刻浑身冰凉。他"哦"了一声，声音闷闷的，宋衿或许听见了，又或许装没听见，反正再往下聊就是翻篇儿了。

但他不想翻篇儿。方劣知道自己不能捉着宋衿不让她走，他说她得自由，那她必须做出选择，在他和她忘掉的过去里选一个。宋衿在拖，方劣扪心自问，他也在拖。他该不该说，该怎么说，说完怎么办，是比高数最后一问还难答的题。

再过一个月就要开学了，他们得忙着朝暂无定数的未来走。方劣付不起让宋衿想起来的代价，就只能干巴巴地让她等。

方劣哑着嗓子开口："你等等我，等等时间。"

宋衿跟他的认知是有偏差的。在她眼里，过去和方劣是分割开的。所以每次听见这个"等"字时，她也挺难受。她能感觉到，他们俩心里压着的石头同样重，谁都搬不走谁心里的那块。宋衿叹了一口气，整个人好像被裹进了混着月光的冰冷的浪潮里，不断下沉。

他在设计方面天赋极高，不该再跟着她的。

她转过身面向方劣，什么话也没说，就那么看着他。她的眼睛又明亮又清澈。

方劣得不到答案，还想问，被她打断了。

"你干脆一天跟我说一遍，给自己找罪受。"宋衿无奈地笑了一下，问他，"你有几颗心够我伤的啊？"

天还黑着，月亮孤零零地挂在半空中，边缘淡得像棉花糖融化在了热巧克力里，薄薄的一层。

她凑近方劣，停在离他三四厘米的位置，笑了笑。随后，她毫不留情地扭头走了，边走边道："行了，回屋睡觉。"

开学后，同学们就又在学校里欢聚了。陈锋然这回挺争气，疯玩一把后老老实实地开始准备复试了。宋衿去谷崇的办公室里找谷崇，即将离开办公室时却被叫住了。

"听说你最近自己在家里，还方便吗？"谷崇招招手，示意她坐下说。

宋衿估计柳青青跟他提过。她回了一个乖巧的笑容，坐在他对面的椅子上，回答道："方便的，老师。"

谷崇点点头，喝了一口桌上的茶，杯子在手里握得有点儿久。他放下杯子，看起来有点儿犹豫，说道："要是有困难……可以来老师家里住一段时间。老师家是两室两厅，门锁都没问题，不放心的话你也可以自己换一下锁。"

宋衿有些惊讶，微微张嘴，还没来得及回答，就听谷崇接着说："我自己住，做饭、打扫都会，毕竟快复试了，你要保证自己的状态。"

谷崇真的是很好的老师，宋衿觉得自从回到又清市，遇见的人都很好，可能是因为这里是她的家乡吧。但归根结底，谷崇的提议还是不合适的。她笑了笑，摇了摇头："不用了，老师，我自己住没问题的。"

谷崇也不强求，嘱咐她如果有事就随时给他打电话，然后就让她走了。

假期虽然不短，但1班的人总感觉他们只玩了过年那一天。事实上也确实如此，寒假期间，考研初试的成绩虽然出来了，但大家还是要认真地准备复试。所以，一开学他们根本不需要老师耳提面命，就自发地投入到学习的怀抱里了。

三月份开春的时候，柳青青还没要回来的意思。宋衿的心情越来越差，她在和方劣说话时也冷冷淡淡的。

在学校里的时候她收敛了一些，周舒秦等人也给打着圆场。一出校门，只剩他们俩时，宋衿心中的那股火气就藏不住了。不管方劣说什么，她都想找由头跟他吵两句。

街上的风已经变得轻柔，太阳温乎乎的，一下下抚平裂开的冰层。

方劣突然问宋衿："你家里有电脑吗？等会儿咱们俩玩会儿游戏。"

宋衿冷漠地瞥了他一眼，问："让你去我家了？"

方劣习惯她最近这毛病了，没当一回事。他伸出手轻轻地拉了她一把，把她换到内圈，说道："路边的车见了你都得炸。"

宋衿："你别跟我说话。"

方劣乐了，逗她："你是不是只会说这一句？"

"……"宋衿心里烦，手机振动了一下。她赶紧摸出手机来看，结果发现是天气推送。她点进微信消息列表里，她和柳青青的聊天儿记录止于三天前，还是因为新的一个月到了，柳青青给她转生活费。

方劣看见她的手机上的内容后停住脚步，嘴角勾起一抹淡淡的笑容，说道："差不多得了，多大了，还离不开父母？"

"你别用这种方式激我。"宋衿吸了一口气，生气地道，"我就离不开怎么了？"

她没注意到方劣一瞬间僵住的表情，接着往下说："我醒来的时候身边就我妈一个人，突然与她分开我真不习惯。你拿什么说事都行，别拿我妈说。"

方劣半晌没说话，只顾着往前走。他的脸色好像也冷下来了，他还是跟在宋衿身边，但绷紧的下颌线摆明了他不爽。

宋衿想问他有什么可气的，想了想后重重地哼了一声，意思是"气就气吧，我不管了"。她正要加快步伐往前走，方劣微微侧过头，眼底还有没消散的戾气。但很快，他弯了弯唇，似笑非笑地道："你就会拿我出气，离开我你就舍得了？"

"……"

宋衿的耳朵里只剩下他说的这句话，她沉默地走了很长一段路。上楼梯的时候，她突然很认真地问方劣："我请几天假去看看我妈可以吗？"

方劣垂着眼上楼，一点儿也没迟疑地拒绝道："你不如去老谷家住靠谱儿。"

宋衿也觉得自己的这个想法有些难以理解，马上就要参加复试了，没人会同意她走的。一进屋，她也没胃口吃饭，换了鞋在沙发上仰着，没什么活力，呼吸轻得自己都快听不见了。

方劣也不催她，径直打开电脑。电脑开机的声音一响，他就叫宋衿过去。宋衿懒得理他，结果他悠悠地道："你玩电脑的话我就点酒。"

听闻此言，宋衿妥协了。

借酒消愁和爱一样，都是人类的本能。

宋衿以为方劣会选择那种对战类的游戏来玩，再不济沙盒类的也行。结果他点开了一款双人小游戏，就小火人小冰人过关那款，她有点儿无语。

方劣控制鼠标开始玩游戏，还想给宋衿介绍键盘，被她拒绝了。他"啧"了一声，手扣在她的椅背上，青筋明显，边往一边拉她边说："别小瞧，通关很难的。"

宋衿这个人吧，胜负欲还是有点儿的。她虽然还是持不屑的态度，但坐直了一些，没想到真卡住了。那一关需要一个人推箱子，另一个人在上面跳，很考验两位游戏玩家的默契程度，在玩这场游戏前，她觉得她和方劣最不缺的就是默契。

宋衿在第七次被方劣故意从箱子上摔下去后，心里烧起火来了。她明白了，这游戏不是考验默契的，而是考验玩家的品性的。她咬牙切齿地道："方劣，你是不是有病？"

方劣轻笑一声，低头看她，说道："谁让你看不起的？"

宋衿被他气得不行，伸手在他的胳膊上掐了一下。方劣装模作样地倒吸一口气，轻飘飘地回了两个字："急了？"

宋衿真急了之后，他又开始哄她，说："这把咱们好好玩，我不闹了。"宋衿不信，要跟方劣换位置，他忍着笑答应了。总算把前面的关卡熬过去了，到后面又是他推宋衿，她不放心，又换回去了。

她好不容易提心吊胆地过完关，感觉旁边的椅子在颤动。她偏头一看，方劣一手支颐，笑个不停。

宋衿气得踹他的椅子腿，差点儿把自己蹬倒。方劣从指缝中瞟见后赶紧伸手，把她搂回来。

"开心了吗？"他问。

宋衿因为惯性磕在了他的胸膛上，听见这句话后翻了个白眼。她想起来，结果方劣伸出手不轻不重地压在她的后脑勺儿上，其实就是单纯地挡了一下，没使劲儿。但宋衿不动了，僵了片刻，脑门儿轻轻地撞了一下他的心口，说道："不开心。"

方劣的身子斜了一下，偏向她这边，他揉着她的头发，偶尔还要用力地捏一捏。他的胸膛特烫，宋衿猜是因为他有一颗炙热的心脏。他的心脏跳得她的脑门儿"突突"的。

"你这架势跟要给我当妈似的。"她说。

"……"方劣无奈地道,"你就这么想她?"

宋衿:"嗯,你不知道,我一醒来,什么都忘了,我该干什么、不该干什么,都是我妈告诉我的。要是没她,我连我自己是什么样都不知道。可能她就是我的舒适圈吧,她一走,我就不知道该怎么过了。"

方劣一只手绕着她的几缕头发,另一只手去摸鼠标,说道:"你是一张白纸的时候,谁都能画上两笔。"

"你什么意思?"宋衿听不懂,方劣这话显然别有深意。她感觉他和柳青青真算得上相看两厌。耳边又响起他敲击键盘的声音,她烦了,说道,"看电脑就放开我。"

敲门声正好在此时响起,方劣收回手,站起身伸了个懒腰。见她垮着脸,他意味深长地道:"我取酒去,你把电脑关了吧。"

宋衿理都不理他,目光落在电脑屏幕上。电脑上还是之前游戏通关的界面,刚才的声音就跟她听错了似的。

宋衿抿唇,关了网页,看见的却不是电脑壁纸。屏幕上多了一个小方块,是记事本的标志,上面有几排宋体字,末尾还是闪着的竖杠,她茫然地看:"衿衿,我想在你的四周设计一座坚固的城墙。但我大概是个贪得无厌的人,总在往上添砖加瓦,这块叫'理想',那块叫'自由',再来一块'肆意妄为'。所以你知道了吗?无论是正走还是倒走都无所谓,只要是你想去的方向,别受干扰,迈开腿就好。"

很明显,打下这些字的人只可能是刚去取酒的方劣。宋衿的眼睛有点儿模糊,她不知道世界上还会不会再有像他这样的人——一针见血的浪漫主义者。他有着说不完的细语。

宋衿截了图,将它设置成电脑壁纸后,仰在椅子上,心想:我大概是一朵虚张声势的玻璃玫瑰吧!我通体冰凉,刺还尖锐,方劣非要焐热我。

初春的风撩拨着树叶交头接耳，月夜春色带来数不尽的温柔。

方劣点了冰啤酒和烤串。他刚把东西放到茶几上，他的手机就响了。他将手机拿出来看，只来得及看清来电人是谷崇，手机便关机了。

方劣："……"

宋衿看了一眼，见他的手机屏幕变黑了。她猜他的手机自动关机了，于是说道："充电器在那儿，你要是着急的话就用我的手机给他回电话。"

"不用，开机了再说。"方劣三两下给手机充上电。他将手撑在地毯上坐下，姿势挺慵懒，长腿随意地伸展着，横在宋衿的边上，整个人看上去很放松。

"哦。"

宋衿不说话了，只是喝酒。她偶尔咬一口方劣送到她嘴边的烤串，气氛很安静，又很融洽。屋子里充斥着酒气，还有方劣身上清清淡淡的烟尘气，她又突然觉得很矛盾。

宋衿的酒量还可以，但是她借酒发挥的本领也是与生俱来的，她干过不止一次。她的下巴枕着手臂，她趴在茶几边上，纤细的腰肢若隐若现。

"我一直想问，你身上这股木头燃烧的味道，是不是你天天拜佛拜得来的？"她说。

方劣抬起眼看着她，反问道："木头燃烧的味道？"

"那不然呢？"宋衿也形容不出来，这味道和他给人的感觉是两个极端。如果说方劣是干柴烈火"噼里啪啦"的猛烈，那他身上的味道就是壁炉里摇曳的火苗，温和又让人充满安全感。

"我不信佛。"方劣回答完这个离谱儿的猜测，低声笑起来。他早把外套脱了，里面穿着黑色的T恤，一点儿也不给早春的冷空气面子。

宋衿觉得他身上的每个部位都能让人尖叫。他的手骨节分明，白，青筋还明显，放在她身上，稍微一弯，好像就能遮住她的腰了。

宋衿看得出神，把他的答案抛到脑后。她漫不经心地接着问："那你准备出家吗？"

"……"方劣挑起眉看她，朝她靠近了一点儿，发现了被她藏在茶几的角落里的空酒罐。他弯了弯唇，逗她，"准备复试完出家呢。"

宋衿的脸上没什么表情，她坐直后朝他靠近了一点儿，停在离他三四厘米的地方，认认真真地说："好闷啊，你去把窗户打开吧。"

方劣上次在别墅里被摆了一道，料到了她就是兴致来了钓钓他，没什么所谓。结果他刚站起来一点儿，腰部便传来了挺狠的拉力。"刺啦"一声，他没设防，身子不受控制地向前摔去。

他身上的 T 恤上的线松了，暂时看不出哪儿被她揪开了。方劣堪堪撑在宋衿靠着的沙发上，再往下一点儿，就是宋衿那双明亮的大眼睛。

他的一条腿跪在她的腿间，另一条腿弯曲着，松松地圈着她。他还没缓过神，有点儿惊，但宋衿总感觉他的眼里暗潮涌动。

宋衿下意识地舔了舔唇。她完全是想拉住他，就拉了，另一只手还举着酒，尽力保持着身体不动。她将胳膊探出去，颤巍巍地把酒送回桌上，才开口说："既然到这个地步了……那你要不要在做苦行僧前偷尝一下……？"她漫不经心地把话说完，眼睛直直地看向方劣。

方劣身体紧绷，喉结轻轻地滚动了几下，被气笑了，问她："你知道自己在说什么吗？"

宋衿不以为然，余光瞥见他克制发力的手后，微微抬起下巴，跟他的距离又近了一寸，像在暗示他"明天是周六"。

不知道是谁的眼里失火了，他们之间的气息被沾上了不友好的火星子。方劣又气又燥热,胸口像有两只兔子玩命地撞,很不好受。他狠狠地道:"你真要命。"

宋衿肆无忌惮地笑了起来,说道:"多谢夸奖。"

方劣撑在沙发上的手不由自主地陷下去一点儿,和她挺翘的鼻尖蹭了一下。那一瞬间,两个人的呼吸都止住了。

他们像裹在酒里打滚儿,神经都烫得离谱儿,但又像处于淡淡的月光下的海平面,除了他们周围,其他地方都在冷却。灯光模模糊糊,向来闭口不提的心意想于燎原的野火中冲出。

宋衿喝了点儿酒,胆子大得很。她不安分地动了下,问方劣:"你是不是怕啊?"

方劣觉得她是真欠教训。他要是没有钢铁般的意志力,她现在早就哭了。他嗤笑了一声,准备说些什么,还没出声,便有人敲门了。

方劣闭嘴了,顺着这根杆儿爬。他懒洋洋地站起身,垂下眼看宋衿,哄小孩儿似的承认道:"嗯,我怕。"

他一说完,就开门去了。

宋衿茫然了片刻,心里突然有点儿不是滋味。虽然她的初衷只是不让方劣走,但他不受影响似的,反而轻易激起了她的胜负欲。心里这么想着,她便站了起来,悄悄地跟在方劣身后,想再搞个突然袭击。

方劣知道她在他的身后。方劣把手搭在门把手上,说道:"我先开门。"

他料到宋衿不会听话,但没料到他开门的那一刻她会把灯关上。屋子里瞬间黑得彻彻底底,随着门开,照进来的光还有点儿刺眼。方劣闭了闭眼,再睁开眼时,发现谷崇正一脸震惊地站在门口。

"……"

方劣设想了一下谷崇眼里的场景:黑屋、酒精、方劣身上那件被扯得松松垮垮的T恤，还有方劣刚才没接到的电话……

方劣服了。

方劣在前面挡着，所以宋衿没看见谷崇。她一开始以为是送外卖的人来了，瞧方劣状况不对，心里一紧，又以为是柳青青回来了。她赶紧探头看了一眼，瞥见门外的人不是柳青青，正要松一口气，反应过来门外的人是谷崇时，那口气直接噎在了喉咙里。

好巧不巧，谷崇也看见她了，以及她那被黑暗渲染的、浮现着红晕的脸颊。

"你！"谷崇气极，指方劣时竖的是食指。要不是他为人师表多年，一定举中指了。他的手指用力地晃了两下，他像是不知道骂什么好，最后痛心疾首地憋出一句，"你们这是犯法的啊！"

方劣本来要解释，听他这么说，神情变得有些古怪。方劣话锋一转，语气平静地道："我们早就成年了。"

谷崇："早就成年了？"

方劣点头，弯起一条腿侧着身子倚在门框上，一副"我占理，你没话说"的样子。

宋衿直觉他讨不到好。

果然，下一秒，谷崇怒道："成年了就不用负责了吗？！"

方劣站直，无奈地挑了挑眉，说道："什么都没发生，您看我敢吗？"

谷崇将信将疑，让他让开一点儿，走进屋里。

宋衿乖乖巧巧地喊了一声"老师"，把灯打开后又给了方劣一个看戏的眼神。方劣叹了一口气，用嘴型说：你开心就好。

宋衿笑得更灿烂了。

茶几上一片狼藉，啤酒罐在地上打着滚儿，沙发上有按压的痕迹。谷崇幽幽地看了一眼四周，扭过头恶狠狠地斥方劣："我看你敢得很。"

方劣抓了抓头发,暗暗叹了一口气,隐去了一点儿重要环节,把来龙去脉讲了一遍。谷崇不信,问宋衿被欺负没,宋衿憋着笑摇头。

方劣:"您不怕她欺负我?"

谷崇狠狠地看了他一眼,重重地"哼"了一声,又叮嘱宋衿:"要懂得告状,别怕。"

宋衿良心发现,说道:"是他说的那样,您放心。我最近心情差,所以喝酒了,对不起,老师。"

谷崇说道:"我知道你的家长最近不在家,专程过来看看你。来,坐在这儿说。"

宋衿乖乖地坐在沙发上,方劣要坐的时候,谷崇咳嗽了两声,盯着桌子,意思很明显。方劣笑了笑,认命地道:"得,我收拾。"

宋衿觉得一码归一码,不能不讲礼貌,也要站起来,被谷崇拦住了。

"我不是来看他的,他闲着也是闲着,没事。"谷崇说道。

听了这句话,宋衿愣住了。她虽然很早就觉得方劣和谷崇以前就认识,但没想到他们这么熟悉,于是问谷崇:"您和方劣是亲戚吗?"

谷崇愣了一下,笑呵呵地回答道:"算是,我差不多是看着他长大的。"

那就说得通了,宋衿跟着笑。

谷崇又问了宋衿几个问题,宋衿一一应答。方劣收拾好后走过来,本来想坐在她身边,结果被谷崇瞪了一眼,只好又搬了一张凳子坐到他们俩对面了。他将手搭在膝盖上,长腿交叠,神态慵懒。

宋衿心说:不能吧?洗个碗就累着了?她回答问题的速度慢了下来,谷崇注意到了。谷崇停下做记录的动作,收起笔记本,朝四周看了看,唠家常似的开口:"你家里东西挺少的。"

宋衿回过神，应道："因为好几年不住在这里，回来后把用不了的旧东西扔了扔，就没剩下什么了。"

"……"谷崇莫名其妙地问，"你自己扔的？"

宋衿点头，有点儿纳闷儿。

方劣打了个岔，说道："别管老谷，他念旧。"

宋衿恍然大悟，微笑起来，边叹气边想：其实我也念旧，就是不知道"旧"在哪儿。

客厅里的灯很亮，谷崇要走的时候，宋衿还挺舍不得。自从柳青青走后家里就她自己，空得很，方劣算上今天和过年那天，满打满算也就来过两天，特别守规矩。但他和谷崇不一样，可能家里有个长辈在才更像家吧。

谷崇把方劣领走了，宋衿慢慢地关上门，自己在沙发上坐了很久，觉得今天那点儿酒算白喝了。她现在清醒得不行，满脑子伤春悲秋的矫情事，看地板上的月光一点儿一点儿地溜走都不顺眼。

窗户外面，风也停了，摇曳着的枝叶不动了，像被喝倒彩后罢工的舞者，愤愤地低着头。宋衿突然觉得很累，她也想奋不顾身一次，想暂时抛弃让她困扰的过去，想为了现在的自己做一场梦，想像方劣说的一样，迈开腿。

宋衿叹了一口气，决定看会儿书消磨时间。她起身，正要去拿书包时瞥见了什么，停住了。

电视下的充电器的一端连着插线板，另一端连着方劣的手机。她反应过来，拔下手机，随便套了一件衣服，又怕他走远了，换上鞋出门。

电梯在楼顶停着，宋衿略一犹豫，索性走楼梯了。她下到五楼的时候，听见了对话声——是谷崇和方劣的声音。

宋衿心跳加速，没再往楼下走。她停在他们的上方，还往暗处躲了躲。至于为什么要偷听，她也给不出理由，只能用第六感来搪塞。

他们估计聊到尾声了，方劣轻声道："您先走吧。"

"你回去干吗？"谷崇警觉地道。

宋衿光听着都能想到谷崇犀利的眼神。

"您别操心了。"方劣笑道，"我的手机忘拿了。"

谷崇："你拿去，我等会儿送你回去。"

方劣无奈地道："就您那小自行车，您坐在上面我抬您回去还差不多。"

楼道里安静了一段时间，宋衿猜谷崇被说服了。

她正想着，方劣又开口了："您还真信不过我了？"

"……"谷崇说，"那我真走了啊。"

方劣："嗯，您慢点儿。"

谷崇下楼的声音响起，宋衿攥着方劣的手机站直了点儿。虽然她没听见什么不能听的，但这也不算坦荡的行为。于是，她犹豫是回去等方劣还是假装刚下楼。

楼梯口的声控灯灯光微弱，长时间的安静后自动熄灭了。宋衿反应过来，方劣好像没有要上楼的意思。

月光洒进来，宋衿悄悄地探出头朝下看。

方劣一只手插在外套的兜里，头向后靠在墙上，一条长腿弯曲着。她只能看清他被光照着的半边脸，那半边脸上没什么情绪。他却好像在压抑着什么，连呼吸都被死死地按住了一样。

初春夜天气冷，冷空气悄然浸入人的骨头里。宋衿想让他上来套一件衣服再走，或者干脆别走了，陪她看看月亮，别让她这么闷。

宋衿不知道自己是怎么有勇气往下走的，换成之前，她会一声不吭地离开。因为她知道她既救不了自己，也救不了他。

可她就是动了，还发出了声响，让方劣知道她来了。

方劣转过头，看见她的那一刻，月光好像亮了不止一分。否则，她怎么能清晰地看见他的喉结急促地滚动了两下，眼里滑落了一滴泪呢？

他看着她，眼泪无声地顺着脸颊往下掉，怎么也收不住。宋衿不知道他为什么哭，但那双黑眸亮得像星星，分明写了"心疼"两个字。

她站在他面前，勉强地笑道："哭什么？"

方劣缓了好一会儿。等胸膛剧烈的起伏停下后，他才闭了一下眼，半开玩笑地回答道："老谷又骂我了。"

宋衿想：骗子。

宋衿不信，但没再问，而是顺着他说："老谷真过分。"

或许这就是他们之间用来维稳的平衡吧。他不说，她就不问。

她家的门今天晚上关关合合多次。她在又一次把门打开的时候，想：要是这次进去能再也不出来就好了。

客厅的茶几上孤零零地立着一罐酒，是她刚才放上去，方劣没收走的。她将它拿起来晃了一下，酒还有半罐多点儿。

宋衿一只手拿起那罐酒，另一只手扯着茶几旁的一小块地毯走到阳台上。她回头瞥了一眼斜倚着墙的方劣，稳当地坐下，说道："别在那儿摆姿势了，就跟谁看不透你爱哭的本质似的。"

方劣无奈地扯了下唇，没反驳她。他慢悠悠地走过去坐到她身边，一条腿半弯着，另一条腿伸展着，问她："才几次啊？"

宋衿："三次。"

她记得清清楚楚，他第一次哭是看见她的那张画，她姑且将那次当成吃醋吧。他第二次哭是他们一起跳舞前，第三次哭就是刚才。值得一提的是，后两次她都不知道原因，问了，也没得到答案。

方劣轻笑一声，拿过她手里的酒喝了一口。他睨着她，眼里那点儿湿漉漉的意思早就没了。

"记得这么清楚?"他问。

宋衿对着他翻了一个白眼,又把酒抢回来,说道:"你这种人,能跟哭挂钩都不可思议。"

"我是哪种人?"方劣反问,把手往后一撑,长腿交叠起来。

宋衿悠悠地扫了他一眼,没有回答。

他平时跩得不行,野劲儿上来后好像能爬上天,那双漆黑的眸子一看就应该是威武不屈的。结果方劣也会落泪,在宋衿看来,他哭时,是真的动人心魄。

她甚至觉得,就算到头来她做出的决定是走,是选择她的记忆,他哭一下,她就能动摇。但方劣估计不会这样做,他那么聪明,哪怕有一千一万条歪路子留下她,也只会选最坦荡的那一条。

宋衿突然不想让他那么坦荡了,他明明就在她身边,随随便便就能干预她的想法。她偏过头,淡淡地问:"你觉得我该怎么选?"

"……"方劣垂下眼帘,像是手腕酸了,漫不经心地抬起手腕甩了甩,给出一个中肯的建议,"要看你想怎么选。"

宋衿反应极快,追问:"我怎么选是对的?"

"你怎么选不对?"方劣看着她,笑道,"对我来说,你做出的选择永远正确。"

宋衿套不出话,有些泄气。她闷声灌了一口酒,觉得两个人之间至少得有一个是简单的。像他们俩这状况,都挺复杂,想摊开说的时机根本对不上。

她故意道:"即使我走?"

"……"方劣向后一仰,抻着脖子,喉结格外好看。半晌后,他叹了一口气,又把话问了回去,"你说呢?"

阳台上只有一层冷光,宋衿不想跟他一来一往地打哑谜了。她抬头望了一会儿,没找着月亮,于是问:"没有月亮怎么会有光呢?"

"月亮走不远,"方劣说,"它会藏。"

"哦,"宋衿弯起眼,用下巴轻轻地蹭方劣的肩,说道,"可我走得远。"

方劣撑着地板坐起来一点儿,让她踏踏实实地把下巴靠上来。他垂着眼看她,似笑非笑的,意思是让她接着说。

宋衿慢悠悠地道:"到时候你哭一场,兴许我就改主意了。"

她的呼吸轻轻地扑在方劣的脸上,她眼里有光在乱跳着,唇角却没什么弧度,表情冷淡得很。她长了一张柔美的脸,如果不去细思她的话里的内容,倒真像在好心地给他出主意。

方劣没有给出回答,宋衿身子攀过来,腰肢露出来一截,总在他的眼前晃。她的腰又白又细,他抬手贴上去,她颤了一下。

她的腰真的很细,他的手一合,就是严丝合缝。宋衿跟他较着劲儿,动都不肯动。她的余光瞥见玻璃上的倒影,方劣指节突出的手上青筋清晰,显得很有力。那手落在她的腰上时又是别的样子,就轻轻地搭着,怕伤着她似的。

夜空中的云飘走,月亮又冒出来了。方劣往宋衿那边靠,他的衣服又被她揪了一下,他把手重新支回身后,说道:"那么坐着容易着凉。"

宋衿扬起眉,意味深长地点点头,学他把手撑在身后,但二人的肩还是靠着的。

方劣感觉挨到了她的手,索性让她将手放在他的手上给她垫着。他笑了笑,一抬下巴,似乎意有所指,说道:"看,我说月亮走不远吧。"

那晚的月光一直没散,像擅离职守的骑士幡然悔悟,披在两个人的身上慢慢流淌。从他们不知道谁靠谁的肩,转到他们十指相扣的手,月亮来回打着圈儿,一点儿一点儿地编织出青涩的情愫,好似要迎接摇摇欲坠的星星。

后来，两个人一直没说话。凌晨3点左右的时候，宋衿问方劣睡了吗，方劣说没话。天蒙蒙亮的时候，宋衿又问了一遍，方劣回答了一遍。

直到闹钟响了，宋衿推了推方劣，示意自己要起身。她伸了个懒腰，一晚上没睡，却又感觉做了一晚上的梦，不再是夜夜重复的梦。

他们不是看了凌晨3点的月亮，而是看了一整晚的月亮。

说实在的，宋衿起来的那一刻头是晕的，在生理方面脑供血不足，在心理方面却满足得不得了。可能有些东西就是存在正负极，像她想一直留在那晚，留在自欺欺人的梦里。结果等她补完觉，找回脚踏实地的感觉时，要面对的还是比五指山都沉重的现实。

宋衿他们马上就要毕业了。优秀毕业生发言那天下了小雨，校长怕他们淋出病，硬生生地将发言缩减成了一两句话，之后发言的唐老师也是。但是学生代表的发言他们没有干预，而是选择让学生代表自己决定。

宋衿上台前很不放心，叮嘱了方劣千万遍别给她挡雨，等一站上去，脑子里也有点儿空。她记得她最后吐出了一句："往前看，春天走不远。"

她顿了顿，笑起来，语气坚定地道："我们终将奔赴属于自己的、璀璨热烈的又一季。"

雨势渐渐变大，方劣站得很直，他接着宋衿的话，正经地说了结束语："祝大家拥有比春光更加灿烂的未来。"

台下的掌声很大，宋衿控制不住地看方劣，那一幕被定格在了照相机里。细雨如丝，在他们的眼间牵扯。

准备毕业论文的最后阶段，同学们有时候会觉得很压抑，但偶然地抬头会心一笑也很美好。压在宋衿身上的远不止论文答辩，不过她的情绪也渐渐稳定下来了,因为柳青青最近会每天给她发一长段文字,叮嘱她增减衣物和放松。宋衿会认认真真地看完,心里很暖,她觉得文字传达不出情绪是一个谬论。

论文答辩的前一个月,大家的重心偏了,偏得很明显。他们会拉着同学说一些无关紧要的事,也互相写明信片或同学录。

陈锋然写得逗,通篇夸自己,还要在上面覆盖一个花式签名。收到的人都挺无语的,但还是小心翼翼地收起来了。

宋衿顶多写一句话,方劣就签个名字,被众人谴责为"最敷衍同学"。

方劣听完还挺乐,往后一靠,胳膊搭上宋衿的椅背,说道:"没想到临了有了称号。"

宋衿懒得理他,身子倒是毫不顾忌地压上他的胳膊。她掩饰得越来越少了,跟方劣是,自己也是,偶尔会在调侃声里补上一两句话,也许是最后的放肆吧。

李婕最近常常来问周舒秦问题,称得上一众玩心大起的选手里的唯一清流。但周舒秦总是讲一遍不够,每次都得无奈地笑一笑,喝点儿水接着讲。

周舒嘉准备的明信片最好看,唯独给陈锋然的那张是手绘的。陈锋然表面上没当一回事,第二天也拿来一张手绘的送给她,美其名曰礼尚往来。

老师们肯定不能错过,谷崇签得最多,还用心。每当一个人从他的办公室里出来,就会有一堆人去看谷崇写的新句子,跟集邮似的。

大家再怎么消磨时间,一个月也过得很快。

拍毕业照那天,班里的气氛照旧。要拍照时谷崇来敲门,说:"下楼吧,拍照了。"不知道是不是宋衿的错觉,当时所有人的动作好像停了一下，然后大家哄哄闹闹起来。

"好！终于等到这天了！"

"真阴险啊！你小子，背着哥打领带！"

"哪位美女带修眉刀了？！快给我用用！"

暂时没人往外走，宋衿也就没动。她往右边看，方劣一只手叩在桌子上，还懒洋洋地轻轻点了两下桌面，另一只手一伸，搭在她的左肩上。

宋衿稳稳当当地靠着，翘起唇角看他，由着他。

方劣挑了挑眉，头倒在她的肩上，偏软的碎发摩挲着她的脸颊，淡淡地道："衿衿，怎么办？我也不想走。"

宋衿笑了笑，什么都没说。她虚握了一下方劣的手，见其他人有了动作，跟着站起来，对他说道："由不得你。"

方劣懒洋洋地支起腿，一副不动如山的模样，头还是歪着的，掀起眼皮看她，说出两个字："狠心。"

"谁狠心啊？"宋衿用手一点他的桌上那张空白明信片，说道，"给你几天了？你就不写。"

方劣淡淡地说："要走的人才写呢。"

宋衿好像没听见似的，跟周舒嘉说起了话。宋衿的头发好久没剪了，马尾辫正好落在蝴蝶骨中间，随着动作轻微晃动，偶尔穿过一丝光，显得很虚幻。

方劣突然提高声音喊了宋衿的名字，宋衿侧过头垂眸看去。他一只手松松地搭在她的椅背上，另一只手在桌上有一下没一下地敲着，黑眸直直地看着她。因为有光，他的睫毛垂下产生的阴影也很清晰。

见她看来，方劣拿起笔，三两下写了一句话："四季循环不休，我们徘徊不止。"

他这人精着呢，一点儿亏都不吃。他就把"我不乐意走"摆在明面上了，不给宋衿怨他的机会。

毕业照就好好拍了一张，宋衿站在第二排的中间，双手搭在谷崇的肩上，学士帽戴得端正。方劣将手插在兜里站在她旁边，身子微微侧着，在快门声响起的那一秒才看向前方。

然后场面就乱套了。

陈锋然一个滑跪扑到谷崇的腿边，嘴里没什么主题地喊着，宋衿偶尔能捕捉到两声"使不得"。她往远处退了退，有些想笑。

方劣跟她一起走到旁边，看心研1班的人围着谷崇闹。他的胳膊斜斜地搭在她的肩上，他问她："咱们俩是不是有点儿遗世独立了？"

"那你去抱着老谷别撒手吧。"宋衿笑了笑，把身体的重量压在他的身上，没让他走的意思。

方劣若有所思，手背被她的发丝抚弄得痒。他转了几圈，不太合规矩地摸上她的发圈，捏着它往左右各摇了一下，说道："老谷肯定能看出我不想放开的人不是他。"

宋衿用余光看他，半晌后，弯了弯唇。她慢悠悠地抬起手，把头发解了，晃了两下脑袋，整个人透露出一股随性的感觉。

宋衿伸手，又细又白的手指蜷在黑色的发圈里。她的眼睛很明亮，眼里还含着几分狡黠，方劣一挑眉，配合地递出手。

宋衿往后仰了一下头，懒洋洋地握着他的手。她再将手收回来的时候，发圈已经留在方劣的腕骨处了。

她抬眼看他，要笑不笑地打趣他："现在给我下蛊也太迟了吧？"

发圈对于方劣来说还是有些紧的，箍在他的手腕上更像箍在他的心上。他对上宋衿笑得灿烂的脸时，只想问问她到底谁在给谁下蛊。

那天拍了不少照片，陈锋然是个行动派，当天就将照片打印出来发给了同学们。一开始,他发给大家的是原图,被同学们追着打后又都换成了精修图。

清大的毕业生没有准确的离校日期,谁也不知道坐在自己身边的人第二天还会不会再见。

直到谷崇开始暗示他们收拾东西,大家的焦虑感一下到了顶峰。

宋衿这几天中午都在学校里休息。她睡不着,也不想吃饭,常常就是趴在桌子上看方劣出神,看着看着还会叹一口气。

方劣单手支着下巴看她,指间把玩着她的发圈。宋衿会错意,坐起身靠在椅背上,说道:"给你一只就行了,你又不扎头发。"

方劣哑然失笑,眉眼弯了好一会儿,正色道:"你是不是心软了?"

心软什么?宋衿有时候对于他偶尔的直言直语真挺猝不及防的。她没好气地道:"就凭你?"

方劣也坐了起来,姿态慵懒地抬起手,在她的头上比画了两下,说道:"我再给你扎一次头发吧。"

窗外的树叶被风吹得"簌簌"作响,课桌上的光影左摇右晃的。宋衿怔了怔,转过身背对着他。

方劣摘发圈的速度很慢,小心翼翼的,宋衿怀疑他在将发圈一毫米一毫米地往下挪。她没忍住,嗤道:"我估计你能摘到晚上。"

方劣屏着呼吸,还是没敢加快速度。他叹了一口气,心服口服地说:"你来吧。"

"……"宋衿无语一阵,抬手利索地拆了头发。

方劣的手指穿过她的发丝,动作轻得很。他把坠在她的蝴蝶骨上的头发拢在一起,又极尽耐心地弄顺。他没接宋衿递来的发圈,而是把自己戴了几天的那只发圈系回去了。

"衿衿,我在绕着你走,但那又怎么样呢?"方劣的动作明显要比上次的熟练，他将她的头发扎好后攥住两缕拉紧了一些，又说，"是我围在你身边，在等你做出选择。往大了说，我有绝对的自信跟着你，但我更想让你跟着自己走。如果对你来说，当下最重要的不是我，那就别心软，朝你决定好的方向走。"

阳光洒在宋衿的身上，她觉得不会再有哪天的太阳比今天的更滚烫了。

她往后仰头，与方劣对视，轻声问："你到底在想什么呢？"

他们明明面对面，明明四目相对，却好像隔着大雾。宋衿看不透方劣，也读不懂他，认识他这么长时间了，她突然发现自己对他的认知很浅显，浅显到有些话他如果不直说，她就真的什么都想不到。

"人性是矛盾的，"方劣像是也不知道怎么回答似的，无奈地扯了扯唇角，手轻缓地捋着宋衿的头发，说道，"我只知道我主观和客观都希望你好，但是主观和客观给出的方式不同。"

宋衿倒是挺想刨根儿问底儿地探究一下他所谓不同方式，但觉得也算显而易见了。一种让她想想他，另一种让她自顾自，都是暗示，搅在她的脑子里越来越乱。

下午第一节课的上课铃声响起后，进门的却不是任课老师，同学们的声音在一瞬间响起。

"老谷来干吗啊？他是不是占课了，我的分析书还在底下压着呢。"

"估计调课了，上次的题我还没写完。"

"别提了，我的作业中午拿回宿舍做了，下午忘拿来了。"

谷崇站在讲台上听他们强撑着嘻嘻哈哈，就是没人愿意点破事实，于是无奈地摇摇头，敲了一下黑板。同学们的声音渐渐消失。

"收拾东西，"谷崇语气平稳地道，"自己的东西自己收拾好，别落在学校里。"

除了离校，东西怎么会不能放在学校里呢？

教室里的气氛变得死寂。

陈锋然率先回过神，抹了把脸，开始收拾东西。

不知道是谁先发出的呜咽声，然后一发不可收拾。陈锋然红着眼睛嘴硬："真男人永不落泪。"

周舒嘉服了，递给他一张纸巾。

李婕絮叨了一会儿又哽住了，说道："怎么这么快啊？"

是啊，怎么这么快啊？宋衿觉得自己昨天才在校门口认识方劣。

徐希图抱着拖把杆立在教室门口，扯着嗓子嚷嚷："别哭了，又不是不能再见了。"

如果忽视她止不住发抖的声音，这话说不准还有点儿说服力。

陈锋然："就是！等再见咱们就不是大学生了，可以撒开了快活！"

"……"周舒秦总觉得他这话不太对劲儿，毕竟大部分人热泪盈眶的原因，恰恰就是大学生涯的结束。

果然，他的话音刚落，就有人怒斥他没长心了。陈锋然一脸无辜地道："什么啊？我说得不对吗？"

宋衿往书包里收着东西，习惯性地捏住书脊乱摇，倒是真摇出了东西——方劣之前给她折的花。

花早被压平了，更像是夹在文字间的书签。

宋衿又把它夹回去，抬起眼看方劣。一束光正好从他们中间穿过，遮在两个人的眼前，像要挑起悸动。

最后，心研 1 班的人一窝蜂地站在楼梯口。谷崇由上至下地打量他们每一个人，笑了笑，说道："到你们各自翻山越岭的时候了。祝大家一路顺风，不远送。"

到现在，他们才真真正正地认识到，这纯粹又热烈的大学生涯永远结束了。

第十六章
热吻及冷泪

毕业的前一晚,宋衿接到了柳青青打来的电话,很简短,三言两语说明了她不能回来的理由,无非就是忙,到底忙什么,也没说。宋衿是笑着回话的,表示理解。

又过了几天,宋衿接到了陈锋然打来的电话,他高兴地对她说道:"衿姐!明天聚会啊!"

宋衿笑笑说:"明天见。"

傍晚,又清市下起了雨。雨滴打在玻璃窗上的声音越来越响,像一首杂乱无章的交响曲。

那天,宋衿卧室里的灯一直没关。她对着始终没能完善的梦境画和方劣送给她的所有东西,发了一晚上呆。

她想:方劣身上的闪光点真的好多。他出现在任何一个人的世界里,都足以成为太阳。他偏偏出现在了她的世界里,她的世界残缺、破败、不完整。

她不想再去读研了,不准备再拖着他了。

宋衿从前没有怨天尤人过,却在遇见方劣后无数次产生了质问上天的想法。

为什么要她失忆？为什么要她挣扎在空白的过去里？为什么要她在最糟糕的时候，认识撞在她心尖上的人？

如果宋衿能洒脱一些就好了，可惜她一直以来就是怯懦的。她觉得自己走在珠穆朗玛峰的山巅，结果一细看，不过是溺在水里的倒影罢了。

总是要做决断的，宋衿不止一次地恨自己的不完整。她舍不得，所以犹犹豫豫，给足了自己时间。这段时间她玩开心了，放松了，那就没什么理由再与他藕断丝连了。她得让方劣好好地、一身轻松地走下去，让那个直白坦荡的少年在漫长的假期里忘了她。

如果方劣再差劲一点儿就好了！可他偏偏是想方设法地让她做自己的方劣，是总在把她往好的方向推的方劣，是永远高歌自由、在烟花中听心跳声的方劣！这么一个人，让宋衿带着掐头去尾的人生去爱他，那太不公平了。

雨断断续续地下了好久，宋衿把自己关在屋子里，关了一天。隔天晚上，宋衿收到了柳青青发来的消息，她说她往家里寄了东西，明天或后天到，让宋衿记得看。宋衿刚回完消息，就接到了方劣打来的电话。

她接起，却不说话。

"陈锋然在群里发位置了，还是上次的别墅。"方劣停了停，接着问，"要一起去吗，衿衿？"

宋衿沉默了片刻，笑起来，说道："不用了，我收拾一下就出发了，到时候见。"

"……"

宋衿没等他再说，说了一句"挂了"，就把手机搁在一边洗漱、换衣服去了。她收拾好后，对着镜子扬了扬唇角，有些苦中作乐地想：跟要奔赴刑场似的。

405

宋衿在路上看手机时才知道，陈锋然他们早就去别墅里布置了。从陈锋然发来的照片可以看见别墅被各色气球点缀，酒水、小菜摆满长桌，小彩灯在树上缠绕了一圈又一圈。同学们知道这是他们的毕业晚宴，不知道的人兴许以为这里是谁的婚礼现场呢。

出租车停在路的对面，宋衿下车抬眼望去，意料之中地看见了方劣的身影。她没着急走，安静地用眼睛描绘他的模样。

今天虽然有雨，但气温适中。他上身穿着黑色的T恤，下身穿着黑色的休闲裤，看起来懒散又帅气。他光是站在那儿，就能把聚在空中的水雾扯开一条缝。

有时候感应就是很奇妙。方劣一侧头，就和宋衿对视上了。

她清晰地看见方劣的表情变得柔和。他那被雨水沾湿的发梢乖乖地贴在耳朵上，黑眸盯着她，让人很难不动心。

宋衿垂下眼走到他身边。她缓了缓，故作不解地问道："怎么在这儿望眼欲穿呢？"

方劣轻哼了一声，似笑非笑地看着她，说道："要不是怕你不高兴，我就在你家楼下望眼欲穿了。"

宋衿直接忽略了他这句直白的话，脚步不停地朝里走。方劣笑了一声，转身跟上了。

不得不说，陈锋然他们没白布置，现场比照片上看起来更隆重。宋衿走进院子的那一刻，有人正在调高灯，像追光似的完全笼罩在了她的身上。

方劣被晃了一下眼，却闭都没闭，依然看着身前的宋衿。她穿着收腰的红裙，搭了一件白色的披肩，身形窈窕，露出来的皮肤白得胜雪。

陈锋然窝在室外的沙发上，探出头看他们俩，感叹道："衿姐、劣哥，你们俩真的越来越配了！"

宋衿反应不大，挑了个位子坐下。方劣拉开她旁边的椅子，站着，若有所思，先问了一句："怎么今天换穿搭风格了？"

"不给某人和我穿情侣装的机会。"宋衿说完，还是不看他。等他坐下后，她笑了笑，转过脸，又说道，"再说了，剧终的时候不该是高光时刻吗？不过是为了让今天的美好变得更深刻罢了。"

方劣怔了怔，拿起纸巾擦拭面前的餐具。半晌后，他将餐具放到她面前，叹了一口气，说道："你少用这些半真半假的话来伤我的心，更何况你的高光时刻可不止今天。"

宋衿说不过他，于是选择闭嘴。

这顿饭注定不会吃得太轻松，大家都在强撑着不落泪，无论怎样也营造不出欢乐的氛围。他们不过是在经历分别的大人，菜没吃多少，空酒瓶在地上不停地滚动，轻轻地弹走气球。

气氛是从什么时候开始改变的呢？

是陈锋然说漏了嘴，猛咽下一口酒后问周舒嘉："你什么时候走？"

周舒嘉愣了愣，手紧紧地攥着冰凉的易拉罐。她沉默了许久，还是给出了答案。

"近几天，最早后天就走了。"

陈锋然点点头，装模作样地傻乐，说道："那你去了记得听医生的话啊。"

周舒嘉没再给出回答。

无措的人并非仅有他们，还有李婕。她迅速地抬起头望着周舒秦，显得很呆。旁边的徐希图不停地拉她的袖子都无济于事。

到后来，场面越发不可控。抱头痛哭的人三五成群，连越恒都一拍桌子站起身，举起酒瓶冲着宋衿和方劣，那架势着实唬人，跟要打架似的。他明显喝多了，含混不清地说着什么，宋衿只能分辨出五个字——"大恩不言谢"。她听不明白，方劣招呼人把越恒抬回房间里了。

长桌边上的座椅已经东倒西歪了。宋衿用手支着侧脸,喝完瓶里的酒,戳了一下方劣的手背,唇角带着浅笑,说道:"我们也找地方聊聊我们的事吧。"

方劣问:"非说不可吗?"

"不要再拖了,"宋衿微微皱眉,说道,"你肯定猜到了。"

"好,"方劣站起身,低头看她,说道,"我早说过了,都听你的。"

别墅的后面有一架秋千,是他们上次来时没注意到的。天色越来越黑了,掉下来的雨滴像墨水似的。月光冷冷清清的,在地上铺了一层霜。或许是人有什么样的心态,眼里的色调就是什么样的。

宋衿的世界正在慢慢褪色。

她不想坐,推搡着方劣坐到秋千上,推着他荡来荡去。她能听见带起的风声,于是悄悄地对他说道:"你知道的吧?"

方劣把脚抵在地上维持平衡,眉毛挑起,手握在秋千的铁链上。他低低地"嗯"了一声。

宋衿笑起来,说:"其实你也挺过分,你不带我去祭奠重要的人,还不让我去你家里玩。更重要的是,你看手机时,很多时候是背着我的。你看,你藏的事不比我藏的少,还都严严实实的。"

方劣的喉结缓慢地滚了滚,他最后说出口的依然是"嗯"。

宋衿还是笑,说道:"以后不能这样了,我看起来不计较,但现在还是跟你算账了。你这不是在帮我找理由吗?"

方劣抬眼,说道:"你不需要理由。"

"嗯,我不需要理由。"宋衿深呼吸,想压下心中翻涌起来的酸涩,"对不起,方劣,我是个胆小鬼。"

"不是你,是我。"方劣无意识地收紧手,腕骨由于用力而格外突起。他整个人绷得很紧,铁链发出"吱呀"的声响,"胆小的人是我,摇摆不定的人也是我。"

408

宋衿叹了一口气，说道："可你怎么会想不到呢？我不管怎么选，哪怕放弃我的记忆，最终走向的都不会是你。"她的声音颤着，气息都是乱的，"你知道那么多，关于我的事你什么没掺和？我认识你后，能想起的事太多了。"

　　方劣勾了下嘴角，抬起头问："你抛开我会往前走吗？"

　　"……"宋衿说，"或许吧。"

　　"那就够了。"方劣像是彻底放松了，将手撤开，悬在半空中，挑衅般问她，"亲一下吗？弥补上次被打断的遗憾。"

　　宋衿怔住，张了张嘴，却什么都没说。

　　上次的吻他们约好再也不提起，但现在，都要结束了。

　　约定结束，他们结束。

　　"衿衿，你不说话，我就当你默认了。"方劣放缓速度依次比起三二一的手势，又稍微直起腰，笑得像两个人初见时那么野。非要形容的话，他就像漫山遍野风吹不倒的青草，"衿衿，分开的话太煞风景了，但我还是得听你说。"

　　"以后别给自己委屈受了。"他念叨了一句，开玩笑似的扯起嘴角，"我快疼死了。"

　　下一秒，宋衿被他拦腰拥在身前。方劣骤然站起身把她按在秋千上，一只手牢牢地控制住铁链抵在他身前，另一只手攥住她的手腕，带着一股撕开束缚的狠劲儿亲在她的唇上。

　　宋衿浑身发颤。

　　她无意识地推了他一下，没成功，反而被擒得更紧了。后来她回过点儿神，也回击了，但没做成一开始就主动的那一方，所以难免被亲得晕晕乎乎。她想着还好没涂口红，他们也算零距离接吻了。

　　这个吻比起上次那个是突飞猛进的，只可惜接吻这么亲密的事，他们却一直是流着泪完成的。

· 409 ·

亲完，两个人都气喘吁吁的。方劣把头埋在她的颈窝里，胡乱地蹭了蹭。他沙哑着嗓音道："我很想你。"

那天的雨很普通，是夏天常见的，雨水却能砸红宋衿的眼眶。

他不会以爱之名让她留下。

他们之间心照不宣的从来不是爱，而是不说爱。

方劣站直身子，靠在秋千边的栏杆上。他弯起一条腿，垂眸看她，黑沉沉的眼睛还在流泪，却勾起一抹笑，说道："衿衿，你看，哭根本没有用。"

宋衿以为他是在说那天晚上她说让他哭一个，想不出什么话回应，索性闭口不答。

他们走出去的时候，陈锋然正扯着嗓子喊麦。周舒嘉坐在一边捧着酒瓶子看，脸上有个浅浅的梨涡，脸上止不住地滑过泪水。

李婕跟周舒秦站得远一些，在一棵树下面。宋衿听不清他们在说什么，只能看见女孩子摘了眼镜，手腕颤抖着挡在眼眸上，周舒秦的表情充满歉意，他不停地叹气。宋衿走到离他们近点儿的位置时，隐约听见他说"你以后会遇见更好的人"。

会吗？

宋衿一直在看方劣，她想：她永远也忘不了这个人。她忘不了他的热烈奔放，忘不了他那像能将空气灼烧出痕迹的泪水。

只可惜山谷最有生机的川流，始终浇不活早已枯萎的玫瑰。

宋衿告诉自己：别再拖着他了。

那天，两个人都有着说多错多的想法，一路无言地走着。宋衿上楼后，就站在窗边看他。玻璃窗上起了雾，她就用手将它擦干净，反反复复好几次。

方劣穿着黑衣黑裤，不好认，但宋衿就是能看见他，他也站在楼下看了她好久。

好久有多久,她不知道,只知道这种词语,一般用在结束前。

她看着方劣低头拢起手点燃一根烟,看着他走了几步又停下,看着他想回头却没回头,直到看不见他。

玻璃窗上的雾擦不干净,她迟钝地眨眨眼,才发现有雾的是她那双黑白分明的眼睛。她连气息都变湿变热了。

宋衿坐回之前和方劣一起看月亮的地方。她抱着膝盖,将身子蜷起来,头还倔强地抬着,浑身冰凉。

又清市小得很,她还不准备回南见市。她想再多挖掘挖掘这个她生长的地方,但在那之前,要先把未曾拥有开始的失恋解决了。

她不出门,就一定碰不见方劣,等假期过去他们各奔东西,这辈子也就这样了。无心者抬头便能看见想见的人,有心人下定决心再见,就真的再也等不来再见了。

接下来的两天里,宋衿浑浑噩噩的,饿得受不了了就吃几口面包,大部分时间是坐在阳台上发呆。门铃响起的时候,她又惊又喜。她胡乱地抹了抹脸,拖鞋都没穿好就急匆匆地把门拉开了。

门外的人却是送快递的人。

宋衿这才想到柳青青叮嘱她的事,接过对方手里的信封后又把门关上了。

本来来的人就应该是送快递的人,她用裁纸刀划开封条,想:方劣那样的人,看起来跟"百依百顺"扯不上关系,但他确实是。我挑了他的错处说,他就会真觉得我在意,但他不肯解释,也就不会再死缠烂打地招我烦了。

宋衿叹了一口气,把裁纸刀放回原处,手握上冷冰冰的桌角,想让自己振作点儿。她低下头去看柳青青寄来的信,却在那一秒,指节由于震惊而用力地绷到发白。

"过年前我确诊绝症了,想来想去,还是把真相告诉你吧。"

绝症、真相,还有字里行间的冷漠,一下子让宋衿的大脑"嗡嗡"作响。她怔怔的，接着往下看。

"我不是你妈，也不叫柳青青，我的名字是李娟。我老公是个罪犯，曾因为偷窃被你妈逮捕，坐了三年牢。对，你妈柳青青是个警察，她缉拿我老公的第一天，我女儿因为想找爸爸而走丢了。

"我们都很爱我们的女儿，但不爱对方。在他出事前，我已经准备离婚并且和另一个男人组建家庭了，那个男人是个心理医生，就是给你看病的那个心理医生。本来离婚协议我都打印好了，结果我的女儿走丢了。"

宋衿用掌心抵着尖锐的桌角，疼痛剧烈，脑子里仿佛有狮子在撕咬。她死死地咬住腮帮子上的肉，被她捏住的纸边已经因为她太用力而变形。

"我女儿和你一样大，也有一双灵动、清澈的大眼睛。她很爱笑，叫齐精精。我恨她爸爸，恨你妈、你爸，还有你，恨你们一家人。你们毁了我的所有，所以在她爸出狱后摸到你们家时，我没有阻拦。

"那天真的很热闹，想来精精看见有人为她报仇也会开心。最让我高兴的是，她爸也死了。我推的，但他也活该，不是吗？

"你知道你为什么想不起来吗？因为我让心理医生给你下暗示了，就连你失忆都是我弄的。我看见你的那一刻，你被绑在木椅上。亲生父母死在你的眼前，变成血淋淋的两坨烂肉。你一开始还叫呢，被胶条贴住的嘴不停地动。后来你安静了，眼眶里蓄满眼泪，眼泪成串儿地往下掉。本来你也会死的，但你运气好，跟我的女儿长得像。我因为精精走丢，精神错乱很久了，那一瞬间，我把你认成了她。"

"哧"的一声，宋衿的指甲穿透白纸掐在掌心上。她拿起裁纸刀在手背上毫不留情地划下一道，血瞬间流了出来。疼痛感让她确认这不是梦，她也清醒了几分。她脑子里的记忆越来越混乱，像是在被打乱重建。她知道自己得看完这封信，撑不住也得撑。

"把你带走不是难事。在你爸冲你笑了笑却没说出话的那一刻你就晕了，我解开你的束缚，抱着你，感觉你就是我的女儿。这么多年我一直在想，我的精精没走丢，她最后还是回到我身边了。

"唯一的拦路石就是那个方劣！什么破名字？我抱你出门的时候他来了，我说我是你爸的亲戚，他不信。我又拿你说事，但你都病成那样了，他必须让我走。"

方劣。

宋衿几近窒息，狠狠地擦了两下眼睛，确认自己没看错。不久后，她跌坐在地上，膝盖磕得生疼，却比不过心脏被切割所产生的疼痛感。

"还得感谢你的警察妈。她把你保护得真周到，没几个人知道你的存在。要不是你上学去了，精精她爸也找不到你们家。警察找上门的时间比我想象的要晚，那会儿你还在发烧，我已经把你当成我的女儿了，心疼根本不是装出来的。

"跟警察们说话，肯定不能用跟小孩儿说话时的说法了。但你家里有监控，我确实什么都没做，只是瑟瑟发抖地旁观我老公的罪行。从各方面来看，我也是受害者，可惜领养你还是有难度的，我办了不少手续才成功。

"把你带到南见市后，我改了名，跟你一起接受了心理医生的催眠治疗。心理医生给我的治疗，只限于你是我的女儿方面，潜意识里的她的生日、模样，通通没变化。你就不同了，直接失忆，一切由我来告诉你。

"你晕倒时我是真慌了，不顾医生的阻拦同意你回又清市，我就觉得我的精精不能再一次离开我。没想到你又遇见了那个方劣，还有你爸的朋友——谷崇。他们挺搞笑的，看不惯我不是因为从警察那儿得到的真相，而是因为我给你编造了一段人生。结果他们也不愿意让你知道真相，比我病得还重。

"但我怕他们抢走你，是真不想让你们有接触。你跳舞那次，我去找了方劣，让他离开，结果他给我跪下了，楼都没上完，跪在了楼梯坎儿上。他求我别让你走，保证了一堆，他的话传到我的耳朵里就是不断强调你不是精精。我气得把旁边的花瓶踢到了他的身上，他还挺能忍。

"我查出绝症后，就准备告诉你了。但他又求我，让你好好参加完复试，再加上我当时没解开心理暗示，也就不忍心。回到南见市后，我也算解脱了。他还求我给你发消息，天天他编辑好后发给我，我又转发给你。

"现在算是做个了断。这么多年里，我将你当成精精，抽身后我还是恨你。我当然可以选择不告诉你，但是我都要死了，你也别想好过了，善恶有报。"

善恶有报，讽刺至极。

宋衿放下纸攥紧手，白皙的皮肤上青筋明显，还没来得及愈合的伤口崩得更加彻底，血流在了地板上，不一会儿就干了。她不停地深呼吸，眼前仍发黑，纸上的内容挥之不去。她被压了九年的记忆，终于被撬开了第一道口子。

柳青青是又清市最漂亮的警花，也是宋衿的妈妈。宋衿的爸爸叫宋起航，是文弱又内向的古典舞老师，宋起航的身边只有谷崇这一个朋友。两个人一起来到又清市，结果被抢劫，随后被柳青青救了。

一见钟情是奇妙的，宋起航和谷崇一样，喜欢上了这个热情、善良的姑娘。柳青青相貌明艳，哪怕不看她的职业，爱慕她的人也不计其数。她的大部分追求者被她那把没上膛的配枪吓跑了，但是宋起航和谷崇没有，前者没被吓，后者吓不跑。

最后就像谷崇说的，他没比过宋起航。但在柳青青和宋起航结婚时，他当的不是伴郎，而是新郎唯一的家人。他把一把鼻涕一把泪的宋起航交到了柳青青的手里，心还是向着自己的兄弟的。

在有情人间，不会存在"婚姻是爱情的坟墓"这句话。他们很快有了孩子，也就是宋衿。但因为柳青青的职业，这个孩子的存在，除了他们夫妻俩，只有谷崇和户口登记所的人知道。宋衿还想起来，她从小就被谷崇逗得叫他"爷爷"。

至于方劣，宋衿早在他刚来又清市那天就见过他。

那天，她出去放风，方劣被踢下车。他躺在地上，像路边毛发乱蓬蓬的流浪狗，浑身散发着一股糟糕劲儿，既可怜又让人心疼。

巧的是，宋衿一回家就听她妈说了这件事。

柳青青讲的时候还忍不住叹气，方奶奶要告自己的亲儿子，因为孙子被虐待得没有人样，但最后也没告成。宋衿听得第六感狂响，跟她妈核对了一下，果然，方奶奶那没人样的孙子就是她看见的小男孩儿。

柳青青看她小脸紧皱，又有点儿开心，捏了捏她的脸，问她是不是长大后也想像妈妈一样当一个拯救别人的超人。宋衿可认真了，回答了五个字——不用等长大。

但是她没能再逮到方劣。方劣上小学后，她在某一天趁着没人注意，溜进学校里，往他的桌上扔了字条。跟方劣面对面的那一刻，宋衿超级开心，她那会儿总觉得自己在攒功德。

方劣比她想的要难搞定，排斥她的接触就算了，还骂她。她其实是伤心的，但想想他从哪儿听来的那些话，伤心的原因就变了，于是被推倒就拍拍土，被骂也依然笑得很开心。方劣总算有了改变。

宋衿跟她妈她爸拍着胸脯炫耀："就是得引领呀，像你们对我一样，不然他一辈子黑漆漆的，想不开都没人会知道。"可能是太过兴奋,她没注意到父母眼里的担忧。

万事开头难,过了开头就顺利太多了。宋衿天天拿着书找方劣,有时候说些家里的趣事,但从来不和他说自己认识他的原因,怕再让他想起那段自我厌弃的经历。

后来蒋方婷被送来,小小的一团。方劣上学,宋衿就逗蒋方婷玩,逗着逗着,方劣不乐意了。因为他觉得她更喜欢蒋方婷,陪蒋方婷的时间比陪他的多,吃醋了,想让宋衿跟他一起上学。

宋衿犹豫了一会儿,没给出答案,说得回去问问家里人。宋衿一回家就跟爸爸妈妈商量,柳青青其实是不赞同的。柳青青本来是要在当年让宋衿开始上学的,因为她准备转成文职人员,但临了接手了拐卖儿童的案子,还是想办完再说。

警察嘛,总想给所有人一个交代,她接手的案子,正是李娟的女儿齐精精走失的案子。

宋起航看宋衿实在想上学,多问了几句,才知道她是想陪小方劣。他无奈失笑,跟柳青青说:"你看你救人,女儿也救人,不会出大事的,别拦着了。"

于是,宋衿顺利地上学,跟方劣一起成长,两个人都越来越好。也就是在读小学时,他们看见越恒被欺负,宋衿推方劣上去帮的忙,她想让他也成为一束光。结果他打输了,宋衿又出手,这才把那个狐假虎威的小孩儿赶跑。

宋衿想起来方劣第一次给她梳头发,她高兴地保留到回家给她爸她妈看。柳青青说:"不愧是我的女儿,方奶奶最近脸上的笑容也变多了。"

宋衿想起来方劣总说他不喜欢他的名字,她哄他说这个名字有好多别的意思,最有效的是给他起了个小名——方好好,意义为"好好先生根本不劣"。

宋衿想起来方劣小时候哭不出来,摔倒后也只绷着脸。她问他为什么,他说吵,她一听就知道又是那对畜生父母说的。她告诉方劣哭是最有用的,起码会让她心疼。

宋衿还想起来,她爸编了一支舞,舞蹈的名字叫《春夏秋冬》,分为四个部分。宋衿看得入迷,她爸又问她喜欢哪个季节,她摇头晃脑地说各有各的好,又一托下巴,说喜欢春夏秋冬的人太多了。

宋起航摸摸她的脑袋,说:"我们衿衿现在就追求特殊了。"

当天晚上她跟方劣说,方劣给了她答案,说:"那就开启又一季。"宋衿的眼睛一下子就亮了,她跟他约定明天见又一季。

后来……就没有后来了。

恶魔、血渍、死亡,天塌地陷。

深渊里长出无数藤蔓,将她抛到尖刀上、火海中。

李娟一定不会知道,齐精精的案子因为柳青青的突然死亡被搁置了一段时间,再找齐精精就已经没有线索了。

这就是善恶有报。

宋衿张着嘴呼吸,什么话都说不出,泪决堤,人也快晕了。她一件又一件地回想自己干过的事。

这里是她的家,是她曾经目睹父母被杀害的家。她妈妈没死在枪林弹雨中,却死在了自己的家里。

她爸爸是温柔到了极点的人,却在那天举起刀和恶人同归于尽。

他们的遗物,都被她在回来的第一天亲手扔了。

怪不得,怪不得家里什么都没有,怪不得谷崇问她是不是她扔的。

还有方劣,她的方好好。

宋衿终于知道方劣为什么只计较一些小事,大事提都不提了。他干的事数不清,可她都干了些什么啊?

她说他人如其名,说他神经病,说他装什么烂好人!她还把他认成了别人!她一点儿一点儿救回来的男孩儿,又被她逐步否定,他该有多难过?!

就连含羞草是因为喜欢害羞才闭合的,也是宋衿为了逗方劣开心而说的,结果她倒是敢说他幼稚。

宋衿理解方劣为什么不告诉她,也庆幸不是方劣告诉她的。不然,他就是在往自己的心上插刀子。

他一向不舍得让她难过,他想让她忘掉所有的灾难朝前走,自己却守着所有。

他说过的,说过有两个对他来说很重要的人。他还让她帮忙挑花祭奠他们,他瞒着她,替她祭拜她的父母,替她负责,替她承担痛苦。

宋衿怎么会不懂呢?

方劣的爱是放手,是破釜沉舟。

他第一次哭是为了阻止她往回看,第二次哭是李娟逼的,第三次哭是心疼她,第四次哭,反问她有没有用。

他没法儿说,任何话在他那儿都是难以说出口的。所以宋衿觉得他莫名其妙,他也没办法解释。

她欠了他好多。

宋衿一阵阵犯晕,全靠手背上的那点儿疼痛感撑着。她想再划,最后也没下手,毕竟方劣看见了会被吓死的。

崩溃吗?宋衿问自己。

半晌后,她缓慢地摇了摇头,逼问自己:你这样就算崩溃了,那方劣?方劣是怎么活下来的?

她回答不出来,身上一瞬间抽离了所有的生气,泪不知道什么时候停了,心脏小声却清晰地跳动着。她没有表情,麻木得很,呼吸几近于无。

宋衿攀着柜边想站起来,第一次没成功,摔下去了,第二次、第三次,在膝盖有些泛青的时候,终于颤抖着站起来了。

宋衿慢慢地扶着所有能扶的东西,走到阳台上。

她又一次摔倒了,但没再站起来。

她撩起粘在脸颊上的头发,略显笨拙地解开手机,找到方劣的电话号码,拨通电话。

方劣接得很快,声音依旧清脆。要是心里不压着她的事,他一定是最风光、耀眼的少年。

可惜太吵了,宋衿实在听不清他在说什么。她的耳边乱作一团,像尖钉和石块被翻炒,声音尖锐又刺耳。

她张了张嘴,却没发出声音。

方劣察觉出不对劲儿,这两天怎么也联系不到李娟,心里慌,又不敢贸然找宋衿。现在突然接到这个电话,他想到了一种可能性,心脏骤然发紧。

"对不起。"宋衿终于说出来了。

她的方好好太委屈了。

电话没挂断宋衿就晕了,过去的事在她脑子里不停地打架。包括她小时候去买零食,柳青青和宋起航都不在家里,结果她的膝盖一不小心磕在了楼梯尖上磕破了,愣是等到他们回来才哭。

还有方劣当时比她矮,她的手垫在他的头上嘲讽他,还把他逗得不说话了,不过只过了几分钟,她用一颗糖就将他哄好了。

连个过程都没有,她就这么全想起来了。她在医院里住了几天,睁开眼又睡过去,不知道在哪儿,总以为她的父母还在,方劣也还是那个小孩儿。她好不容易才把顺序捋清,却不敢信,打从心里接受不了。

等她再一次茫然地醒来时,距她晕倒也不知道过了多少天。宋衿看着方劣流泪,手上包扎好的伤口钻心似的疼。

现在应该是凌晨了，病房里又黑又安静。她偶尔早上睁一下眼，能看见方劝在洗漱。所以这么乍一看，他也没有电视剧里演的陪护人员憔悴得不行那种样子。

细看就不行了，方劝看起来比她这个病人还憔悴。他是内双眼皮，眼尾吊起一点儿，嘴唇泛白，单看脸就能看出一股子颓丧劲儿。

他笑起来时还好，还有一种原来装乖讨糖吃时的神韵，还挺惹人心疼。

他把床头柜上的灯拉开，递给她一杯水，看着她。他们相对无言半晌，宋衿绷不住了，问他："梦醒了吗？"

方劝低声说："衿衿，别去想。"

宋衿的眼睛因为落泪而变得清晰，她轻轻摇头，说道："对不起，方好好。"她哽咽着道，"对不起，我失约了。"

"没有。"方劝弯下身子，用胳膊环着她的肩，把她抱在怀里。他嗓子沙哑，像是极难忍耐，说道，"重逢，就是我们的又一季。"

宋衿鼻子酸得厉害，呼吸都很困难。她挣扎着回抱方劝，哭得眼前一阵发黑。但她压根儿没发出什么声音，除了眼睛湿漉漉的，就没别的表现了。

宋衿在方劝的身上看见的是两种极端，熟悉与陌生，以及生与死。他是她从地狱里生拉硬拽出来的。炙热的他带着她那份死气沉沉，鲜活地拥抱她，她却实在醒不过来。

"对不起。"宋衿还是只会说这三个字。

方劝一下又一下地捋顺她的头发，骨节分明的手轻轻拍在她的蝴蝶骨处，笑了笑，说道："没有'对不起'，因果循环，衿衿，我是你应得的。"

"我小时候对你的那么一点儿好就能让你记这么久？"宋衿渐渐松了手，不想让他再心疼，尽力稳住情绪，接着问，"后来我这么坏，怎么不见你跑？"

"我总不希望你想起来，"方劣没答，放开她，坐到床边的椅子上，认真地看她，说道，"你一想起来就会觉得愧对全世界，觉得自己这样那样。可世上有上亿棵歪脖子树，它们长成那样也是树。同理，人的活法儿有那么多种，根本就没有好坏之分。你说你现在这样，还能和我好好讲话，你得多强大啊。"

"我本来以为，"方劣说到这儿，喉结急促地滚动了两下，像在将胸腔里的酸涩努力地往下咽，"我本来以为再也见不到你的眼睛，见不到你笑，见不到你哭。你就躺在那儿，我却什么都做不了了。可我还是怕，怕你醒来看见的是邋遢的我。我天天收拾自己，就是想让你看见端端正正的我，别因为我而不好受。"

"那你呢？"宋衿闭上眼，泪顺着脸颊滴落到锁骨上，"就只能你因为我而不好受吗？"

"我有什么不好受的？"方劣勾了勾嘴角，长腿伸展，身子向后靠，后脑勺儿抵在椅背上，"衿衿，我刚才说的那些就是会让我很不好受的。你走了七年，我以为我再也见不到你了，结果你又出现了；我以为你想起来后会醒不过来，结果你还是好端端地和我争，我已经觉得自己在被上天眷顾了。衿衿，我只是太心疼你了，你不该承受这些事。"

宋衿张了张嘴，想问问他难道她就不心疼吗？她又觉得他歪理一大堆，怎么也会给她顶回来，最后什么也没说，病房里重新安静下来。

窗外偶尔掠过几声鸣笛，紧跟着远光灯照进来很快消失。病房里亮一瞬暗一瞬，晃得人不知所措，宋衿茫然地看了一会儿，身心都挺累的。

她无意识地揪了下床单，手背上的伤口被牵动，疼得倒吸一口气。

· 421 ·

方劣先反应过来，紧张兮兮地托起她的手看了一会儿，血没从纱布的边缘渗出来，这才放心地放下了。他叹了一口气，说道："我最不赞同的就是你那段时间活得太极端。你还记得你跟我玩过的信任游戏吗？我当时真的被吓到了，因为你给我的感觉就是，反正你一片空白，活不活着无所谓，我差点儿要在你身上装监控。"

"……"宋衿无奈地抿了抿唇，说道，"我什么都想不起来，就没有活着的真实感。只有不要命的那一刻能刺激到我，能让我产生一种剧烈的冲突感，所以我才想疼，想不知死活。现在想想，挺傻，但也挺清醒的。"

方劣笑了笑，说道："我还是说不过你。"

宋衿心说：你那表情可不是那意思。说实在的，她感觉方劣变得还挺多，像之前，他还不太爱说话那会儿，一般两个人有点儿什么不服的就吵，吵起来他气，还不知道怎么说，她就让着他，结果现在反过来了。

她咳嗽一声，又喝了一口水，突然想到了什么，问："那之前周舒秦说撞见你跟人打架是怎么回事？"

方劣怔了怔，很随性地瞥了她一眼，反问道："刚醒就要翻旧账吗？"

他明显是在转移话题。宋衿想都不用想就知道有事，无奈地叹了一口气，说道："你说出来我可能还好，不说我得一直想，本来最近脑子里就乱得很。"

"好好好。"方劣抬了下双手，示意投降。他又停了一会儿，像是在思考从哪儿开始说。半晌后，他开口了，"婷婷改姓的事你知道的。"

宋衿一愣，婷婷原来叫方婷。前段时间碰见，她记得婷婷身份证上的名字变成"蒋方婷"了，点点头，问方劣："跟这个有关系？"

"嗯，我妈改嫁了。那个男人挺有钱，有个儿子，但生育能力不行了，还想要儿女双全。我妈攀上他后就把婷婷接过去了，也不让婷婷跟我来往。婷婷偷着回来过几次，被发现了，那个男人就雇了几个人打我。周舒秦撞见的那次，我已经被打到他们打不过我了。"方劣平静地讲，像是在讲别人的故事。

宋衿想象不到，他当年才那么大一点儿，是挨了多少顿打才变得会打架了？她难受得厉害，拼命喝水，生怕泪又流下来，把好不容易变得轻松一些的气氛再次弄得伤感。

听人说总是平淡的，可那是实实在在的九年，是她未参与的九年，是方劣一分一秒地熬过来的！光是想想，宋衿就忍不住地心疼。

她都干了些什么？！

她救活了他，又不管他，这比任何酷刑都残忍。

宋衿转移话题道："你跟婷婷的关系好像变得很好了。"

她记得小时候他们俩不是吵就是打，相看两厌，偏偏都爱黏着她。

方劣扯扯嘴角，无奈地道："一般吧，她回来是想找你。"

"……"

宋衿懂了。

她张了张嘴，声音小了点儿，问："奶奶怎么样？"

方劣："奶奶身体不错，也想你。在家门口碰见你的那次，她比我还惊喜，拉着我不停地说，'看，小衿还记得回家的路'。"

回家的路？宋衿的眼睛又湿了，像笼罩着一层雾，方劣变得模糊。

方劣抽出几张纸递过去，叹了一口气，说道："叔叔阿姨也很好，我年年都去看他们。他们知道你的情况，这几年收到你选的花后，肯定开心得不得了。"

"谢谢。"宋衿轻声说。她缓了一会儿,没接他的话,又问别的,"谷叔这几年累着了吧?他之前没白头发的。"

方劣垂下眼帘,说道:"我也说过他,他非说什么人体生理机制,不服老。你转来的那天,他着急出门,还把脚崴了。"

"他得好好养。"宋衿怔怔地说,泪不知道什么时候又收不住了。

方劣抚上她的脸,一下又一下地擦着她脸上的泪,说道:"衿衿,我和你说这些就是想让你知道,大家都希望你好起来,没有人怪你消失了这么多年。大家都想你,却都不告诉你,就是不希望你太难受。"

宋衿深呼吸,笑了笑,说道:"我会好起来的。"她躺下去,接着说,"我想见见他们。"

方劣又叹了一口气,说:"好,他们天天问我什么时候能来看你,都被我挡回去了。估计再不让他们来,他们就该恨死我了。"

宋衿配合地笑了笑,才乖巧地闭上双眼。

方劣给她披了披被角,半晌后,又听她说:"让爸妈再等等我,我晚一点儿去看他们。"

第十七章

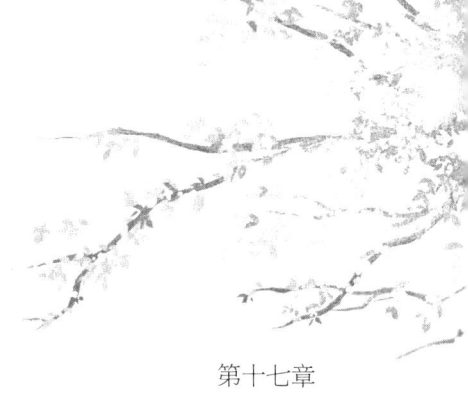

是心脏习惯的负重

宋衿没睡多久,天蒙蒙亮就又醒了。可能这两天她的大脑休息得太久了,她不太想睡。她睁着眼在病床上坐着看窗外,方劣也就陪她坐着,她看风景,他看她。

她现在对这儿一点儿也不陌生,就窗户那么一小块地方,她也觉得熟悉得不行。这儿是她生长的地方,是她连呼吸空气都会牵动灵魂的地方。

其实宋衿特想听方劣说她失忆期间的事,可又觉得有一种揭人伤疤的感觉,便没提。

快6点的时候,方劣要下楼买早点,她回过神点了点头。没过半分钟,有人进来了,宋衿回头去看,方劣的身边跟着谷崇。

谷崇不知道几天没合过眼了,看起来显得很沧桑。宋衿目不转睛地打量他,觉得自己真过分,谷叔教了几年书都没成这样,却因为她变成了这样。

"……"宋衿张了张嘴,最后只是叫了一声,"谷叔。"

"孙女!"谷崇回应得快,几乎是喊出来的。

"……"

没想到他一来就这么会调节气氛，宋衿一时接不上话。

方劣平静地扯了扯嘴角，挺无奈地说："他在外面转圈呢，我一出去就撞见他了，他估计来得挺早的。我去买早点，你们先聊，正好谷叔帮我看着点儿衿衿。"

宋衿愣了一下，问方劣："我有什么需要看的？"

就算她真需要被看着，他干吗当面讲？

方劣笑笑，极具暗示意味地瞥了她搭在白色的被子上的手一眼。宋衿感觉被火烧着了，攥了下手，其实那刀划得浅，养好了留不了疤。她觉得他是在说她掐出来的那个小小的红色的"月牙儿"。

方劣出去后，谷崇拉着椅子坐到她的床边。宋衿愣了半晌，还是没想好怎么开口。最后，两个人同时开口问对方"喝水吗"。

谷崇笑了笑，接了两杯水，将一杯递给她，另一杯放在床头柜上。他笑着看宋衿，缓缓地道："长大了。"

可能长辈开口一般就是说这种话。谷崇一说，瞬间就把宋衿破碎的灵魂粘起来了一点儿，她闷闷地"嗯"了一声。

"你记得我之前和你说，往前看，什么事都会迎刃而解吗？"谷崇见她点头了，才接着侃侃而谈，"我跟你爸穿开裆裤时就认识了，从小到大都是一起的，偏偏那次，他先走了，你说他过分吗？我接到消息的时候，以为他这人有出息了，懂得跟我开玩笑了。结果到现场一看，他就躺在地上，血还不停地往外流，手松松地搭在你妈的手上。我想让他醒一醒，还不敢挪动他，生怕他们俩被我拆散了。"

谷崇唉声叹气地道："我那段时间挺难熬的，这种事永远是到头上了才知道考虑，该怎么办，要怎么办，还能怎么办。突如其来地，我就得给我兄弟处理后事了，留下来的人一天比一天遗憾。当时你不在，我还省下了哄你的心，结果日子越往后，越习以为常。

每次回去见他们,都是三两句埋怨,总感觉他们还能爬出来跟我说说话。后来我梦到过那场景,别说,真的挺惊悚的。"

宋衿双手抱着杯子听。窗外的世界也醒来了,鸟儿的叫声,轮胎跟地面摩擦的声音,还有早起的老人们锻炼的声音,房间里越来越亮。

"方劣那小子,我八年前和他把你爸妈的事一起处理了。他的身上有一股劲儿,就是他活不活无所谓,但你必须活,还得活得好。你一回来,我们的想法其实是不让他见你的,毕竟影响是相互的,万一你一看见他就想起来了呢?那这七年就白费了,后来他看见了你,他给我打电话说他忍不了,他肯定不会让你想起来的。结果也确实是,他比我还能忍,牙碎了往肚子里吞。"谷崇说到这儿,朝宋衿笑了笑,接着说道,"其实我也不知道该说什么,就是觉得你会想知道。"

宋衿哭着点头,鼻间一酸。

谷崇用手指点了点床头柜,叹了一口气,说道:"你妈是个特热情的人,这种热情是对世界的。我估计她觉得自己最对不起的人也就是你了。但没办法,人死不能复生,留下来的人必须往前走。"

说到这儿,他伸手揉了揉宋衿的头顶,又说道:"衿衿,你和你妈很像。你可能自己看不出来,但就你目前这个状态,以柔克刚的活法儿和她如出一辙。不同的可能就是你在怪自己,其实你想一想,就会发现在你缺席的七年里,你是我们所有人的精神支柱。"

"他们走得急,没给你留下什么话。我代替他们跟你说一句,'哪怕泪流满面着自渡,也永远别怕迷路。迈开步子走,你需要追求希望,你也是希望本身'。"谷崇说到这里松了一口气,摸了摸宋衿的头发,继续说道,"行了,他们估计也满意了。"

宋衿泣不成声,想朝他笑,又笑不出来。她的一双眼睛模糊得不得了,她不住地点头。

427

"能哭出来就好,"谷崇心疼地道,话锋一转,逗她,"你爸结婚那会儿就是我当他的家人,到你结婚时估计你的娘家人还是我。"

"……"宋衿没发现他还有讲冷笑话的天赋,"还早着呢。"

"那就好。"谷崇乐呵呵地应,"站在你爸的角度,我看不惯方劣把你拐走;站在我的角度,你结婚为时尚早。"

宋衿的思路被带得有些偏,她想:九年了,方劣居然还没获得谷叔的认同,有点儿可怜。

谷崇是跟他们一起吃完午饭才走的,临走时还留下了一句话:"不用着急去看你爸妈,他们最近安静不下来,那边吵得很。"

谷崇走后,宋衿的心情平复了很多,医生都说她可以出院了,但宋衿没回家的想法,就在医院里听方劣讲一些琐事。没过几天,方劣的奶奶来了。

老人家虽然见多了生离死别的场景,但看见宋衿后还是止不住地落泪,并心疼地道:"小衿受苦了。"

宋衿的嗓子像被刀片划着似的,她说不出话来,恍恍惚惚的。她觉得身边的人都在拼了命地想让她暖起来,她却没什么出息,也没什么勇气去见她的爸爸妈妈,他们一定很失望。

晚上,方劣把奶奶送回家后,回来坐在病床上。他若有所思地看了她好一会儿,手往后一撑,仰着头,问她:"我是不是挺没用的?"

宋衿的心蓦地一疼,她弯了下唇角,说道:"别卖惨,真难受。"

方劣的表情看起来平淡多了,他无故叹了一口气,语气随意得很。

"我只有让你心疼这一个作用呗。以前你把我拉出来,我就觉得你真厉害,换成我我肯定做不到。所以你回来以后,这么长时间,我不止一回想告诉你,最后都没说,就是怕像现在这样:我明

· 428 ·

明就在这儿,还是只能看你自己僵持着,打不破你给自己设的防。你说你嘴角一弯,我能怎么办?我总不能打你一顿,让你哭吧?"

宋衿怔了怔,投降似的呼出一口气,说道:"不是,你太能瞎想了。我见你那会儿你才多大啊!充其量你就是被雾笼罩的光,暗淡了点儿,要亮回来很容易。"

"你也承认了?"方劣侧过头,紧盯着宋衿,接着说,"你天天打太极,跟自己打,跟我打,跟时间打,跟上天打,就是想让我们以为你会好。结果你还是走不出来是不是?你露出笑脸,在原地打转,以为我真看不出?"

"怎么走得出来啊?"宋衿躲开他的目光,垂下眸,说道,"告诉你了又能怎么样?方好好,有些事得自己去解决,能否解决都是我的命,跟你没一点儿关系。"

"谁给你规定了?"方劣把手往她那边挪了一下,身子随之斜过去,语气虽平淡声音却有力,说道,"没人要你必须多久好起来,要你必须赶紧快乐起来。如果真这么容易,那我不告诉你还有什么劲儿?这么大的事不是笑话,你难受得再显而易见一点儿,哭爹喊娘都正常。"

他顿了顿,接着说:"没关系的,衿衿,哪怕你想往深渊里掉,爱你的人也会马不停蹄地赶到你身边。"

他说这些话时很认真,宋衿莫名其妙地想起小时候她给他讲绘本里的故事时,大概也就是这个模样。他穿着单薄的白色T恤,灯一照,还能看见点儿人鱼线的轮廓。他手上的青筋显眼地突着,是很有力的样子。他那撑在她眼前的胳膊劲瘦,总给人一种即使天塌了,他也能撑起来的感觉。

这些天以来,宋衿老是觉得他还是小时候那个需要她保护的小男孩儿,现在直面这种改变,有点儿受不了。她稳了稳神,对上他的眼睛,问:"那谁是爱我的人呢?"

· 429 ·

"我。"方劣丝毫不迟疑地回答道。说罢,他直起身子,掰了下手指,发出像坚果壳破裂的声音,睨她一眼,跟要和她打架似的,却是在邀请她,"去跟世界硬碰硬吧。衿衿,什么都别怕,我会一直追着你的。"

宋衿眨了眨眼。

她想:我永远忘不了这一幕了。

方劣身上的意气向来让人动容,哪怕灯光昏暗,他的赤忱之心也足以让天光大亮。

估计是怕宋衿后悔,隔日清晨她刚睁开眼,方劣就为她办好出院手续并在床边等她了。宋衿洗漱完,换上他给她新买的衣服,一时有些感慨。她叹了好长一口气,慈爱地道:"你长大了。"

"……"

方劣被噎得说不出话。

宋衿得逞地笑了笑,摸过手机给谷崇打了个电话。她告诉他,他们要出门几天,以防他这几天来医院扑空。谷崇以为他们俩要私奔,劈头盖脸地质问了方劣一堆。他在弄清楚事情的前因后果后,给宋衿转了好大一笔钱,嘱咐她好好玩。

宋衿是在看见机票后才知道他们要去漠北的。不过,她也不担心方劣会卖了她,一上飞机就睡,等再睁开眼时也到地方了。

现在正是盛夏,哪怕是全国最靠北的地方也热得很。不过,方劣还是带了两件风衣,说是晚上会冷。

两个人坐缆车上万石山,满山的绿树。宋衿恍惚间望了一眼,又感觉天地一色,昨天她还在白茫茫的病房里,今天就置身于大自然中了。说实话,她没想到方劣的行动力这么强。

她更没想到,方劣要带她蹦极,还是双人蹦极项目。

宋衿倒是不怕,这会儿她体内的刺激因子最活跃,像有一团火在体内横冲直撞，撞得她浑身不自在。听见别人尖叫时，她也有点儿想尖叫。她以为方劣会带她游山玩水，谈谈风和阳光，再欣赏一下星星与月亮。

宋衿看了一会儿人像下饺子似的往悬崖下冲，劲头能把云撞碎，挪了下目光。她的目光落到了正在买票的方劣的身上。

他个子高、身材好，即使在人堆里也好认得很。宋衿觉得他就是黑色的代言人，这会儿他穿着一件黑色的半袖帽衫，帽檐松松垮垮地搭在他的眉骨上，整个人显得很单薄，喉结微微突出，眼睛也垂着，看起来挺不好惹的。宋衿觉得，他长得真招人喜欢。

但她也搞不懂，是不是失忆再恢复记忆的人都有一种割裂感？比如在她看来，方劣一会儿是小时候头发乱蓬蓬的小孩儿，一会儿又成了和她斗智斗勇的方劣，最后合成一体，就变成了眼前这个高她半个头，看见她后总是温柔得不像话的人了。

他慢慢地挡在她的面前了。

宋衿微微抬头，想让自己管管泪腺失控的毛病，好不容易出来玩一趟，可不能破坏气氛。

方劣买完票回来，先问她："怕吗？"

"你问得也太晚了吧？"宋衿笑道。

怕也拦不住他们俩舍命陪对方了。挂安全绳的时候，有几个工作人员在边上举起手机准备拍照片，嘴里还念叨着："这一对的颜值真高啊。"

宋衿也没拦着工作人员，准备等一会儿向他们要一份视频。她看着方劣，深呼吸了一下，说道："谷叔要是知道你带我玩这个，真得从又清市杀来。"

方劣挑挑眉，附和着点头，又给她出主意，说道："你就说是你带我玩的。"

宋衿笑道："你还挺会想。"

要下去的时候，她开始紧张了，主要是怕方劣出问题。她这几天在医院里没少做检查，身体上问题少得很。方劣很久没做过像样的体检了，她想了想，问道："你的心脏有没有事？"

方劣看着她笑，故意吊她的胃口。他扬起眉梢，半晌后，往外跨了半步，说道："有事也没关系。"

宋衿没听懂，有些慌，急忙说道："什么意思？你别逞强，真舍命——方劣！"

她话还没说完，直接被他拉到了失重感里，浑身发麻。她刚才在上面时把头发随意地拧成了一根麻花辫，现在就鬓角那里有几缕发丝在下坠的过程中乱飞。她怕方劣出事，双手胡乱地拥在他的背后，压下空白感看他，看见他的薄唇在动，就是风声太大，导致听不清。

方劣眼里的笑意很深，额头上的碎发被风吹起，嘴角翘着，让宋衿心里悸动不已。

生死相依，他们没有哪一刻比现在更能灵魂共舞了。很快，他们由于惯性左右晃悠，像在高山上荡秋千，宋衿将手弯起，用指尖抵他的脊梁，问他："你刚才说什么呢？"

方劣猝不及防地紧紧抱住她，把头埋在她的肩窝里蹭，笑道："好久不见。我很想你。"

宋衿怔了怔，想起在学校的时候他说过这两句话。当时她不知道是什么意思，给出的回答具有很强的挑衅意味。

她正想着，发觉肩窝里有些湿。方劣没抬起头，又说："终于能告诉你了。"

宋衿心疼不已，认真地回答道："好久不见。我也很想你。"

风带着暑气萦绕在两个人周围，他们为这场迟来的重逢互道思念，被接上船的时候方劣才放开宋衿。工作人员划着桨，一看方劣那红红的眼，乐了，笑着跟宋衿说道："你男朋友看起来挺酷，胆

432

子不行啊，得练。不然，以后怎么保护你？"

方劣还没说话，宋衿便轻轻地握住了他的手，笑吟吟地道："我男朋友跟我互诉衷肠呢。您放心，他厉害着呢。"

方劣骤然侧过头看宋衿，她眨眨眼，无声地问：男朋友，怎么了？

水很清澈，工作人员划桨时荡起的波纹特好看，像浑然天成的玉石碎裂了，又有雾气在水面上缭绕，顶上还不停地有人往下蹦，碧波缓游，山河激荡。

宋衿见方劣好一会儿没说话，故意逗他，问："不乐意啊？"

方劣怔怔地摇了摇头，半天没吱声。宋衿索性看起风景来，让他缓一缓，只不过二人牵着的手再没松开过。

其实这事对宋衿来说不算突然，她跟方劣的关系属于水到渠成。自从那天谷崇来完，她就在琢磨，琢磨来琢磨去，都觉得她跟方劣也没别的路可走了。

要是方劣跟她没分开过，她可能真开不了窍，一直拿他当那个需要被拯救的小孩儿。要是单这几年在学校里的相处，她最后不也走了吗？说白了万事加上那么点儿人为，就正好。青春期那些暧昧的事，再加上打小认识，宋衿想不往爱情那方面想都不行。

方劣估计是想让她恢复了再说，也可能是被她失忆的那段时间吊习惯了。他对她的爱都在动作里，他虽从来不提爱，但细节里全是爱。宋衿扪心自问，她躲天躲地，犯不上再躲这颗真心。

方劣先上岸，劲瘦的胳膊一使力，直接把她从船上拉到他的怀里了。工作人员晃了两下，给了他一个肯定的眼神。

宋衿失笑，问方劣："你跟他较什么劲儿呢？"

方劣牵着她往前走，后知后觉地高兴起来。他的嘴角勾起后就没下去过，他语气平静地道："他诬蔑你的男朋友。"

宋衿瞥了他一眼，佩服他蹬鼻子上脸的能力。

"你的接受能力还挺好，我还以为你得多缓一会儿呢。"她说。

方劣垂下眸看她，说道："是得缓，但想了想，跟你在一起的时间也就一辈子，再浪费了就太不值得了。"

"……"

宋袊想：瞧瞧，他多会说话？还"也就一辈子"！

宋袊闭了一会儿嘴，见方劣压不住笑意，也挺开心。

方劣没消停多长时间，片刻后，还是有些不可思议地道："我就这样有名分了？"

"你还想怎么着？"宋袊笑了笑，说道，"还是说你其实只喜欢小时候的我，或者再见面时的我？反正就享受我们在一起的那个劲儿，不想有名分？"

方劣急了，攥了一下她的手。看见她笑得停不下来，他知道她还在逗他，无奈地叹了一口气，说道："我说过好多次了，什么样的你都是你。只要是你我就会喜欢，会爱。打住，再往下就是哲学层次了。"他停顿了一下，又说道，"其实我特怕我对你的爱会成枷锁。你本来就爱给自己画线，我不知道你的安全线现在设在哪儿，我会不会触碰到，会不会让你觉得爱太沉重了。那我说不说其实都不重要，因为我想让你觉得爱是美好的。"

宋袊的耳朵有些热，她装作不经意地看了看他，心情有点儿复杂地说道："你是不是被我这几年吊出应激反应了？我没好的时候，别说爱了，七情六欲对我来说都是负担。要不是因为和你待在一块儿轻松，我能那么放纵自己？"她捏了两下方劣的虎口，继续说道，"至于安全线那个问题，我也想了想，我觉得不管什么时候，我的安全线都是你。"

方劣此时眼里全是她。她的脸特别小，他一抬手，就能将她的脸全挡住。可能是刚疯了一把，她身上充满了活力，表情又柔和，方劣觉得自己又见证了她的强大。

"别这么看我。"宋衿说归说，却毫不顾忌地与他对视上，"还得多亏你想的办法，想通和想不通都是一瞬间的事。"

方劣揉了揉她的脑袋，说道："我不抢功，我只管爱你。"

"……"宋衿笑了笑，说道，"你怎么这么会说话？"

"本能吧，"方劣一本正经地道，"就想说给你听。"

两个人四处转了转，好像哪里变了，又好像一如初见、重逢。只是，二人气息交融时，已经加速的心跳比四周的蝉鸣还热烈。

傍晚，他们来到观景区的玻璃房里。白天万里晴空，这会儿隐隐约约现出一些别的光。宋衿还没反应过来，问方劣，方劣只说等一会儿。

宋衿"哦"了一声，打趣道："我这会卖关子的男朋友。"

方劣把风衣拢在她身上，一条腿伸展，另一条腿半弯曲着，漫不经心地调试照相机。他悠悠地扫了她一眼，说道："惊喜需要等待，女朋友。"

宋衿被他的适应能力折服，眯着眼笑道："你这么快就能把话头扔回来了，看来我以后在你的嘴上讨不到好了。"

方劣愣了愣，随即笃定地回答道："能。"

宋衿怔住，反应过来后看他。他已经放下手里的东西，黑眸意味不明地看着她，眼神像钩子似的在她的脸上打转。宋衿顿时心领神会。

他们之间像是有一根绳索，把他们越拉越近，直至吻上对方。宋衿感觉玻璃房瞬间变得空旷，她像是身处于天地之间，却在拥吻她的天地。

方劣的手掌贴在她的腰间，能清晰地感受到那纤细的腰肢微微弯曲的弧度。像在做一场淬了火的梦，他低笑了一声，喉结微微滚动，薄唇一下一下地贴在她的唇瓣上。

他们的吐气声几近于无，只剩下擂鼓般的心跳声。

宋衿给自己留了喘息的机会，和他额头相抵，轻声问："在悬崖边跳下去的那一瞬间，你说了什么？"

方劣的指尖很烫，掐在她的腰侧。他没先回答，反倒往旁边看了一眼。

宋衿也偏过头，愣在了原地。

是极光。

蓝色的火焰布满天空，肆无忌惮地舞动。星河流淌，像包围了这个世界，充满梦幻的色彩。漆黑的夜空仿佛被撞破，变成了闪着光的玻璃碎片。

方劣是这时候叫宋衿的。

她回过头。

他拿着照相机，对准她，修长的手指搭在快门键上。快门声响起后，他对宋衿说道："我说，你是我的心脏习惯的负重。"

宋衿想：世间能与死亡相提并论的，也就剩下爱了，爱同样无懈可击。

只愿浪漫燎原，诚恳随风飘扬，她和方劣自此告别颠沛流离，放任所有灯的熄灭，也弥漫在思念的星海里，点亮宇宙。

（正文完）

番外一

四季热恋不休

　　天气说变就变,宋衿本来打算跟方劣多逛几天的,结果遇上了暴雨,两个人在屋里看了一天雨景,琢磨了一下,决定回家。

　　方劣家正好有一个房间空着,宋衿也不太想回她那个被搬空的家,索性收拾着住了下来。方奶奶很疼她,在她想起的事情里,方奶奶绝对属于把隔辈亲发挥到极致的长辈。

　　吃过饭,方劣去快递站取录取通知书,宋衿帮方奶奶洗碗。说是帮,方奶奶其实根本不让她干活儿,她也就只能是站在边上给方奶奶递东西,顺便和方奶奶聊会儿天儿。

　　宋衿趁方奶奶背过身,摸过碗放到水龙头下,挤上洗洁精,一气呵成。她生怕被制止,听见方奶奶转身的动静时,又找了个话题打岔:"奶奶,方劣那些年……"

　　宋衿起了个头,却没问完,毕竟她想问的太多了。她一直在想在校门口他们重逢的时刻,方劣看起来很潇洒,但如果加上等待七年的前提,那就是显而易见的假象了。方劣不想让她知道他是怎么过那七年的,不表现出来,也不会说,宋衿没办法,只能在方奶奶这儿获取一些消息。

闻言，方奶奶转身要拦宋衿洗碗的手停在了半空中。过了好一会儿，方奶奶长叹了一口气，怔怔的，像在回忆，说道："那几年，小劣没太多活气，常常去你父母那里，一回来就把自己关在房间里，好像你和他相处的那几年也跟着你一起消失了。他又变回刚到我面前的样子了。"

宋衿的心蓦地一疼，手在冰水的冲刷下抖了一下。碗底磕在水池的边缘上，好在她拿得低，声音不算大。她缓了缓，听方奶奶接着往下说。

"第一年是最严重的，我让他休学一年，他没说同意，也没说不同意。这种状态才吓人，我想拉他散散心，他不愿意，天天一起床就抱着香去你父母那儿。"方奶奶稍微回过神，手扶着柜边，继续说道，"那一年，他雨打风吹没变过。我有一次追着给他送伞，劝他差一天无所谓的，他说不行，那是他的救命恩人。"

"救命恩人……"宋衿想起她问过方劣，那两位是他的什么人，他给出了一样的回答，讷讷地重复了一遍。

方奶奶点点头："我记得他的原话是，'衿衿的父母生她养她，就是我的救命恩人'，他那会儿13岁，说话还没什么逻辑，只有在提到你的时候，他说的话长了一点儿。从此我就再也没拦过他。"

宋衿在心里接话：方劣现在都二十几岁了，给我父母的定位还没变。

方奶奶不知道她在想什么。见碗里的油渍已经被洗干净，宋衿的手还在无意识地搓洗那只碗，方奶奶叹了一口气，把水关了，拿起一旁的纸巾帮她擦手，并说道："后来小劣上学了，待在家里的时间变少了，但他还是很少跟别人交流，让我没想到的是，他的成绩很好。我一问，他说他怕你突然回来，他追不上你，因为他觉得你不管在哪儿，都是最优秀的。"

438

宋衿感觉到方奶奶的手在微微发抖。宋衿拿过纸巾扔到垃圾桶里，握住方奶奶的手，却也不知道说什么。半晌后，宋衿喉咙发酸地吐出几个字："他也很优秀。"

"是啊，是啊。"方奶奶摩挲着宋衿的手指，缓了缓，说道，"但奶奶知道，小劣能这样，都是因为你。"

宋衿怕方奶奶担心，忍着不让泪掉下来。她猜到了方劣过得不好，没想到会这样。他浑浑噩噩地度日，还藏得那么好，她垂下眸，说道："但后来也都怪我。"

"不能这么算的。"方奶奶稍微冷静下来，拍了拍她的手背，笑了笑，继续说道，"小劣最开始……我们都知道，如果没有你，他甚至不会往前迈。小衿，你不能怪自己，他心里装着的你，是你亲自栽种下去的。所以不管他为你做了什么，都是你应得的。而且，好也好，坏也罢，你都是支撑他的念想。"

说到这儿，方奶奶停了停，随后握住宋衿的手往外走。方奶奶的手向来是温热的，源源不断地暖着宋衿的手，方奶奶郑重地说："这么多年了，奶奶一直欠你一句'谢谢'。"

宋衿有些崩不住了，眼眶里的湿意在往脸上蔓延。门口传来响动，方劣拿着两个信封推门而入，宋衿逃也似的回头看，眼睛里盛着水光。

夏日的蝉鸣猛地停下，像断了的筝弦让人束手无策。方劣出现在一片寂静里，他前几天剪了头发，露出眉毛，眉眼温柔得过分。他瞧见宋衿后先是放慢脚步，紧接着加快脚步，走到她身边后低下头轻声问："怎么了？"

宋衿摇头，说不出话。

方劣眉毛微挑，眼睛在她和奶奶的身上各转了一圈。他扯了扯嘴角，叹了一口气，有点儿埋怨地道："奶奶，我才出去了一会儿，你怎么把人给我弄哭了。"

他兴师问罪的姿态倒是做得很足，方奶奶知道他存心逗宋衿，转头回厨房里收拾去了。方劣又低下头看宋衿，声音放得很轻，说道："进屋坐一会儿吧。"

宋衿点点头，跟在他身后。

一进门，方劣先把装着南大录取通知书的信封随手放在了旁边的桌上，随即转过身关门。宋衿还站在那儿，他的胳膊越过她，拉上门后也没动，横着的胳膊就像把她圈在了怀里。

"哭什么？"他又问了一遍。

宋衿还是不愿意说。

方劣收回搭在门把手上的手，叩在她纤细的后颈处，捏了捏。

"衿衿，你得让我知道，不然我会觉得自己很失败。"他说。

他怎么会失败呢？

宋衿想着，却没能说出来，她的嘴被方劣的吻堵得严严实实。这个吻持续的时间并不长，她眨了眨眼。

方劣抵了一下她的额头，轻轻的吻又游移到她的眼尾，一下一下地轻轻碰着。这个吻从她的脸侧、鼻尖、耳垂，最后回到嘴唇，极尽缠绵。

月光从身侧的窗户照射进来，他们躲着月光啄吻。

气息交织，宋衿闭上眼又睁开。她流下的泪像是被烘干了似的，脸上只剩下丝丝红晕。她纤细、白皙的双手不自觉地揽上他的肩，他的喉结微微滚动，他似乎还想问。宋衿缓了下酸涩的感觉，反问道："要是我没回来呢？"

只是简单的几个字，方劣却瞬间懂了她的意思，也大致猜到了刚才她和奶奶的谈话内容。他抿了抿唇，拉开点儿距离，说道："但你回来了。"

屋里的光线有些昏暗，方劣一只手遮住她的眼睛，另一只手摸到开关，先提醒了一句才按下。光从他的指缝间钻进几缕，宋衿难免恍惚，又听见他说："就像当年你出现一样。"

宋衿把手搭上方劣要放下的手，脸上露出一抹笑容。她沙哑着嗓音问他："方好好，你怎么这么会说话啊？"

她凭着感觉向前凑，吻落在方劣的嘴角上。她的眼尾似乎沁出湿热，但很快被他拭走。呼吸缠绕彼此的时候，他们感觉不到仲夏夜的炎热，只余两个人直白的爱意。

方劣的攻击性在两个人确定关系后接吻时体现得淋漓尽致。他不仅爱亲宋衿的嘴唇，几乎每个角落都想挨蹭，总是在给她留下喘息的机会后又缠上来，堪称难舍难分。但宋衿也不示弱，最后舔到了一些血腥味，方劣才主动地停止。

他往桌边一倚，半坐上去，一条腿弯曲着抵着地，另一条腿伸展，确认伤口在自己的嘴上后放下心来。他的表情有一种满足后的倦懒，他将手往后撑了一下，摸到录取通知书。

宋衿的心情算是完全恢复了，她笑道："拆了吧。"

她坐在椅子上，拉开第一个柜子拿裁纸刀。一排三个柜子，可能时间久了，底下两个也被带出来了一点儿。宋衿先把裁纸刀递给方劣，低下头关柜子。她在瞥见第二个柜子的时候，动作顿了顿，里面放着一本相册。

宋衿小心翼翼地将相册拿出来，相册被保护得很好，没一点儿破损。她慢慢地将它翻开，一页页地看，照片大多是他们的。

宋衿向后翻，怔了片刻才回过神。上面贴着她在学校里的照片：有她看书的、不经意间瞪他的、还有她在舞台上和校庆那天的。

再往后，是他们在舞台上的照片，陈锋然在班里给他们拍下的、说他们是天生一对的照片，以及只剩下他们两个人的毕业照。

原来，方劣一直在延续他们的故事。

或者说，这个故事本就该延续，因为是她，因为是方劣。宋衿下意识地轻轻摸着照片,抬起头,正好与方劣对视。

她笑了笑,食指点在毕业照上,问他:"怎么连谷叔都不留?"

方劣挑了一下眉,坦荡地回答道:"这是我们的相册。"

宋衿弯起眼,又看了一遍,像是感叹,又像是不舍。她叹了一口气,说道:"方好好,你默默爱了我好久啊。"

在她忘记一切的情况下,还有一个人替她守着过去,一言不发地续写爱意,记录每一个关于她的瞬间。光是想想,她就很后悔自己没能参与。

宋衿看看照片,又看看桌边的方劣,有些恍惚。在她以为与方劣针锋相对的情况下,他就在原地看她朝前走。

这样的执拗永不落俗,哪怕是眺望的爱也会略显绵长。

方劣真的很会说话,就比如宋衿说他默默爱了她好久,本意是心疼又感慨的。她以为他会顺杆儿爬,回她一句"你爱回来就好",但他没有。

桌子在窗前,白炽灯和月亮对峙着,光盛得很。宋衿合起相册,偏头看方劣,他好像就等她转头似的。他将身子微微往下压,眼里满是笑意。他抬手揉了两下她的头顶,缓慢地道:"荣幸至极。"

诚恳的爱意混在蝉鸣里,经久不息。

院子里,方奶奶坐在躺椅上看手机,垃圾广告关不掉,叫了方劣一声。他走出去,宋衿把相册放好,正要关第三个柜子时,突然发现里面放了几个烟盒,都是没开封的,塑料膜略反光。她将烟盒拿起来看了看,纸盒发软,看样子是放久了,有些潮湿。

宋衿回想了一下,方劣在她面前抽烟的次数少之又少,有点儿躲她的意思。但其实她并不觉得有什么,用外物缓解情绪是人之常情,她只会心疼他。

等方劣进屋时,宋衿已经关上了柜子。她指了一下,又望向方劣，认真地道："我不介意的。"

方劣挑眉，没太听懂，想了想柜子里放着什么，这才明白了。他挺无奈地扯了一下唇，走到宋衿身边蹲下，把烟盒都扔到垃圾桶里了，动作快得她来不及拦。

"……"

难道她刚才少说了一个"不"字？

宋衿抿唇，想再强调一遍，可是还没开口就被方劣打断了。

"我介意。"方劣站起身，双手撑在椅子的扶手上，磕了下她的脑门儿，说道，"这东西让你闻到就不好，更何况我现在也不需要了。"

宋衿怔了片刻，问他："为什么？"

"因为这是调节情绪用的，"方劣笑了起来，意味深长地道，"而我现在已经有更有用的办法了。"

他说完就直起身，见宋衿似懂非懂。于是，他托起她的下巴，垂眸看她，做了个极具暗示性的动作——舔唇。

他的五官带着一股野劲儿，表情不是冷若冰霜就是柔情似水，前者是对别人，后者是对宋衿。这会儿他突然痞起来，宋衿瞬间就想到她在教室后面，被他裹在黑色的冲锋衣里，裹在滚烫的气息中的那一幕了。

宋衿的眼睛乱瞟了几下，不知道她想到了什么。她不甘示弱地看回去，弯了弯唇，问他："你在勾引我？"

方劣倒是坦荡，点了点头。宋衿被噎了一下，索性也站起来，对上他直白的黑眸，手搭在桌边松松地握着，就要朝他靠过去。他们近在咫尺的时候，宋衿闻到了熟悉的淡淡的烟尘香，福至心灵，她想到方奶奶和她说的话。

方劣整整一年见她的父母，浸在香里，她终于知道他身上的烟尘香的来源了。

他们鼻尖相碰，她被方劣一下一下的短促的呼吸弄得发热，心里像发酸的青果，推着她急不可耐地吻他。他们唇齿交接时，她溢出一丝谓叹："方好好……"

情绪永远是最好的催化剂，等分开了，宋衿又跌坐回椅子上，浑身又软又麻。方劣坐上桌子，长腿点着地，懒懒地垂着眸，有一下没一下地撩她的头发，唇角勾起笑意。

宋衿仰头看他，过了一会儿，慢腾腾地挪了一下椅子，枕在他的腿上，说道："你身上的味道很好闻。"

她沉默了一会儿后问他："那一年，你都说了什么？"

方劣动作一顿，回答道："没说什么。"他的指间缠绕着宋衿的发丝，他又耐心地细细顺开。他叹了一口气，声音低下去，说道，"'谢谢''对不起''我会照顾好衿衿的'，就这么三句。我像个复读机，估计叔叔阿姨早就烦我了。"

宋衿是背对着他的，后颈处偶尔会传来指尖的触感。他们安静了很久，窗外的云层在慢慢偷走月亮。夜晚的乌云并不显眼，只是空气依旧沉闷。

她在方奶奶回屋关上门后道："我总是爱躲，失忆时对你是，恢复记忆后对我父母也是。我知道不对。"

"事情发生了，总得往前走。可是我就想能不能取个巧，我要是不走呢，要是停在原地一辈子，事情是不是就不会发生了？"宋衿说到这儿，平静的声音开始颤抖，"你看，我还在骗自己，我都还没去想过如果有那么一天，我爸不会再冲我笑了，我妈也不会再教我正直、善良了，我该怎么办。我就要面对了。"

"我不知道我需要多长时间，会不会一直这么懦弱。我知道，就算我想通了，也肯定会在未来的某一刻猛地想起他们，猛地难受。"宋衿呜咽着，这是她第一次摊开说她的状态。她不想把坏情绪再带给方劣了，所以一直闭口不提。可这种做法对他们俩都没有好处。

"只要我不去看，他们在我的记忆里就永远是热的，但我已经忘不了了。"宋衿闭上眼,泪水不断滑落,融进了枕着的面料里,"我想去见他们,可我没理由。方好好,我知道我爸我妈不会怪我,他们那么好,可我会怪我自己,我这么差劲。"

方劣一直没出声,安静地听她说完,低声叹了一口气。他托起她的脑袋屈膝蹲在地上,认认真真地看着她,她的眼睛湿润润的时候,比任何时刻都要亮。他却希望别再看见了。

风吹得小草估计躺下了,知了被压得不再叫唤。

"你想的话,那就去见。"方劣的嗓音很哑,喉结缓慢地滚动了两下,他才接着开口,"什么都可以是理由:风很轻,草很盛,花开了,树高了,或者小鱼跃过月亮湾,都去和他们说就好。因为他们非常想你,所以大胆地、热烈地去告诉他们吧。"

宋衿有些茫然,低头怔怔地看他。

"衿衿,不要把自己绕进去。"方劣低声哄她,"如果什么事都要理由,那世间万物可以是理由。吹过你耳边的风在让你去,照在你身上的光在推你走,盼着你的人一直在等你。只要你想,随时都可以出发。"

他坚定又温柔,宋衿收紧了手,像捏住了什么,问他:"现在也可以吗?"

方劣看了一眼外面漆黑的天色,叹了一口气,说道:"现在也可以。"

最后宋衿决定第二天一早出发。但她睡不着了,心里七上八下的。她跟方劣断断续续地说着话,窗外是一成不变的黑色,模糊了时间观念。

天蒙蒙亮的时候,宋衿坐不住了,说要回屋洗漱。她踏出门槛的那一刻回过头,逆着光,方劣看不清楚她的表情,只能听出她语气里的不安。

"方好好,你知道的吧?我不是从前那个无虑、强大的我了,我也可以被打败。"她说。

留下这句话后,似乎怕听到方劣的回答,她匆匆地走了。

墓园离方劣家不远。两个人买了花,走路去的,开始时还说些话,快到时,宋衿也沉默了。方劣握着她的手,给她指了方向后,温柔地道:"我不过去了,你们肯定有悄悄话要说。结束后给我打电话。"

宋衿下意识地问:"你要走吗?"

方劣摇头,回答道:"我就在这里等你。"

今天天气很好,阳光透过层层树叶,就像一幅盛大的泼墨画。风也衬托了这份美好,四处轻抚着匆忙生长的绿色植物。

宋衿看着两块并排而立的墓碑,泪忍不住地落下。她把花放下,用手背擦泪,跪坐在地上,说不出一句完整的话。

宋衿忍着哽咽,喊出"爸""妈",却又不知道说什么。毕竟无论她说什么,他们都无法回应,但她还是把这九年经历的事说了。她专挑好的说,和她妈以前出任务一样,哪怕带着伤回家,也都是报喜不报忧的。

她说着说着,泪不知道什么时候干在脸上了。她皱着眉,怕他们看见了担心,舒展了一下眉心。她说起方劣来,本来只是说他们俩重逢后发生的事,后来不知怎么的,跟介绍女婿似的说起方劣的好了。

"爸、妈,这应该算你们给我定的姻缘了。如果不是你们,我肯定没一颗正义的心,也不会去想着拯救谁。从我失忆的那段时间就能看出来,白纸变成黑纸也很容易,但你们把我染成了红色,这就是因果吧。"宋衿听着风声,仿佛得到了回应似的,想了想,又感觉心中有些苦,"你们说,万一方劣喜欢的是小时候的我,我该怎么变回去?"

等她没头绪地说完,就差不多到中午了。宋衿的嗓子很干,整个人却像在水里游了一圈似的,鬓角上有细汗,泪也时不时滑落,像进入了毛毛雨里。她咳嗽几声，还想接着说，可惜就连谷崇她都念叨了好久。

宋衿伸出手，摸了摸父母的墓碑。夏风急切地刮起的刹那，扑在她的身上，像温热的怀抱。她怔了怔，心想：或许在天之灵，血脉相连，总是真的。

"爸、妈，万事开头难，"如果真的在被看着，宋衿觉得她要开心点儿。她的语气里带上了一些俏皮，"我会经常来看你们的。"

她想去问问方劣有没有话要说，想起他说给他打电话。她顿了一下，摸出手机，决定听他的。

方劣的手机铃声一直是默认的。宋衿给他打电话时，他总是接得特别快，但他往往只听个开头也能听出来，这次却变了。宋衿低头看了一眼，确认没拨错，听见手机里传来轻轻的呼吸声，以为接通了，但通话状态还是拨号中。宋衿回头看了一眼，方劣站在墓园门口，被树枝挡着，她犹豫了一会儿，按了免提键。

"衿衿。"

方劣的声音在电话里多了几分磁性。

明明是再熟悉不过的声音，宋衿的耳朵却烧了起来。她还跪在墓碑前的软毯上，望了望前面，想着现在调小声也太没礼貌了，于是还是举在眼前听下去了。

"一直想给你补个表白，在叔叔、阿姨的见证下，但这个可能会有些仓促。我之前录好了一个，在发现我无所不能的女朋友有别的烦恼后，临时换了。

"等叔叔、阿姨认同我了，我就可以名正言顺地在你身边，和你一起见叔叔、阿姨了。

"衿衿，你早上说的那句话我听懂了，趁你收拾录的这段音频，我想让你被爱自知，但我好像做的还不够。在和你重逢前，我一直见叔叔、阿姨，只能是小时候的原因，但后来重逢后，我来见叔叔、阿姨都是因为你。假设没有小时候，我好端端地走到了当时，看见你的第一面，我依然会无所不用其极地见到你的真面目，然后捧着你，只是我为你着迷。

"说白了，我10岁以前认识你，哪儿懂什么情爱？但我清楚地知道，是你让我看见了世界，或者说是你给我拿下了一个世界。我小时候产生了守护你的执念，长大后又有了爱你的欲望。所以，在校门口本该看你一眼就走的我还是莽撞地上前了，没矛盾，没冲突，你就做你，什么样的你，什么时候的你，我都会克制不住地心动。

"人总是贪心的，其实我觉得我配不上你。糟糕的童年、孤僻的性格，对除你以外的人的漠视态度……我没资格把你留在身边，也怕你烦，所以不敢告白。在漠北，你说我是你的男朋友时，我蒙得很。脑子里却又自私地只剩下一个想法，我那么多缺点，但我好爱你啊。"

方劣说到这儿，哂笑了一下，叹了一口气，接着无奈地道："你在怕什么？衿衿，你要是荒漠里唯一的玫瑰花，我就是你落根处努力地向你靠近的野草；你要是悬崖边摇摇欲坠的碎叶，我就是等待拥抱你的深渊。我争做你需要时候的第一位，巴不得你靠近我。但你想些别的，别想不好还不可能的事，要是因为我让你不好受，我就真觉得自己是个浑蛋了。

"我有贪婪的本能，爱你不够，就想深爱你。换句简单点儿的话——你永远对我有吸引力，而我永远会在你身边。"

音频戛然而止，方劣盘算着时间接通了电话，笑着说道："女朋友，我爱你。"

有一句话是"爱说多了不值钱，还会腻"，但方劣一遍又一遍地向宋衿证明，"爱"这个字既坦荡又浪漫。她回过头，方劣举着手机，朝她笑着。

宋衿刚想说话，就见一片白桔梗的花瓣绕着方劣的头顶转。那花瓣也就转了两圈，很快打在方劣的脑门儿上，有一股利落劲儿，总感觉有"啪"的一声。

"……"

方劣眉心一跳，说道："就当叔叔、阿姨同意了。"

宋衿没明白他这话的意思。方劣走过来，跪坐在她旁边，示意她看。墓碑前摆的桔梗花，有几瓣被风吹在了空中。

方劣扬起眉梢，笑着说："我走过来的时候，那花瓣绕着你转呢。"

"真的？"宋衿愣了愣，问他。

她琢磨出不对劲儿，问："那我爸妈打你干吗？"

"嫌我烦，"方劣也挺无奈，瞥了她一眼，又端正地看前面，回答道，"我来这儿次次就那么一句话。这回好不容易变样了，还是在拐他们的女儿。他们打我一下算轻的。"

风吹在白桔梗上，花瓣齐刷刷地动了一下。宋衿觉得他说的话不是没有道理，于是露出今天的第一抹笑容。等方劣事无巨细地跟她父母保证完，他们走出墓园时，已经错过午饭时间了。

回家的路上，气氛比来的时候轻松太多了。宋衿和方劣聊着她的父母，笑意逐渐加深。方劣安静地听着，有时候垂眼睨她，有时候看路，手也不闲着，遇到树枝时怕刮着她，就提前将树枝抬起来。

宋衿在他又一次落下手后握了上去。他们十指相扣，步伐不约而同地慢了下来。

她侧过头抬眼看他，眨了一下眼，笑道："你刚才类比错了。"

方劣虚心求教，但显然是装的，漫不经心地开口："哪儿错了？"

"你是深渊里的长明灯，是三千里荒漠中唯一的出路。"宋衿拽了他一下，把嘴凑到他的耳边，故意撩拨着他，"你还不够好吗？我只能看见你，也只走你这条路。"

番外二
两小无猜弄堂时

宋衿是 3 岁开始记事的,但她那会儿也搞不懂,为什么她不能去上幼儿园,去和别的小朋友玩。柳青青和宋起航说再等几年,那她就听话,再等几年。

三四岁正是该学着掌控身体的时候。柳青青跟宋起航一合计,决定让谷崇得空了就领宋衿出去转转,还能保证宋衿的安全。

就这样,谷崇几乎每个周末都会领着宋衿去大街小巷逛逛。他们躲着人走,偶尔没办法被他的同事撞见,他就打个哈哈糊弄过去。

在宋衿的记忆里,柳青青是经常出差的,而且回来的时间也很不确定。她那几天爱看蜘蛛侠,思维一发散,梦里都是她妈飞檐走壁地拯救世界的画面。直到有一次,宋起航把她哄睡着,她在梦里迅速地下坠,然后惊醒了,刚好听见房门被打开的声音。

宋衿悄悄下床穿上拖鞋,楼道里的灯照进家里,她看见了柳青青的身影。和平时不同的是,柳青青的胳膊被支架吊在胸前。

宋起航压低声音,心疼地道:"说给你送,你还非要回来。"

"没事。"柳青青笑起来，摆摆完好的另一只手，说道，"局里要得急，我就赶回来了。你要是走了衿衿自己在家里我不放心。小伤，养几天我就能回家住了。"

宋衿眨了眨眼，以为自己还在梦里，感觉到凉意后回过神。她听不太懂他们说的话，只觉得妈妈是提前回来了。她高兴地喊了一声"妈妈"，便跑了过去，问柳青青："妈妈，你回来了？"

门口的两个人怔住，柳青青问宋起航："不是说睡着了吗？"

宋起航还没做出回答，宋衿便乖巧地道："我做梦了。"

"……"柳青青莫名其妙地有些慌。她下意识地往后收受了伤的胳膊，结果不小心磕在了门框上，倒吸了一口凉气。

宋起航顿时紧张起来，说道："先进屋。"他低头，看见了宋衿亮晶晶的眼睛与手足无措的模样。他无奈地摸了摸她的头，安抚一声"没事"，随即把灯打开了。

柳青青这次受的伤其实不算严重，她捣毁了一家赌场，老板不知道从哪儿买来了一把枪，但估计不会用，子弹擦着她的胳膊过去了。她回来后去医院里待了几天，又回局里，打算等养好伤再回家，因为担心宋衿看见后会害怕。她每次出完任务都是这样做的，这回有一份档案她放在家里了，摸黑回来取，结果还是被宋衿撞上了。

宋衿紧紧地跟在柳青青身后，见柳青青在沙发上坐下，她也爬上去。她眼睛都不眨，盯着绷带的位置，眼眶慢慢红了，说道："妈妈，你受伤了。"

柳青青叹了一口气，用另一只手拍了拍旁边的位置，示意宋衿来这儿坐。等宋衿听话地换了位置，柳青青伸出胳膊把她揽进怀里，用下巴轻轻地蹭了两下她的额头，说道："没事，妈妈好着呢。"

宋衿急得很，只是还小，说不出来太多的话，小脸白白的。她想：她不应该哭，爸爸妈妈都很累了，不能再给他们添乱了。

宋起航端过水坐在她们身边，看着宋衿那不敢呼吸的样子，无奈地笑了笑，说道："衿衿，这是妈妈的职业，你不要怕，妈妈很厉害的。"

"对对对。"柳青青故意板起脸来，想吓一吓宋衿，很快自己便先绷不住了，笑了出来。

宋衿还是很紧张，说道："但妈妈受伤了。"

那时正是初冬，月亮藏在雪后，看起来朦朦胧胧的。客厅里的灯是暖黄色的，光洒在三个人的身上，给他们带来一片暖意。

"但妈妈受伤了，"柳青青重复了一遍，把宋衿抱到自己的腿上坐着，跟她面对面，认真地道，"很多人就不会受伤了，不亏。"

宋衿听到这段对她而言很拗口的话，不自觉地皱起眉分析。她的脑子里忽然闪过蜘蛛侠飞檐走壁的画面，宋起航正要开口哄她，就听见她含混地吐出几个字："超级英雄。"

柳青青惊住了，偏过头，问宋起航："老宋啊，你听见咱们的小公主说什么了吗？"

宋起航这才反应过来，脸上的笑意越来越浓，回答道："她说你是超级英雄。"

"是啊。"柳青青难以置信地道，说罢，便在宋衿的脑门儿上印下一个吻，"真是爸爸妈妈的天才小公主。"

"不是公主。"宋衿的唇角浮现出两个梨涡，她认真地反驳，"要和妈妈一样，做……"

她说到一半卡住了，那个词她虽听过，但它的意思她没记清楚。虽然刚才宋起航说了，但宋起航说得很快，宋衿想了一会儿，决定用宋起航给她讲的童话故事里的角色替代，于是说道："做骑士，妈妈休息，我替妈妈保护世界。"

柳青青哑然失笑，头斜靠在了宋起航的肩膀上，感叹道："不愧是我们的女儿！"

那天以后，柳青青就不带常服去警察局了，着急起来就是穿着警服。宋衿见了，眼睛变得格外明亮，问宋起航："爸爸，那是妈妈的盔甲吗？"

稚气未脱的小孩子，觉得每一件事物都具有童话色彩。

宋起航抱起宋衿，带她到窗户边看往外走的柳青青，笑着回答道："你才是妈妈的盔甲。妈妈有了你，就不舍得再受伤了。"

宋衿虽然不去幼儿园，但在家里也没闲着，更别提她爸还有个做老师的兄弟了。谷崇一没事就去图书馆里给宋衿买书，宋起航偶尔会带她看舞蹈视频，柳青青一闲下来就摆弄她的小胳膊、小腿教她防身术。谷崇笑个不停，说他们可真是让孩子全面发展啊。

有一天，谷崇想着老是自己买书也不行，应该带宋衿去图书馆，让她凭借自己的喜好挑选书籍。说干就干，趁有空，谷崇领着宋衿上街了。

图书馆在清大西面，谷崇路过学校时要进去拿点儿东西，宋衿在车里待着。学校里花开得很艳，微云澜澜，对面的马路上冒着几朵雏菊，画面干净又美好。

路还没开发，窄得很，谷崇将车尽量停在靠里的位置，争取快进快出。他上车的时候，旁边正好有一辆车驶过，看起来挺急，轮胎压上由砖砌成的坎儿，压断了好几朵雏菊。

宋衿愣住了，谷崇倒是没多关注，发动车上路了，巧的是，他们跟那辆车走的是同一条路。那辆车司机开得挺快，但车不怎么样，谷崇追是能追上，可是宋衿没理由让谷崇追。她只是莫名其妙地想再看一眼。

好在那辆车很快停下，老路颠簸，谷崇开得也慢了些。宋衿的小手扒在车窗上，她目不转睛地望向外面。

453

那辆车上先是下来了一个男人，面相很凶。他拉开后车门，揪出了一个看起来跟她差不多大的小孩儿，嫌脏似的，男人很快就把小孩儿甩在了地上，还踢了一脚。

小孩儿没有该有的婴儿肥，很瘦，瘦到脱相了。男人踹了他一脚，好像踹在了骨头架子上。小孩儿也不躲，甚至没有反应。要不是男人"呸"了一口，让他赶紧站起来走，他动了，宋衿还以为他不是活人。

她的心像被什么揪住了，黑漆漆的眼睛跟着小孩儿动。他才那么小，给人的感觉却沉默且压抑。谷崇开着车驶过他们身边，小孩儿就要被车挡住的时候，宋衿看见他睁开了眼。他不是在看她，只是因为倒地的方向冲着这边。

即使如此，宋衿也还是轻轻地说："别怕。"

谷崇压根儿不知道发生了什么事，察觉宋衿好像说话了，便顺着后视镜朝后望了一眼，但小孩儿早被车挡住了，他什么也没看见。他以为自己听错了，接着往前开。

逛图书馆的时候宋衿有些心不在焉，谷崇看出来了，索性给她买了个冰激凌，毫无收获地回家了。他的教育观念就是这样，孩子既然没有那个心思那不如先不干。他把宋衿送回家，跟宋起航聊了一会儿天儿，就回学校了。

吃过晚饭，宋衿坐在矮凳上泡脚，柳青青和宋起航在沙发上坐着，把电视调到少儿频道。柳青青看了会儿电视，低声跟宋起航说起话来："我今天去了一趟律师事务所，有个姓方的老人家要告亲儿子。"

她的语气不太对劲儿，她像被气得发抖一样，宋起航轻声问："怎么了？"

"公诉案负责人路上堵车，我就在旁边等了一会儿，顺便听了听。老人家说自己的孙子被儿子虐待，甚至有自杀倾向。说到这儿她儿子跑来了，听见这句话后反驳，最搞笑的是，他说……"说到这里，柳青青深吸了一口气，随后一个字一个字地道，"'那小畜生不敢'。"

宋起航脸上的笑意淡了下去，他蹙起眉，十分不理解。

柳青青接着说："后来老人家拿出手机，展示她给孙子拍的照片，要让律师看，她儿子扑上来抢。我视力好，看清楚了一两张，其实差别不大，都是血肉模糊的那种。"

"这种人……"宋起航沉声道，顾忌着宋衿便没把话说完，又问，"最后怎么处理了？"

"不了了之。"柳青青摇头，无力地道，"我办完事出来时，老人家的儿子正跪在地上磕头，以死相逼。老人家没办法，律所的人更没办法。清官难断家务事，更何况她儿子够不要脸，说非要一命偿一命那就现在偿。"

她叹了一口气，继续说道："老人家这才决定不告了。我怕她被气晕过去，把她送回家了。我没好意思进她家，也就没看见她的孙子，但我估计，有那么一个爹……"

她那未尽之言化成深深的叹气，不用说宋起航也知道她的意思。那孩子有那么一个爹，能好起来太难了。更别提三四岁的小孩儿处于生长发育的黄金期，身体上的伤还能养好，心理上的伤实在难以被治愈。

两个人都挺难受，这种事少，但出现一桩，就是世界上最极端的不幸了。他们沉默了好一会儿，没发现宋衿从他们开始说话时起就安静地听着。

"妈妈，"宋衿擦干净脚，套上拖鞋，走到他们身边，仰起头，问，"那位奶奶是不是住在谷崇叔叔单位那边？"

柳青青回过点儿神，有点儿惊讶，把宋衿抱上沙发，问她："衿衿怎么知道？"

"谷崇叔叔带我去图书馆的时候路过了。"宋衿奶声奶气地回答道，想了想，又补充道，"我看见了。"

宋起航摸了摸宋衿的头，问她："你看见那个……哥哥了吗？"

宋衿点头，又认真地重复了一遍："我看见了。"

柳青青听得一愣，总觉得宋衿还没说完，或者不会表达。宋衿要是再多说点儿，就是她看见了他有多惨，看见了他和她截然不同的样子，以及她看见了也很难过。

柳青青正想着，宋起航再次发问了："那衿衿是怎么想的？"

宋衿昂起小脸，说道："我不想看见。"

她不想看见他在该活泼的年龄却死气沉沉，像要从云彩上一跃而下似的。

柳青青又有点儿欣慰，捏了捏她的脸，说道："衿衿是不是想长大后像妈妈一样，当个拯救别人的超人？"

宋衿皱着脸，思索了一会儿。柳青青以为宋衿还听不明白，也就没催，半响后，她一本正经地说："不用等长大。"

没人把她说的这句话当真，毕竟宋衿也是个小孩儿，即使再早慧行动也跟不上。但宋起航跟柳青青挺高兴的，也挺骄傲的，毕竟自己的孩子一身正气，换谁都得吹嘘一阵。可惜，柳青青工作特殊，怕有些激进的犯人出狱了找事，所以宋衿的存在，目前除了他们俩，就只有谷崇、户口登记处的人和警察局的局长知道。

宋起航拍拍柳青青抱着宋衿的手，一眼就能看出她在想什么，于是对她说道："没关系的，快了。"

柳青青跟他会心一笑，确实快了。她怀宋衿那会儿，就跟局长商量过，早几年退休或者转成文职。没办法，人总会有私心。

这天的事被抛到脑后，大人们觉得想也没用，帮不到忙，顶多哀叹两声。宋衿是放在心上了，每次谷崇带她出去时，她就要去图书馆，次数很频繁。但可惜的是，一条路走了两年，那天看见过的小孩儿再没出现过。方家要么大门紧闭，要么虽开着门，但只有一个奶奶在忙。

宋衿6岁那年，读过的书就很多了。她把功劳全算在了只见过一面的小孩儿身上，毕竟若不是他，她就不会每周去一趟图书馆，买几本书回家。

宋衿生日那天，柳青青送给她一块智能手表，带定位和通话功能。柳青青说谷崇叔叔现在在研究新项目，很忙，如果她想出去，可以自己出去玩。

宋衿高高兴兴地收下了这份礼物，双手合十许着愿望：希望爸爸妈妈身体健康、无忧无虑，希望能再见到他。

第二天，宋衿首次自己出去，就碰到了那个小男孩儿。他的变化不大，所以宋衿很轻松地认出了他。

小男孩儿身形消瘦，和当年比只是没有伤口了。他给人的感觉还是很阴沉、孤僻，以及自卑。宋衿在他后面，快走了几步也没追上他，只是在转弯儿的时候看见了他的侧脸。

他的头发偏长，垂在眼睑的位置，风一吹，露出额头，能看出他是一个小帅哥，只不过配上他的气质，就不太讨喜了。

小男孩儿进学校里了，宋衿没法儿再跟。在回家的路上，她一心想着，那么一张脸，怎么就不笑呢？

她兴冲冲地回家，激动地把这件事告诉宋起航和柳青青，两个人反应了好一会儿才想起来这号人。柳青青睁大了眼睛，问宋衿："我的宝贝，你怎么这么有责任心啊？"

宋起航也乐了，拍手给宋衿鼓掌，并说道："衿衿真棒。"

"是啊，是啊。"柳青青抱起宋衿，眯起眼笑，附和道。

谁能把与自己无关的事记两年呢？宋衿还是个小孩儿，但细想也正常，她平时没什么和同龄人接触的机会，好不容易记住一个，当然难忘了。

"那小孩儿也可怜，"宋起航叹了一声，一边拿起刚做好的甜点给宋衿吃，一边说道，"我们衿衿是给自己找了个玩伴。"

柳青青笑起来，打趣道："你说的也对，小孩儿就该跟小孩儿玩。衿衿天天不是泡在书堆里，就是跟你学跳舞，我真怕我们衿衿变成一根小木头。"

宋起航："我们衿衿是小太阳。"

他们倒不太为这件事担心：其一，两个孩子都还小；其二，那小孩儿别说坏心思了，估计连说话都不敢；其三，宋衿也确实该和同龄人多接触。柳青青有时候是真担心，她活泼乖巧的女儿会被憋出问题。

从那天起，宋衿开始了每日的出门活动。本来是先去那小孩儿的家门口的，但她和那小孩儿说了几次话，那小孩儿都没反应。她又怕那小孩儿有什么隐疾，至于他是否看得见，她也不方便撩开他的头发去确认，最后就只能在学校里等着他了。

连续几天，她卡着放学的时间去，看见的都是他被一群小孩儿追着打的场景。他们让他跑他就跑，让他停他就停。宋衿这才知道他听得见，就是单纯地不想理人，或者没有理人这个概念。他听话得很，但又实在是惨还不聪明。

宋衿不敢贸然上前，回去琢磨了几天，写了一张字条，趁中午混进学校里。门卫看她乖乖巧巧，问了句，她说忘拿东西了，声音又软又甜，也就没管了。

那小孩儿的教室在一楼，还是最前面的教学楼。宋衿在学校门口望见过他的位置，把字条放下要走的时候，瞟见了他的课本。她想着起码得知道他的名字，便翻开课本看了一眼。第一页是用铅笔画的横七竖八的线条，宋衿猜那是别人乱画的。她从一堆杂乱的线条中，分辨出了那小孩儿一笔一画地写的名字：方劣。

458

宋衿认识"劣"这个字,也知道这个字的含义。但她想不通,怎么会有人叫"劣",怎么会有人连名字都具有否定意义。

也就是那时候,宋衿觉得方劣很了不起。就冲他对那帮小孩儿听之任之的态度,也能看出来他一点儿也不坏。

下午放学时,宋衿在校门口朝里张望。下课铃一响,她的眼睛就亮了,因为她看见平时像个受气包的小孩儿从楼里飞奔了出来。他跑得很快,风掀起他额前的头发,露出他的脸颊。

宋衿扬起一个大大的笑脸,刚要说"你来啦",便眼睁睁地看着方劣从自己身边跑过去了。他目不斜视,瞥都不瞥她一眼。

"……"

见那几个小孩儿也追出来了,她回头瞥到方劣跑的方向,抄近道追上去。还好柳青青没放松对宋衿的体能训练,在拐角处,她终于追上了方劣。她探头看,以小胖子为首的小孩儿团体也追到下一个路口了。

来不及想太多,旁边就是公园,宋衿伸出手拉住了方劣。他突然不动了,直愣愣地看着她。

宋衿把他按在水泥管里,自己也躲进去。她学着柳青青的模样,竖起食指靠在嘴边,比了个噤声的动作,又怕方劣不懂,比口型道:别说话。

水泥管塞下他们两个小孩儿后还有多余的空间,但方劣清晰地感觉到他的腿和眼前这个小女孩儿的腿紧紧地贴着。他却好像丧失了行动的能力,僵在了原地。

小女孩儿逆着光看他。她的脸上虽有点儿婴儿肥,脸却还是小小的,眼睛亮晶晶的,比方劣在深夜里抬头看见的月亮还要亮。她的笑容也远比星星璀璨,干干净净的。

不像他。

方劣倏地回过神,手脚并用,要往后挪。他没有太多的想法,就是觉得不能离她太近，毕竟他太脏了。

恰巧外面的脚步声消失，宋衿先行动了。她钻出去，眼睛弯成月牙儿，朝他伸出手，并对他说道："你别怕，他们都走了。"

她的声音也好听，像奶奶给他买的棉花糖，夹着甜腻的果酱，绵软还蓬松。

方劣发了好长时间的呆，宋衿也就一直没动。他反应过来时，她的手还在眼前，不适应的感觉一下子向他席卷而来。许久没感受过的窒息感重新浮现，太阳好像照到管道里了，方劣的身上像起了火似的。

他"啪"的一声拍开小女孩儿的手，抿着嘴起身跑了。最后，他看了一眼女孩儿的手，可能是他不懂控制力气，也可能是小女孩儿太白了，痕迹十分明显，像印上去的一样。

他不敢再看，扭头跑了。

被留在原地的宋衿下意识地缩缩手，确实疼，但也就一瞬间。她更加直观地感觉到的是方劣的抗拒，但以他的经历来说，怎么也不为过。

方劣可能常年不见光，皮肤惨白。如果她没看错的话，方劣跑到她身边时耳根是红的。

但也有可能是夕阳的光影，宋衿觉得自己看错了。手上的红痕很快就消下去了，她倒是不气馁，打定主意要改变方劣。

他们打过照面后，宋衿权当认识方劣了，一没事就在他家门口等他。周末双休，反正也等不到，方劣会躲，但就那么一条道，也躲不到哪儿去。本来宋衿在家里待着就无聊，每天方劣一出来，她就像百灵鸟似的，展展翅，跟上去，"叽叽喳喳"地说话。

方劣还是不说话，不过宋衿确定了一件事，那就是他的耳朵真的会变红。她也不拿这事逗他，但忍不住看，越盯越红，每次他走到校门口时，耳朵就红透了。

宋衿偶尔会跟柳青青和宋起航分享，像扬起下巴的波斯猫，求表扬似的，仿佛在说"看，你们办不到的，我办到了"。

宋衿的胜负欲极强，柳青青也没想到自己当年说的话，会给女儿带来这么大的影响。柳青青既无奈又觉得好笑，但看宋衿开心，也挺满意的。

宋衿想的是慢工出细活儿，于是天天平淡地磨进度。但她不上学，忘了有期中考试这件事。临时抱佛脚的小孩儿们考完试就放松下来，开始找事了。

她那天跟宋起航学了一会儿舞，跳完一看时间，过了放学时间，换完衣服就跑了出去。毕竟她觉得方劣不会等她，结果走到熟悉的路上后，见到方劣又变成了走几步就挨一下打的模样，气得不行，喊他："方劣！"

女孩儿的声音脆生生的，那伙人都愣住了，方劣更干脆，戳在原地望着她。但为首的小胖子伸出的手是收不回来了，小胖子直接把方劣推在了地上。夏天，校服是短裤，宋衿看得清清楚楚，方劣的膝盖被磕破了。

她赶紧跑过去，犹豫了一下，还是没先扶方劣，万一她跟着挨打就不好了。宋衿走到方劣面前，皱起眉，对上小胖子的眼神后也不害怕，生气地说道："你们如果再这样，我就去告诉你们的家长。"

这个方法幼稚，但有用。

小胖子他们倒不是因为信了宋衿能叫家长，主要还是她长得太好看，粉雕玉琢，在一众有着胖手胖腿的小孩儿里，苗条又吸引人。

世界上从来不缺"颜狗"。小胖子看看她，又看看在地上趴着的方劣，也皱起了眉，问她："你没闻到吗？"

宋衿："什么？"

小胖子指指方劣,用手掩上鼻子,说道:"他身上的臭味。就他那样儿,不知道是从哪条阴沟里爬出来的,我们这叫为民除害。"

宋衿是真无语了,绷着脸,按开手表上的拨号界面,给小胖子看,并说道:"叫不来家长,我可以叫警察来。欺负同学还有理了?你们是不是还没从阴沟里爬出来呢?"

小胖子定睛一看,小眼睛瞪到最大。几个人到底还小,好吓唬,悻悻地走了。

宋衿回过头,发现方劣还没起来。于是,她赶紧把他扶到路边的藤椅上坐着,跑去药店里买了药,蹲在他身边,仰起头问:"疼吗?"

方劣面无表情,头发的长度一直遮着眼,看起来孤僻得很,就差把"别搭理我"写在脸上了。宋衿也不指望方劣回答,拆了包装,把酒精棉球伸到他面前,笑着说:"给你变个魔术,拿这个一擦,那些小沙子就会消失了。"

她说完就低下了头,小心翼翼地将棉球在方劣的伤口上沾,有些分心地想着:回头得把方劣的年龄套出来,我适合做姐姐。

方劣无所适从,忍不住垂眸看她。女孩儿的善意好像是天生的,扫上一眼就让人生不起厌。他的记忆里都是爸妈说他不该来到这个世界上,他不配活着,他就是披着人皮的蚂蚁,谁想踩都能踩,不管谁看见他后都想要呕吐。

有些观念一旦形成,想要改变太难。

他其实是第一个出考场的,但没看见宋衿,就鬼使神差地停在校门口好久,直到被小胖子他们追着打。

他好像第一次有了别的感觉——贪婪!宋衿那么美好,他们在一起只会被他玷污,他不应该靠近他。

他想和宋衿说,"离我远点儿,我脏"。

他想和宋衿说,"别管我,我不配"。

他想和宋衿说,"对不起,我不够好,所以只能躲着你"。

但他不会说,一开口,就是父母对他说过的污言秽语。

"烦,烦,烦,你能不能滚啊?"

说着,他还把宋衿推倒了。

方劣的大脑里一片空白。

宋衿也蒙了,方劣这会儿用的力气不大,但很突然。她一点儿防备都没有,轻飘飘地向后倒,没被摔疼,但心里的火气很大。她咬着牙站起来,不想跟方劣说话了,打算收拾完垃圾就走。

低头捡在地上打了个滚儿的棉球时,宋衿又愣了一刻。她刚才正按着方劣的伤口,被他一推,棉球也狠命地往上划,带出一条血迹,触目惊心的。他推了她一把,看起来比她受的伤还重,真稀奇。

宋衿在心里嘟囔,但想到了些别的。她之所以会这样,是因为她的父母,还有谷叔。老师、警察、艺术家,她拥有一个完美的生长氛围。但方劣呢,他说的话、做的事,也应该有他父母的影子,再想想他的名字。

他还是那个小可怜。

宋衿转念一想:跟我有什么关系?

宋衿闷不吭声地把棉球丢到垃圾桶里,却迈开腿走向了方劣。

男孩儿把她推倒后自己也站了起来,表情是一如既往的木然。但宋衿总觉得,他有些揣揣不安。

黄昏是最温柔的灯火,暮色晕染了边界,霞霭若隐若现。宋衿在满目的金色里踮起脚,摸了摸方劣的头。

他的头发很软,比他乖多了,宋衿边想边说:"好棒,说了这么长的话。"

方劣睁大眼睛,情绪第一次明显地表达出来——不可思议。

宋衿收回手,想了想,又问:"是有人对你说过那些话吗?"

463

方劣还愣着，下意识地点头。但他很快反应过来，再一次跑了，只不过跑得有些跌跌撞撞的。

宋衿没错过他点头的一瞬间，心道：果然！她回家后又找她的父母问了问两年前的事。因为过于出格，所以柳青青没忘得太彻底，只说："那小孩儿他爸？不就是那个对自己的妈妈以死相逼的人吗？显而易见，很没素质。"

宋衿点头表示赞同。

宋起航笑了笑，逗她："衿衿拯救朋友的事怎么样了？"

宋衿一本正经地汇报："已取得阶段性进展！"

事实证明，她话说早了。方劣翻脸不认人，第二天看见她时还是不爱搭理她，但不再动手了，话也多了，都是不好听的话。宋衿觉得她可以慢慢帮他纠正过来。

学校放假前，宋衿纠结于方劣闭门不出该怎么办？她拿起昨天说要给方劣吃的甜点出门，但没发现方劣的不对劲儿。快走到的时候，宋衿笑了起来，却听见方劣喊了一声"滚"。

宋衿依然坚持着慢工出细活儿的原则，每次听完他瞎说话就纠正一遍。她相信总有一日能成功，不过她已经听习惯了，这会儿面不改色的，心想：哼，小崽子。

路过的人都向他们看过来，方劣不知道该怎么应对。

他真没用。

方劣急得不得了，宋衿停在他面前时，这些天她的笑脸、声音，全挤在了他的脑子里。那种不懂表达的烦闷达到顶点，他一把抢过宋衿手里的点心盒，摔在地上。

方劣张口，依然重复父母对他的咒骂。

宋衿皱起眉看他，他的声音越来越小。宋衿觉得人总该有记性的，她连摔碎的点心都不想收拾。结果小胖子不知道从哪儿钻出来了，攥住方劣的衣领就要下手，宋衿情急之下转身挡住了。

疼。

这是宋袊的第一感觉。

拳头在半空中时,劲儿是最大的,她舔了舔嘴角上的血。

"你干吗?!"小胖子惹了事,往后退开,又着急又害怕地道,"他那么说你,你护着他干吗?!"

"你再这样,我就真告诉你的家长了。"宋袊的眼里水光流转,生理性的泪顺着侧脸流下几滴。她拿舌尖抵了抵腮缓解疼痛,断断续续地说,"他说的不是他要说的,是他听到过的,我想让他听听别的声音。"

小胖子气得跺脚,又怕宋袊跟他计较伤,便跑了。

宋袊擦了下泪,突然有只冰冰凉凉的手挨到自己受伤的脸颊上。宋袊怔了怔,回头看方劣,他像是真醒悟了,但她前段时间就见过他这副神情,忍了忍,又想自己都疼成这样了,还是让他先给自己按着吧。过了一会儿,她扭头走了。

她走到拐角处时,回头看了一眼。

方劣没走,但也没看她。他蹲下把碎掉的点心都放进了点心盒里,抱在怀里,站了起来。

柳青青最近几天又出任务去了,只有宋起航在家里。他见宋袊带着伤回来,皱起眉给她处理,轻声问:"袊袊,是和人打架了吗?"

宋袊疼得吸气,但还是扬起嘴角,乖巧地道:"没有。"她把发生的事讲了一遍,想了想,补充道,"他居然会捡起碎掉的点心,真没想到。"

宋起航没想到会是这样,收起医疗箱,颇为无奈地说道:"袊袊,有危险就应该躲远点儿。"

宋袊认真地回答道:"我知道。爸爸,我太冲动了。"

宋起航见她态度端正,没忍住笑了笑,问道:"那接下来怎"

办呢?"

"没想好。"宋衿摇了摇头,"他扔了你做的点心,虽然后来捡起来了,但我还是很生气。"

宋起航怔了怔,手顺着她的头发落在她的头顶上,揉了两下,说道:"爸爸不生气。子不教父之过,他没养成正确的判断能力,爸爸要气也是气他的父母。"

"真的吗?"宋衿的眼睛亮了一下,她惊喜地问。

宋起航笑道:"当然了。"

"其实我也是这么想的,"宋衿的声音低下去,她有点儿心虚,像说悄悄话似的,说道,"挡在他前面的时候我是思考过的。我当时的想法是,他都挨过那么多次打了,就别再挨打了吧。"

宋起航看着眼前垂着脑袋的小姑娘,又自豪又担心,叹了一口气,说道:"你这点倒是跟你妈妈一样,当年爸爸被抢劫,你妈妈也是毫不犹豫地替爸爸挡拳头。但衿衿,有些事要有底线,不能一味地好。如果看到的是无底洞,那及时止损才是最正确的做法。"

这番话对年幼的宋衿来说,还需要时间去理解。她皱着眉,懵懵懂懂地点头:"爸爸,我还想再看看。"

宋起航温和地道:"小善人,去睡觉吧。"

"……"宋衿似懂非懂地问爸爸,"爸爸,你不拦我吗?"

"爸爸都没指望你能听懂,"宋起航失笑,握住她的小手,说,"更何况还没到那个地步。衿衿想做什么就去做,你有独立决定的权利,爸爸为什么要去干预?当然,不管出了什么事,都有爸爸妈妈在呢。"

宋衿躺在床上和宋起航互道"晚安",等他把灯关了出去后,她想:等方劣好起来了,我也要让他尝尝生气的滋味。

不过是个自娱自乐的想法,宋衿一进入梦乡就忘了。但她没想到,后来,这个想法成真了。

放假的第一天,方劣坐在床上发呆。盛夏的风钻过门缝,湿热感让人不好受,蝉鸣像在攀比似的,一声比一声高,久久不停。

他的手边放着捡起来的点心盒,硬纸壳的材质,边角碰在地上磕白了,里面的点心也碎了。

方劣摸着凸起的花纹,想到的却是他低头拾起点心盒,再抬头时却没能看见它的主人,甚至她的背影。

他在原地站了好久才反应过来,太阳落山了,"小太阳"也走了。

早该是这样的。

但方劣头一回产生了怀疑的情绪,他是不是做错了,可怎么做才是对的呢?他爸他妈教他的是要自我厌弃,是不该、不配、不值得。

他敢捡起被摔开的点心盒,敢把碎掉的点心尽量重新拼好,却始终伸不出手,拉住宋衿。

方劣忘不了她受伤后的样子,吃痛的、断断续续的抽气声,还有柔软、滚烫的脸颊。

方劣背着书包走出屋子的时候,奶奶愣住了。奶奶回过神后以为他忘记放假了,笑着提醒了一句,却见平日沉闷的小孩儿点了点头,嘴抿得很紧,还是往外走。

奶奶很疑惑,放下洗到一半的衣服,走到他身边。她刚想开口,又见方劣攥了攥书包的背带,开口:"去一个地方。"

他说这话时很生涩,可能还没牙牙学语的婴儿说得流利,但这就足够了,方奶奶没再拦。等他走了方奶奶还有点儿恍惚,这么正常的一句话,却是她第一次听他说出口。

方劣不知道该去哪儿找宋衿,推开门后没看见她,想找到她的本能越发强烈,闷声朝学校走。可能是刚放假的原因,门卫和老都还在，但就是没有他想找的人。

怎么办？

方劣紧紧地攥着背带的手骤然松开，眼睛里满是茫然，还有陌生的、空荡的、不知所以的心慌。

还有哪儿？在原地站了很久，方劣拼命回想有他和宋衿的影子的地方。直到他看见校门口有一位老师领着孩子走出来，孩子在追着蝴蝶跑。

他突然想到他第一次在宋衿眼前跑过的画面，心跳像击鼓，脚步也跟着越来越快。风声渐渐变大，他的气息不匀，这是他第一次全力奔跑。

公园里也没什么人，今天放暑假了，但不是周末。方劣远远地望见水泥管上坐着一个女孩儿，是他熟悉的女孩儿，常向他挥起来的手正在翻书。

他找到她了。

心跳变得平稳，方劣却没停下脚步，撑着一口气跑到她面前，猛地一停，眼前发黑，天旋地转的。他找到她了又该干吗？方劣不知道。他喘着气站在宋衿面前，还看不清她，只能听到翻书的声音。

宋衿看到一半，发现他来了，索性合上书将它放在膝盖上。她用手支起下巴，笑眯眯地看着他，说道："这不是挺聪明的吗？"

"……"

方劣听不懂，气喘吁吁的。

他撑着膝盖弯下腰，还偏要仰起头看她，女孩儿的肤色白得发光，唇角弯起。她正对着艳阳，瞳色被照得有些浅。方劣在奶奶看玄幻剧的时候无意间瞥到过几眼，他觉得宋衿这会儿除了没翅膀，简直就是精灵。

他沉浸在得偿所愿的满足里，宋衿却沉浸在不怀好意的得逞中。

她今早起床后,犹豫了好久,决定不找他。她气性大,记性好,总觉得他摔了她爸爸做的点心,再找他都过不去自己这关。

于是她拿着书,溜溜达达地到公园里坐着,想着看缘分吧,方劣要是跟她有缘,应该能找到她的。她其实没什么把握,方劣会不会找她还是个未知数。但她不怕,左右不过一天,无所谓。

事实证明,他们是有缘的。

方劣终于说话了,结结巴巴地道:"你……你在干吗?"

他说起话来结结巴巴的。她顿了顿,故意冷冰冰地道:"看书啊。"

方劣僵住了,抛去模仿父母的作态,他只是个没用又胆小的小孩儿,甚至看不懂宋衿眼底未消的笑意。

方劣那垂在腿边的手又攥成拳,脚像灌了铅,嘴像被缝住了。方劣不出声,也不动弹。

宋衿没想到他真被吓到了,怔了怔,心里像碳酸饮料似的开始冒泡。她抿了抿唇,冲他招手,高兴地道:"我还在等你。"

方劣倏地抬起头,刚才跑得太急,额前的黑发被撇到了两边,露出眉眼。他看见宋衿弯了弯唇,嘴边隐隐浮现出了梨涡。

宋衿拍拍身边的地方,催促道:"快来一起看书。"

"……"

方劣同手同脚地走到水泥管上坐下,眼观鼻鼻观口口观心心观脚,头低得不能再低。

"你拿一下。"宋衿打开一页,往他那边递书。她拿出一根黑色的笔,打开笔盖,见方劣跟罚坐似的,叹了一口气,说道,"快看。"

方劣听话地把视线挪到书上,身体却绷得更紧了。书上是一个大大的"劣"字,释义虽然被人用黑笔涂掉了,但他忘不了父母像是念恶毒的咒语般,在他的耳边不停地解释这个字,也忘不了老师讲这个字的时候,同学们聚在他身上的嫌弃的眼神。

"别怕。"宋衿拿着笔伸手过去,在书上边写边说,"我刚学的,你看,上面的'少'是'少年'的'少',下面的'力'是'力量'的'力'。所以,这个字的意思是'少年有力量'。"

书被放在方劣的腿上,他在微微发抖,导致宋衿的字迹歪歪扭扭。但很快,他就被宋衿的解释吸引了。

少年有力量。

方劣看着书上新增加的字,墨水还没干,一蹭就能蹭花。他更加小心翼翼了。

"你的名字是这个意思才对。"宋衿盖上笔盖,将笔装回兜里,接着托着腮看他,"很酷,是不是?"

酷吗?

方劣看着她眼里的期待点头。

"那就是这个意思啦。"宋衿拍拍手,说道,"书送给你了,作为交换,你得答应我,忘掉原来别人跟你说的你名字的意思。"她一顿,更正道,"不对,是忘掉来这儿以前的事,以后跟我一起从零学起。"

方劣想问为什么,但就是张不开口,也不点头。宋衿也不催,耐心地等他。被她清澈的眼睛盯着,方劣还是问了。

宋衿像早有准备,答得很快:"因为那些都是错误的。"

方劣理解不了,眉蹙在一起,结结巴巴地说了一句话。那句话的语序颠三倒四的,但宋衿听明白了,他说——可他们说我是错误的。

风把这句话吹散在空中,宋衿轻轻地呼吸着。空气很凉,方劣黑沉沉的眼睛里装着苦恼。

"他们是错的,"宋衿抬起手,轻轻地摸了摸方劣的脑袋,说道,"因为你是无比正确的存在。"

还好她有个叔叔是老师,促使她小小年纪不仅书读得多,说的话也既好听又动人。

从方劣不再压制要靠近她的想法后,一切就变得简单起来了。他听话地将以前的事归零,也好哄得很,夸几句就会努力地跟着她重复、抄写。那天,他们一人写一遍,写了满满一页"少年有力量"。

宋衿说他的头发太长,剪了好看,他就主动地跟奶奶说要去剪头发,老人家笑得挤出皱纹。他那遮住眼睛的头发被剪去后,以前黑漆漆的世界变得亮堂起来。方劣却感觉,满眼的光来自宋衿,她在源源不断地散发热量。

方劣几乎一个假期都和宋衿待在一起,被墨水玷污的纸重归于白,渐渐地,又变得缤纷。他和宋衿看绘本上绮丽的画像,看著作里实景的贴图,听她总用灿烂的说法描绘一切。他眼里的黑雾早就只剩下一点点了。

开学的前一天,方劣舍不得回家。霞光布满天空,映下淡淡的粉色,像他不自知而泛红的耳根。他跟宋衿走在路上,步伐越来越慢。

"走快一点儿。"宋衿隔一段时间就催他一遍,不解地问,"你想摸黑回家吗?"

方劣:"不想。"

话虽这么说,但他还是走得很慢。宋衿觉得不对劲儿,问他:"你怎么了?"

"……"方劣嘟囔了一句,宋衿没听清,让他再说一遍,他深呼吸,一字一句地道,"我说,你不上学吗?"

宋衿眨了眨眼,笑意跃上小脸,拿腔拿调地道:"你原来是舍不得我呀。"

她说话时奶声奶气的,一点儿也不讨人嫌。方劣的耳根都要红透了,他不好意思了,慢腾腾地移开视线。半晌后,他"嗯"了一声。

宋衿倒是没想到他这么坦荡,唇角翘得更往上了:"我晚一点儿去,你就当帮我探路了,加油。"

这显然不是方劣想听到的回答,但他没再问了,垂着眸走回家。宋衿知道他情绪不对,但也没办法,上学的事她做不了主。最后,她拍了拍方劣的肩,安慰道:"没事的,你放学后我们就可以见面了。"

方劣沉默地点头,似乎觉得不妥,又对她笑了起来,看起来很乖,说道:"你快回家吧。"

"那我走了,"宋衿看不出问题,摆了摆手,"再见。"

她在回家的路上还在感叹方劣的变化。她推开家门,不厌其烦地讲给柳青青和宋起航听,两个人照单全收。他们听到明天方劣开学的时候,彼此看了对方一眼。

柳青青咳嗽一声,问宋衿:"衿衿,你想去上学吗?"

宋衿想了想,说道:"其实没有很想,都可以的,我在哪里都可以学习。而且在家里的话我还能多陪陪爸爸妈妈,谷叔叔也经常来教我。"

宋起航一愣,问她:"真的不想吗?"

他们是怕宋衿想和交到的小朋友一起玩,但她理解错了,以为他们怕她学不好。于是,她背诗自证,临了还信誓旦旦地说:"爸爸妈妈,你们放心,谷叔叔说我要是去了学校能考第一名呢。"

柳青青配合地夸她,冲宋起航无奈地摇了摇头,示意既然衿衿没想到点子上那就算了。

方劣剪完头发后是个标准的小帅哥。碎发垂在他的额前,露出的大眼睛很清澈,加上他不习惯做幅度大的表情,瞧着冷冷淡淡的,气场天成。

宋衿在校门口瞧见没人追着他打的时候松了一口气。她认为，既然那小胖子因为她好看而不动手，那让他们看看方劣有多好看，他们应该也就不会再逮着他欺负了。

方劣出了校门，脚步一转，直直地朝她走来。小学生放学早，他们决定去公园里待一会儿。路上，方劣很安静，不主动开口，搭话的次数也少。宋衿纳闷儿，叫了他几声，他都不应。

"方劣！"她提高音量，见他终于有动静了，又软下声音，提醒道，"我和你说话呢。"

"对不起。"方劣抿抿唇，这会儿正好走到公园里，他在水泥管上坐下，怀里抱着书包。

"怎么了？是不是又有人欺负你？"宋衿凶巴巴的，没着急坐，仿佛只要方劣一点头，她就能冲回学校。

偏偏方劣摇头后又紧接着点头，宋衿被绕晕了。她想再问一遍，未问出口的话在看见方劣掏出的书后吞回了肚子里。

方劣翻开的那一页，正是她写着"少年有力量"的那一页。他垂着头，难过的气息快要溢出来了。

方劣闷声说："他们笑我……"

听完他的讲述后，宋衿算是明白了。今天开学，班上正好有个转学来的同学，班主任索性让他们挨个儿做自我介绍。轮到方劣时，他认认真真地说出了"少年有力量"，结果全班同学笑他。小胖子笑得最夸张，还说方劣是用智商换颜值了。

宋衿听得生气，转身要替他算账去，手腕却被抓住了。方劣拽住她，说："我不在乎他们。"

宋衿回过头，方劣松开手，又说了一遍。宋衿恨铁不成钢地道："那你难受什么？"

方劣的嘴动了动，他没出声。

"……"宋衿好笑地道，"不是说好有什么就说吗？"

方劣躲着她的视线，小声道："我在乎你。"

落日攀上男生的耳郭，留下浅浅的粉色。

宋衿顿了顿，在他身边坐下，说道："可我不是那样想的，你不用难受。"

方劣又不说话了。

他在成长，在学习，自然也知道那五个字是宋衿拿来哄他的。所以每次宋衿叫他的名字时，他还是会乱想。

宋衿敏锐地注意到他眼里的情绪，笑眯眯地瞅他，拿过他手里的书，找到"好"字，说道："我在家里学了一个成语，叫'触底反弹'。你看，你的名字里有'劣'字，就代表已经触到底了。劣的反义词就是优，是好，好好先生。"她的手指向后面的组词，她说，"如果你喜欢的话，我以后就叫你'方好好'吧。"

方劣被她的这番操作搞得不知所措，眼里是惊喜，久久未回过神。

"你不喜欢？那还有备选，'方优乐美'也行。"宋衿故意逗他，看着他瞬间变白的脸色，笑得更开心了，"快选，一还是二？"

方劣这次没敢拖，极快地回答道："一。"

"这才对嘛。"宋衿合上书放到一边，手撑在身侧，沐浴着夕阳，说道，"喜欢就要说出来，方好好。"

方劣挺喜欢这个新名字的，不是因为它的意思，而是因为不管是叠词，还是专属的称呼，被宋衿念出来，都多了几分亲昵的感觉。方劣很喜欢很喜欢这种感觉。

"方好好，"宋衿笑吟吟地打趣他，"你上课时无聊吗？"

方劣摇摇头。

宋衿故作惊讶地道："那你岂不是不想我？"

"……"

宋衿又弯起眼强调道："说好了要说的。"

方劣吐出一个字："想。"

宋衿立刻给面子地鼓掌:"好棒。"

山脊背后的太阳默默退场,暮色降临,公园被晕染得很唯美。水泥管后,两道小小的影子随风晃来晃去,摇曳着无穷无尽的欢乐。

方劣很听宋衿的话,两个人没吵过架,也没翻过脸。似乎遇见宋衿后,方劣的负面情绪全部消失了,他在学校里也好过了不少。

宋衿特别注意他的全方面发展,读小学二、三年级那会儿,她看别人都成群结队,就他孤苦伶仃的。她让他也要多交点儿朋友,于是他收起对人爱搭不理的态度,但没有和谁特别好,毕竟他早就有了最好的朋友。

开学领完新书后,方劣急着找宋衿,第一个出的校门。他都不用找,一眼就看见了宋衿,女生的脸越发白皙、细腻了,眸子清澈,总是一闪一闪的。

方劣单肩挎着包朝她走去,递给她早上买的糖,笑道:"补够觉了?"

宋衿这几天在做卷子,谷崇给她拿来的,让她有备无患。她做着做着就睡得晚了,早上容易起不来,连着好几天方劣都是自己上学的。她接过糖撕开包装,无奈地打了个哈欠,说道:"够了够了,明天肯定陪你。"

"没关系⋯⋯"方劣看见她的脸上明晃晃地写着"你别装了"几个字。他话锋一转,失笑道,"那可太好了。"

"这才对嘛。"宋衿满意地点头,"方好好,我又不是不知道你有多黏人。"

方劣读二年级那会儿,她房间里的窗户没关严,她吹了点儿风,在床上躺了几天。病一好,她就去找方劣了,就见他魂不守舍的,脸色苍白得比她这个病人还夸张。她问了才知道,他天天都在外面等她等到天黑。

后来他们交换了手机号码,每天问安的消息必不可少,天冷加衣,天热避暑。方好好的好,宋衿算是深刻地体会到了,她叹道:"我跟我爸妈说了后,他们都觉得自愧不如。"

方劣无奈地掀了掀嘴角,他要先把书放回家,两个人慢悠悠地走着。宋衿边吃糖边说话:"我说真的,卷子我都做熟了。我准备歇几天,未来你就不再是孤家寡人了。"

方劣正要说话,远远地望见家门口刚起步的车后脚步一停。

"……"宋衿跟着停住脚步,经常弯起的唇角扯平。如果她没记错,方劣当年就是被他爸从那辆车上扔下来的。

她担忧地偏头看了看方劣,他的脸色白了点儿,手攥紧了一瞬间又很快松开。他怕她担心,想笑一笑,却怎么也扯不动唇。

宋衿缓缓地道:"你先回家。"

方劣点点头,加快步伐,进去前和宋衿说了声"等我"。

宋衿直觉那男人一来就没好事,做好了方劣长时间不出来的准备。她没想到没过 10 分钟,他就匆匆地跑了出来,表情特茫然,看见她的时候,才好了一点儿。

"怎么了?"宋衿赶紧走过去,问方劣。

"……"

宋衿急得不行,拉起他的手,说道:"方好好,你说话。"

柔软的触感让方劣回过神。他缓了缓,不可思议地道:"他又送来了一个……"他的声音戛然而止,过了好一会儿,他反握住宋衿的手腕,接着说道,"衿衿,他又送来了一个孩子,奶奶说……说是我的妹妹。"

"……"宋衿睁大了眼,也震惊了。两个人瞪着眼站了一会儿,她压住心绪,还是先问要紧的,"那他呢?"

方劣如实回答:"奶奶说他以后不会再来了。"

"那就好。"宋衿松了一口气,撩了撩被风吹乱的头发,晃了晃方劣的手,问他,"要不……进去看看妹妹?我还没见过小孩儿呢。"

"丑得很。"方劣想起刚才看到的皱巴巴的团子,蹙起眉,三个字脱口而出。他反应过来后又道,"那就去看看。"

他们认识这么长时间了,宋衿还没进过方劣家。主要是因为他们俩平时一见面就是该回家的时间,假期时还爱在公园里待着,所以都没提过去对方家。

他家的院子很大,整体是古典的中式风格,干净、有气势。宋衿猜到了他家不穷,两年前她听柳青青说过,方奶奶花了很多钱,硬是把与方劣他爸的母子关系在法律上断绝了。

方奶奶在厨房里弄奶粉,没注意到进来了两个小孩儿。宋衿踮起脚望了一眼婴儿车,婴儿车里的孩子确实皱巴巴的,但蛮可爱的,小小的一只,像刚出生的。

见方奶奶出来,她赶忙站好,乖巧地向方奶奶打招呼:"奶奶好,我叫宋衿……"

她还没自我介绍完,方劣插话道:"奶奶,她是我的朋友,您知道的,我经常去找她。"

方奶奶其实不知道,她只知道他爱往外跑,但不知道他去了哪儿,更别提找谁了。只是看他越来越好,所以她从没拦过。

不过,她现在知道了。

方奶奶把目光落在宋衿的身上,她看起来就是很有教养的小女生,白净开朗,不怯场,怪不得……

方奶奶又看了方劣一眼,在心里叹气,怪不得连她都毫无办法的小劣,某一天突然就好转了。

"好,好。"方奶奶慈爱地笑了,收回视线走到婴儿车旁边,对两个人说道,"快过来看看妹妹。"

宋衿一开始有些拘谨,就站在远远的地方望,方劣陪在她身边。方奶奶很好相处,笑着打趣了一句"你不来,小劣也不来看妹妹",宋衿这才不好意思地走过去,还是不敢碰妹妹。方奶奶又笑着把奶瓶递给她,让她试着给妹妹喂奶。

宋衿学了几个动作,就专注于如何不让小孩儿呛着了。她的额头上都是细汗,但她既开心又满足,问方奶奶:"奶奶,妹妹叫什么名字呀?"

方奶奶在旁边扇着扇子,思索半晌后道:"叫'方婷'吧。名字虽然普通,但希望她一生快乐,平淡点儿,别有太多起伏。"

下午的时候,方婷睡着了。方奶奶要出去买菜,宋衿想着顺路回家,也就和方劣跟上走了。

方奶奶走在前面,宋衿看看绷着脸的方劣,悄悄地问:"方好好,你为什么一下午不怎么说话?"

"你一直在看……"方劣想了好久,才想起那皱团子的名字,"方婷。"

宋衿笑得弯起眼:"我是在看你的妹妹。"

方劣想不出话反驳,眉头微微蹙着。宋衿抬手按了按他的眉头:"你不要总是皱眉,会老得快。"

方奶奶听见他们的动静后,调侃道:"小劣是嫌小衿不管他了吧?"

方劣拔高音量,像被戳穿了心思,耳朵微微泛红,不好意思地道:"奶奶!"

"是这样吗,方好好?"宋衿逗他,"这叫什么来着?吃醋?奶奶,我说的对不对?"

方奶奶扬声应和。方劣绷不住了,脸也红,眼睛乱瞟,不敢往身边看。宋衿笑得更欢了。

等宋衿走了,方劣帮奶奶提着装菜的袋子回家。气氛不再欢声笑语,却也十分融洽,方奶奶摸了摸他的头,对他说道:"以后常让小衿来家里玩,奶奶喜欢她。"

方劣一愣,心想:我也喜欢。他重重地点了一下头,接着大声应道:"好。"

那天之后,宋衿常去方劣家,等方劣到学校后她就原路返回,逗方婷玩。也就是从那天开始,方劣的心里莫名其妙地出现了一种陌生的感觉,像咬了一口院里刚结出的果子,又酸又涩。

这种状况维持了差不多一年,方劣终于忍不住了。放学后他带宋衿去好久没去过的公园里,边走边踢石头子儿。

宋衿纳闷儿地道:"怎么不回家?"

"你天天陪方婷的时间比陪我的多多了,现在还要去吗?"方劣闷声问。

"……"宋衿说,"我明天去学校里看你。"

这招果然有效,方劣一下子就忘了郁闷,问她:"真的吗?"

"我什么时候骗过你?明天大课间的时候,你在东边的矮墙下等我。"宋衿倒着走在他前面,笑眯眯地道,"方好好,一言既出,驷马难追。"

第二天,方劣坐立不安。好不容易等到下课铃响,他站起身就朝东边的矮墙跑。

方劣记得那墙也就比他高一点儿,胜在隐蔽,校方安了几个监控后就没再管了。他怀着盼望跑过去,却什么都没瞧见,又不信宋衿会骗他,在那儿倔强地仰着头看。几分钟后,还是没动静,方劣不受控制地失落起来,头跟着低了下去。

结果,没过一秒钟,他就听到了动静,又赶紧抬起头。

宋衿的手出现在墙沿上,然后是整个身体。她那使劲儿的表情在看见他后变成了微笑,眸子一闪一闪的,发梢随着风飘动,光影交错。

宋衿朝他招手,说道:"方好好,我没骗你吧。"她忘了自己的处境,手离开墙边的时候身子一斜,就要摔下去了。好在最后起跳了一下,她对方劣道,"接住我。"

她扑向了方劣。

那堵墙虽然高度一般,她也轻巧,但冲击力还是有的。方劣猝不及防,只来得及护住她,两个人一起倒在了地上。

女生身上的清香味道席卷而来,方劣一时不太自在,像是哪儿失火了,又像是哪儿打起了雷,总之说不清道不明。

宋衿以为他摔疼了,匆忙地爬起来,问他:"方好好,摔到哪儿了?"

方劣愣愣的。宋衿着急地道:"很疼吗?你别不动,先起来。疼就哭出来,没事。我给我爸爸打电话,咱们去医院。"

"不用,不疼。"方劣躲开她要扶他的手,自己坐起来,拍了拍身上的土,加了一句,"不能哭。"

宋衿怔住,问他:"为什么?"

"哭很吵。"方劣认真地回答道,在他的认知里,哭只会被人说"吵"。

宋衿想:歪理!

"不吵,你哭出来,起码我会心疼。"宋衿看方劣不为所动,接着说,"说不定还能为你破个例呢。"

破例?

方劣的眼里倒映着宋衿的身影,他脑子里不停地想宋衿更喜欢方婷,不喜欢他了。过了一段时间,他眼睛真的红了,吸气声急促,停不下来,泪水顺着他的侧脸向下落。

宋衿哪儿能猜到他还有说哭就哭的本事?她生怕他摔着了哪儿,急得不行。在她即将拿智能手表打电话时,方劣问:"可以破例了吗?"

宋衿一愣,点头。

方劣看着她,泪水还在不断地流。他用手背擦了擦眼泪,好让自己看得更清楚点儿,问她:"那你能来陪我上学吗?"

宋衿应该要回绝的,可就是说不出口。

她是第一次看方劣哭,确实让人心疼,连一个拒绝的字眼都挤不出来。她觉得,这一幕她再过上十几年都忘不掉。

宋衿最后咬咬牙,说道:"我回去和家里人商量一下。"

当晚,她就征求了柳青青和宋起航的意见,没受到多少阻拦,她也坦白了有方劣的原因。柳青青和宋起航研究了一下,决定让她下学期开学后与方劣一起读六年级。

他们还说其实之前的决定就是让她在这段时间去学校里读书,毕竟要小升初。但柳青青最近接了个案子,参加家长会、接送宋衿上下学之类的都不方便。宋起航安慰了几声"有谷崇在",事就这么被定下来了。

方劣太懂事了,知道宋衿不上学肯定有原因,闭口不提那天的事。宋衿存着给他惊喜的心,瞒了他一个假期,取书时也是陪完他又独自回去拿的。

开学那天,方劣才隐隐感觉不对劲儿,但不敢想,也没敢问宋衿。

开学后,宋衿给了他一个大大的惊喜——宋衿跟他一起走进学校。她憋不住偏头冲他笑,并对他说道:"恭喜你,方好好,我为你破例了。"

方劣那段时间就经常想:天上是真的会掉馅儿饼的。

但目睹宋衿被一帮同学包围,问她话她也笑着一一回答,没多长时间就完全融入了,方劣又觉得他哭错了。这个学,宋衿不上也罢。

又好看又活泼的小女孩儿谁会不喜欢?方劣扒拉开人堆,闷不吭声地提溜起坐在宋衿身边的小同学,然后自己坐了下去。

欢声笑语一顿,有个留着飞机头的小男生讨伐起来:"方劣,你干什么?老师又没说你是她的同桌。"

这话引起了不少同学的附和,方劣抿抿唇,一字一句地道:"我们是好朋友。"

"我们也是呀。"大家"叽叽喳喳"地道,方劣再想不出别的理由。大家嚷了一会儿,有人要把他从座位上推开。

他下意识地向后躲,撞在了宋衿支着下巴的胳膊上,心跳漏了一拍。宋衿倒也不慌,手被撞得向后,下巴却顺着劲儿搭在了方劣的肩上。他那会儿身子还是偏单薄的,宋衿靠上来的那一刻却晃都没晃一下,也不敢偏头看她。

二人接触到的地方逐渐升温,一直烫到他的耳朵。宋衿不急着离开,就用这个亲密的姿势,竖起食指,朝大家晃了两下,笑眯眯地说:"那不一样,我和方劣可是最好的朋友。"

大家没接话,宋衿就侧了一下脸,问方劣:"你说对不对,方好好?"从她的角度,能清晰地看见方劣轻微颤抖的睫毛,很长。

"对,"方劣的注意力全在左肩上,他鹦鹉学舌般说道,"我们是最好的朋友。"

教室里安静了一会儿,一个扎着双马尾辫的小女孩儿像发现了新奇的事物,指着方劣,问:"你的耳朵怎么红了?"

宋衿撤开,手撑在桌子上向后倒,确实能看见方劣那红红的耳尖。她眼珠一转,拍了拍手,说道:"好可爱!"

肩上的压力消失,激起他心底淡淡的空落落的感觉。方劣还没来得及感受,就被她的夸奖弄得更羞涩了,整个人木木的,好像身体都不受控制了。

大家跟着附和:"确实好可爱!"

方劣却始终只记得宋衿说的那句,耳边还在一直回响。老师走进来后他也没缓过来,将课本瞎翻了一页,宋衿瞟见后又笑他。

他们的校园生活顺风顺水,座位的事老师见他们自己收拾好了，也就没重新安排。宋衿又可爱又乖，学习成绩还好，特别讨喜。但不管再有多少新的朋友，她都只跟方劣同进同出，他们的身边很少出现第三个人，大家也都习惯了。

等到上学期快要结束，天气转冷时，宋衿被宋起航打扮得像一个毛茸茸的团子。方奶奶看见后给方劣买了同款，两个人一个白团子一个黑团子，在雪地里极其显眼。

考完试要回教室里取书包，里面还有人在考试，门紧闭着。宋衿跟方劣一左一右地靠着暖气，宋衿抱怨道："好冷啊，明天我要穿羽绒服。"

他有没有羽绒服？

方劣愣了愣，记不太清。他面上不显，弯起嘴角，笑道："我觉得还是这身好看。"

"……"宋衿早对他的那些想法了解透了，心里明镜似的，一双眼颇具深意地盯着他，故意说道，"可是我就想穿羽绒服。"

方劣的笑容凝固了，他倒不觉得宋衿是在跟他唱反调。以往她反驳他的时候，都是他露出马脚让她逮住了。方劣叹了一口气，说道："你就不能配合我一次？"

"承认吧，方好好是黏人精。"宋衿也不逗他了，"奶奶给你买同款羽绒服了，是你自己没看见，比我的还要小一码。"

她长高了不少，蹿得比方劣猛，但也差不多就一个脑门儿的差距。宋衿引以为傲，把手垫在方劣的头上，说道："奶奶怕买和我一样的尺码，你穿起来会拖到地上。"

身高绝对是方劣现在的逆鳞。

他淡淡地瞥了宋衿一眼，不说话了。

"怎么了？"宋衿还是笑着的，知道他也不会真生气，但该哄还是要哄。她微微低下头凑过去，说道，"那让你也摸摸我。"

二人挨得近，她手腕上的一圈毛扎在方劣的手上，很痒。方劣不自觉地退后半步，宋衿看在眼里，双眸微眯，抬起头气鼓鼓地道："好啊，方好好，你嫌弃我？！"

方劣被倒打一耙，还没她能言善辩。他只能投降，又回到原位，说道："我没有。"

"不信。"宋衿说得斩钉截铁，突然把手按在方劣的手背上，暖气只烤一面，他的手背凉得很。宋衿感觉到他要抽开手，颇有些意兴阑珊之意，说道，"你看，还说没有。"

她的手太烫了，还绵软，比方劣手下的暖气片还有用。他望见了宋衿眼中藏不住的笑意，放弃抵抗了，说道："反正我一直说不过你。"

宋衿手里的温度让他的手也暖和了一些。随即她重新握住暖气片，说道："才没有……"

"走快点儿！"

宋衿的话被打断，方劣不爽地看过去，小胖子正昂首挺胸地揪着一个小男生，往大厅外面走。那个小男生看起来跟当年的方劣差不多，走远了都能看见他在发抖。

说来也怪，宋衿来了后，班里就两个人没跟她讲过话，一个是小胖子，另一个是这个小男生。两个人现在已经走出她的视线范围了，她心里有了猜测，跟方劣说："去看看。"

方劣不太想去，但拒绝不了她。两个人跟上小胖子，不出宋衿所料，他们走到楼的侧面时，小胖子正不耐烦地说："越恒，让你拿的钱呢？"

小男生叫越恒，宋衿对小男生没什么印象。她躲在墙后面悄悄问方劣："方好好，你认识吗？"

"不认识。"方劣其实对班里的同学的名字都不太熟。

宋衿若有所思，见小胖子踢了越恒一脚，要迈出的步子停在半空中又收回来。她用胳膊肘碰方劣，并对他说道："方好好，要不……你上？"

"……"

方劣无奈，在她的加油中走出去，小胖子看见他后却莫名其妙地一颤。方劣没反应，把倒在雪堆里的越恒拉起来，对越恒道："回教室。"

越恒不敢，瑟瑟发抖地站在原地。方劣又说："不用管他。"

这个"他"指的自然是小胖子，但越恒觉得方劣的身形跟他的差不多，说的话没什么可信度。结果小胖子真没说话，越恒试探地挪开脚，见小胖子还没反应，干脆拔腿就跑。

有一件事小胖子想不到，宋衿也想不到，她被小胖子误伤的那次，方劣一直记着。

有一天晚上宋衿有事，方劣趁小胖子落单，把小胖子拉到巷子里，用毛巾裹着棍子的顶端，专挑小胖子身上肉多的地方打。小胖子本来就是仗着体重虚张声势，实际上一点儿劲儿都没有。方劣毫发无伤，最后手心被磨红了。第二天宋衿问，他就说冻着了，还意外地得到了她的带蝴蝶结的手套。

那晚的事足以成为小胖子的阴影。他疼了好几天，直不起腰，偏偏身上看不出一点儿伤痕。他也没法儿说自己挨打了，毕竟理亏在先，但特憋屈，尤其是看见方劣在宋衿身边一副好孩子模样，被人嘲讽了也是宋衿帮方劣反驳回去时。小胖子不懂，方劣就算真不会动嘴，那也会动手啊。

回想完，小胖子警惕地盯着面前的方劣，问："你又想干什么？"

方劣本来不准备理小胖子的，结果一转身，看见宋衿正热络地跟越恒说着什么。他的心一冷，他回过头，对小胖子道："打我。"

小胖子惊住了，一时没动作，又听方劣用瞧不起的口吻说："听不懂，傻子？"

小胖子一听这话，火气瞬间冒起来了，记吃不记打地挥拳上去。

宋衿对越恒说，救他的人是方劣，让他待会儿记得夸夸方劣。她刚说完，就瞥见方劣要挨打了，撂下一句"去叫老师"，赶紧冲上去推了小胖子一把。

小胖子也是倒霉，第二脚踩到了一块冰上，被她这么一推，结结实实地摔倒了。

宋衿气势汹汹地道："谁让你欺负他的？！"

小胖子被气到吐血，说道："你根本不知道……"

方劣："我没事。"

小胖子："他之前……"

方劣："他没碰到我。"

小胖子："我之前被他……"

方劣："手疼吗？"

小胖子的话被打断了三次，就是引不起宋衿的注意，他的惨更突显出了方劣的纯洁。老师急匆匆地赶了过来，把人都带到了办公室里，了解情况后调了监控。监控里，小胖子多次在那里欺负越恒，对越恒拳打脚踢的画面不少，还有抢越恒的钱的画面。老师沉下脸给小胖子的家长打了电话。

到这儿，就没有宋衿他们什么事了，临走时，老师出于好奇，问方劣对小胖子说了什么，方劣轻飘飘地道："晓之以理动之以情，大概他是急了吧。"

小胖子更气了，不顾老师在场追出办公室，拉住宋衿后一口气把话说完了。

"他之前打过我。"

方劣的脸色迅速地变白，出乎他的意料的是，宋衿只是怔了怔，就弯起眼睛，说道："那又怎么样？你活该啊。"

出了教学楼，方劣久违地有些发慌。他想说点儿什么，宋衿却清了清嗓子，示意越恒开口。

方劣不解，只见越恒站到他面前，结结巴巴地道："方……方劣同学，谢……谢谢你，你……你是……是一个……"他深吸一口气，用此生最高的音量喊了出来，"大好人！"

"……"

宋衿满意地点头，配合地鼓起掌，笑着对方劣道："拯救弱者，方好好，你超棒的！"

"……"方劣木着脸，有礼貌地回答道，"谢谢，不用客气。"

越恒一走，宋衿兴奋地道："你看，现在不止我说过你好了，以后别再一见到老鼠就说是自己了。方好好，你是人如其名的好好先生。"

方劣没记错的话，他指着老鼠说是自己的事已经过去四五年了。宋衿那会儿叫了他好几天"哥哥"。他对这个没有太多执念，还想着刚才小胖子说的话。他生怕宋衿觉得他变坏了，试探道："刚才在办公室外面……"

不等他说完，宋衿笑眯眯地道："对了，你不说我都忘了。"

方劣像等待判决似的，悬着一口气，听她接着说。

"好威风啊，方好好。"宋衿说道，"我还担心你会被欺负，终于可以放心了。"

方劣的脸上少见地冒出一点儿孩子特有的傻气，看起来懵懵懂懂的。和他往日展现出来的早熟并不同。

宋衿看了他一眼，问："你是不是怕我说你不好啊？"

方劣点头。

"才不会呢。"宋衿看他呆愣的脸手痒，没忍住捏了一把。她在他反应过来前走远，接着说，"没人能评论一件事的是非曲直，但每一个人都会偏心。天平倒在哪边，哪边就是对的。"

她面朝着方劣，逆着光倒着走，并对方劣道："方好好，你是我的顺位第一呀。"

她说,他是她的顺位第一。

小升初的考试对于两个人来说,压力都不大。谷崇较着劲儿,寻思宋起航和柳青青的孩子,继承他的衣钵,那还不完美?由于他经常给宋衿讲课,宋衿已经学习过初中的知识了。方劣的脑子好使得很,他陪着她看书时也都学进去了。

放假的第一天,方劣陪奶奶去给方婷打疫苗,要到晚上才回来。宋衿在家里待了一个白天,闲着无聊,把宋起航新编的舞看了一遍。

宋衿觉得只要她爸肯去参加比赛,出名是迟早的事。

他这回编的舞名为《春夏秋冬》,俗,但配上内容后就是雅俗共赏。春绵夏柔秋飒冬刚,被他演绎得淋漓尽致。

宋起航见她看得一脸崇拜,笑了笑,温柔地问:"衿衿,你喜欢哪个季节?"

宋衿仔细地分析了一遍,手托着腮,犯难了:"爸爸,它们各有各的好。可喜欢它们的人都好多,我想要一个独属于我的季节。"

宋起航失笑,揉了揉她的脑袋,说道:"我们衿衿现在就懂得追求特殊了。"

天还没黑的时候方劣给宋衿发短信,说在小路上等她。那儿有一面许愿墙,他们偶尔会拿着粉笔去那里玩。宋衿眼睛一亮,在沙发上一个鲤鱼打挺,下地穿好鞋就跑出去了。

涂涂画画了一会儿,宋衿突然想到了宋起航问的问题。于是,她问了方劣一遍,结果方劣说她喜欢什么他就喜欢什么。

"那我喜欢你,你也要喜欢你自己。"宋衿照例见缝插针地给他增加信心,末了把她的回答告诉了方劣,"喜欢四季的人那么多,本来就不缺我一个。我想要特殊的、独一无二的季节。"

风吹得落叶打滚儿,宋衿写字的动作慢了下来。很明显,她在冥思苦想。她没注意到方劣的动作，过了一会儿，突然听到他喊她。宋衿下意识地偏头去看。

方劣在墙上写下了"春夏秋冬"四个字，弯弯唇，抬眸看她，说道："那我们就开启又一季。"

宋衿怔了半晌，放下粉笔，笑出声："幼稚。"

方劣抿抿唇，还没说话，宋衿就走到了他身边，声音里的期待像要溢出来了。

"要怎么做啊，方好好？"

要不是她的眼里闪着光，她好像很感兴趣，方劣说不定真会以为她那句"幼稚"是真的。他没开口，粉笔悬在半空中就是不落下。最后，他干脆将粉笔收了起来，说道："我自己来弄，你只管明天看就行。"

"方好好，你学会卖关子了！"宋衿喟叹一声，瞧着天快黑了，只好说道，"那先回家吧，明天见又一季。"

她的心里藏着期待，她吃完饭后很快就上床了。她想着快点儿睡觉，快点儿到明天，快点儿见到又一季。

她不知道回到家的方好好，要来了奶奶的手机。他独自回到了红墙那里，又搜着一幅一幅的风景画，学着补全在春夏秋冬的背景上。最后他想象着，把上面空出来的地方融合绮丽的四季，雪是棉花糖，风是薄丝纱，雨是发光的甘露，各季的花漫山遍野，十分美好。

那天他举着手电筒，一遍遍地画，一遍遍地擦拭、修改，好不容易才完成。他把他和宋衿的名字都写了上去，怎么看也看不够。

他是在画又一季，亦是画宋衿出现在他的世界里所带来的一切。

她万般璀璨，熠熠生辉。

番外三
公主与骑士

陈锋然没去成南京传媒大学读研,倒不是因为分数不够,而是他少算了一件事,忘跟父母商量了。他爹遵循着棍棒底下出孝子的原则,要打他一顿,幸亏被他妈拦住了。

陈锋然摆脱了挨打的命运,听他妈的安排,去了三益市的益大读研。益大是一所老牌高校,在南大附近,水平稳定,一本末流。陈锋然压线进入商务学院,也知足了。

陈锋然这人固执,按说不太可能改变梦想。宋衿等人也是和他碰完面才知道,在考研之前他妈花了大价钱让他主持了一场婚礼,结果他差点儿被人打出来。新郎咬着牙说自己是结婚,不是演小品。

那年周舒嘉刚做完手术,听见这事后在大洋彼岸笑得伤口疼。

她拿得起放得下,一出国就删了陈锋然的联系方式,但没退出小群。她偶尔跟宋衿打视频电话时也不避讳,说起来就是怕自己放不下,万一哪天晚上一激动,给他发一篇小作文,既丢人又遭人烦。

宋衿感叹她的利落坦荡，转念一想，多问了一句："他没加过你？"

"加过，没停下过。"周舒嘉当时笑了笑，又有点儿自嘲地说道，"衿衿，我不知道他是一根筋，还是讲义气。他开始还好，就问为什么，后来突然变了，见我不同意，就在'好友验证'里乱发。今儿月亮圆，明儿开花了，我其实动摇过，但我现在病还没好全，更何况决定早做了。当年我都克制住没打开天窗说亮话了，现在再回头，不是前功尽弃了吗？"

周舒嘉又说："其实很遗憾，现在想想还是不甘心的。说不定当时我如果再勇敢一点儿，让他知道了，结局就会不一样了。"

"……"

这个视频电话已经持续了快一个小时了。方劭本来就想让她挂了，一听这话，挑了挑眉，存心似的，说道："他知道。"

"……"

在戛然而止的聊天儿里，方劭的语气淡淡的，他重复了一遍："他知道得估计比我还早。"

"……"宋衿斜了他一眼，见他懒懒地抬了抬双手表示投降。她气得笑了笑，但没说什么。

毕竟这事瞒着也挺没意思的，都是学过心理学的人。宋衿回想起来总感觉陈锋然不是他表现出来的那副模样，但架不住他不坦率，还天天招惹周舒嘉。现在想来，这就是在搞暧昧，不如一刀两断。

漫长的寂静终止在周舒嘉的哽咽声中，她像堵了一口气在胸口，自说自话："所以他就是不喜欢我。"

后来电话挂了，她要怎么处理这件事，宋衿和方劭谁也没问。陈锋然那会儿正惬意地享受生活，摸出手机先给周舒嘉发了一条消息，试试自己给她发送的好友申请被通过没。结果一看，他傻了，

491

红色的感叹号后的话变成了"您已被对方拉黑"。

这意味着,哪怕他再给她发上几年的好友申请,她都不会再看见了。

陈锋然蒙了,找了宋衿又找徐希图。他甚至还找了方劣和周舒秦,得到的回答都很委婉,意思就是周舒嘉不想理他了。

那几天,陈锋然的心里空落落的。他一闭上眼,脑子里就会出现四个字——怎会如此。

他搞不懂,为什么她走了,他反而天天想着她。他坐在教室里,想的全是他用笔盖在周舒嘉的背上画画的场景。

其实那段时间,陈锋然还是稀里糊涂的。他就是觉得自己是独生子女,结果碰见了一个好妹妹,舍不得是人之常情。但慢慢地,那种滋味就变了,还越来越深。他下楼时走得跌跌撞撞,没人会再拉住他让他看着点儿;吃饭溅起油时,也不会再有人替他挡完再皱着眉让他注意点儿了。

最让他难以忍受的是,他跟周舒秦打电话时周舒嘉偶尔会出现,然后她左一句"哥,我要跟威廉出去了,你看我穿这件好看吗",右一句"哥,威廉想去游泳了,我买了几套泳衣,你再给我转点儿钱"。

陈锋然承认,他给周舒秦打电话,是有那么点儿小心思的。他知道周舒嘉恢复得很好他会开心,知道周舒嘉考上了国外的顶尖高校他打球都能连续投篮。但这些兴高采烈里,绝对不包括威廉。

好小子。

陈锋然表面上跟周舒秦笑嘻嘻,心里咬牙切齿。

陈锋然想:威廉,别让哥逮住你。

但两个人之间隔着一个大洋,他再气也没办法,满腔醋意无处发泄,于是去理发店里染了头发。金色,倒是挺适合他。据说当天"商务学小王子"的称号就在益大传开了。

他看着手机，挑了几篇说他像混血儿的帖子，一股脑儿地给周舒秦转过去了。他想：哥这副长相，不比威廉那小子迷人？

可惜陈锋然只收获了来自周舒秦的问号，不过效果也挺显著——他被几个女孩儿追着告白。毕竟他这人性格大大咧咧的，平时常在宿舍里，肤色也白了，再配上闪耀的金毛，就是一个阳光大男孩儿。

他躲了几天，最后还是女篮队的队长嫌自己队里的姑娘瞎跑，给他下了最后通牒，让他表明自己的态度。陈锋然在操场上坐了一个下午，最后站起身，拍拍衣服上沾的土，心想：我就是贱。他茶不思饭不想地思念着周舒嘉、莫名其妙地吃醋、脑子里挥之不去的正是周舒嘉的身影。周舒嘉都在他面前了，他居然等她走了才反应过来。

从来就没什么妹妹，只有一个不开窍的笨蛋，就是他本人。

陈锋然薅了下头发，把微信签名改成"我心里有人了"。

那会儿他读研一，他爸他妈几乎在他改完微信签名的下一秒就给他打来了电话。陈锋然怔了怔，仰望天空，讲述了自己的心路历程，最后低下头，颇为诚恳地说："就是这样，我把你们的儿媳妇弄丢了。"

"……"

他妈目瞪口呆，他爸怒不可遏。想当年他爸追他妈，可是费了九牛二虎之力的，结果他被人追就算了，还不珍惜。

"老子看你就是活该！"他爸吼完，直接把电话挂了。

陈锋然苦笑，点开他与周舒嘉的对话框，满屏的红色感叹号，确实扎心。等他妈再打来视频电话时，看见的就是自己的儿子，眼睛红得跟兔子的眼睛似的。她的心蓦地一软，她劝道："儿啊，男儿有泪不轻弹。姑娘不回来，你不能去追吗？等你毕业了，妈给你出钱，别让自己留遗憾。"

"不是这个理，妈。"陈锋然摇摇头，泪紧接着砸在屏幕上，"我现在做什么都是自我感动，是我明白得晚。她犯不上再被我扰了心情，哪儿有规定谁必须等谁啊？我现在是后悔，但我不能因为我后悔，就自私地让她空出时间听我演讲。那是道德绑架，是又一次浪费她的时间。"

那天晚上，老陈家客厅里的灯亮了一晚，陈爸被陈妈追着打到抱头鼠窜。陈妈手握扫把杆，嘴里念念有词："就你整天念叨文化熏陶！现在儿子说的话我都听不懂了！"

陈爸被赶出家门，恨得不行。他掏出手机给陈锋然发了一条信息："怂货，你主动一回能咋的？"

陈锋然盯着这句话，终于下了去国外的决心。不过，他就准备远远地看一眼，主要想看看威廉那小子怎么样，好的话就不上去打扰了；不好的话就把周舒嘉追回来。

周舒嘉的好是润物细无声的，时间越久越深刻。

刚读研二那会儿，同学们面试的面试，参加校招的参加校招，投简历的投简历。陈锋然不着急，他继承家业，索性回家收拾东西准备出国了。结果，周舒嘉回国了。

周舒嘉回国了。

他同时收到了宋衿、方劣、徐希图等人发来的消息，在车站的人流里定住了。有人嫌他碍事，回头骂了他一句，见他没反应，还跟快哭了似的，嘟囔着"多好看的一个小伙子，可惜是个傻子"就走了。

陈锋然微微醒过神，赶紧订了去三益市的票，又给家人报了个平安。他脚步一转到候车厅里坐着去了，心却好像飘到了云里面，缠缠绕绕，落不到实地。

这算是人最齐的一次大学同学聚会了。陈锋然到得晚，方劣的同事正好叫他，宋衿就跟着一起走了。他们出门时正好碰见风尘仆仆地赶来的陈锋然，陈锋然跟逃难似的。

最早的一趟火车是快要被淘汰的绿皮火车，他旁边坐了个弹棉花的大爷。他的呢子外套上沾了不少白色的棉絮，大爷也不注意，杆碰到他好几回，直接把他的脸磕红了。

陈锋然也没空注意自己的形象，生怕来晚了周舒嘉走了。他一出站就打车，把自己回去的时候扔在火车站停车场里的车也忘了。对上宋衿和方劣一言难尽的眼神时，他才明白过来一点儿，欲哭无泪地问他们："衿姐、劣哥，嘉嘉……嘉嘉真回来了？"

他憋了半天，就问出了这么一个问题，方劣拍拍他的肩，说道："等会儿就要走了。"

陈锋然着急了，拔腿就要走，结果又收回腿，一脸认真地问："衿姐，你是学心理学的。你说，嘉嘉要是不理我，我该怎么办？"

他确认自己的心意后没少跟他们说，宋衿听得耳朵快要起茧了。她笑了笑，意味深长地说："嘉嘉念旧情。"

等陈锋然如获至宝地走后，方劣揽过她，微微垂头，问她："真能看出来？"

"唬他的。"宋衿弯起眼，一边朝车的方向走，一边说道，"心理学是系统的学问。我研究的是理论，而人心是瞬息万变的，他们需要自己破题。"

这番话陈锋然是听不到了，他边往聚会的地方走，边剖析"念旧情"的意思。他从玻璃上瞥见自己的模样后脚步一停，难以置信地想：天要亡我。

就在这时，包间的门被打开了，他呆呆地望了过去。

周舒嘉头发微卷，垂在胸前，眼里流露着笑意。她正在和徐希图说话，肤白胜雪，身形还是纤细的，陈锋然下意识地比了比自己和她的身高，还是一个头的差距。好像除了这一点，什么都变了，她看起来很健康，也不会再绕着他转了。

她是发着光的、叫人忍不住投去目光的大小姐，也是不属于他的大小姐。

二人目光接触的那一刻，陈锋然觉得周围的事物仿佛在飞速地倒退，转回了读本科的时刻，周舒嘉永远会第一眼就看向他。

可惜，过去了。

周舒嘉看了他一眼，没什么反应，跟徐希图说了句"那我先走了"，就径直越过了他。

陈锋然心一疼，又不知道该说什么。徐希图恨铁不成钢地道："嘉嘉根本就没在国外谈恋爱，你还不努力？"

她没谈……她没谈？

陈锋然骤然回神，嘴比脑子快，先喊了周舒嘉的名字。等她回过头时，他还没想好要说什么。

念旧情，衿姐说的这话到底是什么意思啊？

陈锋然边往前走，边飞速地思考。他站在周舒嘉面前，看见了从未在她的脸上看见过的冷淡表情。他鼻间一酸，心一横，说道："我破产了。"

见周舒嘉的表情有了变化，他窃喜，心想：果然是这个意思，衿姐神了。

陈锋然面不改色地道："看在过去的情分上，你能收留我一段时间吗？"

"……"

围观的徐希图都惊呆了。

作为当事人的周舒嘉，却下意识地弯下了唇角。她总感觉这会儿很像读本科的时候，陈锋然在逗她似的。但很快，她就恢复了冷淡的模样，对他说道："别开玩笑。"

她没再给陈锋然说话的机会，转身要走。陈锋然当机立断，握上周舒嘉的手腕，和当年在教室门外她拉住他一样，只是时过境迁，角色互换了。

"是真的。"陈锋然松开手指，指自己脸上的红印，硬是装出可怜兮兮的语调，说道，"我被打出家门了，但还有些存款。我会付房租，还有水电费，以及食材费，都可以的。"

徐希图更震惊了，周舒嘉住的是别墅，光水电费就够买一间几十平方米的小屋。他要是付得起，还用得着被人家收留吗？

但周舒嘉点头了。

徐希图想到刚才聚餐时周舒嘉的表现时，只能感叹爱情使人盲目。

她看着陈锋然抑制不住的喜悦表情，慢腾腾地往前挪了几步，悄悄开口："收敛点儿成吗？"

陈锋然压根儿没细听，一个劲儿地点头："受得了，受得了。"

徐希图："……"

徐希图待不下去了，出门后拦了一辆车就走了。

周舒嘉的司机王叔觉得陈锋然眼熟，多看了他几眼。陈锋然正琢磨怎么打开话题呢，接收到王叔的目光后，乐呵呵地笑了："好久不见啊，王叔。"他指指自己，又说道，"是我啊，陈锋然。我被我爸赶出家门了。"

"……"

瞧他那模样，多骄傲似的。

王叔只当年轻人的想法他理解不了，客气地"哦"了两声，发动车子踏实地开车了。

陈锋然接不了话，靠在椅背上偏头看周舒嘉。她上车后就一言不发，一直看着窗外，窗外的景物飞速地向后掠去，搭上她的侧脸，光影交织，漂亮得像一幅名贵的画。

"怎么被赶出家门了？"

她的声音突然响起，陈锋然恍了下神，回答道："犯错了。"没再得到回答，他顿了顿，小心翼翼地试探，"你说，我有赎罪的机会吗？"

周舒嘉瞥了他一眼，笑了笑，搭在身边的手指挑了一下，说道："那你应该求你爸妈收留你。"

"……"陈锋然讪笑了一下，转移话题道，"对了，嘉嘉，你今年不是读研一吗？请假回来的吗？"

"不是。"周舒嘉的手机响了起来，周舒秦打来了电话，她接通，补了句，"交换生。"

陈锋然被意外之喜砸得发晕，想问是跟哪儿交换，但周舒嘉已经开始接电话了，他堪堪忍住，安静地盘算，有交换生名额的高校不少。他们学校前几天好像还有人说了这事，要是真是他们学校——陈锋然不敢再想，生怕笑出声。

车内是周舒嘉打电话的声音，陈锋然听着听着，感觉话题在自己身上。

"见到了。

"他说破产了。"

陈锋然眼巴巴地看过去，见她笑了笑，又说："嗯，回清江的别墅，离学校也近。我过几天去接威廉。"

威廉？

陈锋然心里一惊，这讨人厌的东西怎么还跟回来了？

周舒嘉与她哥又聊了几句就挂了电话，还没装起手机，陈锋然就委屈地道："徐希图说你在国外没谈恋爱。"

她怔了怔，没想明白他是试探还是嘚瑟，最后如实回答道："没谈。"

周舒嘉看过去，陈锋然的脸轮廓分明，金色的碎发有些凌乱。

乍一看，他还是当年朝气蓬勃的样子。

她确实没谈恋爱，但又算不上在等他，只是没有入得了眼的人出现。可能初恋会定性吧，陈锋然是个爱恨分明、永远乐观的人，周舒嘉总不自觉地在别人的身上找他的影子，却都对不上号，不是没有，而是她懒得去了解。

听方劣说完陈锋然知道自己喜欢他后，周舒嘉又生气又觉得丢人，狠下心拉黑陈锋然。国外情侣挺多，那段时间她还没出院，整日看医院里上到80岁下到18岁的情侣互相依偎，既心烦又羡慕。

陈锋然的反应不在周舒嘉的意料之中，她后来听宋衿他们有意无意地说了点儿，彻底搞不懂了。按说陈锋然的人品她是知道的，他不像渣男，怎么就干些让人误会的事呢？但她那会儿已经出国，就觉得无所谓了。在岔路口走散的人太多了，她也无法保证自己不是其中之一。

她那会儿想就算陈锋然是真的喜欢上她了，那又能怎么样呢？他们几年见不到面，很容易分开，还是别留希望好，谁也不耽误谁。后来，她脑子里陈锋然的样子模糊了，读本科那四年发生的事也记不太清了。接着，她对谈恋爱提不起兴趣，就这么养成了淡如水的性格。

但她一回来，站在这片土地上，有些记忆就慢慢回来了。她逃了晚上推杯换盏的宴会，让她哥自己去，就想快点儿见到老朋友们，还有被封在心底的那个人。可惜饭吃完了，天儿聊尽了，她聚精会神地听完了陈锋然近两年的故事，也没见陈锋然来。

等不到他，她就走，她向来不爱拖泥带水。她不知道陈锋然刚回南见市，只觉得他要是喜欢她，就会跑着来见她，而不是她快要离开时才出场。

结果她一出门，就撞见了狼狈的陈锋然。那一瞬间的悸动是最强烈的，糅杂了她青春里所有不敢诉说的爱意，与这些年斩断回响的思念。

周舒嘉看重面子,心再软也不表现出来。后来手腕处传来滚烫的触感,看见记忆里常含笑的陈锋然惨兮兮的模样,周舒嘉才是真的认清自己的痴情了。她的心里像被投入了一颗石头子儿,还是裹着岩浆的那种石头子儿,烧得四处沸腾。

"清江!"

像浸湿的棉花一样的心绪被陈锋然拔高的声音打断,周舒嘉给了他一个疑惑的眼神。

陈锋然愣愣地看着她,刚才光顾着回味她没谈恋爱的惊喜了。醒过神了他才抓住另一个关键词,清江就在益大附近。他难以置信地问:"你真是益大的交换生?"

"……"周舒嘉看他这个表情,便知道了他没看公布出来的名单,"我学的是商务,你应该也是吧?"

陈锋然点头,人还是蒙的。好事一桩接一桩,他都觉得不太真实了,伸手掐了自己一把,疼得很,这才信了。

直到下车,陈锋然都飘飘忽忽的。他读研二,周舒嘉读研一,这不就说明他成她的学长了?

"我自己在这边住,二楼是客房,你随便挑一间住。"周舒嘉打开房门,一边往里走一边说。

清江的别墅区房价很高,复式设计,陈锋然的爸妈之前也给他看了一套,后来他觉得没必要就推了。陈锋然想住在周舒嘉的隔壁,握上门把手后又暗暗斥责了自己一声"多冒昧啊",进了与她的房间隔着三个房间的屋。他洗了澡再出来时,周舒嘉正在客厅里整理明天报到时要用的资料。

他扶着楼梯的扶手看了一会儿才走下楼,觉得坐在哪儿都不合适,索性以军姿蹲在茶几旁边。周舒嘉的动作慢了点儿,她把刚分好顺序的资料重头开始排序。陈锋然眼睛一亮,感觉自己能派上用场了,急忙说道:"报到证、在校证明和成绩单放到文件袋里,明天盖完章还得交到档案处,那些复印件另外放起来就好……"

他还是很唠叨。

周舒嘉装样子整理,问他:"然后呢?"

陈锋然估计看出了她都知道,沉默了一会儿,吸了一口气,说道:"水平证明、体检表、个人简历、照片、签证、我很想你,放在外层别忘了拿。"

说罢,他抬起头,又问她:"你知道了吗?"

我很想你。

周舒嘉什么都没说,放下手里的东西,垂眸看着陈锋然,半响后点了点头。

她明明什么都没说,陈锋然却好像崩溃了。

"太迟了,对不起。"他嗓子发涩,想了又想这几年的生活,还是没脸给周舒嘉讲自己有多后悔,"对不起,嘉嘉。"

周舒嘉移开视线,再一次问道:"然后呢?"

陈锋然听不懂,瞥到桌上的资料,感觉她在给他台阶下,试探道:"我明天带你去报到。"

"……"

周舒嘉决定还是随他去吧,点头应下,站起身,回屋前想了想,说道:"过去了。"

陈锋然琢磨着这句话,有了主意,乐不可支,朝周舒嘉的背影说:"我懂,嘉嘉,新的开始!"

周舒嘉:"……"

她想:算了,傻人有傻福。

隔日,陈锋然早早起来,偷偷叫人给自己送了衣服,拾掇得精精神神的。他烤了几片面包片和培根,充当早餐。

周舒嘉下楼的时候，看见的就是他正襟危坐在餐桌旁的样子，有一种诡异的温馨感。

两个人吃完，周舒嘉要打电话给王叔，让王叔来接她。陈锋然摸出早上被一并送来的车钥匙，得意地道："我来。"

他的脑子里都是室友平时看的偶像剧里的情节，他坐上车后余光一直看着周舒嘉的安全带。见她自己系了，他叹了一口气，安慰自己她好歹坐了副驾驶座。

他边想边发动车子，还没等开出停车位，周舒嘉便开了口："等等。"

陈锋然踩刹车，一脸紧张地道："怎么了？忘拿东西了？益大8点20分上课，要是接待的老师有课就不好了，实在不行你先走，我跑回去取然后给你送。"

他的话太多，周舒嘉插不进去，只能等他说完，手指了一下，无奈地道："你没系安全带。"

"……"陈锋然干笑了两声，说道，"我平时都系的。"

废话，他在心里骂自己，不系早被扣完分了。他又说道："我有点儿激动，还没当过司机。"

"……"

气氛有点儿尴尬，陈锋然系好安全带，再次发动车子。他往左右望后视镜的时候看了看周舒嘉要弯不弯的唇角，可算聪明了一回，说道："还没有女生坐过我的副驾驶座。"

周舒嘉的唇角彻底地扬了起来，笑意加深，她问："然后呢？"

这是嘉嘉的口头禅吗？陈锋然有点儿摸不着头脑，但看见她心情好，自己也开心，回答道："就算别的女生坐，我也不会激动。"

"我知道。"周舒嘉叹了一口气。她觉得短时间内理解不了他的脑回路，干脆挑了别的话头，"我应该会在益大待很久。"

"是吗？我也是！"陈锋然本来打算毕业后直接回家的，一听她这么说，心里那股热血又燃了起来，开始喋喋不休地介绍，"商务学院有个乔教授，很严厉，但也厉害……"

一路上他的嘴很少闲下来，周舒嘉怕他的嗓子出问题，下车后直奔便利店给他买了一瓶水。陈锋然接过拧开，结果没注意，水从瓶口洒出来了一点儿。周舒嘉手疾眼快，用纸巾挡了一下，轻轻皱眉，问他："你怎么还是这样啊？"

"……"陈锋然也愣住了，这些粗心的毛病，他早改了的。可好像待在熟悉的人身边，他又变回老样子了。

陈锋然现在闲得很，陪着周舒嘉走完了流程，结果接待交换生的人就是乔教授。陈锋然逃过不少次他的课，要不是临时挑灯夜读，把他编的教材倒背如流地去负荆请罪了，怎么也得挂科。

陈锋然挺怕乔教授，但其实乔教授人不错。要不是他逃课，乔教授也不至于对他那么冷漠。乔教授三两下帮周舒嘉办好手续，没让他们多跑。

周舒嘉明天才开始上课，两个人又在学校里走了走。陈锋然撞见认识的人后，坦坦荡荡地和对方打招呼。过了一会儿，他的手机响个不停，他的耐心全在周舒嘉身上，他拿出手机想将它调成静音模式。结果他一看手机，消息全是同学们发来的，他们无一不是在问他身边的美女有没有对象。

陈锋然拧着眉头，戳屏幕的指头都用足了力气，给他们挨个儿回道："她心里也有人了。"这还不解气，他把签名也换成"我心里有人了，她心里也有人了"。

他越看越满意，搁下手机后才想起周舒嘉昨天把他的联系方式加回来了，心想：她一看，我这不是明晃晃地挡桃花吗？

陈锋然心里藏不住事，脸上写着两个大字——亏心。周舒嘉想忽视也难，在他越来越低的声音里插了句："怎么了？"

"我改了微信签名……"陈锋然把事讲完，真挚地看着周舒嘉，又说道，"你要是觉得不好，我可以删。"

周舒嘉失笑道："他们不一定能联想到我。"

"能，"陈锋然斩钉截铁地道，"我没和女生出现在公共场所过。说不定今天晚上咱们俩的照片就满论坛飞了。"

"你这么洁身自好？"周舒嘉随口打趣了一句，又接着说，"你不想改就不用改，我觉得比起我来说，挡得更多的是你自己的桃花。"她按开手机，调到他的签名那里晃了晃，"毕竟这怎么看怎么像公开恋情不是吗？"

陈锋然是预言家，他们俩的照片确实传得飞快。论坛上有人说他铁树开花，还有人酸了酸气地评论兔子不吃窝边草。陈锋然选择性忽略，挑了几张好看的照片存在手机相册里，又将其中一张设置成手机壁纸。

交换生累不累周舒嘉还没确切地感受到，但孤单肯定是不孤单。陈锋然就没让她落单过，毕竟他们专业相同，教授们笑一笑也就过去了。

这一天，陈锋然搬了一箱书进屋。周舒嘉边走边揉太阳穴，琢磨陈锋然这是打算做什么。

周舒嘉问他："你买这么多书干什么？打算读博？"

陈锋然笑道："我不读，我爸妈前几天打来电话跟我说没把握就算了，这些书是给你买的。"

"……"周舒嘉没想到他还挺有自知之明，松了一口气，说道，"我哥正好没书给我，结果你给我了。"

"我跟你哥不一样。"陈锋然对"兄妹"这个关系产生了应激反应，想起那几年说过的蠢话就不好受，匆忙地转移话题，问，"你哥也不读博？"

周舒嘉点头："他得去熟悉公司里的业务，这几天正忙着呢。"

陈锋然心想：周舒秦这个学霸都不读博，那我不读好像也挺正常的。他正高兴着，就听周舒嘉慢悠悠地说："他直博。"

"……"陈锋然扯了扯嘴角，说道："挺好的。"

他搬着箱子放到周舒嘉的房间里，后知后觉地反应过来，她刚才在逗他。他的眉梢都染上了喜色，他想着趁热打铁，问出压在心底很久的疑惑。

"你之前为什么拉黑我？"

"你不知道？"周舒嘉倚着门，当年那点儿气性又冒出了头。她故作轻松地道，"因为你知道。"

这话陈锋然能听懂就怪了，但看见周舒嘉情绪不对，他就没追问。他打算打个哈哈糊弄过去，没想到周舒嘉又开口了。

"你刚说你爸妈给你打电话了，那他们是不是原谅你了？"

陈锋然脑子里的弦骤然绷紧，他连声说"没有"。然后，他退了几步，挤出一抹笑容，说道："我先回屋了啊。嘉嘉，你早点儿睡。"

第二天，陈锋然给周舒嘉转了将近十万元的房租，美其名曰借住费。周舒嘉怕他一冲动再直接掏了买房钱，也就没再提过他破产的事了。

后来的日子过得很平淡，陈锋然跟着她上课，有时候她回家陪陪父母，他才出去自由活动。周舒嘉没问过，但据周舒秦说，陈锋然他爸应该是交了几个小项目给陈锋然。

但不管她回得晚还是早，陈锋然总能在家里等着给她开门。周舒嘉敬他能忍，这么长时间，半点儿不提两个人的关系。周舒嘉以为他满足于名不正言不顺的现状，结果有一天，她一出房间就看见他在楼下捧着手机看视频，还声情并茂地模仿"倘若我问心有愧呢"。

周舒嘉退回去缓了一会儿，还是没忍住，背靠着门，笑得停不下来。

陈锋然一概不知，对着手机屏幕唉声叹气。他的胆子比天大，可他每次一想到错过的这些年是因为自己，就像被针扎了的气球似的，气全漏了。

风一吹就能散开的窗户纸，在两个人的小心思的维护下，硬是连一个洞都没破。

周舒秦抽空来过一趟，是被他父母催来的。

他们得到的消息不统一，他爸真以为周舒嘉看上了一个破了产的小子，心里焦灼得很。但出于尊重，他爸没说反对的话，就想见见人，结果还老被挡回去。他爸没办法了，语重心长地说动他出马，意思是不行就劝劝，只要人品没问题，一切好说。

周舒秦答应了，但是他也没想到，推开门会先看见陈锋然正穿着围裙扫地，又看见他妹睡眼惺忪地下楼。他一时有点儿震惊，最后不想管了。

他对陈锋然的话痨忍受程度和当年比，只有退步没有进步。等陈锋然嘴里念念有词地放下扫把准备拖地时，一回头看见人走了，还挺纳闷儿的。

他们再联系，就是春雷初响的时刻了。陈锋然在房间里已经睡着了，被周舒秦打来的电话吵醒。

"嘉嘉怕打雷。"周舒秦说道。

就这么简短的五个字，让陈锋然脑子里的齿轮飞速地运转起来了。

他挂了电话又打了几个电话做了一番安排，随后套上衣服出屋。本来他还琢磨周舒嘉要是不开门他该怎么办。结果他往楼下一瞥，周舒嘉正在沙发上蜷着呢，茶几上还摆了一瓶威士忌。

周舒嘉的胳膊又细又白，搭在沙发背上，头发被她撇到了一边的肩上。她穿着吊带睡裙，病好了，那点儿婴儿肥却消失了。陈锋然是个正常的男人，耳根烧得厉害，心里默念着"非礼勿视"，在她对面坐下了。

"嘉嘉……"陈锋然心里犯嘀咕，他第一次听说周舒嘉怕打雷。他不知道原因，斟酌着开口，在陪她喝酒和讲道理之间选择了前者。

威士忌这种洋酒，一般得配软饮喝，单喝入口就跟白酒似的。陈锋然猛灌了一口，差点儿呛出来。

周舒嘉捂住嘴笑，闪电一闪一闪的，能看见陈锋然的脸色变红了。她套上拖鞋，接了一杯水递给他，说道："不要喝了。"

向来能说会道的陈锋然，看看还剩一多半的酒，再看看没事人似的周舒嘉，有些惊讶地问她："嘉嘉，你什么时候学会喝酒的？"

"国外、失恋、买醉。"周舒嘉坐下，眨眨眼，有模有样地竖起三根手指。

惊雷打在陈锋然的脑子里，他难以置信的样子将周舒嘉逗乐了。她笑起来，说道："逗你玩呢。"

陈锋然松了一口气，把酒摆得远了点儿。他寻思治标得治本，转头看周舒嘉脸上的梨涡还没下去，小心翼翼地开口："嘉嘉，你是怕打雷吗？"

周舒嘉没回答。片刻后，她脱掉拖鞋，腿搭在沙发边上。她抬眸看向窗外，身子自然而然地向后仰，后脑勺儿轻轻地搭在陈锋然的肩上。

陈锋然瞬间全身绷紧，不知道该动还是不该动。按说刚才他就喝了一口酒没什么劲儿，但就是有一把火烧起来了。在昏昏暗暗、雷雨交加的环境里，让人忽视不了。

他想偷偷拿一个抱枕过来替代自己，周舒嘉有所感应似的，头往左一偏，落在他的腿上。这下，陈锋然是彻底僵住了。

周舒嘉柔软的头发散在他的手背上,她眼睛明亮地望着他。陈锋然做贼心虚,悄悄移开视线,结果又看见了她那被布料裹出曼妙曲线的身材。

他想:我该死。

陈锋然扪心自问,被他爸打到最惨的时候都没有这一刻难熬。在他的梦里常出现的女生,现在躺在他的腿上,每一处都在释放花盛开了的气息。

连呼吸都变得艰难,陈锋然闭上眼,不敢再看。他在心底一遍又一遍地唾弃自己的邪念,刚将自己骂醒了一点儿,周舒嘉就说话了。

"我不怕打雷。"

"哦。"陈锋然无意识地应了一声,反应过来后问,"什么?"

"我让我哥跟你说的。我在客厅里就是怕你不敢进屋,酒我也没喝,故意摆在那儿的,专门钓你的。"周舒嘉也没做过勾引人的事,但陈锋然心中的愧疚感持续个没完,她想不出来好法子,心里又记着他当年知道的账。她不肯先开口,索性出此下策。

但是到这个地步了,她做不到无动于衷,枕着陈锋然炙热的大腿,身体逐渐升温。这辈子头一次体会暧昧的刺激,她也不知道是在逼陈锋然,还是在逼她自己了。

陈锋然的脑子转不过弯儿,他茫然地说:"可是你叫我我就会来了,不用这样。"

周舒嘉"哼"了一声,撇了撇嘴,说道:"是啊,我不叫你你不也来了吗?蹭吃蹭喝蹭住,就是什么也不说,来了图什么?"她往陈锋然的方向转,因为莫名其妙的慌乱声音变小,"也不用你回答了,我在这儿躺着,你有什么想法?"

陈锋然呼吸倏地一窒,视线乱瞟,碎发遮掩不住的耳尖红得仿佛能滴出血。他硬是说不出一个字。

"既然青春错过了，那就以成年人的方式解决。"周舒嘉深吸一口气，坐起身换了姿势，利索地坐在他的腿上，说道，"欲望……"

她的话没能说完，被窗外骤然响起的烟花燃放的声音撞得七零八落。绚烂的烟花五颜六色，周舒嘉怔住了。

陈锋然的手在她坐上来后就一直护在她的后腰处，魂儿像跟着烟花一起在夜幕里炸开了，说话时几乎要咬到自己的舌头。

"嘉嘉，其实我还是没听懂你刚才说的……"

他结结巴巴地道："你不怕打雷，那你喜欢烟花吗？"

"……"

陈锋然以为她不喜欢烟花，手往旁边探，想拿手机，说道："我让他们停下。"

他不动还好，这么一动，周舒嘉由于惯性往后倒。陈锋然匆忙地揽着她的腰把她带回来，结结实实地磕在了他的胸膛上。

两个人同时睁大眼睛，陈锋然的心脏跳得很快，偏偏他口不对心。

"嘉嘉，你先起来。"他说。

"我喜欢。"周舒嘉迟钝地给出回答，嘴角的梨涡越来越深，眼里带着雀跃的笑意。她看向陈锋然，问他，"你喜欢吗？"

四目相对，陈锋然觉得她不是在问他喜不喜欢烟花，又想不到她究竟是在问他喜欢什么。他老实地回答道："喜欢。"

"还是那种哥哥对妹妹的喜欢？"周舒嘉追问，眼里暗藏狡黠的光，"像当年一样能藏着装不知道？"

陈锋然被这句话里的信息砸得晕头转向，不可思议地道："你怎么知道……？"

"方劣说的。"周舒嘉卖队友卖得理直气壮。

陈锋然在脑海里疯狂地搜寻借口，喉结轻轻滚动，最后还是认了："对不起，嘉嘉。我以前没脑子，等你走了才长出来。"

周舒嘉坐起来一点儿，脸凑得越来越近，陈锋然的声音开始断断续续。

"我爸……从我小时候起就教我挨打时要立正，所以你想怎么罚我，我都愿意。"

周舒嘉笑吟吟的，烟花燃放的声音没断，落地窗上像是染上了盛大的色彩。暧昧的氛围太让人心动，她改注意了，问他："所以不是那种喜欢了吗？"

陈锋然的额头上起了薄薄的一层汗，他点头，又哑着嗓子问："那你呢，嘉嘉？"

拢在周舒嘉后腰上的手突然收紧，陈锋然招架不住这种心爱的人坐在自己的腿上的刺激感。仿佛只要周舒嘉点头，下一秒两个人就能切入正题。

但周舒嘉没有。

"嘘。"她竖起食指靠在陈锋然的嘴上，压着笑意，说道，"你先听我说。"

"我从小身体就不太好，你是知道的。碰见你和衿衿前，班里的活动我也不怎么参加。我哥怕我出事，所以我跟同学的关系都一般，但你们一来就不一样了。

"你知道吗？你和我截然相反，你莽撞、粗心，仗着健康什么都敢干，还要拉着我干，但又处处紧张我。你记不记得，有一次你让我参加什么合唱的活动，你在旁边站着等我，结果你看起来比我还害怕。你一个连天冷要加衣都记不住的人，却在我的事上没出过错。

"我怎么能不喜欢你？"

周舒嘉想起以前的事，什么都褪色了，唯独跟眼前这个人有关的事，但凡想一想，就能恢复如初。她眼眶湿润，却不愿意挪开视线，望进陈锋然的黑眸里，声音发颤。

"后来我出国了，特难受。但我觉得你是无辜的，所以我删了你，让自己放开手。

"我跟衿衿说的原因你可能听过点儿，但其实最主要的是，我怕你喜欢上一个人后会四处炫耀。毕竟你这种人，有点儿好事就爱昭告天下，我想我肯定是受不了的。

"我那会儿还是觉得，所有的事是我一厢情愿，是我不坦率还贪恋。结果方劣跟我说，你早知道我喜欢你，这意味着什么呢？意味着你明知道我会多想，却还要故意释放错误的信号，你撩了不负责，你是渣男。"

陈锋然被批评得战战兢兢，那点儿旖旎的想法早烟消云散了。他又心疼，又怕她不打算原谅自己，小声辩解："我控制不住想对你好，但我那时候真不知道什么叫喜欢，就是舍不得你，还不知道以什么立场。你总要走，我就想在你走之前把所有的好给你。"

他越描越黑，周舒嘉被气笑了。他试探性地擦去她滑落的泪水，心闷疼闷疼的，一个劲儿地向她道歉："对不起，嘉嘉。"

陈锋然道歉的语气情真意切，他擦着她的泪好像都转移到自己身上了，不敢眨眼睛，怕自己也会哭出来。周舒嘉有点儿无奈地，轻轻咳了一声，说道："其实也不能全怪你，那是我最生气的时候的想法。像你说的，你那会儿没长脑子。"

陈锋然的眼泪绷不住了，大颗大颗地往下掉，他说："嘉嘉，你别哄我，明明就是我让你受委屈了。但你放心，我现在是纯粹的恋爱脑（一恋爱就把全部精力和心思放在爱情和恋人身上的人），就算你想在夏天看雪我都要办到。"

"……"

其实那些话她没准备说的，但当第一朵烟花绽放时，她突然就有点儿委屈了。

爱像雪原融化露出火山，鲜花盛开三千里。感受到明确的爱意时，她还是多年前会诉苦的小女孩儿。

周舒嘉鼻间酸涩，慢慢讲道："那段时间我还没出院，我爸妈忙着国外的事业，衿衿和我哥他们都刚开学，好像只剩下我自己了。有时候我会想，是不是热烈拥有得太轻而易举，还不等回过神，就被拿回去了。"

"上学后也差不多，我对我家的公司没兴趣，我爸我妈也由着我，整天带我哥前往各地。所以我还是孤零零的，你应该看得出我刚回国那会儿性格跟从前不一样了吧？"周舒嘉抿了抿唇，窗外的雷电停了，烟花也渐渐消失。烟花估计是陈锋然安排的，他以为她怕打雷，就找人放烟花遮掩。

"读本科时大家都挺宠我的。就咱们吃烧烤，方劣不在那次，你跟我哥去取东西，旁边桌的几个小流氓找事，衿衿一把把我护在身后。然后你回来了，不会打架还上去瞎蹚，但在国外就不是这样了。跟踪我的、对我死缠烂打的，我都得自己处理。"

陈锋然不敢错过任何一句话，他听得心疼，咬着牙道："你告诉我都有谁，我明天就去找他们。"

"不用，我只是想让你知道，"周舒嘉摇摇头，弯了弯唇角，眼睛里闪着泪光，说道，"我真的受了好多苦呀。"

她想：你看见了吗？我又一次把脆弱的一面展现给你了。

陈锋然在见到周舒嘉第一面时就觉得，她是娇弱的公主，是该住在城堡里的。就是因为先入为主，他自以为顺理成章地对她好，也就没细想过那些不由自主的举动。

然后公主走了，他的心里缺了一块，他才看清那是最深层的、写着"爱"的碎片。

重逢后看见周舒嘉的第一眼，陈锋然确实感觉她状态不对。如果非要形容的话，那就是公主穿上了盔甲。

陈锋然说不出话，想亲亲她，克制地问："可以吗？"

周舒嘉的眼睛转了一圈,她语气柔和地道:"你应该问我还喜欢你吗。"

陈锋然听话地重问。

"然后呢?"

周舒嘉将双手撑在他的腿边,顺着沙发下陷的劲儿向后仰,脖颈的弧度很优美。她的眼里没了湿意,取而代之的是狡黠的光。她看起来像一只刚出洞的小狐狸。

"这就是我的答案,等你想明白了,咱们再往下谈。"她说。

陈锋然蒙了。

周舒嘉笑了笑,说道:"实在想不通也没关系,反正我也不急。"说完,她起身套上拖鞋,伸了个懒腰,要回屋睡觉了。

陈锋然还没流完的泪应景地滑落下来。他一个激灵,追上去跟着上楼,说道:"嘉嘉,你给点儿提示啊,要不咱们就得谈一场黄昏恋了。"

周舒嘉弯着嘴角,回了两个字:"给了。"

"给了?"陈锋然停在原地,咕哝着想了一会儿,再抬眼时,周舒嘉已经没影儿了。

陈锋然想了一晚上,基本没睡,在本子上写了几个答案,什么"然后是补偿""然后是寸步不离"……陈锋然等周舒嘉一起床就兴冲冲地拿去给她批阅,全被否了,甚至还跑题了。周舒嘉好心地提醒道:"'然后'是我的想法,不是你的。"

陈锋然绞尽脑汁地想了想后仍然无果,举手提问:"可以请外援吗?"

得到同意后,他火速召集宋衿等人,将他们约在咖啡馆里讲了一遍这个问题。方劣由于工作室的新品临近上市所以没来,宋衿和徐希图坐在他对面,听完,两个人不约而同地笑了。

宋衿摇了摇头没说话,徐希图笑得夸张。在陈锋然的耐心消失的时候,她憋着笑,故作高深地道:"这是爱的考验。"

陈锋然当真了,掏出本子就开始冥思苦想。他连交了几天答卷都没被通过,整日愁眉苦脸的,心都扑在上面了,电话来了也不接。周舒嘉偷着笑,帮他挂了一次电话,看见自己的对话框被置顶,怔了怔,扬声问:"能看吗?"

陈锋然想也没想,说道:"随便看,不用问我,什么都能看。"

周舒嘉这才点开对话框,找到日期。她发现陈锋然没删过聊天儿记录,从他们开始聊天儿到现在,每一天都亮着。

她调到她删他的那天,慢慢往下滑。

"嘉嘉!到了吗?"

第一句还是正常的,他不知道他被她删除的事,再往后就不对了。

"你怎么删我啊,嘉嘉?是不是怪我毕业晚会那天背你回家?但是那天你喝多了,我解不开你的手机,路上也没车,班长不知道在哪间屋里睡着了。你嚷着要回家,我只能那么做,你别生气,我给你道歉。"

诸如此类的检讨他发了一堆,然后像是认清加不回她了的事实,开始在"好友验证"里分享东西,在对话框里发明知她收不到的图片,诸如圆月、细雨、玫瑰花、被表扬的计划书、重复购买的饮料、面料很好的衣服、路边摊儿上可爱的玩偶、楼下有人告白时用的爱心形状的气球、搞笑的视频……太多了,周舒嘉看得眼花缭乱。

她看了一眼日期,两年前,图片量骤减,变成了大段大段的文字。

"我好想你啊,周舒嘉。我好像骗了我自己,我对你哪儿是什么兄妹之情啊?我就是个傻子,但迟钝也不是借口,网上常有人说什么错过就会让人记一辈子,我以前根本不信,现在才知道真是刻骨铭心，比这更难受的，是我没有说爱你的资格了。

"我挺庆幸你看不见的，不然你得讨厌死我。今天是初秋，树叶掉了几片，也有刚发芽的新叶，很像我们。你都爱过我了，我才知道自己爱你。

"天天和周舒秦打电话，室友都开始怀疑我喜欢男的了，我也没解释。不想让他们知道，我是觊觎他妹。

"嘉嘉，我想回到大学时光，把我自己揍一顿。想不明白那小子凭什么霸占你的爱还不开窍。

"嘉嘉，时间消磨不了，怎么办啊？我越来越难受了，一想到我浪费了你的爱意，我就想打死我自己。

"嘉嘉，我大度地跟父母说不该打扰你的生活，但还是自私地希望你回来，我们再见一面。"

周舒嘉的眼前渐渐变得模糊，她用手背擦拭着眼睛。陈锋然走到她身后，轻声哄她："别难过，我不值得。"

没他这么哄人的，周舒嘉无声地笑了笑。

陈锋然探出手，在手机屏幕上往下滑，并说道："说真的，我都想过说不定哪一天你会看见这些话，所以刻意写得文绉绉的。"他的手指停在周舒嘉回国的那个日期上，他笑了笑，说道，"我从小运势就好，后来去过几次庙里，愿意用那些好运气换你回来。没想到，你真被我求来了。"

屏幕上是简短的几个字。

"嘉嘉，我要去找你了。"

陈锋然看着这句话，感慨万千地道："你回来那天，我回南见市收拾东西准备出国了。得到你回来的消息，我感觉是上天故意让我受挫折，但还好，没食言。"

他想起那天还会后怕，万一周舒嘉晚回来一天，万一他早走了一天，在飞机上，他们失之交臂。他承受不住这样的结果，万幸他们没有错过彼此，一切刚刚好。

"所以……"周舒嘉缓了缓，问道，"你那天根本没被你爸赶出家门？"

陈锋然忘了这件事，精神一震。

周舒嘉按灭手机。没有看见那些字她很遗憾但她也庆幸，天大的遗憾，只要能弥补，就不算遗憾了。

"然后是……"她笑起来，正要公布答案，握着的手机突然响了，她看了一眼，顿住了。

说曹操曹操到，陈锋然他爸给陈锋然打电话了。

陈锋然心里有鬼，干笑着，说道："以防挨骂，我先去那边接。"

周舒嘉刚一点头，他就火急火燎地走到了二楼，接通后没说几句就挂了。倒不是他真被骂了，而是他爸非让他现在去谈个项目，以前都是看他的时间的。

陈锋然依依不舍地跟周舒嘉道别。赶到地方后他觉得招牌挺熟悉，没多想，迈步上楼进入会客厅。

他衣服也没换，穿着不知名品牌出品的卫衣和运动裤。也是他爸说的，立刻出发，什么都别管。

长桌对面坐着一个穿着西服套装的女人，瞧着不大，顶多30岁出头。陈锋然一进门她就直入正题，让人拿过来一份文件，随后对陈锋然道："这块地能让陈总的公司起死回生，小陈总看看。"

陈锋然："……"

起死回生是什么意思？他们家没破产啊。

他想：这家公司不会登过骗局报纸吧，连这点儿事都不知道。他装样子翻了两下计划书，神情却变得认真起来。

这块地确实重要，他爸也是真想要，就是价格比预计的翻了两倍。陈锋然忽略刚才的怀疑，摆正姿态，含笑道："您怎么称呼？"

"我比你大不了多少，不用敬称，我姓葛。"女人顿了顿，补充道,"你可以叫我'葛姐姐'。"

"……"陈锋然皮笑肉不笑地道,"葛……总,贵公司的这个价格能否调整?"

"可以,"葛姐很痛快地道,"友情价降一倍。"

降一倍还是翻了一倍,陈锋然的嘴角依旧扬着,他说:"这块地在南见市,但按规定,贵公司就算拍卖也不能去南见市,说不定会砸在手里。如果价格能再调整,今天我就签合同。"

"当然能调,"葛姐笑眯眯地道,"爱情价,降两倍。"

陈锋然:"……"

他想:我这是碰上职场潜规则了。

葛姐:"心动了吗?"

陈锋然冷笑道:"五脏六腑全动了。奉劝贵公司改名为'造梦企业'。"他合上计划书,站起身,说道,"恕不奉陪。"

葛姐:"你们家都什么样了,你还任性?我也不算老,配你绰绰有余。"

"我们家什么样了?"陈锋然往外走的脚步一顿,他表情古怪地看着她,问,"你配我还能绰绰有余?"

葛姐:"不是破产了吗?"

陈锋然越发坚定这是一家骗子公司了,专打听别人的家务事。他为了住进周舒嘉家撒的谎都传出来了。

"我们家没破产。"他有些愤怒地道。

他刚说完,门就被人从外面打开了。周舒嘉站在门口,身边还跟着一条边境牧羊犬。她眨了眨眼。

与此同时,葛姐拨通电话,叹道:"周总,您的这位女婿候选人不好骗啊!"

陈锋然没空思考她的话,对上周舒嘉的目光后,讪笑道:"我来这儿……拉投资,房租太贵了。"

"得了吧。"周舒嘉白了他一眼，一边往里面走，一边说道，"你别紧张，我早知道你没破产。"

"真的吗？"陈锋然脚步一转，帮她拉开椅子，问她，"你什么时候知道的？"

"回国那天。"

"那你还让我住进你家？"

"因为有人看起来想追我。"

两个人一问一答，葛姐不知道什么时候溜走了，周舒秦紧跟着进来了。

他叹了一口气，说道："我等会儿还要开会，长话短说。这场戏的导演是我爸，他回国后不想管事，将生意全扔给我了。最近你谈的项目他一概不知，听嘉嘉说你破产后信以为真，想考验你的人品。至于他怎么找到你爸，又是怎么说服你爸配合的，我就不清楚了。"

"……"

陈锋然是彻底说不出话来了。他清楚他爸的为人，他爸要是知道他装破产追人，指不定还会夸他两句，再加上这块地，没把他卖了就算好的。

看出这件事对他的打击有点儿大，周舒秦选择把空间留给他们，瞥见狗狗后，轻声唤道："威廉，走了。"

这一叫，陈锋然惊呆了。他指着狗，问："威廉？"

那狗聪明，回了他一声"汪"，就跟着周舒秦出去了。

周舒嘉火上浇油："对，它就是威廉，你还要拆它的骨头吗？"

陈锋然过了好半天才找回自己的声音。他的世界观都快颠覆了，他的情敌居然是一条狗！他无力地抬抬手，问周舒嘉："还有一个问题，你什么时候来的？"

"跟你差不了多久，我哥让我来看戏。"周舒嘉装着思考的样子，说道，"我看监控来着。不错，意气风发。"

说到最后，她憋不住笑了，支着下巴乐起来。

她没说谎，陈锋然在她面前和刚才完全是两个人。他现在还带着一股傲气，特别帅，平时咋咋呼呼的一个人，办正事的时候却格外气定神闲。周舒嘉拍了不少张照片，总觉得更爱他了。

陈锋然拿她没办法，苦着脸，又变回平时的他。搭在桌上的手都有气无力的，他脑筋一转，趁热打铁地卖惨。

"嘉嘉，你爹和我爹一起算计我。都这样了，你就当安慰安慰我，给我个答案吧。"

"好啊。"周舒嘉笑眯眯地点头，起身走到他身边。

"很简单。"她垂下头，有几缕头发落在了陈锋然的脸上。他有点儿痒，但他顾不得注意这些了。

"然后是，我爱你。"周舒嘉凑到他的唇上轻轻地吻了一下，"发生了那么多事后，我依然爱你，甚至更爱你了。"

她此刻想与他共度一生。

她要撤走，陈锋然反应快，瞬间拉住她。他语气郑重，声音又有些发颤地说道："我爱你，不管你爱不爱我了，我都只爱你。"

他的双臂环在周舒嘉的腰后，紧紧地抱着她，一遍又一遍地重复"我爱你"。他像是要把欠缺的那几年都补回来。

周舒嘉想到刚才监控的清晰度，有点儿难为情，推了推他："好了，有监控。"

陈锋然骤然起身，拦腰抱起她，躲到了窗帘后面。

周舒嘉坐在宽大的窗台上，说道："我在自己家的公司里，为什么跟做贼似的？"

她很快就说不出话来了，陈锋然急切又渴望地吻住了她的唇。他的吻里带着失而复得的喜悦与沸腾的梦里的设想。

番外四
求　婚

早春，万物复苏。

南大在三益市，离又清市不算远。宋衿和方劣几乎是一入学就成了"系花"与"系草"，他们的恋爱关系也在校园里被传开了，所以没什么人来自讨没趣。研究生要读完的时候，方劣进了教授推荐的工作室，他说等攒攒名声，自己开一家。

宋衿倒是还没定下来，倾向于做心理治疗师，但教授更希望她留校任教，不过也没让她在短时间内做决定，只是让她多试试。总而言之，他们的各方面都很顺，像是要把他们之前受的苦都补回来似的。

医者难自医，宋衿读透了理论知识，自己心里的那点儿事还是方劣给她解决的。李娟的死讯传到她耳中的那天，她也说不出自己的感觉，说厌恶不纯粹，说得偿所愿也不至于。她想刻意遗忘跟李娟相处的那几年，却都跟做无用功似的，想起来就反胃。

那段时间挺难熬的，方劣天天陪着她。两个人生活丰富，爬山、露营、看昼夜更替。宋衿总是沉默着泪流满面，觉得不管李娟怎么样,她的父母也回不来了,心疼不已。

方劣是个浪漫的设计师,不断地送给她各种小玩意儿。就这么持续了几天,宋衿的状态恢复了一点儿。正赶上方劣过生日,她把自己读过的几本专业书剪了。

她把上面的字和句子分开裁剪成一张张小字条,贴满了一个本子。有诉说爱意的内容,也有杂乱无章的句子。

本子的首页是荣格说过的话:唯有你才能解开我的"情结"。

方劣翻来覆去地看了很久,上万张碎纸、不成句的字,被粘贴、拼接成了一本书。他舍不得放下,最后还是宋衿看不过去了,不由分说地放下书吻他。

可她也只是亲他,再进一步就没有了。

方劣为她冲锋陷阵这么多年,还是想着给她留后路的。实在忍不住了,就像现在这样,他紧贴在她的身后,喘息声环绕在她的耳边,扑在她耳后的呼吸像岩浆,火山都没他炙热。

"……"

方劣将头埋在她的脖颈间,碎发扎得她侧脸痒。刚才放的礼花还没收拾,宋衿在朦朦胧胧中看见了鲜艳的色彩,再往边上瞥,是方劣的黑眸。

他们挨得近,再小的动作也能让人溃不成军,更何况他还又凶又急。

宋衿的唇齿间溢出的音节几乎微不可闻,后腰还抵着桌子。他们昏天黑地地接了一会儿吻,大火燎原的感觉却半点儿也没退却,反倒是越来越强烈。

宋衿的手朝边上探,她把两个人的手机调成静音模式,顺势挪到床上。她眼睁睁地看方劣又要慢慢起身,有点儿无语。她闭着眼缓了一会儿,心一横,伸手拽他,人又摔回来。她微微抬头,吻在他的喉结上。

方劣僵了一瞬间，接着又铺天盖地地吻上来。两个人气息交织，仿佛能将冰窖融化似的。宋衿忍无可忍，将手探到枕头下，摸出她早买好的东西，一扔，摔在方劣的身上。

"不会再有别人了。"她忍着羞涩，耳朵充血，与他对视，说道，"我只要你，懂了吗？"

加上这把火，再有钢铁般的意志都顶不住，方劣投降，嗓音低哑地哄她："别怕。"

他一遍又一遍地诉说爱意，宋衿微不可闻地回应着，耳边充斥着他的呢喃。

不知道过了多长时间，窗外传来下雨的声音，远处驶来转向的车辆，灯光划破水痕。知了销声匿迹。仲夏夜平静却又汹涌，但是躲藏在水幕后，分毫不肯显露。楼下的枝叶被冲刷着，劲头猛得像要随时被折断。

窗帘的缝隙，太阳露出一丝光，云朵的形状有些怪，像一头突破封印的凶兽，急不可耐地追扑上去，直到艳阳浸染晨露，才渐渐消散。

宋衿的脑子里是乱的，眼前的光景光怪陆离，心跳声攀到耳边，像击着鼓。她不可避免地想到她失忆的那段时间和他接过的两个吻，混淆在泪水里，但到这会儿了，世界依然滚烫，意味却天翻地覆了。

"衿衿，"方劣喘着气咬她的耳垂，告诉她，"要专心。"

宋衿洗完澡就倒在了床上，那会儿天已经蒙蒙亮了。方劣轻轻地亲着宋衿，她躲了一下。宋衿累还无可奈何，由衷地劝解道："又不止这一次，收敛着点儿吧，方好好。"

说完她就睡过去了，醒过来后又跟方劣疯了几天，后来就好了。方劣在意她的身体，比较节制，而且两个人都开学了，读研三那年挺忙的。方劣设计出了几件爆款，工作室里的伙伴给他举办庆功宴,他们怕方劣被别人挖走。

等挣够了钱,方劣就开始琢磨办工作室的事了,比如选址、命名。他的名声还小,但足够了,是新生代的天花板。

宋衿偶尔当助教,偶尔去心理诊所,最后还是定了做心理诊疗师。说实话,这样的工作患者一多,接收的负面情绪也不少,但她没动过退缩的心思。毕业前她收到了一面锦旗,是一位患有轻度自闭症的小孩儿的家长送来的。

两个人都没有谈婚论嫁的举动。谷崇以为他们俩私订终身了,一回南见市就虎视眈眈地盯着他们俩,旁敲侧击地打听过几次,才发现是真八字没一撇。

宋衿是有准备的,想着方劣是个有责任心还特别注重仪式感的人,所以估计要等他的工作室办好了再说。没想到开业典礼办完了,大单也接到过了,方劣还是没反应。她这才后知后觉地明白了一点儿,结婚这事要看她的意思,最要命的是,方劣认为她没这个意思。

好在陈锋然跟周舒嘉的婚礼办得早,当天宋衿积极地抢到了捧花,站椅子上抢的。方劣怕她站不稳,在后面护着她,结果捧花是冲着她来的,惯性带得她往后倒,直接坐在方劣的肩上了。

宋衿思索了一会儿,低下头,打趣他:"方好好,你不会想体验逼婚吧?"

之后她又等了几天,配合地让方劣自由支配时间。周舒嘉或徐希图一约她,她就出去。

在刚进入夏天的某个夜晚,方劣抱着宋衿来到天台上。他们住的房子是小别墅,一共四层,不算高也不算低,方劣的胳膊都不颤,气息却是乱的。

"我前几天有一个患者是婚前焦虑症。"宋衿弯了弯唇,勾上他的后颈,说道,"宋医生觉得你是求婚前焦虑症。"

他们俩前几天刚玩完角色扮演,这会儿勾起回忆显然不是好事。方劣叹了一口气,淡淡地道:"想原路返回?"

回哪儿?回床上?那可不成,宋衿勾着他脖子的手又紧了紧,她催道:"快走。"

方劣下定了决心似的,脚轻轻一踢,本来就刻意留空的门开了。宋衿偏头去看,没有其他人在,是他们经历过的一切的缩影。

小红墙、教室的前座到后门、被聚光灯笼罩的舞台、别墅后的秋千……

宋衿只知道他要求婚,不知道他会搞什么花样,说不出话。过了好一会儿,她才看向他,眼里有了些湿意。

方劣把她抱到秋千上,时间把握得很好,她刚坐下天就亮了。

漫天的无人机组成一幅画,宋衿认识,是方劣小时候在红墙上画了一晚上的四季。他们后来去看过,只是那会儿红墙已经要被推倒重修了,所以只是拍了几张照片。

当时她以为再也见不到了,难受了很久,没想到能再看见这幅画,还是在夜幕中发光的。

很震撼,方劣明显地又在当初自己稚嫩的画法上做了改动。花儿逐渐盛开,雪飘着飘着变成雨水,太阳在云层里躲来躲去,这幅画面不是四季中的任何一季,而是又一季。

泪悄无声息地滑落,宋衿有些后悔没拿手机,记录不了这一刻。方劣估计是猜到她的想法了,轻笑一声,指了指远处,说道:"航拍机,陈锋然控制着呢。"

宋衿与他相视一笑。他单膝跪下,打开戒指盒,虔诚地道:"愿意的话伸手就好,我为你戴上。"

几年下来,他的气质还是偏高冷。他抬眸看过来的时候,眼神中却有藏不住的温柔。宋衿垂眼,戒托是雪花造型的,上面是玫瑰花，花蕊落着水滴，雾青色的钻石，花瓣像被风吹着般，朝侧边掀倒。

方劣考虑得很周到，她确实没法儿说话，有些泣不成声的意思，纤细的手直接抬起，中指被戒指圈住。方劣松了一口气，宋衿的心跳得很快，她几乎是扑着抱住他，还好地上有花，不然两个人得摔疼。

方劣光是为宋衿画的稿就不少了，她有时候会担心她的方大设计师早晚江郎才尽。后来，她问过方劣，他笑了笑，语气轻松地回答道："我的想象力始于你，终也只会终于你，但看起来是不会有终的那天了。"

比那更早的，是宋衿问方劣为什么觉得她不想结婚。那会儿是在她下班的路上，火烧云滚烫，方劣勾着嘴角，逆着光思考，接着摇头，无奈地道："是我不想你结婚。"

"……"宋衿从业以来无往不胜，没想到第一个看不懂的人会是方劣。

他牵着她的手，眉心不自觉地微微拧起，说道："结婚像把你绑在我身边了，是一种束缚，我怕你不喜欢。而且离婚冷静期有30天，如果哪天你真想走了，就因为这个破规定走不了，那我会很难受。不管什么事，只要是你想干的，我都不想让你等。所以热恋一辈子也挺好，至少你自由。"

宋衿沉默半晌，随后笑起来，又有点儿心疼地道："你才求了个婚，怎么就想到离婚了？"

"方好好，我真的要对你改观了，你的心思太细腻了。"她喟叹道，"但你明显拐到思想误区里了。我在谁面前能跟在你面前一样肆无忌惮？所以说，只有在你身边，我才是完全自由的。"

方劣不置可否。

宋衿生怕他再产生厌恶婚姻的想法，迎着落日表白："我对你的爱是贪恋,而你说的束缚是相互的。我跟你可不一样,我想把你绑在身边。"

方劣止不住笑意,弹了一下她的脑门儿,坏笑着道:"那你今天晚上试试手,绑一绑?"

宋衿的耳根开始发烫,她不甘示弱地道:"你就装吧,我就不信你不想绑我。"

方劣闷声笑了几下,牵着宋衿的手跑了起来,她踉跄了一下才跟上,问他:"急什么?"

"试新花样。"方劣懒洋洋地回应,声音有点儿远了,好像他们还是18岁的青年,无休止地奔跑,无休止的热烈,不厌不倦。

后来宋衿被邀请着出了一本书,那本书类似于心灵鸡汤。她半夜对着台灯发愁,方劣独守空床,起身握着她的手,洋洋洒洒地写下了两个字——自由。

这本书销量很好,很多读者把它的题记倒背如流。

"浩荡东风也好,潮湿阴雨也罢,世间本就万物,我自无碍洒脱,也自肆意生长,无须旁人随手指方向,也无须闲言碎语立规矩。自由至死方休。"

当然,同样被记住的,还有宋衿暗暗秀恩爱的小心思,比如在书中常被提及的某好好,比如尾声中大篇幅的感谢。

"他的爱自始至终对我说,我是我,永远是我,所以没什么可掩藏的,因为他总是在告诉我,不管我是什么样的我,他都会义无反顾地靠近我、追随我。"

独家番外

要赴又一季的山海

国庆节的前几天,陈锋然风风火火地给宋衿打来电话问行程安排。宋衿那会儿正在调休,迷迷糊糊地瞄了一眼,又迷迷糊糊地接起了电话。

"衿姐!国庆节假期怎么安排?"

宋衿还没醒过神,有点儿蒙,还没想好怎么回,方劣就洗漱完出来了。

宋衿下意识地半眯着眼看去。男人湿发耷拉在侧面的额头上,白色的T恤上有一些水迹,人鱼线隐约可见,小臂上的青筋蔓延入宽松的袖筒里。

宋衿被美色蛊惑得清醒了点儿,"嗯嗯"应了两声,刚想让方劣重问一遍,就见他朝她伸出了手。宋衿没犹豫,自然而然地把手机递过去,裹了裹被子,还是打算起床了。

她的手摸到身后把枕头立起来,她懒懒地靠上去,揉了揉眼睛。等眼中一只手拿着毛巾揉头发,另一只手将手机靠在耳边通电话的方劣变得清晰时,她才满意地看起来。

没过几秒钟，方劣把手机按开免提放在床头柜上，整个人俯下去在宋衿的额头上落下一个吻。他还想往下吻，却被她躲开了。

宋衿示意自己还没洗漱。

"……"

方劣挑了挑眉，一副她自己不知道自己现在什么样的表情。

被子滑落，宋衿穿了一件黑色的吊带裙，跟瓷白的皮肤有着强烈的反差。可能因为刚醒，她懒得费力做表情，整个人显得特别淡，眼里的意味淡，唇色也淡，浑身淡。

方劣本来是习以为常的，但是有一次他接宋衿下班时，碰见一个男生硬跟着宋衿，宋衿当时的表情就跟现在的一样。虽然他后来知道那个男生是宋衿同事的儿子，刚上大一，心里还是特别不爽。

宋衿还是敏锐的，察觉后就跟方劣说了那个男生的事。那个男生的妈，也就是宋衿的同事的妻子生下第二个孩子后得了产后抑郁症，她的同事又不是主攻这方面的，只好向她请教。但那些天找她的同事问诊的人也特别多，她的同事实在是脱不开身，她的同事的大儿子就趁假期毛遂自荐，也是想帮上点儿忙。

方劣表示了解，但还是把宋衿折腾得挺狠。

迟来的占有欲比海啸还凶猛，主要是那个男生刚开始还有点儿叛逆，就非要当着方劣的面给宋衿献殷勤，在两个人说话的时候插进去问东问西。方劣在人前视而不见，人后宋衿问过一次，得到的是"比周舒秦有过之而无不及"这一句话。

得，方劣这是记恨上那孩子了。

宋衿生怕那孩子被方劣揍上一顿，把事情跟同事含蓄地阐述了一遍，又把整理了半个月的笔记送了过去。同事先是为他的大儿子的事表达歉意，又很认真地翻看了几页笔记，再抬头时，泪已经蓄满眼眶。

爱，总是千万般的爱，却又万变不离其宗。

一个研究了半辈子心理学的专家，在面对自己的家人时，像刚入门的新手一样束手无策。宋衿被同事握住手感谢的时候，一直在想方劣。

她的方好好，在她失忆那会儿，到底有多无所适从？

可他看起来又那么坚不可摧。他为她披上了盔甲，做她永不倒的靠山。

方劣与宋衿各想各的，陈锋然可算絮叨完了，等了半天没等到回应，对着手机"喂"了几声以为信号不好，挂了又打过来。

方劣先回过神，钻着空在还在出神的宋衿的耳垂处啄了一下。他接起电话，这回没给陈锋然磨蹭的时间，提出几个关键词——"海边剧本杀""知道了，那就订吧""嗯，到时候联系"。

说完，他利索地挂断了电话。

思绪飞了一遭，宋衿彻底醒了，弯了弯唇，翻了个身跪在床上，直起腰伸手扯住方劣的衣领，揶揄道："别人知道我们方大设计师这么爱吃醋吗？"

方劣轻笑一声，意思是她知道就够了。他也不说话，就盯着宋衿，喉结缓慢滚动，宋衿不太受得了。真奇怪，他们俩在一起这么长时间了，谁对谁的吸引力也没减，甚至越来越强。

她松开扯他衣领的手，摸上他擦头发的毛巾乱揉了一把，没等他反应过来，丢下一句"我去洗漱"就跑了。

方劣笑着摇头，顶着乱作一团的毛巾跟头发整理起被宋衿踢乱的床，边收拾边跟她说陈锋然的安排："他说他朋友开了家剧本杀店，算是实景体验的，还没正式开业。正好国庆节期间到处人多，去那儿清静又好玩。"

宋衿在刷牙，含混地应了一声，过了一会儿吐出沫子，问他："谷叔和奶奶呢？"

"今天早上奶奶刚给我发消息，我还没跟你说，"方劣向厨房走去，拿出面包切片，声音提高了点儿，说道，"老谷今天早上带奶奶出国了。他退休后除了偶尔受邀演个讲也没事干，人也闲不住。上次方婷拿奶奶的手机关注了一个旅游博主，奶奶和谷叔研究好几天了。"

宋衿怔了一下，快速地擦完脸，边往外走边说："能行吗？怎么不让咱们陪着？"

"老谷不服输，又耐不住闲劲儿，奶奶可能也觉得跟着咱们的话会不自在。奶奶今早临上飞机才告诉我。"方劣剖析完，端着早餐走出来，放下早餐后摸了摸宋衿的头，说道，"没事，我与在那边认识的人联系了，别担心。"

他给宋衿拉开凳子，接着说："老谷肯定也不会胡来，让他们玩去吧。"

"也是。"宋衿稍微放下心，转而聊起他们的安排，"把婷婷也叫上吧，玩剧本杀人多一点儿热闹。"

方劣："我回头给她打个电话。"

方婷的案子前年开庭，徐希图帮的忙。徐希图考研时选了法律系，结果还真有点儿天赋，低分过线。最后，徐希图缠着他们老师推荐了靠谱儿的律师，不仅把案子拿下了，还把方劣、方婷兄妹的爸妈告了，帮助方劣、方婷兄妹将巨额赔偿金收入囊中。

宋衿送方劣出门的时候，踮起脚亲了他一下。方劣把宋衿抵在门上吻了好一阵，她的身体有点儿发软，靠他环着她的胳膊支撑，有点儿呼吸不顺畅。方劣就笑着看她。

宋衿跟他四目相对，倒是想起了点儿什么，从旁边的置物柜里摸出一副没度数的眼镜。方劣天天对着电脑画稿，她怕他的眼睛出问题，也不管有没有科学依据了，想着能防一点儿是一点儿，挑了款式就下单了。

方劣顺从地低下头，让她帮他戴上。

在他看来，眼镜这个东西真挺带劲的。

方劣看起来不好惹，这是事实，一戴上眼镜，他身上的那股攻击性就藏都藏不住了。非要形容的话，就是把他对宋衿的温柔都掩住了，痞得很，还特有张力。

宋衿头一次躲避他的目光。

"怎么了？不好看？"方劣看不见自己，觉得有点儿莫名其妙，扯了扯嘴角，头又低下去一点儿凑到宋衿面前拱了两下，问她，"怎么了，衿衿？"

他压着嗓音故意哄宋衿，配上他现在这副模样，没人受得了。她退后两步，耳根烫得厉害，深吸一口气，说道："好看，好看得过头了。"

"……"方劣也往前迈了两步，冲着镜子看了两眼，反应过来后又想乐又有点儿生气。他用胳膊套过宋衿的脖颈，松松垮垮地对她来了个锁喉，说道，"好啊，衿衿，开始追求新鲜感了是吧？"

就从那天开始，方劣的危机意识开始增强。哪怕宋衿说了千万遍她只对方劣重复动心，他不仅不听，还要不满地回："我对你一直心动。"

他简直一副无赖的做派。宋衿后来也随着他逗闷子了，偶尔哄两句偶尔骂两句，就这么闹了几天，国庆节到了。

陈锋然一直保持的美好品质，就是定好去哪儿玩之后，他一天打一个电话地催着别人决定各种旅游事项。当天一大早，他再挨个儿对别人进行叫醒服务。

宋衿一直想不通，有这么一个朋友到底是幸运还是不幸运。

只见此处清澈的海水推向白色的沙滩，海鸥侧身划过远处的青山，几艘小帆船停在岸边，据说船是方劣专门从别处租来的。

宋衿被周舒嘉挽着胳膊，徐希图跟陈锋然边抢位置边拌嘴，方劣和方婷照常互相嫌弃。宋衿还是不可避免地想到了读本科时的事。

和这么一帮人在一起，她总能找到独属于自己的山海。

周舒秦没来，据周舒嘉说她哥现在就是工作狂，谁都劝不动他。宋衿莫名其妙地想到了前些天方劣所谓有过之而无不及，没忍住笑了一下。结果下一秒，说曹操曹操到。

宋衿的同事的大儿子叫周奇，宋衿提过那件事后就再也没见过他，没想到能在这儿碰见他。

陈锋然跟他的朋友徐杰打招呼。他不知道周奇与宋衿、方劣的事，兴高采烈地上去与周奇握手，夸完了周奇后笑眯眯地问徐杰："你弟弟？"

"不是。"徐杰摆摆手，回答道，"邻居家的小孩儿，家长出去旅游了，让帮忙看几天。他还有个弟弟昨天生病了，刚好你过来，我就把他交给你了，我去照顾照顾他弟弟。"

陈锋然热心肠，立刻说道："那有什么？交给我。"等他目送徐杰离开，才有空注意周奇跟方劣好像陷入了僵局。

单方面的僵局，周奇若有所思地绕着方劣打量。方劣斜靠着路灯站着，一只手插在兜里，另一只手翻出包里的防晒霜，根本不理人。

陈锋然的疑问刚冒头，周奇就把目光转到了宋衿的身上，问宋衿："姐姐，你换男朋友了？"

周奇语不惊人死不休。

陈锋然的汗当时就下来了，他见方劣停住给宋衿抹防晒霜的动作，顿了一下，冷冷地嗤了一声，居高临下地看过去。方劣现在还戴着眼镜，半框黑边眼镜，镜片后的眸子微微眯起，周奇顶着这样的目光，这才有点儿怕。

宋衿知道周奇为什么看方劣不顺眼。那是因为她当时正给他讲到关键处,却被方劣打断了,于是他总是给方劣添堵。

平心而论,方劣戴眼镜,确实新奇,但也只是新奇,他的脸还是那张脸。除了宋衿能看出区别,别人看他都会觉得他依旧高冷。

偏偏周奇借题发挥。宋衿轻声咳了一声,有了一种不祥的预感。她晚上还要被方劣逼着问,喜欢戴眼镜的他还是不戴眼镜的他。

没等她打圆场,方婷便问周奇:"你是谁啊?不会说话就闭嘴。"

在场的其他人都怔了怔,只有方婷知道自己的心思,要是他哥跟衿衿姐不是一对,那衿衿姐就不是她的嫂子了,那怎么行?!

她在心底骂周奇,索性走过去拉着周奇,说道:"跟我来,有几句话你必须听。"

方婷动作快,周奇特别配合,等他们消失了,只有方劣恢复了给宋衿抹防晒霜的动作。

"哈哈,"陈锋然干笑两声,说道,"现在的年轻人可真有活力。"

周舒嘉翻了个白眼,说道:"比不上你,然哥。"

"支持嘉嘉。"徐希图火速捧场。

一如当年,插曲总能很快过去。

宋衿半躺在沙滩椅上,任由方劣给她涂抹防晒霜,还琢磨着周奇刚才跟方婷接触时,耳畔的那抹红色。等锁骨处传来冰凉的感觉时,宋衿一个激灵,握上方劣的手腕,问方劣:"方好好,你相信一见钟情吗?"

方劣心说:我对你不就是吗?但他懂宋衿说的不是他们,叹了一口气,故作无奈地道:"我在这儿勤勤恳恳地为你服务,你竟然寻思别人情窦初开的事情呢?"

宋衿愣了半晌,没憋住,弯着眼眸笑个不停,问他:"你怎么这么爱吃醋啊,方好好?"她撑在沙滩椅的两边吻了一下方劣,又问他,"婷婷还算别人?不怕妹妹被拐跑?"

方劣把防晒霜放到一边,手指在她的腰上,有一下没一下地吻着，连回话时都得抽空。

"叛逆少女与浑小子，挺配。"

宋衿乐了，说道："瞎说什么呢？真要有事有你后悔的。"

"我后悔？"方劣哼了一声，说道，"恶有恶报，不是不报，时候未到。"他目光一转，瞟到远处后顿了一下，下巴一抬，说道，"看，时候到了。"

宋衿不解，顺着看去。阳光洒在周奇和方婷的身上，明明他们都是不服输的表情，宋衿却总觉得他们在笑。

她看了一会儿转过头，说道："也挺好。"

方婷一直跟他们在一起，很少与同龄人接触，周奇的出现倒是巧。还没等宋衿深想，陈锋然那头的水就泼过来了。

这也是保留节目了。

清大的春游后，他们好像每去一次海边就要这么疯一次，谁也不让谁。

方劣懒得跟他们闹，但又乐意黏着宋衿，所以一般就守在旁边，宋衿一被泼，他就全力出击。陈锋然被浇透了，四处逃窜，敌我不分，牵连了徐希图。

徐希图暴怒，陈锋然无处可躲，索性下海，可惜他又菜又爱玩，根本不会游泳。最后还是周舒嘉下海将他捞回来的。

宋衿听他情深意切地表忠心："嘉嘉，没有你我可怎么活啊？！"下一秒，周舒嘉对着陈锋然的脸泼了一瓢水，陈锋然瞬间咳嗽起来。

宋衿笑弯了腰，靠着方劣跟他一起嘲笑陈锋然。

所以青春，所依青春。

到了晚上，几个人围坐成一圈，准备边烧烤边玩剧本杀。周奇已经加入他们了，不懂这种方式，嘟囔道："玩剧本杀还能边吃边玩，不串戏吗？"

方婷喝着冰饮，懒得理他。没想到周奇直接挤到了她身边，并问她:"你玩不玩?"

"不玩。"方婷高傲且冷酷地甩出两个字。

"……"周奇有一瞬间的失落感,但很快调整过来,轻蔑地道,"哦,怕输是吧?也是,你的演技那么差。"

方婷:"……"

她看傻子似的看他,说道,"行,那玩吧。"

周奇没懂她的眼神,但看大家兴致勃勃地开始抽卡,也就没觉得哪儿不对劲儿。

七个人的局,宋衿一个凶手,在方劣的不懈努力下,硬是完成了二对五。最主要的是,方劣拿的还是一个失忆本。

就方劣那情种表现,周奇想破脑袋也想不出来。

陈锋然注意到周奇的反应,想起他第一次跟他们玩,乐呵呵地安慰道:"没事,你还年轻。你劣哥就这样,他有句名言'喜欢不用演,演不出不喜欢'。这还收敛了呢,我们之前有次玩恐怖本,他愣是买通店家,把朽木棺材换成水晶棺材,把骷髅头全换成鲜花。你劣哥,一个把恐怖本玩成浪漫本的男人……"

周奇听得一愣一愣的,宋衿随着陈锋然的讲述也想起了这事,颇为无语。她次次都挺蒙的,因为她次次按着演。像今天这把,她跟方劣不认识,方劣还失忆了,结果目光一对上,他的眼神能溺死人。宋衿都被他带跑偏了,以为他还拿了情人本。

月亮爬到夜空正中央那会儿,宋衿跟方劣划着船也快到海里的月亮里了。

她闭着眼,不知道她的方大设计师又给她准备了什么惊喜。

"衿衿,可以看了。"

宋衿睁开眼。

海水翻腾,月亮的倒影周围波涛发光,一种亮色的光随着浪来浪去明灭,是很俗的心形,却是永不会落俗的爱。

"……"宋衿怔怔地看着,浅蓝色的光偶尔投到她的脸上,方劣不停地按着快门键。

明明是给她的礼物,他却在看见她收到礼物的这一刻像打了胜仗似的。不对,自从宋衿出现后,他天天都像打了胜仗似的。

月光亲吻他们的浪漫,海风拥住他们的虔诚,浪花临摹他们的爱意。

宋衿和方劣回到岸上的时候,陈锋然正拿着烟花棒挥来挥去,口中还念着"巴啦啦小魔仙",他们跟着闹了一会儿就回房间了。

刚推开门,宋衿就觉得脚下一轻,被迫半挂在方劣身上。还没等她反应过来,炙热的吻就精准地落在了她的唇上。方劣用脚尖带上门,抱着宋衿往上抱了抱,径直走向浴室。

她被放在盥洗台上,眼角还挂着因缺氧而憋出的眼泪。

"帮我把眼镜摘了。"

方劣嗓音有些哑,黑眸染满不言说的欲,于性感中添了几分蛊惑,一下又一下地勾引着宋衿。

宋衿缓了缓,伸出双手取下了他的眼镜,问他:"特殊服务?"

方劣闷声笑着,凑上去吻宋衿,声音有点儿含糊地说道:"是的,尊贵的客人。"他骨节分明的手挽上宋衿的细腰,他把头埋在她的颈窝处吮咬。

连续的水声在浴室里显得格外清晰,宋衿的耳根红了一圈。宋衿的手一失力,镜框随之摔落在地上,声音不大,但她颤了一下。

她觉得自己此刻正飘在半空中,强烈的不真切感让她始终没有完全放开。

直到两个人待在同一个浴缸中,宋衿被他压着共沉沦时,她心口空缺的那一抹不安才彻底被填满、抚平。

宋衿在水中上下晃动着,目光在方劣的脸上细细逡巡了一圈,鼻间倏然一酸。她主动地抱紧了身下的男人,吐出的字断断续续的，声音又轻又软。

"我……爱你，方好好。"

"衿衿，"方劣叫宋衿的名字，伸出舌尖撬开她的牙关，轻轻扫过她的上颌，激得她浑身一阵颤抖，"我也爱你。"

宋衿被他扔到床上，撑着手肘想跑。

他们明天还要早起赶海、看日出，这样下去，她怕是无法看日出了。

可惜，下一秒她便被人抓住脚踝强硬地扯了回来。

宋衿刚才在浴室里被欺负得狠了，现在一看见方劣，双腿便立刻下意识地夹紧。

"真的不行了，方好好，你别这么重欲。"

方劣伸出手用指腹揩去她眼角上的泪，浑身像被火烧过一样热。他俯身吻了吻宋衿的蝴蝶骨，然后一路向下，在关口处骤然停止，说道："我不重欲，我重衿衿。"

他总爱这样。

他总爱说一些直白的情话。

但宋衿很爱听，抬头，直直地对上了方劣迷离的双眸，汗水从他紧绷着的下颌处缓缓滑落至宋衿的腰上。宋衿抬起手，细腻、白皙的手指刮过落在他的颈窝处的汗水。片刻后，唇角弯起来，她故意挑衅似的道："那就来啊，方、好、好。"

零点，窗外绽开一簇簇绚丽的烟花，新年的钟声被缓缓敲响。

方劣半跪在床上，掐住宋衿的腰窝往里顶撞了几十次，感觉到宋衿哆嗦了一下。

"衿衿，用看陌生人的眼神看着我。"方劣松开她，嘴角噙着笑意，一步步领着她沉入欲望中，"就像下午玩剧本杀时一样。"宋衿一向玩得投入，那会儿看向方劣的眼神几乎平静得冷漠。方劣莫名其妙地勾起了恶趣味。

他不讲荤话的时候还好,一讲起来宋衿根本招架不住,火热的燥意瞬间从脖子烧到耳根。

微弱的亮光映在宋衿的脸上,她微微张着红唇,泪水打湿了她那长长的睫毛。她娇嫩得如同被晨露滋养后的红玫瑰。

"衿衿,"方劣将她翻了个面,含住她红得滴血的耳垂,耐着性子诱哄道,"再来一次好不好?"

—全文完—